ⓑⓢ

*Collection dirigée par
Henriette Joël et Isabelle Laffont*

DU MÊME AUTEUR
Chez le même éditeur

LA MÉMOIRE DANS LA PEAU
LA MOSAÏQUE PARSIFAL
LE CERCLE BLEU DES MATARÈSE
LE WEEK-END OSTERMAN
LA PROGRESSION AQUITAINE
L'HÉRITAGE SCARLATTI
LE PACTE HOLCROFT
LA MORT DANS LA PEAU
UNE INVITATION POUR MATLOCK
SUR LA ROUTE DE GANDOLFO
L'AGENDA ICARE
L'ÉCHANGE RHINEMANN
LA VENGEANCE DANS LA PEAU
LE MANUSCRIT CHANCELLOR

ROBERT LUDLUM

SUR LA ROUTE D'OMAHA

roman

traduit de l'américain par Patrick Berthon

ROBERT LAFFONT

Couverture : Dessin Paul Bacon Studio, New York.

Titre original : THE ROAD TO OMAHA
© Robert Ludlum, 1992
Traduction française : Éditions Robert Laffont, S.A., Paris, 1993

ISBN 2-221-07355-X
(édition originale :
ISBN 0-394-57329-3 Random House, New York)

*Pour Henry Sutton
Notre ami si cher depuis tant d'années
Un homme aux qualités exceptionnelles*

A Burmese Charlie!

AVANT-PROPOS

Il y a un certain nombre d'années, l'auteur de ces lignes a écrit un roman intitulé *Sur la route de Gandolfo*. Il était fondé sur un postulat renversant, une idée ébouriffante qui aurait dû avoir un retentissement infini... Une de ces choses qu'on ne voit plus jamais, de nos jours. Ce devait être un récit fait par des démons, les légions de Satan quittant leur résidence infernale pour aller commettre un crime abominable qui allait indigner le monde, porter un coup mortel à tous les hommes et toutes les femmes de foi, quelle que soit leur confession, car il devait démontrer à quel point les grands chefs spirituels du moment étaient vulnérables. En un mot, il était question de l'enlèvement du pontife romain, du bien-aimé *compagnuolo*, un homme de Dieu dévoué à tous ses semblables, le pape Francesco Ier.

Vous me suivez? Oui, je sais, c'est vraiment un peu fort! Du moins, cela aurait dû l'être, mais ce ne le fut pas, car il se passa quelque chose. L'auteur, ce pauvre diable, lança quelques regards en coin, entraperçut le revers de la pièce et, signant sa damnation éternelle, il se mit à pouffer de rire. Ce n'est assurément pas de cette façon que l'on traite un postulat renversant, une obsession magnifique! (Pas mauvais, comme titre.) Par malheur notre pauvre diable de narrateur se mit à gamberger, ce qui est toujours dangereux, et le syndrome du *Et si* commença à le hanter.

Et si l'instigateur de ce crime odieux n'était pas un méchant, mais, dans la réalité engendrée par la fiction, une figure militaire légendaire, déboulonnée par les politiciens dont il dénonçait bruyamment les hypocrisies... Et si le Saint-Père ne voyait au fond de lui-même aucun inconvénient à se faire kidnapper, à la condition que son cousin – son sosie –, un obscur figurant de la Scala de Milan, prenne sa place, permettant au véritable pontife de considérer de loin les responsabilités écrasantes du Saint-Siège, sans avoir à subir l'emploi du temps débilitant du Vatican et les interminables bénédictions dispensées à des suppliants désireux d'acheter leur place au paradis par des dons généreux. L'histoire prenait une tournure bien différente.

Oh! je vous entends d'ici! *Il s'est laissé entraîner par son propre fleuve de trahisons.* (Je me suis souvent demandé à quel fleuve ce lieu commun fait allusion. Le Styx, le Nil, l'Amazone? Certainement pas le Colorado, car on se fracasserait sur les rochers des rapides.)

Après tout, c'est peut-être vrai. Tout ce que je sais, c'est que, depuis la publication de *Sur la route de Gandolfo*, un certain nombre de lecteurs m'ont demandé, par courrier, au téléphone et même en usant ouvertement de menaces corporelles: *Que sont devenus ces clowns?* (Les coupables, pas la victime consentante.)

En toute franchise, les « clowns » en question attendaient une nouvelle idée ébouriffante. Il y a un an, en pleine nuit, la plus fantasque de mes insignifiantes muses s'écria subitement: *Eurêka!* (Je suis certain que le mot n'est pas d'elle.)

Quoi qu'il en soit, l'auteur, qui avait pris dans *Sur la route de Gandolfo* certaines libertés avec la religion et l'économie, reconnaît volontiers avoir pris dans le présent volume des libertés similaires en matière juridique et judiciaire.

Mais, je vous le demande, qui ne se le permet pas? Je ne parle pas de mon avocat, bien sûr, ni du vôtre, mais que dire de tous les autres?

Pour romancer comme il convient une authentique histoire non documentée, d'origine douteuse, la muse doit renoncer à une discipline solidement enracinée dans la quête de vérités improbables. Tout particulièrement en ce qui concerne sir William Blackstone, le juriste anglais.

N'ayez crainte, il y a une morale:

Tenez-vous à l'écart des tribunaux, à moins d'être en mesure d'acheter le juge. Ou encore si vous réussissiez par miracle à vous faire assister par *mon* avocat, ce qui est impossible, car il consacre toute son énergie à m'éviter la prison.

Je demande à mes nombreux amis du barreau (tous mes amis sont avocats, comédiens ou homicides et je me demande s'il existe une corrélation) de passer sur les points de droit les plus subtils et qui manquent de subtilité. Et pourtant, malgré leur inexactitude, ils pourraient fort bien être justes.

Robert Ludlum

Robert Ludlum est trop modeste pour préciser que, lorsque *Sur la route de Gandolfo* fut publié sous son propre nom, cet ouvrage devint aussitôt un best-seller international et obtint un grand succès dans dix-huit pays.

Les lecteurs furent ravis de découvrir que ses dons pour la comédie égalaient son talent d'auteur de thrillers distrayants sans être frivoles.

L'éditeur

PERSONNAGES

MacKenzie Lochinvar Hawkins – Alias le Faucon ou Mac le Cinglé. Ex-général de l'armée des États-Unis, limogé sur la requête commune de la Maison-Blanche, du Pentagone, du Département d'État et au grand soulagement de la majeure partie des milieux politiques. Décoré à deux reprises de la médaille du Congrès.

Samuel Lansing Devereaux – Jeune et brillant avocat, diplômé de l'École de droit de Harvard. Service militaire (une corvée) en Extrême-Orient. Défenseur du Faucon (un désastre) lors de son procès en Chine.

Aurore Jennifer Redwing – Brillante avocate, elle aussi, et d'une beauté à couper le souffle. Fille de la nation indienne des Wopotamis à laquelle elle voue une fidélité farouche.

Aaron Pinkus – Un personnage très en vue dans les milieux juridiques de Boston. Un juriste-diplomate accompli qui, pour son malheur, est l'employeur de Sam Devereaux.

Desi Arnaz-Un – Un voyou débrouillard, originaire de Porto Rico. Envoûté par le Faucon, il sera peut-être nommé un jour à la tête de la Central Intelligence Agency.

Desi Arnaz-Deux – (Cf. le précédent.) Moins ambitieux que son compère, mais un génie de la mécanique. Particulièrement doué pour voler une voiture, crocheter une serrure, réparer un téléski et même transformer une sauce tomate en anesthésique.

Vincent Mangecavallo – Le vrai directeur de la CIA, avec la bénédiction des parrains de la mafia, de Palerme à Brooklyn. L'arme secrète du gouvernement.

Warren Pease – Le secrétaire d'État. Une arme au fonctionnement très défectueux, mais, quand on a fait ses études dans le même établissement privé que le président et partagé sa chambre...

Cyrus M – Un mercenaire noir, titulaire d'un doctorat en chimie. Victime des menées peu avouables de Washington, il se convertit peu à peu au sens de la justice du Faucon.

Roman Z – Un gitan d'origine croate, ancien compagnon de détention du précédent. Prend son plaisir dans le chaos, à condition d'être en position de force.

Sir Henry Irving Sutton – Un vieux routier de la scène doublé d'un héros de la campagne d'Afrique du Nord où « il n'y avait pas de fichu metteur en scène pour m'empêcher de jouer comme je le sentais ».

Hyman Goldfarb – Un ancien footballeur, le plus grand défenseur qui ait jamais foulé les pelouses de la NFL. Le malheur voulut qu'il soit recruté par le Faucon.

Les « Six Suicidaires »
Duke, Dustin, Marlon, sir Larry, Sly, Telly – Des comédiens professionnels entrés dans l'armée, qui ont formé une unité antiterroriste considérée par les spécialistes comme la meilleure. N'ont jamais tiré un seul coup de feu.

Les membres du country club de Fawning Hill
Bricky, Doozie, Froggie, Moose, Smythie – Issus d'un milieu aisé, ont fréquenté les meilleures écoles et les clubs les plus huppés. Ils soutiennent passionnément les intérêts de leur patrie... après le leur, naturellement, bien après.

Johnny Calfnose – Officier de renseignements au serice de la tribu des Wopotamis. Quand il décroche le téléphone, c'est le plus souvent pour mentir. Doit encore à Jennifer Redwing l'argent de sa caution. Qu'ajouter à cela ?

Arnold Subagaloo – Le porte-parole de la Maison-Blanche. Saute dans un avion (un appareil gouvernemental mis gracieusement à sa disposition) dès que quelqu'un mentionne qu'il n'est pas le président. Il n'y a rien à ajouter.

Le reste des personnages joue peut-être un rôle moins important, mais il ne faut jamais oublier qu'il n'y a pas de petits rôles, seulement de petits acteurs et aucun d'eux n'entre dans cette catégorie infamante. Chacun d'eux œuvre dans la grande tradition de Thespis, se donnant entièrement à son rôle, aussi modeste que soit sa contribution. « La pièce est le moyen de retenir la conscience du roi ! » Ou peut-être de quelqu'un d'autre.

PROLOGUE

Les flammes dansantes s'élevaient dans le ciel nocturne, créant de vastes zones d'ombres mouvantes sur les visages peints des Indiens rassemblés autour du feu. Le chef de la tribu, revêtu de la tenue de cérémonie et des ornements de sa dignité, la tête ceinte d'une coiffure à plumes tombant jusqu'au sol, déplia majestueusement son immense carcasse et s'adressa à l'assistance d'une voix vibrante.

— Je parle pour vous dire que les péchés de l'homme blanc ne lui ont valu que le courroux des mauvais esprits! Ils le dévoreront et le précipiteront dans les flammes de la damnation éternelle! Croyez-moi, mes frères et mes fils, mes sœurs et mes filles, le jour du Jugement est proche et il verra notre triomphe!

Il n'y avait qu'un seul problème pour la majeure partie de l'assistance: le chef était lui-même un homme blanc.

— D'où est-ce qu'il sort, celui-là? murmura un ancien de la tribu Wopotami à l'oreille de la squaw assise à ses côtés.

— Chut! souffla la femme. Il nous a apporté un plein camion de souvenirs de Chine et du Japon. Il ne faut pas cracher sur les bonnes choses, Face d'Aigle!

1

Le petit bureau minable situé au dernier étage du bâtiment administratif était d'un autre temps, c'est-à-dire que personne d'autre que l'occupant du moment ne l'avait utilisé depuis soixante-quatre ans et huit mois. Non pas parce qu'il recelait de terribles secrets ou que de malveillants fantômes du passé flottaient sous le plafond écaillé, mais tout simplement parce que personne n'avait voulu l'utiliser. Il convient encore de préciser une chose : le bureau ne se trouvait pas exactement au dernier étage, mais sous les combles et on y accédait par un étroit escalier de bois, dans le genre de ceux que les épouses des pêcheurs de baleine de New Bedford gravissaient pour aller scruter la mer de leur balcon, espérant, dans la plupart des cas, distinguer des voiles familières annonçant le retour de leur capitaine Achab personnel.

Pendant l'été, on étouffait dans ce bureau pourvu d'une unique petite fenêtre. En hiver, on y gelait, car la charpente de bois n'avait aucune isolation et la fenêtre, impossible à calfeutrer, battait sans cesse et laissait entrer un air glacé. Au fond, la petite pièce vétuste, au mobilier réduit datant du début du siècle, était un peu la Sibérie de l'agence gouvernementale dont elle dépendait. Le dernier employé à y avoir travaillé était un Indien d'Amérique déconsidéré qui avait eu l'audace non seulement d'apprendre à lire, mais de faire observer à ses supérieurs, sachant eux-mêmes à peine lire, que certaines restrictions imposées à une réserve de la nation Navajo étaient trop rigoureuses. D'après la rumeur, le fonctionnaire était mort de froid en janvier 1927 et son corps n'avait été découvert qu'au mois de mai, quand, aux premières chaleurs, une odeur pestilentielle s'était répandue dans le bâtiment de cette agence gouvernementale. Il s'agit, bien entendu, du Bureau des Affaires indiennes.

Ce drame, loin d'exercer un quelconque effet de dissuasion, était plutôt un stimulant pour l'homme qui se trouvait ce jour-là dans la petite pièce. La longue silhouette penchée sur le bureau à cylindre dont tous les petits tiroirs avaient disparu et dont le panneau coulissant restait coincé à mi-hauteur était celle du général MacKenzie Hawkins, figure légendaire de l'armée, héros de trois guerres, décoré à deux reprises de la médaille d'honneur du Congrès. Ce géant, au corps mince et musclé sur lequel l'âge ne semblait pas avoir de prise, au regard d'acier, au visage tanné et sillonné de rides trahissant le passage des ans, avait engagé un nouveau combat. Pour la première fois de sa vie, ce n'était pas contre les ennemis de sa chère patrie qu'il était en guerre, mais contre le gouvernement des États-Unis. A propos d'un événement qui avait eu lieu cent douze ans auparavant.

Peu importe que cela remonte au déluge, songea-t-il en faisant grincer l'antique fauteuil pivotant pour se tourner vers une table adjacente sur laquelle étaient empilés de vieux registres reliés cuir et des cartes. C'étaient les mêmes trous du cul que ceux qui l'avaient dépouillé de son uniforme et viré de l'armée! Tous les mêmes, ces salauds, qu'ils portent la redingote à fanfreluches du siècle dernier ou l'élégant costume rayé d'aujourd'hui qui leur donnait un air constipé. Tous des trous du cul! Le temps ne faisait rien à l'affaire; tout ce qui importait, c'était de leur régler leur compte!

Le général tira sur la chaîne de la lampe à abat-jour vert du début des années 20 et étudia une carte, une puissante loupe dans la main droite. Puis il fit pivoter son siège et se pencha sur le bureau déglingué pour relire le paragraphe qu'il avait souligné dans un registre dont la reliure n'avait pas résisté aux outrages du temps. Ses yeux perpétuellement plissés s'ouvrirent démesurément et se mirent soudain à briller d'excitation. Il tendit la main vers le seul instrument de communication à sa disposition, puisque l'installation d'un poste téléphonique aurait pu trahir sa présence plus qu'assidue dans les locaux du Bureau des Affaires indiennes. C'était un cornet relié à un tube. Il souffla à deux reprises dans l'instrument : le signal d'urgence. Puis il attendit la réponse qui lui parvint par l'instrument primitif trente-huit secondes plus tard.

— Mac? fit une voix râpeuse dans le cornet antédiluvien.
— Heseltine, j'ai trouvé!
— Pour l'amour du ciel, pourrais-tu souffler un peu plus doucement dans ce machin? Ma secrétaire était là et je pense qu'elle a cru que mon râtelier se mettait à siffler.
— Elle est sortie?
— Elle est sortie, confirma Heseltine Brokemichael, directeur du Bureau des Affaires indiennes. Que se passe-t-il?
— Je viens de te le dire, j'ai trouvé!
— Trouvé quoi?
— La plus grande escroquerie réussie par les trous du cul... les mêmes que ceux qui nous ont obligés à raccrocher l'uniforme, mon vieux frère d'armes!

— Oh! comme j'aimerais avoir la peau de ces salauds! Où cela s'est-il passé et quand?

— Au Nebraska, il y a cent douze ans.

— Mac, fit Brokemichael après un long silence, nous n'étions pas là, à cette époque. Même toi, tu n'étais pas né!

— Ça ne fait rien, Heseltine. Ce sont les mêmes vacheries et les mêmes ordures qui leur ont fait subir cela, comme pour nous, un siècle plus tard.

— De qui parles-tu?

— Des Wopotamis, une tribu de la nation des Mohawks. Elle a émigré vers les territoires du Nebraska au milieu du siècle dernier.

— Et alors?

— Le moment est venu de se pencher sur les archives secrètes, général Brokemichael.

— Ne parle pas de ça! Personne n'a le droit d'y toucher!

— Si, toi. Il me faut une confirmation définitive, juste les derniers détails à régler.

— Pour quoi faire? Pourquoi?

— Parce que les Wopotamis du Nebraska sont peut-être encore légalement propriétaires du sol et de l'espace aérien d'Omaha et de sa région.

— Tu es cinglé, Mac! C'est le Commandement stratégique aérien!

— Il ne me manque plus qu'une ou deux petites choses, des détails cachés, et tous les faits seront là... Je te retrouve au sous-sol, devant la salle des archives secrètes, général Brokemichael. Ou bien préfères-tu, Heseltine, que je te donne le titre de coprésident, avec moi, bien sûr, de l'état-major interarmes? Si j'ai vu juste, et je sais que j'ai vu juste, nous tenons la Maison-Blanche et le Pentagone par la peau du cul et ils ne se libéreront que quand nous aurons décidé de les lâcher.

Il y eut un nouveau silence.

— D'accord, Mac, je vais te laisser entrer, mais, après, je disparais jusqu'à ce que tu m'annonces qu'on me rend mon uniforme.

— Très bien. Au fait, je vais plier bagage et rapporter à Arlington tout ce que j'ai apporté ici. Le pauvre diable qu'on a laissé crever dans ce trou à rats et qu'on n'a retrouvé que lorsqu'il a commencé à empester ne sera pas mort pour rien.

Les deux généraux longeaient d'un pas martial les rayonnages métalliques de la salle des archives secrètes. L'éclairage était si faible qu'ils avaient allumé leurs torches électriques. Dans la septième allée, MacKenzie Hawkins s'arrêta, le faisceau de sa torche braqué sur un volume ancien à la reliure déchirée.

— Je crois que nous y sommes, Heseltine.

— Oui, mais tu n'as pas le droit de le sortir d'ici.

— Je sais, dit Hawkins en sortant un appareil miniaturisé d'une poche de son complet gris, et je vais me contenter de prendre quelques photos.

— Combien de rouleaux as-tu pris ? demanda l'ex-général de brigade Heseltine Brokemichael tandis que MacKenzie transportait l'énorme volume jusqu'au bout de l'allée pour le poser sur une table d'acier.

— Huit, répondit Hawkins en ouvrant le livre et en commençant à feuilleter les pages jaunies jusqu'à ce qu'il trouve celles qu'il cherchait.

— J'en ai deux autres, si jamais tu en avais besoin, dit Heseltine. Ce n'est pas parce que je suis excité par ce que tu penses avoir découvert, mais, s'il y a un moyen d'atteindre Ethelred, je ne laisserai pas passer l'occasion !

— Je croyais que vous vous étiez rabibochés, fit MacKenzie en continuant à photographier les pages jaunies.

— *Jamais !*

— Ce n'était pas de la faute d'Ethelred, mais d'un jeune con d'avocat du bureau de l'Inspecteur général, un diplômé de Harvard du nom de Sam Devereaux. C'est lui qui est responsable, pas Brokey le Méchant. Il y avait deux Brokemichael et il les a confondus, c'est tout.

— Foutaises ! C'est Brokey-Deux qui m'a accusé !

— Je crois que tu fais erreur, mais ce n'est pas pour parler de ça que je suis venu ici et toi non plus... Il me faudrait le volume qui suit celui-ci. Il devrait y avoir CXII sur la reliure... Aurais-tu l'obligeance d'aller me le chercher ?

Pendant que le chef du Bureau des Affaires indiennes s'éloignait dans l'allée, le Faucon sortit de sa poche un rasoir avec lequel il découpa prestement quinze pages du registre. Puis, sans les plier, il glissa sous sa veste les précieuses feuilles.

— Je ne l'ai pas trouvé, annonça Brokemichael en revenant.

— Ça ne fait rien. J'ai tout ce qu'il me faut.

— Et maintenant, Mac ?

— Maintenant, je vais avoir besoin de temps, Heseltine. Peut-être beaucoup, beaucoup de temps, peut-être un an. Mais il faut que tout soit parfait ; il ne doit pas y avoir la moindre faille.

— Dans quoi ?

— Dans l'action que je vais intenter contre le gouvernement des États-Unis, répondit Hawkins en sortant placidement de sa poche un cigare mutilé qu'il alluma avec un Zippo de la Seconde Guerre mondiale. Attends un peu, Brokey, et ouvre grands les yeux.

— Seigneur ! Attendre quoi ?... Non, ne fume pas ! Il est interdit de fumer ici !

— Allons, Brokey, toi et ton cousin Ethelred, vous avez toujours été trop scrupuleux. Quand le règlement et l'action sont trop difficiles à concilier, vous cherchez désespérément d'autres règlements. La réponse n'est pas dans le règlement, Heseltine, pas celui qu'on nous agite sous le nez. Elle est dans le ventre, dans les tripes. Certaines choses sont justes, d'autres non; c'est aussi simple que cela. Il faut savoir écouter ses tripes.

— Mais qu'est-ce que tu racontes?

— Mes tripes me disent de chercher des livres que l'on n'est pas censé lire. Dans des lieux où les secrets sont conservés, comme celui où nous nous trouvons en ce moment.

— Mac, tu dis n'importe quoi!

— Donne-moi un an, Brokey, peut-être deux, et tu comprendras tout. Il faut que ce soit bien, que ce soit parfait.

Le torse bombé, le général MacKenzie Hawkins s'engagea entre deux rangée d'étagères métalliques et gagna la sortie de la salle des archives. Maintenant, se dit-il in petto, il s'agit de se mettre dare-dare au boulot. Soyez prêts, ô Wopotamis! Je suis tout à vous!

Vingt et un mois s'écoulèrent et personne n'était prêt à voir apparaître Nuée d'Orage, le chef des Wopotamis.

2

Les mâchoires serrées, les yeux brillants de colère fixés droit devant lui, le président des États-Unis allongea le pas dans le couloir aux murs gris métallisé du complexe souterrain de la Maison-Blanche. En quelques secondes, il distança sa suite, sa haute silhouette anguleuse penchée en avant comme pour résister à la force d'un vent impétueux. C'était l'image du chef impatient d'atteindre le sommet des remparts battus par la tempête, d'où il pourrait embrasser du regard le pays déchiré par la guerre et élaborer une stratégie afin de repousser les hordes d'envahisseurs lancées à l'assaut de son royaume. C'était Jeanne d'Arc au siège d'Orléans, Henri V d'Angleterre pressentant que la bataille décisive d'Azincourt était imminente.

Son objectif immédiat, dont il s'approchait avec anxiété, était la salle d'Évaluation enfouie au plus profond du sous-sol de la Maison-Blanche. Il arriva devant une porte qu'il ouvrit d'un geste brusque et pénétra dans la pièce. Ses subordonnés haletants s'y engouffrèrent dans son sillage.

— Messieurs, rugit le président, c'est le moment de faire travailler votre matière grise !

Le silence qui suivit fut rompu par la voix aiguë et tremblotante d'une assistante.

— Peut-être pas ici, monsieur le président...
— Comment ? Pourquoi ?
— Ce sont les toilettes pour hommes, monsieur.
— Ah ?... Alors, que faites-vous ici ?
— Je vous suis, monsieur.
— Mince ! je me suis trompé. Allez ! tout le monde dehors !

La surface de la grande table ronde de la salle d'Évaluation luisait faiblement, reflétant les silhouettes qui venaient de prendre place tout autour. Ces ombres sur le bois poli demeuraient parfaitement immobiles, tout comme les visages pétrifiés aux regards ébahis, rivés sur l'homme émacié, portant des lunettes, qui se tenait derrière le président et devant un tableau portable sur lequel étaient tracés plusieurs diagrammes avec des craies de quatre couleurs. L'utilisation des craies de couleur n'était sans doute pas la méthode la plus appropriée, car deux des membres de la cellule de crise étaient atteints de daltonisme. L'expression ahurie qui se peignait sur le visage juvénile du vice-président n'avait rien d'inhabituel, mais l'agitation croissante du porte-parole de l'état-major interarmes ne pouvait passer inaperçue.

— Nom de nom, Washbum, je ne...
— Washburn, mon général.
— D'accord... Je n'arrive pas à suivre la ligne juridique.
— C'est la ligne orange.
— Laquelle est-ce?
— Je viens de vous le dire, celle qui est tracée avec la craie orange...
— Montrez-la-moi.

Plusieurs têtes se tournèrent et le président soupira.

— Mais, enfin, Zack, vous ne la voyez donc pas?
— Il fait sombre dans cette pièce, monsieur le président.
— Je ne trouve pas, Zack. Moi, je distingue très bien cette ligne.
— Eh bien, fit le général en baissant brusquement la voix, il se trouve que j'ai un petit problème de vue... des difficultés à distinguer certaines couleurs.
— Pardon?
— J'ai entendu! s'écria le vice-président aux cheveux filasse, assis à côté du porte-parole de l'état-major interarmes. Il est daltonien!
— Mince, Zack! Vous êtes un soldat quand même!
— C'est venu sur le tard, monsieur le président.
— Eh bien, pour moi, c'est venu tôt, poursuivit avec excitation l'héritier présomptif du Bureau ovale. En fait, c'est ce qui m'a empêché d'embrasser la carrière des armes et, croyez-moi, j'aurais donné n'importe quoi pour corriger cette anomalie.
— Fermez donc un peu votre grande gueule, lança un homme au teint basané, le directeur de la Central Intelligence Agency, d'une voix basse, mais avec un regard menaçant derrière ses lourdes paupières mi-closes. La foutue campagne est terminée.
— Allons, Vincent, intervint le président, vous n'avez aucune raison d'employer ce langage! N'oubliez pas qu'il y a une dame parmi nous.
— C'est une affaire d'opinion, monsieur. Et la langue verte n'est pas tout à fait inconnue à la dame en question.

Le directeur de la CIA adressa un sourire sarcastique à l'assistante de la Maison-Blanche avant de reporter son attention sur l'homme du nom de Washburn qui attendait devant son tableau.

— Alors, monsieur l'expert juridique, dans quel... pétrin nous sommes-nous fourrés?
— Je préfère ce langage, Vinnie, fit le président. Je vous remercie de faire cet effort.

— Tout le plaisir est pour moi... Allez-y, monsieur l'expert. Dans quel caca sommes-nous ?

— Très joli, Vinnie.

— Je vous en prie, monsieur, nous sommes tous un peu tendus.

Le directeur de la CIA se pencha en avant, son regard inquiet braqué sur le conseiller juridique de la Maison-Blanche.

— Posez donc votre craie et faites-nous un topo. Soyez gentil, ne prenez pas une semaine pour en venir au fait.

— Comme vous voulez, monsieur Mangecavallo, dit le juriste en reposant son bâton de craie sur le rebord du tableau. J'essayais simplement de représenter sous forme de diagramme les précédents historiques relatifs aux violations des droits des nations indiennes.

— Quelles nations ? demanda le vice-président avec un soupçon d'arrogance dans la voix. Ce sont des tribus, pas des pays.

— Poursuivez, lança Mangecavallo. Faites comme s'il n'était pas là.

— Eh bien, je suis sûr que vous avez tous en mémoire les renseignements transmis par notre informateur à la Cour suprême, selon lesquels une tribu obscure et déshéritée a saisi cet organe juridictionnel à propos d'un traité prétendument signé avec le gouvernement fédéral et perdu ou dérobé par des agents fédéraux. Un traité qui, s'il était retrouvé, rétablirait les droits de cette tribu sur certains territoires abritant aujourd'hui des installations militaires de la plus haute importance.

— En effet, dit le président, et cela nous a beaucoup amusés. Ils ont même adressé à la Cour une requête extrêmement détaillée que personne ne voulait se donner la peine de lire.

— Il y a des pauvres qui sont prêts à tout, sauf à trouver du travail, renchérit le vice-président. Il y a vraiment de quoi rire.

— Notre juriste distingué ne rit pas, fit observer le directeur de la CIA.

— Non, monsieur, je pense qu'il n'y a pas de quoi rire. Notre taupe nous a fait part de certaines rumeurs insistantes, qui sont peut-être dénuées de tout fondement, mais d'après lesquelles cinq ou six magistrats de la Cour ont pris cette requête tellement au sérieux qu'ils ont mis la question en délibération. Ils sont plusieurs à penser que le traité de 1878, négocié entre la tribu des Wopotamis et le XIVe Congrès, pourrait engager le gouvernement des États-Unis.

— Vous êtes tombé sur la tête ! rugit Mangecavallo. Ils ne peuvent pas faire ça !

— Totalement inacceptable, décréta avec aigreur le secrétaire d'État en s'agitant dans son costume rayé. Ces fadas de la Cour peuvent faire une croix sur leur réélection !

— Je pense qu'ils n'ont pas à se faire réélire, Warren, glissa le président en secouant lentement la tête. Mais je vois très bien ce que tu veux dire. Comme le grand communicateur me l'a souvent répété : « Ces crétins ne décrocheraient jamais un rôle de figurant dans *Ben Hur*, même dans les scènes du Colisée. »

— Très profond, approuva le vice-président en hochant vigoureusement la tête. C'est bien trouvé... A propos, qui est ce Benjamin Hur?

— Parlons d'autre chose, soupira le ministre de la Justice, un homme corpulent, au crâne dégarni, qui ne s'était pas encore remis de la course dans les couloirs souterrains. L'important, c'est qu'ils n'auront pas à chercher un autre poste. Ils sont nommés à vie et nous n'avons pas de prise sur eux.

— A moins d'engager contre chacun d'eux une procédure de mise en accusation pour les faire destituer, nasilla Warren Pease, le secrétaire d'État, avec un sourire pincé, dépourvu de toute bonhomie.

— N'y songez pas, rétorqua le ministre de la Justice. Ils sont irréprochables, d'une pureté virginale, même la femme. J'ai fait faire une enquête sur toute la clique quand ces abrutis nous ont refusé la taxe électorale.

— C'était une décision grotesque! s'écria le vice-président, les yeux écarquillés, en quêtant du regard l'approbation des autres. Que représentent cinq cents dollars pour acquérir le droit de vote?

— C'est vrai, quoi! approuva l'occupant du Bureau ovale. Les bonnes gens auraient pu les déduire de leurs plus-values. Tenez, j'ai lu par exemple dans *The Bank Street Journal* un article d'un excellent économiste, un de nos anciens condisciples, d'ailleurs, dans lequel il expliquait qu'en faisant passer du cadre C dans la colonne des pertes estimées...

— S'il vous plaît, monsieur... le coupa d'une voix douce le directeur de la Central Intelligence Agency. Ce fumiste est aujourd'hui derrière les barreaux... Six à dix ans pour escroquerie. Restons discrets, voulez-vous?

— Bien sûr, Vincent... C'est vrai, ce que vous dites?

— Aucun de nous ne se souvient de lui, poursuivit le directeur de la CIA d'une voix à peine audible. Avez-vous oublié ses méthodes quand il était aux Finances? Il avait fait passer la moitié du budget de la Défense sur celui de l'Éducation, mais personne n'avait eu d'écoles.

— Une remarquable opération de relations publiques...

— Est-ce qu'il va la boucler, celui-là?

— La boucler? Tiens, cela me rappelle ce que nous disions dans la marine. Vous étiez dans la marine, Vincent?

— Disons que j'ai fait pas mal de balades en hors-bord, monsieur. Sur le théâtre d'opérations des Caraïbes, vous voyez?

— Êtes-vous passé par Annapolis [1]?

— J'ai connu un Grec de la mer Égée, qui était capable de *sentir* les vedettes de la police quand il faisait noir comme dans un four.

Mangecavallo se tourna vers le ministre de la Justice.

— Au fait, vous êtes sûr d'avoir bien fouillé dans le passé de toute

---

1. Ville des États-Unis où est située l'École navale nationale. (*N.d.T.*)

cette clique? De ces fadas de la Cour, comme l'a dit si élégamment notre secrétaire d'État. Il peut y avoir eu des omissions, non?

— J'ai fait appel à toutes les ressources du FBI, répondit l'obèse en changeant de position dans le fauteuil trop étroit pour lui tout en s'essuyant le front avec un mouchoir sale. Nous n'avons pu relever la moindre infraction contre eux, pas la plus petite contravention. Des modèles de vertu.

— Qu'est-ce que vos demeurés du FBI sont capables de trouver, hein? Ils ont bien donné le feu vert pour ma nomination. Pour eux, j'étais un petit saint!

— La Chambre des représentants et le Sénat l'ont ratifiée à une confortable majorité, Vincent. Voilà qui en dit long sur nos garanties constitutionnelles.

— Parlons d'autre chose, si vous voulez bien. D'après notre distingué binoclard, cinq ou six magistrats ne nous seraient pas très favorables.

— Ce ne sont peut-être que des bruits de couloir, précisa Washburn. Ce qui se chuchote sous le manteau.

— Je croyais qu'on appelait cela une robe...

— Vous ne m'avez pas compris, monsieur. Je veux dire que les débats restent secrets, que pas un mot n'a filtré, ni pour la presse ni pour le public. En réalité, ils se sont imposé eux-mêmes le black-out, pour des raisons de sécurité nationale, *in extremis.*

— In *quoi*?

— Bon Dieu! s'écria Washburn. Notre belle patrie, la nation si chère à notre cœur risque de se trouver sur le plan militaire dans la situation la plus vulnérable de son histoire, si cinq de ces abrutis de juges votent en leur âme et conscience. Nous risquons l'anéantissement!

— Bon, bon, du calme! lança Mangecavallo en faisant du regard le tour de l'assistance sans s'attarder sur le président et son héritier présomptif. Ce secret militaire nous donne un peu de répit et nous pouvons encore essayer de faire changer d'avis cette demi-douzaine de toqués... En ma qualité de spécialiste des renseignements, je propose de nous assurer qu'au moins deux ou trois de ces cornichons restent à leur place, dans leur bocal. D'accord? Comme ce genre d'activité est de mon ressort, je vais me mettre tout de suite au travail, *capisce*?

— Vous allez devoir faire vite, monsieur le directeur, dit Washburn. Notre informateur affirme que le président de la Cour lui a confié en personne qu'il allait lever le black-out sur les délibérations dans les quarante-huit heures. Le président Reebock aurait dit : « On a autre chose à foutre que de s'occuper de cette histoire minable. » Ce sont ses propres termes, monsieur le président. Personnellement, je n'emploie pas ce langage.

— C'est tout à votre honneur, Washbum...

— Washburn, monsieur.

— Comme vous voulez... Creusez-vous un peu le cerveau, messieurs! Vous aussi, mademoiselle...

— Trueheart, monsieur le président. Teresa Trueheart.

— Quelle est votre fonction?

— Je suis la secrétaire particulière de votre secrétaire général, monsieur.

— Très particulière, marmonna le directeur de la CIA.

— Bouclez-la, Vincent! Mon secrétaire général...? Bon sang de bonsoir, où est passé Arnold? C'est une vraie Crise, quand même, avec un grand C.

— Il se fait masser tous les jours, à cette heure-ci, monsieur, répondit Teresa Trueheart avec entrain.

— Écoutez, je ne voudrais pas le critiquer, mais...

— Vous êtes parfaitement en droit de le critiquer, monsieur le président, lança l'héritier présomptif en roulant les yeux.

— Il faut reconnaître qu'il a été soumis à rude épreuve, ces derniers temps. La presse se déchaîne contre lui et il est assez susceptible.

— Et rien ne vaut un massage pour relâcher la tension, acquiesça le vice-président. Croyez-moi, je suis passé par là!

— Alors, messieurs, où en sommes-nous? Il est temps de faire le point et de mettre toutes voiles dehors.

— A vos ordres, capitaine!

— Voulez-vous nous lâcher un peu, monsieur le vice-président?... Ce compas devrait être orienté vers la pleine lune, parce que c'est une histoire de fous, mais elle ne fait rire personne.

— En ma qualité de ministre de la Défense, intervint un homme de très petite taille, au visage chiffonné dépassant à peine de la table, le regard réprobateur braqué sur le directeur de la CIA, je trouve cette situation parfaitement ridicule. On ne peut laisser à ces abrutis de la Cour suprême la possibilité de porter un coup fatal à la sécurité de la nation sous prétexte de faire respecter un vague traité oublié depuis longtemps et conclu avec une tribu indienne dont personne n'a jamais entendu parler!

— Mais si, protesta le vice-président, moi, j'ai entendu parler des Wopotamis. L'histoire n'était certes pas ma meilleure matière, mais je me souviens d'avoir trouvé ce nom amusant, comme les Choppywaws. Je croyais qu'ils avaient été exterminés, qu'ils avaient succombé à la famine ou un truc idiot de ce genre.

Le bref silence qui suivit fut rompu par la voix sourde de Vincent Mangecavallo dont le regard était planté dans celui du jeune homme qui pouvait devenir d'un instant à l'autre le commandant en chef de la nation.

— Si vous dites un mot de plus, cervelle de moineau, un seul mot, vous allez finir avec des bottes de ciment au fond du Potomac. Est-ce que je me fais bien comprendre?

— Vincent, vous exagérez!

— Écoutez, monsieur le président, vous m'avez confié la responsabilité de la sécurité de tout le pays. Eh bien, permettez-moi de vous dire que je n'ai jamais entendu quelqu'un parler à tort et à travers comme ce blanc-bec. Je pourrais le faire taire définitivement pour avoir dit et fait ce qu'il n'a même pas conscience d'avoir dit et fait. Sans laisser de traces, bien entendu.

— Ce n'est pas juste!

— Il n'y a pas de justice en ce bas monde, soupira le ministre du même nom, le front couvert de sueur, en tournant son attention vers le conseiller juridique de la Maison-Blanche. Où en sommes-nous, Blackburn?

— Washburn...

— Comme vous voulez... Revenons au désastre qui nous guette et concentrons-nous là-dessus! Pour commencer, qui est véritablement l'ordure, le traître, le mauvais Américain qui se cache derrière ce pourvoi antipatriotique devant la Cour suprême?

— Il se fait appeler Nuée d'Orage et se dit Amérindien, répondit Washburn. D'après notre informateur, la requête déposée par son avocat est considérée comme l'une des plus brillantes jamais reçues par les instances judiciaires. On murmure confidentiellement qu'elle figurera dans les annales de la jurisprudence comme un modèle d'analyse juridique!

— Les annales, mon cul! rugit le ministre de la Justice en passant une nouvelle fois son mouchoir sale sur son front moite. Je vais démolir ce tordu, je vais le briser! Sa carrière est terminée! Quand j'en aurai fini avec lui, il ne trouvera même pas à faire du porte à porte à Beyrouth pour placer des assurances! Et je ne parle pas des professions juridiques! Pas un seul cabinet ne voudra de lui et il ne trouvera pas un seul client à Leavenworth. Comment s'appelle cette petite ordure?

— Eh bien... commença Washburn dont la voix de fausset s'étrangla. Il se trouve qu'il y a... un léger contretemps.

— Un contretemps? lança de sa voix nasillarde Warren Pease dont l'œil gauche avait une fâcheuse tendance à dévier de son axe quand il était énervé. Qu'est-ce que c'est que cette histoire? ajouta-t-il en avançant la tête comme un poulet subissant les derniers outrages. Tout ce que je vous demande, c'est son nom, espèce d'ahuri!

— Il n'y a pas de nom, souffla Washburn.

— Grâce à Dieu, ce crétin ne travaille pas pour le Pentagone, fit le tout petit ministre de la Défense d'une voix grinçante... Nous ne retrouverions jamais la moitié de nos missiles.

— Je crois qu'ils sont à Téhéran, Oliver, glissa le président. Qu'en pensez-vous?

— Ce n'était que pour la forme, monsieur, dit le chef du Pentagone en secouant nerveusement de droite à gauche sa petite tête fripée au ras de la table. De toute façon, cette affaire remonte à une époque où nous n'étions pas là, ni vous ni moi. Vous n'avez pas oublié, monsieur ?

— Non, non, bien sûr.

— Alors, monsieur le binoclard, pourquoi n'avez-vous pas de nom à me révéler ?

— Il y a un précédent juridique, monsieur... Et je m'appelle... Bof !

— Comment cela, « Bof ! », pauvre vermisseau ? Je veux son nom !

— Ce n'est pas ce que je voulais dire...

— Alors, que vouliez-vous dire ?

— *Non nomen amicus curiae*, murmura le juriste de la Maison-Blanche d'une voix à peine audible.

— Qu'est-ce vous faites, demanda le directeur de la CIA, ses gros yeux noirs exorbités. Vous dites un Ave Maria ?

— Cela remonte à 1826, quand la Cour suprême a accepté une requête anonyme d'un « ami de la Cour », pour le compte d'un demandeur.

— Je vais le tuer ! gronda le ministre de la Justice tandis qu'un vent fusait de dessous son énorme postérieur.

— Attendez un peu ! rugit le secrétaire d'État dont l'œil gauche roulait furieusement dans l'orbite. Voulez-vous nous faire croire que cette requête en faveur de la tribu des Wopotamis a été déposée par un avocat dont l'identité n'est pas connue ?

— Oui, monsieur. Le chef Nuée d'Orage a envoyé son représentant, un jeune brave récemment reçu à l'examen du barreau, pour se présenter à huis clos devant les juges en qualité d'avocat suppléant, en attendant que soit requise la présence de l'avocat anonyme à l'origine de la requête, dans le cas où elle serait jugée irrecevable... Elle ne le fut pas. La Cour déclara à la majorité l'action recevable telle qu'elle était intentée.

— Ce qui fait que nous ne pouvons pas savoir qui a mijoté toute cette affaire ! s'écria le ministre de la Justice toujours en proie à une nouvelle attaque de ses gaz intestinaux.

— Ma femme et moi, nous appelons cela des « renvois de siège », ricana le vice-président en s'adressant à mi-voix à son patron.

— Nous, nous disions des « coups de sifflet du fourgon de queue », glissa le président avec un petit sourire de connivence.

— Et merde ! rugit le ministre de la Justice. Mais non, monsieur le président, ce n'est pas à vous que je m'adresse, ni au petit jeune homme, mais à M. Backwash...

— Mon nom est... J'abandonne.

— Vous prétendez donc qu'il nous est impossible de connaître l'identité de l'auteur de ce torche-cul, de cette abomination à laquelle cinq écervelés parmi les juges de la Cour suprême pourraient donner valeur de loi, détruisant du même coup le centre vital de notre défense nationale !

— Le chef Nuée d'Orage a informé la Cour qu'en temps voulu, après que la décision de justice aura été rendue publique et son peuple libéré, il fera connaître le nom du juriste qui a rédigé la requête de sa tribu.

— Très bien, déclara le porte-parole de l'état-major interarmes. Il ne nous restera plus qu'à consigner cette ordure dans la réserve, avec ses potes à la peau rouge, et à les faire tous disparaître de la surface de la terre.

— Pour cela, général, il faudrait rayer de la carte toute la ville d'Omaha, Nebraska.

Ainsi s'acheva la réunion de la cellule de crise. Seuls le président et son secrétaire d'État restèrent assis à la table.

— Si je t'ai demandé de rester, Warren, commença le chef de l'exécutif, c'est parce que je ne comprends pas toujours ces gens-là.

— C'est sûr, nous nous connaissons depuis l'école, mais ils n'ont pas fréquenté le même genre d'établissement.

— Grand Dieu! non! Je le sais bien, mais ce n'est pas de cela que je parle. Je les trouve tellement excités, toujours en train de hurler, de jurer et tout!

— Nous savons bien que les gens de basse extraction ont de la peine à maîtriser leurs émotions. Ils manquent de retenue. Souviens-toi de l'épouse du directeur qui se mettait à chanter « One-Ball Reilly » au fond de la chapelle, quand elle avait bu un coup de trop. Seuls les boursiers se retournaient.

— Ce n'est pas tout à fait vrai, murmura le président, l'air penaud. Moi aussi, cela m'arrivait.

— Non! Pas possible!

— Disons que je jetais des coups d'œil furtifs. Elle m'excitait tellement. Tout a commencé pendant les leçons de danse, avec le fox-trot.

— La salope, elle savait s'y prendre! Je suis sûr que cela lui faisait de l'effet.

— Je suppose... Mais revenons à nos moutons, veux-tu? Crois-tu que cette histoire de traité indien puisse déboucher sur une situation embarrassante?

— Bien sûr que non! C'est encore Reebock qui fait des siennes. Il essaie de se venger, parce qu'il s'imagine que c'est toi qui lui as refusé l'entrée dans notre Société honoraire des anciens élèves.

— Je te jure que ce n'est pas vrai!

— Je le sais bien, puisque c'est moi. Ses opinions politiques sont acceptables, mais il est laid comme un pou et toujours ficelé comme l'as de pique. Il est positivement ridicule en smoking. Je le soupçonne également de radoter... Non, il n'est pas des nôtres, mon vieux. Tu as entendu ce que Washboard a dit... Reebock a confié à notre informateur qu'il avait « autre chose à foutre que de s'occuper de cette histoire minable ». Que te faut-il de plus?

— Mais tout le monde était si énervé, surtout Vincent Manja... Manju... Mango... Je ne sais plus!
— C'est son côté italien. Il a le sang chaud.
— Peut-être, Warren. Mais Vincent m'inquiète. C'était certainement un excellent officier de marine, mais il pourrait devenir un de ces types difficiles à contrôler... Tu vois à qui je pense.
— Arrête, je t'en prie! Tu vas me faire faire des cauchemars!
— J'essaie simplement de les prévenir, mon vieux. Tu sais que Vincent ne s'entend pas très bien avec le ministre de la Justice et l'état-major interarmes, et que ses rapports avec tout le ministère de la Défense sont franchement mauvais. Je te demande donc de cultiver des relations étroites avec lui pour tout ce qui concerne ce problème, de devenir une sorte d'ami, de confident.
— Avec Mangecavallo?
— C'est ta fonction qui l'exige, mon vieux Warty. Le secrétaire d'État a un rôle important à jouer dans une affaire de cette nature.
— Mais cette requête ne donnera rien!
— Je n'en doute pas, mais songe aux réactions internationales quand la décision de la Cour sera rendue publique. Nous vivons dans un État de droit où l'arbitraire n'a pas sa place. Tu vas avoir du pain sur la planche dans le domaine des relations internationales.
— Mais pourquoi moi?
— Bon sang de bois, je viens de te le dire, Warty!
— Pourquoi pas le vice-président? Il pourrait me tenir au courant de l'évolution de la situation.
— Qui?
— Le vice-président!
— Comment s'appelle-t-il, déjà, celui-là?

3

Par un bel après-midi d'été, dans la banlieue chic de Weston, Aaron Pinkus, peut-être le meilleur avocat de Boston, Massachusetts, et assurément le plus doux et le plus charmant des notables de la ville, descendit de sa limousine et s'adressa en souriant au chauffeur en uniforme qui tenait la portière.

— J'ai dit à Shirley que je trouvais cette grosse bagnole prétentieuse, Paddy, mais cette casquette avec sa visière brillante s'apparente dangereusement au péché d'orgueil.

— Pas au pays, monsieur Pinkus, et nos péchés sont plus nombreux que les cierges chez un cirier, répondit le chauffeur, un costaud dont les cheveux grisonnants laissaient encore entrevoir les restes d'une tignasse rouquine. Et puis cela fait des années que vous le répétez et ça ne change pas grand-chose. Il n'y a rien à faire quand Mme Pinkus a quelque chose dans la cervelle.

— La cervelle de Mme Pinkus a chauffé beaucoup trop souvent sous les séchoirs des salons de coiffure... Bien sûr je n'ai rien dit, Paddy !

— Je n'ai rien entendu, monsieur.

— Comme je ne sais pas combien de temps je vais rester, vous n'avez qu'à rouler un peu. Vous garez la voiture hors de vue...

— Et je reste en contact avec vous grâce au beeper, acheva en souriant l'Irlandais, manifestement amusé par le subterfuge. Si je vois arriver la voiture de M. Devereaux, je vous avertis et vous pouvez discrètement sortir par-derrière.

— Vous savez, Paddy, si notre conversation était enregistrée, nous perdrions notre procès.

— Pas si c'était votre cabinet qui nous défendait, monsieur.

— Encore un péché d'orgueil, mon bon ami. De plus, le droit criminel ne représente qu'une petite partie des activités du cabinet et ce n'est vraiment pas notre spécialité.

— Allons! Ce que vous faites n'est pas un crime!
— Dans ce cas, nous n'avons qu'à égarer l'enregistrement... Suis-je présentable pour paraître devant la grande dame, Paddy?
— Laissez-moi arranger votre cravate, monsieur. Elle a légèrement glissé.
— Merci, dit Pinkus.

Tandis que le chauffeur ajustait sa cravate, son regard se tourna vers l'imposante demeure victorienne en pierre d'un gris bleuté, aux encadrements de fenêtres d'un blanc éclatant et aux pignons ouvragés, qui se dressait derrière les piquets de la clôture. A l'intérieur l'attendait la non moins imposante maîtresse des lieux, Mme Lansing Devereaux III, la mère de Samuel Devereaux, un avocat extrêmement prometteur qui, pour l'heure, était une énigme pour Aaron Pinkus, son employeur.

— Et voilà, monsieur, dit le chauffeur en reculant d'un pas avec un hochement de tête satisfait. Vous avez grande allure pour être reçu par une personne du beau sexe.
— Paddy! Ce n'est pas un rendez-vous galant, mais une mission inspirée par la compassion.
— Oui, monsieur, je sais. De temps en temps, Sam est complètement à côté de ses pompes.
— Vous avez remarqué?
— Vous m'avez demandé d'aller le chercher à l'aéroport Logan au moins une douzaine de fois cette année. Il faut reconnaître qu'il avait de temps en temps un comportement vraiment bizarre et ce n'était pas seulement dû à l'alcool. Ce garçon est préoccupé, monsieur Pinkus. Il y a quelque chose qui lui tourmente l'esprit.
— Cet esprit est celui d'un brillant juriste, Paddy. Voyons si nous pouvons découvrir la source de ses tourments.
— Bonne chance, monsieur. On ne me verra pas, mais j'aurai les yeux grands ouverts. Si je vous appelle, partez en quatrième vitesse.
— J'aimerais bien savoir pourquoi je me sens comme un vieux Casanova juif tout desséché qui serait bien incapable d'escalader un treillage, même avec une meute de pit-bulls aux fesses.

Pinkus se rendit compte qu'il s'était posé la question à voix haute tandis que son chauffeur faisait rapidement le tour de la limousine pour aller s'installer au volant. Il suivit des yeux la voiture qui s'éloignait.

Aaron n'avait rencontré Eleanor Devereaux qu'à deux reprises depuis qu'il connaissait son fils. La première fois remontait au jour où Samuel s'était présenté au cabinet pour prendre ses fonctions, quelques semaines après avoir obtenu son diplôme de l'École de droit de Harvard. Aaron soupçonnait qu'elle était uniquement venue pour examiner le cadre de travail de son fils, comme elle aurait inspecté les installations d'une colonie de vacances et jaugé les moniteurs. La seconde fois avait été à l'occasion de la réception donnée par les Pinkus en l'honneur de

Sam, à son retour de l'armée, une des plus étranges réceptions jamais données en l'honneur d'un jeune homme démobilisé. Elle eut lieu en effet plus de cinq mois après le jour où le lieutenant Devereaux devait arriver à Boston pour être rendu à la vie civile. Cinq mois entourés du plus profond mystère.

Cinq mois, songea Aaron en s'avançant vers le portillon de la clôture. Près d'une demi-année dont Sam refusait de parler, dont il avait seulement dit qu'il n'avait pas le droit d'en parler, une attitude laissant supposer qu'il avait participé à quelque opération éminemment secrète pour le compte du gouvernement. Pinkus s'était dit à l'époque qu'il ne pouvait pas demander au lieutenant Devereaux de violer un serment, mais il était curieux de connaître le fin mot de l'histoire, aussi bien personnellement et en qualité d'ami qu'à titre professionnel, pour ce qui pouvait concerner des négociations juridiques internationales. Il avait par bonheur quelques relations à Washington.

Il appela donc le président sur sa ligne privée de la Maison-Blanche, dans ses appartements du premier étage, et exposa l'affaire au chef de l'exécutif.

— Vous croyez qu'il peut avoir été mêlé à une opération clandestine, Aaron ?

— Très franchement, je ne pense pas du tout que ce soit son genre.

— Cela se fait de temps en temps, Pinky. Vous savez qu'une distribution pourrie peut être la clé du succès. Il y a pas mal de salauds de réalisateurs, des chevelus à l'esprit mal tourné, vous voyez le genre, qui souillent l'écran de leurs turpitudes. Il paraît qu'il y a deux ou trois ans, ils voulaient faire dire des cochonneries à Myrna. Incroyable, non ?

— Oui, monsieur le président. Je sais que vous êtes très occupé et...

— Mais, non, Pinky ! Je suis avec Mommy et nous regardons *La Roue de la fortune*. Elle me bat, mais je m'en fiche. Le président, c'est moi, pas elle !

— Quelle magnanimité... Vous serait-il possible de faire une petite enquête à propos de ce jeune homme ?

— Bien sûr. J'ai déjà écrit son nom... D-e-v-a-r-o, c'est bien cela ?

— Ça ira, monsieur.

Le président l'avait rappelé vingt minutes plus tard.

— Oh ! Pinky ! Je crois que vous avez mis le doigt dessus !

— Sur quoi, monsieur le président ?

— On vient de me dire que « en dehors de la Chine » – je cite – ce que ce Devereaux a fait n'a « absolument rien à voir avec le gouvernement des États-Unis ». Je cite encore, d'après ce que j'ai noté... J'ai insisté, mais on m'a dit que je n'avais « pas besoin de le savoir »...

— Oui, je vois, ce sont encore les paroles exactes. C'est ce qu'on appelle un désaveu, monsieur le président.

— Une attitude très en vogue en ce moment, non ?

Aaron s'arrêta dans l'allée et leva les yeux vers la luxueuse demeure en songeant avec une pointe d'attendrissement à l'étrange enfance de Sam Devereaux dans ce vestige élégamment restauré d'une époque infiniment plus distinguée. En fait, la restauration était assez récente et, pendant de longues années, avant que la façade soit repeinte à neuf et la pelouse méticuleusement entretenue, il avait émané de ce magnifique bâtiment une atmosphère de grande bourgeoisie digne mais désargentée. Les travaux qui s'étaient succédé sans interruption, à grands frais, n'avaient été entrepris qu'au retour de Sam, après sa disparition de cinq mois. Pinkus avait pour règle de scruter les antécédents familiaux et le passé universitaire de chacun des employés potentiels de sa firme afin d'éviter les erreurs et les malheurs. Le curriculum vitae du jeune Devereaux avait retenu son attention et éveillé sa curiosité, et il était fréquemment passé devant la demeure victorienne de Weston en se demandant quels secrets étaient cachés derrière ses vieux murs.

Le père, Lansing Devereaux III, héritier de l'une des plus vieilles familles de Boston, à l'égal des Cabot et des Lodge, était affecté d'une tare flagrante. Enclin à prendre des risques inconsidérés dans le monde de la haute finance, il semblait beaucoup plus doué pour perdre de l'argent que pour en amasser. Bien qu'un peu trop farouche et impétueux, c'était un homme de bien, un travailleur acharné qui avait ouvert la voie de la réussite à quantité de gens, mais dont les initiatives prises pour son propre compte n'avaient guère été couronnées de succès. Il avait succombé à une attaque devant son téléviseur en prenant connaissance des cours de Wall Street, laissant à sa veuve et à son fils Sam, âgé de neuf ans, un nom célèbre, une somptueuse résidence et des ressources insuffisantes pour mener le train de vie auquel ils étaient accoutumés et dont Eleanor tenait à conserver la façade.

En conséquence, Samuel Lansing Devereaux était devenu cette anomalie parmi les élèves fortunés de Phillips Andover : un boursier faisant le service. Pendant que ses camarades de classe assistaient aux soirées dansantes de l'établissement, il tenait le bar. Quand ses relations dans la haute société, de plus en plus distantes, participaient aux régates de Cape Cod, il travaillait sur les routes menant à Dennis et Hyannis. Il travaillait également comme un possédé pour poursuivre ses études, pleinement conscient que la réussite universitaire était la seule voie pouvant lui permettre de recouvrer la splendeur passée des Devereaux. En outre, Sam ne supportait plus d'être réduit au rôle d'observateur de la vie de château, sans pouvoir en goûter les plaisirs.

Des bourses d'études plus substantielles lui furent accordées à Harvard et à l'École de droit de la même université. Il arrondissait confortablement ses revenus en donnant force leçons particulières aux camarades de classe de son frère et de sa sœur, avec une préférence marquée pour ces dernières qui lui apportaient de fréquentes satisfactions indépendantes de l'aspect pécuniaire. Puis vinrent ses débuts prometteurs chez Aaron Pinkus Associates, brutalement interrompus par l'armée des

États-Unis qui, en cette période d'expansion du Pentagone, avait désespérément besoin de tous les juristes qu'elle pouvait incorporer pour prévenir des inculpations en masse du personnel militaire chargé du ravitaillement sur les bases du territoire national aussi bien qu'à l'étranger. Les ordinateurs fascistes de l'armée avaient ainsi tiré de l'oubli un sursis accordé à un certain Samuel Lansing Devereaux et les autorités militaires avaient mis la main sur un soldat séduisant et pitoyable, doublé d'un juriste de grand talent dont elles avaient à l'évidence usé et abusé.

Qu'a-t-il bien pu lui arriver? se demanda Pinkus dans le secret de son esprit. Quels terribles événements déjà si lointains revenaient maintenant le hanter? Des souvenirs assez affreux pour gripper et même provoquer des courts-circuits dans ce cerveau exceptionnel, capable de jongler avec les abstractions juridiques et de rendre lumineuses les interprétations constitutionnelles les plus abstruses, à ce point que magistrats et jurés éprouvaient un profond respect devant son érudition et la profondeur de ses pénétrantes analyses.

Il s'était assurément passé quelque chose, conclut Aaron en s'approchant de l'énorme porte d'entrée au panneau supérieur orné de très anciens carreaux biseautés. Et d'abord, comment Sam avait-il pu trouver tout l'argent nécessaire à la restauration de la demeure ancestrale? En vérité, Pinkus était très généreux avec cet employé aux qualités exceptionnelles qui était aussi son chouchou, mais pas au point de lui permettre d'engloutir un minimum de cent mille dollars dans des travaux de restauration. D'où provenait une telle fortune? Était-ce de l'argent blanchi? Trafic de drogue? Divulgation de renseignements confidentiels? Ventes illégales d'armes à l'étranger? Aucune de ces possibilités ne correspondait à la personnalité de Sam Devereaux. Il eût été d'une nullité totale dans toutes ces activités répréhensibles. Sam était – le Seigneur en soit loué! – un homme foncièrement honnête dans un monde pourri. Mais ce jugement n'expliquait pas ce qui était apparemment inexplicable: d'où venait l'argent? Quelques années auparavant, quand Aaron avait mentionné, avec un détachement feint, les embellissements de la maison devant laquelle il passait fréquemment en voiture en rentrant chez lui, Samuel avait répondu avec un semblable détachement qu'un parent fortuné avait cassé sa pipe, léguant à sa mère une coquette somme.

Pinkus s'était plongé dans l'étude des registres du tribunal des successions, mais il n'avait pas trouvé trace de ce parent décédé ni d'aucun legs. Et il savait au plus profond de son cœur d'homme religieux que ce qui tourmentait Sam avait un rapport avec cette richesse soudaine. De quoi s'agissait-il? Il trouverait peut-être la réponse derrière les murs de l'auguste demeure. Aaron appuya sur la sonnette et perçut un timbre grave.

Une bonne minute s'écoula avant que la porte soit ouverte par une domestique boulotte, entre deux âges, vêtue d'un uniforme empesé vert et blanc.

— Monsieur? demanda-t-elle avec plus de froideur qu'il n'était nécessaire, de l'avis d'Aaron Pinkus.
— Mme Devereaux, répondit-il. Je pense qu'elle m'attend.
— Ah! c'est vous! fit la bonne avec une froideur encore accrue. Eh bien, j'espère que vous aimerez sa saleté de camomille... Si j'ose dire, ce n'est pas ma tasse de thé! Mais entrez donc.
— Merci.

Le célèbre avocat à la frêle charpente pénétra dans le vestibule de marbre rose de Norvège, évaluant mentalement, avec la rapidité d'un ordinateur, le coût extravagant de la décoration.
— Quelle variété de thé préférez-vous donc? demanda-t-il sans raison particulière.
— N'importe laquelle, pourvu qu'il y ait un coup de whisky dedans! s'exclama la domestique avec un rire gras en lançant un coup de coude dans l'épaule de Pinkus.
— Je m'en souviendrai quand nous prendrons le thé au Ritz, un de ces jours.
— Ce sera le grand jour, petit bonhomme!
— Je vous demande pardon?
— Vous n'avez qu'à pousser la porte à deux battants, poursuivit la domestique en agitant la main vers la gauche. La douairière vous attend. Et moi, j'ai du travail à faire.

Sur ces paroles définitives, elle s'éloigna d'un pas incertain sur le sol luxueusement carrelé et disparut derrière l'escalier tournant à la rampe ornementée.

Aaron s'avança vers la porte, poussa le battant droit et passa la tête dans l'ouverture. Tout au fond de la pièce richement décorée, Eleanor Devereaux était assise sur un canapé de brocart blanc, un service à thé en argent posé devant elle, sur une table basse. Elle était absolument fidèle au souvenir qu'il avait gardé d'elle, celui d'une femme au corps fin, au maintien noble et au visage marqué par le temps, une femme qui avait dû présider au baptême de centaines de yachts dans ses jeunes années et dont les grands yeux bleus en disaient beaucoup plus long qu'elle ne le ferait jamais.
— Quelle joie de vous revoir, madame Devereaux.
— Tout le plaisir est pour moi, monsieur Pinkus. Venez donc vous asseoir.
— Je vous remercie.

Aaron s'avança dans la pièce dont le centre était occupé par un énorme et inestimable tapis d'Orient. Puis il prit place dans le fauteuil de brocart blanc voisin du canapé, le siège que Mme Devereaux lui avait indiqué d'un petit signe aristocratique de la tête.
— A en juger par le rire bruyant que j'ai entendu dans l'entrée, commença la grande dame, je présume que vous avez fait la connaissance de notre bonne, la cousine Cora.

— Votre cousine...?

— Si elle n'était pas de la famille, croyez-vous qu'elle pourrait rester plus de cinq minutes dans cette maison? L'esprit de famille impose certaines obligations aux plus favorisés, n'est-ce pas?

— *Noblesse oblige*, madame. Et puis, c'est si joliment dit.

— Oui, je suppose, mais j'aimerais tant que personne n'ait jamais à le dire. Un de ces jours, elle s'étouffera avec le whisky qu'elle nous dérobe et nous serons libérés de cette obligation.

— Ce serait une issue on ne peut plus logique.

— Mais vous n'êtes pas venu pour parler de Cora, cher maître... Désirez-vous un thé? Lait ou citron? Avec ou sans sucre?

— Pardonnez-moi, chère madame, mais je me vois obligé de refuser. Vous pardonnerez à un vieillard l'aversion que lui inspire l'acide tannique, n'est-ce pas?

— Parfait! Je partage cette aversion et je vais donc m'en servir un petit quatrième.

Eleanor prit une théière en porcelaine de Limoges placée à gauche du service en argent.

— Un brandy de trente ans d'âge, monsieur Pinkus, et l'acide qu'il contient ne peut faire de mal à personne. Je prends soin de laver personnellement la théière pour ne pas donner de mauvaises idées à Cora.

— C'est mon alcool préféré, chère madame, dit Aaron. Et je n'en parlerai pas à mon médecin traitant pour ne pas lui donner de mauvaises idées.

— *L'chaim*, monsieur Pinkus, dit Eleanor en levant sa tasse après les avoir servis.

— *A votre santé*, madame, dit Aaron.

— Non, non, monsieur Pinkus. Le nom de Devereaux est assurément d'origine française, mais les ancêtres de mon mari ont émigré en Angleterre au XIVe siècle. En fait, ils ont été faits prisonniers à Crécy, mais ils y sont restés assez longtemps pour lever leur propre armée et être anoblis par la Couronne. Nous sommes très proches de l'Église catholique.

— Alors, que faut-il dire?

— Que pensez-vous de : « Levons l'étendard »?

— C'est religieux?

— Si vous êtes convaincu qu'Il est de votre côté, j'imagine que oui.

Ils burent une petite gorgée de brandy et reposèrent délicatement leurs tasses sur les fragiles soucoupes.

— C'est un bon début, monsieur Pinkus. Et si nous en venions maintenant au sujet qui nous préoccupe, à savoir mon fils?

— Je pense en effet que ce serait prudent, fit Aaron en regardant sa montre. Il s'apprête en ce moment à prendre part à une réunion visant à régler un litige extrêmement complexe et qui devrait durer plusieurs heures. Mais, comme nous l'avons dit au téléphone, son comportement est tellement déconcertant depuis quelques mois qu'il est parfaitement capable de quitter la salle de conférences au beau milieu d'une phrase et de sauter dans sa voiture pour rentrer chez lui.

— Ou bien, ajouta Eleanor Devereaux, d'aller au musée, au cinéma ou même – Dieu nous en garde! – à l'aéroport et de prendre un avion pour n'importe quelle destination. Je n'ai que trop conscience des tendances impétueuses de Sam. Il y a à peine quinze jours, en revenant de l'office dominical, j'ai découvert un message qu'il avait laissé à mon intention sur la table de la cuisine. Il m'informait qu'il était sorti et qu'il me rappellerait plus tard. Il l'a fait à l'heure du dîner. De Suisse.

— Nos douloureuses expériences sont à l'évidence trop similaires pour que je vous fasse perdre votre temps en vous racontant les miennes et celles des membres de mon cabinet.

— Mon fils risque-t-il de perdre son poste, monsieur Pinkus?

— Pas si cela ne dépendait que de moi, chère madame. Ce fut si long et si difficile de trouver un successeur que je ne pourrais renoncer si rapidement. Mais je ne serais pas honnête avec vous si je vous disais que la situation actuelle est acceptable. Elle en est loin et ce n'est équitable ni pour Sam, ni pour la firme.

— Je suis entièrement d'accord. Mais que pouvons-nous faire... ou plutôt que puis-je faire?

— Au risque d'abuser du privilège de notre intimité, et, si je le fais, c'est uniquement par affection et par un intérêt professionnel inspiré par la haute estime que je lui porte, qu'êtes-vous en mesure de me révéler sur votre fils, qui pourrait éclairer son comportement de plus en plus énigmatique? Je vous assure que tout ce qui se dira dans cette pièce demeurera strictement confidentiel, comme les relations avocat-client, même si jamais je ne prendrai la liberté d'imaginer que vous me choisiriez comme avocat.

— Sachez, mon cher monsieur Pinkus, qu'il y a quelques années, c'est moi qui n'ai pas osé vous demander d'être mon avocat. Si j'avais cru pouvoir payer vos honoraires, j'aurais peut-être récupéré de grosses sommes dues à mon époux, après son décès.

— Vraiment?

— Lansing Devereaux a permis à un grand nombre de ses collègues d'accéder à des situations extrêmement lucratives, étant entendu qu'ils lui verseraient une participation raisonnable après avoir récupéré leur investissement. Mais, après sa mort, ils furent peu à respecter leurs engagements, très peu.

— Des engagements écrits?

— Lansing n'était pas des plus précis pour les détails de cette sorte. Mais il existe des comptes rendus de réunions, des résumés de conversations d'affaires, ce genre de choses.

— En avez-vous des copies?

— Naturellement. Mais il paraît que ces papiers sont sans valeur.

— Votre fils a-t-il confirmé ce jugement ?

— Je ne lui ai jamais montré les papiers et je ne le ferai jamais... Son adolescence fut assez pénible à certains égards, même si cela a contribué à former son caractère. Mais à quoi bon rouvrir d'anciennes blessures ?

— Nous aurons peut-être l'occasion de reparler un jour de ces papiers « sans valeur », chère madame, mais, pour l'instant, revenons... à l'instant présent. Qu'est-il arrivé à votre fils pendant qu'il était sous les drapeaux ? Savez-vous quelque chose ?

— Il s'est montré à la hauteur des circonstances, comme disent les Anglais. Il a travaillé comme enquêteur de l'Inspection générale aux États-Unis et à l'étranger, et je me suis laissé dire qu'il a fait du très bon boulot en Extrême-Orient. Au moment de sa libération, il était adjudant-major de l'Inspection générale, avec le grade temporaire de commandant. Je ne pense pas que l'on puisse faire beaucoup mieux.

— En Extrême-Orient ? fit Aaron, son sixième sens en éveil. Qu'a-t-il fait en Extrême-Orient ?

— Il s'est occupé de l'affaire de Chine. Vous ne devez pas vous en souvenir, parce que son rôle a été minimisé, comme disent les politiciens, mais c'est lui qui a négocié à Pékin la libération de ce cinglé de général américain, celui qui a fait sauter les... parties d'une statue vénérée de la Cité interdite.

— MacKenzie Hawkins !

— Oui, je crois que c'était bien ce nom-là.

— Il devrait être interné ! C'est le plus dingue de tous les dingues ! Un guérillero mâtiné de gorille qui a failli plonger toute la planète dans la Troisième Guerre mondiale ! Sam a représenté ce fou furieux ?

— Oui, en Chine. Il semble s'être fort bien débrouillé.

Aaron déglutit à deux ou trois reprises avant de retrouver sa voix.

— Votre fils ne m'avait jamais parlé de cette histoire, articula-t-il d'une voix à peine audible.

— Vous connaissez les militaires, monsieur Pinkus. Ils ont la manie du secret, si je ne me trompe.

— Secret de polichinelle, oui, marmonna le célèbre avocat de Boston. Dites-moi, madame, est-ce que Sammy a...

— Sam ou Samuel, monsieur Pinkus.

— Oui, bien sûr... Est-ce que Sam vous a jamais parlé de ce général Hawkins après sa démobilisation ?

— Ni avec ce grade, ni avec ce nom et jamais quand il n'avait absolument rien bu... Il faut que je vous explique qu'avant d'être démobilisé et de revenir à Boston, sensiblement plus tard que prévu, ajouterais-je...

— N'ajoutez rien, madame. Expliquez simplement au traiteur qui avait livré vingt-cinq kilos de saumon fumé pourquoi il n'est pas arrivé comme prévu.

— Je vous demande pardon ?

— C'est sans importance. Que disiez-vous donc ?

— Un colonel de l'Inspection générale m'a téléphoné pour m'avertir que Sam avait été soumis à une « pression maximale » en Chine. Quand je lui ai demandé ce que cela signifiait, il est devenu assez grossier et m'a dit qu'une « digne femme de militaire » devrait comprendre cela. Quand je lui ai expliqué que je n'étais pas l'épouse de Sam, mais sa mère, ce grossier personnage a dit qu'il « trouvait bien ce clown un peu bizarre », ou quelque chose de ce genre, puis il m'a prévenue que je devais m'attendre à des sautes d'humeur de Sam pendant deux bons mois et peut-être à le voir biberonner.

— Qu'avez-vous répondu à tout cela ?

— Je n'ai pas été mariée à Lansing Devereaux sans avoir appris un certain nombre de choses, monsieur Pinkus. Je sais pertinemment que, si un homme se met à picoler quand la tension devient trop forte, c'est une soupape de sûreté qu'il faut accepter. Les femmes prétendument libérées d'aujourd'hui devraient céder un peu de terrain dans ce domaine. C'est toujours à l'homme qu'il revient d'interdire au lion l'accès de la caverne. Rien n'a changé ; c'est une question biologique. C'est lui le pauvre idiot qui doit affronter les périls... physiquement, moralement et juridiquement.

— Je commence à comprendre d'où vient la pénétration dont Sam fait preuve.

— Dans ce cas, vous faites erreur, Aaron... Vous permettez que je vous appelle Aaron ?

— Avec grand plaisir... Eleanor.

— Il faut bien comprendre que la pénétration, comme vous dites, ou encore la perspicacité, ne peut être utile que lorsqu'on a l'imagination. Mon Lansing en était bien pourvu, mais ses élans de machisme limitaient la stabilité que je pouvais lui apporter, le surcroît de prudence, si vous préférez.

— Vous êtes une femme exceptionnelle, Eleanor.

— Un autre verre, Aaron ?

— Pourquoi pas ? J'ai l'impression d'être un élève devant un professeur qui enseigne des choses auxquelles je n'avais jamais réfléchi. Je vais peut-être rentrer chez moi et me jeter aux genoux de ma femme.

— N'en faites pas trop. Nous aimons à nous prendre pour des manipulatrices.

— Revenons à votre fils, dit Pinkus en prenant coup sur coup deux gorgées de brandy. Vous avez dit qu'il ne mentionnait jamais ni le nom ni le grade du général Hawkins, mais vous avez laissé entendre qu'il faisait allusion à lui... de préférence quand il avait bu, ce qui est parfaitement compréhensible. Que disait-il exactement ?

— Il se lançait dans d'interminables histoires sur « le Faucon », comme il l'appelait, commença Eleanor d'une voix douce, la tête renversée sur le brocart du dossier du canapé. Sam affirmait que c'était un authentique héros, un génie militaire, abandonné par ceux-là même qui avaient fait de lui leur porte-parole et leur idole, mais lui avaient tourné le dos dès qu'il les avait mis dans l'embarras. Le Faucon réalisait dans ses actes leurs fantasmes et leurs rêves, mais il le faisait pour de vrai et cela les terrifiait, car ils savaient que la concrétisation de leurs fantasmes pouvait avoir des conséquences désastreuses. Comme la plupart des fanatiques qui n'ont jamais livré un vrai combat, ils redoutent les embarras et la mort.

— Et Sam?

— Il affirmait ne jamais avoir été d'accord avec le Faucon, ne jamais avoir cherché à s'associer avec lui. Il prétendait y avoir été contraint, mais j'ignore dans quelles circonstances. Parfois, quand il éprouvait le besoin de parler, il racontait des choses incroyables, des histoires à dormir debout... Une rencontre en pleine nuit avec des tueurs à gages, sur un parcours de golf. Il a même donné le nom d'un club, à Long Island.

— Long Island, à New York?

— Oui. Il parlait aussi de contrats faramineux qu'il avait passés à Londres avec des traîtres et en Allemagne, dans un établissement avicole avec d'anciens nazis... Il avait même rencontré dans le désert un cheikh arabe qui était en réalité un gros propriétaire immobilier à Tel-Aviv et n'avait pas permis à l'armée égyptienne de bombarder ses propriétés pendant la guerre du Yom Kippour. Des histoires insensées, Aaron... Elles étaient – elles le sont toujours – complètement folles!

— Complètement folles, répéta lentement Pinkus, d'une voix faible, en sentant un nœud se former dans son estomac. Et vous dites qu'elles le sont toujours... Il continue donc à raconter ces histoires de fous?

— Moins souvent qu'il ne le faisait, mais cela lui arrive encore, quand il est en plein désarroi ou quand il a bu un Martini de trop et qu'il sort de sa tanière.

— Sa tanière, comme une bête sauvage?

— C'est comme cela qu'il l'appelle. La tanière de son château. Il parle aussi de temps en temps d'un grand château à Zermatt, en Suisse, de sa « lady Anne », comme il dit, et d'un oncle Zio. De pures inventions! Des inepties!

— Je l'espère sincèrement, marmonna Pinkus.

— Pardon?

— Oh! rien! Samuel passe-t-il beaucoup de temps dans sa tanière, Eleanor?

— Il n'en sort presque jamais, sinon pour dîner avec moi, de temps en temps. Son « château » comprend en réalité toute l'aile est de la maison. Il est isolé du reste du bâtiment, possède sa propre entrée et comprend deux chambres, un bureau et une cuisine, avec toutes les commodités. Il y a même un service de nettoyage... Curieusement, ce sont des musulmans.

— Il occupe donc un logement totalement indépendant.
— Oui, et il croit être le seul a en avoir les clés...
— Mais ce n'est pas vrai? demanda vivement Aaron.
— Bien sûr que non. Ce sont les gens de l'assurance qui ont insisté pour que nous puissions entrer, Cora et moi. Cora lui a emprunté son trousseau de clés un matin et elle a fait faire des doubles... Aaron Pinkus! lança Eleanor Devereaux d'une voix forte en regardant l'homme de loi au fond des yeux et en déchiffrant le message qui y apparaissait. Croyez-vous sérieusement que nous pouvons découvrir quelque chose en... en faisant le tour du château? N'est-ce pas illégal?
— Vous êtes sa mère, chère madame, et son état d'esprit vous inspire une inquiétude on ne peut plus légitime. C'est une exigence plus forte que toutes les lois. Mais, avant de prendre cette décision, permettez-moi de vous poser encore une ou deux questions... Cette maison, votre magnifique demeure familiale, a bénéficié ces dernières années de nombreux embellissements. J'avais estimé, uniquement pour l'extérieur, que les dépenses pouvaient s'élever à une centaine de milliers de dollars. Après avoir vu l'intérieur, il est évident qu'elles se montent à plusieurs fois cette somme. D'où est venu cet argent? Sam vous a-t-il fourni des explications?
— Eh bien, il ne m'a pas donné de détails... Il m'a simplement dit que, pendant qu'il se trouvait en Europe pour la mission ultra-secrète ayant suivi sa libération, il avait placé de l'argent dans des œuvres d'art, des objets religieux récemment découverts, s'il m'en souvient bien. En quelques mois, le marché avait explosé et il avait fait des bénéfices considérables.
— Je vois, murmura Pinkus, l'estomac de plus en plus noué, mais qui n'éprouvait encore qu'un malaise diffus, semblable au grondement lointain du tonnerre. Des objets religieux... Et cette « lady Anne » dont il parlait. Que savez-vous sur elle?
— Ce n'étaient que des bêtises. Dans les fantasmes de mon fils – ses accès de délire, si vous préférez – cette lady Anne, qu'il qualifie d'amour périssable de son existence terrestre, l'abandonnait pour s'enfuir avec un pape.
— Oh! Dieu d'Abraham! murmura Pinkus en tendant précipitamment la main vers sa tasse.
— Pour nous autres, de la Haute Église anglicane, une telle relation est intolérable, Aaron. A part Henri VIII, on ne nous fera pas avaler l'apostasie de l'infaillibilité d'un pontife. C'est un symbole acceptable, bien qu'un peu prétentieux, mais absolument rien d'autre.
— Je pense, chère Eleanor, que le moment est venu de prendre votre décision, dit Pinkus en terminant son brandy et en priant pour que cesse la douleur qui se propageait dans son estomac. De décider si nous allons jeter un coup d'œil dans la tanière de Sam.
— Vous croyez vraiment que cela peut nous apprendre quelque chose?

— Je ne suis pas très sûr de ce que je crois, mais je suis sûr qu'il vaut mieux le faire.

— Dans ce cas, suivez-moi.

Madame Devereaux se leva avec une grâce légèrement chancelante et indiqua à son hôte la porte à deux battants.

— Les clés sont dans l'entrée, enterrées dans un pot. Dans l'entrée, enterrées... On en a plein la bouche. Essayez donc de le dire à l'envers, Aaron.

— Dans l'entrée, entrérées... entêtées dans l'entrée... bafouilla Pinkus en se levant, non sans difficulté.

Ils s'arrêtèrent devant la porte massive de la tanière de Samuel Lansing Devereaux et Eleanor glissa la clé dans la serrure avec l'aide du vieux monsieur prévenant dont elle venait de faire son représentant en justice. Ils pénétrèrent dans le Saint des Saints et suivirent un étroit corridor qui débouchait sur un couloir plus large. Sur la gauche, les rayons ardents du soleil ruisselaient à travers une imposante porte vitrée, impénétrable en apparence, qui était l'entrée indépendante du logement. Ils tournèrent à droite et la première porte qu'ils poussèrent donnait sur une pièce sombre où les stores vénitiens étaient baissés.

— Qu'y a-t-il dans cette pièce? demanda Aaron.

— Je pense que c'est son bureau, répondit Eleanor en plissant les yeux dans la pénombre. Je ne suis pas venue ici depuis... je ne sais quand. Cela doit remonter à la fin des travaux, quand il m'a fait visiter.

— Nous pouvons jeter un coup d'œil. Savez-vous où se trouve la lumière?

— En général, l'interrupteur est sur le mur.

Elle l'actionna et trois lampadaires éclairèrent les trois murs lambrissés d'un vaste bureau. Mais ceux-ci étaient à peine visibles, car ils étaient littéralement couverts de photographies encadrées et, plus étonnant, d'articles de journaux scotchés, certains tout de guingois, comme si on les avait collés à la hâte, peut-être rageusement, entre la profusion de cadres.

— Quel fouillis dans ce bureau! s'écria la mère de l'occupant des lieux. Je vais lui enjoindre d'y mettre de l'ordre!

— Surtout n'en faites rien, glissa Pinkus en s'avançant vers les premières coupures de journaux étalées sur le mur de gauche.

Elles montraient pour la plupart une religieuse en habit blanc distribuant nourriture et vêtements à des indigents de toutes les races, dans différentes régions du globe. *Sœur Anne répand son message de charité aux quatre coins du monde*, proclamait une manchette au-dessus d'une photo prise dans une favela de Rio, à l'arrière-plan de laquelle apparaissait le crucifix du Corcovado. Les autres coupures étaient des variations sur le même thème, montrant la fort séduisante religieuse en Afrique, en Asie, en Amérique centrale et dans les îles de lépreux du Pacifique. *Sœur Anne, sœur de la Charité, sœur de l'Espoir*, et enfin, *Anne la Bienveillante, candidate à la Sainteté?*

Aaron chaussa ses lunettes à monture d'acier et examina les photos. Elles avaient toutes été prises autour d'un extravagant manoir isolé, dans un paysage alpestre fleurant les edelweiss. Tous les sujets semblaient heureux et insouciants, le visage illuminé par une évidente joie de vivre. Plusieurs étaient reconnaissables de prime abord : un Sam Devereaux aux traits plus juvéniles; la haute silhouette agressive de ce fou de général MacKenzie Hawkins; une femme en short et débardeur, aux cheveux blond cendré, très sensuelle... en qui il reconnut sans l'ombre d'une hésitation Anne la Bienveillante; et un quatrième personnage, un homme souriant et corpulent, à la mine joviale, dont le tablier de cuisinier cachait mal la culotte de cuir. Qui était cet homme? Son visage était familier... Non, impossible! *Non!*

— Le Dieu d'Abraham nous a abandonnés, murmura Pinkus d'une voix chevrotante.

— Qu'est-ce qui vous prend? demanda Eleanor Devereaux.

— Vous ne devez pas vous en souvenir, car cela ne signifiait rien pour vous, répondit vivement Aaron, avec des tremblements dans la voix, mais, il y a quelques années, le Vatican a connu des difficultés... des difficultés financières. Ses caisses se vidaient à une vitesse folle pour soutenir des causes aussi invraisemblables que des opéras de second ordre, des festivals ou encore l'ouverture dans toute l'Europe de maisons destinées à la réhabilitation des prostituées, toutes sortes d'initiatives aberrantes. Les fidèles ont cru que le pape était devenu fou, *pazzo*, comme on dit en italien! Et puis, juste avant l'effondrement complet du Vatican qui aurait fait souffler un vent de panique chez les investisseurs du monde entier, tout est brusquement redevenu normal. Le souverain pontife a repris la situation en main, comme si de rien n'était! Les médias ont claironné que tout s'était passé comme s'il y avait eu deux papes, un *pazzo* et l'homme de bien que tout le monde connaissait et aimait.

— Mon cher Pinkus, ce que vous racontez n'a ni queue ni tête.

— Regardez! s'écria Aaron en montrant un visage souriant et joufflu sur une des photos encadrées. Regardez donc! C'est lui!

— Qui?

— Le pape! C'est de là que provient l'argent. De la rançon! La presse avait raison, il y avait deux personnes! Le général Hawkins et votre fils ont kidnappé le pape!... Eleanor! s'écria Aaron en se retournant.

La grande dame venait de perdre connaissance et de s'affaisser sur le sol.

4

— Personne n'est blanc comme neige, déclara lentement Mangecavallo d'une voix teintée d'incrédulité, le regard fixé sur les deux hommes en costume sombre, assis dans la cuisine de son appartement, à McLean, Virginie. Ce n'est pas naturel, ça, vous le savez bien. Mais vous n'avez peut-être pas fouillé assez profond, hein, Fingers?

— Je t'assure, Vinnie, j'en suis pas encore revenu, répondit le dénommé Fingers, un petit bonhomme obèse, en portant la main au nœud de la cravate de soie blanche qui s'étalait sur sa chemise noire. Comme tu l'as dit, c'est pas naturel... c'est même pas humain! Dans quel monde ils vivent, ces grands juges? Un monde sans microbes, peut-être?

— Tu n'as pas répondu à ma question, le coupa doucement Vincent Mangecavallo en portant vivement un regard pénétrant sur l'autre homme. Qu'est-ce que tu en dis, Meat? Vous n'auriez pas un peu saboté le boulot, par hasard?

— Oh! Vinnie! protesta le second visiteur, un costaud au large poitrail dont les grosses pattes tendues cachaient partiellement la cravate rouge sur une chemise rose. On a fait un boulot du tonnerre, un boulot de grande classe... Qu'est-ce que tu veux que je te dise d'autre? Il fallait ça, avec ces juges. On a même fait venir d'Atlanta les gars d'Hymie Goldfarb et il n'y a pas meilleurs qu'eux pour dénicher des tuyaux intéressants sur un petit saint. J'ai raison ou pas?

— Ouais, reconnut le directeur de la CIA, les gars d'Hymie savent s'y prendre, il n'y a pas de doute. Beaucoup mieux que tous les fédéraux de Hooverville, ajouta-t-il en se versant un autre verre de chianti et en sortant un Monte Cristo de sa poche de chemise. Ils ont découvert des choses pas très ragoûtantes sur cent trente-sept représentants et vingt-six sénateurs qui ont soutenu ma nomination. Avec quelques largesses, bien entendu.

— Qu'est-ce qui est large, Vinnie ? demanda Fingers.

— Je parle de largesses... Laisse tomber ! Mais je ne comprends toujours pas pourquoi on a fait chou blanc avec ces six foutus juges ! C'est abracadabrant !

Mangecavallo se leva et alluma son cigare. Il commença à marcher de long en large devant un mur couvert d'images de saints et de papes auxquelles se mêlaient quelques photos de plantes, puis il s'arrêta brusquement, la tête auréolée par le nuage de fumée montant de son cigare.

— Reprenons depuis le début, dit-il. Voyons tout cela de plus près, de beaucoup plus près.

— Voir quoi, Vinnie ?

— Voyons chez ces quatre ou cinq libéraux qui refusent de marcher droit ce qui a pu échapper aux hommes de Goldfarb. Commençons par le gros Noir... Il a peut-être vendu des billets pour les loteries clandestines quand il était môme. Est-ce qu'on a pensé à ça ? Est-ce qu'on est remonté assez loin ? C'est peut-être là qu'est l'erreur !

— Il a été enfant de chœur et servant, Vinnie. Un vrai petit saint avec une grosse, grosse tête.

— Et la femme ? Une grosse légume, si je ne me trompe... ça veut donc dire que son mari n'a qu'à fermer sa gueule et faire comme s'il était content que ce soit elle la grosse légume. Impossible, puisque c'est lui l'homme ! Peut-être qu'elle le néglige et qu'il lui en veut, mais qu'il est obligé de la fermer. Les gens n'aiment pas trop parler de ça.

— Encore une impasse, Vin, dit Meat en secouant tristement la tête. Il lui envoie tous les jours des fleurs au bureau et il dit à tout le monde qu'il est très fier d'elle. Ça s'explique peut-être parce qu'il est lui-même un grand avocat et qu'il ne veut pas se faire des ennemis à la Cour, même sa propre femme.

— Et merde !... Ce foutu Irlandais, peut-être qu'il boit un coup de trop, comme pas mal de ses compatriotes. Qu'est-ce que vous en dites ? On pourrait confectionner un petit dossier... Top secret, sécurité nationale, vous voyez le genre. On achèterait une ou deux douzaines de témoins qui déclareraient l'avoir vu se jeter des bières et se bourrer la gueule après le boulot. Ça peut marcher ! Et puis, avec un nom comme le sien, on pourrait ajouter quelques nanas. Du gâteau, je vous dis !

— Rien à faire, Vin, soupira Meat en secouant de nouveau la tête. L'Irlandais est si propre qu'il sent l'eau de Javel. Jamais personne ne l'a vu boire plus d'un verre de vin blanc et les petites nanas, c'est pas du tout son rayon.

— Il y a peut-être quelque chose, là !

— Qu'est-ce que tu vas chercher, Vin ? Un vrai boy-scout, je te dis.

— Merde de merde !... Bon, de toute façon, on ne touche pas aux deux types de la haute, parce que nos gars sont en cheville avec les banques des beaux quartiers. Alors, le mot d'ordre est : pas de vagues dans les country clubs. C'est pas que ça me fasse plaisir, mais je m'incline... Il ne nous reste plus que notre *paisan*.

— C'est pas un type bien, Vinnie ! lança Meat avec véhémence. Il a été très dur avec pas mal de nos gars... On aurait dit qu'il ne nous connaissait pas, tu imagines ?

— Eh bien, nous pouvons peut-être lui rappeler que nous, nous le connaissons bien. Qu'est-ce que tu en dis ?

— D'accord, Vin, mais comment on va s'y prendre ?

— Je ne sais pas, moi ! Les gars de Goldfarb ont bien dû dégoter quelque chose. Il a peut-être tabassé des bonnes sœurs à l'école ou bien il a piqué l'argent de la quête à l'église pour s'acheter une Harley Davidson et se joindre à une bande de motards... Je n'en sais rien ! Ce n'est quand même pas à moi de penser à tout ! Il doit avoir une faiblesse. Tous les *gros paisans* en ont une !

— Meat serait plutôt un gros...

— La ferme, Fingers ! Tu n'es pas précisément un sac d'os.

— On ne peut rien faire contre ce *paisan*, Vinnie, glissa Meat. C'est un *erudito* qui emploie tellement de grands mots que même les grands cerveaux ne comprennent pas tout. Et il est aussi propre que l'Irlandais javellisé. Tout ce qu'on pourrait lui reprocher, c'est d'énerver les gens en chantant des airs d'opéra sans avoir la voix qu'il faut. Les gars de Goldfarb se sont occupés de lui en premier, parce que tous ces youpins se disent libéraux et que c'est pas le cas de notre juge. Ils se sont intéressés à lui politiquement, tu vois.

— Qu'est-ce que la politique vient foutre dans cette affaire ? On a un problème, le plus gros qui s'est jamais posé à notre pays et on perd notre temps avec la politique ?

— Allons, Vinnie, fit Fingers d'un ton implorant, n'oublie pas que c'est toi qui as voulu qu'on essaie de salir les juges.

— D'accord, d'accord ! grogna Mangecavallo en tirant frénétiquement sur son cigare tout en reprenant sa place à la table de la cuisine. Je sais très bien quand les choses vont foirer ! Alors, où en sommes-nous ? Nous devons protéger notre patrie bien-aimée, car, sans elle, nous nous retrouvons à la rue ! Est-ce que je me fais bien comprendre ?

— Et comment ! approuva Fingers. Je ne veux pas aller vivre ailleurs.

— Moi, je pourrais pas, ajouta Meat. Où voulez-vous que j'aille avec Angelina et les sept gamins ? Il fait trop chaud à Palerme et la chaleur me fait transpirer. Mais c'est rien à côté d'Angie... Qu'est-ce qu'elle peut transpirer ! Il y a des fois où toute la pièce empeste la sueur !

— C'est dégoûtant, fit doucement Mangecavallo en fixant ses yeux noirs sur son subordonné ventripotent, boudiné dans sa chemise rose. Comment peut-on parler ainsi de la mère de ses enfants ?

— C'est pas de sa faute, Vin ! C'est un problème de glandes !

— Tu bats vraiment tous les records, Meat !... Basta, tout cela ne nous mène nulle part !

Le directeur de la CIA se releva et se remit à aller et venir en tirant rageusement sur son cigare. Puis il s'arrêta devant la cuisinière, souleva le couvercle d'une casserole et relâcha aussitôt le métal brûlant.

— Qu'est-ce qu'elle nous prépare encore? grommela-t-il en secouant la main avec une grimace de douleur. On dirait de la cervelle de singe!

— Tu parles de ta bonne, Vinnie?

— Ma bonne? Quelle bonne? Tu veux dire la *contessa* qui passe son temps à tricoter en jacassant avec Rosa, comme deux vieilles gagneuses siciliennes essayant de se remémorer qui a baisé qui à Messine, quarante ans plus tôt! Non seulement elle ne sait pas cuisiner, mais elle ne fait pas les vitres et elle ne récure pas les casseroles. Elle se contente de traîner dans les supermarchés avec Rosa et de rapporter des cochonneries que je ne donnerais même pas à mon chat!

— Débarrasse-toi d'elle, Vin.

— Hé! *cretino*, tu te crois drôle? Rosa la considère comme une de ses sœurs, en plus aimable et en moins laide... Elles peuvent bien bouffer leur *escremento* toutes seules, nous, on sort! Sécurité nationale, situation d'urgence! Pigé, les gars?

— Pigé, Vinnie, dit Fingers en secouant pesamment sa grosse tête au nez légèrement cabossé. Comme quand on dit que « les indigènes s'agitent ».

— Qu'est-ce que les indigènes ont à voir avec... Attends une seconde! Les indigènes... les Indiens! Mais oui, bien sûr!... Enfin, peut-être!

— Peut-être quoi, Vin?

— On ne peut rien découvrir sur les juges, d'accord?

— D'accord, Vinnie.

— Et on risque tous de se faire lourder par la Cour suprême. Toujours d'accord?

— D'accord, Vin.

— Pas forcément... Imaginons, imaginons seulement que ce connard de chef indien qui va peut-être provoquer la plus grande crise de notre histoire soit un homme très méchant, un immonde salaud au cœur sans amour et plein de mauvaises intentions. Imaginons qu'il n'ait absolument rien à faire de ses frères de couleur et qu'il cherche simplement à s'en mettre plein les poches, et toute la publicité qui va avec. En arrachant son masque, on peut foutre en l'air son dossier. On voit ça tous les jours!

— Je ne sais pas, Vinnie, objecta Meat d'une voix hésitante. C'est toi-même qui nous as dit que, quand tu as interrogé l'avocat de la Maison-Blanche, tu sais, le type aux craies de couleur, il a dit que cinq ou six de ces juges avaient sorti leur mouchoir après avoir lu la requête de Sitting Bull. Tu as dit aussi qu'il y avait toute une kyrielle — c'est le mot que tu as employé, même que j'ai cherché ce que ça voulait dire —, une kyrielle de tromperies et de malhonnêtetés, et même des tribus affamées et massacrées. Entre nous – c'est toi le plus intelligent, bien sûr, j'arrive loin derrière et Fingers ne compte pas vraiment – est-ce qu'on peut vraiment croire qu'un charlatan de bas étage aurait brouillé les idées de tous ces grands juges avec un dossier complètement bidon ? Non, ça n'a pas de sens.

— On ne cherche pas à trouver un sens à cette affaire, *amico*, ce qu'on veut, c'est découvrir un moyen de sortir d'une situation qui pourrait devenir critique. Essaie de te fourrer cela dans la tête. Pour l'instant, ce moyen a un nom : Nuée d'Orage. Demande à Goldfarb d'envoyer ses gars dans le Nebraska !

— Le Nebraska... le Nebraska... Le Nebraska ! entonna Hyman Goldfarb devant le combiné, comme si le nom de cet État avait été incorporé dans un psaume de l'Ancien Testament.

Assis dans son très élégant bureau de la très élégante Phipps Plaza, à Atlanta, il leva les yeux au plafond avant de reporter un regard affectueux sur le couple svelte et bien habillé qui se trouvait devant lui. Un couple d'une bonne quarantaine d'années, soit quelques-unes de moins que ce Goldfarb musclé, hâlé, vêtu d'un costume de lin blanc ajusté qui mettait en valeur une silhouette restée fort athlétique.

— Il faudrait encore que j'envoie mes meilleurs éléments dans ce... dans ce trou perdu pour qu'ils se lancent à la recherche d'un fantôme, d'un ectoplasme, d'un nuage de vapeur qui se fait appeler Nuée d'Orage, chef des Wopotamis ? C'est ce que vous êtes en train de me dire ? Si c'est bien cela, il aurait mieux valu que je termine mes études à l'école rabbinique plutôt que de choisir le football qui ne nécessitait pas de grandes connaissances !

Hyman Goldfarb se tut et écouta, écartant de loin en loin l'écouteur de son oreille avec un soupir. Puis il reprit la parole, interrompant à l'évidence son correspondant.

— Écoutez-moi, je vous en prie, et je vais même vous faire économiser de l'argent... Merci. S'il existe bien un chef Nuée d'Orage, il est introuvable. Mes agents ne peuvent affirmer qu'il n'existe pas, car, chaque fois qu'ils ont mentionné son nom aux derniers survivants des Wopotamis dans leur réserve miteuse, ils se sont heurtés à un mur de silence entrecoupé de paroles incompréhensibles dans la langue des Indiens. Ils m'ont dit qu'ils avaient eu l'impression de se trouver à l'intérieur d'une sorte de cathédrale végétale, dans une sorte de forêt vierge, où circule beaucoup trop d'alcool et où on acquiert la conviction que Nuée d'Orage est beaucoup plus un mythe qu'un personnage bien réel. Une icône peut-être, une divinité tribale sculptée sur le mât totémique, à laquelle ses adeptes rendent hommage, mais pas un être humain. En d'autres termes, je ne pense pas que cette personne existe... Qu'est-ce que je pense vraiment, c'est bien votre question... Mais ce n'est pas la peine de hurler !... Très franchement, mon cher et irritable ami, je crois que le chef Nuée d'Orage est un amalgame symbolique de... Non, cela n'a rien à voir avec les préférences sexuelles... un amalgame d'intérêts particuliers étroitement définis, assurément bien intentionné et visant à dénoncer le fâcheux traitement réservé dans l'ensemble par notre gouvernement aux Amérindiens. Il pourrait s'agir d'un petit groupe de juristes de Berkeley ou de l'université de New York qui auraient exhumé des précédents assez gênants pour mettre dans l'embarras des juridictions inférieures. Un canular, mon cher ami, rien d'autre qu'un canular, mais tout à fait remarquable.

Goldfarb éloigna derechef le combiné de son oreille et ferma fugitivement les yeux tandis qu'une voix sonore et métallique emplissait la pièce.

— Qu'est-ce que c'est que ces salades? Notre grand pays est menacé par une terrible crise et vous n'avez à proposer que des idées qui ne tiennent pas debout! Écoutez-moi bien, monsieur le grand footballeur, qui vous savez, l'homme de Langley à qui vous ne pouvez pas parler, m'a dit que vous avez intérêt à trouver quelque chose sur ce chef indien et que vous feriez mieux de vous magner le train! Nous, on ne veut pas aller finir notre vie à Palerme... Vous m'avez bien compris?

— *Per cento anno, signore,* dit Goldfarb. Je vous rappellerai.

Le consultant de la CIA raccrocha, se renversa dans son fauteuil pivotant et soupira avant de se tourner vers le couple assis devant son bureau.

— Seigneur! gémit-il en secouant la tête. Pourquoi faut-il que cela m'arrive à moi? Vous êtes absolument certains de ce que vous m'avez dit?

— Je n'irais pas tout à fait jusque-là, Hyman, répondit la femme avec un accent britannique qui trahissait plusieurs générations d'éducation raffinée. Non, nous n'en sommes pas certains, car il n'est pas possible de l'être, mais, si Nuée d'Orage existe, il reste introuvable, comme vous venez de l'expliquer si clairement à ce monsieur.

— Il va sans dire que j'ai repris vos propres termes, fit Goldfarb. Mais je récuse le titre de « monsieur ».

— Avec juste raison, je présume, glissa le compagnon de la femme, à l'évidence un autre Britannique. Nous avons employé le plan C en nous faisant passer pour des anthropologues de Cambridge venus étudier une grande tribu en déclin qui fut rattachée à la couronne d'Angleterre par sir Walter Raleigh, au début du XVIIe siècle. Si Nuée d'Orage existe vraiment, il aurait dû, en bonne logique, se faire aussitôt connaître pour revendiquer la reconnaissance de la Couronne et réclamer ce paiement si longtemps différé, sans doute minime à l'époque, mais qui, en tout état de cause, doit atteindre aujourd'hui une somme colossale. Comme il ne s'est pas montré, nous sommes arrivés à la conclusion qu'il n'existe pas.

— Mais la requête adressée à la Cour suprême est bien réelle! insista Goldfarb. C'est une histoire de fous!

— Parfaitement incroyable, acquiesça l'Anglais. Qu'allons-nous faire maintenant, Hyman ? J'ai cru comprendre que vous aviez « le couteau sous la gorge », comme nous disions dans les services secrets de Sa Majesté. Mais j'ai toujours trouvé cette expression banale un peu trop mélodramatique.

— En l'occurrence, elle peut être justifiée, dit Goldfarb. Nous sommes plongés dans une affaire complètement dingue, mais la situation n'en est pas moins extrêmement dangereuse... Mais à quoi pensent donc ces juges ?

— Sans doute à la justice et à la loi, avança la femme. Même si nous reconnaissons tous que le prix à payer est exorbitant. Quoi qu'il en soit, mon cher Hyman, et j'espère que vous ne m'en voudrez pas de parler franchement, je pense que dans le fond l'homme avec qui vous avez parlé au téléphone, même s'il n'est pas un monsieur, a raison. Découvrir qui se cache sous le masque de Nuée d'Orage, tel est le point essentiel.

— Mais, Daphné, c'est vous-même qui m'avez déclaré que vous ne l'avez pas trouvé !

— Peut-être parce que nous n'avons pas assez bien cherché, Hyman. Qu'est-ce que tu en dis, Reggie ?

— Mon Dieu ! Dois-je te rappeler que nous avons parcouru de long en large cet abominable endroit marécageux, que nous avons été logés dans des conditions déplorables, sans aucun confort, et que cela ne nous a menés nulle part ? Nous n'avons absolument rien compris à ce qu'ils disaient !

— Je sais bien, mon cher, mais il y en avait quand même un qui ne *voulait* pas se faire comprendre. Je t'en ai parlé, tu t'en souviens ?

— Oh ! lui ! fit l'Anglais d'un ton méprisant, comme s'il voulait chasser ce souvenir de sa pensée. Un jeune homme très désagréable, renfrogné, pour être précis.

— De qui parlez-vous ? demanda Goldfarb en se penchant vivement vers eux.

— Pas renfrogné, Reggie, simplement peu communicatif. Il tenait assurément des propos incohérents, mais il comprenait tout ce que nous disions. Je l'ai lu dans ses yeux.

— Qui était-ce ? insista le consultant de la CIA.

— Un jeune brave, je crois que c'est le nom qu'ils se donnent. Je lui donnerais une vingtaine d'années. Il prétendait ne pas bien parler l'anglais et s'est contenté de hausser les épaules et de secouer la tête quand nous lui avons posé nos questions. Sur le moment, cela ne m'a pas frappé... Les jeunes gens sont tellement hostiles, de nos jours.

— J'ajoute qu'il avait une tenue parfaitement indécente, déclara Reginald. En fait, il ne portait qu'un pagne... Révoltant ! Et quand il a sauté sur son cheval, je peux vous affirmer qu'il a montré les limites de ses qualités de cavalier.

— De quoi parlez-vous ? demanda Goldfarb, l'air ahuri.

— Il est tombé de cheval, répondit Daphné. Le dressage n'est vraiment pas son fort.

— Pas si vite! lança Goldfarb dont le torse puissant était presque posé sur le bureau. Vous dites que l'attitude de ce jeune Indien ne vous a pas frappé sur le moment, mais qu'elle vous revient maintenant à l'esprit. Pourquoi?

— Eh bien, mon cher Hy, dans les circonstances présentes, j'essaie de penser à tout.

— Si je vous ai bien compris, ce jeune homme pourrait savoir quelque chose dont il n'a pas voulu parler?

— C'est une possibilité...

— Pensez-vous pouvoir le retrouver?

— Bien sûr. J'ai vu d'où il sortait, quel tipi il occupait.

— Un tipi? Ils vivent sous la tente?

— Naturellement, Hyman, dit Reginald. Ce sont des Indiens, mon vieux. Des Peaux-Rouges, comme on dit dans vos films.

— Il y a aussi un pourri de visage pâle derrière tout cela! lança Goldfarb en commençant à composer un numéro de téléphone. Des tipis! Plus personne ne dort dans un tipi depuis longtemps!... J'espère que vous n'avez pas défait vos bagages, ajouta-t-il en tournant fugitivement la tête vers le couple. Manny?... Préviens La Louche et en route pour l'aéroport. Vous prenez le Lear... Destination : le Nebraska.

Le jeune brave, uniquement vêtu d'une sorte de bizarre jupette de cuir, trépignait devant le grand tipi décoré.

— Je veux que tu me rendes mes vêtements, Mac! hurla-t-il. Tu n'as pas le droit de faire ça! J'en ai ras le bol! Tout le monde en a ras le bol! On ne dort plus à même le sol dans ces tentes ridicules, on ne se brûle plus les mains en essayant de faire cuire des aliments sur un feu de bois et on ne va plus dans les bois pour faire nos besoins! Pendant que j'y suis, tu peux garder cette vieille carne et la renvoyer à Geronimo! Je déteste les chevaux et je ne sais pas monter... Plus personne ne sait, Dieu merci! On roule en Chevrolet ou en Ford et on a même quelques vieilles Cadillac, mais plus personne ne monte à cheval!... Tu m'écoutes, Mac? Réponds-moi!... Nous te remercions pour l'argent et tes bonnes intentions, même pour les frusques ridicules de la fabrique de costumes d'Hollywood, mais les choses vont trop loin. Tu ne le sens donc pas?

— As-tu déjà vu le film qu'on a fait sur ma vie? rugit une voix tonnante à l'intérieur du tipi fermé. Je n'ai jamais entendu quelqu'un zézayer comme le minable à qui on a donné mon rôle. Embarrassant, très embarrassant!

— C'est ce que je voudrais te faire comprendre, Mac. Toute cette mise en scène que tu as organisée est vraiment embarrassante pour nous. On va se faire descendre en flammes et on sera la risée de toutes les réserves!

— Vous n'en êtes pas... nous n'en sommes pas encore là ! Mais je trouve intéressante l'expression : se faire descendre en flammes.

— C'est tout ce qu'il y a dans ta cervelle de mangeur de lotus ? Cela fait plus de trois mois que tout a commencé et nous n'avons eu de nouvelles de personne ! Trois mois de folie, à nous promener à moitié nus ou dans ces costumes avec ces foutues perles qui nous grattent le bas des reins, à nous brûler les doigts et à subir, à des endroits très embarrassants de notre anatomie, des démangeaisons provoquées par le sumac vénéneux, quand nous sommes obligés d'aller dans les bois...

— Les feuillées ont toujours été une contrainte acceptable de la vie militaire, mon garçon. Et on ne peut pas critiquer la séparation des sexes... L'armée l'a toujours fait respecter.

— Mais ici ce n'est pas l'armée, je ne suis pas un soldat et je veux récupérer mes vêtements !

— Ce n'est qu'une question de jours, mon garçon, lança de l'intérieur du tipi la voix rude et râpeuse. Tu verras.

— Non, pauvre fou, ce ne sera pas une question de jours, ni de mois, ni d'années ! Ces vieux croûtons de la Cour suprême doivent encore être en train de se tenir les côtes et je n'obtiendrai jamais l'autorisation d'exercer auprès du dernier tribunal des Samoa américaines !... Allons, Mac, avoue donc que c'est fichu. L'idée était magnifique et je dois reconnaître qu'il y avait peut-être un soupçon, un atome de consistance. Mais la situation est devenue ridicule.

— Notre peuple a souffert pendant cent vingt ans, mon garçon. Pour ces souffrances infligées par l'homme blanc brutal et cupide, nous serons justement récompensés et la liberté nous sera rendue !... Que représentent quelques jours de plus ou de moins ?

— Mais, Mac, tu n'as pas le plus petit lien de parenté !

— Dans mon cœur de vieux soldat, nous sommes unis par un lien indéfectible et je ne vous abandonnerai pas à votre sort.

— Abandonne-nous à notre sort, je t'en prie ! Rends-moi mes vêtements et dis aux deux abrutis qui ne me lâchent pas d'une semelle de me foutre la paix !

— Tu es trop impatient, mon jeune ami, et je ne peux te laisser dire du mal de nos frères...

— *Nos* frères ?... Mac, tu es bon à enfermer ! Permets-moi de te parler franchement d'une petite question de droit dont tu ignores peut-être tout, mais dont je tiens à te faire part. Il y a quatre mois, quand tout ce cirque a commencé, tu m'as demandé si j'avais été reçu à l'examen du barreau et je t'ai répondu que j'étais sûr d'avoir réussi. J'en ai toujours la certitude, mais je ne pourrais pas te fournir un certificat. Je n'ai pas encore été officiellement avisé par le barreau du Nebraska et je ne le serai peut-être pas avant encore deux mois, ce qui serait parfaitement normal pour le barreau, mais absolument inacceptable pour ton *powwow* juridique avec la Cour suprême.

— Quoi... ?

Un hurlement prolongé et déchirant s'éleva du tipi fermé.

— On se bouscule à la Cour suprême, mon frère, et, sauf circonstances exceptionnelles, dûment détaillées et approuvées, aucun avocat non inscrit à un barreau n'est en droit de présenter une requête à la Cour, même à titre provisoire. Je t'avais prévenu. Tu seras un homme mort, même si la décision est rendue en ta faveur, ce qui me paraît aussi vraisemblable que de me voir apprendre à monter à cheval comme un vrai brave !

Le cri qui jaillit de la tente conique en peaux de bêtes synthétiques fut encore plus long que le précédent et infiniment plus déchirant.

— Comment as-tu pu faire ça ?

— Moi, je n'ai rien fait, Mac, c'est toi. Je t'ai demandé de fournir officiellement le nom de ton avocat-conseil, mais tu m'as répondu que tu ne pouvais pas, parce qu'il était mort, que tu trouverais quelque chose plus tard et que, en attendant, nous allions utiliser le précédent *non-nomen* de 1826.

— C'est toi qui as exhumé ce précédent ! rugit la voix sans visage.

— Oui, c'est moi, et tu en étais ravi. Je te suggère maintenant de faire des recherches du côté de ton ancien avocat.

— Je ne peux pas.

Le rugissement s'était mué en un petit cri plaintif, semblable au geignement d'un chaton apeuré.

— Pourquoi ?

— Il ne me dira rien.

— J'espère bien que non ! Je ne parle pas de son cadavre, Mac, mais de ses papiers, ses découvertes, ses interrogatoires... Tout doit être recevable.

— Il n'aimerait pas cela, protesta la voix réduite à un couinement de souris.

— Comment veux-tu qu'il le sache ?... Écoute-moi, Mac, tôt ou tard, l'assistant d'un des juges de la Cour va découvrir que je ne suis qu'un jeune diplômé ayant à peine six mois de pratique et il donnera l'alerte. Même si tu avais une toute petite chance, le seigneur de la Cour, le président Reebock, s'empresserait de la réduire à néant pour avoir tenté d'abuser cette institution sacrée. Pis encore, pour t'être payé leur tête, si d'aventure un ou deux magistrats penchaient pour toi, ce qui, je le répète, est absolument inconcevable. Laisse tomber, Mac ! C'est fini ! Rends-moi mes vêtements, tu veux bien, et laisse-moi partir...

— Et où irais-tu, mon garçon ? Dis-moi où !

Le couinement n'était déjà plus qu'un souvenir et la voix amorçait un rapide crescendo.

— Je n'en sais rien, peut-être aux Samoa américaines, où j'attendrai qu'on m'expédie une attestation d'inscription au barreau du Nebraska.

— Je ne croyais pas en arriver là, rétorqua de l'intérieur du tipi la voix qui avait retrouvé tout son volume. Je croyais sincèrement que tu avais ce qu'il faut, mais je vois bien que tu ne seras jamais au niveau !

— Bravo pour la rime, Mac. Et maintenant, mes vêtements.

— Les voilà, espèce de coyote à peau jaune !

Le pan de fausse peau de bête s'écarta et un assortiment de vêtements bon chic bon genre fut lancé à travers l'étroite ouverture.

— On dit des Peaux-Rouges, Mac, pas des peaux jaunes.

Le jeune brave en pagne se jeta fébrilement sur le caleçon, la chemise, le pantalon de flanelle grise et le blazer bleu marine pour les attraper au vol.

— Merci, Mac. Je te remercie du fond du cœur.

— Pas encore, mon garçon, mais tu y viendras. Un bon officier n'oublie jamais la piétaille, même si elle paraît indigne au plus fort de la bataille... Je reconnais que tu m'as été bien utile pendant les séances de stratégie du GQG. Tu laisseras ton adresse à cet ivrogne invétéré que tu appelles Fesse d'Aigle.

— *Face* d'Aigle ! rectifia le brave en se débarrassant de son pagne et en enfilant son caleçon. Et c'est toi qui lui as fourni l'alcool, poursuivit-il en prenant sa chemise Oxford bleue, tu en as fourni des caisses à tout le monde !

— Méfiez-vous de l'Indien moralisateur qui se retourne contre sa tribu ! hurla le manipulateur invisible des Wopotamis.

— Va te faire foutre, Mac ! s'écria le brave en glissant les pieds dans ses mocassins Bally tout en fourrant d'une main sa cravate à rayures dans sa poche avant d'enfiler son blazer.

— Où est ma voiture ?

— Camouflée dans la prairie du levant, à soixante foulées de cerf sur la droite du grand pin du vieil hibou.

— A soixante quoi ? Qu'est-ce que c'est que cette histoire de hibou ?

— Tu n'as jamais été très fort sur le terrain, mon garçon. C'est Fesse d'Aigle lui-même qui me l'a dit.

— Il s'appelle Face d'Aigle, c'est mon oncle et le pauvre homme n'a pas dessoûlé depuis ton arrivée... Cette prairie du levant, où est-elle ?

— Oriente-toi par rapport au soleil, mon garçon ; c'est une boussole qui ne te trompera jamais. Mais prends bien soin de couvrir tes armes de cendre pour que leur éclat ne te trahisse pas.

— Il est fou à lier ! hurla le jeune brave Wopotami en s'enfuyant à toutes jambes vers l'ouest.

Au même moment, accompagné par un rugissement primitif de défi, un homme de haute stature sortit du tipi en repoussant violemment le pan d'étoffe qui le fermait contre la paroi extérieure de la tente. Le géant resplendissant, portant la longue coiffure flottante de plumes et l'habit en peau de daim orné de perles, symboles de la plus haute fonction tribale, plissa les yeux pour se protéger du soleil tout en fourrant dans sa bouche un cigare mutilé qu'il commença à mastiquer rageusement. Son visage hâlé aux traits burinés trahissait une profonde frustration... et peut-être même une pointe d'anxiété.

— Bon Dieu! jura MacKenzie Hawkins à mi-voix. Jamais je n'aurais cru être obligé d'en arriver là.

Le Faucon glissa la main sous sa veste de daim barrée à hauteur de la poitrine par des éclairs jaunes formés de perles et en ressortit un téléphone cellulaire.

— Les renseignements pour la zone de Boston? Je voudrais le numéro de M. Devereaux, prénom Sam...

5

Ce vendredi soir, à l'heure de l'exode hebdomadaire de Boston, Samuel Lansing Devereaux conduisait prudemment, comme à son habitude, sur l'autoroute qui le menait à Weston. Il conduisait avec la prudence qu'il eût employée à la manœuvre d'un tricycle au milieu d'un champ de bataille, entre deux rangées de chars ennemis s'apprêtant à se livrer un assaut sans pitié. Mais, ce soir-là, c'était encore pis que d'habitude. Non pas à cause de la circulation, aussi exaspérante qu'à l'accoutumée, mais en raison d'une douleur lancinante derrière les yeux, accompagnée de palpitations frénétiques dans la poitrine et d'une sensation de vide dans l'estomac. Tous les symptômes d'une crise aiguë de dépression. Il lui était presque impossible de garder son attention sur les à-coups du flot des véhicules et il s'efforçait de se concentrer sur les voitures les plus proches en espérant éviter la collision. Le bras passé par la vitre baissée, il faisait signe aux autres véhicules de le dépasser. Soudain, un camion fit une embardée si brusque que la main de Sam toucha le rétroviseur extérieur. Il poussa un hurlement et rentra précipitamment son bras qu'il crut, l'espace d'un instant, voir disparaître derrière le capot.

Il n'y avait rien à faire ou, comme l'avait écrit un grand dramaturge français... Impossible de retrouver ce foutu nom et les mots exacts, mais il savait que tout était dans cette petite phrase. Il lui fallait maintenant regagner sa tanière, laisser la musique l'envahir et les souvenirs revivre jusqu'à ce que la crise s'achève... *Anouilh!* L'auteur dramatique s'appelait Anouilh et il avait écrit : *Il n'y a rien...* C'était plus facile en anglais que dans ce français qu'il maîtrisait si mal. *Il n'y a rien d'autre à faire que de hurler!* En fait, c'était complètement idiot, mais pourquoi pas? Il se mit donc à hurler à pleins poumons en prenant la sortie de Weston, à peine conscient des regards ébahis des conducteurs et des passagers des voitures les plus proches, qui le dévisageaient comme s'ils assistaient à une scène d'accouplement entre un homme et un animal. Le hurlement finit par s'éteindre. Il fut remplacé par un large sourire quand Sam Devereaux appuya sur l'accélérateur et que trois véhicules se télescopèrent derrière lui.

Tout avait commencé quelques minutes après son départ du bureau, à la fin d'une conférence avec une bande de cadres supérieurs apparentés dont l'entreprise familiale allait connaître de gros ennuis s'ils ne se rangeaient pas à son avis. Le problème n'était pas tant leurs activités criminelles que leur stupidité indissociable d'une obstination funeste. Sam leur avait fait clairement comprendre que, s'ils ne suivaient pas ses instructions, ils pourraient chercher un autre représentant en justice et qu'il irait leur rendre visite, une simple visite de politesse, dans l'établissement où ils seraient incarcérés. Malgré certaines obscurités, la loi était sans équivoque : des grands-parents ne pouvaient nommer leurs petits-enfants – surtout s'ils étaient âgés de six mois à douze ans – au conseil d'administration d'une société, pour des honoraires de plus d'un million de dollars. Il lui avait fallu affronter les vagues d'indignation des Irlandais et accepter l'éventualité d'une damnation éternelle pour avoir lésé les descendants du clan Dongallen avant de pouvoir se réfugier dans son bistrot préféré, à quelques pas des bureaux de la firme Aaron Pinkus Associates.

— Alors, mon petit Sammy! lança le barman-propriétaire quand Devereaux se laissa tomber sur le tabouret le plus éloigné de l'entrée. Dure journée, mon gars? Oh! oui, je vois ça! Je sais toujours quand un ou deux remèdes liquides peuvent en appeler d'autres... Installe-toi donc tranquillement au bar.

— Fais-moi plaisir, O'Toole, et oublie un peu ton accent irlandais. Je viens de passer près de trois heures avec tes compatriotes.

— Ce sont les pires, Sam, et je sais de quoi je parle! Surtout la variété des pourris, les seuls capables de payer vos honoraires exorbitants! Écoute, comme il n'est pas très tard, je vais te servir ton verre, allumer la télé et toi, tu oublies ta journée de boulot... Ah! il n'y a pas de football aujourd'hui... Bon, je vais mettre les infos.

— Merci, Tooley.

Devereaux accepta son verre avec un petit sourire reconnaissant et le patron mit la chaîne d'informations continues, apparemment au beau milieu d'un reportage retraçant les bonnes œuvres d'une inconnue.

— *... une femme à qui la pratique désintéressée de la charité et de la bonté confère une éternelle jeunesse, un visage lumineux sur lequel se sont penchés les anges pour lui insuffler le don de la persévérance,* proclamait pompeusement le commentaire pendant que la caméra faisait un zoom sur une religieuse en habit blanc distribuant des cadeaux dans un hôpital pour enfants de quelque pays du Tiers-Monde dévasté par la guerre. *On l'appelle sœur Anne la Bienveillante,* poursuivait le narrateur d'une voix grasse, *mais c'est tout ce que le monde sait d'elle, tout ce qu'elle souhaite que l'on sache d'elle. Le mystère continue à* *planer sur sa véritable identité et sur son passé, un mystère qui cache peut-être le secret d'un chagrin intolérable...*

— Mystère, mon cul! rugit Samuel Lansing Devereaux en se soulevant violemment de son tabouret pour hurler plus près de l'écran. Et le seul chagrin intolérable, salope, c'est le mien!

— Sammy, Sammy! s'écria Gavin O'Toole en s'élançant le long du comptoir d'acajou, les deux bras levés pour tenter de calmer son client devenu un ami. Vas-tu fermer ta grande gueule? Cette femme est une sainte et ma fichue clientèle est loin d'être en majorité protestante! Comprends-moi, Sammy, comprends-moi!

O'Toole avait baissé la voix tout en aidant Devereaux à passer par-dessus le bar. Puis il lança un coup d'œil circulaire.

— Oh! là là! Je vois quelques habitués qui ont l'air choqués par tes paroles, Sammy. Ne t'inquiète pas, Hogan saura les calmer. Pour l'instant, tu t'assieds et tu la fermes!

— Tu ne comprends donc pas, Tooley, reprit le brillant juriste d'une voix larmoyante. C'est le grand amour de ma vie terrestre...

— C'est beaucoup mieux comme ça, murmura O'Toole. Continue.

— Tu comprends, c'était une putain et je l'ai sauvée!

— Ne continue pas!

— Elle s'est enfuie avec l'oncle Zio! Notre oncle Zio... Il l'a corrompue!

— De quel oncle parles-tu? Mais enfin, qu'est-ce que tu racontes, mon gars?

— En réalité, c'était le *pape*! Il lui a complètement brouillé la cervelle et elle l'a suivi à Rome, au Vatican...

— Hogan! Passe derrière le comptoir et retiens ces messieurs!... Sammy, tu vas sortir par la cuisine. Tu n'arriverais jamais jusqu'à la porte de la salle!

Cet incident d'apparence bénigne avait déclenché la crise aiguë dont souffrait encore Sam Devereaux sur la route beaucoup moins fréquentée qui menait à Weston. Le « monde » ignorant ne pouvait-il pas comprendre que la clé du « mystère » était connue d'un avocat éperdument amoureux qui avait su rendre le respect de soi à cette Anne aux nombreux maris, une ancienne racoleuse de Detroit, mais que c'est elle qui avait brutalement refusé un nouveau mariage pour suivre comme un mouton ce fêlé de Zio?... En fait, l'oncle Zio n'était pas vraiment fêlé, mais, aux yeux de Samuel, le gentil avocat, il s'était entièrement fourvoyé. Zio, c'était le pape Francesco Ier, le pontife le plus aimé du siècle, qui s'était laissé enlever sur la Via Appia Antica, car il croyait que ses jours étaient comptés et estimait que la meilleure solution consistait à placer un sosie, son cousin Guido Frescobaldi, de la Scala Minuscolo, sur le trône de saint Pierre et à lui donner personnellement des instructions radio depuis sa retraite des Alpes. Et cela avait marché... un certain temps. Pendant plusieurs semaines d'affilée, Mac Hawkins et Zio étaient montés tout en haut du château Machenfeld, près de Zermatt, où était installé l'émetteur à ondes courtes, pour expliquer au cousin Frescobaldi qui manquait autant d'oreille que de vivacité d'esprit ce qu'il convenait de faire pour le bien du Saint-Siège.

Puis tout avait basculé, avec une violence qui ne pouvait avoir d'égale que la création même de la planète. L'air vivifiant des Alpes avait rendu la santé au pape Francesco cependant que Guido Frescobaldi, tombant accidentellement de tout son poids sur son appareil personnel à ondes courtes, le brisait en mille morceaux et que la politique financière du Vatican le menait au bord du précipice. Le remède était douloureux, mais évident. Le plus douloureux, et de très loin, fut pourtant pour Sam la perte de son seul et grand amour, Anne la Réhabilitée, qui avait prêté une oreille complaisante à toutes les inepties que lui débitait inlassablement l'oncle Zio pendant leurs parties d'échecs matinales. Au lieu d'unir sa destinée à celle de Samuel Lansing Devereaux, elle avait choisi de devenir l'épouse d'un certain Jésus-Christ qui, Sam devait le reconnaître, jouissait d'un prestige infiniment supérieur au sien, mais dont les revenus étaient sensiblement plus modestes, infiniment plus modestes même, quand on voyait l'existence de la glorieuse Anne la Réhabilitée. La vie à Boston, même quand tout allait de travers, demeurait préférable à celle qu'elle devait mener dans les colonies de lépreux! Au moins la plupart du temps...

— *La vie continue, Sam. C'est une lutte permanente et il n'est pas question de se laisser abattre si on perd une ou deux escarmouches en passant. On se botte le cul et on repart à l'attaque!*

Telles avaient été les paroles du plus vil salopard que la Terre eût jamais porté, l'argument irréfutable, absolu, en faveur de la continence volontaire et d'une rigoureuse limitation des naissances. Le général MacKenzie Hawkins, Mac le Cinglé, le Faucon, fléau de la santé mentale, destructeur du bon et du bien en l'homme. Ces niaiseries, ces clichés militaires éculés, c'est tout ce que l'abject personnage avait proposé à un Sam désespéré, souffrant comme un damné.

— Elle me quitte, Mac. Elle va vraiment partir avec lui!

— *Zio est un homme de bien, mon garçon. Il sait commander ses légions et nous, qui connaissons la solitude du commandement, nous avons du respect l'un pour l'autre.*

— Mais, Mac, c'est un ecclésiastique, le premier de tous, c'est le pape! Ils ne pourront pas danser, se câliner, ni avoir des enfants, rien!

— *Vous avez probablement raison pour ce qui est des deux dernières activités, mais j'espère que vous n'avez pas oublié comment Zio danse la tarentelle.*

— *On ne se touche pas en dansant la tarentelle. On virevolte et on lance les jambes en l'air, mais les danseurs ne s'approchent pas l'un de l'autre.*

— *C'est peut-être à cause de l'ail. Ou des jambes.*

— *Vous ne m'écoutez pas! Elle est en train de commettre l'erreur de sa vie... Vous devriez le savoir! Vous avez quand même été marié avec elle, ce qui m'a mis dans une situation assez embarrassante, ces derniers temps.*

— *Vous devriez changer de batteries, mon garçon. J'ai été marié avec toutes les filles et aucune n'a eu à s'en plaindre. Anne était la plus dure de toutes, ce qui, avec son passé, n'a rien de très étonnant, mais elle a bien accepté ce que j'ai essayé de lui faire comprendre.*

— *C'était quoi, Mac?*

— *Qu'elle pouvait être mieux que ce qu'elle était tout en restant elle-même.*

L'ignoble individu! Sam Devereaux donna un brusque coup de volant pour éviter un rail de sécurité qui se rapprochait sournoisement sur sa droite. *Toutes les filles*! Mais comment avait-il fait? Quatre femmes parmi les plus charmantes et les plus douées que Sam eût jamais rencontrées avaient successivement épousé le dangereux délinquant militaire. Après leur séparation à l'amiable, les quatre divorcées qui nourrissaient encore pour lui une grande tendresse s'étaient réunies pour former avec ferveur un club particulièrement restreint auquel elles avaient donné le nom de « Harem de Hawkins ». Au premier appel du Faucon, elles se ralliaient à la cause de leur ex-mari, en toutes circonstances et en n'importe quel point du monde. Et la jalousie? Elle était totalement absente, car Mac les avait libérées, délivrées des lourdes chaînes qui les retenaient captives avant qu'il entre dans leur vie. Sam était parfaitement capable d'accepter cela, car, tout au long des événements qui avaient précédé le séjour au château Machenfeld, chacune des ex-épouses lui avait apporté son tendre soutien dans les moments les plus pénibles, quand il était au bord de l'hystérie. Chacune avait fait montre de compassion, et même de passion tout court, pour l'aider à se sortir des situations impossibles dans lesquelles le Faucon s'ingéniait à se mettre.

Toutes, elles avaient laissé des marques indélébiles dans son esprit comme sur son corps et de toutes il conservait un souvenir extraordinaire, mais celle qui l'avait le plus profondément marqué était la sculpturale Anne aux cheveux d'un blond cendré, dont les grands yeux bleus exprimaient une innocence beaucoup plus vraie que la réalité de son passé. Le flot intarissable de questions qu'elle posait d'une voix hésitante sur tous les sujets possibles et imaginables était aussi impressionnant que la voracité avec laquelle elle se jetait sur tous les écrits, même quand elle ne pouvait espérer y comprendre grand-chose. Et pourtant, elle finissait par comprendre, dût-elle passer un mois sur les cinq mêmes pages. Une vraie dame rattrapant les années perdues, mais sans s'apitoyer le moins du monde sur elle-même, toujours prête à donner malgré ce qui lui avait été arraché si brutalement dans sa jeunesse. Et son rire... Oh! son rire, quand ses yeux pétillaient de malice, mais sans méchanceté, jamais aux dépens d'autrui. Il l'avait tellement aimée!

Mais cette folle avait choisi de suivre l'oncle Zio et de partir dans les colonies de lépreux au lieu de mener une existence merveilleuse auprès de Sam Devereaux qui, pour clore en beauté sa carrière de juriste, deviendrait inévitablement le juge Samuel Lansing Devereaux et participerait, si tel était son bon plaisir, à toutes les foutues régates de Cape Cod. Il fallait vraiment avoir une araignée dans le plafond!

Dépêche-toi! Rentre vite chez toi, enferme-toi dans ta tanière et trouve le réconfort dont tu as besoin dans l'évocation de cet amour qui n'a pas été payé de retour. *Il vaut mieux avoir connu l'amour et l'avoir perdu que ne jamais avoir aimé du tout.* Quel était le tordu qui avait écrit cela?

Il accéléra dans la traversée de Weston et donna un coup de volant pour prendre le dernier virage avant d'apercevoir la maison. Encore quelques minutes et, l'acool aidant, au son de l'unique enregistrement des *Tyroliens*, il se retirerait dans la caverne de ses songes, de ses rêves enfuis.

Merde alors! A quelques mètres, devant la maison... Mais oui, c'était bien ça! La limousine d'Aaron Pinkus! Était-il arrivé quelque chose à sa mère et n'avait-il pas été prévenu? Quelque chose de grave pendant qu'il gueulait devant le téléviseur du bistrot irlandais? Jamais il ne se le pardonnerait!

Sam arrêta sa voiture derrière l'énorme véhicule, en faisant crisser les freins. Il bondit de son siège et s'élança vers la maison tandis que le chauffeur de Pinkus apparaissait derrière le capot de la limousine.

— Paddy? Que s'est-il passé? hurla Devereaux. Il est arrivé quelque chose à ma mère?

— Rien de particulier, à ma connaissance, Sammy. Si ce n'est un langage que je n'ai pas entendu depuis Omaha Beach.

— Comment?

— A ta place, mon gars, j'irais voir ce qui se trame là-dedans.

Sam repartit à toute allure vers le portillon qu'il franchit d'un bond et grimpa les marches du perron en fouillant dans sa poche pour chercher son trousseau de clés. Il n'en eut pas besoin, car, au même moment, Cora, la cousine un peu simple d'esprit, ouvrait la porte.

— Qu'est-il arrivé? répéta Sam avec anxiété.

— La douairière et le petit bonhomme, soit ils sont complètement bourrés, soit sous l'influence de la lune en plein jour...

Cora fut interrompue par un hoquet, immédiatement suivi d'un renvoi bruyant.

— Au lieu de débloquer, si tu me disais où ils sont!

— Chez toi, beau gosse.

— Chez moi? Tu veux dire...?

— Exactement, mon grand.

— Personne n'a le droit d'entrer dans ma tanière! Tout le monde était d'accord là-dessus!

— Eh bien, je suppose que quelqu'un n'a pas tenu parole.
— Mon Dieu! s'écria Sam.

Il traversa au pas de course l'immense entrée de marbre rose et gravit quatre à quatre l'escalier tournant qui menait à l'aile orientale de la vaste demeure.

— Réduisez la vitesse pour l'approche finale, ordonna calmement le pilote, la tête tournée vers la vitre latérale de la cabine, en se demandant fugitivement si sa femme avait préparé le hachis parmentier qu'elle lui avait promis pour le dîner. Sortez les volets, ajouta-t-il.
— Colonel Gibson? fit le radio, interrompant brusquement sa rêverie.
— Hoot vous écoute, sergent. Qu'y a-t-il pour votre service?
— Vous n'êtes plus en liaison radio avec la tour de contrôle, mon colonel!
— Oh! pardon! Je viens juste de la couper. Le coucher de soleil est magnifique, nous avons reçu nos instructions et j'ai pleine et entière confiance en mon copilote et en vous-même, grand communicateur.
— Rétablissez le contact, Hoot!... Pardon, mon colonel.

Le pilote tourna vivement la tête vers le capitaine assis à ses côtés et vit son subordonné bouche bée, les yeux exorbités.
— Ils ne peuvent pas nous faire ça! souffla le copilote.
— Nous faire quoi, Bon Dieu? rugit Gibson en repassant immédiatement sur la fréquence de la tour de contrôle. Veuillez répéter l'information, je vous prie. Il y avait une partie de dés en cours dans la cabine.
— Très drôle, colonel. Et vous pouvez dire au ludion qui est assis à votre droite que nous *pouvons* le faire, car c'est un ordre direct du commandement de l'escadron.
— Je répète: veuillez répéter. Le ludion est sens dessus dessous.
— Nous aussi, Hoot! lança à la radio une deuxième voix familière, celle d'un officier du même rang que Gibson. Nous vous mettrons au parfum dès que possible, mais, pour l'instant, suivez les instructions du sergent et prenez les coordonnées de votre ravitaillement en vol.
— Un ravitaillement en vol...? Qu'est-ce que c'est que cette plaisanterie? On a déjà fait nos huit heures! On revient des îles Aléoutiennes et de la mer de Béring, et on s'est approchés si près de l'ours soviétique qu'on a senti son haleine. C'est l'heure de rentrer dîner maintenant et il y a un hachis parmentier au menu.
— Désolé, je ne peux pas en dire plus! Nous vous ferons rentrer à la base dès que possible.
— C'est une alerte?
— Tout ce que je peux dire, c'est que ce ne sont pas les Soviets.
— Ça ne suffit pas, loin de là... Les petits hommes verts s'apprêteraient-ils à débarquer?

— Nous opérons directement sous les ordres du commandant en chef du Commandement stratégique aérien. Ça te va comme ça, Hoot ?

— Ça suffit pour que je fasse mon deuil du hachis parmentier, répondit Gibson, résigné. Peux-tu prévenir ma femme ?

— Bien sûr. Tous les conjoints et concubins seront informés des nouvelles instructions.

— Hé ! mon colonel ! glissa le copilote. Vous connaissez le Doogies, un bar du centre-ville, à Omaha, dans Farnam Street ? Vers vingt heures, il y aura une rousse au bar – mensuration quatre-vingt-quinze, soixante-dix, quatre-vingt-cinq –, elle s'appelle Scarlet O. Auriez-vous l'amabilité de lui...

— Ça suffit, capitaine ! Surveillez vos paroles ! Vous avez bien dit le Doogies ?

Le colossal EC-135, surnommé le « Miroir », dont le rôle était de fouiller inlassablement le ciel pour le compte du Commandement stratégique aérien, reprit de l'altitude pour atteindre dix-huit mille pieds. Il mit le cap au nord-est, survola le Missouri et quitta l'État du Nebraska pour pénétrer dans l'Iowa. Au sol, la tour de la base aérienne d'Offutt, le centre de contrôle planétaire du Commandement stratégique aérien, donna l'ordre au colonel Gibson de suivre une route nord-ouest et lui fournit les coordonnées codées où il devait retrouver l'avion ravitailleur dans le ciel encore radieux.

Il n'était pas question de discuter les ordres. Le 55e Escadron de reconnaissance stratégique était l'unité officiellement basée à Offutt et chargée d'effectuer des missions d'observation à l'échelle de la planète. De la même manière que le 544e Escadron de renseignements stratégiques, il était soumis aux exigences du superordinateur Cray X-MP, opportunément placé sous le contrôle ostensible de l'AFGWC, à savoir l'Air Force Global Weather Control, qui, pour ceux qui connaissaient le fonctionnement du Commandement stratégique aérien, n'avait pas grand-chose à voir avec la météorologie.

— Qu'est-ce qui peut bien se passer en bas ? demanda à mi-voix le colonel Gibson, sans véritablement attendre de réponse de son copilote.

— Moi, ce que j'aimerais bien savoir, lança le jeune capitaine sans masquer sa colère, c'est ce qui va se passer au Doogies ! Merde alors !

Dans son bureau du Pentagone où trônait le drapeau américain, assis sur trois coussins, le tout-puissant ministre de la Défense à la taille lilliputienne et au visage chafouin, la moumoute légèrement de guingois, postillonnait en hurlant dans le combiné.

— Je les baiserai tous ! Je te jure que je vais tellement leur en faire baver, à ces sauvages, qu'ils se traîneront à mes genoux pour avoir du poison ! Et je ne leur en donnerai pas ! Je ne me laisse emmerder par personne ! S'il le faut, tous les 135 resteront en l'air et ils seront ravitaillés en vol jour et nuit !

— Tu sais que j'approuve tes décisions, Felix, répondit le porte-parole de l'état-major interarmes, quelque peu interloqué, mais je ne suis pas un aviateur. Ces appareils ne sont donc pas obligés de se poser de temps en temps? Demain après-midi, tu auras quatre EC-135 en l'air, tous basés à Offutt, et ce sera l'heure limite. On ne pourrait pas partager le boulot avec les autres bases du SAC?

— Pas question, Corky! Le centre de contrôle est à Omaha et il le restera! Tu n'as donc jamais vu les films du Duke? Dès que tu en donnes long comme le doigt à cette vermine rouge sanguinaire, ils se glissent derrière toi et tu peux dire adieu à ton scalp!

— Mais les appareils, les équipages?

— Tu n'y connais rien, Corky! Tu n'as jamais entendu les expressions : « Fais-moi monter, Scotty [1] » et « Fais-moi descendre, Scotty »?

— Je devais être au Viêt-nam.

— Il faudrait te tenir un peu au courant, Corky! lança le ministre de la Défense avant de raccrocher rageusement.

Le général de brigade Owen Richards, commandant suprême du Commandement stratégique aérien, regardait en silence les deux hommes envoyés par Washington. Vêtus d'un trench-coat noir, ils portaient tous deux des lunettes noires et un chapeau brun foncé qu'ils n'avaient même pas ôté en présence de la femme portant le grade de commandant de l'Armée de l'air qui les avait introduits dans le bureau du général. Une marque d'impolitesse que Richards avait attribuée à la règle militaire d'égalité entre les sexes, ce qu'il n'avait jamais approuvé. Il avait coutume d'ouvrir la porte pour laisser passer sa secrétaire qui n'avait que le grade de sergent; mais elle n'en était pas moins femme et certaines choses lui paraissaient tout à fait naturelles. Non, ce n'était pas ce manque de courtoisie qui le gênait chez les deux envoyés de Washington, mais le fait qu'ils devaient avoir le cerveau dérangé. Comment expliquer sinon qu'ils portaient un lourd trench-coat et un chapeau par une belle et chaude journée d'été, et qu'ils gardaient leurs lunettes noires dans un bureau presque obscur, où tous les stores étaient baissés pour protéger son occupant des rayons aveuglants du soleil couchant? Oui, on lui avait envoyé deux cinglés!

— Messieurs, commença-t-il posément, malgré l'appréhension qui l'avait poussé à ouvrir discrètement le tiroir de son bureau où il gardait une arme. Vous avez montré des documents officiels pour arriver jusqu'ici, mais il conviendrait peut-être que j'en prenne connaissance en personne... Non, ne glissez pas la main dans vos vêtements, sinon je vous fais sauter la cervelle! rugit Richards en sortant vivement son pistolet d'ordonnance du tiroir.

---

1. Allusion à la série télévisée *Star Trek*. Scotty était l'ingénieur du vaisseau spatial *Enterprise*. Quand le capitaine Kirk, chef d'expédition, souhaitait regagner d'urgence le vaisseau, il s'adressait toujours à lui dans ces termes. (*N.d.T.*)

— C'est vous-même qui nous demandez nos papiers, protesta l'homme de gauche.

— Comment voulez-vous que nous les montrions ? demanda son collègue.

— Avec deux doigts ! ordonna le général. Si je vois votre main entière disparaître, votre cerveau éclaboussera le mur !

— Votre passé de baroudeur vous rend soupçonneux à l'excès.

— Vous avez entièrement raison : j'ai passé deux ans à Washington... Posez ça sur le bureau.

Les deux hommes s'exécutèrent et le général poussa une exclamation.

— Mais ce ne sont pas des pièces d'identité... Ce sont des lettres manuscrites.

— Qui portent une signature que vous reconnaîtrez sans doute, fit l'agent de gauche. Et il y a un numéro de téléphone – vous devez également le connaître – pour le cas où vous insisteriez pour procéder à une vérification.

— Si vous le prenez comme ça, j'irai jusqu'à demander la confirmation du Bureau ovale.

Le général décrocha le combiné de son téléphone rouge et enfonça quatre touches. Quelques instants plus tard, il tressaillit en écoutant la voix du ministre de la Défense.

— Oui, monsieur... Bien, monsieur ! A vos ordres, monsieur !

Le regard vitreux, Richards raccrocha et tourna lentement la tête vers les deux hommes.

— Ils sont tous devenus fous à Washington, murmura-t-il.

— Non, mon général, pas tous, dit l'agent de droite sans élever le ton. Il n'y a que quelques personnes qui sont au courant et tout doit être entouré du plus grand secret, un secret absolu. Vos ordres sont de faire semblant de fermer boutique demain, à dix-huit heures... Le centre de commandement du SAC cessera virtuellement d'être opérationnel.

— Mais, pourquoi, Bon Dieu ?

— Pour faire semblant de respecter les délibérations d'une assemblée dont la décision pourrait conduire à une nouvelle loi que nous ne pouvons accepter, répondit l'agent de gauche dont les yeux demeuraient invisibles derrière les lunettes noires.

— Quelle loi ? hurla le général.

— Probablement inspirée par les cocos, répondit l'autre émissaire de la capitale. Ils ont des taupes à la Cour suprême.

— Les cocos... ? Qu'est-ce qu'ils viennent faire dans cette histoire ? Nous vivons à l'heure de la *glasnost*, de la *perestroïka* et la Cour est aussi conservatrice qu'il est possible !

— Ne prenez pas vos désirs pour la réalité, soldat ! Mais il y a une chose que vous allez fourrer dans votre crâne de GI... Il n'est pas question de livrer cette base ! C'est un centre d'opérations vital !

— La livrer à qui?

— Tout ce que je peux vous révéler, c'est le nom de code : RITALA-TAC. Vous n'avez pas besoin d'en savoir plus et vous gardez ça pour vous!

— Rital? L'armée... italienne va attaquer Omaha?

— Je n'ai pas dit ça. Nous ne faisons pas d'allusions de nature ethnique.

— Alors, expliquez-moi ce que vous voulez dire!

— C'est top secret, mon général. Vous comprenez, n'est-ce pas?

— Peut-être... Mais que deviennent mes quatre appareils qui seront en l'air?

— Faites-les descendre, Scotty, et puis faites-les remonter!

— Quoi? hurla Owen Richards en bondissant de son fauteuil.

— Nous écoutons nos supérieurs, mon général, et vous devriez en faire autant.

Eleanor Devereaux et Aaron Pinkus, le visage exsangue, la bouche béante et les yeux comme quatre globes de verre figés étaient assis côte à côte sur le canapé de cuir à deux places du bureau-sanctuaire de Sam Devereaux, dans la demeure victorienne restaurée de Weston. Ils ne parlaient ni l'un ni l'autre, car ils avaient tous deux perdu l'usage de la parole. Les sons bredouillants, plaintifs et incohérents émis par Sam n'avaient pu être interprétés que comme des réponses affirmatives aux questions qu'ils lui avaient posées dès son arrivée. Ce qui n'arrangeait pas les choses, c'était de voir Samuel Lansing Devereaux, bouleversé par l'invasion de sa tanière, plaqué contre le mur, les bras en croix, les paumes offertes, s'efforçant de dissimuler autant de coupures de journaux et de photographies compromettantes qu'il le pouvait.

— Samuel, mon garçon, parvint à articuler le vieil avocat dans un murmure rauque.

— Pas ça, protesta Sam, je vous en prie! C'est ce qu'il disait toujours...

— Qui disait quoi? bredouilla Eleanor qui ne semblait pas avoir retrouvé toute sa connaissance.

— L'oncle Zio...

— Tu n'as pas d'oncle de ce nom-là, ou alors tu parles de Seymour, celui qui a épousé une Cubaine et s'est installé à Miami.

— Je ne crois pas qu'il parle de celui-ci, ma chère Eleanor, glissa Pinkus. Si ma mémoire, malgré les ans, ne me fait pas défaut, *zio* signifie oncle en italien. Cela me rappelle des négociations que j'ai menées à Milan, où j'ai rencontré plus de *zios* que je ne l'aurais cru possible. Ce que dit votre fils signifie littéralement oncle Oncle... Comprenez-vous?

— Absolument rien...

— Il parle du...

— Je ne veux rien entendre! s'écria la grande dame en se bouchant les oreilles de ses mains aristocratiques.

— ... du pape Francesco Ier, acheva l'avocat le plus en vue de Boston dont le visage avait la pâleur d'un cadavre de six semaines. Sammy... Samuel... *Sam*. Comment as-tu pu faire cela ?

— C'est difficile, Aaron...

— C'est inimaginable ! tonna Pinkus d'une voix qui avait retrouvé toute son ampleur, mais dont il maîtrisait mal le volume. Tu ne vis pas dans le même monde que nous !

— On peut dire cela, en effet, acquiesça Devereaux en baissant lentement les bras avant de se laisser tomber à genoux et de se traîner jusqu'à la table basse ovale devant le petit canapé.

— Mais il faut me comprendre, je n'avais pas le choix ! J'étais obligé de faire tout ce que cette âme vile me disait de faire...

— De là à enlever le pape ! coassa Aaron Pinkus à qui la voix manqua de nouveau.

— Taisez-vous ! ordonna Eleanor Devereaux. Je ne veux pas entendre un mot de plus !

— Je pense, ma chère Eleanor, qu'il vaudrait mieux écouter votre fils et, si vous me pardonnez la rudesse de mon langage, ayez l'obligeance de vous taire. Continue, Sammy... Moi non plus, je ne tiens pas à entendre un mot de plus, mais, par le Dieu d'Abraham qui gouverne l'univers et qui aurait peut-être quelques explications à fournir, comment cela a-t-il pu arriver ? Car la réalité de la chose ne fait maintenant aucun doute. La presse, les médias du monde entier avaient raison ! Il y avait deux individus... Ces photos en apportent la preuve indiscutable ! Il y avait deux papes et tu as kidnappé le vrai !

— Ce n'est pas exactement cela, protesta Devereaux d'une voix implorante, la respiration de plus en plus difficile. Zio n'a pas élevé d'objections, vous comprenez...

— Et alors ? fit Pinkus dont le menton s'approcha dangereusement près de la table basse.

— Eh bien, euh !... Il n'était pas en bonne santé et... C'est un autre aspect de l'histoire, mais il était bien plus malin que nous. Ce que je veux dire, c'est qu'il était vraiment de notre côté.

— Que s'est-il passé, Sam ? C'est à cause de ce cinglé de général Hawkins, n'est-ce pas ? Il est sur toutes les photos. C'est lui qui a fait de toi le kidnappeur anonyme le plus tristement célèbre dans l'histoire de l'humanité ! Dis-moi si je suis dans le vrai !

— On peut dire que oui. Mais on peut aussi dire que non.

— Mais comment est-ce possible, Sam ? insista le vieux juriste d'une voix implorante en prenant sur la table un exemplaire de *Penthouse* qu'il commença à agiter devant le visage inerte d'Eleanor Devereaux.

— Il y a d'excellents articles dans cette revue... très intelligents.

— Je t'en adjure, Sammy, ne me fais pas ça, ne fais pas ça à ta mère, cette femme ravissante qui t'a enfanté dans la douleur et qui, pour l'heure, doit avoir besoin de soins que tu ne saurais lui donner. Au nom du Seigneur auprès de qui je protesterai vigoureusement au temple dès demain, jour du sabbat, réponds-moi! Mais qu'est-ce qui a bien pu te posséder pour que tu participes à une action aussi monstrueuse?

— Vous dites « posséder », Aaron... Eh bien, voilà une description assez exacte de la prétendue – je répète, la prétendue – entreprise criminelle à laquelle vous faites allusion.

— Je n'ai pas d'« allusion » à faire, Sam. Il me suffit de regarder les nombreuses preuves qui tapissent tes murs!

— Eh bien, en réalité, Aaron, elles ne sont pas totalement concluantes...

— Tu voudrais peut-être que je cite le pape à comparaître?

— Le Vatican jouit du privilège d'exterritorialité.

— Mais ces photos suffisent à rendre inutiles les règles de la preuve en matière pénale. Je ne t'ai donc rien appris?

— Voulez-vous redresser la tête de ma mère, je vous prie?

— Il vaut mieux qu'elle n'entende pas cela, Sam. Qu'est-ce que c'est que cette histoire de possession?

— Eh bien, Aaron, sans qu'il y ait eu volonté délibérée de ma part, il se trouve que, vingt-quatre heures avant ma démobilisation, j'ai quitté les archives du G-2, le service de renseignements de l'armée, avec une mallette bourrée de photocopies de dossiers éminemment confidentiels.

— Et alors?

— Eh bien, Aaron, en ma qualité de représentant légal de MacKenzie Hawkins, j'étais tenu de l'accompagner, aux termes de l'ordonnance 635 qui autorise l'accès à un officier des opérations clandestines à tous les rapports confidentiels relatifs à sa carrière militaire, de la Seconde Guerre mondiale à l'Asie du Sud-Est.

— Et alors?

— Eh bien, Aaron, c'est à ce moment-là que les amis de Mac sont intervenus dans la procédure militaire. J'avais commis une petite erreur dans le Triangle d'or et engagé des poursuites pour trafic de drogue contre un général du nom d'Heseltine Brokemichael alors que le coupable était en réalité son cousin Ethelred Brokemichael. Les partisans d'Heseltine ont vu rouge et, comme ils étaient tous très liés avec Mac Hawkins, ils lui ont donné un coup de main et ont fait son jeu.

— Quel jeu? Heseltine... Ethelred! La drogue, le Triangle d'or! Quand tu as compris ton erreur, tu as abandonné les poursuites... Et alors?

— Trop tard! L'armée est encore pire que le Congrès. Heseltine n'a pas reçu sa troisième étoile, ses potes m'ont mis cela sur le dos et ils ont aidé Mac.

— Comment?

— Un de ces fumiers m'a attaché au poignet une chaîne reliée à la mallette sanglée par des courroies au sigle du G-2 et j'ai signé le registre des sorties en emportant deux mille six cent quarante et une pages photocopiées dont la grande majorité n'avait absolument rien à voir avec les états de service de Mac Hawkins qui me suivait d'un air innocent.

Aaron Pinkus ferma les yeux et retomba sur le dossier du canapé, l'épaule collée contre celle d'Eleanor Devereaux dont le regard était toujours hébété.

— Tu étais donc à sa merci pendant un certain temps... disons cinq mois, murmura Pinkus en rouvrant prudemment les yeux.

— C'était soit cela, soit un report sine die de ma libération... ou bien vingt ans de détention à Leavenworth.

— L'argent est donc venu de la rançon...

— Quel argent ? demanda Sam.

— L'argent que tu as dépensé sans compter pour restaurer cette maison... Des centaines de milliers de dollars ! C'était ta part de la rançon, n'est-ce pas ?

— Quelle rançon ?

— Celle du pape, naturellement. Quand vous lui avez rendu la liberté.

— Nous n'avons pas touché de rançon. Le cardinal Ignatio Quartz a refusé de payer.

— Qui ?

— C'est une autre histoire. Quartz était très satisfait de Guido.

— Guido ? demanda Pinkus, au bord de l'attaque d'apoplexie.

— Ne criez pas si fort, Aaron, murmura Eleanor.

— Guido Frescobaldi, répondit Devereaux. Le cousin et sosie de Zio. Il était figurant dans la troisième compagnie de la Scala de Milan et décrochait de temps en temps un petit rôle.

— Assez !

Le célèbre avocat prit plusieurs longues inspirations en faisant un violent effort pour se dominer. Il baissa la voix et essaya de parler aussi calmement que possible.

— Sam, tu es revenu ici avec une grosse somme qui ne provenait pas de l'héritage d'un Devereaux fortuné. D'où venait cet argent ?

— Eh bien, Aaron, il s'agissait en fait de ma quote-part, en qualité de gérant, du reliquat du capital initialement investi pour la création de la société.

— Quelle société ? demanda Pinkus d'une voix blanche, à peine audible.

— La Shepherd Company.

— La Shepherd Company, répéta Aaron, près d'entrer en transe. Vous avez donc réuni des capitaux pour créer cette société...

— En réalité, des parts de dix millions de dollars par investisseur, les susdits limités à quatre, formant une société en commandite avec les gérants et tenus des dettes sociales dans les limites de leur apport. Le bénéfice net prévisionnel était de dix fois la mise, mais aucun des quatre investisseurs n'a voulu se faire connaître juridiquement et ils ont préféré considérer leurs capitaux comme des contributions charitables faites en échange de l'anonymat.

— De l'anonymat...? Quarante millions de dollars pour garantir leur anonymat?

— En fait, il était déjà presque assuré. Vous comprenez, Aaron, où aurais-je bien pu déposer l'avis de constitution?

— Qu'est-ce que j'entends? C'est toi qui as servi de conseiller juridique pour cette mascarade?

— Pas de mon plein gré, protesta Devereaux. Jamais de mon plein gré!

— Tu fais allusion, bien entendu, à ces deux mille et quelques pages de dossiers confidentiels que tu as transportées... Pas de libération ou Leavenworth...

— Ou pis encore, Aaron. Mac disait qu'il y avait des moyens plus discrets que le feu d'un peloton, si le Pentagone estimait qu'une exécution eût été une mauvaise opération de relations publiques.

— Oui, je comprends... Dis-moi, Sam, ta mère, cette grande âme qui est par bonheur en état de choc, m'a confié que tu lui avais dit que cet argent provenait d'objets religieux...

— En réalité, il était stipulé dans le contrat d'association que l'objet de la société était la « commercialisation d'articles religieux acquis ». Je trouve la formulation assez élégante.

— Seigneur! s'exclama Pinkus en déglutissant. Et il va de soi que l'article religieux en question était la personne du pape Francesco Ier que vous aviez kidnappé!

— Eh bien, Aaron, en fait, ce n'est pas fondé sur le plan juridique ni véritablement concluant. Cette allégation pourrait même être considérée comme diffamatoire.

— Qu'est-ce que tu me chantes là? Regarde les murs, avec toutes ces photos!

— En fait Aaron, permettez-moi de vous suggérer de les regarder d'un peu plus près. Sur le plan juridique, le kidnapping est défini comme un enlèvement par violence ou contrainte et détention d'une ou de plusieurs personnes contre leur volonté, la liberté ne leur étant rendue que contre une rançon. Je n'ai jamais nié qu'une stratégie préalable avait été financée et méticuleusement mise en place dans le but d'atteindre cet objectif, mais la stratégie en question a échoué et aurait été abandonnée sans la coopération volontaire, j'irai même jusqu'à dire enthousiaste, du sujet. Qui pourrait prétendre que ces photographies montrent le sujet soumis à une contrainte quelconque? Il semble parfaitement satisfait de son sort et dans d'excellentes dispositions.

— Sam, ta place est dans une cellule capitonnée! L'énormité de ta faute n'a donc pas entamé le moins du monde ton armure morale?

— La croix que j'ai à porter est des plus pesantes, Aaron.

— Tu aurais pu choisir une autre image... Ce n'est pas que je tienne particulièrement à le savoir, mais comment lui avez-vous fait regagner Rome?

— Mac et Zio ont tout mis au point. Le Faucon parlait d'une mission ultra-clandestine et Zio s'est mis à chanter des airs d'opéra.

— Je me sens épuisé, murmura Pinkus. J'aurais tant voulu ne jamais avoir connu ce jour, ne pas avoir entendu un seul des mots prononcés dans cette pièce et avoir brusquement perdu la vue.

— Que croyez-vous que je ressente chaque jour de ma pauvre existence? L'amour éternel de ma vie s'est enfui, mais j'ai appris quelque chose, Aaron. La vie *doit* continuer!

— Comme c'est original!

— Je veux dire que toute cette histoire est terminée. C'est le passé et, d'une certaine manière, je suis content d'avoir vécu cela. Dans un sens, cela m'a libéré. Et maintenant, il me faut réagir et aller de l'avant, puisque cet immonde salopard ne peut plus rien contre moi!

A cet instant précis, comme de juste, la sonnerie du téléphone retentit.

— Si c'est mon bureau, je suis au temple, déclara Pinkus. Je ne suis pas prêt à affronter le monde extérieur.

— Je vais prendre la communication, annonça Sam en se levant et en se dirigeant vers le bureau où la deuxième sonnerie se faisait entendre. Mère est ici, du moins physiquement, et il vaut mieux ne pas laisser Cora répondre. Vous savez, Aaron, maintenant que j'ai vidé mon sac, je me sens beaucoup mieux. Avec votre aide, je sais que je pourrai aller de l'avant, affronter de nouveaux défis, découvrir de nouveaux horizons...

— Veux-tu répondre, Sammy? J'ai la tête qui va éclater.

— Bien sûr, bien sûr... Excusez-moi.

Devereaux décrocha, salua son correspondant, écouta pendant un instant, puis se mit à pousser un hurlement hystérique, avec une telle force que sa mère sursauta violemment, bascula par-dessus la petite table ovale et se retrouva à plat ventre sur le tapis.

6

— Sammy! hurla Aaron Pinkus en courant frénétiquement entre la mère évanouie et le fils frappé de panique qui arrachait toutes les photos des murs et fracassait les cadres sur le sol. Sam, veux-tu te calmer?

— L'immonde salaud! rugit Devereaux. C'est la vermine de l'univers, l'être le plus méprisable que la terre ait jamais porté! Il n'a pas le droit...

— Ta mère, Sammy! Elle est peut-être morte!

— Mais non, elle ne saurait même pas faire ça, répliqua Devereaux en passant derrière son bureau et en se ruant vers le mur pour poursuivre son travail de destruction des photos et des coupures de journaux. Il est malade, complètement malade!

— Je n'ai pas dit malade, Sam, j'ai dit morte, insista Aaron en s'agenouillant avec peine pour soutenir la tête tremblante d'Eleanor dans l'espoir que cela pourrait avoir de l'effet sur son fils. Tu pourrais quand même montrer que tu te fais du souci pour elle.

— Du souci? Est-ce qu'il s'est jamais fait du souci pour moi? Il met ma vie en pièces et, comme si cela ne lui suffisait pas, il piétine chacune d'elles! Il m'arrache le cœur et souffle dedans pour le gonfler comme un ballon...

— Je ne parle pas de lui, Sam, mais d'elle! Je parle de ta mère!

— Bonjour, mère, je suis occupé.

Pinkus sortit le petit émetteur de sa poche et appuya longuement sur le bouton d'appel, puis il le pressa plusieurs fois, à intervalles rapprochés... Paddy Lafferty comprendrait bien qu'il y avait une urgence. Il fallait qu'il comprenne!

Il comprit. Quelques instants plus tard, le chauffeur fit une entrée fracassante à la porte de l'aile est, ordonnant à la cousine Cora du ton autoritaire d'un sergent de dégager le passage, faute de quoi il la livrerait en pâture à une bande d'anciens troufions avinés et avides de rigoler avec la première fille venue.

— Des promesses, toujours des promesses! répliqua Cora.

Sam Devereaux était attaché au fauteuil de son bureau, les bras et les jambes liés avec des bandes de tissu, plus précisément du drap de son lit que l'ex-sergent Patrick Lafferty avait déchiré avec une belle désinvolture après avoir estourbi l'avocat. Sam secoua la tête en clignant des yeux.

— J'ai été agressé par une demi-douzaine de drogués? hasarda-t-il avec un filet de voix.

— Pas exactement, mon gars, répondit Paddy en approchant un verre d'eau des lèvres du juriste. A moins que tu n'appelles de la drogue quelques verres de Bushmills, ce que je ne te conseillerais pas de faire au pays, ni même dans le bar d'O'Toole.

— C'est toi qui m'as fait ça?

— Je n'avais pas le choix, Sam. Quand un homme succombe à un stress trop brutal, il faut le ramener derrière les lignes. Y a pas de honte à ça, mon gars.

— Tu as fait la guerre? Tu as combattu... sous les ordres de Mac-Kenzie Hawkins?

— Tu connais ce nom, Sam?

— Réponds-moi!

— Je n'ai jamais eu le privilège d'être présenté au grand soldat, mais je l'ai vu de mes propres yeux! Quand j'étais en France, après Omaha Beach, il a pris le commandement de notre division. Et je vais te dire une chose, mon gars, Mac le Faucon était le meilleur officier que l'armée ait jamais eu. A côté de lui, Patton ressemblait à un danseur de ballet et, très franchement, j'aimais bien le vieux George, mais il n'arrivait pas à la cheville du Faucon.

— Je suis persécuté! rugit Devereaux en s'agitant pour se libérer de ses liens. Où est ma mère... Où est Aaron? demanda-t-il brusquement en parcourant du regard la pièce vide.

— Avec ta mère, mon petit gars. Je l'ai transportée dans sa chambre et M. Pinkus est en train de lui faire prendre un petit verre d'alcool pour l'aider à dormir.

— Aaron et ma mère...

— Je te croyais plus large d'esprit, mon gars. Tu connais Shirley Pinkus, une femme dont on n'oublie pas les coiffures... Tiens, bois un peu d'eau. Je te donnerais bien du whisky, mais je ne crois pas que tu le supporterais. Il n'y a pas grand-chose d'humain dans tes yeux. On dirait plutôt ceux d'un chat réveillé par un grand bruit.

— Silence! C'est tout mon univers qui vole en éclats!

— Ne perds pas les morceaux, Sam, M. Pinkus les recollera. Il est très fort pour ça... Tiens, le voilà. Je viens d'entendre le bruit de ce qui reste de la porte.

L'avocat à la frêle silhouette pénétra d'un pas traînant dans le bureau, comme s'il revenait juste d'une ascension du mont Cervin.

— Il faut que nous parlions, Sam, fit-il d'une voix lasse en se laissant tomber dans un fauteuil placé devant le bureau. Voulez-vous nous laisser, Paddy ? La cousine Cora m'a demandé si une entrecôte grillée vous ferait plaisir.
— Une entrecôte ?
— Avec de la bière irlandaise, Paddy.
— Eh bien... je crois qu'il ne faut pas toujours se fier à sa première impression. Qu'en dites-vous, monsieur Pinkus ?
— J'en dis que c'est très juste, mon vieil ami.
— Et moi ? hurla Sam. Quelqu'un a-t-il l'intention de me libérer ?
— Tu vas rester exactement comme tu es et où tu es jusqu'à la fin de notre conversation, Samuel.
— Vous m'appelez toujours Samuel quand vous êtes furieux contre moi.
— Furieux ? Pourquoi serais-je furieux ? Tu m'as simplement mêlé, moi et la firme, au crime le plus odieux, le plus perfide de l'histoire de la civilisation, depuis le Moyen Empire d'Égypte, il y a quatre mille ans. Non, Sammy, je ne suis pas furieux. Seulement hystérique.
— Je crois que je ferais mieux d'y aller, patron.
— Je vous appellerai tout à l'heure, Paddy. Et savourez votre entrecôte comme si c'était le dernier repas de ma pauvre vie.
— Vous me faites marcher, monsieur Pinkus.
— A propos de marcher, vous me transporterez au temple, si je ne vous ai pas appelé dans une heure.

Paddy Lafferty sortit rapidement, accompagné par l'affreux grincement de la porte d'entrée fracassée. Les mains croisées devant lui, Aaron Pinkus s'adressa à Sam.

— Je ne puis que supposer, commença-t-il posément, que la personne qui t'a téléphoné était le général MacKenzie Hawkins en personne. Ai-je raison ?
— Vous savez parfaitement que vous avez raison et que ce rat d'égout n'a pas le droit de me faire ça !
— Qu'a-t-il fait exactement ?
— Il m'a parlé !
— Existe-t-il une loi qui interdise la communication ?
— Entre lui et moi, assurément ! Il avait juré sur le Manuel des règlements militaires de ne plus jamais m'adresser la parole jusqu'à la fin de sa misérable vie !
— Il a pourtant jugé bon de violer ce serment solennel, ce qui tendrait à prouver qu'il avait quelque chose de la plus haute importance à te communiquer. De quoi s'agit-il ?
— Croyez-vous que j'ai écouté ? s'écria Sam en essayant encore une fois de se dégager des bandes de tissu blanc qui l'immobilisaient. Tout ce que j'ai entendu, c'est qu'il prenait un avion pour Boston et qu'il voulait me voir. Et puis, j'ai eu l'impression de nager en pleine folie.

— C'est toi qui es devenu fou, Sam... Quand doit-il faire ce voyage ?
— Comment voulez-vous que je le sache ?
— Je vois. Tu t'es bouché les oreilles pour t'abandonner à ton anxiété... Quoi qu'il en soit, en supposant qu'il ait quelque chose de vital à te dire, quelque chose d'assez important pour lui faire rompre son serment, nous pouvons présumer que son départ est imminent.
— Tout comme mon départ pour la Tasmanie, déclara théâtralement Devereaux.
— C'est la seule chose à ne pas faire, rétorqua Pinkus avec une égale fermeté. Tu ne peux ni prendre la fuite ni l'éviter...
— Une seule raison ! le coupa Sam en hurlant de rage. Donnez-moi une seule raison pour ne pas fuir cette ordure comme la peste, si ce n'est la crainte de le liquider ! Ce type est un signal de détresse du Titanic ambulant !
— Parce qu'il continuera à être une épée de Damoclès pour toi, et, par contrecoup pour moi, ton unique employeur depuis tes débuts, en menaçant de révéler ta participation à ce crime abominable.
— Ce n'est pas vous qui avez quitté les archives de l'armée avec deux mille pages de dossiers ultra-confidentiels !
— Cet acte si grave en apparence devient totalement insignifiant en comparaison des preuves que tu as tenté de faire disparaître de tes murs... Mais, puisque tu en parles, que pouvait rapporter le vol de ces dossiers ?
— Quarante millions de dollars, répondit Devereaux. Comment croyez-vous que ce diabolique général, né sur les rives du Styx, ait réuni ses capitaux ?
— Chantage... ?
— De la Cosa Nostra à des Anglais qui ne briguaient pas précisément la Victoria Cross ; d'anciens nazis à la respectabilité enfouie sous la fiente de poulet à un cheikh arabe qui a fait fortune en protégeant ses investissements en Israël... Il a mis au point sa saloperie de combine et m'a obligé à aller les voir, l'un après l'autre.
— Seigneur ! Et ta mère qui parlait de fantasmes ! Des tueurs sur un parcours de golf, des Allemands dans une ferme avicole, des Arabes dans le désert. C'était donc vrai !
— Il m'arrive, mais pas très souvent, de boire un Martini de trop.
— Elle m'en a parlé aussi... Hawkins a donc découvert l'existence de ces pourris dans les dossiers secrets et les a forcés à céder à ses exigences ?
— Jusqu'où l'homme peut-il s'abaisser...
— De quelle ingéniosité l'homme n'est-il pas capable ?
— Qu'est devenue votre armure morale, Aaron ?
— Elle n'est assurément pas au service de scélérats, Sam.
— Et pour les preuves que vous avez vues sur ces murs ?
— Absolument pas !

— Alors, quelle est votre position ?
— Ce sont deux choses qui n'ont rien à voir l'une avec l'autre. Il n'y a aucun lien.
— Vous ne diriez pas cela, si vous étiez à ma place.

Les dix doigts posés sur le front, la tête baissée, Aaron Pinkus prit en silence quelques longues inspirations.

— A chaque problème insoluble, il existe nécessairement une solution, soit en ce monde, soit dans l'au-delà.
— Je préfère le nôtre, Aaron, si vous n'y voyez pas d'inconvénient.
— J'incline à partager ton avis, fit le vieil avocat. En conséquence, comme tu l'as exprimé d'une manière si imagée, nous allons nous « bouger le cul et foncer ».
— Foncer vers quoi ?
— Vers notre affrontement inéluctable avec le général MacKenzie Hawkins.
— Vous feriez ça ?
— Je suis directement intéressé, Sammy, ne fût-ce que pour éviter une catastrophe. De plus, j'aimerais attirer ton attention sur un truisme de notre profession, qui, en l'occurrence, me semble tout à fait approprié... Un avocat qui se représente lui-même a pour client un imbécile. Ton général Hawkins a peut-être d'extraordinaires qualités militaires malgré toutes ses folles excentricités, mais, ma modestie dût-elle en souffrir, je te fais observer qu'il ne s'est pas encore frotté à Aaron Pinkus.

Nuée d'Orage, le chef emplumé des Wopotamis, cracha le bout de son cigare et regagna son vaste tipi à l'intérieur duquel, outre les articles indiens typiques tels qu'un chapelet de scalps postiches, se trouvaient un matelas d'eau et un appareillage électronique qui eût fait la fierté du Pentagone... qui *avait* fait la fierté du Pentagone avant sa mystérieuse disparition. Avec un bruyant soupir de tristesse et de colère mêlées, Nuée d'Orage retira soigneusement son auguste coiffure et la laissa tomber sur le sol de terre battue. Il plongea la main dans un sac en peau de daim et en sortit un nouveau cigare de marque indéterminée et de qualité médiocre. Il fourra le cigare dans sa bouche et entreprit d'en triturer le bout sur cinq bons centimètres, jusqu'à ce que ses dents soient toutes tachées. Puis il se retourna et se laissa tomber sur le matelas d'eau, provoquant aussitôt un mouvement de houle qui lui fit perdre l'équilibre. Il bascula en arrière au moment où se faisait entendre la sonnerie du téléphone cellulaire qu'il gardait dans la poche de sa tunique ornée de perles. La sonnerie se poursuivit tandis que le Faucon se débattait en essayant de maîtriser la violente agitation de l'eau. Il parvint enfin à lancer son corps vers l'avant et à planter fermement ses bottes dans le sol, puis il saisit le téléphone.

— Qu'y a-t-il ? demanda le Faucon d'une voix rude. Je suis en plein powwow !

— Allons, grand chef, les seuls powwow qu'on entend par ici, ce sont les aboiements des chiens des gamins.

— On ne sait jamais qui est au bout du fil, mon garçon.

— J'ignorais que quelqu'un d'autre avait ce numéro.

— Il faut toujours partir du principe que l'ennemi peut être à l'écoute de la fréquence utilisée.

— Comment...?

— Cela veut dire qu'il faut toujours être sur ses gardes. Alors, que se passe-t-il?

— Vous souvenez-vous du couple d'Anglais, ceux qui sont venus hier et qui vous cherchaient? Ceux pour qui nous avons joué aux primitifs?

— Qu'est-ce qu'ils ont fait?

— Ils sont revenus et ils ont amené deux copains. Le premier a l'air d'un animal sorti de sa cage à l'insu de son gardien et l'autre passe son temps à renifler. Soit il a un gros rhume, soit une inflammation des narines.

— Ils ont dû flairer quelque chose.

— Pas avec un pif dans cet état...

— Je ne parle pas des renforts, mais des deux Anglais. Cet abruti de Charlie Redwing, le brillant avocat, a dû leur mettre la puce à l'oreille.

— Allons, grand chef, à part sa chute de cheval, il a été parfait. Ils n'ont rien appris sur vous et la poule de luxe gardait les yeux rivés sur son caleçon...

— Un pagne, mon garçon, cela s'appelle un pagne. Oui, c'est peut-être à cause du cheval.

— Ou à cause du pagne, poursuivit le correspondant de Nuée d'Orage tandis que le chef indien, surpris par une ondulation du matelas de vinyle, basculait derechef en arrière.

— Holà!

— Et si notre fin juriste avait mis le doigt sur quelque chose? Qu'est-ce que vous dites de ça, hein?

— Je n'en dis rien du tout! Mon équipement est détraqué!

— C'est vous qui l'avez assemblé, grand chef.

— Je vous conseille de m'épargner vos familiarités, mon petit! Vous n'êtes qu'un simple troufion et vous vous adresserez à moi avec le respect dû à ma fonction!

— Très bien, monsieur le grand chef. Vous vous débrouillerez pour trouver une voiture et vous irez acheter vous-même vos foutus cigares...

— Allons, mon garçon, ma réprimande n'était pas si sévère. Je tiens seulement à maintenir un sens de la hiérarchie. Tout ce que je veux dire, c'est qu'on ne fait pas appel à des renforts pour enquêter sur un pagne! Vous comprenez maintenant?

— Peut-être... Qu'est-ce que vous en pensez? Je veux dire, qu'est-ce qu'ils ont flairé, à votre avis?

— Il ne s'agit pas de ce qu'ils ont flairé, eux, mais de ce que quelqu'un d'autre a flairé pour décider l'envoi de renforts. Les deux Anglais ne sont pas repartis à l'assaut tout seuls, mais sur l'ordre d'un officier qui voulait réévaluer la situation. C'est aussi clair que Diên Biên Phu.

— Diên Biên Phu...?

— Et où sont-ils en ce moment, mon garçon?

— Dans la boutique de souvenirs. Ils achètent des tas de choses et font des risettes à tout le monde, même le Buffle. A propos, les filles — pardon, les squaws — sont aux anges, car nous venons juste de recevoir une nouvelle livraison de Taiwan.

Les sourcils froncés, Nuée d'Orage alluma son cigare.

— Restez en ligne, ordonna-t-il. Il faut que je réfléchisse.

Le tipi était à moitié enfumé quand le Faucon reprit la communication.

— Les Anglais ne vont certainement pas tarder à amener mon nom dans la conversation.

— Cela me paraît évident.

— Tu vas donc demander à l'un de tes frères opprimés de leur dire que mon tipi se trouve à deux cents foulées d'antilope au-dessus de la prairie nord, derrière le terrain d'accouplement des bisons, près des grands chênes où les aigles déposent leurs œufs. C'est un lieu isolé, propice à la communion avec les divinités de la forêt et à la méditation. Compris?

— Je n'ai pas compris un traître mot. Nous avons bien quelques vaches, mais pas de bisons et les seuls aigles que j'ai vus étaient au zoo d'Omaha.

— Vous ne nierez pas que la forêt existe.

— Oui, il y a un bois, mais je n'ai jamais remarqué de grands chênes.

— Ça suffit! Tout ce que je vous demande, c'est de les faire entrer dans le bois.

— En suivant quel sentier? Ils sont tous praticables, mais certains sont en meilleur état que les autres. La saison touristique fut minable...

— Très bonne remarque! s'écria Nuée d'Orage. Excellente tactique! Dites-leur qu'ils me trouveront plus rapidement s'ils se séparent. Celui qui me trouvera le premier appellera les autres, car ils ne seront pas très éloignés.

— Sachant que vous n'êtes pas du tout dans ce bois, je ne vois pas pourquoi cette tactique est excellente. Moi, je la trouve plutôt stupide! Ils vont se perdre, c'est tout.

— Souhaitons-le, mon garçon. Souhaitons-le.

— Comment?

— La nature de cet engagement nous révèle que l'ennemi emploie une stratégie peu orthodoxe. Je n'ai rien contre ce type de stratégie dont j'ai moi-même usé tout au long de ma carrière, mais elle est à écarter, si elle doit ralentir la progression. Dans les circonstances présentes, une attaque de front serait pour l'adversaire la méthode la plus efficace, la seule, en réalité, mais il a choisi de contourner nos flancs, appuyé par un feu roulant d'inepties.

— Je ne vous suis plus, grand chef.

— Des anthropologues venus étudier les derniers descendants d'une grande tribu? lança Nuée d'Orage d'un ton railleur. Une tribu venue des Shenandoahs, des sauvages présentés à la Cour d'Angleterre par sir Walter Raleigh? Vous avez vraiment cru toutes ces conneries?

— Je suppose que c'est possible. Les Wopotamis sont bien venus de l'est.

— De la vallée de l'Hudson, pas des Shenandoahs. En fait, ils ont été chassés par les Mohawks, parce qu'ils étaient incapables de cultiver la terre et d'élever du bétail, et parce qu'ils refusaient de sortir de leur tipi quand il neigeait. Ce n'était pas une grande tribu. Rien ne leur avait jamais réussi jusqu'à ce qu'ils atteignent le Missouri, au milieu du XIXe siècle, où ils ont trouvé leur véritable vocation. Ils commencèrent par entuber les colons blancs avant de les corrompre!

— Vous savez tout ça, vous?

— Je n'ignore pas grand-chose de l'histoire de votre tribu... Non, jeune homme, il y a quelqu'un derrière cette opération et je vais découvrir de qui il s'agit. Allez, au travail! Envoyez-les dans le bois!

Trente-trois minutes s'étaient écoulées quand les membres de l'équipe de reconnaissance d'Hyman Goldfarb s'engagèrent sur les quatre sentiers qui s'enfonçaient dans le petit bois touffu. Les instructions précises reçues à la boutique de souvenirs étant d'une imprécision totale, ils avaient décidé de se séparer. Le groupe de squaws hurlantes s'était lancé dans une âpre discussion pour déterminer lequel des quatre sentiers menait au tipi du grand chef Nuée d'Orage, révéré à l'évidence à l'égal d'un lieu saint.

Quarante-six minutes plus tard, les membres de l'équipe de reconnaissance, tombés l'un après l'autre dans une embuscade, étaient tous attachés à un tronc d'arbre de belle taille, bâillonnés avec une peau de castor synthétique. On leur avait assuré qu'ils seraient rapidement secourus, à condition de ne pas essayer de se débarrasser de leur bâillon pour appeler à l'aide. Si cela devait se produire, le courroux du peuple opprimé et exploité s'abattrait sur eux, plus précisément sur leur crâne qui serait dépouillé de son cuir chevelu. Chacun d'eux reçut un traitement adapté à sa condition et à son sexe. La dame fut beaucoup plus coriace que son compatriote qui s'essaya à employer une technique de combat orientale, avec pour seul résultat une luxation du coude gauche. Le petit Américain renifleur tenta de négocier tout en sortant lentement de sa ceinture un automatique Charter Arms à canon court, ce qui lui valut plusieurs côtes cassées. Mais le chef Nuée d'Orage, né MacKenzie

Lochinvar Hawkins (son deuxième prénom ayant été effacé de tous ses dossiers), avait gardé le plus difficile pour la fin. Le Faucon avait toujours considéré qu'il convenait de laisser à son adversaire le plus redoutable l'honneur d'être le dernier obstacle. On n'avait pas mis Rommel à genoux dès le lancement de la première vague d'assaut contre l'Afrika Corps. Cela ne se faisait pas.

Les capacités intellectuelles de l'adversaire en question n'étaient pourtant pas à la hauteur de sa masse imposante. Après s'être bien échauffé avec un homme qui avait à peine la moitié de son âge, le Faucon emporta la décision en se baissant vivement pour esquiver deux coups portés en succession par son adversaire et en lançant sa main aux doigts tendus en plein dans l'estomac qui s'offrait à lui. En sentant l'haleine de l'ennemi, il sut qu'il avait gagné. Le trop-plein de nourriture indienne fut régurgité et une clé de bras obligeant la grosse tête à se pencher vers la vomissure acheva le travail.

— Votre nom, grade et matricule, soldat!
— Qu'est-ce que vous racontez? hoqueta l'ennemi surnommé le Buffle par le responsable de la sécurité de Nuée d'Orage.
— Je me contenterai de votre nom et de celui de votre employeur. Et plus vite que ça!
— Je n'ai pas de nom et je ne travaille pour personne.
— Baissez-moi cette tête!
— Bon Dieu! Vous n'avez donc pas de cœur?
— Pour quoi faire? Vous avez bien essayé d'arracher le mien! Allez, soldat, la tête dans le vomi!
— Ça pue!
— Pas autant que ce que je sens depuis que vous êtes arrivés tous les quatre. Mettez-vous à table, prisonnier!
— Beurk! C'est mouillé!... Bon, bon! On m'appelle la Louche.
— J'accepte un nom de guerre. Qui est votre commandant?
— Je ne comprends rien à ce que vous dites.
— Pour qui travaillez-vous?
— A votre avis, vieux cinglé?
— Très bien, soldat, vous allez vider le reste de votre estomac! Puisque vous aimez notre boustifaille, reprenez-en donc, admirateur des Peaux-Rouges!
— Les Peaux-Rouges! Vous avez trouvé tout seul! Moi, je n'ai rien dit!
— Répétez-moi ça, troupier.
— I¹ jouait pour eux, le club des Peaux-Rouges... Laissez-moi me relever, merde!
— Il jouait pour eux...? Je veux en savoir un peu plus, nettoyeur de latrines! Quelle espèce de bobard voulez-vous me faire avaler?
— Vous brûlez, je vous assure! Ils ne pouvaient rien lancer en l'air quand il était dans les parages. Il n'avait pas besoin des malabars de la

défense, il transperçait les lignes adverses et clouait au sol les quarterbacks depuis l'époque de Joe Namath! L'Hercule hébreu, si vous voulez...

— Quarterbacks? Namath? Les Peaux-Rouges de Washington?... Tudieu! Il n'y a eu qu'un seul arrière comme ça dans toute l'histoire du football! Hymie l'Ouragan!

— Je n'ai rien dit! C'est vous qui avez prononcé son nom!

— Vous n'avez pas la moindre idée de ce que j'ai dit, soldat.

Le Faucon avait parlé rapidement, d'une voix radoucie, tout en relâchant son étreinte sur le Buffle et en dénouant prestement les cordes qui l'attachaient au tronc d'arbre.

— Hyman Goldfarb, poursuivit-il à mi-voix. Dire que j'ai recruté ce fumier quand j'étais en poste au Pentagone!

— Qu'est-ce que vous racontez?

— Vous n'avez rien entendu, la Louche... Croyez-moi, vous n'avez rien entendu!... Il faut que je m'en aille, et *pronto*! Je vais envoyer quelqu'un pour s'occuper de vos amis, mais vous, la Louche, vous ne m'avez rien dit. C'est bien compris?

— D'accord, j'ai rien dit. Et je suis content de vous rendre service, grand chef.

— C'est de la petite bière, mon gros, et nous avons de grandes choses à faire. Nous avons mis dans le mille en remontant jusqu'au type le plus gonflé de Washington... Hyman Goldfarb, qui l'eût cru? Bon, pour l'instant, ce qu'il me faut, c'est un avocat et vite fait! Heureusement que je sais où trouver cet ahuri dont l'ingratitude me désole!

Vincent Mangecavallo, directeur de la CIA, considérait le combiné qu'il tenait à bout de bras comme l'incarnation inanimée de quelque maladie transmissible. Quand son correspondant à la voix hystérique s'interrompit pour reprendre son souffle, il en profita pour rapprocher l'appareil et parla posément, mais d'un ton péremptoire.

— Et maintenant, vous allez m'écouter, espèce de vieille pomme cuite en costume rayé! Je fais tout mon possible avec des spécialistes que vous êtes juste bons à payer, mais à qui vous ne sauriez parler et encore moins accepter dans vos country clubs chichiteux. Vous voulez prendre les choses en main? Je vous en prie, ne vous gênez pas! Je me fendrai la pêche en vous voyant vous débattre dans cette cuve de minestrone! Vous voulez que je vous dise autre chose, pauvre macaroni tétanique?

Mangecavallo s'interrompit brusquement et, quand il reprit la parole, ce fut d'une voix plus douce, beaucoup plus aimable.

— Qui se moque de qui? Nous risquons peut-être tous de nous noyer dans cette cuve de soupe. Pour l'instant, nous n'avons rien trouvé, que dalle! Cette Cour est aussi pure que les pensées de ma mère... Et pas de commentaires, je vous prie!

— Je regrette de m'être emporté, mon vieux, nasilla le secrétaire d'État. Mais vous comprenez dans quelle situation extrêmement périlleuse nous allons nous trouver à l'occasion du prochain sommet. Seigneur! C'est follement embarrassant! Comment le président pourra-t-il négocier en position de force, avec toute l'autorité que lui confère sa fonction, si la Cour envisage, ne fût-ce qu'un instant, de permettre à une tribu minuscule et totalement inconnue de paralyser notre première ligne de défense? Cela dépasse les bornes, mon vieux!

— Oui, c'est ce que je me dis aussi, *vecchio*.

— Pardon?

— C'est l'équivalent dans la langue des ritals. Je n'ai jamais compris pourquoi vous autres, vous dites toujours « mon vieux »?

— C'est peut-être à cause de la cravate, des vieilles écoles, des vieux liens, de tous ces symboles. On se connaît depuis l'enfance, depuis si longtemps... C'est pour ça que l'on dit « mon vieux ». C'est tout simple.

— A peu près la même chose que *famiglia antica maledizione*, hein?

— J'ai compris « famille » et j'imagine en gros la corrélation. L'expression est très jolie.

— Ce n'est pas vraiment notre avis. On risque sa peau pour ça.

— Je vous demande pardon...

— Aucune importance. J'avais simplement besoin de quelques instants pour réfléchir.

— Moi aussi, c'est une méthode que j'emploie fréquemment.

— Bon, si nous en revenions à ce sommet. Pour commencer, le président peut-il l'annuler en prétextant une grippe ou bien un zona... Très douloureux, à ce qu'il paraît. Qu'est-ce que vous en dites?

— Une image terrible, Vincent. Mais pas question.

— Et si sa femme avait une attaque? Je peux arranger ça.

— Ce n'est pas possible non plus, mon vieux. Il lui faudrait s'élever au-dessus de cette tragédie personnelle et se comporter héroïquement. C'est trop biblique.

— Alors, nous pataugeons dans le minestrone... Ouais, je crois que j'ai trouvé! Imaginons que les débats de la Cour soient rendus publics, imaginons que notre président soutienne la légitimité de — comment dites-vous, déjà? — de cette requête...

— Vous êtes givré?

— Pardon?

— Complètement maboul! Il n'y a aucune raison pour qu'il appuie cette position! Il ne s'agit pas seulement de se prononcer pour ou contre, c'est pour de vrai! Il faut prendre position et la seule position qu'il puisse prendre le dresse contre l'équilibre constitutionnel des pouvoirs. Il se trouve embarqué dans un conflit entre les pouvoirs exécutif et judiciaire où tout le monde est perdant!

— Ho là ! Vous avez des grands mots plein la bouche ! Je ne veux pas dire qu'il « se prononce », mais qu'il « appuie » la publicité des débats, pour montrer qu'il s'intéresse aux opprimés, comme les cocos qui le proclamaient sans jamais le faire. De toute façon, il sait bien qu'il lui reste vingt-deux autres bases du Commandement stratégique aérien sur le territoire américain et onze ou douze autres à l'étranger. Alors, où est le problème ?

— Le problème, c'est qu'il y a soixante-dix milliards de dollars de matériel à Omaha et qu'on ne peut pas le transporter ailleurs !

— Qui connaît ces chiffres ?

— Les services du Trésor !

— Nous voilà au cœur du sujet. Nous pouvons les faire taire... J'arrangerai ça.

— Vous êtes nouveau dans le métier, Vincent. Le temps que vos envoyés arrivent sur place, les fuites auront déjà commencé. Les soixante-dix milliards auront largement dépassé la centaine et, malgré les tentatives pour étouffer les rumeurs, ces chiffres grimperont à neuf cents milliards, faisant passer les pertes de l'épargne-logement pour de la menue monnaie. A ce stade, puisqu'à l'évidence cette requête n'est pas totalement dépourvue de validité, nous serons tous mis en accusation par le Congrès pour avoir cherché à obtenir un avantage politique en étouffant une affaire remontant à plus d'un siècle, avec laquelle nous n'avons rien à voir. Bien que ce soit pour nous la ligne de conduite la plus intelligente, non seulement nous risquerions des amendes et des peines de prison, mais on nous confisquerait nos limousines.

— *Basta !* hurla Mangecavallo en faisant passer l'écouteur du côté de son oreille la moins malmenée. C'est une véritable histoire de fous !

— Bienvenue dans l'univers impitoyable de Washington, Vincent. Mais êtes-vous absolument certain que nous n'ayons rien... disons de concluant, sur ces six imbéciles de la Cour ? Parlons un peu du Noir... Il m'a toujours donné l'impression d'être assez arrogant.

— Pas étonnant ! Et vous feriez comme lui ! Mais c'est probablement le plus honnête et le plus intelligent de tous.

— Sans blague !

— Et le *paisan* vient juste après lui, si jamais vous aviez envisagé de vous intéresser de près à son cas.

— Eh bien, oui... Mais il n'y a rien de personnel, vous savez. En fait, j'adore l'opéra.

— Il n'y a rien de personnel et l'opéra vous le rend bien, surtout le signore Pagliacci.

— Ah, oui ! Tous ces Nordiques.

— Oui, les Nordiques... A propos d'orage dans l'air...

— Qui est-ce qui parle de ça ?

— Vous... Nous attendons toujours des nouvelles de ce chef de pacotille qui se fait appeler Nuée d'Orage. Quand nous aurons mis la

89

main sur lui, il nous permettra peut-être de sortir du pétrin où nous nous sommes fourrés.

— Vraiment? Comment cela?

— En tant que plaignant, ou demandeur, comme on doit dire, il sera obligé de comparaître devant la Cour avec ses avocats. Il n'y coupera pas.

— Bien sûr, mais je ne vois pas ce que cela pourra changer.

— Imaginons – ce n'est qu'une supposition – que ce grand *cretino* soit en fait un habitué de la consultation externe d'un hôpital psychiatrique et qu'il déclare que toute l'affaire n'était qu'une vaste blague. Qu'il a tripatouillé les dossiers historiques dans le seul but de frapper l'opinion publique. Qu'est-ce que vous dites de ça, hein?

— J'en dis que c'est absolument génial, Vincent!... Mais comment faire?

— Je peux arranger ça. Je connais quelques spécialistes qui travaillent discrètement pour moi. Pour utiliser des produits chimiques qui ne sont pas reconnus par la Food and Drug Administration. Vous voyez ce que je veux dire?

— C'est magnifique! Qu'est-ce que vous attendez?

— Il faut que je mette la main sur ce salopard! Écoutez, je vais vous rappeler... Il y a quelqu'un sur mon autre ligne privée.

— Je vous en prie, mon vieux.

— *Basta* avec cette histoire de vieux!

L'honorable directeur de la CIA interrompit la communication et enfonça rapidement deux touches pour prendre l'autre appel.

— Oui, qu'est-ce qu'il y a?

— Je sais bien que je ne devrais pas vous appeler directement, mais vous n'aimeriez pas apprendre ce que j'ai à vous dire de la bouche de quelqu'un d'autre.

— Qui est à l'appareil?

— Goldfarb.

— Hymie l'Ouragan! Je profite de l'occasion pour vous dire que vous étiez le plus grand...

— Ça va, gros bêta! J'ai changé de spécialité.

— Bien sûr, bien sûr, mais vous souvenez-vous du Super Bowl de 73, quand vous...

— Évidemment que je m'en souviens, j'y étais! Pour l'instant, il y a une situation dont vous devez être informé avant d'entreprendre quoi que ce soit... Nuée d'Orage est passé entre les mailles de notre filet.

— Quoi?

— J'ai interrogé chacun des membres de mon unité... A propos, la facture est très élevée et elle vous sera transmise par le motel minable de Virginia Beach. Leur conclusion unanime peut sembler difficile à avaler, mais, d'après ce que je sais, elle en vaut bien d'autres.

— Allez-vous en venir au fait?

— Le chef Nuée d'Orage serait en réalité Big Foot, la créature prétendument mythique qui rôde dans les forêts du Canada, mais qui ressemble fort à un être humain.
— Quoi?
— La seule autre explication possible est qu'il s'agit du yéti, l'abominable homme des neiges, qui aurait traversé les continents pour venir jeter un maléfice sur le gouvernement des États-Unis... Sur ce, je vous souhaite une bonne journée.

7

Le dos voûté, vêtu d'une gabardine froissée, couleur de muraille, le général MacKenzie Hawkins errait dans l'aéroport Logan de Boston à la recherche des toilettes pour hommes. Dès qu'il les trouva, il s'y précipita, posa sur le sol carrelé son énorme sac de voyage et se regarda dans le long miroir qui courait d'un bout à l'autre de la rangée de lavabos aux deux extrémités de laquelle deux employés en uniforme se lavaient les mains. Pas mal, se dit le Faucon. A part la couleur de la perruque ; un peu trop rousse et un poil trop longue à l'arrière. En revanche, les fines lunettes à monture d'acier étaient parfaites. Légèrement inclinées sur son nez aquilin, elles lui donnaient l'air d'un universitaire distrait, un de ces intellos qui ne pourraient jamais trouver les latrines dans un aéroport bondé avec la froide efficacité d'un militaire entraîné. Et l'absence de tout ce qui pouvait évoquer l'armée était le pivot de la stratégie présente du Faucon. Tout ce qui, en lui, rappelait le soldat devait disparaître. La ville de Boston était le royaume des têtes d'œuf, c'était bien connu, et il allait lui falloir se fondre dans ce cadre pendant une douzaine d'heures, le temps de reconnaître le terrain et d'observer Sam Devereaux dans son milieu habituel.

Sam ne semblait guère montrer d'enthousiasme pour se joindre à lui et, même si cette perspective chagrinait Mac, il était tout à fait possible qu'il fût obligé d'emmener Devereaux de force. Le temps devenait d'une importance primordiale et le Faucon avait besoin à bref délai des diplômes de Sam. Il n'y avait plus une heure à perdre, mais il lui faudrait certainement en consacrer plusieurs à convaincre l'avocat de s'unir à lui pour défendre une cause sacrée... Il faut supprimer le mot « sacrée », songea le général ; cela risque de réveiller des souvenirs qu'il vaut mieux laisser dormir.

Mac se lava les mains, puis il enleva ses lunettes et commença à se passer un peu d'eau sur le visage en prenant soin de ne pas toucher la perruque un peu trop rousse qui n'était pas trop bien fixée. Il avait un tube d'adhésif dans son sac et, dès qu'il arriverait dans sa chambre d'hôtel...

Le Faucon oublia instantanément la perruque en prenant conscience d'une présence toute proche. Il se redressa et découvrit devant le lavabo voisin un homme en uniforme dont la bouche édentée était découverte par un affreux sourire. Un coup d'œil sur sa droite lui permit de surprendre un autre homme, lui aussi en uniforme, en train de glisser des butoirs de caoutchouc sous la porte d'entrée des toilettes. Une évaluation rapide de la situation lui révéla que la seule compagnie à laquelle pouvaient appartenir les deux hommes ne possédait ni avions ni passagers, mais plutôt des voitures pour prendre la fuite et des employés aux cicatrices louches.

— Alors, mec, on prend oune peu dé *agua* pour sé rafraîchir? fit le premier élément hostile avec un accent hispano-américain à couper au couteau, en lissant d'un geste confiant les mèches noires qui dépassaient de sa casquette. C'est bon dé sé passer oune peu dé *agua* sur lé visage après oune long voyage, hein?

— Ouais, mec! s'écria son compère en s'approchant, la casquette de travers. C'est mieux qué dé sé fourrer la tête dans oune couvette, hein, mec?

— Quel est le sens de ces remarques? demanda l'ex-général en considérant successivement les deux hommes, horrifié par le col ouvert de leur chemise apparaissant sous la veste de l'uniforme.

— Cé né serait pas oune très bonne idée dé vous fourrer la tête dans oune couvette, hein?

— Sur ce point, je suis entièrement d'accord avec vous, répondit le Faucon, s'interrogeant soudain sur ce qu'il considérait comme impossible. Vous ne seriez pas, par hasard, des éléments avancés agissant d'intelligence avec l'ennemi?

— Cé né serait pas oune signe d'intelligence, et pas très gentil, dé vous laisser fourrer votre tête dans oune couvette, hein?

— C'est bien ce qu'il me semblait. L'homme qui m'attend n'engagerait pas des éclaireurs de votre genre. Je lui ai appris à être plus exigeant.

— Hé! mec! s'exclama le second agresseur à la tenue débraillée en se rapprochant du Faucon sur le flanc opposé. Vous essayez dé nous insulter? Vous n'aimez peut-être pas notre langage... Nous né sommes peut-être pas assez bien pour vous?

— Ouvrez bien vos oreilles, *soldados estupidos*! Jamais de ma vie je n'ai laissé la race, la religion ou la couleur de la peau influer sur le jugement que je porte sur les aptitudes d'un homme. J'ai permis à plus de Noirs, de chinetoques ou d'Hispano-Américains d'accéder à un grade d'officier que la plupart de mes collègues... non pas parce qu'ils étaient noirs, jaunes ou basanés, mais parce qu'ils étaient meilleurs que les autres! C'est bien compris? Mais vous n'êtes pas à la hauteur, minables!

— Jé crois qué nous avons assez causé comme ça, mec, répliqua le premier homme dont le sourire s'effaça tandis qu'il sortait un long couteau de dessous sa veste. Oune pistolet fait trop dé bruit... Remettez-nous gentiment votre portefeuille, votre montre et tout ce qui peut avoir dé la valeur pour des Hispano-Américains basanés.

— Je reconnais que vous avez du cran, fit MacKenzie Hawkins. Mais dites-moi pourquoi je devrais vous obéir.

— Et ça! rugit l'homme en agitant son couteau sous le nez du général.

— Vous voulez rire?

Sur ces mots, le Faucon pivota sur lui-même en refermant la main sur le poignet qui tenait le couteau et en le tordant dans le sens inverse des aiguilles d'une montre avec une telle force que l'assaillant lâcha aussitôt son arme. Dans le même mouvement, MacKenzie Hawkins lança son coude gauche dans la gorge de l'homme qui se tenait derrière lui, l'étourdissant suffisamment pour l'achever d'un *Chi Sai* au front. Puis il se retourna immédiatement vers l'assaillant à la bouche édentée qui, assis par terre, tenait son poignet endolori.

— Alors, tête de nœud, que penses-tu de cette petite leçon?

— Hein... mec? marmonna l'homme assis sur le carrelage en essayant de se jeter sur le couteau de chasse que le Faucon écrasa du pied.

— Bon, d'accord, reconnut le malfrat, jé peux rien faire. Jé vais me retrouver derrière les barreaux, et alors? J'ai l'habitoude, mec.

— Attends un peu, *amigo zonzo*, fit le Faucon, les yeux plissés, en réfléchissant rapidement. Vous devez pouvoir faire mieux que ça. En fait, votre tactique n'était pas mauvaise, c'est l'exécution qui laissait à désirer. Pas mal, les uniformes et l'idée des butoirs de porte. Cela indique une certaine imagination, une bonne utilisation des règles flexibles du combat. Ce qui vous a manqué, c'est de savoir tirer parti de votre stratégie, comment réagir au cas où l'ennemi contre-attaquerait en adressant une riposte que vous n'aviez pas prévue. Vous n'avez pas poursuivi jusqu'au bout votre analyse de la situation... Autre chose, je vais avoir besoin de deux aides de camp qui sont déjà allés au feu. Avec un peu de discipline, je pense que vous ferez l'affaire... Avez-vous un véhicule?

— Oune quoi?

— Une voiture, une automobile, un moyen de transport routier pas nécessairement immatriculé au nom d'une personne vivante ou morte que l'on pourrait retrouver grâce à la plaque minéralogique.

— Eh bien, nous avons oune Oldsmobile piquée à oune gros richard dou Middle West qui né sait pas qu'il a oune *duplicado* avec oune très vieux moteur Mazda.

— Parfait! En route, *caballeros*! Il ne manque plus qu'une demi-heure de formation et une bonne coupe de cheveux, et vous voilà avec un boulot temporaire, mais respectable et qui paie bien... Ces uniformes me plaisent vraiment... Très bonne idée, ça, et ils peuvent être très utiles.

— Vous êtes oune *loco hombre*.

— Mais non, mon gars, pas du tout. J'ai toujours été d'avis qu'il fallait faire tout son possible pour les laissés-pour-compte... C'est justement au cœur de mes activités du moment. Allez, au boulot et redressez-vous, mon vieux ! Je veux une position impeccable ! Aidez-moi d'abord à relever votre camarade et en route !

La tête de Sam Devereaux apparut derrière le battant de droite de la lourde porte vernie qui donnait accès aux luxueux bureaux du cabinet Aaron Pinkus Associates, au dernier étage de l'immeuble. Il lança d'abord un coup d'œil furtif sur sa droite, puis sur sa gauche, répéta l'opération et hocha la tête. Deux costauds en costume marron sortirent aussitôt dans le couloir et se dirigèrent vers l'ascenseur en laissant entre eux assez d'espace pour Sam.

— J'ai promis à Cora que j'achèterais des filets de cabillaud sur la route, signala l'avocat à ses gardes du corps.

— Nous achèterons du cabillaud, dit le costaud de gauche, le regard fixé droit devant lui, d'une voix où perçait un léger reproche.

— Mais Paddy Lafferty, lui, il a droit à une entrecôte, ajouta le garde de droite, le reproche nettement plus perceptible.

— Bon, j'ai compris ! Nous allons aussi acheter deux steaks. Ça va comme ça ?

— Il vaudrait mieux en prendre quatre, poursuivit le garde de gauche d'un ton faussement indifférent. La relève arrive à huit heures et ces deux gorilles vont sentir l'odeur de bidoche.

— C'est le gras qu'il y a autour, précisa le garde de droite sans tourner la tête. L'odeur reste pendant un bon moment.

— Pas de problème, fit Devereaux. Quatre entrecôtes et les filets de cabillaud.

— Et les pommes de terre ? demanda le garde de gauche. Cora ne sait pas très bien les faire cuire et tout le monde aime les patates.

— C'est vrai qu'après six heures Cora ne fait pas très bien les pommes de terre, acquiesça son collègue en laissant un très léger sourire jouer sur son visage impassible. Elle a parfois du mal à trouver le four.

— Je les ferai cuire, proposa le garde de gauche.

— Mon collègue polonais ne peut pas vivre sans ses *kartofeln*.

— On dit *kartofla*, pauvre *dupa* ! Mon collègue suédois aurait dû rester en Norvège ! N'est-ce pas, monsieur D. ?

— Comme tu veux.

Les portes de l'ascenseur s'ouvrirent et les trois hommes entrèrent dans la cabine où ils découvrirent avec étonnement deux hommes en uniforme qui s'étaient manifestement trompés d'étage, puisqu'ils ne firent pas un geste pour sortir. Sam les salua poliment d'un signe de tête et se retourna vers les deux panneaux coulissants qui se refermaient. Puis il blêmit et ouvrit de grands yeux. Si sa vue exercée ne l'avait pas trompée, les deux hommes en uniforme avaient un petit svastika sur le col de leur chemise! Prétextant une démangeaison à la nuque, Devereaux se tourna légèrement pour se gratter, le regard braqué sur le cou des deux hommes. Les petits emblèmes noirs étaient bien des croix gammées! Son regard se porta fugitivement sur l'homme qui se tenait dans l'angle de la cabine et qui lui adressa un sourire aimable quelque peu gâté par l'absence de plusieurs dents. Déconcerté, Sam retourna vivement la tête vers les portes de la cabine. Puis la lumière se fit brusquement dans son esprit. Les habitués de Broadway considéraient Boston comme une ville où on rodait les spectacles. Une pièce de théâtre sur la Seconde Guerre mondiale devait être donnée en ce moment, probablement au Shubert ou au Wilbur, avant de s'attaquer à la Grosse Pomme. Mais les acteurs devraient quand même faire attention à ne pas paraître hors de la scène dans n'importe quel costume. Sam, il est vrai, avait toujours entendu dire que les acteurs formaient une race à part et que certains *vivaient* leur rôle vingt-quatre heures sur vingt-quatre. Il se souvenait de l'histoire de cet Othello anglais qui avait essayé de tuer pour de bon sa Desdemone dans la boutique d'un traiteur juif de la 47e Rue.

Les portes s'ouvrirent et Devereaux sortit de la cabine. Il s'arrêta, flanqué de ses gardes du corps, et fit du regard le tour du hall bondé, puis les trois hommes se dirigèrent rapidement vers la porte d'entrée, se faufilant dans la foule et évitant une forêt d'attachés-cases avant de déboucher sur le large trottoir le long duquel les attendait la limousine d'Aaron Pinkus.

— On se croirait à Belfast, à se protéger de tous ces poseurs de bombes fanatiques, grommela Paddy Lafferty tandis que les trois passagers se glissaient sur la banquette arrière, Sam Devereaux entre les deux armoires à glace. On rentre directement, Sam? poursuivit le chauffeur en engageant la luxueuse conduite intérieure dans la circulation.

— Deux arrêts, Paddy, répondit Devereaux. Filets de cabillaud et entrecôtes.

— Les spécialités de Cora, hein, mon gars? Elle fait une super-entrecôte, à condition que quelqu'un lui rappelle qu'il faut la retirer du feu. Sinon, il reste un morceau de barbaque charbonneux qui flotte dans le bourbon. Mais il vaut mieux en prendre trois, Sam. Mes instructions sont de t'attendre à la maison et de te ramener en ville à vingt heures trente.

— Et cinq entrecôtes, cinq! lança le Polonais.

— C'est gentil, Stosh, mais je ne meurs pas de faim...

— C'est pour la relève, pas pour toi.

— Ah! oui! Ils sentiront l'odeur de la viande. Surtout le gras qui grésille et...

— Ça suffit ! s'écria Devereaux qui attendait en vain un moment de silence pour poser une question qui lui paraissait de la plus haute importance. Du cabillaud, cinq entrecôtes, le gras qui fond et le sens olfactif de l'équipe de nuit... C'est réglé, on n'en parle plus ! Ce que j'aimerais savoir, c'est pourquoi Aaron veut que je reparte en ville ce soir ?

— Hé, Sammy, c'est ton idée ! Et je peux te dire que Mme Pinkus t'a à la bonne !

— Pourquoi ?

— Tu as été invité à une soirée dans une galerie d'art. Une soirée, tu te rends compte ? Ça veut dire qu'on se pinte le soir, après le boulot, et que tout le monde s'en fout.

— Une galerie d'art... ?

— Mais, si, souviens-toi. Tu as été invité par ce client de la haute qui s'imagine que sa femme en pince pour toi, ce qui ne le dérange pas du tout. Tu as dit à M. Pinkus que tu ne voulais pas y aller, il en parlé à sa femme qui avait lu que le sénateur y serait et voilà, vous y allez tous.

— Avec cette bande de parasites, de bailleurs de fonds et de politicards ?

— C'est le dessus du panier, Sammy.

— C'est la même chose.

— Alors, Paddy, on rentre avec toi ? demanda le garde du corps de droite.

— Non, Knute, nous n'aurons pas le temps. Vous prendrez la voiture de M. Devereaux et l'équipe de nuit vous suivra dans la sienne.

— Pourquoi on n'aurait pas le temps ? objecta Stosh. Tu n'auras qu'à nous déposer quelque part en ville. La voiture de M. Devereaux n'est pas très stable dans les virages.

— Tu ne l'as pas fait réparer, Sam ?

— J'ai oublié.

— Il faudra t'en contenter, Stosh. Il n'y a rien qui fasse plus plaisir au patron que de conduire lui-même sa petite Buick qu'il a prise pour revenir du bureau, mais la patronne n'est pas du même avis. Elle ne veut entendre parler que de la grosse bagnole, surtout avec cette plaque minéralogique et encore plus pour se rendre à une soirée mondaine.

— Tous des parasites et des politicards, grommela Sam.

— La même chose, hein ? dit Knute.

Les yeux plissés, fixés droit devant lui, MacKenzie Hawkins regardait à travers le pare-brise de l'Oldsmobile volée la plaque minéralogique de la limousine. Les lettres blanches en relief sur un fond vert composaient le nom PINKUS, comme si cette annonce devait glacer d'effroi le cœur de ceux qui la voyaient. Cela se comprendrait mieux si le nom était un peu plus menaçant, songea le Faucon, assez satisfait d'avoir repéré la voiture devant le lieu de travail de Devereaux. C'était un nom qu'il ne pourrait jamais oublier, car, pendant des semaines d'affilée, au début de ses travaux pour la société qu'ils avaient fondée ensemble, le jeune avocat n'avait cessé de hurler : *Mais que dirait Aaron Pinkus s'il savait ça?* Jusqu'à ce que Mac, excédé, décide de consigner le juriste hystérique au quartier pour avoir la paix. Mais, ce jour-là, un rapide coup de téléphone au cabinet juridique avait confirmé que Sam avait regagné les faveurs de cet Aaron Pinkus dont le Faucon avait le nom en abomination.

Il avait ensuite été très simple de montrer à ses nouveaux aides de camp frais tondus une photo de Devereaux prise six ans plus tôt et de leur ordonner de faire des aller et retour dans l'unique cabine d'ascenseur desservant le dernier étage, en attendant que le sujet apparaisse, puis de lui filer discrètement le train tout en restant en contact avec leur officier grâce aux talkies-walkies qu'il avait sortis de son sac de voyage. *Au cas où vous auriez de mauvaises idées, caballeros, on risque trente ans pour vol de biens appartenant au gouvernement et il y a vos empreintes partout sur la voiture que vous avez volée.*

Au fond de lui-même, Mac était persuadé que Sam irait boire un coup quelque part en sortant du bureau, non que son ex-associé fût un grand buveur, loin de là, mais il aimait bien prendre un ou deux verres après une dure journée de travail. Merde! avait songé le Faucon en voyant l'avocat sortir du bâtiment sous la protection de ses gorilles. Comme on peut être méfiant et ingrat! Avoir choisi cette stratégie détestable entre toutes : des gardes du corps. Et prévenir son employeur, ce Pinkus parfaitement détestable lui aussi, c'était une véritable trahison, une attitude antipatriotique! Le Faucon n'était pas sûr que ses aides de camp encore novices dans le métier soient capables d'élaborer une nouvelle stratégie. Mais un bon officier devait savoir tirer le maximum de ses troupes, aussi inexpérimentées fussent-elles. Il se tourna donc vers les deux hommes, tassés à côté de lui sur le siège avant, car il ne pouvait décemment laisser un adversaire potentiel embusqué dans son dos.

Ils avaient décidément meilleure mine avec la coupe réglementaire et le visage rasé de près, même si les deux têtes montaient et descendaient au rythme de la musique latino-américaine diffusée par la radio.

— Garde-à-vous! rugit le Faucon en tournant le bouton de la radio sans lâcher le volant.

— Qu'est-ce qu'il y a, *loco*? demanda d'un air stupéfait l'homme assis contre la portière, celui à qui il manquait un certain nombre de dents.

— Quand je dis « garde-à-vous! » cela signifie que vous êtes attentifs à ce que je vais dire.

— Cé qué jé voudrais savoir, c'est quand vous allez nous payer, lança celui qui était assis au milieu.

— Chaque chose en son temps, caporal... Oui, j'ai décidé de vous nommer tous les deux caporal, parce je suis contraint de vous confier des responsabilités accrues par rapport à votre mission de départ. Cela entraînera naturellement une revalorisation de votre solde... A propos, je dois établir votre identité. Comment vous appelez-vous?

— Moi, c'est Desi Arnaz [1], répondit l'homme coincé contre la portière.

— Moi aussi, dit son compère.

— Très bien. Vous serez donc D-Un et D-Deux, dans l'ordre où vous avez parlé. Et maintenant, ouvrez bien toutes vos oreilles.

— Toutes?

— Écoutez-moi bien! Des complications imprévues vont nous contraindre à lancer une opération offensive. Il vous faudra peut-être vous séparer afin d'éloigner les éléments hostiles de leur poste, ce qui nous permettra d'appréhender l'objectif...

— Tout cé qué j'ai compris, c'est « appréhender », le coupa D-Un. Oune mot qué j'ai déjà entendou au tribunal. Pour lé reste, jé né souis pas sour.

Le Faucon poursuivit en espagnol, une langue apprise aux Philippines quand, jeune chef de la guérilla, il luttait contre les Japonais.

— *Comprende?* demanda-t-il quand il eut fini de donner ses instructions.

— *Absolumenté!* s'écria D-Deux. Nous découpons lé poulet et nous éparpillons les morceaux pour pouvoir attraper lé méchant rénard!

— Excellent, caporal! C'est une leçon que vous avez retenue de vos révolutions latino-américaines?

— Non, señor... C'est la mamma qui mé lisait les contes pour les enfants, quand j'étais toute pétit.

— Peu importe d'où cela vient, soldat. Ce qui compte, c'est d'en tirer profit. Voici maintenant ce que nous allons faire... Bon sang de bois, qu'est-ce que c'est que ça? Vous avez vu ce qu'il y a sur votre col?

— Quoi, *hombre*? demanda D-Un, surpris par l'explosion vocale du Faucon.

— Vous aussi? hurla Hawkins en lui lançant un regard horrifié. Sur vos chemises, sur le col de vos chemises... Je n'avais pas vu ça!

— On n'avait pas dé cravates non plous, expliqua D-Deux. Vous nous avez donné lé flouze pour achéter deux cravates noires avant d'aller dans lé grand immeuble avec l'ascenseur... Autre chose, *loco*, cé né sont pas nos chémises. Nous avons rencontré devant oune restaurant dé l'autoroute deux gringos très méchants avec des motos... Nous avons vendou les motos et gardé les chémises. Elles sont belles, non?

— Vous êtes deux idiots! Ces insignes sont des svastikas!

— Qu'est-ce qué c'est?

— Moi, jé trouve ça joli, fit D-Deux en tripotant son emblème nazi. Et nous avons les mêmes, en grand, dans lé dos...

---

1. Chanteur latino-américain, héros d'une série télévisée comique célèbre dans les années 50. (*N.d.T.*)

— Arrachez-moi ça, caporaux, et gardez vos tuniques !

— Nos quoi ? demanda D-Un, l'air ébahi.

— Vos vestes, vos uniformes... Ne les enlevez surtout pas !

Le Faucon s'interrompit en voyant la limousine de Pinkus ralentir et tourner dans une rue transversale. L'Oldsmobile la suivit.

— Si Sam habite dans un quartier comme ça, marmonna le Faucon, il doit balayer le pavé et ne sera jamais capable de rédiger une requête.

Le quartier en question était un pâté de maisons mal éclairé et bordé de petites boutiques coincées entre les entrées des constructions aux façades délabrées, dont la physionomie évoquait les vieilles rues grouillantes d'immigrants de certaines grandes villes. Il ne manquait que des charrettes à bras, des camelots et le contrepoint retentissant d'exclamations fusant dans des langues exotiques. La limousine se rangea le long du trottoir, devant la boutique d'un marchand de poisson. Mac ne put faire de même, car il n'y avait pas d'autre place de stationnement libre avant le bout de la rue, à plus de trente mètres.

— Je n'aime pas ça, grommela le Faucon.

— Vous n'aimez pas quoi ? demanda D-Un.

— C'est peut-être une manœuvre, une tentative d'évasion.

— Oune invasion ! s'écria D-Deux, les yeux écarquillés. Hé, *loco*, nous, on né fait pas la guerre, pas la *revolución* ! Nous né sommes qué des paisibles malfaiteurs...

— Malfaiteurs... ?

— C'est oune mot qué l'on entend beaucoup au tribounal, comme « appréhender », précisa son compagnon.

— Il n'est pas question de guerre ni de révolution, juste d'un malfaiteur lâche et ingrat dont les anges gardiens nous ont peut-être repérés... Écoutez, D-Un, je vais chercher une place pour garer la voiture. Vous, vous descendez et vous jetez un coup d'œil dans cette boutique. Faites comme si vous faisiez des courses... et restez en contact radio. Il peut y avoir une sortie par-derrière, mais je ne pense pas. A moins qu'ils essaient d'échanger leurs vêtements, mais notre cible nagerait dans les fringues de ses gorilles. Mais je ne veux prendre aucun risque. Il est entre les mains de professionnels maintenant et nous allons devoir montrer de quoi nous sommes capables !

— Toute cette *tonteria* veut dire qu'il faut qué jé tienne à l'œil lé grand type ?

— Exactement, caporal, mais il n'est pas convenable de discuter les ordres formels de votre supérieur avec des propos inconvenants.

— C'est beau, cé qué vous dites !

— Au travail ! rugit le Faucon en arrêtant la voiture, laissant juste le temps à son subordonné d'ouvrir la portière et de descendre en catastrophe avant de redémarrer sèchement. Vous, poursuivit Mac en s'adressant à D-Deux, je veux que vous traversiez la rue dès que je me serai garé et que vous repartiez vers la limousine en surveillant à la fois la voiture et la boutique. Si vous voyez quelqu'un sortir précipitamment et monter dans la limousine ou dans une autre voiture, prévenez-moi tout de suite.

— Cé n'est pas cé qué fait Desi-Oune, *hombre*? demanda D-Deux en sortant le walkie-talkie de sa poche.

— Il tombera peut-être dans une embuscade, si l'équipe de surveillance a vraiment l'œil, mais disons que j'en doute. Je laissais en général deux véhicules entre le mien et la cible mobile, et je ne pense pas qu'ils aient fait une reconnaissance positive.

— Vous savez qué vous parlez bizarrement?

— Allez prendre votre position! ordonna le Faucon en braquant pour se garer au bout de la rue et en coupant aussitôt le contact.

D-Deux bondit de la voiture, fit le tour par l'avant et traversa la rue au pas de course, avec la vitesse d'un commando aguerri.

— Pas mal, *caballero*, fit Mac à mi-voix en sortant un cigare de la poche de sa chemise. Ils ont des possibilités, ces deux-là. C'est de la graine de sous-off, ça.

Il entendit des coups légers sur le pare-brise et vit en tournant la tête un agent de police qui, du bord du trottoir, lui faisait des signes avec son bâton. Après quelques secondes d'hésitation, le Faucon regarda de l'autre côté de la rue. Devant une place de stationnement libre, il vit un panneau indiquant : STATIONNEMENT INTERDIT JUSQU'AU CARREFOUR.

Sam choisit ses filets de cabillaud, remercia comme à l'accoutumée le commerçant grec d'un *Eph-haristo* plus ou moins estropié et s'entendit poliment répondre : *Paracalla, monsieur Deverou*, quand il paya à la caisse. Les deux gorilles, pour qui le poisson ne présentait guère d'intérêt, s'ennuyaient ferme et laissaient courir des regards totalement dépourvus de curiosité sur les murs où étaient accrochés des agrandissements encadrés, aux couleurs passées, de différentes îles de la mer Égée. Les autres clients, assis à deux tables de formica blanc, semblaient beaucoup plus avides de discuter entre eux que d'acheter quoi que ce fût. Ils saluèrent deux nouveaux chalands à leur entrée, mais pas le troisième, un homme vêtu d'un drôle d'uniforme, qui se dirigea aussitôt vers le comptoir du fond où ne se trouvait que de la glace pilée en lançant des coups d'œil furtifs. Puis, se croyant à l'abri des regards curieux qui suivaient tous ses gestes, il sortit de sa poche un petit poste émetteur-récepteur, le porta à ses lèvres et commença à parler.

— *Fascisti!* hurla un vieux Grec à la barbe fleurie, assis à la table la plus proche de lui. Regardez! Il appelle les Allemands!

Les anciens partisans de Salonique se dressèrent comme un seul homme et s'élancèrent dans un grand désordre, avides de capturer l'ennemi exécré contre qui ils avaient combattu un demi-siècle plus tôt tandis que les deux gorilles, l'arme au poing, se ruaient vers Sam pour le protéger. La cible des vieux combattants grecs, jouant des pieds et des mains, non sans une certaine habileté professionnelle, pour repousser ses assaillants, parvint à se frayer un chemin dans la cohue et à atteindre la porte.

— Mais je connais ce type! s'écria Devereaux en repoussant ses anges gardiens. Il porte une croix gammée sur son col! Je l'ai vue dans l'ascenseur!

— Quel ascenseur? demanda le Nordique.

— Celui que nous avons pris en sortant du bureau!

— Je n'ai pas vu de croix gammée dans l'ascenseur, affirma le Polonais.

— Je n'ai pas dit qu'il y en avait dans l'ascenseur, mais sur son col!

— Vous dites des choses bizarres, vous savez?

— Et vous, vous êtes sûr de bien entendre?... Il se rapproche, je le sens!

— Vous sentez quoi? demanda Knute.

— Le Titanic. Il a mis le cap sur moi et nous courons à la catastrophe... Je le sais! C'est l'esprit le plus tortueux qui soit jamais sorti de l'enfer. Fichons le camp d'ici!

— Pas de problème. Nous allons prendre les entrecôtes dans la boucherie de Boylston Street et nous rentrons directement chez vous.

— J'ai une idée! s'écria Devereaux. Non, nous n'allons pas faire ça... Donnez vos vestes à deux de ces barbus et filez-leur trois ou quatre cents dollars pour qu'ils montent dans la limousine de Pinkus, le temps de faire une balade autour du port. Knute, vous sortirez le premier et vous direz à Paddy de prendre la route de chez Pinkus et de les déposer en chemin, devant un bar. Je le rejoindrai là-bas. Stosh, appelez un taxi et nous allons coordonner tous nos mouvements.

— C'est complètement dingue, monsieur D.! lança le Polonais, décontenancé par le ton autoritaire de Sam. Ce que je veux dire, monsieur, c'est que ça ne vous ressemble pas... monsieur.

— Je remonte dans le temps, Stanley, et j'ai suivi les leçons d'un maître. Il se rapproche, j'en ai la conviction. Mais il a commis une erreur.

— Quelle erreur... monsieur? demanda Knute.

— Il s'est servi d'un vrai militaire pour faire son sale boulot. L'uniforme était complètement râpé, mais vous avez remarqué son attitude et les cheveux tondus sur l'arrière du crâne... C'est la marque du soldat!

— *Hé, loco, où êtes-vous?*

— *Au bout de la rue, pris dans un embouteillage! Qui est-ce qui appelle?*

— *Desi-Dos. Desi-Uno est avec moi.*

— *Salut, loco. Vous savez qué vous êtes plous timbré qu'oune bande dé perroquets déchaînés?*

— *Quelle est votre évaluation sur le théâtre des opérations?*

— *Arrêtez donc votre cinéma! J'ai failli mé faire touer!*
— *Un accrochage?*
— *Avec des poissons? Né soyez pas stoupide... Non, avec des vieux, tous barbous et complètement mabouls, qui né parlent pas ouné mot dé l'anglais!*
— *Je ne comprends rien à ce que vous racontez, Desi-Un.*
— *Vous croyez qué moi jé comprends? Surtout avec cé grand gringo tout maigre, célui à qui vous voulez dou mal.*
— *Soyez plus clair, caporal.*
— *Il a fait monter dans la grosse voitoure noire plousieurs vieux avec des drôles d'habits. S'il croit qué nous n'avons pas pigé, il est vraiment très stoupide!*
— *Pigé quoi?*
— *Qu'il attend ouné autre voiture. Ouné dé ses amigos est dévant la boutique et il sourveille la roue.*
— *Bon Dieu! Je n'arriverai jamais à temps! Il va nous échapper!*
— *Né vous inquiétez pas, loco...*
— *Bien sûr que si! Chaque heure compte!*
— *Hé, mec! A quelle distance on peut parler avec ces pétites radios?*
— *C'est du matériel militaire d'une portée de deux cent quarante kilomètres sur terre, le double en mer.*
— *On né va pas nager dans les voitoures, alors tout va bien.*
— *Qu'est-ce que vous racontez encore?*
— *Nous allons souivre lé gringo et ses amigos.*
— *Les suivre? Par toutes les légions de César, avec quoi?*
— *Desi-Dos, il a déjà fait démarrer ouné belle Chévrolet. Né vous inquiétez pas, nous vous appellerons.*
— *Vous allez chouraver une voiture?*
— *Hé, mec! Nous né chouravons rien! Comme vous dites, c'est dé la bonne estrategia. D'accord?*

Paddy Lafferty n'appréciait décidément pas la présence des trois vieux Grecs barbus sur la banquette arrière de la limousine de M. Pinkus. Un, ils empestaient un mélange de poisson pourri et de baklava; deux, ils tripotaient tous les boutons qui leur tombaient sous la main avec la jubilation de demeurés devant des jeux vidéo; trois, ils avaient l'air parfaitement ridicules, affublés des vestes de Sam, Stosh et Knute, surtout avec ces barbes qui cachaient la moitié des revers; quatre, il n'était pas impossible, loin de là, que l'un d'eux se soit mouché, à deux reprises, dans le rideau de velours d'une portière; cinq... Oh! à quoi bon continuer? Il lui faudrait de toute façon nettoyer la voiture de fond en comble avant que Mme Pinkus y mette les pieds.

Ce n'était pas que Paddy trouvât à redire à ce que faisait Sam. En fait, c'était assez excitant et cela avait le grand mérite de rompre le train-train de son emploi de chauffeur, mais il n'avait pas une vision très claire de la situation. En vérité, seuls le jeune Devereaux et M. Pinkus connaissaient le dessous des cartes. Sammy avait apparemment été mêlé à une sale histoire quelques années plus tôt et quelqu'un s'était lancé à sa recherche pour régler quelques comptes. Paddy ne tenait pas à en savoir plus long. Il aimait beaucoup Devereaux, même si le super-avocat était parfois un peu bizarre, et il avait une estime particulière pour ceux qui connaissaient le nom de l'un des plus grands soldats de l'époque, à savoir le général MacKenzie Hawkins. Ils étaient bien trop rares, surtout dans la caste des jeunes yuppies, à témoigner au général le respect dû aux grands chefs militaires et il lui plaisait de savoir qu'une estime sincère pour les héros de la patrie était au nombre des qualités de Sam.

Tout cela constituait le côté positif pour M. Pinkus et son favori, mais ce qui était beaucoup moins positif, c'est que ni lui ni les autres n'avaient été mis au parfum. On aurait pu, par exemple, leur dire qui était à la recherche de Sam, pour quelles raisons et à quoi ils ressemblaient. Les réponses à ces questions très simples étaient assurément vitales pour assurer la protection de Devereaux. Pas nécessairement le pourquoi, car il pouvait s'agir d'une affaire entre juristes, mais l'identité et surtout le signalement des autres étaient de la plus haute importance. Au lieu de leur fournir les réponses, tout ce qu'on leur avait dit c'est que Sam le savait et qu'il donnerait l'alerte dès l'instant où il reconnaîtrait le ou les salauds qui lui voulaient du mal. Lafferty n'avait jamais été officier, mais même un sergent comme lui savait quoi répondre à un raisonnement de ce genre. Comme l'aurait dit le grand soldat Mac le Faucon : « On ne fait pas d'une cible prioritaire un de ses éclaireurs. »

Le téléphone de la limousine émit un bourdonnement, interrompant brutalement la songerie héroïque du chauffeur en l'honneur de celui qu'il vénérait sans réserve depuis la décade glorieuse pendant laquelle le grand soldat avait commandé son bataillon sur le territoire français.

— Lafferty à l'appareil, dit-il en décrochant le combiné et en le portant à son oreille.

— Paddy ! hurla une voix surexcitée. C'est Sam Devereaux !

— J'avais cru reconnaître ta voix, Sammy. Que se passe-t-il, mon gars ?

— Es-tu suivi ?

— Je l'espérais, mais je crains que non et j'ai gardé un œil sur le rétro...

— Nous, nous le sommes !

— Ça ne tient pas debout ! En es-tu certain ?

— Absolument ! Je suis sur la route de Waltham... Je t'appelle d'un endroit qui s'appelle Nanny's Naughty Follies Et Cetera.

— Ne reste pas là-bas, mon gars. Il ne faut pas qu'on te voie dans ce lieu de perdition... M. Pinkus ne serait pas content.

— Comment ça? Pourquoi?
— Est-ce que tu appelles de l'appareil qui se trouve à quatre ou cinq mètres du juke-box?
— Oui, je crois. Je vois un juke-box.
— Regarde sur ta gauche et tu vas voir un grand bar circulaire au pied d'une longue estrade.
— D'accord, je regarde... Je vois juste quelques danseurs. Mon Dieu! ils sont tous nus! Les femmes et les hommes!
— Voilà l'explication du *et cetera*, mon gars. A ta place, je prendrais mes jambes à mon cou et je filerais de là.
— Je ne peux pas! Knute et Stosh sont partis s'occuper de la Chevrolet qui suivait notre taxi et qui s'est arrêtée derrière nous. Tu sais, Paddy, ce sont de vrais pros. Ils ont repéré la voiture qui nous filait, puis ils ont renvoyé le taxi et, maintenant, ils vont passer à l'attaque.
— Je serai là-bas dans moins de dix minutes, Sammy! Je dépose les vieux popes à la prochaine station-service et je fais demi-tour. Je connais un raccourci. Dix minutes, mon gars!

— *Hé, loco, vous êtes toujours là?*
— *Si votre balisage est correct, D-Un, j'ai cinq minutes de retard sur vous. Je viens de passer devant le Chicken Shot Café, celui qui a une enseigne au néon rouge, en forme de coq.*
— *Peut-être qué pour vous, les gringos, il n'y a pas dé différence. Peut-être qué vous mangez lé coq à la place dou poulet... Vous n'en avez même pas pour cinq minoutes d'où vous êtes.*
— *Quelle est votre évaluation... Où en êtes-vous?*
— *Nous sommes des bons corporáles et nous avons oune pétite sourprise pour vous, loco.*
— *J'arrive!*

Moins de trois minutes plus tard, l'Oldsmobile fauchée dans le Middle West s'engagea avec un grand crissement de pneus sur le parking du Nanny's que MacKenzie Hawkins fouilla du regard sans cesser de mâchouiller le bout de son cigare. Il vit aussitôt D-Deux au fond du parc de stationnement, qui agitait quelque chose qui ressemblait à une couverture déchirée de couleur sombre. En se rapprochant, il constata que l'étendard brandi par son subordonné si doué pour la mécanique n'était pas une couverture, mais un pantalon. Le Faucon bondit de sa voiture et s'avança vers D-Deux en prenant le temps de redresser sa perruque trop longue, trop rousse et qui, décidément, ne tenait pas bien.
— Au rapport, caporal! lança Mac sans dissimuler sa nervosité. Et d'abord, qu'est-ce que c'est que ça? ajouta-t-il en montrant le pantalon d'un signe de tête.
— Oune pantalon, *loco*, qu'est-ce qué vous croyez?
— Je vois bien ce que c'est, mais qu'est-ce que vous faites avec ça?

— Il vaut mieux qué cé soit moi qui l'ai ploutôt qué lé méchant amigo qui lé portait. Tant qué j'ai céloui-ci et qué Desi-Uno a l'autre, les deux amigos stoupides, ils restent tranquilles.

— Les deux... Les gardes du corps, les gorilles! Où sont-ils? Et où est la cible?

— Souivez-moi.

D-Deux conduisit le Faucon jusqu'à l'extrémité déserte du bâtiment, manifestement réservée aux livraisons et au ramassage des ordures. Garé le long d'une grande benne à ordures, si près que la portière ne pouvait s'ouvrir, Mac vit un coupé Chevrolet dont la portière opposée était également bloquée par une longue nappe dont une extrémité était nouée à la poignée et l'autre au pare-chocs arrière. A l'intérieur, l'un devant, l'autre sur l'étroite banquette arrière, étaient assis les deux anges gardiens de Devereaux, la face apoplectique collée contre les vitres. Une inspection plus minutieuse révéla au Faucon que les deux hommes étaient en caleçon et lui permit de découvrir la présence de deux paires de chaussures et de chaussettes soigneusement disposées près d'un pneu arrière.

— Vous savez, expliqua D-Deux, nous ouvrons oune pétit peu les autres fenêtres pour qu'ils aient dé l'air.

— Bonne initiative, approuva Mac. Les conventions de Genève exigent que les prisonniers de guerre soient traités avec humanité... Mais où est passé D-Un?

— Jé souis là, *loco*, répondit Desi-Un en sortant de derrière la Chevrolet, une liasse de billets de banque à la main. Ces amigos devraient trouver oune boulot ou des femmes qui paient mieux. S'il n'y avait pas votre amigo dé la photo, ça né vaudrait pas la peine.

— On ne dépouille pas les prisonniers des biens personnels qui ne présentent pas une menace, déclara le Faucon avec fermeté. Remettez ça dans leurs portefeuilles!

— Hé, mec! protesta D-Un. Qu'est-ce qu'il y a dé personnel dans lé flouze? Jé vous achète quelque chose, jé paie. Vous m'achétez quelque chose, vous payez. Oune bien personnel, c'est quelque chose qué vous gardez, non? Comme personne né garde lé flouze, ce n'est pas personnel.

— Mais ils ne vous ont rien acheté.

— Et ça? demanda D-Un en brandissant un pantalon. Et ça aussi, poursuivit-il vivement en montrant les chaussures.

— C'est vous qui les leur avez volés!

— C'est la vie, loco. Ou, comme vous dites, c'est dé la « stratégie ».

— Nous perdons du temps, mais j'ai quand même une chose à vous dire. Vous avez fait montre tous deux d'un esprit d'initiative exemplaire – que dis-je?: d'une inventivité extraordinaire au feu. Vous faites honneur à cette unité et je vais vous recommander pour une citation.

— C'est magnifique!

— Ça veut dire plus dé flouze, hein?
— Nous verrons cela plus tard; d'abord atteindre notre objectif. Où est la cible?
— Lé grand maigre dé la photo?
— Lui-même, soldat.
— Il est dédans et, si ma mamma et le couré dé chez moi mé voyaient entrer là, ils mé cracheraient à la figoure! s'exclama D-Deux en se signant.
— Le whisky est si mauvais que ça, mon garçon?
— Non, mauvais *entretenimiento*. Commé vous dites ici, *repugnancia*!
— Je ne crois pas qu'on dise ça, mon garçon. Vous voulez dire que c'est choquant?
— Euh!... la moitié, oui, mais pas l'autre moitié.
— Je ne vous suis pas, caporal.
— Il y a tout qui ballotte... Lé haut et lé bas.
— Le haut et... Par les hordes de Gengis Khān! Vous voulez dire...
— Oui, *loco*, c'est cé qué jé veux dire! Je souis entré pour chercher cé gringo qué vous n'aimez pas. Il a raccroché lé téléphone et il est allé à cé grand bar tout rond où il y avait tous ces fous qui dansaient... *des nudo*, señor!
— Et alors?
— Il est normal! Il a regardé les *mujeres*, pas les *hombres*.
— Bon Dieu de bois! Il ne s'agit plus de mettre la main sur ce petit fumier, mais de le secourir! En route, vaillants soldats!

Brusquement, une petite Buick verte sortit de la rangée de voitures garées sur le parking du Nanny's en faisant rugir son moteur et s'arrêta à quelques mètres du Faucon et de ses deux acolytes. Un homme fluet descendit de la voiture, un petit homme au visage émacié et impénétrable, mais aux yeux brillants d'une énergie contenue.

— Je pense que vous n'irez pas plus loin, déclara-t-il.
— Qui êtes-vous donc, mon petit monsieur? rétorqua MacKenzie Hawkins.
— Petit par la stature, mais il y a stature et stature, si vous connaissez la double acception du mot.
— Jé casse lé vieux pétit gringo en deux, mais sans loui faire trop dé mal, d'accord? suggéra D-Un en s'avançant.
— Je viens à vous dans un esprit de paix, pas de violence, répliqua vivement le conducteur de la Buick. Simplement pour discuter entre gens civilisés.
— Attendez! rugit le Faucon en retenant D-Un. Je vous demande encore une fois qui vous êtes et quelle serait la nature de cette discussion.
— Je m'appelle Aaron Pinkus...
— C'est vous, Pinkus?

— Soi-même, monsieur, et je présume que, sous cette perruque tant soit peu ridicule, se trouve le célèbre général MacKenzie Hawkins.

— Soi-même, monsieur, répondit Mac en arrachant d'un geste théâtral la moumoute qui recouvrait sa brosse grise de militaire et en se roidissant dans une posture martiale qui faisait ressortir son imposante carrure. Qu'avons-nous à nous dire, monsieur?

— A mon avis, une foule de choses, mon général. J'aimerais, avec votre permission, jouer le rôle de votre homologue, le commandant de l'autre camp, dans l'escarmouche où nous sommes engagés. Est-ce acceptable?

— Il y a une chose que je dois dire en votre faveur, commandant Pinkus, c'est que je considérais avoir d'excellents auxiliaires, mais vous les avez surpris par votre manœuvre de débordement.

— Vous allez devoir reconsidérer votre jugement, mon général, car ce n'est pas eux que j'ai débordés, mais bien vous. Comme vous êtes resté pendant plus d'une heure dans cette rue très animée, j'ai fait venir ma Buick et je suis resté derrière vous pendant que vous filiez la limousine de Shirley.

— Je vous demande pardon!

— Vos deux hommes ont été brillants, absolument brillants. A tel point que je les engagerais très volontiers. La reconnaissance dans la poissonnerie, la progression dans l'ombre des portes, sur le trottoir opposé, et le plus beau... réussir sans clé, en soulevant simplement le capot, à mettre en marche le moteur du véhicule garé devant nous! Toute la sagesse que l'on me prête m'abandonne. Comment ont-ils fait cela?

— Très simple, *comandante*, répondit D-Deux, les yeux étincelants de fierté. Vous voyez, il y a trois fils qu'il faut débrancher et pouis on croise...

— Stop! hurla le Faucon, un regard dur braqué sur Aaron Pinkus. Vous avez dit que vous m'aviez débordé, vieux saligaud...

— Je soupçonne que nous avons le même âge, répliqua le célèbre avocat.

— Pas avec ce que j'ai fait!

— Il en va peut-être de même pour moi, et je ne parle pas de l'éclat d'obus que j'ai dans la colonne vertébrale depuis la Normandie, rétorqua posément Pinkus.

— Vous avez...

— Troisième Armée, mon général. Mais ne nous égarons pas. Si j'ai réussi cette manœuvre de débordement, c'est parce qu'il y a peu de temps j'ai étudié attentivement vos états de service, votre sens tactique peu conventionnel, mais merveilleusement efficace. Il le fallait pour aider Sam.

— Sam! Il faut absolument que je le voie!

— Vous le verrez, mon général. Et je ne manquerai pas un seul des mots que vous prononcerez.

Brusquement, sans que rien eût laissé pressentir son approche, la limousine de Pinkus, le moteur rugissant, fit une entrée wagnérienne sur le parking. Dès qu'il découvrit la Buick de son employeur, Paddy Lafferty donna un violent coup de volant vers la gauche et le puissant véhicule s'arrêta dans un affreux crissement de pneus trois mètres devant le petit groupe rassemblé à l'arrière du bâtiment. Le chauffeur bondit de la limousine, prêt, malgré ses soixante-trois ans, à un affrontement violent.

— Écartez-vous, monsieur Pinkus! s'écria-t-il. Je ne sais pas ce que vous faites là, monsieur, mais ces saligauds ne lèveront pas la main sur vous!

— Votre sollicitude me va droit au cœur, Paddy, mais une démonstration de force n'est pas nécessaire. Notre conférence avance tranquillement.

— Une conférence...?

— Un conseil de commandement, si l'on veut... Monsieur Lafferty, puis-je vous présenter le grand général MacKenzie Hawkins dont vous avez certainement entendu parler?

— Jésus, Marie, Joseph! murmura le chauffeur, saisi d'une sorte de terreur sacrée.

— Lé *loco* est vraiment oune *generale grande*? demanda Desi-Un, tout aussi impressionné.

— *El soldado magnifico!* ajouta à mi-voix Desi-Deux en considérant le Faucon d'un regard émerveillé.

— Vous n'allez pas me croire, fit Paddy avec un petit rire, en retrouvant partiellement sa voix, mais je pensais à vous il y a quelques instants, mon général. Votre nom vénéré avait franchi les lèvres respectueuses d'un ex-jeune soldat.

Le bras droit du chauffeur se leva brusquement et il se mit au garde-à-vous.

— Sergent artilleur Patrick Lafferty, à votre service et à vos ordres, mon général!... C'est un privilège qui dépasse mes rêves les plus fous...

A cet instant, des hurlements retentirent, d'abord assourdis par le bruit de la circulation sur la route, puis de plus en plus forts à mesure que l'homme se rapprochait en courant.

— Paddy! Paddy! J'ai vu la limousine! Mais, où es-tu passé? Pour l'amour du ciel, Lafferty, réponds-moi!

— Par ici, Sam! Au pas de gymnastique, soldat!

— Comment?

Le souffle court, Devereaux tourna l'angle du bâtiment dont l'arrière était plongé dans la pénombre. Avant d'avoir le temps d'accommoder, il entendit Lafferty aboyer de sa voix autoritaire de sous-officier.

— Garde-à-vous! Je te présente l'un des plus grands hommes de l'époque, le général MacKenzie Hawkins!

— Bonsoir, Sam.

La surprise paralysa Devereaux. Bouche bée, les yeux exorbités de terreur, il était tout juste capable d'émettre de petits gémissements inarticulés. D'un seul coup, avec la vivacité d'une aigrette terrifiée, le juriste céda à la panique et s'élança sur le parking en battant furieusement l'air de ses bras dans le soleil couchant.

— Rattrapez-le, braves caporaux!

— Arrête-le, Paddy, pour l'amour du ciel!

Les auxiliaires du Faucon avaient le pied plus leste que le chauffeur vieillissant de Pinkus. Desi-Un plaqua Sam dangereusement près du pare-chocs d'une camionnette en stationnement tandis que Desi-Deux, tenant fermement la tête de l'avocat, dénouait sa cravate et la lui fourrait dans la bouche.

— Tu me fais honte, mon gars! s'écria le sergent artilleur Patrick Lafferty. Est-ce une manière de témoigner du respect à l'un des hommes les plus valeureux qui aient jamais porté l'uniforme?

— Mmmfff! protesta Samuel Lansing Devereaux avant de baisser les paupières en signe de défaite.

8

— Jolis quartiers, commandant Pinkus, déclara MacKenzie Hawkins en sortant d'une chambre de la suite où la conférence s'était déplacée. Oui, vraiment très jolis.

L'ex-général s'était débarrassé du complet de gabardine grise pour remettre son pantalon en peau de daim et sa veste ornée de perles, mais il s'était dispensé de la coiffure de plumes des Wopotamis.

— Il est évident que vous occupez un poste de commandement, reprit le Faucon.

— Je loue cette suite pour mes activités professionnelles et aussi parce que Shirley aime l'adresse, répondit distraitement Aaron, les yeux écarquillés par la curiosité derrière les verres épais de ses lunettes, son attention concentrée sur le volumineux dossier dont les feuilles étaient éparpillées sur le bureau. Extraordinaire, ajouta-t-il doucement.

— Vous savez, commandant, j'ai été reçu par Churchill dans son manoir de Chequers et je n'irais pas jusque-là. J'ai simplement dit que c'était très joli. Les plafonds ne sont pas très hauts et ces gravures sur les murs, franchement médiocres, jurent avec le décor autant qu'avec l'exactitude historique.

— Nous autres, Bostoniens, nous nous efforçons de sensibiliser le touriste aux richesses de notre passé, marmonna Pinkus sans détacher les yeux des papiers étalés devant lui. L'exactitude n'a pas grand-chose à voir avec l'authenticité du cadre.

— Dante qui traverse le fleuve...

— Pourquoi pas le port de Boston, mon général, fit Pinkus en tournant une page. Où vous êtes-vous procuré ça? s'écria-t-il brusquement en enlevant ses lunettes pour fixer sur le Faucon un regard incrédule. Quel extraordinaire spécialiste de la loi et de l'histoire a assemblé le tout? Qui est responsable?

— Lui, répondit le Faucon en montrant du doigt Sam Devereaux, encore traumatisé et coincé sur le canapé entre Stosh et Knute, ses deux gardes du corps.

Il avait les bras et les jambes libres mais la bouche bâillonnée par un large adhésif. Le général Hawkins avait naturellement exigé que les lèvres du juriste soient enduites de vaseline afin de ne pas transgresser les conventions de Genève sur les prisonniers de guerre. En réalité, les diatribes de Devereaux étaient devenues insupportables pour tout le monde, y compris les deux aides de camps du général qui se tenaient derrière le canapé dans une attitude martiale, les poings sur les hanches.

— C'est Samuel qui a fait ça? demanda Pinkus d'un ton incrédule.

— Ce n'est pas exactement lui en personne, mais il l'a inspiré. On peut donc dire d'une manière très véridique qu'il en est responsable.

— Mmmfff!

Un cri de protestation étouffé, mais virulent s'éleva du canapé. Devereaux s'élança vers le Faucon, trébucha et s'étala de tout son long. Il se releva péniblement, le visage grimaçant de rage, tandis que Mac-Kenzie aboyait un ordre.

— Auxiliaires, à l'assaut!

Comme des commandos parfaitement entraînés, l'un prenant appui sur le dossier du canapé, l'autre sur la tête de Knute, Desi-Un et Desi-Deux bondirent par-dessus l'obstacle et fondirent sur le malheureux juriste qu'ils clouèrent au sol avant de lever les yeux vers le Faucon dans l'attente de nouvelles instructions.

— Parfait, messieurs.

— On voit bien que vous les avez recrutés dans les rangs de l'armée, fit Pinkus d'un air admiratif en se levant. Ils font partie des unités spéciales?

— En quelque sorte, répondit MacKenzie. Ce sont des spécialistes de la sécurité aéroportuaire... Relevez-le, soldats. Installez-le dans le fauteuil, devant le bureau, et restez près de lui.

— Quant à vous deux, reprit Aaron d'une voix douce, mais où perçait une légère désapprobation, en se tournant vers les gorilles ahuris de Sam, je ne voudrais pas avoir l'air de critiquer, mais il me semble que vous pourriez en prendre de la graine. Ces soldats ont une perception extraordinairement vive de la nécessité de l'action et leur tactique non violente – vous dépouiller de votre pantalon, par exemple – est tout à fait admirable.

— Hé, *comandante!* lança D-Deux, un large sourire aux lèvres. Quand on dépouille oune gringo et qu'on lui prend son pantalon, il né va pas sé mettre à courir dans la roue en criant à toue-tête, hein?

— Suffit, caporal. L'humour de corps de garde ne passe pas bien avec des combattants passifs.

— Magnifique! s'écria D-Un.

— Si cela vous paraît réalisable, mon général, suggéra Pinkus, je pense que le moment est venu de restreindre notre conférence à Samuel et nous deux.

— J'accepte votre proposition, monsieur, répondit le Faucon. Les entretiens confidentiels entre nous deux doivent être élargis à notre jeune ami.

— Vous pouvez peut-être envisager de l'attacher dans le fauteuil, sans trop serrer les liens, cela va sans dire, comme M. Lafferty – pardon, le sergent Lafferty – l'a déjà fait.

— Alors, vous avez dû renvoyer l'artiflot pour parler à Sam.

— L'artiflot ?... Ah ! oui, le sergent artilleur ! En effet.

— Cette fois, ce ne sera pas la peine, je suis là... Auxiliaires, vous pouvez disposer ! C'est l'heure du mess !

— Mais, *loco*, nous, on né va pas à la messe !

— La popote, caporal. Allez vous remplir la panse et présentez-vous ici dans une heure.

MacKenzie fouilla dans la poche de sa veste et en sortit un porte-billets. Il en prit quelques-uns qu'il tendit à D-Un.

— Voici un supplément à votre indemnité journalière, en récompense de votre exceptionnelle efficacité.

— C'est ça, notre flouze ? demanda D-Un en considérant les billets d'un air dépité.

— Un supplément, caporal. C'est en plus de l'argent que vous toucherez plus tard. Je vous en donne ma parole d'officier général.

— D'accord, *grande generale*, répondit D-Un, vous donnez beaucoup, mais nous né récévons rien.

— Serait-ce une pointe d'insubordination que je perçois, jeune homme ? Bien que notre étroite collaboration dans l'accomplissement de cette mission autorise un certain esprit de camaraderie, d'aucuns pourraient ne pas comprendre.

— Magnifique ! Mais jé né comprends pas non plous.

— Allez manger quelque chose et revenez dans une heure. Rompez !

Desi-Un et Deux se dirigèrent vers la porte avec un haussement d'épaules, le premier vérifiant l'heure sur les trois montres qu'il portait au poignet gauche au moment où il franchissait le seuil.

— Vous êtes mon prisonnier, reprit le Faucon en se tournant vers Aaron Pinkus, mais, contrairement à la tradition, vous êtes aussi mon hôte. En conséquence, vous pouvez vous adresser à vos troupes, commandant.

— Je suis quoi ?... Ah ! oui, je comprends ! Messieurs, commença-t-il d'un ton hésitant, en se tournant vers Stosh et Knute qui le regardaient, l'air perplexe, vous êtes relevés de vos fonctions. Ayez l'obligeance de vous présenter demain à notre bureau, à l'heure qui vous conviendra. La comptabilité vous réglera votre dû, ce qui inclut naturellement le reste de la soirée.

— Le mitard, c'est tout ce qu'ils méritent ! vociféra le Faucon en mordant rageusement son cigare. Ce sont des incapables ! Négligence, incompétence et mise hors de combat sans résistance. Je les ferais passer en conseil de guerre, moi !

— Nous agissons différemment dans la vie civile, mon général. Négligence et incompétence sont des composantes nécessaires chez les employés subalternes. Sinon, leurs supérieurs, souvent moins compétents, mais qui s'expriment mieux, ne pourraient pas justifier leur salaire... Vous pouvez disposer, messieurs, et je vous recommande vivement d'acquérir la formation si profitable à vos homologues du camp adverse.

Stosh et Knute sortirent rapidement avec une expression de tristesse qui traduisait la profondeur de leur blessure d'amour-propre.

— Et voilà, mon général, déclara Aaron, nous sommes seuls.

— Mmmfff! protesta vigoureusement Devereaux.

— Je t'avais compté, Samuel. Je préférerais de très loin faire comme si tu n'existais pas, mais ce n'est vraiment pas facile.

— Mmmfff?

— Cessez donc de geindre, mon garçon, ordonna le Faucon. Vous avez les mains libres et, si vous promettez de ne pas brailler comme un sauvage, je vous autorise à retirer votre muselière... Ne craignez rien, votre bouche est encore là, à mon grand regret.

Sam commença par décoller lentement l'adhésif, puis, dans un élan viril, il l'arracha d'un coup sec. Il poussa un glapissement et entreprit aussitôt de tordre ses lèvres en tous sens, comme pour s'assurer qu'elles fonctionnaient normalement.

— Vous ressemblez à un porcelet trop maigre en chaleur, lança MacKenzie.

— Et vous à un Indien de pacotille qui vient de s'échapper du wigwam où il était en quarantaine! hurla Devereaux en bondissant de son fauteuil. A quoi jouez-vous, pauvre décérébré? Et que voulez-vous dire quand vous prétendez que je suis responsable du tas d'immondices qui couvre le bureau d'Aaron? Je ne vous ai pas vu et je n'ai eu aucun contact avec vous depuis je ne sais combien d'années, immonde vermine!

— Je vois, mon garçon, que vous avez toujours tendance à perdre très légèrement votre sang-froid dans les moments de tension...

— Mon général, le coupa Pinkus, il faut dire, à la décharge de notre jeune ami, qu'il est au prétoire d'un calme olympien, un véritable James Stewart dont même le bégaiement serait calculé.

— Dans un prétoire, je sais ce que je fais! rétorqua Sam avec véhémence. Mais, dès que je suis en présence de ce dégénéré, je ne sais jamais à quoi m'en tenir, soit parce qu'il ne m'a pas mis au courant ou bien parce qu'il m'a menti!

— Cette terminologie est erronée, jeune homme. Cela s'appelle de la désinformation pour votre propre protection...

— Vous voulez dire des conneries qui ne peuvent que me détruire! Et maintenant, répondez à ma question : pourquoi suis-je responsable? Non, disons plutôt : de quoi suis-je responsable? Comment pourrais-je porter la responsabilité de votre dernière connerie alors que nous ne nous sommes pas vus depuis des années?

— La vérité m'oblige à dire, intervint de nouveau Pinkus avec un mélange de douceur et de fermeté, que le général a déclaré que tu étais responsable dans la mesure où tu avais inspiré ce projet. Une influence spirituelle soumise à toutes les interprétations, y compris les plus mal fondées, limitant par là même, voire supprimant toute responsabilité, tout lien avec cette entreprise.

— Cessez de jouer à l'avocat avec ce mutant malfaisant, Aaron! La seule loi qu'il connaisse fait ressembler celle de la jungle à un thé dansant dans la roseraie d'un jardin anglais. C'est un véritable sauvage, sans la moindre parcelle rédemptrice de moralité.

— Vous devriez faire vérifier votre tension artérielle, mon garçon.

— Et vous, vous devriez montrer votre tête chez un taxidermiste! Alors, qu'avez-vous encore fait et que me voulez-vous?

— Messieurs, je vous en prie! lança Pinkus avec un petit geste d'excuse à l'adresse du Faucon dont les sourcils haussés se faisaient menaçants. Permettez-moi, mon général, de hasarder une explication. Entre avocats, en quelque sorte. Cela vous paraît-il acceptable?

— Il incombe à celui qui exerce un commandement de savoir mener ses troupes, répondit MacKenzie. Pour ne rien vous cacher, monsieur, je caressais l'espoir de vous voir dégarnir vos flancs pour marcher sous ma bannière. Très franchement, c'est pour cette raison que je vous ai dévoilé l'essentiel de l'opération – pas ma tactique, naturellement, ni les grandes règles de mon action, mais l'objectif visé. Des renseignements aussi vitaux sont rarement tenus secrets entre personnes de notre envergure.

— Excellente stratégie de départ, mon général. Je vous en félicite.

— Vous le félicitez! hurla Devereaux, encore commotionné. Que croyez-vous donc qu'il fait, une marche sur Rome?

— Nous l'avons déjà faite, Sam, rétorqua posément le Faucon. Vous ne l'avez quand même pas oublié?

— Voilà un sujet que je vous demanderais de ne jamais aborder en ma présence, général Hawkins, lança Aaron d'un ton glacial.

— Je croyais que vous étiez au courant...

— Vous pensez que Samuel m'en aurait parlé?

— Certainement pas. Si on lui demandait de rejoindre un commando-suicide, il flancherait. Il n'a rien dans le ventre.

— Alors, comment?

— L'artilleur irlandais a fait le récit de votre coup de main dans les quartiers de Sam. Les artilleurs aiment bien essayer d'impressionner leurs chefs en se mettant en valeur.

— Et alors?

— Eh bien, vous avez mentionné que le sergent avait attaché notre jeune ami, ce qui m'a appris que vous l'aviez congédié avant de vous entretenir avec Sam, comme vous l'avez d'ailleurs reconnu.

— Ensuite?

— Pourquoi l'avoir attaché, sinon parce qu'il était aussi hystérique que maintenant? Et pourquoi un représentant en justice ayant un tel sang-froid — un aspect de la personnalité de Sam que je n'ai guère eu l'occasion de voir jusqu'à présent — serait-il devenu hystérique, sinon parce que votre incursion a mis au jour quelque chose qu'il voulait que personne ne découvre jamais, et surtout pas vous.

— Fondé sur des prémisses aussi incontestables, votre raisonnement déductif est juste.

— Il y a autre chose : lorsque Sam m'a raccroché au nez, il a raté son coup et j'ai entendu une autre voix, qui n'était pas beaucoup plus posée que celle de notre ami. Quand nous avons fait connaissance sur le parking, j'ai su que c'était la vôtre, commandant Pinkus. Vous avez, vous aussi, beaucoup hurlé ce jour-là, surtout à propos d'une opération ayant un rapport avec le Vatican.

— Vous parlez d'une déduction a priori, soupira Aaron avec un haussement d'épaules résigné.

— Vous parlez d'un tombereau de conneries! gronda Devereaux. Je suis là! J'existe! Si on me pique, je saigne...

— C'est assez déplacé, Samuel.

— Je me demande ce qui est déplacé! Je suis là, à écouter deux fossiles de l'époque prussienne alors que mon avenir, ma carrière, toute ma vie sont sur le point de voler en mille éclats de miroirs brisés...

— Très joli, mon garçon, approuva le Faucon. J'aime beaucoup l'image.

— Il l'a empruntée à un dramaturge français, Jean Anouilh, précisa le respectable avocat bostonien. Samuel est plein de surprises, mon général.

— Arrêtez! hurla Devereaux. J'exige que l'on m'écoute.

— Allons, mon garçon, je suis sûr qu'on peut t'entendre jusqu'à Washington, jusqu'aux archives militaires du G-2, là où sont conservés tous les dossiers secrets des services de renseignements.

— J'ai le droit de garder le silence, murmura Sam d'une voix à peine audible avant de s'enfoncer dans son fauteuil avec une moue boudeuse.

— Peut-être me permettras-tu de rompre ce silence, glissa Pinkus, puisque tu l'as limité à ta personne.

Pour toute réponse, un soupir inarticulé s'éleva du fauteuil.

— Merci... Le point essentiel de ta question, Sam, concernait le matériel que m'a fourni le général Hawkins. Je t'accorde que je n'ai pas eu le temps de le lire avec toute l'attention nécessaire, mais, d'après ce que j'ai pu voir du regard exercé de celui qui a parcouru ce genre de documents pendant près d'un demi-siècle, c'est absolument extraordinaire. Il m'a rarement été donné de prendre connaissance d'une requête plus convaincante. Le compilateur qui a réuni ces documents a eu la patience et l'imagination de renouer les fils brisés de débats législatifs, sachant qu'il devait y avoir quelque part des dossiers complémentaires permettant de retrouver la continuité des pièces manquantes. Si tout cela résiste à l'examen, les conclusions seront absolument irréfutables, avec des copies des documents originaux et authentiques! Où votre source a-t-elle bien pu dénicher cela, mon général?

— Eh bien, répondit le Faucon avec une grimace narquoise, ce ne sont naturellement que des rumeurs, mais, d'après ce que j'ai entendu dire, les documents n'ont pu être exhumés que des archives secrètes du Bureau des Affaires indiennes.

— Les archives secrètes...? répéta Aaron Pinkus en lançant au général un regard sans aménité avant de se laisser tomber dans le fauteuil du bureau en prenant rapidement plusieurs feuilles qu'il approcha de ses yeux, non pour en étudier le contenu, mais pour y chercher autre chose. Par le saint nom d'Abraham! souffla-t-il. Je connais ces filigranes... Ils ont été reproduits par un copieur extrêmement sensible, une machine ultra-perfectionnée.

— Le modèle le plus perfectionné, commandant.

Hawkins s'interrompit aussitôt, regrettant à l'évidence d'avoir parlé trop vite. Il tourna la tête vers Sam qui le regardait d'un air ahuri, puis s'éclaircit la voix.

— Je suppose que ces rats de bibliothèque... ces érudits disposent d'un matériel de pointe.

— Presque jamais, répondit Devereaux d'une voix basse et accusatrice.

— Quoi qu'il en soit, mon général, poursuivit Pinkus avec excitation, un certain nombre de ces pièces – je parle de celles qui concernent les documents historiques – sont en fait des reproductions des photostats originaux, des photographies de photographies!

— Je vous demande pardon? fit le Faucon en mâchonnant furieusement le bout de son cigare.

— Avant l'invention des copieurs, quand on ne pouvait pas aplatir un parchemin trop vieux ou en trop mauvais état, ou bien encore réunir des fragments de manuscrits avant de faire passer un rayon lumineux sur le tout pour obtenir un fac-similé parfait, on faisait des photographies et ensuite des photostats qui étaient classées dans les archives pour remplacer les originaux trop détériorés.

— Commandant, je dois vous avouer que toutes ces inepties techniques ne m'intéressent pas beaucoup...

— Elles le devraient pourtant, mon général, le coupa Aaron. Votre source juridique anonyme est peut-être tombée sur une conspiration séculaire, mais il se peut également que sa découverte repose sur des pièces dérobées, depuis longtemps ensevelies dans les archives les plus secrètes du gouvernement pour des raisons de la plus haute importance nationale.

— Quoi ? marmonna le Faucon, l'air hébété, surprenant le regard noir de Devereaux braqué sur lui.

— Les filigranes qui apparaissent sur ces photostats indiquent qu'il s'agit d'un papier très rare, à filaments d'acier, conçu pour résister aux ravages du temps et à l'atmosphère particulière des salles souterraines. S'il m'en souvient bien, c'est Thomas Edison qui a inventé ce papier au début du siècle, et il a été retenu pour une utilisation limitée dans les archives vers 1910 ou 1911.

— Une utilisation limitée... ? demanda Devereaux d'un ton hésitant, les mâchoires serrées, sans quitter Hawkins des yeux.

— Tout est relatif, Samuel. A l'époque, le déficit budgétaire, quand il existait, était restreint à quelques centaines de milliers de dollars, une somme qui suffisait à faire entrer Washington en transe. Les feuilles à armature d'acier étaient extrêmement coûteuses et la reproduction sur ce support de milliers et de milliers de documents historiques aurait constitué une charge insupportable pour le trésor public. En conséquence, un nombre limité de documents a été choisi.

— Selon quels critères, Aaron ?

Pinkus se tourna vers le général MacKenzie Hawkins et son attitude était celle d'un juge s'apprêtant à prononcer une sentence.

— Il s'agissait de documents choisis par le gouvernement pour rester interdits à toute consultation pendant au moins cent cinquante ans.

— Ça alors !

Le Faucon émit un petit sifflement, puis se remit de plus belle à mâchonner son cigare tout en se donnant une grande tape sur la cuisse.

— Voilà qui est intéressant, lâcha-t-il en lançant à Sam un regard empreint de bienveillance. N'êtes-vous pas fier, mon garçon, d'avoir été « l'influence spirituelle », pour reprendre l'expression du commandant, derrière ce grand projet ?

— Quel putain de projet ? demanda Devereaux en s'étouffant de rage. Et quelle influence spirituelle ?

— Eh bien, Sam, vous vous souvenez que vous aimiez parler des opprimés de la planète et déplorer que l'on fasse si peu pour les aider ? Certains auraient pu considérer tout cela comme des boniments, des inepties de gauchiste incorrigible, mais ce ne fut jamais mon cas. Je respectais sincèrement votre point de vue, mon garçon. Oui, sincèrement.

— Vous n'avez jamais rien respecté, ni rien ni personne qui ne soit capable de vous expédier six pieds sous terre !

— Ça, ce n'est pas vrai, mon garçon, et vous le savez parfaitement, l'admonesta MacKenzie, l'index levé. Souvenez-vous de toutes les discussions que vous avez eues avec les filles... Chacune d'elles m'appelait pour me faire part de son respect et de son affection sincères pour vous et vos expressions philosophiques de compassion. Tout particulièrement Annie, qui...

— Ne prononcez plus jamais ce nom devant moi ! hurla Sam en plaquant les mains sur ses oreilles.

— Je ne comprends pas pourquoi, mon garçon. Je m'entretiens encore fréquemment avec elle, surtout lorsqu'elle se met dans une de ces situations délicates qui semblent l'attirer irrésistiblement. Eh bien, permettez-moi de vous dire qu'elle tient profondément à vous.

— Comment voulez-vous me faire avaler ça? hurla Devereaux, tremblant de colère. C'est Jésus qu'elle a épousé, pas moi!

— Abraham me protège! gémit Pinkus. Je ne me mêle pas de cette conversation.

— Si vous me pardonnez cette comparaison, mon garçon, vous ne tirez pas exactement dans la même catégorie. Mais écoutez-moi jusqu'au bout. Je me suis lancé à la recherche des opprimés, d'un peuple qui s'est fait entuber par le système, et j'ai consacré toute mon énergie à réparer les abus dont ils ont souffert. Je me suis dit que, d'une certaine manière, vous seriez fier de moi... Dieu m'est témoin que j'ai essayé.

Le Faucon baissa lentement le menton dans le col ouvert de sa chemise ornée de perles et laissa son regard errer sur le sol moquetté.

— Trêve de simagrées, Mac! Je ne veux pas savoir ce que vous avez fait ou essayé de faire! Tout ce que je sais, c'est que je ne veux pas le savoir!

— Vous devriez peut-être, Sam.

— Un instant, voulez-vous, glissa Pinkus sans quitter des yeux le général à la mine contrite. Je pense que le moment est venu de fouiller dans ma besace bien remplie de juriste et d'en sortir un article de loi particulier et rarement appliqué. La peine encourue pour la violation d'archives gouvernementales secrètes est de trente ans de prison.

— Vraiment? fit Hawkins en continuant de parcourir du regard le bleu uni de la moquette, comme s'il espérait y découvrir un motif.

— Oui, vraiment, mon général. Et, comme cette précision ne semble aucunement vous émouvoir, j'en conclus avec soulagement que votre avocat devait avoir toutes les autorisations nécessaires pour étudier les documents mentionnés dans la requête.

— C'est faux! rugit Sam. Il les a volés... Il a refait le coup tordu du G-2! Ce résidu du genre humain, cette vieille culotte de peau dégénérée, ce dangereux récidiviste a refait le même coup! Je le sais, parce que je le connais... je connais cet air de petit garçon pris en faute, de sale môme qui mouille son lit et vous affirme qu'il pleuvait sous les couvertures. C'est lui le coupable!

— Un jugement porté sous le coup d'une réaction émotionnelle trop vive est rarement fondé, Samuel, énonça Pinkus en secouant la tête d'un air réprobateur.

— Un jugement porté à la lumière froide d'une observation objective sur une longue et angoissante période est généralement irréfutable, riposta Devereaux du tac au tac. Quand on trouve le pot de confiture ouvert et le petit salaud la main dedans et les doigts tout collants, on peut être certain de tenir le coupable. Récidiviste est un terme que les juridictions criminelles connaissent bien.

— Alors, mon général? fit Pinkus en considérant le Faucon par-dessus ses lunettes. Le ministère public semble avoir soulevé un point valable en établissant un lien entre les circonstances présentes et le vol, que vous avez reconnu, de dossiers militaires confidentiels. La répétition d'un comportement est une preuve recevable.

— Commandant **Pinkus**, répliqua MacKenzie, les yeux plissés et les lèvres pincées en une mimique incrédule, tout ce verbiage judiciaire me fait tourner la tête. Pour être tout à fait franc, je ne comprends pas la moitié de ce que vous dites.

— Menteur! hurla Sam en entonnant d'une voix forte un petit refrain, comme un enfant narguant un camarade de jeux. « Il pleut sous les couvertu... *rres*! Il pleut sous les couvertu... *rres*! »

— Un peu de silence, Samuel! ordonna le vieux juriste d'une voix vibrante d'autorité avant de se retourner vers le Faucon. Je pense que nous pouvons promptement régler ce problème, mon général. Je me suis jusqu'à présent retenu par courtoisie professionnelle de vous demander le nom de votre avocat si doué, mais je crains de ne pouvoir le faire plus longtemps. En sa qualité de représentant en justice, il pourra réfuter les allégations de mon jeune collaborateur et éclaircir un certain nombre de points.

— Il ne me semble pas convenable pour un officier, répondit Hawkins en se redressant stoïquement de toute sa taille, de demander à un collègue de trahir un secret. Laissons ce genre de chose aux échelons inférieurs de la hiérarchie où l'honneur n'est pas une vertu première et où les âmes sont moins bien trempées.

— Allons, mon général, quel mal peut-il y avoir à cela? Cette requête, aussi brillante et persuasive soit-elle, d'après ce que j'en ai vu, n'a assurément pas été éprouvée. Sans avocat désigné et en l'absence de réaction du gouvernement, elle n'a certainement pas été soumise à une juridiction.

Aaron s'interrompit avec un petit gloussement.

— Si tel était le cas, reprit-il, tout le monde serait au courant, tout le système judiciaire, mais aussi le ministère de la Défense seraient paralysés et des hurlements horrifiés s'élèveraient de partout. Vous voyez, mon général, qu'il n'y a rien à perdre ni à gagner...

L'expression cordiale se figea brusquement sur le visage de Pinkus. Lentement, comme à regret, elle s'effaça tandis que les yeux s'ouvraient démesurément et que la couleur se retirait de la face au teint devenu cendreux.

— Abraham, par pitié, ne m'abandonne pas! murmura l'avocat, le regard fixé sur le visage impénétrable de MacKenzie Hawkins. Mon Dieu! Vous l'avez fait!

— Elle a, si j'ose dire, été déposée là où elle devait l'être.

— Certainement pas devant une juridiction compétente.

— Cette affirmation n'engage que vous, commandant.

– C'est le cas ?
– D'aucuns le prétendent.
– Mais les médias n'en ont pas parlé et je suis sûr qu'ils se bousculeraient pour porter à la connaissance du public une information aussi extraordinaire. C'est catastrophique !
– Il y a peut-être une raison.
– Quelle raison ?
– Hyman Goldfarb.
– Hyman qui ?
– Goldfarb.
– Le nom me dit quelque chose, mais je n'ai pas la moindre...
– C'est un ancien joueur de football.
Le visage de Pinkus rajeunit de vingt ans en quelques secondes.
– Vous parlez de Hymie l'Ouragan ? L'hercule hébreux... ? Vous le connaissez personnellement, Mac... Pardon, mon général... ?
– Si je le connais ? C'est moi qui ai recruté ce youpin.
– Vraiment ? Non seulement Hyman fut le plus grand arrière dans l'histoire de notre football, mais il a fait voler en éclats le stéréotype du mâle juif – comment dire ? – exagérément prudent. C'était le lion de Judée, la terreur de la défense adverse, l'équivalent de Moshe Dayan sur un terrain de football !
– C'était également un escroc...
– Épargnez-moi cela ! C'était mon héros de l'époque, un symbole pour toute notre communauté, le colosse au cerveau puissant qui faisait notre fierté... Mais pourquoi dites-vous que c'était un escroc ?
– Il n'a jamais été mis sous le coup d'une inculpation... Presque, mais les poursuites ont été abandonnées. Là encore, il y avait de bonnes raisons.
– Une inculpation, des raisons... Mais qu'est-ce que vous me chantez là ?
– Il rend de nombreux services, pas vraiment officiels, au gouvernement. Pour ne rien vous cacher, c'est moi qui l'ai lancé dans cette branche. Pour le compte de l'armée, en fait.
– Pourriez-vous être un peu plus clair, mon général ?
– En un mot, il y avait à l'époque des gros bavards qui ne savaient pas tenir leur langue sur les caractéristiques de certaines armes. Nous savions d'où venaient les fuites, mais impossible de les prendre sur le fait. Quand j'ai rencontré Goldfarb, il était en train de monter un cabinet de consultants sur les mesures de sécurité – une photo de lui en tee-shirt glacerait les couilles de King Kong – et je lui ai demandé de s'occuper de l'affaire. On peut dire que Goldfarb et ses hommes n'hésitent pas à aller beaucoup plus loin que les services de l'inspection générale.
– Si vous m'expliquiez maintenant ce que Hyman Goldfarb a à voir avec le silence qui a suivi le dépôt de votre incroyable requête alors qu'il aurait dû y avoir un tintamarre de tous les diables.

— Eh bien, comme cela se passe à Washington, les choses sont allées très vite pour l'Ouragan. Sa réputation s'est étendue comme un feu de brousse allumé au lance-flammes et en un rien de temps tout le monde réclamait ses services... surtout contre les petits copains. La liste de ses clients des agences gouvernementales ressemble au *Who's Who?* des deux rives du Potomac. Il a des tas d'amis très puissants qui, même sous la torture, n'avoueront jamais connaître son nom. Un haussement de sourcils lui suffit pour faire lever des poursuites judiciaires... Vous voyez, c'est en apprenant qu'il était sur le coup que j'ai compris que nous avions trouvé le filon.

— Le filon...?

Aaron secoua la tête de droite et de gauche comme pour faire cesser les coups de cymbales qui résonnaient dans son crâne.

— Puis-je vous demander d'être plus clair? implora-t-il.

— Ses hommes ont suivi ma piste, commandant Pinkus. C'était un guet-apens : capturer l'objectif et le réduire au silence. J'ai lu dans leur jeu comme dans un livre.

— Capturer, réduire au silence... un livre... Ils étaient sur votre piste...?

— Cela s'est passé après le dépôt de la requête des Wopotamis, bien après! Ce qui signifie nécessairement qu'elle a été prise au sérieux, mais qu'on a mis l'information sous l'éteignoir, sinon cela déclencherait un grand mouvement de panique. Alors, qu'ont-ils décidé de faire en attendant? Ils ont fait appel à Hymie l'Ouragan pour résoudre leur problème. Chercher, capturer, détruire! Oh! oui! je lis dans leur jeu!

— Mais, mon général, un tribunal inférieur, avec la lenteur de la justice, l'accumulation des dossiers en souffrance, les....

Une nouvelle fois le visage de Pinkus se figea et il fut incapable d'achever sa phrase.

— Oh! Seigneur! Ce n'est pas... Vous n'avez pas...

— Vous connaissez la loi, commandant. Un demandeur intentant une action contre le gouvernement fédéral peut directement saisir cette juridiction, à condition que cela entre dans le cadre de sa compétence.

— Non... non, vous n'avez pas fait ça!

— Je crains que si. Il a suffi d'user de persuasion avec deux employés réceptifs et nous sommes directement entrés dans la grande pataugeoire judiciaire.

— De quoi parlez-vous? hurla Devereaux, l'air abasourdi. Quelles inepties ce dégénéré est-il encore en train d'essayer de vous faire gober?

— Je crains qu'il ne les ait fait gober à d'autres, répondit Aaron d'une voix mourante. Il a soumis sa requête, étayée par des documents dérobés dans les archives secrètes, directement à la Cour suprême.

— C'est une blague, Aaron!

— J'aimerais, dans l'intérêt général, que c'en soit une... Mais nous sommes maintenant en mesure, poursuivit-il en retrouvant sa voix et son assurance, de sonder les profondeurs de cette insanité. Comment s'appelle l'avocat qui représente les demandeurs, mon général? Un simple coup de téléphone m'apprendra son nom.

— Je n'en suis pas si sûr, commandant.
— Pardon?
— Il n'a été communiqué que ce matin.
— Ce matin...?
— Eh bien, il se trouve qu'un jeune brave de la tribu, sans vouloir travestir la vérité, m'avait mal renseigné sur un problème mineur ayant trait à l'examen du barreau...
— Contentez-vous de me répondre, mon général! Le nom de cet avocat, je vous prie!
— C'est lui, répondit le Faucon en montrant Sam Devereaux du doigt.

9

Vincent Francis Assisi Mangecavallo, également connu dans certains cercles très fermés sous le nom de Vinnie Boum-Boum ou encore sous le nom de code Ragu, directeur en titre de la Central Intelligence Agency, allait et venait dans son bureau de Langley, Virginie, à la fois perplexe et frustré. Aucune nouvelle ! Qu'avait-il bien pu se passer ? Le plan était si simple, imparable, infaillible. A égale B et B égale C, donc A égale C. Mais, dans le courant de cette simple équation, Hyman Goldfarb et ses hommes avaient perdu les pédales tandis que l'envoyé de Vincent, la mouche la plus efficace de la profession, avait disparu ! Big Foot ! L'abominable homme des neiges ! Qu'arrivait-il à l'Ouragan ? Qu'est-ce qui avait grippé ce cerveau aux rouages si bien huilés ? Et où était donc passé ce minable que Vincent avait libéré d'une assez lourde dette de jeu à Las Vegas pour en faire un respectable employé de l'État, en demandant aux gros bras du casino d'effacer son ardoise dans l'intérêt de la sécurité nationale. Il s'était évaporé ! Mais pourquoi ?

Petit Joey le Suaire avait été ravi de retrouver Vinnie qui, devenu un grand ponte, restait pour lui un pote du bon vieux temps où on le chargeait de filer les oisifs depuis les quais de Brooklyn jusqu'aux clubs chics de Manhattan. Et il était le meilleur ! Debout, tout seul, en plein milieu du Yankee Stadium bourré à craquer, personne ne l'aurait remarqué ! Personne ne remarquait jamais Petit Joey ; il se confondait avec le papier peint aussi vite qu'il se fondait dans la foule du métro. C'était un don qu'il avait, l'insignifiance totale, comme son visage terne et anodin... Où diable était-il donc passé ? Il devait savoir qu'il valait mieux rester sous l'aile de son vieil ami Vincent, le gros ponte de Washington, que de s'aventurer loin de lui. Les ardoises pouvaient toujours ressortir et les gros bras du casino se relancer à ses trousses. Sa disparition n'avait aucun sens... Rien n'avait de sens dans cette histoire !

A cet instant, le téléphone sonna, celui qui était caché dans le dernier tiroir de droite du bureau du directeur de la CIA. Mangecavallo se précipita vers l'appareil qu'il avait installé lui-même, nuitamment, avec l'aide de professionnels infiniment plus expérimentés que les prétendus spécialistes du service des communications clandestines de l'agence. Aucun membre du gouvernement n'avait ce numéro; il n'était connu que de gens vraiment importants, des gens qui faisaient avancer les choses.

— Allô! aboya le directeur de la CIA.
— C'est Petit Joey, Vincent, répondit une voix flûtée.
— Qu'est-ce que tu fous? Ça fait trente-six heures, pas loin d'une journée et demie, que j'attends de tes nouvelles!
— Imagine-toi que, pendant tout ce temps, j'ai pas arrêté de me décarcasser et de courir dans tous les sens pour filer le train à une *testa di cretino*!
— Qu'est-ce que tu me racontes?
— Tu m'avais aussi demandé de ne pas t'appeler chez toi – d'ailleurs, j'ai pas le numéro – et surtout de ne pas passer par le standard de ton usine à espions...
— Bon, ça va... Alors?
— Eh bien, il a fallu prendre plusieurs avions, baratiner les employés pour avoir mes billets, allonger plein de fric à un chauffeur de taxi prêt à me cracher sur la gueule, filer encore de l'argent à un flic retraité qui m'avait alpagué il y a quelques années pour qu'il se renseigne auprès de ses ex-collègues sur une limousine avec de drôles de plaques... Tout ça ne m'a pas laissé beaucoup de temps libre!
— D'accord, d'accord! Raconte-moi plutôt ce qui s'est passé. As-tu découvert quelque chose qui me serait utile?
— Pour toi, je ne sais pas, pour moi, oui. Il y a plus de pièces dans ce foutu puzzle que de pâtes dans une bonne assiette. En tout cas, il y a largement de quoi effacer une dette de jeu à Las Vegas.
— Hé, Joey! N'oublie pas qu'elle avait dépassé douze mille dollars!
— Ce que j'ai appris vaut bien le double, Boum-Boum.
— Je ne veux plus entendre ce nom, hein? fit Mangecavallo, sur la défensive. Ça ne convient pas du tout à mes hautes fonctions.
— Holà, Vinnie! Les parrains n'auraient peut-être pas dû te pousser à faire des études. Celui qui perd son humilité perd le respect.
— Ferme-la, Joey! Je vais prendre soin de toi, je le jure sur la tombe de mon père.
— Mais ton père est vivant, Vinnie! Je l'ai vu la semaine dernière, au Caesar's Palace. Il flambe à Vegas, mais pas avec ta mère.
— Basta!... Il n'est pas à Lauderdale?
— Tu veux le numéro de sa chambre? Si c'est une nana qui répond, ne raccroche pas.
— Ça suffit, Joey! Contente-toi de me parler boulot, sinon tes dettes vont grimper à cinquante mille avec les intérêts et je te laisserai te démerder, *capisce*? Et maintenant, que s'est-il passé?

— D'accord, Vinnie, d'accord ! C'était juste histoire de tâter le terrain... Qu'est-ce qui s'est passé ? Tu devrais plutôt demander ce qui ne s'est pas passé !

Petit Joey le Suaire prit une longue inspiration avant de se lancer.

— Comme tu l'avais imaginé, Goldfarb a envoyé une équipe dans la réserve indienne... J'ai tout de suite compris en voyant la Louche traverser une espèce d'enclos, passer devant cette connerie de wigwam d'accueil et se diriger droit sur le comptoir du snack. Bon Dieu ! Qu'est-ce que ce gros goinfre peut bâfrer ! Juste derrière lui, il y avait un grand échalas qui se mouchait tout le temps, mais je te garantis que la bosse de sa poche revolver n'était pas faite par des Kleenex. Je me suis approché et j'ai entendu deux autres copains de la Louche poser des questions avec un drôle d'accent sur ce Nuée d'Orage qui t'intéresse tant. Je te prie de croire qu'ils avaient vraiment envie de le rencontrer... J'ai donc attendu, de très loin, et j'ai vu les quatre cornichons – à propos, un des quatre était une femme – sortir en quatrième vitesse de la boutique de souvenirs, partir en courant comme des dératés sur un chemin de terre et se séparer pour suivre quatre sentiers différents...

— Des sentiers ? le coupa Mangecavallo. Encore de la terre ?

— Mais, enfin, Boum-Boum – pardon, Vincenzo ! – de la terre, des buissons, des arbres, une forêt normale, quoi !

— Ben, oui, comme une réserve indienne, je suppose...

— Alors, j'ai attendu, poursuivit vivement Petit Joey. J'ai attendu, j'ai attendu...

— Moi aussi, j'attends ! gronda le directeur de la CIA.

— Bon, bon... Enfin, j'ai vu le grand sachem sortir en courant de la forêt. Ça ne pouvait être que le grand chef, parce qu'il avait des plumes du haut de la tête jusqu'aux fesses. Il a dévalé le chemin de terre, puis tourné à droite et continué jusqu'à une grande tente à l'air bizarre où il est entré. Ce que j'ai vu après, Vinnie, je pouvais pas en croire mes yeux ! Quand le grand sachem est ressorti au bout de quelques minutes, ce n'était plus le même homme !

— Qu'est-ce que tu es en train de fumer, Petit Joey ?

— Mais, non, Vinnie, je suis sérieux, je t'assure ! C'était le même bonhomme, mais il ne ressemblait pas à l'autre ! On aurait dit un comptable en costume, avec des lunettes, une foutue perruque qui ne lui allait pas du tout et une grosse valise... En voyant la valise, j'ai compris qu'il allait se faire la malle et, de la manière dont il était habillé, il ne voulait plus jouer à l'Indien.

— Est-ce que ton histoire va encore durer longtemps, Joey ? demanda Mangecavallo d'un ton plaintif. Tu ne veux pas en venir au fait ?

— Toi, tu veux en avoir pour ton argent et, moi, je veux te prouver que mon histoire vaut plus que mon ardoise !... Mais je vais passer directement à l'aéroport d'Omaha où il a pris un billet sur le premier vol à destination de Boston et où j'ai fait la même chose. Maintenant, écoute bien, c'est important... En attendant mon billet, j'ai montré à la petite du comptoir un de mes insignes fédéraux bidon et je lui ai dit que le gouvernement s'intéressait au grand type avec sa perruque ridicule. Je crois que c'est à cause de la perruque, mais la nana voulait tellement se rendre utile que j'ai été obligé de lui dire que je menais une enquête discrète et qu'elle ne devait en parler à personne. En tout cas, elle m'a donné le nom qui se trouvait sur la carte de crédit du grand sachem...

— Donne-le-moi, Joey! s'écria Mangecavallo en saisissant un stylo.

— Bien sûr, Vin... *M* majuscule, *a* minuscule, *c* minuscule, *K* majuscule, puis *Hawkins*. Ensuite *G-e-n*, puis une virgule, puis *USA*. Après un *R* majuscule, un petit *e* et un petit *t*. Je l'ai écrit, mais je ne comprends pas tout.

— Ça veut dire qu'il s'appelle Mac quelque chose Hawkins et que c'est un général en retraite... Bon Dieu! Un général!

— J'ai pas fini, Vincent. Tu ferais mieux d'écouter la suite...

— Et comment! Continue.

— Je reprends la filature à Boston et là, tout devient complètement dingue, *pazzo*, tu vois! Je le vois se précipiter dans les toilettes de l'aéroport où il retrouve deux Portoricains avec un uniforme que j'avais jamais vu, puis direction le parking où ils montent dans une Oldsmobile immatriculée dans l'Ohio ou l'Indiana. Je file vite fait un billet de cinquante à un chauffeur de taxi qui rentrait chez lui après le boulot et je lui demande de suivre l'Oldsmobile. Et alors, là, ça devient encore plus dément!... Le chef indien déguisé en comptable entraîne ses deux basanés chez un coiffeur et puis, tu ne vas jamais me croire, Boum-Boum, ils s'arrêtent dans un parc, près du fleuve, et cette grande lasagne commence à faire marcher les deux *enchiladas* sur une pelouse, au pas cadencé, comme des marionnettes, en gueulant à tue-tête. Je t'assure que c'était un drôle de spectacle!

— Peut-être que ce général en retraite a été renvoyé dans ses foyers pour inaptitude, aux termes de la Section huit. Tu connais?

— Tu veux dire qu'il se serait fait virer pour avoir confondu des chars et des dirigeables ou bien salué des camions?

— Oui, on lit des tas d'histoires de ce genre. C'est comme certains de nos parrains... Parfois plus ils sont importants, plus ils deviennent tordus. Tu te souviens du gros Salerno, à Brooklyn?

— Un peu, mon neveu! Il voulait faire de l'origan la fleur symbolique de l'État de New York. Il est allé jusqu'à l'assemblée, à Albany, en hurlant à la discrimination.

— C'est exactement ce à quoi j'étais en train de penser, Petit Joey. Si ce Mac Hawkins, général Louftingue à la retraite, est bien le chef Nuée d'Orage, comme nous le croyons tous les deux, nous allons avoir à Washington un autre gros Salerno hurlant à la discrimination.

— Il est italien, Vinnie?

— Non, Joey, et il n'est même pas indien. Raconte-moi la suite.

— Eh bien, la grande lasagne et ses deux *enchiladas* sont remontés dans l'Oldsmobile – c'est là que j'ai dû filer un autre billet de cinquante à mon connard de taxi – et ils sont partis au centre-ville où ils se sont garés dans une rue commerçante. Les deux basanés sont descendus et, après un passage dans une boutique de fringues, ils sont entrés dans un grand bâtiment. Mais pas le grand sachem déguisé en comptable ; lui, il est resté dans la voiture. Et là, il a fallu que j'allonge *deux* billets de cinquante à ce voleur de chauffeur ! Il disait que sa bonne femme allait l'attendre avec une poêle à frire brûlante, s'il ne rentrait pas tout de suite à la maison, et je comprends son point de vue... On a attendu plus d'une heure avant de voir une grosse limousine bleu marine s'arrêter devant le grand bâtiment. Il y a trois mecs qui sont montés dedans et nos deux *enchiladas* qui leur filaient le train ont sauté dans l'Oldsmobile qui a démarré juste derrière la limousine. Et je les ai perdus.

— Tu les as perdus... C'est bien ce que tu viens de dire, Joey ?

— T'inquiète pas, Boum-Boum...

— Pas de ça !

— Pardon... Vincent Francis Assisi.

— Tu le fais exprès ?

— Bon, bon... Je te fais mes excuses du fond du cœur.

— Ton cœur, il risque de cesser de battre, si tu ne m'expliques pas tout de suite pourquoi je n'ai pas à m'inquiéter !

— J'ai perdu les *cretinos* dans la circulation, mais j'avais eu le temps de relever le numéro d'immatriculation de la limousine. Imagine-toi que je me suis souvenu d'un flic de Boston qui m'avait serré, il y a une vingtaine d'années. Il devait avoir soixante balais bien tassés et, avec un peu de chance, il pouvait être encore vivant lui aussi, puisqu'on avait à peu près le même âge.

— Je déteste les histoires qui n'en finissent pas, Joey !

— D'accord, d'accord. Alors, je suis allé chez ce flic... Si c'est pas malheureux d'habiter une petite baraque comme ça, après toutes ces années passées au service de la loi. Et puis on a bu un ou deux verres en souvenir du bon vieux temps.

— Joey ! Tu vas me rendre fou !

— D'accord, d'accord... Je l'ai donc supplié de faire intervenir ses relations, en ajoutant dix billets de cent dollars pour sa pomme, pour découvrir le nom du propriétaire de la limousine avec la drôle de plaque. Pour savoir aussi, si c'était possible, où elle était allée quand l'autre l'avait prise en chasse, et peut-être même pour me dire où elle se trouvait à présent... Tu me croiras si tu veux, mais il a répondu à la première question avant même d'avoir vidé son premier verre de whisky.

— Joey, je n'en peux plus !

— *Calma, calma*, Boum-Boum. Il m'a tout de suite appris que la limousine appartient à un des plus grands avocats de Boston. Un youpin du nom de Pinkus, Aaron Pinkus, qui a une excellente réputation et que tout le monde respecte, dans la bonne société comme dans le milieu. Ce type n'a rien à se reprocher, je t'assure, Vinnie...

— C'est un salopard, voilà ce que je crois ! Qu'est-ce qu'il t'a raconté d'autre, ton poulet ?

— Que la limousine est garée depuis vingt minutes devant l'hôtel des Quatre saisons, dans Boylston Street.

— Et l'Oldsmobile du grand chef indien de mes deux ? Où est-il passé, lui ?

— Nous ne savons pas où elle est, Vinnie, mais mon flicard a eu des renseignements sur la plaque du Middle West et, là, tu ne vas pas me croire... Une histoire de fous, je te dis !

— J'écoute.

— La voiture appartient au vice-président !

— Magdalene ! hurla le vice-président des États-Unis en raccrochant violemment le combiné de son bureau. Où est passée notre fichue Oldsmobile ?

— A la maison, mon chou, répondit du salon la deuxième dame des États-Unis d'une voix aux intonations mélodieuses.

— Tu en es bien sûre, ma colombe ?

— Naturellement, mon agneau. La bonne a appelé il n'y a pas si longtemps pour dire que l'aide-jardinier était tombé en panne sur l'autoroute. Le moteur s'est arrêté et impossible de le faire repartir.

— Bon Dieu ! Il l'a laissée sur place ?

— Mais non, gros bêta. La cuisinière a téléphoné au garage pour la faire remorquer. Pourquoi ces questions ?

— Imagine-toi que le patron de la CIA, ce type horripilant dont je n'arrive même pas à prononcer le nom, vient de m'appeler pour me dire qu'on avait vu la voiture à Boston et qu'elle transportait de dangereux criminels. Il m'a aussi demandé quand je la leur avais prêtée. Ce n'est pas bon pour mon image, ça...

— Non, mais, tu te fous de ma gueule ? rugit la deuxième dame en pénétrant en trombe dans le bureau, les cheveux enroulés sur des bigoudis roses.

— Cette foutue bagnole a dû être volée par une sale petite ordure ! hurla le vice-président.

— Tu es sûr, pauvre con, de ne pas l'avoir prêtée à un de tes pourris de copains ?

— Absolument ! Seuls les amis débiles d'une salope comme toi pourraient demander à l'emprunter !

— L'hystérie et les récriminations ne nous mèneront nulle part, déclara énergiquement Aaron Pinkus, encore secoué, en regardant Mac-Kenzie Hawkins qui, à califourchon sur Sam Devereaux, plaquait des deux genoux les épaules de l'avocat sur la moquette tandis que des cendres de son cigare tombaient mollement sur le visage déformé par la rage de sa victime. Je te propose d'essayer d'être plus cool, comme disent les jeunes, et de tenter de comprendre la situation dans laquelle se trouve chacun de nous.

— Que diriez-vous d'un peloton d'exécution, juste après mon exclusion du barreau ? lança Devereaux d'une voix étranglée.

— Allons, Sam, fit le Faucon d'un ton apaisant. Ça ne se pratique plus, à cause de cette foutue télévision qui a tout gâché.

— Pardon, j'avais oublié ! Vous m'avez déjà expliqué tout ça ; c'est une question de relations publiques. Vous m'avez bien fait comprendre qu'il existait d'autres méthodes, par exemple partir à trois à la pêche au requin et revenir à deux ou bien aller à la chasse au canard et attendre dans un affût où se glissent d'un seul coup une douzaine de vipères alors que personne n'avait jamais vu de serpents dans le coin. Très peu pour moi, pauvre dégénéré !

— Je voulais seulement que vous soyez au courant, mon garçon, dans votre propre intérêt. C'est parce que je tiens à vous, comme Annie tient encore à vous...

— Je vous l'ai déjà dit, je ne veux plus jamais entendre ce nom !

— Vous n'êtes vraiment pas compréhensif, mon garçon.

— Si je puis me permettre, mon général, glissa Pinkus, je pense que, dans l'état actuel des choses, il a surtout besoin de quelques éclaircissements et qu'il est en droit de les obtenir.

— Croyez-vous qu'il soit capable de le supporter ?

— Je pense qu'il devrait essayer. Veux-tu essayer, Samuel, ou préfères-tu que j'appelle Shirley pour lui expliquer que nous ne sommes pas allés à notre soirée mondaine, parce que tu t'es approprié sa limousine, que tu y as entassé une troupe de patriarches grecs surexcités et que tu as contraint ton employeur à se mêler de tes difficultés personnelles qui, par extension, ne sont pas légalement inséparables des miennes.

— Je préférerais le peloton d'exécution, Aaron.

— C'est une sage décision et je partage ton opinion. J'ai cru comprendre que Paddy avait été obligé de donner les rideaux de velours à la teinturerie... Laissez-le se relever, mon général, et s'installer dans mon fauteuil.

— Soyez sage, Sam, fit le Faucon en se redressant avec précaution. La violence ne vous mènera nulle part.

— Voilà une déclaration en contradiction flagrante avec toute votre existence, monsieur l'exterminateur !

Sam se releva et fit le tour du bureau en clopinant tandis que Pinkus lui désignait son siège. Il se laissa tomber dans le fauteuil avec un bruit sourd et tourna la tête vers son employeur.

— A quoi dois-je m'attendre, Aaron ? demanda-t-il.

— Je vais te faire un petit topo, répondit Pinkus en se dirigeant vers le bar surmonté d'un miroir, dans un renfoncement du mur. Je vais également te servir un excellent cognac de trente ans d'âge, un goût que ta ravissante mère et moi avons en commun, car tu auras besoin d'un petit remontant, comme, je dois l'avouer, nous en avons eu besoin avant de pénétrer dans ton repaire. Je vais peut-être même te servir une généreuse rasade, car il n'y a aucun risque que cela nuise à ta lucidité quand l'avocat que tu es prendra connaissance de cette requête.

Aaron remplit un verre de cristal d'un vieux cognac à la couleur ambrée et vint le poser sur le bureau, devant son collaborateur.

— Ce que tu vas lire est incroyable, reprit le vieux juriste. Quand tu auras terminé, il te faudra prendre la décision la plus importante de ta vie. Que le Dieu d'Abraham me pardonne – lequel Abraham, j'en ai la conviction, a royalement raté son coup –, mais il m'appartiendra également de prendre une décision lourde de conséquences.

— Trêve de métaphysique, Aaron. J'attends votre petit topo.

— En un mot, mon jeune ami, le gouvernement des États-Unis s'est approprié les terres des Wopotamis par une suite de tours de passe-passe, en usant de promesses énoncées dans des traités successifs dont on a ensuite nié l'existence, mais qui sont en réalité conservés à Washington, dans les archives secrètes du Bureau des Affaires indiennes.

— Les Wopotamis? Qu'est-ce que c'est que ça?

— Une tribu dont le territoire s'étendait au nord le long du Missouri, jusqu'à Fort Calhoun; à l'ouest en suivant la Platte, jusqu'à Cedar Bluffs; au sud jusqu'à Weeping Water; et à l'est jusqu'à Red Oak, dans l'Iowa.

— Et alors, où est le drame? Les biens fonciers acquis par l'État ont été indemnisés selon le cours de l'époque aux termes d'une décision de la Cour suprême... Je crois que c'était en 1912 ou 1913.

— Comme d'habitude, Sam, ta mémoire photographique est extraordinaire, mais il y a une petite lacune, un oubli plus précisément.

— Jamais cela ne m'arrive. Je suis parfait... sur le plan juridique, s'entend!

— Tu parles des traités qui ont été rendus publics.

— Il y en avait d'autres?

— Ceux que l'on a voulu ensevelir... Tu en as devant toi. Prends-en connaissance, mon jeune ami, et tu me donneras ton opinion avisée dans une heure. D'ici là, bois lentement ton cognac, à petites gorgées... Tu auras certainement envie de vider ton verre d'un trait, mais retiens-toi. Tu trouveras du papier et de quoi écrire dans le tiroir supérieur droit du bureau. Commence ta lecture par la pile qui est à ta gauche, puis tu passeras aux suivantes, classées par ordre alphabétique. Tu vas prendre des notes, j'en suis persuadé. Mon général, poursuivit Aaron en se tournant vers le Faucon, je pense qu'il serait souhaitable de le laisser seul. J'ai le sentiment que sa concentration s'envole chaque fois que son regard se pose sur vous.

— Ce doit être à cause du costume tribal.

— Je suis sûr qu'il y a un lien. Puisque vous en parlez, que diriez-vous si je demandais à Paddy – au sergent Lafferty – de nous conduire dans un petit restaurant que j'aime à fréquenter quand je n'ai pas envie de tomber sur des connaissances trop curieuses.

— Un instant, commandant... Il ne faut pas oublier Sam. Il a eu une dure journée et la popote fait la force des armées.

— Notre jeune ami est parfaitement capable de se faire servir un repas dans un hôtel, comme en témoignent ses notes de frais. Mais, pour l'instant, je ne pense pas que la nourriture soit sa principale préoccupation.

Bouche bée, les yeux écarquillés, Sam Devereaux était penché sur les premières pages du document juridique, la main serrée sur un stylo qu'il tenait au-dessus d'un bloc jaune. Il lâcha brusquement le stylo qui fit en tombant un petit bruit sec sur le bureau.

— Nous allons tous mourir, murmura-t-il. Ils ne peuvent se permettre de nous laisser en vie.

A cinq mille kilomètres à l'ouest de Boston se trouve la respectable cité de San Francisco. C'est sans surprise que l'on découvre dans les statistiques que la majorité des immigrants venus de la côte Est pour s'y établir sont d'anciens résidents de Boston. Certains démographes affirment que les réfugiés de la Nouvelle-Angleterre sont attirés par le célèbre port qui leur rappelle la patrie des Grands Navires. D'autres prétendent que c'est l'atmosphère intellectuelle et culturelle, les nombreux campus universitaires et la profusion de cafés artistiques où les discussions vont bon train, typiques de la capitale du Massachusetts. D'autres encore soutiennent que l'attrait de San Francisco réside dans l'esprit de tolérance, cultivé d'une manière parfois trop systématique, permettant à tous les styles de vie de coexister. Il séduirait l'esprit de contradiction des Bostoniens dont le vote, avec une constance digne de tous les éloges, va à contre-courant des grandes tendances nationales. Quoi qu'il en soit, cela n'a pas grand-chose à voir avec notre histoire, sinon que la jeune femme dont nous allons faire la connaissance, tout comme Samuel Lansing Devereaux, est diplômée de l'École de droit de Harvard.

En fait, elle aurait fort bien pu rencontrer Devereaux quelques années auparavant, car la firme Aaron Pinkus Associates s'était vivement intéressée à elle et avait activement tenté de lui faire partager cet intérêt. Par malheur, à moins que ce ne soit par bonheur, elle s'était envolée vers d'autres cieux, ne pouvant plus supporter sa condition de membre d'une minorité qui plongeait dans un abîme de perplexité tout ce que Boston comptait de professionnels libéraux et d'universitaires pédants. Elle n'était ni noire ni juive; ni orientale ni hispano-américaine; elle n'avait ni racines méditerranéennes ni ancêtres au Bengale ou sur les rives de l'océan Indien. Une telle énumération doit englober toutes les minorités du creuset américain représentées à Boston. Pas un club, pas une société, pas la moindre association n'avait été créé pour soutenir la cause de la minorité à laquelle elle appartenait... tout simplement parce que personne ne considérait que cette minorité pouvait se préoccuper d'ascension sociale, le moteur, comme chacun sait, de toutes les revendications publiques. Ils étaient là, ils vivaient sans s'occuper des autres.

C'était une Amérindienne.

Elle s'appelait Jennifer Redwing, « Jennifer » ayant remplacé « Aurore », le prénom qui, d'après son oncle Face d'Aigle, lui avait été donné parce qu'elle était sortie du ventre de sa mère avec les premiers rayons du soleil, au Midlands Community Hospital d'Omaha. Il était apparu pendant ses années de formation que Jennifer, imitée en cela par son frère cadet, comptait au nombre des enfants les plus doués de la tribu Wopotami. Le Conseil des anciens avait en conséquence réuni les fonds nécessaires pour lui assurer de solides études. Celles-ci achevées, ayant tiré le meilleur parti de ses dons, elle n'avait eu qu'une idée en tête : partir vers l'ouest, mettre autant de distance que possible entre elle et ces gens qui croyaient que les Indiennes portaient des saris et de petites marques rouges sur le front.

Mais son départ pour San Francisco avait été le fruit du hasard plus que d'une décision mûrement réfléchie. De retour à Omaha, après l'examen du barreau, elle avait été engagée par un prestigieux cabinet juridique quand il y avait eu ce coup de hasard. Un client du cabinet, photographe animalier réputé, avait signé un contrat avec le *National Geographic* pour faire un reportage photographique sur la faune d'une réserve indienne contemporaine. Ses clichés devaient être juxtaposés à des gravures anciennes afin de démontrer la raréfaction de la faune par rapport à ce que les habitants originels du pays avaient connu. Le photographe, très porté sur la bagatelle, était un professionnel chevronné qui avait vite compris que ce reportage risquait de faire un bide. Qui aurait envie de comparer les clichés d'une faune moribonde et des gravures idéalisées de plaines fertiles et de forêts luxuriantes, un véritable paradis pour chasseurs ? Mais, avec un peu d'imagination, on pouvait peut-être arranger les choses. Avec un authentique guide indien apparaissant sur toutes les photos... Mieux, avec *une* guide aguichante, prise dans des positions variées, des attitudes suggestives... Plus précisément avec Jennifer Redwing, cette avocate époustouflante qui occupait le bureau voisin de son propre conseil et à qui le photographe faisait les yeux doux.

— Bonjour, Red, commença un beau matin le reporter en passant la tête dans le bureau de la belle et en lui donnant le diminutif utilisé par ses confrères. Que diriez-vous de deux cents dollars faciles à gagner ?

— Si vous pensez à la même chose que moi, je vous conseillerais plutôt d'aller faire un tour au Doogies, répliqua la jeune femme d'un ton glacial.

— Mais non, ma petite dame, vous vous méprenez.

— A en croire les rumeurs qui abondent par ici, je n'en suis pas si sûre.

— Sur mon honneur...

— Sans blague!

— Non, je vous assure, c'est un reportage commandé par le *National Geographic*.

— Ils montrent des Africaines nues, mais je ne me souviens pas d'y avoir vu une Blanche en costume d'Eve. Pourtant, comme je vais régulièrement chez mon médecin et mon dentiste, je connais bien cette revue.

— Vous êtes à côté de la plaque, ma chère. Je suis simplement à la recherche d'un guide pittoresque pour un reportage dont le thème sera les difficiles conditions de vie dans les réserves. Une juriste diplômée de Harvard qui se trouve être une authentique Indienne retiendra beaucoup plus facilement l'attention des lecteurs.

— Ah bon?

L'affaire fut conclue, mais la jeune et prometteuse avocate était fort naïve en matière de photographie professionnelle. Dans son désir fervent d'aider son peuple, Red Redwing accepta le choix de vêtements proposé par le reporter. Elle refusa seulement de poser en bikini en tenant à la main une toute petite truite de torrent et oublia d'exiger le droit de regard sur les photographies destinées à la publication. Il y eut un seul autre point de désaccord, lorsque, penchée sur le corps d'un écureuil électrocuté, elle surprit le reporter en train de prendre des clichés qui dévoileraient sa poitrine généreuse dans l'entrebâillement du corsage probablement plus qu'une avocate respectable ne saurait le tolérer. Sa réaction fut immédiate et elle assena un violent coup de poing sur la bouche du malotru. La scène qui suivit l'irrita à un tel point qu'elle décida de mettre un terme à la séance. La lèvre éclatée, l'homme se jeta à genoux en criant d'une voix implorante:

— D'accord, plus de photos! Mais, s'il te plaît, penche-toi encore! Je t'en prie!

Dès la parution de l'article, le service des abonnements de la revue fut submergé de travail. Un exemplaire tomba sous les yeux de Daniel Springtree. D'ascendance Navajo par son père, il était associé principal de la firme Springtree, Basl et Karpas, un important cabinet juridique de San Francisco. Springtree téléphona à Jennifer « Red » Redwing pour plaider sa cause, arguant du sentiment de culpabilité qu'il éprouvait de ne pas avoir fait assez pour sa famille, du côté paternel. Le jet Rockwell de la firme vint chercher Red pour l'amener à San Francisco. Dès le premier entretien, quand elle vit que Springtree, à l'âge de soixante-quatorze ans, était encore épris de la femme dont il partageait la vie depuis un demi-siècle, Red comprit que le moment était venu de quitter le Nebraska. Le cabinet d'Omaha ne put que faire contre mauvaise fortune bon cœur : depuis la publication de l'article du *National Geographic*, la liste de ses clients avait triplé.

Ce matin-là, la jeune associée de la firme Springtree, Basl et Karpas, dont la raison sociale, de l'avis général, ne tarderait pas à devenir Basl, Karpas et Redwing, avait des préoccupations professionnelles à des années-lumière des affaires de sa tribu. Jusqu'à ce qu'elle entende le bourdonnement de l'interphone et la voix de sa secrétaire.

— Votre frère est en ligne, mademoiselle.
— Charlie ?
— En personne. Il prétend que c'est urgent et je le crois, parce qu'il n'a même pas pris le temps de me dire qu'il savait que j'étais belle, rien qu'en entendant ma voix.
— Seigneur ! Je n'ai pas eu de nouvelles de lui depuis des semaines...
— Vous voulez dire des mois, mademoiselle Red. J'aime bien quand il appelle. Il est toujours très direct avec moi. Est-il aussi beau garçon que vous êtes belle, mademoiselle ? Je veux dire, est-ce que c'est dans la famille ?
— Prenez une demi-heure de plus pour déjeuner et laissez-moi parler à mon frère, dit Jennifer en enfonçant la touche allumée du téléphone. Charlie ? Comment vas-tu, mon petit frère chéri ? Je n'ai pas eu de nouvelles de toi depuis... des mois.
— J'étais occupé.
— Ton boulot d'assistant ? Cela se passe bien ?
— C'est fini. Terminé !
— Très bien.
— En fait, j'ai passé quelque temps à Washington.
— De mieux en mieux ! s'exclama la sœur.
— Non, pas du tout... C'est bien pis... pis que tout ce que l'on peut imaginer !
— Mais, pourquoi, Charlie ? Une bonne firme à Washington, ce serait le rêve pour toi. Je sais que je ne devrais pas te le dire, mais tu l'apprendras dans un ou deux jours... Voilà, j'ai reçu un coup de fil d'un vieux copain du barreau du Nebraska, qui m'a annoncé que non seulement tu étais reçu, mais que tu étais parmi les mieux classés ! Qu'est-ce que tu dis de ça, petit génie ?
— Ça n'a pas d'importance, plus rien n'a d'importance. Quand je t'ai dit que c'était fini, je parlais de moi et de tous les projets que j'ai jamais eu d'embrasser une carrière juridique. Je suis fini !
— Qu'est-ce que tu me racontes ?... Tu as des problèmes d'argent ?
— Non.
— Alors, c'est une fille ?
— Non, un type... Un homme.
— Charlie ! Jamais je n'aurais imaginé que...
— Mais, non, enfin ! Ce n'est pas ça !

— Alors, qu'est-ce que c'est ?
— Si nous déjeunions ensemble, ma grande sœur ?
— A Washington ?
— Non, ici. Je suis en bas, dans le hall. Je n'ai pas voulu monter : moins on te verra avec moi, mieux ce sera pour toi... Je vais d'abord partir pour Hawaii, puis je travaillerai sur les bateaux et j'atteindrai peut-être les Samoa américaines où, avec un peu de chance, les nouvelles n'arriveront pas...
— Tu vas rester où tu es, tête de linotte ! Ta grande sœur descend tout de suite et elle va sans doute te botter l'arrière-train !

Interloquée, Jennifer Redwing regardait fixement son frère, assis en face d'elle. Comme elle restait sans voix, Charlie se força à rompre le silence.
— Il fait un temps superbe à San Francisco.
— Il pleut à torrents, imbécile !... Charlie, pourquoi ne m'as-tu pas appelée avant de te laisser emberlificoter par ce cinglé ?
— J'y ai pensé, Jenny, je t'assure que c'est vrai. Mais je sais que tu travailles beaucoup et puis, au début, cela ressemblait à une grosse blague. On rigolait bien, le type avait de l'argent et ça ne faisait de mal à personne... Une bonne castagne de temps en temps, c'est tout. Mais, d'un seul coup, ce n'était plus une blague et je me suis retrouvé à Washington.
— Demandeur devant la Cour suprême et représentation illégale en justice ! Excusez du peu !
— C'était pour la forme, Jenny. En réalité, je n'ai rien fait... J'ai juste rencontré deux des magistrats, des rencontres informelles.
— Tu as fait quoi ?
— Ça n'avait aucun caractère officiel, Jenny. Jamais ils ne se souviendront de moi.
— Pourquoi et comment est-ce arrivé ?
— Hawkins m'avait demandé de passer quelque temps dans le hall du bâtiment, en costume tribal, et je te prie de croire que je me sentais complètement idiot. Un jour, le grand juge noir s'est approché de moi et m'a serré la main. « Je sais ce qui vous amène ici, jeune homme », m'a-t-il dit. Une semaine plus tard, j'ai croisé l'Italien dans un couloir. Il m'a pris par l'épaule et m'a dit d'un air attristé : « Ceux d'entre nous qui sont venus de l'autre côté des mers ont souvent été traités aussi mal que vous. »
— Seigneur ! murmura Red Redwing.
— Il y avait beaucoup de monde, tu sais, poursuivit vivement son frère. Des tas de touristes et de juristes... Une vraie cohue.
— Charlie ! Je suis une avocate expérimentée et j'ai déjà plaidé devant la Cour, tu le sais bien. Pourquoi ne m'as-tu pas appelée ?
— En partie parce que je savais que tu serais dans tous tes états et

que je me ferais taper sur les doigts, mais la véritable raison est que je pensais pouvoir dissuader Mac le Cinglé de poursuivre ses conneries. Je lui ai expliqué que c'était une cause perdue, rendue encore plus désespérée par ma situation qui ne pouvait que ruiner tout préjugé en faveur de la requête, une hypothèse aussi invraisemblable que ma participation à un rodéo. Mon idée était de demander une ordonnance de non-comparution en arguant de découvertes ultérieures, afin de tout effacer... J'avais appris cela en errant comme un demeuré dans les couloirs de leur édifice sacré. Ils peuvent laisser tomber une affaire plus vite que l'oncle Face d'Aigle ne vide un verre sous le moindre prétexte.

— Et comment ton Hawkins a-t-il réagi à ta proposition ?
— C'est bien là qu'est le problème. Il ne m'a jamais laissé lui expliquer jusqu'au bout. Il refusait de m'écouter et hurlait comme un malade. Quand il m'a enfin rendu mes vêtements, ceux pour lesquels tu m'avais envoyé de l'argent...
— Tes vêtements ?
— Oui, mais c'est une autre histoire... En tout cas, j'étais tellement content de les récupérer et j'en avais tellement marre de toutes ces salades que j'ai fichu le camp sans demander mon reste. Je me suis dit que je l'appellerais le lendemain et que j'essaierais de lui faire entendre raison.
— Tu l'as appelé ?
— Il était déjà parti. Disparu... Tu te souviens de Johnny Calfnose ?
— Il me doit encore l'argent de sa caution.
— Eh bien, Johnny était en quelque sorte l'assistant de Mac pour les problèmes de sécurité. Il m'a dit qu'Hawkins était parti pour Boston en lui précisant que, s'il y avait du courrier ou des coups de téléphone de Washington, il fallait l'appeler immédiatement à un numéro qu'il lui a donné. C'est à Weston, un faubourg de Boston.
— Oui, je connais. N'oublie pas que j'ai passé quelques années à Cambridge. Alors, tu l'as appelé ?
— J'ai essayé... En fait, j'ai essayé à quatre reprises et, chaque fois, on m'a passé une femme complètement hystérique qui lançait des accusations incohérentes. J'ai cru comprendre qu'il s'agissait du pape, ou d'*un* pape.
— Rien d'étonnant. Il y a une majorité de catholiques à Boston et, dans les moments difficiles, les fidèles se tournent vers leur Église pour y chercher le réconfort. C'est tout ce que tu as appris ?
— C'est tout. Après le quatrième appel, ça sonnait occupé et j'en ai conclu que cette folle avait laissé le combiné décroché.
— On peut également en conclure qu'Hawkins est à Boston. As-tu gardé ce numéro ?
— Je le connais par cœur, tu penses. Je suis fini, soupira-t-il après lui avoir donné le numéro de téléphone.
— Pas encore, Charlie, répliqua Jennifer en lançant un regard

réprobateur à son petit frère. Je suis directement impliquée dans tes ennuis. Je suis ta sœur, je suis avocate et, quoi qu'en dise la loi, il y a une forme de complicité dans cette affaire. Et puis, tu es un bon petit gars, sans oublier que je t'aime.

Elle fit signe au serveur qui s'approcha aussitôt.

— Voulez-vous m'apporter un téléphone, Mario ?

— Bien sûr, mademoiselle Redwing. Il y en a un dans le box voisin.

— Tu ne me reverras pas avant plusieurs années, reprit son frère. Dès que je serai à Honolulu ou aux Fidji, je travaillerai sur les bateaux et...

— Tais-toi un peu, Charlie, ordonna Red tandis que le serveur branchait le téléphone et lui tendait l'appareil.

Elle composa un numéro et attendit quelques secondes que son correspondant décroche.

— C'est moi, Peggy. Vous pourrez prendre deux heures pour le déjeuner, si vous faites deux petites choses pour moi. Trouvez d'abord le nom et l'adresse correspondant à ce numéro de téléphone, à Weston, Massachusetts.

Elle lut le numéro à mesure que Charlie l'écrivait sur une serviette en papier.

— Réservez-moi également une place sur un vol pour Boston, en fin d'après-midi... Oui, j'ai bien dit Boston, non, je ne serai pas là demain et, pour devancer votre prochaine question, je n'enverrai pas mon frère me remplacer, car vous seriez capable de le débaucher... Ah ! j'oubliais ! Réservez-moi aussi une chambre d'hôtel. Essayez les Quatre Saisons, je crois que c'est dans Boylston Street. C'est là qu'a eu lieu la fête de fin d'études de l'École de droit.

— Mais qu'est-ce que tu comptes faire, Jenny ? s'écria Charlie Redwing quand sa sœur raccrocha.

— Cela me semble évident. Moi, je vais à Boston, toi, tu restes dans mon appartement et tu ne t'éloignes pas du téléphone. Si tu refuses, je te fais arrêter pour usurpation de titre professionnel et non-paiement de dettes. A moins que tu ne préfères que j'appelle un très bon ami et client pour te surveiller. A ta place, je choisirais la prison, parce que l'ami en question est attaquant dans l'équipe de football des San Francisco Forty-Niners.

— Je refuse de céder à des menaces terroristes et je répète ma question : qu'as-tu l'intention de faire ?

— Je vais trouver ce cinglé d'Hawkins et le forcer à tout arrêter. Pas seulement pour toi, Charlie, ni même accessoirement pour moi, mais pour notre peuple.

— Je sais. Nous allons être la risée de toutes les réserves, je le lui ai déjà dit.

— C'est plus grave que cela, frérot, beaucoup plus grave. D'après ce que tu m'as dit, nous courons droit à une irrémédiable catastrophe.

La base aérienne d'Offutt, le quartier général du SAC, le Commandement stratégique aérien, se trouve au beau milieu du territoire convoité par cet illuminé de général. Aussi insensée que puisse paraître cette histoire, t'imagines-tu un seul instant que les grands manitous de Washington ne réagiront pas immédiatement à la moindre menace planant sur le SAC ?

— Que peuvent-ils faire d'autre que tourner la requête en dérision ou ne pas y donner suite et me faire coffrer pour usurpation de titre ? C'est vrai, dis-moi ce qu'ils peuvent faire !

— Ils peuvent faire de nouvelles lois, Charlie, des lois qui provoqueront la destruction de la tribu. Pour commencer, ils peuvent nous exproprier de nos terres et ordonner la dispersion des habitants. Cela se fait couramment pour les autoroutes et même pour des routes de campagne et des ponts isolés, sur l'ordre de politiciens ayant quelques dettes à régler. Qu'est-ce que cela représente à côté des ressources illimitées du SAC ?

— La dispersion... murmura Charlie.

— Envoyer de divers côtés ceux de notre peuple, dans des maisons pourries et des appartements sordides, aussi loin que possible les uns des autres, expliqua Jennifer en hochant la tête. Ce qu'ils ont aujourd'hui n'est assurément pas un éden, mais, au moins, c'est à eux ! Ils sont nombreux à y avoir vécu toute leur vie, depuis soixante-dix ou quatre-vingts ans. Ils représentent le facteur humain masqué par les froides statistiques gouvernementales qui sont censées justifier l'intérêt national.

— Tu crois que Washington pourrait faire cela ?

— En un clin d'œil, ils peuvent lancer une campagne et ça s'est fait tant de fois que c'en est devenu légendaire. Les routes de campagne et les ponts isolés ne représentent qu'une goutte d'eau dans l'océan des contributions, mais la générosité du gouvernement est sans limite quand il s'agit du SAC.

— Mais, toi, que peux-tu espérer faire à Boston ?

— Casser les reins d'un général en retraite et de tous ceux qui le soutiennent.

— Comment ?

— Je le saurai quand je les aurai trouvés, mais je pense que ce sera quelque chose d'aussi extravagant que leur invention délirante... Disons une conspiration fomentée par les ennemis de la démocratie pour mettre à genoux le géant américain et détruire le potentiel offensif tous azimuts de notre patrie bien-aimée. Puis établir un lien avec un terrorisme légal sous-tendu de racisme, à l'aide de témoignages truqués faisant remonter la cabale à des Arabes fanatiques et des Israéliens aigris œuvrant de concert, soutenus par la clique des durs de Pékin alliés aux révérends Moon, Farrakhan et Fallwell, avec l'appui des Hare Krishna, de Fidel Castro, des pacifistes du 1, rue Sésame et Dieu sait qui encore... Ce n'est pas la pourriture qui manque sur notre belle planète et son odeur

provoque des réactions instantanées et passionnées. Nous nous engagerons au cours des interrogatoires précédant le procès à mettre le paquet.
— Quel procès...?
— Tu m'as bien comprise, Charlie.
— C'est complètement dingue, Jenny!
— J'en suis consciente, mais ils le sont aussi. Tout le monde peut poursuivre tout le monde dans une société libre, ce qui engendre le ridicule et fait en même temps sa gloire. Ce n'est pas le procès qui importe, mais la crainte du scandale... Seigneur! J'ai hâte d'arriver à Boston!

10

Pour la troisième fois, Desi-Un frappa vigoureusement à la porte de la chambre d'hôtel avec un petit haussement d'épaules à l'intention de son frère d'armes qui lui répondit par le même geste.

— Peut-être que le *generale loco*, il a pris la poudre dé l'escampette, non?

— Pourquoi?

— Il nous doit dou flouze, non?

— Non, il né ferait pas ça... Jé né veux pas y penser.

— Moi non plous, amigo, mais il nous avait bien dit dé revenir dans oune heure, non?

— Ou alors, il est mort... Peut-être que l'autre gringo encore plous *loco*, celoui qui crie tout lé temps, il les a toués, loui et l'autre pétit vieux.

— Alors, il faut enfoncer la porte.

— On va faire dou brouit, la police gringo, elle va encore nous emmener en prison et on va encore manger leurs cochonneries de gringos pendant tout lé temps. Tou as des bonnes idées, amigo, mais pas les capacités mécaniques. Tou comprends cé qué je veux dire?

— *Que mecanico?*

— Hé, amigo! Nous avons promis dé parler l'anglais, non? répondit Desi-Deux en sortant de sa poche un curieux instrument muni de plusieurs lames, une sorte de petit canif défiant toute description. C'est pour l'assimilation, tou comprends?

Le voleur de Chevrolet s'approcha de la porte après avoir lancé un coup d'œil des deux côtés du couloir vide.

— Pas bésoin d'enfoncer la porte, reprit-il. Pas dé problème avec ces pétites serroures en *plastico*... Elles ont oune pétite gâche blanche en *plastico*.

— Pourquoi tou t'y connais si bien en portes d'hôtel, amigo?

— J'ai beaucoup travaillé comme serveur à Miami. Les gringos démandaient qu'on leur monte à boire et moi, quand j'arrivais avec lé plateau, ils étaient déjà trop soûls pour trouver la porte. Si jé rédescendais mon plateau, jé mé faisais enguirlander à la couisine. Il vaut mieux apprendre à ouvrir les portes, non?

— C'est oune bonne école où tou es allé.

— Avant ça, jé travaillais sur les parkings. *Maria Madre*, là cé sont des *universidads*!

Avec un sourire rayonnant, Desi-Deux fit glisser verticalement une petite lame de plastique blanc et ouvrit lentement la porte.

— *Señor!* s'écria-t-il en découvrant un homme à l'intérieur de la chambre. Vous vous sentez bien?

Sam Devereaux était assis au bureau, rigoureusement immobile, le regard vitreux fixé sur la pile de papiers devant lui.

— Content de vous revoir, articula-t-il lentement et machinalement.

— Nous avons presque défoncé la porte! lança Desi-Un. Qu'est-ce qui né va pas chez vous?

— Ne me défoncez pas encore une fois, je vous en conjure, répondit la voix monocorde. Je suis investi du pouvoir judiciaire... Je n'ai pas besoin de vous.

— Hé, gringo! poursuivit D-Un en s'avançant vers le bureau. Il n'y avait rien dé personnel dans cé qué nous vous avons fait. Nous avons seulement souivi les ordres du *grande generale*.

— Le *grande generale* a des hémorroïdes plein la bouche.

— Cé n'est pas très gentil cé qué vous dites, protesta D-Deux en refermant la porte et en fourrant le drôle d'instrument dans sa poche avant de rejoindre son compagnon. Où sont le *generale* et lé pétit bonhomme?

— Quoi?... Qui? Oh! ils sont allés dîner. Pourquoi ne les rejoignez-vous pas?

— Parce qu'il nous a dit dé révénir dans oune heure et qué nous sommes des bons *soldados*!

— Ah!... Eh bien, je n'ai aucun commentaire à faire là-dessus, car ce n'est pas de mon bureau qu'ont émané les ordres.

— Qu'est-ce qué vous dites? demanda D-Un, les yeux plissés, en considérant l'avocat comme s'il observait au microscope une paramécie déformée.

— Comment?... Écoutez, les gars, je suis très pris ici et, vous avez raison, je ne fais pas une affaire personnelle de ce qui est arrivé. Moi aussi, je suis passé par là, vous pouvez me croire.

— Et qu'est-ce qué ça veut dire, hein? demanda D-Un.

— Eh bien, ça veut dire que Mac a une forte personnalité et qu'il peut être très persuasif.

— Qu'est-ce qué c'est, oune « mac »? Oune maquéreau?

— Non, c'est son nom : MacKenzie. Je dis Mac, c'est plus court.

— Il n'est pas court dou tout, objecta Desi-Deux. C'est oune grand gringo.

— Oui, je suppose que cela fait partie de la description, fit Sam en clignant des yeux à plusieurs reprises.

Puis il s'enfonça dans le fauteuil pivotant, renversant la tête comme pour détendre un instant les muscles de son cou.

— Il est grand, dur, violent et puissant... Et il fait marcher au pas des gens comme nous alors que nous ne devrions pas nous laisser faire. Vous deux, vous êtes allés à l'école de la rue, moi, à celle de la loi et pourtant il nous bat à plates coutures.

— Il né bat personne! déclara théâtralement D-Un.

— Il ne faut pas prendre cela au sens littéral...

— Vous lé prenez comme vous voulez, moi jé m'en fous. Cé qui compte pour mon amigo et pour moi, c'est qué nous nous sentons mieux. Qu'est-ce qué vous avez à répondre à ça, hein?

— Rien ne me vient à l'esprit.

— Nous avons discuté en mangeant ces *tacos* dégueulasses préparés par le gringo blond, précisa D-Deux et nous sommes d'accord, mon amigo et moi. Le *generale loco*, c'est oune mec bien.

— Oui, je sais, soupira Devereaux dont le regard revint se poser sur la pile de feuilles qui s'élevait devant lui. Si vous l'aimez bien, tant mieux.

— D'où il vient, vous lé savez? demanda Desi-Un.

— D'où il vient? Comment voulez-vous que je le sache? De l'armée, je ne vois pas autre chose.

Desi-Un et Deux échangèrent un regard.

— Comme nous avons vu dans la vitrine avec les jolies photos, amigo? fit D-Un en s'adressant à son compagnon.

— Il faut savoir comment s'écrit son nom, dit son compatriote.

— D'accord, fit Desi-Un en se tournant vers l'avocat à l'air absorbé. Vous, señor Sam, faites cé qué mon ami a dit.

— Faire quoi?

— Écrivez lé nom dou *grande generale*.

— Pour quoi faire?

— Si vous lé faites pas, vos doigts, ils né marcheront plous aussi bien.

— A votre disposition, fit vivement Devereaux en prenant un stylo et en détachant un feuillet de son bloc. Voilà, ajouta-t-il, après avoir écrit le nom et le grade d'Hawkins. Je crains de ne pouvoir vous donner une adresse ni un numéro de téléphone, mais il vous sera toujours loisible de vous renseigner auprès des établissements pénitentiaires.

— Vous dites dou mal dou *grande generale*? demanda Desi-Deux d'un ton soupçonneux. Pourquoi vous né l'aimez pas? Pourquoi vous voulez partir et vous criez contre loui et vous essayez dé lé frapper, hein?

— Parce que je me suis mal conduit, si mal conduit! s'écria Sam d'une voix larmoyante, les mains ouvertes en un geste de supplication. Il a été si bon avec moi – vous avez vu avec quelle gentillesse il me parle – et, moi, j'ai été affreusement égoïste! Jamais je ne pourrai me le pardonner, mais j'ai compris mes errements et je m'efforce de me racheter en faisant ce travail qu'il m'a demandé de faire, pour lequel il a besoin de moi... Demain matin, j'irai à l'église pour demander au Seigneur de me pardonner ma conduite odieuse avec ce grand homme.

— Hé! señor Sam, dit Desi-Deux d'une voix exprimant toute la miséricorde divine. Personne n'est parfait tout lé temps, hein? Jésus, loui, il comprend ça.

— Il a intérêt, rétorqua Devereaux à mi-voix. Je connais une religieuse qui doit mettre sa compassion à rude épreuve.

— Qu'est-ce qué vous dites?

— Je dis que la compassion bien connue des religieuses illustre ce que vous venez de dire. Cela signifie que vous avez raison.

— Ça baigne, déclara Desi-Un. Mais Desi-Deux et moi, nous dévons maintenant réfléchir dourement. Nous allons accepter la parole d'oune esprit religieux qui nous dit qué le *grande generale*, c'est oune homme de bien.

— Je crains de ne pas très bien vous suivre.

— Le *grande generale*, il nous doit dou flouze...

— Vous voulez dire de l'argent?

— Oui, gringo, c'est cé qué jé veux dire. Nous voulons bien loui faire confiance, mais nous dévons aussi être *positivo*, hein? Vous direz au *grande generale* qué nous viendrons démain matin pour chercher lé flouze.

— D'accord, mais pourquoi ne l'attendez-vous pas... Dehors, bien sûr?

— Jé vous l'ai dit, nous dévons réfléchir et discouter... Et nous dévons aussi être sûrs dé pouvoir loui faire confiance.

— Très franchement, je ne comprends pas.

— Cé n'est pas nécessaire. Dites-loui simplement cé qué j'ai dit. D'accord?

— Bien sûr.

— Viens, amigo, dit Desi-Un en tendant le bras gauche pour faire apparaître les trois montres qu'il portait au poignet. Croyez-moi, on né peut plous faire confiance à personne! La Rolex qué vous voyez là, c'est oune imitation!

Sur ces paroles énigmatiques, Desi-Un et Deux sortirent de la suite avec un petit geste amical de la main avant de refermer la porte. Devereaux secoua longuement la tête, but une gorgée de cognac et se replongea dans sa lecture.

L'aube se leva sur les toits de Boston, au grand déplaisir de Jennifer Redwing qui avait oublié de tirer les doubles rideaux de la fenêtre. Les premiers rayons du soleil, qui transperçaient ses paupières, la réveillèrent... Les rideaux ! En fait, elle n'avait pas oublié, mais était trop épuisée pour y penser en arrivant enfin de l'aéroport, à deux heures du matin. Quatre heures de sommeil, ce n'était pas suffisant, même pour quelqu'un ayant son énergie, mais les circonstances lui interdisaient de rester au lit. Elle se leva pour fermer à moitié ces fichus rideaux et alluma la lampe de chevet pour parcourir la carte du service des chambres. Ayant trouvé ce qu'elle espérait y découvrir, elle décrocha le combiné, commanda un petit déjeuner continental et réfléchit à la journée qui allait commencer.

Son but était de court-circuiter une ordure de général en retraite nommé MacKenzie Hawkins et les fumiers qui le soutenaient. Et elle les aurait, elle les projetterait contre les barrières électrifiées érigées par la loi, elle ne reculerait devant aucun moyen, aucune de ces perfidies légales qu'elle avait toujours abhorrées. Cette fois, c'était différent. Bien qu'éternellement reconnaissante à sa tribu et à son peuple, une gratitude concrétisée par la surveillance vigilante de leurs investissements et le versement d'un tiers de ses revenus sur leurs comptes, elle était furieuse de savoir que des étrangers essayaient de tirer avantage de l'histoire pas toujours glorieuse de sa tribu et de sa naïveté en ne cherchant que leur profit. Son petit frère avait raison, même s'il avait mal compris les raisons de sa colère. Ce n'est pas seulement sur le général qu'elle allait s'acharner, mais sur eux tous... Elle obligerait tous ces pourris à renoncer à leur projet délirant !

Le petit déjeuner arriva et lui apporta un peu de calme. Il lui fallait se concentrer. Elle disposait en tout et pour tout d'un numéro de téléphone et d'une adresse à Weston. Ce n'était pas grand-chose, mais c'était un commencement. Pourquoi les heures ne passaient-elles pas plus vite ? Elle avait une furieuse envie de se mettre au travail !

Il était cinq heures trente quand Sam Devereaux, les yeux injectés de sang, acheva la lecture de la requête des Wopotamis, à la fin de laquelle il avait pris trente-sept pages de notes.

Il devait absolument se reposer, s'il voulait réussir à mettre un peu d'ordre dans ses idées. Dans son cerveau bouillonnant tourbillonnaient des centaines de faits pertinents ou non, de définitions, de conclusions, de contradictions. Seul un moment de repos pouvait lui rendre l'usage de ses facultés de raisonnement et d'analyse qui, pour l'heure, se trouvaient tellement affaiblies qu'il n'aurait même pas pu dissuader le grand Sanford – quel était son nom de famille, déjà ? – de lui flanquer une volée pendant la récréation, dans la cour de l'école maternelle. Il se demanda fugitivement ce qu'était devenue cette grande brute ; très probablement un général ou un terroriste. Cela lui rappela immédiatement ce cinglé de Mac Hawkins, paisiblement endormi dans la chambre d'amis de la suite, seul et unique responsable d'une calamité en deux cents et quelques pages dont il avait forcé Aaron Pinkus et Samuel Devereaux à prendre connaissance. Ce dernier s'était maintenant résigné à ne jamais porter la robe de la magistrature, sinon à sa dernière heure, juste avant d'être exécuté dans les sous-sols du Pentagone, sur l'ordre conjugué du président, du ministre de la Défense, de la CIA, de la DIA et des Filles de la Révolution américaine. Et Aaron... le pauvre Aaron! Non seulement il lui faudrait affronter sa Shirley frisée-à-la-permanente pour s'expliquer sur la soirée artistique ratée, mais il avait également lu la requête de Mac, une véritable invitation à l'amnésie.

Seigneur tout-puissant! Le Commandement stratégique aérien! Si les imbéciles de la Cour suprême établissaient le bien-fondé, même partiel, de la requête – un appel à la conscience autant qu'à la légalité – des pans entiers, si ce n'est la totalité, des installations du SAC deviendraient la propriété d'une minuscule et misérable tribu indienne portant le nom débile de Wopotamis! La loi était parfaitement explicite : toutes les constructions et tout le matériel se trouvant sur une propriété foncière usurpée ou volée appartiennent de plein droit à la ou les parties lésées. Bordel de merde!

Se reposer... dormir, si c'était possible. Aaron avait eu raison de lui parler comme il l'avait fait à son retour du restaurant, vers minuit, quand Sam avait commencé à bombarder le Faucon de questions et d'accusations qui, il devait le reconnaître, frisaient l'hystérie.

— Termine ta lecture, mon garçon, puis prends un peu de repos et nous en reparlerons demain. Rien de bon ne se fait quand les cordes sont trop tendues pour trouver les notes justes. Pour ne rien vous cacher, messieurs, je m'attends pour ma part à une coda discordante quand je vais retrouver ma très chère Shirley... Oh! Sam! Pourquoi m'as-tu parlé de cette maudite soirée dans cette maudite galerie d'art?

— Je pensais que vous seriez furieux contre moi en découvrant que je n'y avais pas accompagné un de nos plus gros clients, parce que sa femme passe son temps à essayer de me peloter. Et puis, ce n'est pas moi qui en ai parlé à Shirley.

— Je sais, je sais, avait soupiré Pinkus avec résignation. Si je lui en ai parlé, c'est parce que je trouvais l'anecdote amusante et qu'elle mettait en lumière un aspect très honorable de ta personnalité. Je connais au moins un demi-millier de tes confrères qui seraient à l'affût du moindre geste provocant de la dame pour avoir des rapports intimes avec elle.

— Sam vaut mieux que cela, commandant Pinkus, avait affirmé MacKenzie Hawkins. Ce garçon a des principes, même s'ils ne sautent pas toujours aux yeux.

— Mon général, puis-je de nouveau vous suggérer de vous retirer, pour les raisons dont nous avons parlé pendant le dîner? Vous trouverez tout ce qu'il vous faut dans la chambre d'amis.

— Il y a la télévision ? J'adore regarder les films de guerre... Il n'y a que ça de vrai, en fin de compte.

— Vous n'aurez même pas à vous lever. Il vous suffira de prendre la télécommande et de viser.

Je suis complètement épuisé, songea Devereaux en se levant pour gagner d'un pas titubant la chambre principale, remarquant du coin de l'œil qu'Aaron avait eu l'obligeance d'allumer la lampe de chevet. Il ferma la porte, vigoureusement, et concentra son attention sur ses chaussures. Laquelle fallait-il enlever d'abord et comment s'y prendre ? L'énigme fut résolue quand il se laissa tomber sur le lit, les deux chaussures aux pieds, les yeux fermés. Il s'endormit instantanément.

Puis, des tréfonds du vide insondable lui parvint une sonnerie discordante et implacable, augmentant sans cesse, jusqu'à ce que son univers intérieur soit secoué par une série d'explosions. Il tendit la main vers le téléphone. La pendule sur la table de nuit indiquait huit heures quarante.

— Oui ? articula-t-il d'une voix pâteuse.

— C'est l'émission *Grattez, c'est gagné* et vous êtes l'heureux élu du jour ! Ce matin, nous appelons un hôtel tiré au sort dans une première sphère par un membre de notre *merveilleux* auditoire, puis une chambre dont le numéro est tiré dans une seconde sphère par la plus jeune grand-mère de notre *merveilleux* public, et aujourd'hui vous êtes l'heureux gagnant ! Tout ce que vous avez à faire, c'est me donner le nom du grand président barbu qui a prononcé le discours de Gettysburg et vous gagnez un magnifique sèche-linge Merdetti offert par la Mitashovitzu Company qui se trouve être propriétaire de notre *grande* station ! Quelle est votre réponse, heureux candidat ?

— Allez vous faire foutre ! lâcha Sam en clignant des yeux pour se protéger des rayons du soleil qui entraient par les fenêtres.

— Coupez tout ! Allez me chercher les nains jongleurs et ne faites pas attendre le public...

Devereaux raccrocha en grognant ; il devait absolument se lever pour aller relire ses notes, une perspective qui n'avait rien de réjouissant. Que pouvait-il y avoir de réjouissant dans cet avenir immédiat, rempli de trous noirs qui allaient l'engloutir et d'abîmes où il allait être précipité dans d'interminables et horrifiques chutes ? Le salaud d'Hawkins ! Pourquoi cette ordure galonnée était-elle revenue dans sa vie ?... Et où était-il donc passé ? Cela ne ressemblait pas à cette vieille baderne blanchie sous le harnois de ne pas saluer le jour nouveau d'un cri de guerre tonitruant. Peut-être avait-il passé l'arme à gauche dans son sommeil... Non, certains souhaits étaient trop exaltants pour pouvoir se réaliser. Mac vivrait éternellement, terrifiant des générations successives d'innocents. Mais le silence et MacKenzie Hawkins formaient une conjonction dangereuse : rien de bon ne pouvait venir d'un prédateur au repos. Sam décida donc de se lever et constata, sans véritablement s'en étonner, qu'il avait encore ses chaussures aux pieds. Il se dirigea d'un pas mal assuré vers la porte qu'il ouvrit pour découvrir le Grand Détraqué assis en robe de chambre, au bureau de Pinkus. Penché sur la funeste requête, ses lunettes cerclées de métal sur le nez, c'était l'image même du bon-papa-gâteau.

— Votre lecture du matin? demanda Devereaux d'un ton sarcastique en s'avançant dans le salon.

— Ah! bonjour, Sam! lança le Faucon d'une voix cordiale en enlevant ses lunettes comme l'aurait fait un vieil universitaire retraité aux manières onctueuses. Alors, bien dormi? Je ne vous ai pas entendu vous lever.

— Ne me faites pas le numéro du paysan matois, espèce de serpent à sonnette! Sans parler du coup de téléphone, vous n'avez pas dû manquer un seul de mes souffles et, si nous étions dans l'obscurité, au milieu des arbres, je suis sûr que j'aurais une corde autour du cou.

— Mon garçon, vous vous méprenez profondément sur mon compte et je me permets de vous dire que cela me chagrine infiniment.

— Seul un mégalomane peut se plaindre en parlant trois fois de lui en une seule phrase.

— Tout le monde change, mon garçon.

— Le léopard vient au monde avec une robe tachetée et il meurt avec ses taches. Vous êtes comme le léopard.

— Je suppose que c'est mieux qu'un serpent à sonnette, non? Vous trouverez du jus de fruits et du café sur la table... Il y a aussi deux pains aux raisins. Prenez-en donc. Il faut que le taux de sucre dans le sang soit assez élevé, le matin. C'est important, vous savez.

— Vous faites de la gériatrie maintenant? demanda Devereaux en s'avançant jusqu'à la table pour se servir du café noir. C'est pour vendre des toniques aux indigènes?

— Je ne rajeunis pas, Sam, répliqua Hawkins, une pointe de mélancolie dans la voix.

— Justement, j'y pensais il y a quelques instants et savez-vous à quelle conclusion je suis arrivé? Que vous alliez vivre éternellement et rester une menace permanente pour la planète.

— Voilà un jugement de valeur qui m'honore, mon garçon. Il y a de bonnes et de mauvaises menaces, et je vous remercie pour l'importance que vous m'accordez.

— Vous êtes impossible! marmonna Sam en emportant sa tasse de café jusqu'au fauteuil du bureau où il s'assit. Dites-moi, Mac, comment avez-vous fait pour réunir tous ces documents? Comment vous les êtes-vous procurés et qui les a mis en forme?

— Je ne vous en ai pas parlé?

— Si vous l'avez fait, j'étais en état de choc et je n'ai rien entendu.

— Eh bien, Sam, vous devez d'abord comprendre les motivations psychologiques de ceux, aussi bien les civils que les militaires, qui travaillent pour notre gouvernement. Il faut essayer de comprendre dans quelle situation paradoxale nous nous trouvons après de longues années de service.

— Abrégez le préambule, Mac! le coupa Devereaux d'un ton dur. Au fait!

— Nous nous faisons entuber.

— Voilà qui est clair.

— Nous gagnons la moitié – et encore! – de ce que nous pourrions toucher dans le secteur privé, mais, pour la plupart, nous sommes convaincus que ce que nous faisons a autant d'importance que le montant de nos gains. Cela porte le joli nom de contribution, Sam, une contribution parfaitement sincère que nous apportons au système en lequel nous croyons.

— Suffit, Mac! J'ai déjà entendu ce couplet! N'oubliez pas que vous avez de confortables pensions de retraite, des avantages appréciables comme la possibilité d'acheter à moitié prix dans vos magasins de l'armée et d'excellentes assurances, sans parler des difficultés qu'il y a pour vous virer si vous ne faites pas bien votre boulot.

— Voilà qui manque singulièrement de largeur de vues, Sam, et ce n'est applicable qu'à quelques individus, pas à l'écrasante majorité.

— D'accord, fit Devereaux en buvant une gorgée de café, sans quitter le Faucon des yeux. Je vous concède ce point. Je viens juste de me lever, après avoir dormi trois heures, je me sens patraque et vous faites une cible facile. Mais répondez à ma question : comment avez-vous mis la main sur ces documents d'archives?

— Vous souvenez-vous de « Brokey » Brokemichael, pas Ethelred, mais Heseltine, l'officier supérieur contre qui vous aviez porté des accusations injustifiées de trafic de drogue?

— Même si je devais vivre quatre cents ans, j'emporterais ces deux noms ridicules dans ma tombe... Si *vous* avez bonne mémoire, c'est lui qui m'a poussé sur la route de l'enfer, dans les pas du général Lucifer, en me faisant sortir deux mille dossiers top secret des archives du G-2.

— Oui, on peut en effet établir une sorte de lien... L'armée ayant refusé de lui donner sa troisième étoile – à cause de vous, jeune homme, et de la confusion de prénoms – il est monté sur ses grands chevaux et a balancé sa démission. Même les militaires ont une conscience, vous savez, et ils ont aussi le bras long. On ne peut pas se séparer comme ça d'une figure légendaire et la laisser disparaître dans la nature, comme ce cinglé plein aux as de MacArthur l'a déclaré un jour devant le Congrès. Brokey n'avait pas vendu ses compétences à un gouvernement étranger, à Manille, par exemple, et il n'avait pas non plus de bas de laine. Alors, les gars du ministère de la Défense se sont mis à la recherche d'un boulot pour le vieux Brokey, quelque chose qui lui permette de ne pas trop se fatiguer les méninges, mais le genre de poste qui rapporte, un bon fromage pour arrondir sa retraite. Il avait bien mérité ça, non?

— Laissez-moi deviner, lança Sam. Le Bureau des Affaires indiennes. Le poste de directeur!

— J'ai toujours dit que vous étiez le plus brillant lieutenant que j'aie jamais connu, mon garçon.

— J'étais commandant!

— A titre temporaire et les amis d'Heseltine vous ont fait rétrograder. Vous n'avez donc pas lu votre feuille de démobilisation?

— Seulement mon nom et la date de libération... J'ai une désagréable impression de déjà-vu, de me retrouver face à ce fourbe de Brokemichael et à vous... Il va sans dire que votre Brokey, lié par l'honneur à un frère d'armes, a jugé bon d'aérer quelque peu certaines sections empoussiérées de ses archives et de farfouiller dans un certain nombre de dossiers secrets.

— Oh! non, Sam, protesta le Faucon, rien n'a été fait au hasard! De longues recherches ont été nécessaires avant qu'il soit jugé utile de passer à l'action. Je reconnais que le fait que Brokey occupait ce poste a eu au début un effet stimulant et je ne peux pas nier que le libre accès à ces renseignements centralisés sur l'histoire indienne m'ait été utile, mais il avait fallu plusieurs mois de recherches pour découvrir des pratiques fichtrement bizarres appelant des décisions énergiques.

— Par exemple pénétrer illégalement dans les archives secrètes, sans en avoir fait la demande auprès de l'autorité judiciaire et en l'absence d'un mandat pourtant délivré à toutes les parties dont le bien-fondé de la réclamation a été établi?

— Allons, mon garçon, certaines opérations ne peuvent s'effectuer que loin des projecteurs, si vous voyez ce que je veux dire.

— Comme braquer une banque ou s'évader de prison.

— Je vous trouve bien dur, Sam. Vous me citez des activités criminelles alors que je cherche à réparer un grand crime.

— Qui a monté ça?

— De quoi parlez-vous?

— Qui l'a rédigé? La structure, l'expression, les arguments et les appréciations... Les réfutations circonstanciées du statu quo?

— Oh! ce n'était pas difficile! Cela m'a pris du temps, c'est tout.

— *Quoi?*

— Vous savez, on trouve dans les livres de droit toutes sortes de formules juridiques et ce jargon qui complique les choses simples jusqu'au point où on risque de devenir fou en essayant de suivre toutes les inepties, mais cela a un air très officiel.

— C'est *vous* qui avez fait ça?

— Bien sûr. J'ai seulement travaillé à rebours, en partant du plus simple pour arriver au plus obscur et en ajoutant quelques pointes d'indignation bien sentie.

— Seigneur!

— Attention, Sam, vous renversez votre café.

— C'est un texte digne de figurer dans un recueil de jurisprudence !

— Ça, je ne saurais vous le dire, mais merci quand même. J'ai travaillé phrase par phrase, en vérifiant dans mes bouquins de droit. Tout le monde est capable de faire la même chose, à condition de pouvoir y consacrer vingt et un mois, et s'il n'a pas le cerveau qui explose avec tout ce charabia de merde. Vous savez qu'il me fallait parfois une semaine entière pour rédiger correctement une demi-page... Et voilà, vous avez renversé le reste de votre café.

— Je me demande si, en plus, je ne vais pas vomir, fit Devereaux d'une voix chevrotante en se levant, le pantalon trempé dans toute la région pelvienne. Je ne suis que vapeur, je n'existe pas. Je suis un aspect d'une dimension inconnue où des yeux et des oreilles flottent au hasard en décrivant de larges spirales. Ils voient et entendent, mais n'ont aucune conscience de la forme ni de la matière et la réalité elle-même n'est qu'une abstraction.

— Ce doit être agréable, Sam. Et maintenant, si vous vouliez bien saupoudrer le texte de quelques « attendu que », « demandeur » et « défendeur » lui donnant un aspect parfaitement authentique, vous pourriez présenter cette requête... Vous ne vous sentez pas bien, Sam ?

— Non, je ne me sens pas bien, répondit Devereaux d'une voix douce et éthérée, mais je dois guérir et trouver mon karma afin de pouvoir affronter cette nouvelle journée et découvrir les ombres dans la lumière.

— Où, les ombres...? Dites-moi, vous n'auriez pas planqué quelques-unes de ces drôles de cigarettes dans la chambre ?

— Ne parlez pas de ce qui dépasse votre entendement, monsieur de Neandertal. Je suis un aigle blessé dans son dernier essor, qui quitte la terre et s'élève vers la voûte céleste.

— C'est bien, Sam ! Vous parlez vraiment comme un Indien !

— Et merde !

— Et voilà, le charme est rompu. Les anciens de la tribu n'approuvent pas ce genre de langage.

— Écoutez-moi bien, espèce de sauvage anglo-saxon ! hurla brusquement Sam.

Il faillit perdre toute maîtrise de soi, mais parvint à retrouver les inflexions mélodieuses accompagnant la recherche de son karma.

— Je me souviens parfaitement des paroles d'Aaron. Il a dit : « Nous en reparlerons demain », or « demain » n'indique aucun moment particulier de la journée. En conséquence, en ma qualité de défenseur de la partie plaignante dont l'opinion a été sollicitée, il me paraît préférable de décomposer « demain » en un vaste éventail d'heures, puisque le mot implique de façon plus ou moins tacite « dans le courant de la matinée », sans exclure a priori le reste de la journée, jusqu'à la tombée du soir.

— Sam, voulez-vous que j'aille vous chercher une poche de glace, un cachet d'aspirine ou bien un verre de ce vieux cognac ?

— Non, vous ne ferez rien de tout cela, monsieur le Fléau de la planète. Vous écouterez jusqu'au bout, soldat !

— Là, je suis en pays de connaissance !

— Taisez-vous ! poursuivit Devereaux en se dirigeant vers la porte de la suite et en se retournant, sans remarquer les taches de café qui s'étaient fâcheusement agrandies sur le tissu clair de son pantalon. Je décide en conséquence que l'heure de la réunion est fixée après midi et que le moment précis sera déterminé ultérieurement et d'un commun accord par une communication téléphonique.

— Où allez-vous, mon garçon ?

— Là où je pourrai trouver la solitude dans l'isolement et mettre de l'ordre dans mes idées, car j'ai un gros travail de réflexion à faire. Je regagne ma tanière où je passerai une heure et peut-être plus sous une douche brûlante avant de me recueillir dans mon fauteuil préféré. *Au revoir, mon ennemi du cœur*, je dois partir.

— Comment ?

— A plus tard, général de mes deux !

Devereaux ouvrit la porte, sortit dans le couloir et se dirigea vers l'ascenseur. Après la citation lancée en français au Faucon, ses pensées revinrent à Anouilh et à la conclusion à laquelle l'auteur dramatique était arrivé lorsqu'il avait écrit qu'en certaines circonstances il ne restait plus qu'à hurler. Sam se trouvait dans cette situation, mais il refusa de céder à la tentation. Il enfonça le bouton d'appel de l'ascenseur, tout son être tendu.

La porte s'ouvrit et Devereaux entra dans la cabine en adressant un petit signe de tête machinal à la femme qui s'y trouvait déjà. Puis son regard se posa sur elle. Des éclairs se succédèrent brusquement devant ses yeux et le tonnerre résonna dans ses oreilles tandis que le cadavre ambulant qu'il était quelques instants plus tôt reprenait vie et que le sang recommençait de circuler dans ses veines. Elle était d'une beauté à couper le souffle ! Une Aphrodite au teint de bronze, aux cheveux aile de corbeau et aux yeux vifs et clairs, d'une couleur étonnante ! Un visage et un corps sculptés par le Bernin ! Elle leva un regard chaste sur l'homme qui la dévorait des yeux, puis son attention se porta sur la large tache qui s'étalait à l'entrejambes du pantalon. Incapable de s'arracher à sa contemplation, sentant à peine ses genoux qui se dérobaient sous lui, Devereaux ouvrit la bouche.

— Voulez-vous m'épouser ? demanda-t-il.

11

— Un seul pas vers moi et vous ne voyez plus rien pendant un mois !
Avec la vivacité d'un agent de la brigade des mœurs en service commandé, la femme au teint de bronze ouvrit son sac à main et en sortit un petit cylindre métallique, qu'elle brandit à bout de bras en le dirigeant sur le visage de Devereaux, à moins d'un mètre d'elle.

— Arrêtez ! s'écria Sam, les mains levées en signe de soumission totale. Je suis désolé... Je vous en prie, pardonnez-moi ! Je ne sais pas ce qui m'a poussé à dire ça... Cela m'a échappé, c'est le résultat de la fatigue et de la tension, une absence mentale...

— Il semble que vous en ayez également eu une de nature physique, répliqua la femme d'un ton glacial en baissant fugitivement les yeux sur le pantalon de Sam.

— Comment ?... Bon Dieu ! souffla-t-il en découvrant ce à quoi elle faisait allusion. Le café !... C'est du café ! J'ai travaillé toute la nuit, vous comprenez, et puis j'ai vu ce client, un cinglé qui m'en fait voir de toutes les couleurs. Vous ne le croirez peut-être pas, mais je suis avocat... Et voilà, j'étais donc en train de boire mon café quand, d'un seul coup, j'en ai vraiment eu marre, marre de lui, marre de tout, et j'ai renversé mon café. Je n'avais plus qu'une idée en tête, sortir de cette chambre... Tenez, j'étais si pressé que j'ai oublié ma veste !

Devereaux s'interrompit en se souvenant qu'il n'avait plus sa veste depuis qu'il l'avait confiée à un vieux Grec barbu.

— En fait... tout cela est ridicule.

— Je dois avouer que cette idée m'a traversé l'esprit, dit la femme.

Elle considéra longuement Sam, puis, satisfaite de son examen, remit la bombe de gaz paralysant dans son sac.

— Si vous êtes réellement avocat, reprit-elle, je vous suggère de vous faire assister avant que la cour ne l'exige.

— On me tient en général pour un excellent juriste, riposta Devereaux en se redressant de toute sa taille dans une attitude dont la dignité était quelque peu ternie par deux mains fébriles essayant de dissimuler la tache sur son pantalon. Je vous assure que c'est vrai.

— Où ? Aux Samoa ?

— Je vous demande pardon ?

— Vous me rappelez quelqu'un, c'est tout.

— Eh bien, commença Sam, légèrement soulagé et sincèrement embarrassé, je suis sûr que cette personne n'a jamais eu l'air aussi idiot que moi en ce moment.

— Je ne parierais pas trop gros là-dessus, répliqua la femme au moment où l'ascenseur s'arrêtait avec une légère secousse. En fait, je ne parierais pas un fifrelin, ajouta-t-elle doucement tandis que la porte de la cabine s'ouvrait.

— Je suis sincèrement désolé, dit Devereaux en la suivant dans le hall de l'hôtel.

— N'en parlons plus... Pour ne rien vous cacher, cela m'a quand même fait un choc. On ne me l'avait jamais faite, celle-là.

— C'est que les hommes de Boston ont tous perdu la vue, poursuivit Sam avec candeur, sans intention grivoise.

— Décidément, vous me rappelez cette personne.

— J'espère que la ressemblance n'est pas trop désagréable.

— Pour l'instant, couci-couça... Si vous avez une réunion ce matin, je vous conseille de changer de pantalon.

— Oh ! non ! Le ténor du barreau va prendre un taxi et rentrer chez lui pour se détendre avant la prochaine représentation.

— Moi aussi, je prends un taxi.

— Dans ce cas, permettez-moi de me charger du pourboire du portier, en espérant que cela contribuera à me faire pardonner.

— Voilà qui est digne d'un avocat. Finalement, vous êtes peut-être assez bon.

— Pas mauvais. J'aimerais pouvoir vous aider de mes lumières.

— Je regrette, monsieur le ténor, mais j'ai déjà tout ce qu'il me faut.

Une fois sur le trottoir, après avoir remis sa gratification au portier, Sam tint la portière du taxi pendant que la femme montait dans le véhicule.

— Compte tenu de mon comportement parfaitement stupide, dit-il, je suppose que vous ne tenez pas à me revoir.

— Votre comportement n'est pas en cause, cher maître, répondit la sirène de ses rêves matinaux en ouvrant derechef son sac à main pour en sortir cette fois, au grand soulagement de Sam, une feuille de papier. Mais il se trouve que je ne suis à Boston que pour un ou deux jours et mon emploi du temps est déjà très chargé.

— J'en suis désolé, fit Devereaux, l'air perplexe.

La dame de son matin radieux se tourna alors vers le chauffeur pour lui donner l'adresse à laquelle elle devait se rendre.

— Dieu tout-puissant ! murmura Sam d'un ton incrédule en claquant machinalement la portière du taxi.
Une réunion... monsieur le ténor... cher maître... emploi du temps chargé ! L'adresse qu'elle venait de donner au chauffeur était celle de la résidence Devereaux !

Assis dans son fauteuil du Bureau ovale, serrant nerveusement le combiné, le président des États-Unis était visiblement très contrarié.
— Allons, Reebock, faites un petit effort, vieille fripouille ! La Cour doit quand même assumer certaines responsabilités, dans l'hypothèse, peu probable, je vous l'accorde, où nous serions menacés par les îles agressives de la mer des Caraïbes, sans parler des superpuissances d'Amérique centrale !
— Monsieur le président, répondit le président de la Cour suprême des États-Unis d'une voix profonde dont l'ampleur était quelque peu amoindrie par un nasillement persistant. Notre système, caractérisé par l'autorité de la loi dans une société libre, exige une procédure expéditive de réparation légale, une compensation rapide et appropriée du préjudice subi. En conséquence, les audiences sur l'affaire des Wopotamis doivent être publiques. Si je puis m'exprimer ainsi : « Une entrave à la justice est un déni de justice. »
— J'ai déjà entendu ça, Reebock. Ce n'est pas de vous.
— Vraiment ? J'en fus certainement la source d'inspiration. Il paraît que je suis assez renommé pour ce genre de choses.
— Eh bien, à ce propos, *monsieur* le président...
— A propos de source d'inspiration ? le coupa avidement le magistrat.
— Non, à propos des choses pour lesquelles vous êtes renommé. Je viens de recevoir un coup de téléphone de Vincent Mangee... Mangaa... Vous savez, le patron de la CIA.
— Du temps où je n'étais encore qu'un jeune procureur, monsieur le président, il était connu sous le nom de Vinnie Boum-Boum.
— Sans blague ?
— On ne plaisante pas avec ce genre de sobriquet, monsieur.
— Oui, je suppose... Bon sang, cela va porter un rude coup à son diplôme d'Oxford !
— Un diplôme d'où ?
— Peu importe, Reebock. Mais quelle étrange coïncidence de mentionner vos débuts de procureur.
— J'étais très jeune, monsieur le président, allégua le président de la Cour suprême avec une pointe d'appréhension.
— Vincent en a pleinement conscience. Il m'a même dit qu'aujourd'hui, après toutes ces années, cela n'avait probablement plus d'importance... Mais nous devons quand même protéger nos arrières, car cette affaire des Wopotamis va déclencher un grand débat national. Je veux dire que ça va barder !

— C'est votre problème, je le crains, monsieur le président. Ou, si vous préférez, cela relève de la responsabilité conjointe des pouvoirs exécutif et législatif.

Le président de la Cour suprême s'interrompit, puis étouffa un petit rire.

— Vous l'avez dans le baba, tra-la-la-la-la! reprit-il à mi-voix.

— Reebock! J'ai entendu!

— Mille pardons, monsieur! Un insecte qui me chatouillait les narines... J'essaie simplement de vous faire comprendre que la Cour n'est pas un nid d'activistes. Nous ne faisons pas les lois, nous les faisons respecter dans la grande tradition d'une interprétation stricte de la Constitution. Comme vous ne l'ignorez certainement pas, plusieurs de nos magistrats ont le sentiment que le dossier des Wopotamis repose sur de solides bases constitutionnelles, même s'ils ne se sont pas encore prononcés... et ils n'ont pas intérêt à le faire. En tout état de cause, si le huis clos était ordonné, on nous accuserait d'interpréter ce remarquable document à notre manière, comme le font ces fumiers de libéraux, sans rendre compte de ses intentions véritables.

— Bon sang, je le sais bien, fit lentement le président d'une voix plaintive, et c'est ce qui exaspère Vincent. L'opinion de chacun des membres de la Cour sera passée au crible par les légistes, les directeurs de la rédaction, les journalistes de la rubrique juridique et... et tout le monde, quoi! Vous pourriez avoir des ennuis, Reebock.

— Moi?... Mais je ne soutiens pas leur foutue requête! Nous en débattrons honnêtement, mes collègues et moi-même, jusqu'à ce que nous ayons enfoncé les crétins moralisateurs qui ne cessent de nous jeter à la tête cette connerie de « conscience collective ». Nous les obligerons à baisser pavillon avant de renoncer et ils le savent bien! Vous croyez peut-être que je suis disposé à lâcher quoi que ce soit à ces aborigènes brandissant leurs flèches? Ils ne valent pas mieux que les nègres!

— C'est bien ce que Vincent m'a dit...

— Qu'est-ce qu'il vous a dit?

— Eh bien, il semble qu'à l'époque où vous étiez un jeune procureur adjoint, on ait relevé de troublantes similitudes entre vos dossiers d'accusation et les affaires que vous avez plaidées...

— Avec un pourcentage de condamnations qui faisait l'envie de mes confrères!

— Presque exclusivement des Noirs et des Hispano-Américains, acheva le président.

— Naturellement, et je les avais, ces fumiers! Ils étaient responsables de tous les crimes, il ne faut pas l'oublier!

— Tous les crimes?

— Je parle de ceux que je voulais faire condamner dans l'intérêt de la patrie. Avec leur casier judiciaire, ils étaient privés du droit de vote!

— C'est bien ce que Vincent avait compris.

— Où voulez-vous en venir, monsieur le président?
— Pour ne rien vous cacher, Vincent s'efforce de vous protéger, de protéger votre place dans l'histoire.
— Comment?
— Malgré la stricte interprétation de la Constitution que vous professez, vous êtes contre les Wopotamis et il paraît même que vous refusez de prendre connaissance de leur requête. Est-ce parce qu'« ils ne valent pas mieux que les nègres »? Voulez-vous réellement entrer dans la postérité comme un magistrat raciste qui irait jusqu'à refuser des éléments de preuve valables à cause de la couleur de la peau des demandeurs dans une affaire d'importance nationale?
— Qui pourrait penser une chose pareille? demanda d'une voix troublée le champion de la loi constitutionnelle. Mes questions seront empreintes d'une compassion qui cédera finalement devant les réalités pratiques. Je suis fermement convaincu que la Cour me suivra avec une majorité d'au moins trois voix. Le pays comprendra et les audiences doivent être publiques.
— Est-ce que toutes ces balivernes résisteront à la publication du relevé des condamnations excessives obtenues par le jeune assistant du procureur que vous étiez contre des membres des minorités de couleur?... Surtout si ce dossier révélait que vous choisissiez fréquemment les avocats commis d'office à la défense des accusés parmi ceux qui avaient une expérience limitée de la plaidoirie?
— Mon Dieu!... On pourrait faire ressurgir tout ça?
— Pas si vous laissez à Vincent le temps d'effacer ce qui doit l'être. Dans l'intérêt de la sécurité nationale, cela va sans dire.
— Il peut le faire?
— Il m'a dit qu'il s'arrangerait.
— Il faut du temps... Je ne sais pas comment réagiront mes confrères, si je renvoie les audiences publiques. Il ne faut pas que je donne l'impression de traîner les pieds, cela pourrait paraître... disons louche!
— Vincent en est également conscient. Il sait que plusieurs magistrats siégeant à la Cour ne peuvent pas vous « encadrer », Reebock, si je puis me permettre de le citer.
— Seigneur! Me voilà compromis pour avoir fait ce que j'estime être juste!
— Mais pour de mauvaises raisons, monsieur le président de la Cour suprême. Que dois-je dire à Vincent?
— Combien de temps pense-t-il qu'il lui faudra pour – comment dire? – pour faire disparaître les documents susceptibles de conduire à des conclusions erronées?
— Pour un travail vraiment minutieux, il m'a dit un an...
— La Cour se révoltera!
— Il s'accommodera d'une semaine.

— Accordé.
— Il s'arrangera.

Mangecavallo s'enfonça dans son fauteuil et ralluma son Monte Cristo. Sa physionomie exprimait la satisfaction. Il avait été le seul à voir la lumière, quand tous les autres, y compris Hymie l'Ouragan, étaient restés dans les ténèbres de la confusion. Puisque les tordus de la Cour suprême qui risquaient de prendre parti pour les sauvages Wopotamis étaient d'irréprochables enfants de chœur, il fallait découvrir un autre moyen pour gagner du temps afin de mettre la main sur le pseudo-chef indien et le transformer en passoire ou bien le convaincre avec des arguments frappants de tout laisser tomber en reconnaissant publiquement que toute l'affaire n'était qu'une vaste fumisterie. N'ayant aucune prise sur les cinq ou six *frutti* dont il se méfiait, l'idée lui était venue de chercher dans l'autre direction, du côté du président de la Cour. Ce *facisto* ne pouvait voter pour les Wopotamis; jamais il n'aurait le cœur de le faire. A propos de cœur, quelles noirceurs se cachaient dans celui de cet esprit sectaire? Cela valait peut-être la peine de faire quelques recherches.

Et voilà, ils disposaient d'une semaine de répit, mais ne pouvaient guère espérer mieux, compte tenu de l'indice de popularité du président de la Cour, qui avoisinait le zéro absolu. Une semaine qui devrait suffire, puisque Petit Joey avait localisé la grande lasagne de général emplumé. Il se trouvait à Boston, une ville où, de notoriété publique, la fréquence des accidents était alarmante. Peut-être pas autant qu'à New York, Los Angeles ou Miami, mais elle n'était pas négligeable. Mangecavallo envoya au plafond trois ronds de fumée parfaitement réussis et regarda sa montre sertie de diamants : il restait deux minutes au Suaire pour appeler dans les délais. Le bourdonnement du téléphone se fit entendre dans le tiroir inférieur droit du bureau. Le directeur de la CIA se baissa en tendant le bras, ouvrit le tiroir et décrocha.

— Oui?
— C'est Petit Joey, Vin.
— Tu es vraiment obligé d'attendre le dernier moment pour appeler? Je te l'ai dit, j'ai une réunion très importante à 10 heures et tu me rends nerveux. Imagine que ce foutu téléphone sonne pendant que les beaux messieurs en complet-veston sont dans mon bureau.
— Eh bien, tu leur dis que c'est une erreur.
— Mais ils ne voient pas le téléphone, tête de *cretino*!
— Tu emploies des aveugles maintenant?
— *Basta!* Qu'est-ce que tu as à m'apprendre? Vite!
— Hé! Hé! Des tas de choses, Boum-Boum...
— Qu'est-ce que je t'ai dit?
— Pardon, Vincenzo... Bon, je fais vite. J'ai donc pris une chambre dans cet hôtel rupin dont je t'ai parlé.

— Abrège, Joey! Je sais que tu as une chambre au même étage que le youpin. Ensuite?

— Il se passe tellement de choses, Vin! Le grand sachem galonné est là, avec le youpin. Ils sont sortis hier soir, pendant deux heures. Les soldats du grand chef sont revenus et repartis, mais après avoir parlé avec une autre personne qui était dans la chambre, avant le retour du général et du petit juif. Puis le youpin est parti à son tour, laissant le grand sachem avec la personne qui était dans la chambre, mais il y avait eu des éclats de voix, très violents, *stridore*, tu vois... Après le départ du vieux juif, tout est devenu silencieux.

— Serais-tu en train de me dire, Petit Joey, que le foyer de cette terrible *cospirazione* n'est qu'à quelques mètres de ta chambre?

— Tout juste, Boum-Boum!... Excuse-moi, Vin, ça vient tout seul. Les souvenirs du bon vieux temps, tu comprends?

— *Basta di nuovo!* Je pense avoir tout ce qu'il me faut, mais as-tu autre chose à m'apprendre? Tu pourrais découvrir qui était dans leur chambre... Peut-être une nana, non?

— Non, non, Vinnie, pas une nana. Je l'ai vu, c'était le genre débile mental, un vrai *vegetale*.

— Qu'est-ce que c'est que cette histoire?

— Tu sais, je laisse toujours la porte entrouverte, deux ou trois centimètres, peut-être quatre, rarement plus de cinq...

— Joey!

— Bon, bon... J'ai donc vu ce demeuré sortir dans le couloir et marcher jusqu'aux ascenseurs.

— C'est ce qui fait de lui un débile mental...?

— Non, Vin, c'est à cause de son pantalon.

— Hein?

— Il avait pissé dedans! Il y avait des grosses taches qui descendaient jusqu'aux genoux... sur les deux jambes. Tu vois, ce type se baladait tranquillement dans le couloir avec son pantalon trempé! Si t'appelles pas ça un débile mental, je sais pas ce qu'il te faut!

— Il était secoué, c'est tout, décida l'astucieux directeur de la Central Intelligence Agency. Les gars d'ici appellent ça « l'usure opérationnelle » ou « la décompression des clandestins », selon la mission.

Mangecavallo entendit une sonnerie d'appel venant de sa console: c'était la ligne de sa secrétaire.

— Je n'ai plus que quelques secondes, Joey. Essaie donc de savoir qui était ce tordu au pantalon taché.

— Je le sais déjà, Vinnie! Je suis descendu à la réception et je me suis fait passer pour l'ami d'un prêtre qui le cherchait, rapport à une tragédie familiale. J'ai donné une description du bonhomme, mais sans insister sur le pantalon, tu vois. Je me suis demandé si j'aurais pas dû mettre au moins un col d'ecclésiastique, mais je me suis dit que ce serait trop long...

— Joey ! rugit Mangecavallo. C'est déjà trop long ! Comment s'appelle-t-il ?

— Il s'appelle Devereaux... Je vais te l'épeler, si tu veux. C'est un avocat qui travaille dans le cabinet du vieux youpin.

— C'est un mauvais Américain, un traître à sa patrie ! décréta le directeur de la CIA en écrivant le nom que le Suaire lui épelait.

La sonnerie du téléphone du bureau retentit derechef : ses visiteurs s'impatientaient.

— Continue à ouvrir l'œil, Petit Joey. Je te rappellerai.

Mangecavallo raccrocha et replaça le téléphone privé dans son tiroir. Puis il enfonça à deux reprises le bouton de l'interphone : le signal informant sa secrétaire qu'il pouvait recevoir ses subordonnés. Il prit un stylo et écrivit en capitales un autre nom sous celui de Devereaux : BROOKLYN. La plaisanterie avait assez duré; le moment était venu de s'adresser à de vrais professionnels.

Le colonel Bradley « Hoot » Gibson, pilote de l'EC-135, l'avion de reconnaissance stratégique du SAC, surnommé le « Miroir », enfonça rageusement le bouton de sa radio.

— Alors, bande d'abrutis, êtes-vous tous partis déjeuner sur le dernier quasar après Jupiter ? Nous sommes en l'air depuis cinquante-deux heures, nous avons eu trois ravitaillements en vol et nous nous sommes excusés en six langues dont deux n'étaient même pas dans ces putains d'ordinateurs ! Est-ce qu'on va enfin me dire ce qui se passe ?

— Nous vous recevons cinq sur cinq, colonel, répondit la tour de contrôle de la base d'Offutt, sur la bande UTF, également appelée Ultra Tropopausic Frequency, qui avait certes une fâcheuse tendance à capter les dessins animés de la télévision mongole, mais dont la portée couvrait tout le Pacifique. Nous avons fait notre possible pour transmettre vos doléances et vous pouvez être sûrs que vous ne serez pas abattus par un missile. Qu'est-ce que vous dites de ça ?

— Si vous ne me passez pas tout de suite le grand chef, je sors de vos écrans et je me tire à Pago Pago. Puis j'enverrai chercher ma femme et mes enfants. J'en ai assez... Nous en avons tous assez !

— Calmez-vous, mon colonel. Il y a cinq autres appareils qui sont à peu près dans la même situation que vous. Pensez à eux.

— Je vais vous dire ce que je pense ! Je pense que nous allons nous rejoindre, mettre le cap sur le désert d'Australie, vendre au plus offrant vos foutus bidules électroniques et empocher assez de fric pour nous installer dans une nouvelle patrie !... Et maintenant, passez-moi le général !

— Je suis là, colonel Gibson, articula une nouvelle voix. Il se trouve que je suis en liaison directe avec tous les appareils en vol.

— On écoute aux portes, mon général ? N'est-ce pas interdit par le règlement ?

— Pas dans cette unité, colonel... Allons, Hoot, que croyez-vous que j'éprouve ?

— Je crois que vous éprouvez le bien-être de celui qui est confortablement assis dans un fauteuil rembourré, à l'intérieur d'un bâtiment en dur, sur le plancher des vaches. Voilà ce que je crois, Owen.

— Je présume que vous croyez également que ces ordres émanent de moi, n'est-ce pas ? Eh bien, je vais vous révéler un petit secret intéressant la sécurité nationale : ces ordres, on me les a donnés à moi aussi. Code Rouge *Plus*.

— Je répète ma question : que se passe-t-il ?

— Si je vous le disais, vous ne me croiriez pas, mais je ne peux pas vous le dire, parce que je n'ai pas compris un traître mot de ce que m'ont raconté les trench-coats... Enfin, j'ai compris les mots séparément, mais pas ce qu'ils signifiaient quand on les mettait bout à bout.

— Quels trench-coats ?

— Là encore, vous n'allez pas me croire. Il fait une chaleur de tous les diables ici, mais ces gars-là ont gardé leur imper et leur chapeau. En plus, ils n'ouvrent même pas la porte aux femmes.

— Owen... Général Richards, dit Gibson d'une voix douce mais ferme, à quand remontent vos derniers examens à l'hôpital de la base ?

Assis à son bureau, le commandant du SAC soupira avant de répondre au pilote qui se trouvait à mille trois cents kilomètres à l'ouest et à quarante mille pieds d'altitude.

— Chaque fois que j'entends la sonnerie de ce foutu téléphone rouge, j'ai envie de me planquer sous les couvertures.

Comme par hasard, à cet instant précis, le téléphone rouge se mit à bourdonner tandis que la lumière rouge clignotait.

— Bordel de merde, ça recommence !... Attendez, Hoot, et ne faites pas de bêtise.

— Je n'ai pas abandonné l'idée du désert d'Australie, Owen.

— Oh ! Foutez-moi la paix ! ordonna le commandant du SAC en décrochant le combiné du téléphone rouge.

— QG de l'escadron de reconnaissance, général Richards à l'appareil, annonça-t-il avec une autorité qu'il était loin d'éprouver.

— Faites-les descendre, Scotty ! couina le ministre de la Défense d'une voix au débit précipité. Faites-les tous descendre !

— Je vous demande pardon, monsieur le ministre ?

— Faites-les revenir, soldat ! Nous avons obtenu un moment de répit... Tout le monde reste au sol jusqu'à ce que je vous rappelle, mais tenez-vous prêt à faire décoller toute la flottille !

— La flottille, monsieur ?

— Vous m'avez bien entendu, général Machin-Chouette.

— Non, monsieur le ministre, répliqua Richards en sentant un grand calme se répandre dans tout son être. A vous de m'écouter, monsieur : vous venez de me donner votre dernier ordre.

— Qu'est-ce que vous venez de dire, monsieur ?

— Vous m'avez fort bien entendu et j'ai le grade de général, par opposition au titre civil de « monsieur », même si les deux termes ne signifient sans doute rien pour vous.

— Serait-ce de l'insubordination?

— Cela ne saurait être plus clair, monsieur... Je ne comprendrai jamais pourquoi nous supportons tous les tocards de Washington qu'on nous impose. A ce qu'il paraît, c'est décidé quelque part par quelqu'un qui n'a jamais rencontré des gens de votre acabit, mais je n'ai pas l'intention de faire les présentations, car toutes les règles en seraient changées – ouvrir les portes pour les dames, par exemple – et je ne suis pas sûr que ce soit une très bonne idée.

— Vous n'êtes pas un peu malade, soldat?

— Oui, je suis malade, espèce de face de rat pleurnicheur, avec votre petit paillasson ridicule sur le crâne! Malade de voir tous ces politiciens stupides qui s'imaginent connaître mon boulot mieux que moi, après trente années passées sous l'uniforme! Et vous pouvez parier votre chemise que je vais les faire descendre, Scotty! Même si vous ne m'aviez pas appelé, je l'aurais fait de toute façon!

— Vous êtes viré, soldat!

— Fourrez-vous donc la tête dans la cuvette des chiottes et attention à votre moumoute, *civil*! Pas de chance, vous ne pouvez pas me virer! Vous pouvez me relever de mes fonctions, ce que je souhaite du fond du cœur, mais pas question de me virer! C'est dans mon contrat. J'espère que vous aurez la journée pourrie que vous méritez!

Le général raccrocha rageusement et reprit la communication radio.

— Vous êtes encore là, Hoot?

— Je suis encore là et j'ai tout entendu, deuxième classe Richards. Prêt pour la corvée de latrines?

— Je me demande si ce petit salopard, lui, est prêt pour ma conférence de presse.

— Excellente idée... Je crois que nous allons revenir.

— Tout le monde va revenir. Nous reprenons dorénavant le cours normal des opérations.

— Voulez-vous appeler ma femme?

— Non, c'est votre fille que je vais appeler. Au moins, elle a la tête sur les épaules. Votre femme croit que vous avez été abattu au-dessus de la Mongolie et elle conserve pieusement un plat de hachis parmentier.

— Vous avez raison, parlez à la petite. Et dites-lui de rallonger ses jupes.

— Terminé, colonel.

Le général Owen Richards raccrocha le récepteur UTF et repoussa son fauteuil. Il était content de lui et tant pis pour sa carrière; ce qu'il venait de faire, il aurait dû le faire beaucoup plus tôt. La retraite ne serait peut-être pas si terrible que ça, même s'il devait s'avouer que ce serait un crève-cœur de ranger son uniforme au fond de son coffre en cèdre. Il pourrait aller vivre où bon lui semblerait avec sa femme... Un de ses pilotes lui avait dit que les Samoa américaines étaient un véritable paradis. Mais ce ne serait quand même pas de la tarte de renoncer à la seule chose qu'il aimait en dehors de sa femme et ses enfants. L'armée de l'air avait été toute sa vie... Et merde!

Comme il était prévisible, le téléphone rouge sonna. Richards décrocha violemment, l'insulte aux lèvres.

— Qu'est-ce que vous voulez encore, crâne d'œuf!

— Bon sang de bonsoir! En voilà une drôle de manière, général, de répondre à un coup de fil amical.

La voix était familière, mais Richards ne parvenait pas à la reconnaître.

— Comment? Qui est à l'appareil?

— Je crois, général, qu'on m'appelle votre commandant en chef.

— Monsieur le président?

— C'est gagné, chevalier du ciel!

— Pardon?

— L'uniforme a changé, le matériel aussi, avec toute cette nouvelle technologie, mais je volais déjà quand vous étiez encore dans les langes.

— Seigneur! c'est bien lui!

— Il serait plus correct de dire : « C'est bien vous », Owen.

— Je suis confus, monsieur.

— Vous n'avez pas à l'être, général. C'est plutôt à moi de m'excuser. Je viens d'avoir un coup de fil de notre ministre de la Défense...

— Je comprends, monsieur... Je viens d'être relevé de mes fonctions.

— Non, Owen, c'est *lui* qui vient d'être relevé de ses fonctions. Enfin, ce n'est pas tout à fait exact, mais il ne prendra plus aucune décision vous concernant sans m'en avoir préalablement référé. Il m'a répété ce que vous lui avez dit et je dois avouer que je n'aurais pas trouvé mieux. Si vous avez d'autres problèmes, appelez-moi directement, d'accord?

— D'accord, monsieur le président... Vous êtes un type bien, monsieur.

— Disons simplement que j'ai pris plaisir à lui botter les fesses... Surtout ne me citez pas, hein?

Sam Devereaux glissa un billet de dix dollars au portier qui se mit à donner frénétiquement des coups de sifflet aux quatre points cardinaux, dans l'espoir de lui trouver un taxi. Sans résultat pendant trois minutes, même si deux voitures ralentirent avant de reprendre rapidement de la vitesse quand le regard des chauffeurs se fixa sur le pantalon de Sam qui trépignait d'impatience au milieu de la chaussée. Il rejoignit le portier au moment où un autre taxi s'arrêtait devant l'entrée des Quatre Saisons. Le couple qu'il transportait, éberlué, regarda Sam sortir les bagages du coffre sans répondre à leurs protestations et s'engouffrer à l'arrière de la voiture d'où il lança au chauffeur l'adresse de son propre domicile, à Weston.

— Mais pourquoi vous arrêtez-vous? hurla Devereaux au chauffeur après quelques centaines de mètres.

— Parce que, si je ne m'arrête pas, je vais rentrer dans le cul du chauffard qui est juste devant!

Ils étaient pris dans un embouteillage matinal aggravé par le nombre insensé de voies à sens unique qui obligeaient les conducteurs peu familiers des lieux à parcourir quinze kilomètres pour se rendre à une adresse distante de cinquante mètres.

— Je connais un raccourci pour rejoindre la route de Weston, poursuivit Sam, penché vers le chauffeur, en entourant du bras le dossier du siège avant.

— Tous les habitants du Massachusetts le connaissent, mon petit monsieur. Et maintenant, écartez-vous de moi, sauf si vous avez une arme à la main.

— Pas d'arme, pas de menace. Je suis un type très pacifique, mais il y a urgence.

— A voir votre pantalon, je m'étais dit que vous aviez fait le nécessaire pour cette « urgence ». Mais, si jamais vous devez avoir une autre « urgence », je vous prie de descendre de mon taxi!

— Mais non, c'est du café! J'ai renversé une tasse de café!

— Je n'ai pas l'intention de discuter... Je vous prie seulement de vous asseoir correctement sur le siège arrière. C'est dans notre police d'assurance.

— Bien sûr, fit Sam en reculant légèrement mais en gardant les fesses sur le bord du siège. Je voudrais simplement vous faire comprendre que c'est une urgence, une vraie. Une dame dont j'ignore le nom est en route vers mon domicile et il faut que j'y arrive avant elle. Elle a pris un autre taxi devant l'hôtel et n'a que quelques minutes d'avance.

— Bien sûr, soupira le chauffeur, philosophe. Elle a trouvé votre adresse dans votre portefeuille, pendant la nuit, et elle s'est dit qu'elle pourrait avoir un petit supplément en faisant une surprise à votre légitime. Les hommes ne retiendront donc jamais la leçon?... Bon, il va falloir sortir de cette pagaille. Je vais prendre Church Street et remonter jusqu'à la route de Weston.

— C'est le raccourci dont je vous parlais.

— Avec un peu de chance, la moitié des touristes ne le connaissent pas.

— Faites comme vous voulez, mais conduisez-moi chez moi aussi vite que possible.

— Écoutez, monsieur, le règlement dit qu'en l'absence d'intentions menaçantes, de violences verbales et de malpropreté apparente, je suis tenu de vous conduire à l'adresse que vous m'indiquez. Sur ces trois points, vous êtes à la limite... et même au-delà, sur un des trois, alors ne tirez pas trop sur la corde, hein? Moi aussi, je n'ai qu'une hâte, c'est de vous déposer devant chez vous et de vous voir disparaître.

— Bien sûr que c'est le règlement, approuva Sam, déconcerté par cette envolée. Vous croyez que je l'ignore? Je suis avocat.

— C'est ça, et, moi, je suis danseur de ballet.

Enfin, le taxi tourna dans la rue menant à la résidence des Devereaux. Après un coup d'œil sur le compteur, Sam posa le prix de la course sur le siège avant en y ajoutant un généreux pourboire. Il ouvrit la portière, descendit et s'assura qu'il n'y avait pas d'autre taxi en vue.

Il avait réussi! Il allait faire à cette femme la surprise de sa vie! Il ne suffisait pas de maîtriser les rudiments du vocabulaire juridique et d'être d'une beauté à couper le souffle, avec un visage et un corps dignes d'un Botticelli, pour avoir le droit de donner son adresse à un chauffeur de taxi en laissant planer de vagues menaces alors qu'ils n'avaient même pas été présentés! Non, Samuel Lansing Devereaux, membre respecté du barreau, était d'une tout autre trempe!... Peut-être ferait-il mieux, quand même, de changer de pantalon. Il s'engageait sur l'allée conduisant à son entrée privée quand la porte du perron s'ouvrit pour laisser passer la cousine Cora qui commença à lui faire des signes encore plus frénétiques qu'à l'accoutumée.

— Qu'y a-t-il? demanda Sam en franchissant d'un bond la clôture blanche pour s'élancer vers les marches avec le pressentiment d'un malheur imminent.

— Qu'y a-t-il? répéta Cora d'un air offensé. Ce serait plutôt à toi de me dire ce que tu as encore fait, non? Je ne parle pas de ce qui saute aux yeux, ajouta-t-elle, le regard fixé sur le pantalon.

— Oh! non! gémit Sam, incapable de trouver autre chose.

— C'est déjà un début...

— Que s'est-il passé? interrogea Devereaux.

— Il y a quelques minutes, une de ces nanas bien bronzées et aux jambes interminables qui semblent sortir tout droit d'un spot publicitaire californien a sonné à la porte et demandé à voir une personne que je ne nommerai pas. Je t'avoue franchement, Sammy, que j'ai cru que ta mère allait avoir une attaque, mais cette nana dont le seul visage donne des envies de meurtre a réussi à la calmer et elles se sont enfermées dans le salon pour discuter.

— Qu'est-ce que c'est que cette histoire?

— Tout ce que je peux te dire, c'est que la douairière est allée chercher sa théière dans la cuisine, mais qu'elle ne m'a pas demandé de leur préparer un thé.

— La salope! rugit Devereaux.

Il s'élança dans le hall de marbre et poussa à la volée les deux battants de la porte du salon.

— Vous! s'écria Jennifer Redwing en bondissant du fauteuil de brocart.

— Vous! gronda Sam. Comment avez-vous fait pour arriver si vite?

— J'ai passé quelques années à Boston. Je connais les raccourcis.

— *Les* raccourcis...?

— Sam! hurla Eleanor Devereaux en se levant à son tour du canapé et en considérant son fils d'un air horrifié. As-tu vu ton pantalon, pauvre enfant incontinent?

— C'est du café, maman!

— Du café, répéta l'Aphrodite au teint de bronze. C'est ce qu'il prétend.

12

— Vous connaissez maintenant dans ses grandes lignes le fonctionnement de l'association de chantage international Mac-et-Sam dont la réussite dépend de la capacité du général à creuser aussi profond que possible pour remonter à la surface de la boue extrêmement compromettante, expliqua Devereaux.

Ils avaient gagné le cœur de sa tanière, le bureau aux murs dépouillés des photographies et des coupures de journaux qui les avaient tapissés. Sa mère ne les avait pas accompagnés, ayant éprouvé le besoin impérieux de s'aliter, avec ses « vapeurs ». Sam était assis à son bureau, face à Jennifer Redwing qui occupait le fauteuil sur les bras duquel traînaient encore des lambeaux du drap ayant servi à attacher l'avocat.

— C'est absolument incroyable, mais vous devez en être conscient, dit la jeune femme encore abasourdie en ouvrant lentement son sac à main. Seigneur ! Quarante millions de dollars !

— Pas de bombe paralysante ! s'écria Devereaux en repoussant son fauteuil pivotant contre le mur du fond.

— Ne craignez rien, fit Jennifer en sortant un paquet de cigarettes. C'est un vice auquel je renonce tous les quinze jours, jusqu'à ce qu'il se passe quelque chose comme ce qui se passe maintenant... Au moins, cela me permet de réduire ma consommation.

— Ce n'est qu'une béquille, vous savez. Vous devriez avoir une discipline plus rigoureuse.

— Tout bien considéré, cher confrère, je ne pense pas que vous soyez en position de me faire la leçon... Avez-vous un cendrier ou bien dois-je mettre le feu à votre beau tapis ?

— Puisque vous restez inflexible, soupira Sam en ouvrant un tiroir du bureau d'où il sortit deux cendriers et un paquet de cigarettes, je crois que je vais céder... Tiens, nous fumons tous deux des extra-légères.

— Revenons à nos moutons, maître Devereaux, voulez-vous ?

Les deux avocats allumèrent leur cigarette et Jennifer Redwing poursuivit :

— Cette requête adressée à la Cour suprême est une absurdité totale, mais, de cela aussi, vous devez également être conscient.

— C'est une redondance, chère consœur. « Aussi » et « également » sont redondants.

— Pas s'ils sont employés comme une forme d'insistance devant un jury par un conseil compétent, cher maître.

— Je vous le concède. Lequel de nous deux est le jury, lequel l'avocat ?

— Nous sommes tous deux les deux, répondit Jennifer. En qualité de défenseur des Wopotamis, j'estime que les intérêts de la tribu sont mal servis par cette procédure futile qui est allée beaucoup trop loin.

— En cette même qualité et ayant déjà fait l'expérience désastreuse d'une association avec le général Hawkins, répliqua Sam, je trouve que cette procédure n'est pas si futile qu'elle le paraît. Si l'on considère les choses avec réalisme, elle n'a aucune chance d'aboutir, mais les arguments de la tribu sont fichtrement solides.

— Comment ?

Jennifer Redwing planta son regard dans celui de Sam, la cigarette devant son visage, la fumée en volutes immobiles, comme sur un instantané.

— Vous plaisantez ? reprit-elle.

— Malheureusement non. La vie serait beaucoup plus facile.

— Pouvez-vous développer votre pensée ?

— Les documents exhumés des archives secrètes semblent avoir un indéniable caractère d'authenticité. Des traités territoriaux conclus de bonne foi ont été remplacés par d'autres ordonnant le déplacement et la réinstallation de la tribu sans tenir compte des accords antérieurs, des droits existants de propriété foncière.

— Déplacement et réinstallation ? On les a obligés à partir ?

— Précisément. Et le gouvernement n'était pas habilité à abroger la doctrine de la possession des terres et à chasser les Wopotamis de leur territoire. A plus forte raison sans recourir à un tribunal fédéral, avec une représentation légale de la tribu.

— Ils ont fait ça ? Pas de tribunal, pas d'audience ? Comment est-ce possible ?

— Le gouvernement a menti, plus particulièrement pour ce qui concerne le traité de 1878, conclu avec les Wopotamis et ratifié par le XIVe Congrès.

— Mais comment ?

— Le ministère de l'Intérieur, avec, à l'évidence, un petit coup de pouce du Bureau des Affaires indiennes, a prétendu que ce traité n'avait jamais existé, que c'était une invention forgée de toutes pièces par des hommes-médecine sous l'empire de l'alccol, buvant l'eau de feu à la bouteille en se trémoussant autour du feu tribal. La requête va jusqu'à s'interroger sur l'origine de l'incendie qui a ravagé la First Bank d'Omaha, en 1912.

— Ce nom me dit quelque chose, fit Jennifer Redwing, le front plissé, en écrasant son mégot.

— Pas étonnant. C'est là que les Wopotamis conservaient toutes les archives de la tribu. On n'a jamais rien retrouvé, naturellement.

— Quelle est votre idée?

— Que le feu a été mis à l'établissement par des agents fédéraux, sur l'ordre de Washington.

— C'est un peu gros, non, même après quatre-vingts ans. Il y a des indices pour étayer cette hypothèse?

— La version officielle est que les voleurs ont pénétré par effraction dans la banque, en pleine nuit. Après avoir mis la main sur l'argent liquide et tout ce qui avait de la valeur, ils se sont enfuis sans laisser de traces. Mais, avant de prendre la fuite, ils auraient eu l'idée de mettre le feu à l'établissement, ce qui était parfaitement stupide, puisqu'ils avaient le champ libre et que l'incendie risquait d'attirer l'attention des voisins.

— Stupide, mais pas sans précédent, monsieur Devereaux. Ce type de comportement pathologique n'est pas un phénomène récent et la haine des banques ne date pas d'hier.

— Je vous l'accorde, mais on a pu établir que l'origine du sinistre se trouvait dans le sous-sol de la banque, là où étaient conservés tous les dossiers des clients. Quand on apprend que tous les documents avaient été mis sens dessus dessous et que de l'huile de lampe a été répandue dans toutes les pièces, on est en droit de se poser quelques questions. Même si tout le bâtiment n'était pas dévoré par les flammes, le sous-sol ne pouvait échapper à la destruction totale... Il convient aussi de signaler que la chasse à l'homme qui a suivi fut la plus brève jamais enregistrée dans les annales du crime et que la présence des voleurs fut très rapidement signalée en Amérique latine. Butch Cassidy et Sundance, à l'époque les seuls pilleurs de banque à s'être réfugiés là-bas, ne sont jamais allés à Omaha... Il va sans dire que je vous ai seulement donné un aperçu de la situation, comme dirait mon employeur vénéré.

— C'est affreusement convaincant, fit la belle Indienne en commençant à secouer la tête d'avant en arrière à petits coups rapides. On ne peut pas continuer, ajouta-t-elle. Vous devez bien le comprendre!

— Je ne suis pas sûr qu'il soit possible de faire machine arrière.

— Bien sûr que si! Ce général, cette catastrophe ambulante d'Hawkins peut encore se désister... Vous pouvez me croire, la Cour adore les désistements. Même mon frère a appris cela quand il y était.

— C'est lui?

— Lui qui quoi?

— Le jeune brave de la tribu qui a travaillé avec Mac, mais n'a pas été reçu à l'examen du barreau?

— Pas reçu ? Je vous apprendrai, monsieur, que mon jeune frère a été reçu parmi les meilleurs !

— Moi aussi.

— Cela ne m'étonne pas, fit Jennifer Redwing sans manifester le moindre enthousiasme. On dirait que vous êtes faits de la même étoffe. Aussi cinglés l'un que l'autre !

— C'est donc lui que je vous rappelle ? C'est ce que vous vouliez dire tout à l'heure ?

— Ce que je voulais dire, cher confrère, c'est que votre foutu général Hawkins a trouvé un nouveau Samuel Devereaux pour sa dernière farce cataclysmique.

— Votre frère était dans l'armée ?

— Non, il était dans une réserve, là où il n'aurait jamais dû être... Mais revenons au général maboul.

— C'est comme ça qu'on le surnomme dans l'armée.

— Vous croyez que cela m'étonne ? lança Jennifer en fouillant dans son sac pour prendre une autre cigarette.

— Allons, cher maître, lança Sam en la voyant sortir sa cigarette. Vous aviez fait des efforts, juste tiré quelques bouffées avant d'écraser la première. Et moi, j'avais fait pareil, pour vous aider, en quelque sorte.

— Foutez-moi la paix, cher maître ! Je ne tiens pas à parler de vos opérations de neurochirurgie ni de mes faiblesses. Je veux parler d'Hawkins, de son appel et de la manière dont nous allons étouffer l'affaire.

— En réalité, en termes juridiques, ce n'est pas un appel, car aucun jugement rendu par un tribunal inférieur n'a fait l'objet d'un recours à une juridiction...

— Je ne vais tout de même pas laisser un type qui pisse dans son pantalon me faire un cours de droit !

— C'était du café, j'ai changé de pantalon et vous avez reconnu que c'était du café.

— C'était aussi un appel au sens le plus large, répliqua Jennifer, un appel en vue de réparer une injustice.

— Mon pantalon ?

— Mais, non, idiot, je parle de la requête !

— Vous êtes donc d'accord avec Mac. Si tout ce que je vous ai exposé résiste à un examen minutieux, il est évident qu'un crime a été commis contre votre peuple. Ne croyez-vous pas qu'il conviendrait de le « réparer » ?

— De quel côté êtes-vous donc ? demanda la beauté amérindienne.

— Pour l'instant, je me fais l'avocat du diable et je résiste à mes inclinations naturelles. Je veux savoir ce que vous pensez.

— Vous ne comprenez donc pas que ce que je pense ne compte pas ! J'ai une grande affection pour ceux de mon peuple et je ne veux pas les voir souffrir... Allons, Devereaux, soyez réaliste. Une toute petite tribu indienne face à la puissance majestueuse du Commandement stratégique aérien... Combien de temps pourrions-nous espérer résister? Il suffirait d'agiter le spectre de cette éventualité, si elle avait la plus infime chance de se réaliser, pour que de nouvelles lois soient votées, que nous soyons expropriés de nos terres et disséminés aux quatre vents. Le résultat serait un génocide économique et racial comme nous en avons déjà connu.

— Et cela ne vaut pas la peine de se battre? demanda Sam, sans rien laisser paraître de ce qu'il éprouvait. Où que ce soit dans le monde?

— En théorie, bien sûr, et de se battre de toutes ses forces. Mais pas dans le cas présent. Mon peuple n'est pas malheureux; il vit sur ses terres et bénéficie de subsides gouvernementaux tout à fait honnêtes que je transforme en investissements extrêmement productifs... Mais les plonger brusquement dans un maelström de violences légales, ça, je ne peux pas le faire!

— Mac ne vous suivra pas. C'est un original et la violence sous toutes ses formes, loin de le rebuter, l'attire comme un aimant. Je dois aussi vous dire, mademoiselle Redwing, que je ne crois pas non plus que nous puissions vous suivre dans cette voie. Je parle en mon propre nom et, je le pense, en celui du plus grand avocat que j'aie jamais fréquenté, mon employeur, Aaron Pinkus. Nous sommes en dernier ressort des membres du barreau, un crime très grave a été commis et fermer les yeux n'est assurément pas l'attitude la plus appropriée. Pas si nous croyons profondément au métier qui est le nôtre. C'est à cela qu'Aaron pensait quand il m'a dit qu'il nous faudrait tous deux prendre la décision la plus importante de notre vie. Allons-nous refuser de regarder les choses en face ou bien nous battre pour faire éclater une vérité qui risque de briser notre carrière, en sachant au fond de nous-mêmes que nous sommes dans le vrai?

Les yeux écarquillés, fixés sur Sam, Jennifer Redwing déglutit plusieurs fois de suite, puis elle ouvrit lentement la bouche.

— Voulez-vous m'épouser, monsieur Devereaux? articula-t-elle d'une voix entrecoupée.

— Non! Non! Je ne voulais pas dire ça! C'est comme vous, dans l'ascenseur! Une absence!

— Il n'y a pas de mal, mademoiselle... Au fait, quel est votre prénom? Vous savez, c'est moi qui ai commencé... Je parle de cette absence ridicule.

— On m'appelle Red.

— Certainement pas à cause de vos cheveux. Cette chevelure d'un noir d'ébène... Je n'ai jamais rien vu d'aussi beau.

— C'est une affaire de gènes, fit Redwing en se levant lentement. Mes ancêtres consommaient de grandes quantités de viande de bison et il paraît que cela donne un éclat qui se transmet héréditairement.

— Je m'en contrefiche, murmura Devereaux en se levant lui aussi et en commençant à faire le tour du bureau. Tout ce que je sais, c'est que vous êtes la plus belle femme que j'aie jamais rencontrée.

— La beauté est superficielle, Sam... Puis-je vous appeler Sam ?
— Oui, je préfère cela à « idiot », répondit Devereaux en passant les bras autour de ses épaules. Vous êtes vraiment superbe !
— Sam, je vous en prie, vous êtes tellement hors sujet. Si je suis attirée par vous – comment le nier ? – ce n'est pas pour votre jolie petite gueule et votre corps élancé, même si cela compte aussi, mais en raison du respect profond que vous avez de la loi et de l'amour sincère que vous lui portez.
— Oh ! oui ! C'est tout à fait moi, ça !
— Ne soyez pas frivole, Sam ! Je vous en prie !
— Jamais ! Avec vous, jamais !

Immanquablement, c'est à cet instant précis que la sonnerie du téléphone retentit. La main de Devereaux s'écrasa sur le bureau, mais elle ne fit qu'effleurer le support de l'appareil, renversant sur le sous-main le combiné qu'il saisit d'un geste rageur.

— Vous êtes en communication avec un répondeur automatique, annonça-t-il d'une voix sonore et impersonnelle. Vous êtes bien au salon funéraire Lugosi, mais il n'y a personne qui puisse se lever pour répondre au téléphone...
— Cessez vos conneries, mon garçon, gronda la voix râpeuse de MacKenzie Hawkins, et ouvrez bien vos oreilles. Nous allons être attaqués et, comme vous êtes une des cibles, je veux que vous vous mettiez rapidement à l'abri.
— Écoutez-moi bien, vieux fossile, je vous ai quitté il y a à peine deux heures en donnant comme consigne de ne me déranger sous aucun prétexte avant l'après-midi. Apprenez qu'il s'agit de la partie de la journée qui va de midi jusqu'au soir.
— Non, Sam, c'est vous qui allez m'écouter, reprit le Faucon dont le calme même avait de quoi susciter l'inquiétude. Partez de chez vous sans perdre une minute.
— Et pourquoi partirais-je ?
— Parce que vous n'êtes pas sur liste rouge, ce qui signifie que votre adresse se trouve dans l'annuaire.
— Avec quelques millions d'autres...
— Oui, mais seulement deux de ces personnes ont entendu parler des Wopotamis.
— Quoi ?
— Je ne répéterai pas ce que je vais dire, fils, car nous n'avons de temps à perdre ni l'un ni l'autre. Je ne sais pas ce qui a pu se passer, car ce n'est pas la manière habituelle dont opère Hymie l'Ouragan. Il n'hésiterait pas à envoyer un ou deux malfrats, mais pas un exécuteur et c'est précisément la menace qui pèse sur nos arrières, celle d'un tueur.
— Vous ne trouvez pas qu'il est un peu tôt pour être déjà pinté, Mac ?
— Écoutez-moi bien, lieutenant, répliqua Hawkins sans se départir

de son calme, mais d'un ton plus tranchant. Mon aide de camp, Desi-Un, qui a été employé temporairement dans la ville de New York, plus précisément dans le quartier hispanique de Brooklyn, a repéré dans le hall de l'hôtel un homme qu'il avait déjà vu de loin, à l'époque de cet emploi temporaire. Un homme très dangereux, lieutenant. Mais, comme mon aide de camp est consciencieux et qu'il est vêtu très correctement, il s'est approché de ce *hombre vicioso*, comme il l'a appelé. Il l'a distinctement entendu se renseigner à la réception sur deux messieurs dont les noms étaient Pinkus et Devereaux.

— Bordel de...

— Exactement, mon garçon. L'individu malfaisant a donné un coup de téléphone, puis il est revenu à la réception où il a pris une chambre deux étages au-dessous de la nôtre... Ce coup de téléphone ne me dit rien de bon, Sam.

— A moi non plus.

— Je viens de m'entretenir avec le commandant Pinkus et nous sommes d'accord. Allez chercher votre mère et cette boniche un peu fêlée, une parente éloignée, à ce qu'il m'a dit, et déguerpissez. Nous ne pouvons nous permettre de laisser des otages aux mains de l'ennemi.

— Des otages? s'écria Devereaux en tournant la tête vers la superbe Indienne qui le regardait avec une expression totalement ahurie. Bon Dieu! Vous avez raison!

— Je me trompe rarement dans ce genre de circonstances, fils. Les instructions du commandant Pinkus sont de vous rendre dans ce bar pourri sur le parking duquel nous nous étions retrouvés. Il enverra le sergent artilleur vous prendre dès qu'il aura pu le joindre... Il semble que la femme du commandant ait réquisitionné la limousine pour faire du shopping et qu'elle ne lui adresse plus la parole, sinon pour se lamenter sur des rideaux sales et se plaindre d'une odeur qui l'incommode, un mélange de poisson et de je ne sais quelle pâtisserie.

— Nous allons lever le camp, mais je serai obligé de prendre la Jaguar de ma mère. Comme Stosh n'a pas ramené ma voiture, vous direz à Aaron de demander à Paddy de chercher la Jag... Et vous, Mac, qu'allez-vous faire? C'est le cadet de mes soucis, mais, si ce tueur n'est qu'à deux étages de vous...

— Je suis vraiment très touché de votre sollicitude, mais j'ai un petit peu de temps devant moi pour plier bagages et faire disparaître tous les papiers.

— Comment pouvez-vous le savoir? Cela me fait de la peine de devoir vous dire cela, mais vous n'êtes pas totalement invincible. Ce salopard s'apprête peut-être à donner l'assaut.

— Non, Sam, je dispose d'un peu de temps. Desi-Deux a un peu bricolé la serrure de la porte de sa chambre et elle est bloquée aussi bien de l'extérieur que de l'intérieur. Il n'a que deux possibilités de sortir, soit par la fenêtre du cinquième étage, soit en demandant à la direction de démolir toute la porte. Mais, comme elle est blindée, il faudra la découper au chalumeau. Nom d'une pipe! On peut dire que je sais m'entourer d'assistants compétents!

— Permettez-moi de faire des réserves sur ce point, mais je dois vous faire part d'une étrange conversation que j'ai eue avec eux, hier soir.

— Je suis au courant, mon garçon. Et devinez ce qu'ils vont faire. Je vous le donne en mille... Ils vont endosser l'uniforme! Je leur ai demandé d'attendre un ou deux jours pour les envoyer directement au stage de perfectionnement du G-2. Ils ont des années-lumière d'avance sur les demeurés qui ont terminé leur période de formation! Il faudra naturellement que Desi-Un se fasse arranger les dents. Il ne peut pas se permettre de garder le gouffre qu'il a dans la bouche, mais j'ai encore des relations. L'armée se chargera de...

— Nous allons mettre les voiles, Mac, le coupa sèchement Devereaux. Comme vous l'avez dit vous-même, il n'y a pas de temps à perdre.

Sur ces mots, Sam raccrocha et se tourna aussitôt vers Red Redwing.

— Nous avons un gros problème, annonça-t-il en la prenant par les épaules. Pour en revenir au point capital de notre conversation interrompue, avez-vous confiance en moi?

— Sur le plan émotionnel ou intellectuel? demanda sa consœur en proie à une indécision soudaine.

— Ils sont inséparables. Nous risquons de nous faire brûler les pieds et peut-être même la cervelle. Je vous expliquerai plus tard.

— Je viens de vous entendre dire que nous allions mettre les voiles, alors qu'attendons-nous?

— Nous devons aller chercher ma mère et la cousine Cora.

— Pour reprendre le langage des légendes indiennes, filons comme le vent du nord avant que les visages pâles ne nous rattrapent avec les bâtons qui crachent le feu.

— Seigneur Jésus! C'est magnifique!

— De quoi parlez-vous?

— Du « vent du nord », des « bâtons qui crachent le feu »!

— Mon pauvre ami, cela n'a rien d'extraordinaire quand on a passé son enfance dans une réserve. Dépêchez-vous donc! Allez chercher la cousine Cora, je m'occupe de votre mère.

— Vous ne préférez pas le contraire?

— Vous plaisantez? Votre mère n'a absolument aucune confiance en vous.

— Elle est obligée... Je suis son fils!

— Je vous fiche mon billet qu'elle serait capable de vous renier.

— Mais je vous aime... et vous m'aimez. On était d'accord, non?

— Nous nous sommes tous deux emballés... Vous pour des raisons superficielles, moi pour une émotion de nature intellectuelle. Nous en reparlerons.

— Ce sont les paroles les plus blessantes que je pourrai jamais entendre dans votre bouche.

— Essayez donc en pointant sur ma tête un bâton qui crache le feu, avec un léger vent du nord, et vous verrez bien. En route, maître! La dernière fois que j'ai vu Cora, elle était à l'office et vérifiait le contenu des théières. Essayez de la retrouver pendant que j'aide votre mère à se préparer. Nous nous rejoindrons dans le garage. Prenez les clés de la Jag.

— Dans le garage...?

— Vous oubliez mes origines. Les Indiens tournent toujours autour du campement avant de donner l'assaut. L'homme blanc ne retiendra donc jamais la leçon!

— Magnifique!

— Ça suffit maintenant! Allez, en route!

Mais Cora refusa obstinément de bouger et, quand Sam lui fit comprendre à demi-mot qu'une menace très réelle pouvait peser sur sa vie, sa parente éloignée ouvrit un tiroir invisible, à fermeture magnétique, aménagé sous le four et en sortit non pas un, mais deux 357 Magnum, tous deux chargés, en déclarant qu'elle était la vraie gardienne de la maison.

— Tu t'imagines peut-être, mon neveu, que je compte sur ces fichues alarmes que personne ne sait faire marcher et qui se déclenchent quand elles en ont envie? Pas de ça avec moi, Sammy! Je descends d'une autre branche de la famille, une branche que la douairière et son beau parleur de mari ne tenaient pas à fréquenter, mais je peux t'assurer que je mériterai mes gages.

— Je ne crois pas aux armes à feu, Cora!

— Tu peux croire à ce que tu veux, Sammy. Ta poivrote de cousine éloignée est payée pour veiller sur cette maison et tu ne pourras rien faire pour m'en empêcher, mon pauvre ami! Pigé?

— Non! Je ne veux pas me laisser traiter de « mon pauvre ami » deux fois en cinq minutes!

— Tu dis toujours de drôles de trucs, mon petit Sam.

— A propos, est-ce que je t'ai déjà dit que je t'aimais, Cora?

— Deux ou trois fois, quand tu étais plein comme une barrique. Et maintenant, toi et ta nana tout en jambes, allez chercher la douairière et débarrassez le plancher! Et que le Seigneur des protestants, dans son infinie miséricorde, ait pitié des salauds qui essaieront d'entrer ici! A tout hasard, je vais peut-être quand même prévenir les flics : à eux de mériter leur salaire, pour une fois!

Sam se mit au volant de la Jaguar jaune tandis que Jennifer Redwing soutenait Eleanor à demi consciente sur la banquette arrière. Arrivée au bout de l'allée, la voiture s'engagea à toute allure dans les rues menant à l'autoroute de Boston. Elle croisa au deuxième carrefour une longue limousine noire qui avait toutes les caractéristiques d'un panier à salade des années 30. Il y avait même, écrasée contre une vitre, une tête qui semblait avoir été fixée dans un zoo par l'objectif d'un photographe animalier. Quoi qu'il lui en coûtât, Sam poursuivit sa route, persuadé que Cora serait de taille à venir à bout de deux tueurs assez stupides pour chercher en plein jour une maison inconnue dans une énorme voiture noire attirant tous les regards. Même sans l'intervention de la police, sa cousine très éloignée leur ferait péter la cervelle. Mais où avait-elle bien pu se procurer les armes?

— Sam, votre mère doit absolument aller aux toilettes! lança Jennifer douze minutes plus tard, un bras passé autour des épaules d'Eleanor Devereaux.

— Pas ma mère, répliqua l'avocat. C'est le genre de choses qu'elle laisse aux autres. Jamais elle n'a besoin d'aller aux toilettes.

— Elle dit que c'est de famille... Pensez à votre pantalon.

— C'était du café!

— C'est vous qui le dites.

— Nous serons au Nanny's dans quelques minutes. Demandez-lui de se retenir.

— Le Nanny's Naughty Follies? s'écria la fille des Wopotamis. C'est là que nous allons?

— Vous connaissez?

— Quand j'étais à l'École de droit, j'y suis allée deux ou trois fois dans le cadre du programme d'enseignement... Un cours de censure constitutionnelle, vous voyez le genre. Vous ne pouvez pas emmener votre mère là-bas! C'est ouvert jour et nuit!

— Nous n'avons pas le choix, maître. Dans deux minutes, nous y sommes.

— Elle va se sentir humiliée!

— Eh bien, elle pourra mettre cela sur le compte de l'incontinence familiale.

— Vous êtes un enfant mâle qui porte la semence démoniaque des esprits malins sous la terre.

— Bord...! Qu'est-ce que ça veut dire?

— Cela signifie que votre naissance n'était pas bénie par les divinités bienfaisantes et que votre cadavre sera dévoré par les charognards après une mort cruelle.

— Ce n'est pas très aimable, Red. Et cela ne cadre pas avec la petite conversation que nous avons eue dans mon bureau.

— Je vous ai dit que je m'étais emballée. Vous avez prononcé des paroles que je n'avais pas entendues depuis très longtemps... trop longtemps. L'exercice d'une profession juridique est souvent incompatible avec l'amour de la loi. Disons que j'ai momentanément perdu le sens des proportions et je ne supporte pas cela.

— Merci mille fois. Un peu d'introspection vous fait vibrer, quel que soit l'« idiot » qui se livre à cet exercice. C'est bien de cela qu'il s'agit ?

— Je pense que, dans notre profession, un peu d'introspection est souhaitable, une fois de temps en temps.

— Alors, vous êtes vraiment avocate ?

— Absolument.

— Quelle firme ?

— Springtree, Basl et Karpas, San Francisco.

— Mais ce sont des requins !

— Je suis contente de voir que vous comprenez... Dans combien de temps arriverons-nous ? Votre mère arrive à peine à parler, mais elle est vraiment très incommodée.

— Moins d'une minute maintenant... Et si nous la conduisions à l'hôpital. Je veux dire que, si elle est vraiment...

— Ne dites pas de bêtises. Elle se sentirait encore plus humiliée ; la théière était vide...

— Est-ce un nouveau fruit de l'arbre de la sagesse tribale ? Non, je ne pense pas... Cora a déjà parlé de théières et vous aussi...

— Sachez, monsieur Devereaux, que certaines choses, comme la maternité, relèvent exclusivement de l'expérience féminine.

— Merci encore... pour le « monsieur », répliqua Sam en braquant pour engager la voiture sur le parking du Nanny's Naughty Follies. Mac le Cinglé et ses deux « aides de camp » ridicules qui n'arrêtent pas de sauter sur moi, une bande de vieux Grecs qui ont gardé mes vêtements, Aaron Pinkus qui m'appelle « Samuel », une requête qui devrait être déposée dans l'enfer d'une bibliothèque de droit, une mère qui ne dessoûle pas, la plus belle femme que j'aie jamais vue qui tombe amoureuse et se détache de moi en l'espace de vingt minutes et, pour achever le tableau, un tueur venu de Brooklyn pour me faire la peau ! C'est peut-être moi que je devrais conduire à l'hôpital !

— Et vous pourriez peut-être arrêter cette voiture ! s'écria Red Redwing tandis que la Jaguar passait rapidement devant l'entrée du Nanny's. Et maintenant, faites trente mètres en marche arrière !

— Votre peuple a coutume d'enterrer vivants ses prisonniers dans des fourmilières, marmonna Sam.

— C'est une possibilité à laquelle je vais réfléchir, dit Jennifer en ouvrant la portière et en aidant Eleanor Devereaux à descendre. Si vous ne vous bougez pas les fesses pour venir me donner un coup de main, le tueur de Brooklyn ne sera plus votre premier souci !

— D'accord, d'accord !

Sam descendit, vint se placer sur la droite de sa mère et, bras dessus, bras dessous, ils se dirigèrent tous les trois vers l'imposante bâtisse au mur de stuc tapissé de photos d'individus des deux sexes dans le plus simple appareil.

— Je devrais peut-être rester pour surveiller la voiture de mère, hasarda Sam d'une voix hésitante.

— Excellente idée, cher maître, approuva Jennifer d'un ton légèrement sarcastique. Elle risque d'avoir disparu dans deux minutes... Je m'occupe d'Eleanor et vous, vous n'avez qu'à attendre votre ami, Paddy, s'il m'en souvient bien.

— Vous l'appelez Eleanor?

— Nous autres femmes, nous savons reconnaître les âmes sœurs beaucoup plus rapidement que vous. C'est une question d'intelligence... Venez, Ellie, tout ira bien.

— Ellie? lança Sam, l'air ahuri, tandis que la belle Indienne franchissait la porte. Personne ne l'appelle jamais Ellie!

— Hé! Môssieur! lança d'une grosse voix un balèze d'âge mûr, à l'aspect plus simiesque qu'humain, assumant à l'évidence les fonctions de gardien et de videur qui se tenait près de la voiture. Vous croyez quand même pas que je vais la garer pour vous! Dégagez votre Jaguar de pédé!

— Tout de suite, monsieur l'agent, dit Sam en repartant au trot vers la voiture sous le regard réprobateur de l'ancien combattant.

— Je suis pas un flic, précisa le vieux gardien tandis que Devereaux se mettait au volant. Vous ne prenez pas ça pour une mesure de police, monsieur.

— J'ai compris, fit Sam en mettant le moteur en marche, vous faites partie du corps diplomatique. Cela saute aux yeux.

Il démarra sur les chapeaux de roues et décrivit un grand cercle avant d'arrêter la voiture au fond du parking. Dès qu'il verrait les deux femmes sortir, il repartirait jusqu'à l'auvent en tablant sur le fait que le King Kong de service serait sensible à la beauté de Red et se laisserait attendrir. Puis ils resteraient tous les trois dans la voiture en attendant l'arrivée de Paddy Lafferty qui apporterait de nouvelles instructions... Bon Dieu! Ils avaient maintenant un tueur à leurs trousses! Et cette limousine noire qui semblait sortir tout droit d'un cortège funèbre et se dirigeait à toute allure vers sa maison! Qu'est-ce que cela signifiait? Il pouvait comprendre que Washington soit aux abois, si jamais la requête des Wopotamis était accueillie assez favorablement par certains magistrats de la Cour, mais de là à envoyer un professionnel du meurtre et une limousine dont le passager n'avait pas la tête de l'emploi, il y avait un pas que le gouvernement d'une nation civilisée se devait de ne pas franchir. On envoyait des négociateurs, pas des exterminateurs! On tenait des réunions discrètes pour tenter de parvenir à des solutions civilisées, mais on ne faisait pas appel à une équipe de tueurs à gages pour les imposer. Devereaux réprima un frisson. D'autre part, si on avait appris à Washington que l'ex-général MacKenzie Hawkins, dit le Faucon, dit Mac le Cinglé, se trouvait derrière cette menace potentielle, bien que vague, contre la sécurité nationale, une solution radicale s'imposait. Le Faucon ne faisait pas de quartier quand il s'agissait des lavettes de la capitale. Les « trous du cul », comme il les appelait, l'avaient banni de l'armée. Rien, absolument rien ne serait trop dégueulasse pour se venger d'eux et, plus haut il pourrait frapper, mieux ce serait.

Oh! là là! se dit Sam en réprimant un frisson. Si Washington répondait du tac au tac, la riposte engloberait tout l'entourage du Faucon. Et l'exécuteur avait prononcé les noms de Pinkus et Devereaux à la réception de l'hôtel! Comment diable pouvait-il être au courant? Hawkins n'était à Boston que depuis dix-huit heures, et, de son propre aveu, personne à Washington n'avait encore entendu parler de Sam Devereaux et encore moins d'Aaron Pinkus! Qu'avait-il pu se passer? Même à cette époque de communication planétaire instantanée, une source devait disposer d'un fait ou d'un nom à transmettre, faute de quoi aucun renseignement ne pouvait être exploité. Or, le nom d'un innocent, celui de Devereaux, n'était connu de personne et, par voie de conséquence, celui de Pinkus non plus. Alors, comment?... Seigneur! Il n'y avait qu'une seule explication : le Faucon était suivi! En ce moment même, il était filé!

Où était Paddy? Il fallait absolument prévenir Mac! Tout près du Faucon, surveillant tous les faits et gestes du vieux soldat, une seconde personne observait dans l'ombre. Il n'était pas besoin d'être grand clerc pour savoir que cette seconde personne était en contact avec l'exécuteur enfermé dans sa chambre d'hôtel... Paddy, dépêche-toi d'arriver!

Sam tourna la tête vers l'entrée surmontée d'un auvent. Aucun signe de Jennifer ni de sa mère... Tiens, le King Kong décrépit avait disparu! Il pouvait peut-être, en faisant vite, arriver jusqu'au téléphone mural qu'il avait utilisé la veille au soir et joindre Hawkins à l'hôtel. Sam s'apprêtait à mettre le moteur en marche quand, à son grand étonnement, il vit le gros videur sortir d'un pas rapide, s'avancer jusqu'au bord du trottoir et fouiller des yeux le parking. Son regard se fixa aussitôt sur la Jaguar jaune et il fit signe à Sam de venir immédiatement. *Mon Dieu! Il est arrivé quelque chose à ma mère!* Devereaux emballa le moteur et, deux secondes quatre dixièmes plus tard, la voiture freinait sous l'auvent.

– Que se passe-t-il? demanda-t-il d'une voix haletante au videur aux cheveux raides et gris dont la face simiesque se fendait maintenant d'un sourire.

– Eh ben, mon gars, pourquoi ne m'as-tu pas dit que tu étais avec Mlle Redwing? C'est vraiment une chouette fille, tu sais, et jamais je n'aurais été aussi impoli, si j'avais su que vous vous connaissiez! Toutes mes excuses, fils!

– Vous la connaissez?

– Pour ne rien te cacher, je travaille dans cette fichue boîte depuis si longtemps que je ne compte plus les années. Ça remonte à ma démobilisation, c'est te dire! Il se trouve que la boîte appartient à ma belle-fille, la veuve de mon fils. Ça a un rapport avec ma démobilisation, parce que mon abruti de fils a acheté la boîte avec de l'argent qui lui appartenait pas vraiment et y s'est fait flinguer dans l'affaire... Je disais donc que la demoiselle Redwing et ses potes de Harvard ont fait un procès à la mairie et on a augmenté ma pension. Qu'est-ce que tu dis de ça, mon gars?

— Je n'en dis rien, je n'arrive plus à saisir le fil des événements qui se bousculent...

— Ouais, la belle demoiselle indienne m'a dit que t'y entraverais peut-être pas grand-chose et que je devais surtout pas faire attention à ton pantalon.

— J'en ai changé! Elle le sait bien!

— Je veux pas entrer dans ces détails, mon gars, mais il y a une chose que je tiens à te dire. Si jamais tu manques de respect à cette fille, c'est à moi que t'auras affaire, fils! Allez, descends de là et va rejoindre ces dames. Je m'occupe de ta bagnole de tantouze.

— Il faut que j'entre?

— A ma connaissance, elles sont pas sur un yacht ancré dans le port de Boston!

L'air abasourdi, Devereaux descendit de la Jaguar et il cherchait encore à reprendre ses esprits quand la limousine de Pinkus dévala en rugissant la rampe d'accès au parking et fonça vers l'entrée, freinant au dernier moment pour s'arrêter pile derrière la Jaguar jaune.

— Sammy! hurla Paddy Lafferty par la vitre ouverte. Ah! salut, Billy Gilligan! Comment ça va, toi?

— On fait aller, Paddy, répondit le King Kong revenu à de meilleurs sentiments. Et toi, mon pote?

— Ça va mieux maintenant que je vois que t'as pris mon petit protégé en charge.

— C'est ton petit protégé?

— A moi et à mon employeur, si tu préfères.

— Alors, prends-le sous ton aile, Paddy. Tu sais, j'ai l'impression qu'il lui manque une case. Je vais surveiller les deux voitures.

— Je te remercie, Billy, lança Lafferty en bondissant de la limousine pour s'élancer vers les deux hommes. Mon vieux Billy, poursuivit-il sans prêter la moindre attention à Devereaux, tu ne croiras jamais ce que je vais te raconter, mais je te jure sur toutes les tombes du comté de Kilgallen que c'est la pure vérité!

— Je t'écoute, Paddy.

— Non seulement je l'ai rencontré, mais il était à côté de moi, sur le siège avant, et nous avons eu une conversation importante! Entre nous deux, Billy, rien que nous deux!

— Le pape, Paddy? Ton petit juif a fait venir le pape?

— Mieux que ça, Billy!

— Je vois pas... Si, je pense bien à quelqu'un, mais c'est pas possible.

— Et si, mon vieux, t'as deviné! C'était lui en personne! Le général MacKenzie Hawkins!

— Me dis pas des choses comme ça, Paddy. Je vais avoir une attaque!

— Je suis on ne peut plus sérieux, Billy Gilligan! C'était lui, en chair et en os, le plus grand, le plus fort! Tu te souviens de ce qu'on disait en France, en traversant les forêts de la Marne : « Si seulement on avait Mac le Cinglé à notre tête, on s'enfoncerait comme dans du beurre dans les lignes des bouffeurs de choucroute! » Et quand, pendant dix jours, nos vœux ont été exaucés, on a réussi la percée, le cœur au bout du fusil! Il était là, Billy, en première ligne, il nous ouvrait la voie en hurlant comme un possédé, en répétant qu'on allait passer, parce qu'on était plus forts que ces pourris qui voulaient asservir le monde! Tu te rappelles, Billy?

— Les dix jours les plus glorieux de toute ma putain de vie, Paddy, répondit Gilligan, les yeux brouillés par les larmes. Après notre Seigneur Jésus, c'est sans doute le plus grand homme que Dieu ait jamais mis sur Terre.

— Je crois qu'il a des ennuis, Billy. Chez nous, à Boston!

— Il ne lui arrivera rien tant que nous serons de ce monde, Paddy! Rien tant que le dernier soldat de la Section commémorative Pat O'Brien n'aura pas rendu le dernier soupir! Hé! Paddy! Qu'est-ce qui est arrivé au petit gars? Regarde-le, il est à plat ventre sur le ciment!

— Il est tombé dans les pommes, Billy. Ce doit être un truc de famille.

— Mmmfff...! protesta Devereaux dans un soupir inarticulé.

13

— Samuel Lansing Devereaux, lève-toi tout de suite et tiens-toi correctement! s'écria Eleanor avec une louable autorité, compte tenu du fait qu'elle s'accrochait au bras de Jennifer Redwing pour ne pas perdre l'équilibre sous l'auvent du Nanny's.

— Allons, mon petit Sam, fit Paddy. Prends ma main.

— Il est plus léger que ma belle-fille, Lafferty, ajouta Billy Gilligan. Tu sais, ce qu'on pourrait faire, c'est le déposer dans le paquebot hébreu.

— Ta belle-fille devrait jouer dans l'équipe des Patriots, Billy, et je te saurais gré de ne pas parler en termes méprisants de la belle automobile de M. Pinkus.

— Tu sais de qui je le tiens, ce terme méprisant, Paddy? gloussa Billy Gilligan tandis que les deux hommes transportaient Devereaux dans la limousine et l'allongeaient sur la banquette arrière. Ne cherche pas, je vais te le dire! Du vieux Pinkus en personne, mon gars. Tu te souviens du soir où vous êtes venus tous les deux et où on a...

— Ça suffit, Billy! Je te remercie pour ton aide. Les clés de la Jaguar sont sur le contact et je te serais reconnaissant de la mettre en lieu sûr, de fermer les portières et de la surveiller.

— Pas question, Lafferty! protesta Billy Gilligan. Je demande à mon collègue de me remplacer et je file à la section Pat O'Brien pour rassembler tout le monde. Si le plus grand général qui a jamais embrassé la carrière des armes a des ennuis, il pourra compter sur nous, par toutes les tombes du comté de Donegal!

— Billy! Nous ne pouvons rien faire tant que nous n'aurons pas reçu les ordres du général et de M. Pinkus. Mais je te tiens au courant, parole d'artilleur!

— C'est un jour béni entre tous! Rencontrer le grand homme en personne, le général MacKenzie Hawkins, de l'armée des États-Unis d'Amérique!

— Encore ce nom détestable! s'écria Eleanor Devereaux.
— Je partage votre opinion, Ellie, approuva Redwing tandis qu'un cri étouffé s'élevait de l'arrière de la limousine.
— Mmmfff!
— Ne fais pas attention aux femmes, Gilligan, elles ne se sentent pas très bien... Mais tu sais, Billy, je ne t'ai pas promis que tu rencontrerais le grand homme, j'ai simplement dit que j'essaierais.
— Et moi, Paddy, je ne t'ai pas promis de ne pas vendre la Jaguar, j'ai simplement dit que j'essaierais de ne pas le faire.
— En route, mesdames, lança Paddy Lafferty avec un regard mauvais à Billy Gilligan. Je dois vous conduire au Ritz-Carlton où M. Pinkus a pris des dispositions...
— Paddy!... hurla Sam qui commençait à reprendre ses esprits. Il faut que je prévienne Mac! Il ne sait pas ce qui se passe!
L'avocat descendit en titubant de la limousine, claqua la portière et se glissa sur le siège avant en tendant le bras vers le radiotéléphone.
— Mesdames, je vous en prie! dit Paddy Lafferty d'un ton implorant tout en aidant Jennifer à installer délicatement Eleanor sur la banquette arrière.
En ouvrant sa portière, le chauffeur constata avec inquiétude que Sam avait des difficultés avec le standard de l'hôtel des Quatre Saisons.
— Comment ça, tous les appels adressés à la suite Pinkus sont renvoyés sur une autre chambre? rugit Devereaux.
— Calme-toi, mon gars, fit Paddy en s'installant au volant. Tu obtiendras plus par la douceur que par la violence.
— MacKenzie Hawkins superstar, marmonna Sam en foudroyant le chauffeur du regard. Vous devriez écrire une comédie musicale... Pardon, mademoiselle? C'est occupé! Ça ne fait rien, je rappellerai... Il faut absolument que je joigne Aaron, ajouta-t-il en composant un nouveau numéro.
— Ça ne va pas être facile, objecta Paddy Lafferty tandis que la limousine quittait le parking pour s'engager sur la route. Quand il m'a appelé, il m'a informé qu'il allait s'absenter du bureau pendant une heure et qu'il vous retrouverait tous au Ritz.
— Mais tu ne comprends pas, Paddy!... Mac est peut-être déjà tombé entre leurs mains et on peut redouter le pire!
— Le général!
— Il est suivi depuis son arrivée à Boston!
— Bon Dieu! gronda Paddy. Passe-moi ce téléphone et je vais appeler les gars de la section Pat O'Brien!
— Laisse-moi d'abord essayer l'hôtel une dernière fois.
Sam composa fébrilement le numéro et jeta un coup d'œil par-dessus son épaule. Le regard dur de Jennifer Redwing lui apprit qu'elle percevait l'urgence de la situation tandis que sa pauvre mère battait des paupières d'un air absent.

— La suite Pinkus, je vous prie, mademoiselle. Je sais que tous les appels sont renvoyés sur une autre chambre.

Devereaux retint son souffle jusqu'à ce qu'une voix inconnue, suraiguë, presque plaintive lui réponde.

— Petit Joey à l'appareil, dit l'homme/femme/hermaphrodite ou nain. Qu'est-ce que vous voulez?

— J'ai dû me tromper de chambre, répondit Sam en s'efforçant de contenir sa panique naissante. J'essaie de joindre le général MacKenzie Hawkins, deux fois décoré de la médaille du Congrès, héros de la nation et ami intime de tout l'état-major interarmes ainsi que du président qui ordonnera immédiatement l'assaut de l'hôtel si la vie du général est menacée de quelque manière que ce soit!

— Pigé... Vous voulez parler à la grande lasagne... Hé! Mickey, c'est pour vous!

— Jamais tu ne monteras en grade, si tu gardes cet esprit d'insubordination, Petit Joseph! fit la voix profonde du Faucon qui s'approcha de l'appareil en maugréant. C'est vous, commandant Pinkus?

— ... Petit Joseph? Qu'est-ce que vous manigancez encore, Mac? Peu importe, nous n'avons pas le temps. Je veux vous dire que vous êtes suivi... Quelqu'un vous a filé le train depuis votre arrivée à Boston!

— Eh bien, lieutenant Devereaux, vous faites des progrès. Vous avez compris que deux et deux font quatre, comme un bon sergent-major, sans vouloir vous froisser.

— Vous êtes au courant?

— Cela m'a semblé tout à fait évident après avoir entendu le rapport de mon aide de camp sur ce qu'il a surpris à la réception.

— Mais vous m'avez dit que vous ne saviez pas comment cela avait pu se produire, que ce n'était pas la manière habituelle de procéder de votre Hymie Machin-Chouette!

— A ce moment-là, je ne le savais pas. Maintenant, si, et ce n'est toujours pas la manière d'Hymie l'Ouragan. Ce type n'a pas été difficile à découvrir: sa porte était entrouverte d'exactement quatre centimètres.

— Pour l'amour du ciel, essayez un peu d'être clair!

— C'est ce que je fais et maintenant, vous allez devoir raccrocher. Nous attendons un autre appel.

— De qui?

— Vous devriez le savoir.

— Comment voulez-vous que je le sache?

— Vous m'avez entendu demander si c'est lui.

— Si c'*était* lui...

— Pardon?

— Non, rien... Alors, qui?

— Le commandant Pinkus, bien sûr.

— Il est en route pour le Ritz.

— Pas encore, mon garçon. Mes aides de camp et lui sont partis au ravitaillement.

— Me direz-vous au moins qui est ce Petit Joseph, bordel ?... Pardon, mère.

— Un gentil petit bonhomme qui n'est plus de la première jeunesse, répondit le Faucon en réduisant sa voix à un murmure, avec la taille et le physique d'un bon éclaireur, surtout en terrain accidenté. Mais je crains que son âge et son tempérament ne conviennent plus à ses activités... Mais je me garderais bien de le lui dire, car cela risquerait de détruire sa confiance en lui. Vous devez comprendre cela, lieutenant.

— Je ne comprends pas un traître mot ! Quelles activités ?

— Ces trous du cul de Washington doivent vraiment être paralysés par le déficit budgétaire, poursuivit vivement le général, d'une voix si faible que Devereaux n'entendait presque plus rien. Bon sang de bois, mon garçon, c'est le genre de chose qui ne nous a jamais gêné !

— Il est envoyé par Washington ?

— Je sais, je sais, répliqua le Faucon avec une lassitude mêlée d'impatience. Le commandant Pinkus m'a expliqué qu'il était indispensable de lui laisser toute latitude de démentir.

— De démentir quoi ?

— Salut, Sam, fit le Faucon en raccrochant.

— Que se passe-t-il ? demanda fébrilement Jennifer en se penchant vers l'avant, la main crispée sur l'épaule d'Eleanor.

— Est-ce que le grand général va bien ? lança Paddy Lafferty en écrasant le champignon et en zigzaguant dans le flot de voitures. Faut-il que j'appelle Gilligan et ses troupes ?

— Franchement, Paddy, je n'en sais rien, mais je ne pense pas que ce soit nécessaire.

— Ne me raconte pas d'histoires, petit gars !

— Que savez-vous exactement, Sam ? demanda Jennifer du ton à la fois posé et chaleureux de l'avocat rompu aux joutes du prétoire. Prenez votre temps et rassemblez vos esprits.

— Cessez votre cinéma, maître, c'est précisément ce que je suis en train de faire ! J'essaie de comprendre quelque chose à cette histoire de fous, mais ce n'est pas facile !

— Alors, présentez vos arguments, maître.

— Je préfère cela, Red... A l'évidence, Mac contrôle la situation et j'ai le sentiment qu'il a découvert l'homme qui le suivait. Quand je dis « le sentiment », en fait j'en ai la certitude : il est trop condescendant pour qu'il en aille autrement. Et il a appris qu'il était sous la surveillance d'un envoyé de Washington.

— Seigneur !...

— Je partage votre opinion, mademoiselle l'Indienne au cœur d'artichaut. On commence à s'arracher les cheveux dans certains bureaux de la capitale.

— Quels bureaux, cher confrère ?

— D'après les vagues éléments dont je dispose, chère consœur, ce sont des lieux très malsains d'où l'on a envoyé à Boston des émissaires armés.

— Ils n'oseraient tout de même pas !

— Faut-il vous rappeler le Watergate ou le scandale de l'Irangate, ou bien encore la moitié des élections qui se sont tenues à Chicago depuis 1920 ? Bien sûr qu'ils « oseraient », pour des événements de cette nature. Et, même s'ils hésitaient, comparez donc les sommes dépensées pour toutes ces magouilles historiques avec un *mois* du budget du Commandement stratégique aérien. Elles sont infinitésimales, ma chère, car nous parlons aujourd'hui de milliards de dollars ! Vous imaginez-vous que les bataillons bien intentionnés de charitables fournisseurs de la Défense nationale, soutenus par leurs représentants d'un bout à l'autre du pays, de Long Island à Seattle, ne se précipiteront pas sur leur téléphone s'ils entrevoient la moindre possibilité que leurs bénéfices soient écornés ? Dès que le budget de la Défense est réduit d'un dixième de point, ils hurlent à la trahison ; c'est le genre d'affaire qui risque de faire beaucoup de tort aux usines de ces vampires.

— Vous supposez donc que la requête des Wopotamis a été mise au rôle pour être examinée par la Cour suprême ?

— Ce n'est même pas nécessaire. Il suffit que le bruit ait couru que cela soit envisagé ou, pis encore, que le dossier soit mis de côté pour un éventuel examen ultérieur.

— C'est toujours ce que l'on dit quand une prise en considération sérieuse est en projet, affirma Jennifer.

— Exactement et, en tout état de cause, les affairistes et leurs séides du pouvoir politique vont lancer une contre-offensive.

— Attendez un peu, objecta Jennifer, une main posée sur la tête d'Eleanor, l'autre sur l'épaule de Devereaux. Une contre-offensive parlementaire consisterait à envoyer des porte-parole plaider leur cause devant le Sénat et la Chambre des représentants, mais pas une équipe de tueurs !

— Je vous l'accorde, mais le Congrès n'est pas en session en ce moment et mon idée est que la situation dans laquelle nous nous trouvons ne laisse planer aucun doute.

— Je vois... Comme les tueurs sont arrivés, on peut supposer que la nouvelle s'est déjà ébruitée... Seigneur ! Ils vont vouloir nous réduire au silence, tous autant que nous sommes !

Paddy Lafferty décrocha le combiné du radiotéléphone et composa un numéro d'un pouce agile.

— Section O'Brien ? demanda-t-il. Est-ce que Billy Gilligan est là ? ajouta-t-il aussitôt. Très bien, très bien... je suis content de voir que nos relais par téléphone fonctionnent correctement et maintenant écoutez-moi. Quand Billy arrivera, demandez-lui de prendre la tête d'une colonne de véhicules armés pour se rendre à l'hôtel des Quatre Saisons et bloquer toutes les issues. T'as pigé, mon gars ? C'est la vie du grand homme qui est en jeu et nous n'avons pas le droit à l'erreur. En route et que ça saute !

— Mais qu'est-ce que tu fais, Paddy ?

— Il y a des circonstances, mon petit Sam, où il convient de foncer tête baissée, sans regarder derrière soi. C'est une leçon que j'ai retenue des dix journées glorieuses que j'ai vécues en France.

— Nous ne sommes pas en France, la guerre est finie depuis longtemps et, s'il y a un danger imminent à l'hôtel, Aaron appellera la police. Tout est encore très obscur, mais Mac et notre employeur ont l'esprit vif et ils sont en contact permanent... Je répète : Aaron n'est ni un cerveau brûlé ni un mou. S'il estime avoir besoin de la protection de la police, il la fera venir.

— Je n'en suis pas si sûr, mon gars. La police a certaines contraintes. Demande donc à Billy Gilligan, il t'en parlera.

— C'est déjà fait, Paddy. Mais nous ne savons pas où en sont Mac et Aaron et nous risquons de tout faire rater. Rappelle tes cerbères !

— Il a raison, monsieur Lafferty, glissa Jennifer. Comprenez-moi bien : je ne suis pas opposée à ce que toutes les mesures de protection utiles soient prises et je serais rassurée de savoir que vos amis sont, disons, à notre disposition. Mais ce que Sam a dit est juste : nous sommes dans le noir et il vaudrait peut-être mieux ne rien faire avant d'être arrivés au Ritz-Carlton et d'avoir parlé avec M. Pinkus... Il me semble vous avoir entendu dire à peu près la même chose à M. Gilligan sur le parking.

— Vous parlez autrement mieux que notre petit gars...

— J'ai simplement repris vos propres paroles et fait appel à votre bon sens, monsieur Lafferty,

— Facile ! marmonna Sam.

— D'accord, acquiesça Paddy en avançant la main vers le téléphone, je vais les rappeler. Je crois que je me suis laissé emporter... Section O'Brien ?... Qui est à l'appareil, cette fois ?... Rafferty, c'est Lafferty, mon gars. Gilligan est encore là ?... Quoi ? Sainte Vierge ! C'est grave ? Bon, écoute-moi bien, Rafferty... Les gars qui sont en route vers l'hôtel des Quatre Saisons, je veux que tu leur dises...

A cet instant, la limousine fit une embardée qui faillit la projeter contre un énorme camion occupant la file voisine.

— Ils font quoi, Rafferty ? Qu'est-ce que tu dis, mon gars ?... Jésus, Marie, Joseph !

Le chauffeur d'Aaron Pinkus déglutit et raccrocha en silence.

— Que se passe-t-il, Paddy ? demanda Sam en regardant Paddy Lafferty comme s'il redoutait d'entendre sa réponse.

— Les gars viennent juste de partir pour l'hôtel. Ce n'est pas une colonne complète, qui est en général composée de quatre véhicules – il n'y a que trois voitures – et je crois bien que deux des hommes sont ronds comme des barriques.

— Bon Dieu!

— La bonne nouvelle, c'est que Billy Gilligan n'est pas gravement blessé.

— Comment ça, pas gravement?

— Il s'est fait emboutir sur l'autoroute et sa voiture est bonne pour la casse. Un des policiers arrivés sur les lieux fait partie de la section O'Brien et il a donné un coup de fil pour leur indiquer le nom de l'hôpital...

— L'hôpital...?

— Il n'a pas grand-chose. Il n'arrête pas de brailler et de gueuler qu'il veut sortir pour aller rejoindre les autres.

— Mais il faut le laisser sortir! Il pourra peut-être les arrêter!

— C'est-à-dire qu'il y a quelques formalités...

— S'il est capable de gueuler, c'est qu'il est en état de sortir! déclara Sam en saisissant rageusement le combiné. Quel hôpital?

— Ça ne servira à rien, mon gars... Il y a quelques petits problèmes avec la police à propos de l'accident. Tu vois, ce n'est vraiment pas sa voiture qu'il conduisait. C'était la Jaguar jaune de ta mère.

De l'arrière s'éleva la voix chantante et stridente d'Eleanor Devereaux.

— *Mon oiseau jaune...*

— Hé, *comandante*, qu'est-ce qué vous en dites? demanda Desi-Deux, en se pavanant en queue de pie devant le miroir du magasin de tenues de cérémonie que la firme Aaron Pinkus Associates avait contribué à lancer.

— Positivement saisissant, répondit Aaron, assis dans un fauteuil de velours capitonné qu'il ne pouvait déplacer en raison de l'épaisseur de la moquette d'un noir luisant. Où est votre compagnon, l'autre caporal Arnaz?

— Nous sommes des sergents maintenant, *comandante*!

— Toutes mes excuses. Mais vous ne m'avez pas répondu et nous devons faire vite.

— Eh bien, vous comprénez, la dame qui mésourait ses *pantalones*, elle est dé *Pouerto Rico* et jé crois qu'ils ont oune...

— Nous n'avons pas le temps!

— Desi-Uno! rugit le sergent D-Deux. *Venga! Vamonos! Ahorita!* Plous vite qué ça!

L'air penaud, Desi-Un poussa la porte battante d'une cabine d'essayage, suivi par une brune aux appas généreux qui tira ostensiblement sur son mètre à ruban tout en rajustant son corsage.

— *Comandante*, dit D-Un en souriant de toutes les dents qui lui restaient, il a fallou réprendre lé pantalon. Mes hanches, elles sont comme celles d'oune *torero*! Hé, oui! jé souis fait comme ça!

— Vous êtes superbe, sergent Arnaz, dit Pinkus en considérant Desi-Un qui, lui aussi en queue de pie, faisait indiscutablement impression. Et maintenant, nous allons chez mon orthodontiste qui affirme disposer d'une cinquantaine d'appareils en plastique et prétend pouvoir vous en fixer un ou deux dans la bouche en une heure.
— Très intéressant. Qu'est-cé qu'il fait, comme métier?

— Mon petit Joseph, je commence à en avoir assez de tous ces faux-fuyants, dit le Faucon, assis dans le fauteuil du bureau, en regardant Joey le Suaire étendu sur le lit, les mains sous la nuque. Je pourrais te briser les poignets l'un après l'autre pour t'obliger à me dire qui tu es et qui t'envoie, mais j'ai toujours trouvé ces méthodes barbares et elles sont par surcroît contraires aux conventions de Genève. Mais, si tu continues, tu ne me laisseras pas le choix.
— J'en ai vu des dingos comme vous, j'en ai vu toute ma chienne de vie, répliqua posément Petit Joey et je sais reconnaître ceux qui iront jusqu'au bout... Vous, les *soldatos*, vous êtes des durs et vous aimez écrabouiller les têtes comme de la pâte à pizza dans une grande *battaglia*, mais, à un contre un, s'il n'y a pas grand-chose à gagner, vous ne voulez pas avoir ça sur la conscience.
— Bon Dieu! rugit le Faucon en bondissant de son siège d'un air menaçant. Je ne suis pas comme ça, moi!
— Si c'était le cas, j'aurais les foies. Et je n'ai pas les foies... Vous êtes comme les *fascisti* que j'ai rencontrés de Salerne à Rome. J'étais encore un gamin à l'époque, mais je me trompais jamais... Quand je me faisais alpaguer, ils commençaient par hurler *esecuzione*! et puis on discutait et ils finissaient par dire *non me ne importa un bel niente* — qu'est-ce que ça peut faire, la guerre est finie — et ils me relâchaient. Et il y avait parmi eux les meilleurs soldats de l'armée italienne.
— De l'armée...? Des soldats? Salerne? Tu étais...
— Quatrième Armée, sous les ordres du général Mark Clark. Nous devons avoir à peu près le même âge, même si vous êtes mieux conservé que moi. Comme je vous ai dit, j'étais deuxième pompe et puis, un beau jour, on s'est rendu compte que je parlais italien mieux que les interprètes. Alors, on m'a habillé en civil, on m'a bombardé lieutenant à deux galons, à titre temporaire, parce qu'on ne donnait pas cher de ma peau, et on m'a envoyé vers le nord pour faire des rapports sur les installations ennemies. C'était pas bien sorcier. J'avais toutes les lires, toutes les nanas et tout le *vino* que je voulais, et je ne me suis fait prendre que trois fois, comme je vous ai déjà expliqué.
— Joseph! s'écria le Faucon. Nous sommes compagnons d'armes!
— Si vous êtes une tante, écartez-vous tout de suite!
— Non, Joseph, je suis général!
— Je le sais bien, dingo.
— Et toi, tu es lieutenant!

— Ça ne compte plus. Quand les huiles m'ont déniché près de Rome, dans la villa d'Este où je menais joyeuse vie, ils m'ont tout de suite rétrogradé. Les connards d'officiers, moi, j'en ai rien à faire.

La sonnerie du téléphone les interrompit et le regard noir du Faucon passa à plusieurs reprises de l'appareil au deuxième classe Petit Joseph. Puis il décrocha.

— Quartier général provisoire! hurla-t-il.

— Je préférerais une formulation différente et une voix moins stridente, déclara Aaron Pinkus. Vos aides de camp sont prêts. Avez-vous appris ce que nous devons découvrir?

— Je crains que non, commandant. C'est un vieux brave.

— Je ne veux même pas essayer de comprendre. Pouvons-nous passer à l'étape suivante?

— Allez-y!

Les trois véhicules de la section locale commémorative Pat O'Brien dévalèrent Clarendon Street, tournèrent à toute allure dans Boylston Street et, comme convenu, s'arrêtèrent à une centaine de mètres de l'hôtel des Quatre Saisons. Les passagers se rassemblèrent sans perdre de temps devant la voiture la plus proche de l'entrée de l'hôtel, mais la réunion précédant l'assaut fut quelque peu retardée par les frères Duffy qui n'avaient pas quitté le bar de la Section depuis les premières heures de la matinée, à la suite d'une dispute assez sérieuse avec leurs épouses qui elles-mêmes étaient sœurs.

— Je suis sûr qu'il y a quelque chose dans l'Église qui dit qu'on aurait pas dû faire ce qu'on a fait, Petey! lança un Duffy grisonnant à son frère tandis qu'on le soutenait pour aller rejoindre les autres.

— Mais ça fait trente ans, Bobby!

— Elles sont sœurs, Petey. Et nous sommes frères...

— Ce ne sont pas nos sœurs, Bobby...

— Quand même... entre frères et sœurs. Je suis sûr qu'il y a quelque chose, mon gars!

— Est-ce que vous allez la fermer, tous les deux? hurla Harry Milligan, le chef aux traits burinés à qui Billy Gilligan avait confié le commandement de la petite brigade. Comme vous êtes trop bourrés pour combattre, je vous donne l'ordre de monter la garde!

— Qu'est-ce qu'on garde? demanda Bobby Duffy en passant une main dans les cheveux imaginaires de son crâne chauve. Et d'où ils arrivent, les schleus?

— Ce ne sont pas des schleus, Bobby, mais des salauds qui veulent liquider le grand général!

— A quoi y ressemblent, Harry? demanda Peter Duffy, les yeux injectés de sang, en s'appuyant sur le rétroviseur de la voiture qui fléchit et se déforma sous son poids.

— Comment veux-tu que je le sache, Petey? répliqua le commandant de la brigade Milligan-Gilligan. A mon avis, ils vont filer comme le vent de Donegal dès que nous les aurons trouvés.

— Et comment on va les trouver, Harry ? poursuivit Bobby Duffy en entrecoupant sa question d'un hoquet et de deux renvois.

— En y réfléchissant bien, je ne sais pas vraiment, répondit Harry Milligan, les yeux plissés, dont la peau tannée, creusée de sillons, évoquait celle d'un rhinocéros. En fait, Gilligan ne m'a rien dit.

— Tu te trompes, Harry, protesta Peter Duffy, le corps soumis à un tangage de plus en plus prononcé. C'est toi Gilligan.

— Mais non, ce n'est pas moi, sac à vin ! Moi, je suis Milligan !

— Ravi de faire votre connaissance, bafouilla Bobby Duffy avant de se laisser tomber au bord du trottoir comme une pomme de terre trop cuite transpercée par une fourchette.

— Mon frère est torturé par des démons venus de l'enfer ! s'écria Peter en s'affaissant le long de la portière de la voiture, les jambes sur la tête de son frère. C'est la malédiction des deux sœurs, des deux sorcières !

— Là ! t'es un bon gars, fit Harry Milligan d'un ton conciliant en s'agenouillant et en tapotant la tête de Petey. Tu vas rester ici pour repousser ces terribles démons.

Harry se releva et s'adressa aux sept hommes restants de la brigade Milligan-Gilligan.

— Suivez-moi, les gars ! Nous savons ce que nous avons à faire !

— Et qu'est-ce qu'on à faire exactement ? s'enquit un septuagénaire qui nageait dans une veste de combat de la Seconde Guerre mondiale couverte d'insignes représentant ses faits d'armes sur les champs de bataille européens.

— Billy Gilligan m'a donné deux noms. Le premier est naturellement celui du grand général Hawkins, le second celui d'un homme de loi dont nous avons entendu parler en bien. Un juif qui est une grosse légume à Boston et dont la firme emploie un certain nombre de bons avocats catholiques.

— Tous des sacrés malins ! lança une voix non identifiée dans le groupe des sept valeureux anciens combattants. Eux, ils emploient des Irlandais, mais combien d'entre nous engagent des youpins ? Pour sûr, ils sont malins !

— Voici ce que nous allons faire, les gars. Je vais aller moi-même me renseigner à la réception. Je dirai que je dois joindre le grand général ou bien son ami, le grand juriste Pinkus, parce que je suis porteur d'un message urgent et confidentiel qui leur est destiné à tous les deux. Et le Seigneur m'est témoin que je ne mens pas ! Pour d'aussi importants personnages, ils seront bien obligés de me mettre en contact avec un des deux, non ?

Tout le monde approuva en chœur, à l'exception de l'ancêtre en veste de combat.

— Je me demande, Gilligan...

— Moi, je suis Milligan !

— Je préférerais que ce soit Gilligan. Il était dans la police, tu comprends...

— Eh bien, je ne suis pas... Alors, qu'est-ce que tu te demandes ?

— Imaginons que t'aies une secrétaire au téléphone, qu'est-ce que tu vas lui dire ? « Mille pardons, mam'zelle, mais il y a quelqu'un que je ne connais pas qui veut brûler la cervelle du grand général et de son ami, l'avocat juif... » Tu vois, mon gars, quelque chose me dit qu'ils pourraient bien appeler quelques-uns de ces types en blouse blanche qui conduisent ces camionnettes avec de la mousse à l'intérieur et des barreaux aux vitres.

— Je n'aurai pas d'explications à donner, vieille ganache ! Paddy Lafferty nous a déjà parlé de la suite de son employeur aux Quatre Saisons, mais nous ne savons pas où elle est. Ils seront bien obligés de me le dire à la réception quand je leur parlerai du message urgent et confidentiel que j'apporte. D'accord ?

L'approbation unanime fut de nouveau contrariée par le septuagénaire.

— Imagine qu'ils ne te croient pas ! A leur place, je me méfierais. T'as un regard fuyant, quand on arrive à voir tes yeux.

Quelques hochements de tête furent esquissés tandis que les anciens combattants scrutaient les yeux d'Harry Milligan, enfoncés dans les replis de la peau.

— Oh ! Ferme-la, vieux schnock ! s'écria Harry pour reprendre ses troupes en main. Qu'ils me croient ou pas, cela ne changera rien. Ils seront bien obligés de me donner le numéro de la chambre et nous saurons où ils sont !

— Et après ? demanda l'incorrigible sceptique.

— Alors, nous nous séparons. Toi, pauvre cadavre ambulant, tu te postes près de l'entrée et, si nous débusquons les salauds et qu'ils réussissent à prendre la fuite en voiture, tu as intérêt à relever le numéro minéralogique !... Heureusement que tu n'étais pas dans mon unité ! Tu aurais été capable de discuter les ordres d'Ike en personne !

Harry Milligan désigna trois de ses six autres combattants.

— Vous, les gars, vous couvrez les autres issues donnant sur la rue... Lafferty a bien insisté là-dessus.

— Où sont les issues, Harry ? demanda un petit bonhomme portant un blouson d'aviateur. J'étais mitrailleur de queue et je n'ai pas l'habitude des combats terrestres.

— A toi de les trouver, mon gars ! Paddy a dit qu'il fallait les bloquer.

— Qu'est-ce que ça veut dire, Harry ?

— Eh bien... Euh ! Paddy n'a pas été très clair là-dessus, mais je suppose que cela signifie qu'il ne faut pas laisser sortir ceux qui ne doivent pas nous échapper.

— Qui sont-ils ? demanda un grand maigre qui n'avait pas loin de soixante-dix ans et dont la tenue, bien qu'il fût coiffé d'un képi bleu, n'était guère appropriée à la mission, puisqu'il portait une chemise hawaïenne aux tons criards, sur laquelle s'épanouissait une profusion de fleurs de passiflore.

— Bon Dieu ! Harry vient de nous le dire ! s'écria un homme corpulent, de taille moyenne, au visage bouffi surmonté d'un casque d'infanterie. Tous les salauds qui sortent en courant pour se précipiter dans une voiture.

— Et nous les abattons, acquiesça le grand maigre à la chemise hawaïenne.

— Nous visons les jambes, mon gars, précisa Harry Milligan. Tu sais bien, comme on faisait pour les éclaireurs schleus. Il faut les laisser en vie, pour les interroger.

— T'as raison, Harry, approuva le fantassin casqué. Tu parles si je m'en souviens ! Quand on les avait capturés, ils gardaient les mains baissées pour se protéger les roubignoles ! J'ai jamais eu besoin de tirer, mais ils comprenaient le message.

— Les gars, je vous suggère de retirer vos couvre-chefs. Ils ne sont pas très discrets, vous comprenez.

Harry s'adressa ensuite aux trois derniers combattants de la section O'Brien.

— Vous, les gars, vous restez avec moi, à une certaine distance et en vous mêlant à la foule. Mais surtout ne me quittez pas des yeux. Quand je bouge, vous bougez, pigé ?

Un murmure d'approbation unanime, plus fort, plus déterminé, se fit de nouveau entendre.

— Nous allons entrer les premiers, fit le fantassin grassouillet en fixant son casque à son ceinturon, sous une chemise de bowling vantant la qualité des boucheries O'Boyle. Donnez-nous deux minutes pour trouver les issues et prendre position.

— Bien vu, mon gars. En route, maintenant, il n'y a plus de temps à perdre !

Harry Milligan regarda sa montre tandis que ses trois éclaireurs traversaient la rue aussi vite que leurs vieilles jambes le leur permettaient et pénétraient dans le hall de l'hôtel, sous le regard du portier qui n'était pas véritablement transporté d'enthousiasme. Puis Harry se retourna vers les trois hommes restants pour leur donner ses dernières instructions.

— Quand nous serons à l'intérieur, je me dirigerai vers la réception, d'une démarche aussi dégagée que possible, comme si je fréquentais tous les jours ce genre d'établissement, et je me pencherai sur le comptoir comme un homme très important, peut-être avec un clin d'œil, vous voyez, pour bien faire comprendre que j'ai un message à transmettre à des clients importants. Puis je leur assenerai d'un coup les deux noms illustres de Hawkins et Pinkass.

— Je crois que c'est Pinkoos, Harry, suggéra un homme aux cheveux clairsemés et à la trogne enluminée qui était à l'évidence un partenaire de bowling du fantassin, mais dont la chemise des boucheries O'Boyle était malheureusement à l'envers.
— Il a raison, Milligan, approuva un petit bonhomme arborant la grosse moustache broussailleuse caractéristique des sergents-majors britanniques du début du siècle, mais qui, en guise d'uniforme, portait un Levis taché retenu par des bretelles rouges et une chemise écossaise jaune et noir. J'ai souvent entendu Paddy prononcer Pinkoos.
— Pinkuss serait plus juste, rectifia le dernier membre de l'unité de Milligan, une grande perche portant un débardeur vert bouteille qui découvrait largement les tatouages ornant ses deux bras, plus particulièrement un long serpent bleu prêt à attaquer, au-dessus d'une inscription qui disait : *Ne Me Marchez Pas Sur La Queue*.
— Je vais dire « Pinkiss », en parlant très vite et cela devrait passer... Et maintenant, les petits gars de la section O'Brien, à l'attaque! Nous vaincrons pour le général!

Desi-Un, la bouche quelque peu élargie par une prothèse dentaire en plastique, et son compère Desi-Deux étaient tassés sur le siège arrière du coupé Buick d'Aaron Pinkus. Éblouis par leur transformation vestimentaire, ils s'entradmiraient inlassablement en passant délicatement la main sur l'étoffe noire et lisse de leur habit, plus particulièrement sur le satin des revers.
— Vous avez bien compris, sergents? dit Pinkus en tournant dans Boylston Street. Vous faites comme si vous ne parliez pas un mot d'anglais. Vous êtes des représentants de l'Espagne auprès des Nations unies, des hommes très importants.
— Ch'est très bien, fit Desi-Un dont le zézaiement était encore accentué par l'appareil posé à la place de ses dents manquantes, mais nous né chavons toujours pas pourquoi lé *vicioso*, il nous en veut tellément.
— Vous le confondez avec quelqu'un d'autre, sergent, nous en avons déjà parlé. Quand vous le verrez dans le hall, précipitez-vous vers lui en le montrant du doigt et en hurlant que c'est un criminel recherché par la police de Madrid.
— Ouais, grogna Desi-Deux, nous en avons déjà parlé aussi et nous n'aimons pas beaucoup céla. Lé *vicioso*, comme tous les *viciosos*, il a oune arme et il va la sortir.
— Il n'aura pas la possibilité de vous faire du mal, rétorqua Aaron pour désamorcer le mouvement de protestation naissant. Le général sera juste derrière lui et il interviendra aussitôt... Je pense que le terme qu'il a employé est « neutraliser ». Vous avez confiance en lui, n'est-ce pas?
— Oh! oui! répondit Desi-Un. Nous l'aimons bien, lé *hombre loco*. C'est loui qui nous a fait entrer dans l'armée!

— C'est loui aussi qui nous a flanqué oune raclée à l'aéroport, amigo, et c'est pourquoi jé loui fais confiance.

Desi-Deux hocha longuement la tête en passant le doigt sur le pli de son pantalon.

— Cé vieux bonhomme, il a des gros *testiculos*.

— Et après, *comandante*? demanda Desi-Un, l'air perplexe.

— Le général, à sa manière très personnelle, est entièrement dans le vrai, répondit Pinkus en serrant le trottoir derrière plusieurs taxis qui attendaient devant l'entrée des Quatre Saisons. Aucun gouvernement n'ose offenser un gouvernement allié avec une bavure de sécurité, surtout lorsqu'il s'agit d'un pays d'une grande importance stratégique. Il pourrait décider de fermer son ambassade et de rompre les relations diplomatiques.

— C'est ça qui né nous plaît pas, le coupa Desi-Un. Nous né voulons pas qué l'ambassade dé *España*, elle ferme, même si nous avons jamais mis les pieds dans cé pays et surtout si on tire sur nous. Nos amis, ils n'aimeront pas dou tout.

— Le général vous a donné sa parole.

— Il a intérêt à la ténir... Et qu'est-cé qui va sé passer ensouite?

— Eh bien, la meilleure explication que je puisse vous donner est que celui qui a lancé ce dangereux individu sur la piste du général sera obligé de reconsidérer ses méthodes.

— Jé né comprends pas.

— Il sera suffisamment effrayé pour renoncer à ce genre d'attaque et préviendra tous ceux qui, à Washington, ont contribué à l'envoi de ce redoutable criminel de changer leur fusil d'épaule, de se soumettre ou se démettre. Sur le plan géopolitique, Hawkins a visé juste. Nos bases en Espagne, plus particulièrement les bases aériennes, doivent être préservées.

— *Olé! comandante!*

— Ouvrez-moi cette porte au chalumeau! aboya MacKenzie Hawkins. Je veux que tout soit terminé dans cinq minutes! Pigé, capitaine?

— A vos ordres, mon général, répondit le technicien de l'hôtel au téléphone. Mais n'oubliez pas ce que vous m'avez promis : une photo de nous deux, ensemble. C'est toujours d'accord?

— Tout le plaisir sera pour moi, mon garçon. Je passerai le bras autour de vos épaules, comme si nous avions franchi le Rhin côte à côte.

— Je suis au paradis avant même d'être mort!

— Au travail, capitaine. C'est indispensable à la réussite de notre opération.

— Quatre minutes et huit secondes, mon général!

Hawkins coupa la communication et composa aussitôt le numéro du téléphone de la Buick d'Aaron Pinkus.

— Commandant?

— Oui, général.
— Je serai en bas dans cinq minutes. Quelle est votre position ?
— Trois voitures de l'entrée.
— Parfait. Approchez-vous de la réception et synchronisez vos montres. Heure H entre treize et dix-sept minutes. Vous m'avez bien reçu ?
— Ce que vous dites n'est pas totalement inintelligible, général. J'ai compris.

La brigade de la section O'Brien était en place : débardeur, tatouages, blouson d'aviateur, casque au ceinturon, bretelles rouges, chemise hawaïenne, Levis taché. Tous les regards étaient fixés sur le chef affecté de strabisme qui clignait de l'œil à la réception.
— Oui, monsieur ? demanda le réceptionniste en sortant un mouchoir de sa poche, comme si la vue de ce client pouvait être accompagnée par une odeur aussi déplaisante.
— Je vais vous dire ce que j'ai à vous dire, mon gars, et vous avez intérêt à réagir vite. Est-ce que les noms de Pinkiss et Hawkins vous évoquent quelque chose ?
— M. *Pinkus* a une suite réservée dans notre établissement, si c'est de cela que vous parlez.
— Je ne m'occupe pas de sa vie privée, mon gars, et je ne veux pas savoir combien de petites amies il a. Il faut que je leur transmette un message, à lui et au général. C'est urgent et confidentiel. Alors, qu'est-ce que vous avez à me proposer ?
— Je vous suggère de téléphoner dans la suite de M. Pinkus... Poste cinq mille cinq.
— Cinq-zéro-zéro-cinq, c'est bien ça, mon gars ?
— Parfaitement, monsieur.
— C'est le numéro de sa chambre ?
— Nous n'avons pas cinquante étages, monsieur. Aucun hôtel de Boston n'a cinquante étages. C'est le numéro du poste de sa suite.
— Qu'est-ce que c'est que cette histoire ? Dans tout hôtel qui se respecte, le numéro de téléphone est le même que celui de la chambre !
— Pas nécessairement, monsieur.
— Et pourquoi donc ? Comment peut-on savoir où est la chambre, hein ?
— Votre remarque est très juste, monsieur. Vous en êtes vous-même un bon exemple.
— De quoi, mon gars ?
— De la justesse de votre remarque, monsieur... Les téléphones des lignes intérieures sont là-bas, derrière vous.

Dérouté, Harry Milligan se retourna et se dirigea à grands pas vers la rangée d'appareils posés sur un support de marbre fixé au mur. Il en prit un et composa rapidement le numéro indiqué. C'était occupé.

— C'est votre contrôle de Washington, annonça MacKenzie Hawkins au téléphone d'un ton pressant, mais d'une voix basse et douce.

— Mon *quoi* ? demanda, deux étages plus bas, une voix aussi basse, mais dépourvue de douceur.

— Écoutez-moi ! La cible s'apprête à partir... Mon informateur vient de me signaler qu'il a appelé le groom pour faire descendre ses bagages.

— Mais qui êtes-vous, bordel ?

— Votre agent de liaison avec Washington et vous devriez me remercier au lieu de jurer comme un charretier. Dépêchez-vous, suivez-le !

— Je suis enfermé dans cette putain de chambre ! lança la voix furieuse du tueur. La porte est bloquée... On est en train d'essayer de l'ouvrir.

— Terminé... Nous ne pouvons pas courir le risque de nous faire surprendre.

— Bordel de merde !... Attendez, la porte s'ouvre !

— Ne perdez pas de temps !

Le Faucon raccrocha et se tourna vers Petit Joey, assis sur le bord du lit.

— Alors, tu vas me dire que tu ignorais que cet homme avait pris une chambre ici ?

— Quel homme ? protesta Joey. Vous êtes vraiment le pire des dingos ! Il faudrait vraiment qu'on s'occupe de vous. Que diriez-vous d'une jolie propriété avec des pelouses bien vertes, une haute grille et des tas de médecins ?

— Tu sais, Petit Joseph, dit le général, je te crois. Ce ne serait pas la première fois que le commandement cache à ses troupes certains aspects d'une opération.

Sur ces mots, le Faucon se dirigea d'une allure décidée vers la porte et sortit. Petit Joey l'entendit accélérer le pas dans le couloir... Et le téléphone sonna. Joey se pencha et décrocha.

— Oui ?

— Ai-je l'honneur de parler au grand général en personne ?

— J'écoute, fit Joey, curieux de savoir qui appelait.

— C'est pour moi un privilège de vous parler en personne, mon général ! Première classe Harry Milligan à l'appareil, mon général ! Je suis venu vous informer que non seulement l'hôtel est investi, mais que nous l'avons infiltré ! Vous ne risquez plus rien, mon général ! Vous êtes sous la protection des patriotes de la section commémorative Pat O'Brien !

Joey reposa lentement et doucement le combiné sur son support. Dingos, songea-t-il en s'allongeant sur le lit. Le monde est peuplé de tarés, surtout à Boston où la consanguinité devait être forte chez les fichus pèlerins. Qu'est-ce qu'ils avaient eu d'autre à faire pendant l'interminable voyage en mer que des parties de jambes en l'air?... Bon, se dit Joey, moi, je vais me faire monter un bon repas et puis j'appellerai Washington, nom de code Ragu. Que ça lui plaise ou non, Vinnie Boum-Boum allait devoir écouter une histoire très longue et particulièrement embrouillée. Bande de dingos!

Aaron Pinkus escorta les deux diplomates en habit jusqu'à la réception et annonça fièrement que ses invités, les représentants de l'Espagne, occuperaient sa suite. Il ajouta que tous les égards dont on les entourerait seraient grandement appréciés, non seulement par leur hôte, mais par le gouvernement des États-Unis d'Amérique.

Tout le personnel de la réception convergea respectueusement vers les visiteurs de marque et, quand il fut révélé qu'ils ne parlaient anglais ni l'un ni l'autre, on fit venir un groom portoricain pour servir d'interprète. Le jeune homme, prénommé Raul, fut absolument ravi par sa première conversation avec Desi-Un, qui, librement traduite, se déroula comme suit:

— *Hé, mec! Comment t'as eu ce super-uniforme avec les boutons qui brillent? T'es dans l'armée?*

— *Non, mon vieux, moi, je porte les bagages. On m'a demandé de rester avec vous pour que les gringos comprennent ce que vous dites.*

— *Ouais, c'est chouette! Tu viens d'où, toi?*

— *Porto Rico.*

— *Nous aussi!*

— *Mais non, vous, vous êtes des gros diplomates de Madrid! C'est ce que le chef a dit.*

— *C'est pour les gringos, mec! Dis, on pourrait peut-être se revoir plus tard, pour faire une petite fête, hein? Qu'est-ce que t'en dis?*

— *Tu sais, mec, dans la suite où vous êtes logés, il y a tout ce que tu veux.*

— *Même des filles? Des filles bien et tout, parce que mon pote est très croyant.*

— *Je lui trouverai ce qu'il lui faut et je nous trouverai ce qu'il nous faut! Fais-moi confiance, mec.*

— Qu'est-ce qu'ils disent, Pedro? demanda le réceptionnaire.

— Raul, monsieur.

— Toutes mes excuses. Alors, qu'est-ce qu'ils disent?

— Ils apprécient beaucoup les belles manières et la gentillesse exemplaire dont vous faites tous montre. Ils sont particulièrement satisfaits que vous ayez choisi un modeste employé comme moi pour leur tenir compagnie pendant la durée de leur séjour.

— Ça alors! s'écria un directeur adjoint, vous parlez extrêmement bien pour un basa... pour un compatriote de fraîche date!

— Les cours du soir, monsieur. Cours de perfectionnement pour les immigrants, à l'université de Boston.

— Gardez l'œil sur ce jeune homme, messieurs. Il ira loin!
— *Écoutez-moi ce con. Dans un établissement de ce standing, il ne tiendra pas un mois.*
— *Crois-tu qu'on ne l'avait pas remarqué,* Pedro?
— Messieurs, fit Pinkus en interrompant la conversation en espagnol, vous aimeriez peut-être admirer de plus près ce magnifique hall. Il est véritablement de toute beauté. Voulez-vous traduire, je vous prie, Raul?
— Avec grand plaisir, monsieur.

Harry Milligan s'approcha de l'homme aux débardeur et tatouages et lui murmura quelque chose à l'oreille, sans remarquer que de nombreux regards étaient fixés sur eux.
— Le grand général agit selon des voies mystérieuses, mon gars. Quand je l'ai informé de notre mission, il est resté silencieux, mais — Dieu m'en est témoin! — j'entendais tourner les rouages de ce cerveau puissant... Peut-être est-il en train, en ce moment même, de descendre en rappel le long des murs de l'hôtel. Il paraît que c'est lui qui a appris aux Rangers tout ce qu'ils savent...

Harry Milligan et le Débardeur furent brusquement interrompus par le septuagénaire en veste de combat qui se précipitait vers eux de toute la vitesse de ses jambes arquées.
— Ça y est, les gars, je sais! Ce sont des terroristes!
— Mais de qui parles-tu?
— Des deux zigotos en queue de morue!
— Qu'est-ce que tu racontes?
— Regardez les deux moricauds aux cheveux noirs qui s'éloignent de la réception! En principe, ce sont des grosses légumes, hein?
— Oui, je suppose. Il suffit de les regarder.
— Depuis quand des grosses légumes habillées comme ça descendent-elles d'une petite Buick de rien du tout, un modèle qui a déjà trois ans, au lieu d'une grosse limousine? Je te pose la question, Harry Milligan, est-ce que ça te paraît naturel?
— Non, c'est pas du tout naturel, pas pour des types aussi chics, dans un hôtel aussi chic. T'as raison, une Buick de trois ans, c'est pas fait pour eux.

Les yeux plissés, Harry observa les deux hommes vêtus avec une suprême élégance qui se pavanaient dans le hall. A en juger par leur teint bistré, ils venaient d'un de ces pays brûlés de soleil de la Méditerranée... Des Arabes! Des terroristes arabes qui ne devaient pas se sentir à l'aise dans leurs vêtements; sinon ils ne passeraient pas leur temps à remonter les épaules et à tortiller des fesses dans leur pantalon trop serré. Pas de problème, ces gars-là avaient l'habitude de porter les robes du désert qu'on voyait dans les films, un grand couteau à lame recourbée glissé dans la ceinture.

— Sainte Marie, mère de Dieu, murmura Milligan au Débardeur. On a peut-être bien trouvé, mon gars ! Fais passer le mot à tous les autres... Dis-leur de s'approcher lentement, sans quitter des yeux ces deux rats du Sahara. Et, s'ils prennent l'ascenseur, on les suit !

— Harry, je ne suis pas allé à confesse cette semaine...

— Oh ! tais-toi, Bon Dieu ! Nous sommes sept !

— Ça fait au moins trois contre un, non ?

— Te voilà devenu comptable, à présent ? Allez, fais vite et n'oublie pas de dire aux gars que, si je pousse le cri de guerre de la section, tout le monde se jette sur eux !

Avec la lenteur solennelle et gracieuse d'une pavane, les membres de la brigade Milligan-Gilligan, tels des danseurs singulièrement dépourvus de grâce, commencèrent à se frayer un chemin dans la foule élégante du hall de l'hôtel. Bras nus tatoués et chemises de bowling se mêlèrent aux costumes tropicaux et aux imprimés de chez Dior tandis qu'un casque se balançant à un ceinturon heurtait des estomacs sous les blazers Brooks Brothers et les robes de cocktail Adolfo, au grand déplaisir du personnel de la réception et des victimes estomaquées par cet assaut en règle mené par la troupe d'intrus bizarrement accoutrés.

Soudain, un costaud aux prunelles flamboyantes sortit d'un ascenseur. Après avoir lancé un regard circulaire, il traversa le hall d'un pas vif et se posta près de l'entrée d'où il pouvait à l'évidence surveiller tout le hall. Une haute silhouette aux cheveux grisonnants, portant une veste d'Indien en daim, sortit de l'ombre et se rapprocha subrepticement de l'homme en proie à une vive agitation.

— *Caramba !*

— *Madre de Dios !*

Le double cri résonna dans le hall tandis que les deux hommes en tenue de soirée hurlaient à pleins poumons en pointant un doigt accusateur sur le costaud posté près de l'entrée.

— *Omicido !*

— *Assassino !*

— *Criminal !*

— *Demendare el policia !*

Surpris, l'homme à la mine patibulaire qui était l'objet de ces bruyantes accusations esquissa un mouvement pour prendre la fuite, mais il fut aussitôt arrêté dans son élan par l'homme en costume d'Indien qui referma le bras sur sa gorge en plaquant un genou à la base de sa colonne vertébrale.

— C'est lui, les gars ! rugit une autre voix qui se répercuta sur les murs du vaste hall et couvrit le vacarme de la foule. C'est le grand homme en chair et en os ! *Erin go bragh !* En mémoire de saint William Patrick O'Brien, chargez !

La brigade Milligan-Gilligan s'enfonça dans la foule hystérique et se jeta sur les deux terroristes arabes en queue de pie.

— Mais qu'est-ce qué tou fais, le vieux? s'écria Desi-Un en repoussant un inconnu grassouillet coiffé d'un casque démodé.

— Hé! *loco!* rugit Desi-Deux en balançant un coup de pied à un vieillard vêtu d'une chemise des boucheries O'Boyle, le projetant dans un ravissant fauteuil reine Anne qui s'effondra sous le choc tandis que sa main se refermait sur un bras découvert par un débardeur. Tou as oune joli serpent, vieux gringo, et jé né veux pas té faire dou mal, mais écarté-toi! Jé n'ai pas dé *disputa* avec toi!

— Sergents! hurla le Faucon en se frayant un passage dans la mêlée qui s'était formée autour de ses deux aides de camp tout à fait à leur affaire. Le commandant Pinkus a ordonné l'évacuation.

— Aussi vite que possible, ajouta Aaron qui se tenait près de la porte. Les membres du service de sécurité remplissaient des déclarations de vol, mais ils sont sortis de leur bureau et la police a été prévenue. Il n'y a pas de temps à perdre!

— Qu'est dévénou le *vicioso, generale*?

— Quand il se réveillera, il aura mal au dos pendant un bon mois. Je me demande si la mafia a une couverture sociale.

— Allez-vous vous dépêcher, tous les trois?

— D'accord, *comandante*, dit Desi-Un en lançant un dernier regard à la mêlée confuse. Hé, Raul!

— *Si, señor Embajador de mes deux?*

— On té rappellera! Peut-être qué tou voudras entrer dans l'armée avec nous, non?

— Peut-être, amigo. Ce sera peut-être moins dangereux qu'ici. Adios!

Le coupé Buick d'Aaron Pinkus dévala Boylston Street et tourna dans la première rue, en direction d'Arlington et du Ritz-Carlton.

— Je n'ai absolument rien compris! s'écria le célèbre avocat. Qui étaient ces gens?

— Une bande de cinglés... Des vieux cinglés, des cinglés séniles! répondit avec colère MacKenzie Hawkins. Pas de blessures, vous deux? ajouta-t-il en tournant la tête vers l'arrière de la voiture.

— Né dites pas des bêtises, *generale*! Ces vieux, ils né pourraient même pas voler des poulets.

— Qu'est-ce que c'est que ça? s'écria le Faucon en voyant Desi-Un placer quatre portefeuilles sur la banquette arrière.

— Ça, quoi? demanda Desi-Un en levant un regard innocent vers le général.

— Ce sont des portefeuilles... Quatre portefeuilles!

— Il y avait beaucoup dé monde là-bas, expliqua D-Deux. Mon amigo, il né travaille plous aussi dour maintenant, il peut faire beaucoup mieux.

— Seigneur! soupira Pinkus, écrasé par un sentiment d'impuissance. Le service de sécurité de l'hôtel... les déclarations de vol!

— Vous n'avez pas le droit de faire ça, sergent!

— Jé né souis pas si mauvais, *generale*. C'est seulement oune pétite à-côté, commé vous dites, vous les gringos.

— Grand Abraham! implora Aaron à mi-voix. Il faut vraiment que je me calme... Ma tension artérielle est stratosphérique.

— Que se passe-t-il, commandant Pinkus?

— Disons simplement, général, que ce n'est pas pour moi une journée de travail tout à fait ordinaire.

— Voulez-vous que je conduise?

— Non, non, merci, répondit Aaron. La conduite me permet au contraire de ne pas penser à certaines choses, ajouta-t-il en allumant la radio.

Les accords du concerto en *ré* pour flûte de Vivaldi emplirent la petite voiture. Tandis que Desi-Un et Deux échangeaient un regard de réprobation, Pinkus profita de ces quelques instants de paix pour respirer lentement, profondément. Mais le répit ne fut que de très courte durée. La musique apaisante s'interrompit brusquement, remplacée par la voix excitée d'un présentateur.

— *Nous interrompons notre programme pour vous présenter en exclusivité un flash d'information. Il y a quelques minutes, dans Boylston Street, l'hôtel des Quatre Saisons fut le théâtre d'une scène étonnante dont les circonstances n'ont pas encore été clairement établies. Au cours de l'échauffourée qui a éclaté dans le hall de l'établissement, de nombreux clients ont été bousculés et jetés à terre, mais il n'y a heureusement à déplorer que des blessures légères... Nous appelons maintenant notre correspondant, Chris Nichols, qui se trouvait par hasard sur les lieux au moment de l'incident...*

— *Un déjeuner aux Quatre Saisons?* reprit le présentateur, croyant que le son était coupé. *Avec notre salaire?*

— *Pas un déjeuner, idiot,* lança une seconde voix, grave et sonore. *Ma femme croit que je suis à Marblehead...*

— *Chris! Tu es à l'antenne!*

— *C'était une plaisanterie, chers auditeurs... Mais ce qui s'est passé ici il y a à peine cinq minutes n'avait rien de drôle. La police essaie de reconstituer les faits, mais la tâche est ardue. Tout ce que nous savons pour l'instant, c'est que les acteurs semblent sortir d'un film de Hitchcock... Un célèbre avocat de Boston, deux représentants de l'Espagne, des terroristes arabes, un Amérindien de haute taille, fort comme un bison, une étonnante collection d'anciens combattants bizarrement accoutrés en proie à un délire hallucinatoire et, pour couronner le tout, un tueur notoire de la mafia. Seuls le premier et le dernier des personnages cités ont pu être identifiés. Il s'agit de Mᵉ Aaron Pinkus et d'un certain Caesar Boccegallupo, qui serait un* capo primitivo *de la famille Borgia, de Brooklyn, New York. Selon les versions contradictoires des témoins, le célèbre avocat se serait enfui avec les diplomates espagnols ou aurait été emmené en otage par les terroristes arabes. Depuis son arrestation, M. Boccegallupo demande avec insistance à parler à son avocat qui, selon ses dires, ne serait autre que le président des États-Unis. Indépendamment de toute considération politique, nul n'ignore que le président n'est pas un homme de loi.*

— Merci, Chris, merci pour ce reportage exclusif et bonne chance pour cette régate très excitante, à Marblehead...

— La régate est terminée, sombre...

Le concerto de Vivaldi reprit, sans effet sur la tension artérielle d'Aaron Pinkus.

— Le grand Abraham m'a bel et bien abandonné, murmura l'avocat le plus estimé de la capitale du Massachusetts.

— J'ai entendu ce que vous venez de dire, commandant! rugit MacKenzie Hawkins. Lui vous a peut-être abandonné, mais, aussi sûr que les léopards ont des taches, moi, je ne vous abandonne pas! Nous affronterons ensemble le feu de l'ennemi, vieux compagnon d'armes, nous le retournerons contre lui et nous l'anéantirons!

— Serait-il possible, fit Aaron Pinkus d'une voix très douce, en tournant la tête vers le Faucon, que je sois en présence de mon dybbuk [1]?

---

1. Dans la tradition juive, âme errante possédant un homme jusqu'à ce qu'elle soit exorcisée. (*N.d.T.*)

14

Jennifer Redwing referma doucement la porte de la chambre et se dirigea vers le bureau du salon de la suite réservée par Aaron Pinkus au Ritz-Carlton.

— Votre mère s'est endormie, dit-elle en écartant le fauteuil pour se placer en face de Devereaux, assis sur le canapé. Enfin, ajouta-t-elle en croisant fermement les jambes avec un regard noir en direction de Sam.

— Je présume que cela ne changerait pas grand-chose si je vous disais que ma mère n'est pas toujours ivre.

— Si j'étais une mère, Samuel Devereaux, et si je venais d'apprendre ce que la vôtre a appris ces derniers jours sur son fils, je ne dessoûlerais pas pendant cinq ans!

— N'est-ce pas un peu exagéré, chère consœur?

— Seulement si vous choisissiez de vous immoler sur la scène du Cow Palace de San Francisco et que la recette soit intégralement versée aux mères souffrant de troubles mentaux provoqués par leurs rejetons!

— Je vois qu'elle vous a beaucoup parlé, fit Sam en essayant sans succès d'éviter le regard positivement hostile de la ravissante Indienne.

— Je n'avais appris chez vous que des bribes de l'histoire, mais je viens d'entendre pendant une demi-heure une flopée d'horreurs... Vous m'avez peut-être entendue donner un tour de clé, comme elle me demandait de le faire. Des tueurs sur un parcours de golf, des traîtres anglais, des nazis dans une ferme, des Arabes faisant rôtir des testicules de bouc dans le désert... et pour couronner le tout l'enlèvement du pape! Vous aviez fait allusion à ce général complètement tordu qui a épluché des dossiers confidentiels pour réunir quarante millions de dollars mais j'étais loin d'imaginer cela! Seigneur Jésus! Kidnapper le pape! Je n'arrive pas à y croire... Elle n'a pas dû bien comprendre!

— Ils ne sont pas une seule et même personne, vous savez... Je parle de Jésus et du pape. N'oubliez pas que je suis anglican, même si je ne saurais vous dire avec précision quand je suis allé à l'église pour la dernière fois. Je devais avoir douze ou treize ans...

— Je me contrefiche que vous soyez anglican ou un adepte d'une secte tibétaine! Vous êtes bon à enfermer, c'est tout! Vous ne devriez pas avoir le droit de vous promener en liberté et surtout, surtout pas de représenter les gens en justice!

— Je perçois une certaine hostilité envers moi, constata Devereaux.

— Je suis absolument hors de moi! A côté de vous, mon frère Charlie qui est complètement timbré, ressemble à un nouvel Abraham Lincoln!

— Je suis sûr que nous nous entendrons bien.

— Oui, je vois ça d'ici : Redwing et Devereaux...

— Devereaux et Redwing, rectifia Sam. Je suis plus âgé et plus expérimenté.

— ... le cabinet juridique qui fait régresser la jurisprudence à l'âge de pierre, poursuivit implacablement Jennifer.

— C'était probablement beaucoup plus limpide à l'époque, acquiesça Sam. Ils ne pouvaient graver dans la pierre toute cette pléthore de codicilles et avenants.

— Essayez donc d'être sérieux, espèce d'imbécile!

— Je ne suis pas un imbécile, Red. Un auteur dramatique a écrit qu'il arrive un moment où il ne reste plus rien d'autre à faire que hurler. J'essaie simplement de substituer un petit rire ironique à ce hurlement.

— Il s'appelle Anouilh et il a également dit : « porteur de vie, donne la lumière. » Je substitue « loi » à « vie », comme j'ai cru pendant quelques instants que vous le faisiez. Notre rôle est d'apporter la lumière, Sam.

— Vous connaissez Anouilh? Je croyais être le seul à avoir...

— Il n'a jamais exercé notre profession, mais il adorait le droit, surtout le langage juridique qu'il a beaucoup employé dans son œuvre.

— Vous me faites peur, belle Indienne.

— J'espère bien! Nous sommes dans une situation qui a de quoi faire peur, cher confrère.

— Je ne parle pas de l'horrible pagaille créée par Mac, même si elle est effectivement terrifiante. J'ai le sentiment, mais ne me demandez pas pourquoi, que nous réussirons à nous en sortir, tout au moins à sauver notre peau, à défaut de préserver notre équilibre mental.

— Une telle confiance me ravit, déclara Redwing. Mais je suis loin de la partager.

— « Confiance » n'est pas le mot juste, Red. Disons plutôt que je suis fataliste et je pense que le destin nous sera probablement favorable, ne fût-ce qu'en raison de l'alliance entre Aaron Pinkus et MacKenzie Hawkins, deux des hommes les plus ingénieux que je connaisse. Et, si je devais être appelé à la barre, je pense pouvoir être à la hauteur des circonstances.

— Alors, je n'ai pas compris. De quoi parliez-vous ?

— De vous, ma belle amie... En l'espace de quelques heures, depuis notre première rencontre dans l'ascenseur jusqu'à cette suite d'hôtel, nous avons vécu pas mal de choses.

— Voilà peut-être le plus bel euphémisme de votre carrière, lança vivement Redwing, d'une voix posée, mais le regard toujours flamboyant.

— Je sais, je sais... Mais il s'est passé quelque chose...

— Vous croyez ?

— Pour moi, oui, acheva Sam. Je vous ai observée dans ce que les psys qualifieraient probablement de moments de tension extrême et j'aime ce que j'ai vu, je respecte ce que j'ai vu. On apprend énormément de choses sur une personne dans ce genre de circonstances... On peut découvrir des choses très belles, des choses merveilleuses.

— Vous donnez dans la mièvrerie, monsieur Devereaux, et j'ai la conviction que le moment est mal choisi.

— Mais si, il est bien choisi, vous ne comprenez donc pas ? Si je ne le dis pas maintenant, pendant que je le ressens avec une telle force, je ne dirai peut-être rien plus tard. Cela risque de passer et je ne voudrais surtout pas que cela passe.

— Pourquoi ? Est-ce parce que le souvenir de – quelle était l'expression de votre mère ? –, de l'« amour éternel de sa vie », cette religieuse qui a suivi le pape, est revenu vous hanter ? Ce n'est qu'un exemple parmi d'autres du monde de dingues dans lequel vous vivez !

— C'est précisément une des raisons qui me poussent à parler, poursuivit Sam. Ce souvenir est en train de s'estomper, je le sens au plus profond de mon être. Hier soir, j'aurais voulu tuer Mac pour avoir prononcé son nom, mais maintenant cela n'a plus d'importance, du moins je le pense. Quand je vous regarde, je ne vois plus son visage et cela m'apprend quelque chose de diablement important.

— Voulez-vous dire que cette personne a réellement existé ?

— Oui.

— J'ai le sentiment de me trouver au beau milieu d'un film d'horreur... Je découvre que je n'ai plus de pop-corn et que la moitié du sachet est collée sur le sol tapissé de chewing-gums...

— Bienvenue dans l'univers de MacKenzie Hawkins, chère consœur. Et surtout ne vous avisez pas de quitter votre siège, car, si vous ne glissez pas sur le pop-corn, ce sont vos chaussures qui resteront collées au tapis de chewing-gums... Pourquoi croyez-vous que votre frère a pris la fuite ? Pourquoi croyez-vous que j'ai fait tout ce qui était au pouvoir du très puissant Aaron Pinkus pour éviter d'être mêlé une nouvelle fois aux sinistres manœuvres de ce cinglé de Faucon ?

— Parce que tout cela est complètement fou, répondit l'Aphrodite au teint de bronze dont le regard commençait à se radoucir. Et pourtant votre brillant employeur dont je ne nie pas les qualités, car j'ai beaucoup entendu parler de lui, n'est pas parvenu à isoler le général. Il est en contact quasi permanent avec lui, il travaille avec lui! Or, vous savez aussi bien que moi qu'il lui suffirait d'un coup de téléphone à Washington pour mettre un terme à leur association et se disculper en arguant de sa bonne foi... Quant à vous, je vous ai bien observé dans la voiture, quand vous étiez au téléphone, et, malgré vos dénégations, vous vous rongiez les sangs. Pourquoi, monsieur Devereaux? Quelle peut être la raison de l'influence que cet individu exerce sur vous deux?

Sam baissa la tête, ses yeux suivant le contour d'un cercle imaginaire autour de ses chaussures.

— La vérité, je suppose, dit-il simplement.

— Quelle vérité? Il ne provoque que le chaos!

— Oui, c'est cela aussi, mais il y a une vérité sous-jacente. Prenons l'exemple du pape Francesco. Tout a commencé comme la supercherie la plus diabolique de l'histoire de l'humanité, pour reprendre les termes d'Aaron, mais, au fond, il y avait autre chose. Le pontife, cet homme merveilleux, était étouffé par les pharisiens de son entourage, des gens beaucoup plus intéressés par le pouvoir que par le progrès. L'Oncle Zio voulait pousser les portes entrouvertes par Jean XXIII alors qu'ils ne pensaient qu'à les refermer. Voilà pourquoi Zio et le Faucon sont devenus très proches dans les Alpes, pourquoi ils ont fait ce qu'ils ont fait.

— Dans les Alpes? Qu'ont-ils fait?

— Doucement, chère consœur. Vous avez posé une question et je m'efforce d'y répondre. Le lieu n'a pas d'importance; cela aurait aussi bien pu se passer dans un appartement, à Jersey City. Ce qui compte, c'est la vérité, et voilà le piège insidieux de Mac. Aussi tortueuses que soient les voies qu'il emprunte, il arrive toujours à une vérité fondamentale, toujours accompagnée, je vous l'accorde d'une ténébreuse machination... Votre peuple a été violenté, Red, et le Faucon a fourni des preuves apparemment irréfutables de cette agression. Bien sûr qu'il y a des millions de dollars à gagner en portant l'affaire devant la justice et d'autres millions seront distribués par ceux qui cherchent à réfuter ces preuves. Mais il est impossible de rejeter son postulat, si l'authenticité de ses sources est démontrée. Pas plus qu'Aaron je n'ai pu le faire, et vous ne le ferez pas non plus.

— Mais je veux le rejeter! Je ne veux pas que mon peuple passe par là! Il y a beaucoup de vieillards et les autres, presque tous les autres, faute d'éducation, ne sont pas armés pour faire face à une situation d'une telle complexité! Ils ne pourraient qu'être désorientés, corrompus par des intérêts particuliers et, en fin de compte, ils en pâtiraient! Ce n'est pas souhaitable!

— Je vois, fit Sam en s'enfonçant dans le canapé. Laissons les bons nègres vivre heureux sur la plantation, puisqu'ils se contentent de chanter leurs spirituals et de conduire les attelages de mules.

— Ai-je bien entendu? Mais comment osez-vous me dire cela?

— C'est vous qui l'avez dit. Vous, qui êtes sortie de cette réserve et qui, du haut de votre perchoir professionnel, décrétez que les sous-hommes ne sont pas capables de briser les chaînes qui les tiennent dans l'asservissement.

— Je n'ai pas dit qu'ils n'en étaient pas capables, mais simplement qu'ils n'étaient pas prêts! Nous sommes en train de bâtir une nouvelle école, nous engageons les meilleurs enseignants, en fonction de nos moyens, nous faisons appel au Peace Corps, nous envoyons de plus en plus d'enfants loin de la réserve afin qu'ils reçoivent une meilleure éducation. Mais tout cela ne se fait pas en un jour! On ne transforme pas en un ou deux mois un peuple privé de ses droits en une société dotée d'une conscience politique! Il faut des années pour y arriver!

— Vous ne disposez pas de tout ce temps, Red, c'est aujourd'hui qu'il faut agir. Si vous laissez passer cette chance, aussi minime soit-elle, de réparer une injustice si flagrante, elle ne se représentera plus jamais. Mac a vu juste et c'est pour cela qu'il a agi de cette manière : toutes les armes en position de tir et camouflées, le haut commandement hors d'atteinte tout en restant maître de la situation.

— Qu'est-ce que c'est que ce charabia?

— Je suppose que le Faucon parlerait d'une opération de commandos Delta, prêts à frapper à l'heure H.

— Bien sûr! Maintenant, c'est tout à fait limpide!

— L'attaque-surprise, Red. Sans avertissement préalable, sans aucune couverture médiatique, sans avocats criant sur les toits qu'une action en justice est engagée. Une attaque rapide et silencieuse, comme un coup de stylet...

— Afin de prendre tout le monde au dépourvu, ajouta Jennifer qui commençait à comprendre.

— Précisément, dit Devereaux. Même si les chances sont minces, tout se jouera sur un coup de dés. On ne fait pas appel d'un arrêt de la Cour suprême. Il ne peut y avoir qu'une modification du pouvoir législatif, un changement des règles, des lois.

— Et le Congrès, même galvanisé par le danger, avance avec la lenteur d'une tortue, acheva la juriste amérindienne. Ce qui place votre cinglé de général en position de force.

— Et les Wopotamis dans la même situation, ajouta Devereaux. Ils seront en mesure de dicter leurs conditions.

— Ou de prendre un aller simple pour l'enfer, déclara Jennifer en s'approchant de la fenêtre qui donnait sur le jardin public de Boston. Nous ne pouvons pas faire cela, Sam, reprit-elle en secouant lentement la tête. Ils seront incapables de maîtriser la situation. Une nuée de profiteurs de tout poil vont rappliquer en limousine ou en jet et s'abattre sur eux comme des ptérodactyles. Ils ne pourront pas résister à l'attrait de Bacchus et de ses bacchantes, et je ne pourrai rien faire pour les protéger, aucun d'entre nous ne pourra rien faire...

— Qui est ce « nous » ?
— Un groupe auquel j'appartiens, une douzaine d'élus que le Conseil des anciens a choisi dès l'enfance, les *ogottowa* – « plus intelligents que les autres » serait la traduction approximative, même si cela recouvre d'autres choses – et à qui il a permis d'étudier, contrairement au reste de la tribu. Nous avons tous réussi et, à l'exception de trois ou quatre, trop avides d'assimilation et uniquement soucieux d'acheter leur BMW, nous nous réunissons régulièrement et nous veillons aux intérêts de la tribu. Nous faisons tout notre possible, mais nous serions impuissants à les protéger de cette avalanche de profits de l'Olympe judiciaire.
— Nous donnons dans l'hellénisme aujourd'hui, fit observer Sam.
— Je n'avais pas remarqué. Pourquoi ?
— Je n'en sais rien... Excusez-moi, je ne voulais pas vous interrompre.
— Mais, si, vous vouliez. Pour vous donner le temps de préparer une réponse.
— Vous avez l'esprit très vif, chère consœur. C'est vrai et je crois que j'ai trouvé. Ai-je raison de penser que vous êtes en quelque sorte à la tête de cette douzaine d'heureux élus ?
— Oui, on peut dire cela. J'y consacre du temps et je suis à même de les conseiller en matière juridique.
— Dans ce cas, utilisez vos compétences avant le crime, s'il doit devenir réalité.
— De quelle manière ?
— En combien d'autres petits génies de la tribu avez-vous confiance ? poursuivit Sam en répondant par une autre question.
— En mon frère Charlie, bien entendu, quand il a toute sa tête. Et il y en a une demi-douzaine d'autres qui, je l'espère, ne se laisseront pas prendre au miroir aux alouettes.
— Dans ce cas, il vous est donc possible de créer un trust, une association irrévocable, avec la signature de chacun des membres de votre Conseil des anciens, stipulant qu'aucune transaction de nature économique, au bénéfice de la tribu, ne pourra être effectuée par une autre personne que les administrateurs de l'association susmentionnée.
— Nous courons le risque d'être accusés d'entente illégale préalable à une action en justice, objecta Jennifer.
— Quelle action ? Avez-vous été officiellement informée d'une action quelconque ?
— Et comment ! Par mon frère, Charlie le timbré, et par ma nouvelle connaissance au pantalon taché, Samuel Devereaux.
— Vous n'avez qu'à mentir un peu. Vous n'avez plus le choix qu'entre cela et un aller simple pour l'enfer.
Jennifer se retourna vers le bureau devant lequel elle se planta, les mains sur les hanches, la tête renversée vers le plafond, dans l'attitude de la réflexion. La pose était provocante et Devereaux réagit aussitôt.

— Vous êtes obligée de faire ça? demanda-t-il.
— De faire quoi? répliqua l'Aphrodite en baissant les yeux vers lui.
— De vous tenir de cette manière?
— Quelle manière?
— Vous êtes assurément une personne intimidante, mais vous ne souffrez pas d'un excès de testostérone.
— Mais de quoi parlez-vous?
— Vous n'êtes pas un homme.
— Évidemment que je ne suis pas un homme, fit Jennifer en laissant courir son regard sur sa poitrine avantageuse. Oh! je vous en prie, maître! Concentrez-vous sur votre religieuse!
— Serait-ce une pointe de jalousie que je perçois? Rien ne pourrait me faire plus plaisir, poursuivit Sam en entonnant d'une voix de fausset : *Ja-lou-ziiie, je t'entends, ma ja-lou-ziiie...*
— Taisez-vous donc, pour l'amour du ciel!... Charlie serait capable de faire ça!
— J'espère bien que non.
— Pardon?
— Continuez... Que serait-il capable de faire?
— De créer l'association, répondit Jennifer Redwing en décrochant le téléphone du bureau. Il pourra se faire aider par ma secrétaire et utiliser le fax. Tout devrait être réglé en une journée.
— Une seconde! s'écria Devereaux en se levant d'un bond. Composez votre numéro, mais voulez-vous me laisser jouer dans cette pièce le rôle de votre secrétaire?
— Pour quoi faire?
— J'aimerais entendre la voix de la pauvre poire qui, tout comme moi, s'est laissé embobiner par le Faucon. Appelez cela de la perversité si vous voulez, mais n'oubliez pas que j'ai laissé passer votre demande en mariage. C'est d'accord?
— Comme il vous plaira, fit Jennifer Redwing en composant son numéro.
— Quel est son vrai nom? poursuivit Sam en s'approchant de la belle Indienne. Pour qu'il sache que je suis véritablement votre secrétaire.
— Charles... « Crépuscule »... Redwing.
— Vous plaisantez?
— Il est venu au monde avec les derniers rayons du soleil et vous pouvez garder pour vous vos remarques stupides.
— Jamais je ne me permettrais...
Dès que le numéro fut composé, Jennifer tendit le combiné à Sam qui, quelques secondes plus tard, entendit un « allô » prononcé d'une voix douce.
— Je suis bien chez Charles Crépuscule Redwing?
— Vous voulez parler à Face d'Aigle? Il y a un problème?

— Face d'Aigle ? répéta Devereaux en couvrant le microphone de la main et en se tournant vers Jennifer. Il a dit « Face d'Aigle ». Qu'est-ce que ça signifie ? C'est un nom de code indien ?

— C'est notre oncle. Vous avez prononcé le deuxième prénom de Charlie, dont il n'est pas particulièrement fier. Laissez-moi lui parler.

— Ce type me donne les jetons !

— Charlie ? Mais pourquoi ? C'est un très gentil garçon.

— J'ai l'impression de m'entendre !

— Deux points pour le visage pâle, fit Jennifer en lui prenant le combiné. Salut, petite tête, c'est ta grande sœur. Tu vas faire très exactement ce que je te dis et ne t'avise pas de faire du gringue à ma secrétaire, sinon je te lange comme je le faisais quand tu étais petit, mais il risque de te manquer deux morceaux. Tu as compris, Charlie ?

Sam repartit vers le canapé, puis se ravisa et se dirigea vers le bar encastré, abondamment pourvu d'alcools de toutes sortes. Tandis que Red Redwing donnait à son frère un flot ininterrompu d'instructions, Sam prit une grande carafe remplie de Martini-gin. S'il ne restait plus rien d'autre à faire qu'à hurler, autant être à moitié bourré.

— Et voilà ! dit Jennifer en raccrochant avant de se tourner vers le canapé où elle s'attendait à voir Devereaux. Qu'est-ce que vous faites ? ajouta-t-elle en découvrant le barman qui accomplissait son rituel.

— Je m'efforce d'atténuer la douleur, répondit Sam en plongeant une fourchette miniature dans une soucoupe d'olives. Aaron ne devrait pas tarder, ajouta-t-il. Et Mac finira bien par arriver, s'il parvient à sortir des Quatre Saisons... La perspective de cette réunion ne m'enchante pas. Voulez-vous un verre ?

— Non, merci. J'ai trop peur qu'un verre se transforme en cuite et je ne touche pas à l'alcool. Question de gènes, sans doute.

— Vraiment ? Je croyais que c'était un de ces mythes stupides : les Indiens et l'eau de feu.

— Croyez-vous que Pocahontas aurait seulement posé les yeux sur ce sac d'os de John Smith, si elle n'avait pas été bourrée ? Avec tous les braves séduisants qu'il y avait autour d'elle.

— Je considère cela comme une remarque raciste.

— Et comment ! Laissez-nous quand même quelques petits plaisirs.

L'élégant directeur du club très fermé de Fawning Hill, sur la côte Est du Maryland, se tourna vers son adjoint au moment où l'homme solidement charpenté qui venait de franchir l'imposante porte d'entrée arrivait à leur hauteur et les remerciait d'une légère inclination de tête de la discrétion de leur accueil.

— Mon petit Roger, glissa le directeur en smoking, vous venez de voir au moins douze pour cent de la richesse de la nation franchir cette porte.

— Vous plaisantez ! s'étonna le jeune adjoint, lui aussi tiré à quatre épingles, mais sans la rose blanche à la boutonnière de son smoking.

— Pas le moins du monde, poursuivit le directeur. Il se rend à une réunion privée dans la Salle dorée, avec le secrétaire d'État. Pas de déjeuner, aucune autre boisson que de l'eau minérale. Très, très sérieux. Deux hommes du Département d'État sont arrivés il y a une heure et ont passé la salle au peigne fin avec des appareils électroniques pour s'assurer qu'il n'y avait pas de micros.

— De quoi s'agit-il, à votre avis, Maurice?

— C'est le gratin, Roger. Dans cette salle sont rassemblés les patrons de Monarch-McDowell Aircraft, Petrotoxic Amalgamated, Zenith Ball Bearings Worldwide et Smythington-Fontini Industries dont les activités s'étendent de Milan à la Californie.

— Rien que ça! Et qui est le cinquième homme?

— Le roi de la finance internationale. Il est de Boston et dispose de plus de moyens financiers que le Trésor.

— Mais que sont-ils venus faire ici?

— Si je le savais, Roger, je pourrais probablement devenir très riche.

— Moose! s'écria Warren Peace en saluant à son entrée d'une chaleureuse poignée de main le propriétaire de Monarch-McDowell Aircraft.

— Ton œil gauche est en orbite, Warty, observa le nouvel arrivant. Je suppose que nous avons des problèmes.

— Rien d'insurmontable, vieille branche, répondit nerveusement le secrétaire d'État. Tu peux dire bonjour aux copains.

— Salut, les potes, lança Moose, vêtu de la veste verte de membre honoraire du golf de Fawning Hill en faisant le tour de la table pour distribuer des poignées de main.

— Ça fait plaisir de te voir, mon vieux, affirma Doozie, de Petrotoxic Amalgamated, vêtu d'un blazer bleu non pas orné de l'emblème d'un club quelconque, mais brodé aux armes de sa famille.

— Tu es en retard, Moose, déclara le blond Froggie, propriétaire et P-DG de Zenith Ball Bearings Worldwide. Et moi je suis pressé. On a mis au point un nouvel alliage à Paris et cela peut nous rapporter des milliards avec nos contrats de défense.

— Excuse-moi, mon vieux, mais je n'ai pas réussi à changer les conditions météo au-dessus de Saint Louis. Mon pilote a absolument voulu faire un détour... Salut, Smythie, comment vont les petites femmes de Milan?

— Elles languissent encore de toi! répondit Smythington-Fontini. Le yachtman mi-britannique, mi-italien, très chic avec son pantalon de flanelle blanc et son blouson bouffant orné des décorations de ses victoires en régate.

— Alors, Bricky? demanda Moose en saisissant la main tendue du banquier bostonien. Comment vont les affaires? Tu as gagné une fortune grâce à moi, l'an dernier.

— En grande partie déductible d'impôts, riposta en souriant le banquier. Préférerais-tu qu'il en aille autrement?

— Certainement pas, mon vieux! C'est grâce à toi si je peux sucrer mon café du matin. Je m'assieds ici?

— Oui.

— Oui! répéta Froggie avec impatience. Je suis pressé, les gars! Ce nouvel alliage parisien pourrait tomber entre les mains des industriels allemands... Nous t'écoutons, Warren.

— Très bien, commença le secrétaire d'État en s'asseyant et en tapant furieusement sur sa tempe gauche pour remettre en place son œil flottant. Je vous ai tous informés par nos lignes privées que notre vieux camarade, le président, m'a confié la responsabilité du problème italien, à la CIA.

— Il faut bien que quelqu'un s'en occupe, observa Doozie, de Petrotoxic. J'ai cru comprendre que ce type était devenu une menace et ses méthodes musclées sont notoires.

— Il faut pourtant reconnaître que, depuis son entrée en fonction, il a eu des résultats, objecta Moose. Depuis le jour où il est arrivé à Langley, nos entreprises n'ont pas eu un seul conflit syndical d'importance. Dès qu'une menace se fait sentir, il envoie une limousine bourrée de ses anciens collègues et le calme revient comme par magie.

— Bonne idée, les limousines, approuva Doozie en époussetant d'une chiquenaude un grain de poussière sur le blason brodé de sa famille. Je dois également reconnaître que toutes ses interdictions pour des raisons de sécurité nationale ont été fort efficaces contre ces pouilleux de défenseurs de l'environnement. Papa et Maman l'auraient porté aux nues.

— Bien qu'il ne soit absolument pas de notre monde, ajouta le financier de haut vol, ses relations avec certaines institutions sans existence légale nous ont offert des débouchés extraordinaires. Nous avons tous gagné les millions de dollars qui ne sont pas entrés dans les caisses de l'État.

— C'est vraiment un type bien, acquiesça Moose, les bajoues tremblotantes.

— Cela ne fait aucun doute, reprit Doozie. Il a parfaitement compris que la réussite de ses supérieurs ne peut que lui être profitable. Il a tout à y gagner.

— Et auprès de qui pourrions-nous trouver autant de compréhension? lança l'héritier de la multinationale Smythington-Fontini. Cet homme a la fibre patriotique très développée. Il est parfaitement conscient que tous les programmes de défense à l'étude doivent impérativement être approuvés, même s'ils paraissent criticables, car ces travaux permettent toujours de faire de précieuses découvertes... oui, des découvertes.

— Bravo! bravo!

— Bravo !...

— Messieurs ! les coupa le secrétaire d'État en levant une main tremblante sur laquelle il referma immédiatement l'autre avant de reposer les deux sur la table. Les qualités exceptionnelles qui ont joué en sa faveur pourraient fort bien être les raisons qui font de lui une redoutable menace.

— Comment ?

— Pourquoi ?

— Parce que, tous autant que vous êtes, vous avez traité avec lui des affaires très délicates.

— Dont il ne reste pas de traces, Warren, déclara Froggie d'un ton glacial. Absolument aucune.

— Pas pour lui.

— Que s'est-il passé ? demanda le banquier dont le teint naturellement blafard était encore plus livide qu'à l'accoutumée.

— C'est directement lié à l'autre difficulté à laquelle nous devons faire face et que j'aborderai plus tard.

— Bon Dieu ! murmura Doozie. Les sauvages... Cette foutue Cour suprême où siègent encore trois gauchistes séniles et un sphinx !

— Précisément, confirma Warren Pease d'une voix à peine audible. En essayant de désamorcer cette machination ridicule, Mangecavallo a réussi à remonter la piste de ces cinglés de demandeurs jusqu'à Boston, puis il a fait venir ses hommes de main de New York. Des tueurs, des vrais. Mais l'un d'eux a été arrêté.

— Oh ! Nom d'un petit bonhomme ! s'écria Bricky. Tu as dit Boston ?

— J'ai entendu parler de cette histoire, dit Moose. Il y a eu une rixe dans un hôtel et le malfrat arrêté a prétendu que son avocat était le président.

— Je ne savais pas que ton vieux camarade était avocat, fit Doozie.

— Il ne l'a jamais été ! Mais si son nom a pu être prononcé, combien de temps faudra-t-il pour qu'on remonte jusqu'à Mangecavallo ? Il plaidera sans doute coupable pour une infraction moins grave et, en contrepartie, il vous mouillera tous.

— Qu'espériez-vous d'autre, monsieur le secrétaire d'État ? demanda le blond Froggie d'un ton implacable en faisant du regard le tour de la table. Quand on confie des responsabilités à un truand, il faut savoir qu'on sera responsable de truands.

Le silence qui s'abattit était celui des damnés. C'est Moose qui le rompit au bout de quelques instants.

— Nous le regretterons, dit-il.

— Bon, demanda Warren Pease, nous sommes tous d'accord ?

— Naturellement, vieille branche, répondit Doozie en haussant les sourcils d'un air candide. Quelle autre voie s'offre à nous ?

— Elles mènent toutes à ma belle banque de Beacon Hill ! s'écria Bricky. C'est fini pour lui !

— Nous ne pouvons plus supporter cette situation ! lança Smython-Fontini. Un prince du crime au cœur de nos services de renseignements... Surtout qu'il nous connaît, qu'il peut citer nos noms !

— Qui va le dire ? demanda Moose. Bon Dieu ! il faut que l'un d'entre nous le dise !

— Moi, déclara Froggie d'une voix dénuée d'émotion. Vincent Mangecavallo doit, aussi rapidement que possible, devenir *feu* Vincent Mangecavallo... Victime d'un accident, bien entendu. Rien qui puisse éveiller le moindre soupçon.

— La question est de savoir comment, reprit le secrétaire d'État.

— J'ai peut-être une réponse, dit Smythington-Fontini en tirant sur son long fume-cigarette. Je suis seul propriétaire de Milano-Fontini Industries et il existe en permanence à Milan un vivier de recrues auxquelles mes discrets subordonnés pourront faire appel moyennant quelques centaines de millions de lires. Disons que... je peux arranger cela.

— Je savais qu'on pouvait compter sur toi !

— Quel excellent ami !

— Voilà qui est parlé !

— Très bien, l'affaire est réglée, déclara Warren Pease dont l'œil gauche demeurait relativement stable. Le président vous remettra en personne une médaille. Au cours d'une cérémonie discrète, cela va sans dire.

— Comment le Congrès a-t-il pu ratifier la nomination de Mangecavallo ? demanda le banquier au teint blafard. Je ne croyais pas qu'il franchirait l'obstacle des auditions.

— En ce qui me concerne, je préfère ne pas le savoir, fit l'ancien camarade d'école du président. Mais, en ce qui concerne la *nomination* du discret et généreux Mangecavallo, puis-je vous rappeler qu'elle est le fruit des travaux du comité consultatif formé par le président élu avant son entrée en fonction et dont la majorité des membres sont assis à cette table. Je ne doute pas que vous ayez pensé qu'il ne serait jamais accepté par le Sénat, mais c'est pourtant ce qui s'est passé et vous l'avez bien cherché... Messieurs, vous portez la responsabilité de la nomination d'un parrain de la mafia à la tête de la Central Intelligence Agency.

— Je trouve que tu t'exprimes crûment, mon vieux, protesta Doozie, le menton pointé en avant, en se tortillant sur son siège. Aurais-tu oublié que nous avons fréquenté la même université ?

— Dieu sait que cela me fait de la peine, mon vieux, mais tu dois me comprendre. Il faut avant tout que je protège notre *vieux camarade*. C'est ma mission, je m'y suis engagé sur l'honneur et tout ce genre de choses.

— Il n'est pas allé à la même université que nous ! Il ne faisait même pas partie de notre confrérie dans notre boîte à bachot !

— La vie ne nous fait pas de cadeaux, Bricky, dit Froggie en considérant froidement le secrétaire d'État. Mais comment peux-tu espérer protéger notre « camarade » du Bureau ovale en rejetant sur nous une partie de la responsabilité du choix de Mangecavallo, ce que nous nous empresserions de nier avec une extrême vigueur ?

— Eh bien, répondit d'une voix étranglée le secrétaire d'État dont l'œil gauche zigzaguait comme une boule de flipper repoussée par deux aimants, il se trouve que nous disposons des procès-verbaux de toutes les réunions du comité consultatif.

— Comment est-ce possible ? s'écria le banquier blafard. Il n'y avait pas de secrétaire et aucun procès-verbal n'a été rédigé.

— Les délibérations ont été enregistrées, les gars, répondit Warren Pease dans un murmure.

— Quoi ?

— Vous avez entendu cet ami fidèle, ce salaud de bonne famille ? rugit Moose. Il a dit que tout a été enregistré !

— Avec quoi, Bon Dieu ? interrogea Doozie. Je n'ai jamais vu le moindre appareil.

— Des microphones à commande vocale, répondit le secrétaire d'État de la même voix ténue. Placés sous les tables... partout où avaient lieu vos réunions.

— Comment cela, partout où avaient lieu nos réunions ?

Tout autour de la table, les visages étaient pétrifiés par l'indignation. Puis, à mesure que la lumière se faisait dans les esprits, des exclamations retentirent.

— Dans ma maison ?

— Dans mon chalet du lac ?

— Dans ma propriété de Palm Springs ?

— Dans les bureaux de Washington ?

— Partout, confirma Warren Pease d'une voix mourante, la physionomie terreuse.

— Mais comment avez-vous pu nous faire cela ? rugit Smythington-Fontini, le fume-cigarette pointé comme un sabre au milieu du visage anguleux.

— Une mission, un engagement sur l'honneur ! ajouta le blond Froggie d'un ton railleur. N'espère plus jamais jouer dans *mon* club, ignoble salopard !

— Et je te suggère de renoncer à nos prochaines réunions d'anciens élèves où nous n'avons que faire d'un renégat ! s'écria Doozie.

— Moi, j'accepte ta démission de la Metropolitan Society, avec effet immédiat ! déclara théâtralement Moose.

— Mais j'en suis le président honoraire !

— Non, tu ne l'es plus ! Dès ce soir, nous recevrons des rapports sur ta conduite scandaleuse au Département d'État. Harcèlement sexuel sur des employés des deux sexes ! Une conduite que nous ne saurions tolérer dans notre milieu !

— Si jamais tu nourrissais l'espoir de trouver un anneau dans notre yacht club pour ton misérable bateau, tu peux faire une croix dessus, décréta Smythie. Marin d'eau douce !

— Les gars !... Hé ! les gars ! Vous ne pouvez pas me faire ça ! C'est toute ma vie, tout ce qui compte pour moi que vous m'enlevez !

— Tu aurais dû y penser plus tôt...

— Mais je n'y suis pour rien... Vous n'allez pas éliminer le messager à cause du message qu'il transmet !

— J'ai déjà entendu ça quelque part, lança Bricky. Sans doute la propagande socialo-communiste !

— Non, je crois que c'est japonais, expliqua Moose, et c'est bien pire ! Ils prétendent que nos réfrigérateurs sont trop gros pour être vendus chez eux et nos voitures trop larges pour leurs rues. Ils ne pourraient donc pas construire des maisons plus grandes et des rues plus larges, ces foutus protectionnistes !

— Ce n'est ni l'un ni l'autre, les gars, s'écria le secrétaire d'État. C'est la vérité !

— Qu'est-ce qui est la vérité ?

— Le message et le messager... Il a soudoyé des serveurs et des jardiniers pour installer le matériel !

— Mais qu'est-ce que tu racontes, sale traître ? demanda le patron de Petrotoxic.

— C'est lui... c'est lui qui a tout fait.

— Vas-tu nous dire de qui tu parles, Bon Dieu ?

— Arnold... Arnold Subagaloo, le porte-parole de la Maison-Blanche.

— Je n'arrive jamais à prononcer correctement son nom. Ce n'est certainement pas un des nôtres. Alors, qu'est-ce qu'il a fait ?

— C'est lui qui vous envoie le message, par mon intermédiaire ! Comment voulez-vous que je sache ce qu'est un microphone à commande vocale, moi qui ne suis même pas capable de faire fonctionner mon magnétoscope ?

— Qu'est-ce qu'il a fait, ce Subaru ? demanda le banquier de la Nouvelle-Angleterre.

— Non, Subaru, c'est une marque d'automobiles, rectifia le secrétaire d'État. Je parle de Subagaloo.

— C'est bien un réfrigérateur, non ? demanda le propriétaire de Monarch-McDowell. Sub-Igloo est un appareil d'excellente qualité qui devrait équiper tous les petits foyers minables des Nippons !

— Non, toi, tu penses à Subzero... Je parle de Subagaloo, le porte-parole !

— Ah oui ! s'écria Smythington-Fontini. Ce type de Wall Street, brillant et très drôle, qui passait à la télévision il y a quelques années ! Je trouve qu'il aurait mérité d'avoir sa propre émission.

— Pas de chance, Smythie, il est mort. Mais ça, c'était avant, avec l'ancien président.

— Je vois, acquiesça le yachtman. Un type très chouette, venu du cinéma, qui avait un sourire dont ma femme était folle... A moins que ce ne soit ma maîtresse, ou bien la petite Milanaise. Franchement, je n'ai jamais compris un traître mot de ce qu'il disait.

— Je parle d'Arnold Subagaloo, le porte-parole du président actuel...

— Certainement pas de notre monde, pas avec un nom pareil.

— C'est lui qui m'a demandé de vous parler des enregistrements de vos réunions. C'est lui qui a tout organisé!

— Pourquoi aurait-il fait ça?

— Parce qu'il s'oppose à tout ce qui représente une menace potentielle contre la Maison-Blanche, expliqua Froggie. Il s'est donc efforcé pendant la période de transition de prévoir tous les problèmes qui risquaient de se poser et de prendre toutes les mesures préventives qui lui semblaient nécessaires...

— Mais avec quelle incorrection! le coupa Bricky.

— Nous poussant ainsi dans la situation où nous nous trouvons, acheva cyniquement l'industriel en regardant sa montre en or. Éliminer nous-mêmes Mangecavallo, supprimant ainsi le problème que nous avons créé, sans que le président soit éclaboussé... Quel esprit tortueux, ce Subagaloo!

— Il doit être très recherché comme administrateur, fit pensivement Doozie. Je parie qu'il siège à une douzaine de conseils.

— J'aimerais bien qu'il m'envoie un CV, quand il sera libéré de ses fonctions, ajouta Moose. Ce n'est pas tous les jours qu'on rencontre un type aussi tordu.

— Très bien, monsieur le secrétaire d'État, déclara le blond Froggie, le temps dont je dispose est limité et, comme Smythie se propose de régler un problème essentiel, je te suggère d'en venir à l'autre difficulté que tu as mentionnée tout à l'heure. Je parle évidemment de cette requête insensée et scandaleuse adressée à la Cour suprême, qui ferait passer Omaha aux mains des Tacobunnies...

— Wopotamis, rectifia le secrétaire d'État. D'après ce que l'on m'a dit, il s'agirait d'un groupe de Mohawks de l'Hudson, rejetés par leur nation, parce qu'ils refusaient de sortir de leur tipi quand il neigeait.

— Personne n'en a rien à faire de ce qu'ils étaient, ni de ce qu'ils faisaient dans leurs saletés d'igloos...

— De tipis.

— On recommence avec les réfrigérateurs...?

— Non, c'est le porte-parole...!

— Je croyais qu'il jouait dans l'équipe de Chicago...

— Les Japs sont en train d'acheter Chicago...?

— Mais où s'arrêteront-ils? Ils possèdent déjà New York et Los Angeles...!

— Ils ont acheté les Dodgers...?

— D'après ce que j'ai entendu dire, ce sont les Raiders...
— Je croyais que c'était moi, le propriétaire des Raiders...
— Non, Smythie, toi, c'est les Rams...
— Mais allez-vous vous taire ! hurla Froggie. J'ai une réunion à Paris, dans sept heures exactement... J'aimerais maintenant savoir quelles mesures le secrétaire d'État a prises pour faire annuler cette requête et étouffer l'affaire ! Toute publicité provoquerait la création d'une commission d'enquête parlementaire dont les travaux pourraient durer des mois et permettraient aux champions de toutes les minorités d'aller déballer leurs insanités devant le Congrès. Une perspective intolérable ! Une plaisanterie qui nous coûterait des millions de dollars !
— Je vais commencer par la mauvaise nouvelle, répondit le secrétaire d'État en écrasant la paume de sa main sur sa tempe pour faire cesser les mouvements frénétiques de son œil gauche. Dans l'espoir de nous procurer toutes les garanties voulues, nous avons mis sur l'affaire nos meilleurs limiers pour découvrir quelque chose sur les juges au cerveau dérangé qui étaient tentés d'accorder un certain crédit à cette abjecte requête... Ce fut en pure perte, messieurs. Nous nous sommes posé la question de savoir comment ils avaient pu obtenir leurs diplômes, car il est inconcevable que des magistrats soient aussi irréprochables.
— Avez-vous fait appel à Goldfarb ?
— C'est par lui que nous avons commencé. Il a baissé les bras.
— Jamais il ne l'a fait pendant le Superbowl. Comme il est juif, je ne peux pas l'inviter à dîner à l'Onion Club, mais quel joueur !... Et tu dis que Goldfarb n'a rien trouvé ?
— Rien du tout. Mangecavallo m'a confié que Hymie l'Ouragan en avait, je le cite, « presque perdu la boule ». Il aurait dit à Vincent qu'à son avis le chef Nuée d'Orage ne pouvait être que le « Big Foot » canadien ou même l'abominable homme des neiges !
— Goldfarb est fini, déclara tristement le P-DG de Petrotoxic. Je vais revendre dès que possible les « Ouragan » de ma collection de vignettes de chewing-gum. Papa et Maman m'ont toujours dit qu'il fallait devancer les mouvements du marché.
— S'il vous plaît ! lança le blond propriétaire de Zenith Worldwide en lançant un nouveau coup d'œil à sa montre. Quelle est la bonne nouvelle, s'il y en a une ? ajouta-t-il à l'adresse du secrétaire d'État.
— Pour exprimer les choses aussi simplement que possible, répondit Pease dont l'œil gauche avait retrouvé une quasi-immobilité, c'est notre futur ex-directeur de la CIA qui nous a indiqué la voie. Les auteurs de la requête, à savoir le chef Nuée d'Orage et ses avocats, doivent comparaître devant la Cour suprême pour être interrogés, avant que la Cour ne formule son opinion.
— Et alors ?
— Jamais il n'arrivera jusque-là... Jamais ils n'y arriveront !

— Quoi?
— Qui?
— Comment?
— Vinnie Boum-Boum a fait appel à ses amis de la mafia. Nous allons leur damer le pion!
— Quoi?
— A qui?
— Comment?
— Nous allons lâcher contre eux certains membres de nos Forces spéciales, dont quelques-uns sont encore en cage, et les programmer pour éliminer Nuée d'Orage et ses complices. Mangecavallo a vu juste : en supprimant la cause, on supprime les effets.
— Bravo! bravo!
— Bien dit!
— Admirable scénario!
— Et nous savons que cette ordure de Nuée d'Orage et ses misérables complices sont à Boston. Il suffit de le trouver, lui et les autres traîtres à leur patrie!
— Mais réussiras-tu à le faire? demanda Froggie d'un ton glacial. Jusqu'à présent, tu n'as pas fait grand-chose de concluant.
— C'est pratiquement fait, répondit Warren Pease, l'œil gauche étonnamment stable. L'affreux bonhomme arrêté à Boston, ce Caesar au nom imprononçable, est en ce moment dans une clinique stérile du Département d'État, quelque part en Virginie. On le bourre de sérum de vérité et, avant la fin de la journée, nous saurons tout ce qu'il sait. Je crois, Smythie, que tu devrais te mettre au travail sans tarder.
— On peut... arranger ça.

Algernon Smythington-Fontini descendit de sa limousine dans un lieu tout à fait invraisemblable. C'était une station-service délabrée, dans les faubourgs de Grasonville, Maryland, un vestige de l'époque où les fermiers des environs allaient faire le plein dès le lever du jour et passaient plusieurs heures à pester à qui mieux mieux contre les conditions climatiques, la chute des cours et surtout les industries agroalimentaires qui sonnaient le glas de leurs activités. Smythie salua d'un signe de tête le propriétaire-pompiste, assis dans un fauteuil d'osier déglingué, près de la porte de la boutique.
— Bonjour, dit-il.
— Jour, mon prince. N'avez qu'à entrer pour téléphoner... Laissez l'argent sur le comptoir, comme d'habitude et, comme d'habitude, je vous ai jamais vu.
— Sécurité diplomatique, vous comprenez.
— Parlez-en à qui vous voulez. Moi, ce que j'en dis...
— Dans votre position, ce ton insolent est déplacé!
— Mais j'ai pas de problèmes, moi... Toutes les filles, toutes les positions...

— C'est incroyable! grommela Smythington-Fontini en pénétrant dans la station-service.

Il tourna vers la gauche, en direction d'un comptoir de formica maculé de graisse sur lequel était posé un téléphone noir d'un modèle antédiluvien. Il décrocha le combiné et composa un numéro.

— J'espère que je ne vous dérange pas, dit-il.

— Ah! signor Fontini! Qu'est-ce qui me vaut l'honneur? J'espère que tout va bien à Milan.

— Extrêmement bien, tout comme en Californie.

— Nous serons heureux de vous être agréable.

— Vous n'allez pas être heureux d'apprendre ce qui a été décidé. Ce n'est pas beau et c'est irrévocable.

— Allons, qu'y a-t-il de si grave pour justifier ce ton funèbre?

— *Esecuzione.*

— *Che cosa? Chi?*

— *Tu.*

— *Me...* Les fumiers! rugit Vincent Mangecavallo. Bande de pourris! Que la vérole les emporte!

— Nous devons régler un certain nombre de détails. Que diriez-vous d'un bateau ou d'un avion, avec possibilité de retour?

La face apoplectique, Vinnie Boum-Boum enfonçait rageusement les touches du téléphone caché dans le tiroir de droite de son bureau, s'écorchant à deux reprises les jointures sur l'arête des parois de bois du tiroir. Dès qu'on eut décroché, il aboya le numéro d'une chambre d'hôtel.

— Ouais? marmonna Petit Joey d'une voix ensommeillée.

— Bouge-toi le cul, Joey! Tout le programme est changé!

— Qu'est-ce que vous...? C'est toi, Boum-Boum?

— Sur les tombes de tes ancêtres de Palerme et de Raguse, tu peux parier tout ce que tu veux! Ces saloperies de pédales de rupins viennent d'ordonner mon *esecuzione*! Après tout ce qu'on a fait pour eux!

— Tu te fiches de moi, là? C'est peut-être une erreur. Ils sont tellement chichiteux quand ils parlent qu'on ne sait jamais quand ils veulent te planter une lame dans le dos ou te caresser les...

— *Basta!* rugit le directeur de la Central Intelligence Agency. Je sais ce que j'ai entendu et c'est un tuyau en or!

— Bordel de merde! Qu'est-ce qu'on va faire?

— On va calmer le jeu, Petit Joey. Je vais disparaître pendant quelque temps, une semaine, peut-être deux... Je suis en train de régler les détails. Toi, je te confie une nouvelle mission. Et tu as intérêt à ce que tout se passe bien, Joey!

— Sur la tombe de ma mère...

— Je préférerais quelqu'un d'autre. Ta mère a passé trop de temps derrière les barreaux.

— J'ai bien une nièce. Une religieuse...

— As-tu oublié qu'elle s'est fait virer de son couvent ? En même temps que le plombier !

— D'accord ! d'accord ! Et ma tante Angelina...? Elle est morte après avoir mangé des clams chez Umberto. C'était une sainte ! Je le jure sur sa tombe !

— Elle était si grosse qu'il lui a fallu six places dans la fosse...

— Mais c'était une sainte, Boum-Boum ! Une véritable sainte ! Elle tripotait son rosaire du matin au soir.

— Évidemment, à défaut d'autre chose... Mais va pour ta tante Angelina. Tu es prêt à le jurer sur la tombe de ta sainte ?

— Je le jure sur la menace de possession démoniaque, un truc très à la mode chez les *gibrones* de New York... Parfois, je me dis que ces Irlandais ont une araignée dans le plafond.

— Ça ira, déclara Vincent Francis Assisi Mangecavallo. J'accepte ton engagement de respecter la loi du silence, l'*omerta*, sur ce que je vais te révéler.

— Et je remercierai le Seigneur de tes conseils, Boum-Boum. Qui est-ce que je dois raccourcir ?

— C'est le contraire, Petit Joey !... Il faut que tu veilles sur eux !... Je veux que tu organises une réunion avec ce chef Nuée d'Orage et ses fidèles. J'ai comme une brusque envie de me faire le champion de leur cause. Ces minorités ont été trop longtemps et trop souvent bafouées ! C'est intolérable !

— T'es sûr que t'as pas perdu la boule ?

— Non, Joey. Ce sont eux qui ont perdu la boule.

15

La porte de la suite du Ritz-Carlton s'ouvrit avec violence sous la poussée de Desi-Un et Deux qui, toujours en queue de pie, se ruèrent à l'intérieur, prêts à en découdre. Devereaux lâcha son verre de Martini-gin; Jennifer Redwing bondit de son fauteuil et – peut-être par atavisme – se jeta au sol comme si elle redoutait le pire de l'homme blanc.

– Félicitations, soldats! lança MacKenzie Hawkins, en costume d'Indien, en s'avançant dans la pièce, suivi par Aaron Pinkus dont le visage exprimait une profonde perplexité. Comme il n'y a aucun élément hostile en vue, vous pouvez vous mettre au garde-à-vous... Repos! Vous avez le droit de prendre une position plus décontractée... J'ai dit décontractée, sergents, pas avachie!

Desi-Un et Deux se redressèrent aussitôt, d'un même mouvement.

– C'est mieux, grommela le Faucon. Restez en alerte!... Prêts à l'offensive!

– Qu'est-ce que ça veut dire, encore? demanda D-Un.

– La soumission immédiate est le premier indice d'une contre-attaque. Ne vous occupez pas du grand maigre, il est inoffensif, mais surveillez la femme! Elles cachent souvent des grenades sous leurs jupes!

– Primate dégénéré! hurla Jennifer en se relevant et en lissant rageusement ses cheveux et sa robe. Espèce de barbare! Vous n'êtes qu'un vieux braillard sorti d'un film de guerre de dernier ordre!

– Tactique de guérilla, souffla le général à ses aides de camp. C'est la phase des injures violentes, celle qui suit la soumission... Elles détournent votre attention et en profitent pour dégoupiller.

– Vous allez voir ce que je vais faire de votre goupille, vieux débris ambulant! Et de quel droit portez-vous ces vêtements? Vous avez l'air de sortir d'un bal costumé!

– Vous voyez, vous voyez? marmonna le Faucon en mâchonnant

son cigare. Elle essaie de détourner mon attention... Surveillez bien ses mains, soldats. Je suis sûr que ses roberts sont bourrés de plastic.

— Jé vais aller vérifier, *generale* ! s'écria Desi-Un, les yeux fixés sur les cibles, en tirant sur sa chemise empesée. Qu'est-ce qué vous en dites ?

— Si vous faites un seul pas vers moi... s'écria Jennifer Redwing en baissant le bras pour saisir son sac qu'elle ouvrit prestement de la main gauche pour brandir de l'autre sa bombe paralysante, vous serez aveugle pendant un mois ! Essayez un peu, poursuivit-elle en braquant alternativement son arme sur les deux sous-fifres en habit et leur chef déguisé en Indien. Allez-y, je meurs d'impatience !

— C'est dans les mêmes conditions que nous avons fait connaissance, glissa Sam Devereaux en se dirigeant vers le bar sur lequel trônait la carafe de Martini-gin et en sautant à cloche-pied par-dessus les débris de son verre éparpillés sur la moquette.

— Attendez un peu ! s'écria Aaron en rajustant ses lunettes à monture métallique et en considérant attentivement la jeune femme. Je vous connais, vous !... C'était il y a sept ou huit ans... La revue juridique d'Harvard... Une des meilleures de votre promotion... Une analyse très percutante de la censure dans le cadre du droit constitutionnel.

— Et Nanny's Naughty Follies ! gloussa Devereaux en se versant un Martini-gin.

— Taisez-vous, Samuel !

— Nous en sommes revenus à Samuel ?

— Silence, maître !... En effet, monsieur Pinkus, j'ai eu un entretien avec vous et j'ai été ravie et flattée de l'intérêt que vous me portiez.

— Mais vous avez repoussé nos propositions, ma chère et je m'interroge sur vos raisons... Rien ne vous oblige à me répondre, car cela ne me regarde pas, mais disons que je suis curieux. Je me souviens parfaitement d'avoir demandé à mes collaborateurs quelle firme de New York ou de Washington vous aviez en vue. Pour ne rien vous cacher, j'avais l'intention de les appeler pour leur dire qu'ils avaient beaucoup de chance. Le choix des plus brillants étudiants se porte en général sur Washington et New York, même s'il est évident que je ne partage pas ce point de vue. Mais, si je ne me trompe, c'est un cabinet d'Omaha, de taille modeste, mais de bonne réputation, que vous avez choisi.

— C'est de là que je venais, monsieur. Comme vous l'avez peut-être deviné, je fais partie de la tribu des Wopotamis.

— Je l'avais à moitié deviné, mais l'autre partie de moi-même espérait sincèrement vous entendre le nier. Cela aurait au moins l'avantage de ne pas ajouter à la confusion, si c'était dans le domaine du possible.

— Il n'en est malheureusement rien, monsieur Pinkus. Mon nom est Jennifer Redwing et je suis une fille des Wopotamis. J'ajoute que je suis extrêmement fière de mes origines.

— Mais où donc avez-vous rencontré Samuel ?

— Dans un ascenseur, ce matin, à l'hôtel des Quatre Saisons. Il était terriblement fatigué, au bord de l'épuisement, et il a fait quelques remarques particulièrement stupides.

— Cela ne suffit pas à expliquer votre présence à ses côtés, dans cette pièce, mademoiselle Redwing.

— Elle allait chez moi, expliqua Devereaux. Je me suis excusé, j'ai même donné un pourboire au portier, puis je l'ai entendue lancer ma propre adresse au chauffeur de taxi ! Qu'auriez-vous fait à ma place, Aaron ?

— Sans hésiter, je l'aurais suivie jusque chez moi.

— C'est bien ce que j'ai fait.

— Si je me rendais chez lui, monsieur Pinkus, c'est parce qu'il s'agissait de la dernière adresse que l'on m'avait communiquée pour retrouver le dégénéré qui se tient à côté de vous !

— Décidément, cette petite est hargneuse, fit le Faucon.

— Oui, général Hawkins, car ce ne peut être que vous, je me sens hargneuse ! Mais, non, général, je ne suis pas une « petite », comme vous l'apprendrez à vos dépens quand je vous réglerai votre compte, que ce soit devant un tribunal ou non !

— Encore des injures, sergents ! Restez sur vos gardes !

— Fermez-la maintenant ! Vous ne méritez même pas d'avoir votre tête en bas du plus minable des totems ! A propos, votre veste brodée de perles raconte l'histoire d'un bison trop stupide pour s'abriter de l'orage ! Très approprié !

— Allons, Red, fit Sam en portant son verre à ses lèvres, calmez-vous. N'oubliez pas notre idée d'association.

— Me calmer ? Rien qu'en le regardant, j'ai envie de hurler !

— C'est l'effet qu'il produit sur les gens, acquiesça Devereaux en prenant une gorgée de Martini-gin.

— Un instant, je vous prie, glissa Pinkus en levant lentement la main. Je crois avoir entendu quelque chose qui mérite des éclaircissements. De quelle « association » parles-tu ? Qu'est-ce que tu as encore fait ?

— Juste un conseil *pro bono*, Aaron. Je suis sûr que vous m'auriez approuvé.

— Dans l'état actuel des choses, j'ai le sentiment que je ne donnerais mon approbation à rien de ce que tu fais... Auriez-vous l'obligeance de m'expliquer, mademoiselle Redwing ?

— J'en serais ravie, monsieur Pinkus. Surtout dans l'intérêt de votre hôte, le général Neandertal. Vous serez peut-être obligé de lui traduire ce que nous disons, mais je ne doute pas qu'il finisse par comprendre en gros ce dont il s'agit, ne fût-ce que parce qu'il n'aura pas voix au chapitre.

— Cela me paraît bien abscons, dit Pinkus dont l'expression devait ressembler à celle d'Eisenhower au moment où il avait été informé de la démission de MacArthur.

— C'est une idée brillante qui émane de votre collaborateur, monsieur Pinkus. Malgré toutes les critiques que je formulerais à son endroit, je lui en reconnais volontiers le mérite.

— Le travail d'un bon avocat commence par la courtoisie, mademoiselle Redwing.

— Vraiment ? Je n'avais jamais vu les choses sous cet angle. Mais pourquoi ? Simple curiosité de ma part, bien entendu.

— Parce qu'il a confiance en ses propres capacités. Il n'est pas besoin de nourrir un ego fragile en se retenant de faire l'éloge d'un autre. Cet avocat-là ne perdra pas de temps à s'interroger sur une hostilité réelle ou imaginaire.

— Je crois que je viens d'apprendre quelque chose...

— Ce n'est pas très original, ma chère. Sans vouloir vous froisser, je tiens à signaler que le général a dit à peu près la même chose en termes militaires. Distraire par des manifestations d'hostilité : le plus faible joue la comédie tandis que le plus fort se contente d'observer, prêt à réagir.

— Vous êtes en train de me comparer à ce primate...?

— Bon, écoutez, la petite Indienne...

— Général, je vous en prie !... J'ai dit en termes militaires, mademoiselle Redwing. En affirmant que votre magnifique poitrine pouvait servir à dissimuler du plastic, ce qui, j'en suis sincèrement convaincu, n'est pas le cas, le général cherchait seulement à inciter ses subordonnés à demeurer sur leurs gardes, sans se laisser distraire par votre hostilité. En réalité, le parallèle est très simple à établir.

— Moi, j'aimerais bien mé laisser distraire par cé que je vois là-haut !

— Suffit, sergent !

— Jé souis d'accord avec toi, Desi-Uno...

— Taisez-vous !

— Samuel, tu renverses ton verre !

— Que vous apprêtiez-vous à expliquer, ma chère mademoiselle Redwing, à propos de cette idée conçue par le cerveau quelque peu perturbé de mon collaborateur ?

— Très simplement, monsieur Pinkus, que la tribu des Wopotamis est constituée en société et qu'en ce moment même une association est en cours de création. Elle sera approuvée par le Conseil des anciens légalement constitué et il sera stipulé que toutes les affaires de nature juridique et financière ne pourront être traitées que par l'entremise de ses administrateurs, toutes les parties mentionnées dans tout document antérieur étant dépouillées de toute autorité. En un mot, les administrateurs, expressément nommés, auront conjointement seul pouvoir d'agir.

— Belle utilisation du jargon juridique, ma petite dame, dit Hawkins. Qu'est-ce que cela signifie ?

— Cela signifie, général, répondit Jennifer en braquant un regard glacial sur le Faucon, que personne, je dis bien personne d'autre que les administrateurs ne pourra prendre aucune décision ni conclure aucun accord relatif aux intérêts de la tribu. Ni d'ailleurs en retirer aucun profit.

— Je dois reconnaître que cela me semble être une protection très efficace, fit le Faucon en retirant de sa bouche le cigare mâchonné avant de pencher la tête sur le côté, comme si quelque chose le chiffonnait. Mais je suppose que l'on peut se poser la question de savoir si ces administrateurs sont dignes d'une confiance absolue.

— Irréprochables, général. Il y a parmi eux deux avocats, plusieurs médecins, le président d'une fondation internationale, trois vice-présidents d'importants établissements bancaires, un ou deux agents de change et un psychiatre de renom avec lequel je vous conseille vivement de prendre rendez-vous. En outre, ce sont tous d'authentiques descendants des Wopotamis et, pour terminer, je suis leur présidente et leur porte-parole. D'autres questions?

— Oui, une seule. Est-ce vraiment ce que souhaite le Conseil des anciens?

— Indiscutablement. Ils se rangent à notre avis et nous sommes d'une loyauté absolue. Vous voyez donc, général Hawkins que, même si votre projet totalement dément et destructeur avance tant soit peu, c'est nous, et non vous, qui maîtriserons la situation et nous nous efforcerons d'en minimiser les effets délétères sur notre peuple dont vous avez outrageusement abusé de la naïveté. En un mot, vous n'avez plus rien à foutre ici, pauvre dément!

L'expression qui se peignit sur le visage du Faucon était celle d'un homme non seulement peiné, mais blessé au plus profond de lui-même. Comme si un monde auquel il avait prodigué tous ses soins et voué un amour sincère venait de le rejeter violemment pour ne laisser qu'un vieil homme seul et désemparé, un champion abandonné de tous qui se refusait par dignité à céder à l'amertume.

— Je vous pardonne vos soupçons injustifiés et votre langage excessif, articula-t-il d'une voix douce, car vous ne savez pas ce que vous faites.

— Seigneur Dieu!

— Notre-Seigneur Jésus-Christ serait plus juste, glissa Devereaux en repartant vers le bar.

— Ils vous fichent déhors, *generale*, demanda Desi-Deux.

— Alors, peut-être qué lé gringos, ils vont sortir prendre l'air, hein, suggéra Desi-Un. Par la fénêtre, hein?

— Non, messieurs, protesta posément Hawkins en prenant une posture stoïque et le ton sépulcral d'un saint. Cette femme admirable a pris le bâton de commandement et le moins que je puisse faire est d'alléger cette écrasante responsabilité...

— Et voilà, lança Sam en plongeant deux doigts dans son Martini-gin pour saisir une olive. C'est le moment du baratin.

— Vous vous méprenez vraiment sur mon compte, mon garçon...
— Vous m'avez déjà fait le coup, Mac.
— Donnez-moi au moins une chance...
— C'est vous qui êtes à la barre et vous avez la parole.
— Mademoiselle Redwing, commença le Faucon en inclinant la tête comme un officier supérieur en présence d'un de ses pairs, je comprends et je respecte votre défiance relativement à mon engagement aux côté des Wopotamis. Je vais essayer d'apaiser vos craintes. En tant que fils adoptif de la tribu, j'accepte toutes les décisions du Conseil des anciens. Tout profit personnel est hors de question ; je désire simplement que justice soit faite.

Jennifer Redwing en eut le souffle coupé. L'âpre combat qu'elle s'attendait à livrer à un géant mégalomane s'était donc réduit à quelques explications assenées en phrases ronflantes à un être inoffensif et désemparé.

— Eh bien, général... Franchement, je ne sais que dire.

Jennifer passa lentement la main dans sa chevelure lustrée, comme si elle avait honte d'affronter le regard de son adversaire blessé.

— Comprenez bien... poursuivit-elle en se forçant à poser les yeux sur le visage du vieux soldat qui avait tant donné pour sa patrie. Comprenez bien que, si j'ai une attitude protectrice, peut-être trop, envers mon peuple, c'est parce que notre histoire abonde en injustices, comme celle de tous les Indiens d'Amérique. Pour ce qui vous concerne, je me suis trompée et je m'en excuse. Acceptez mes excuses, elles sont sincères.

— Il va le faire ! s'écria Devereaux avant de vider d'un trait le reste de son verre. Le lion rugissant s'est mué en chaton peureux et vous allez avaler ça !

— Samuel, ça suffit ! Vous n'avez donc pas entendu ce qu'il a dit ?

— Je connais une centaine de variantes...

— Taisez-vous maintenant ! Vous parlez d'un grand homme et il vient de donner son consentement à tout ce que je voulais. Essayez de vous souvenir de vos propres paroles, si le gin dont votre cerveau est imbibé vous le permet. Une vérité essentielle, vous vous rappelez ?

— Vous avez oublié les voies détournées, chère consœur, rétorqua Sam en se retournant vers le bar. Il y a encore des obstacles sur la route.

Comme par hasard, le téléphone sonna à cet instant précis. Partagé entre l'agacement et la colère, Aaron Pinkus se dirigea rapidement vers le bureau et fit cesser la sonnerie importune.

— Allô ?

— A qui est-ce que j'ai l'honneur de parler ? demanda une voix aiguë. Le grand avocat youpin ou le général cinglé, en costume de Geronimo ?

— Aaron Pinkus à l'appareil et je suis bien avocat, si cela répond à votre question.

— Ça me va comme ça. C'est grâce à votre limousine que je vous ai trouvé.

— Je vous demande pardon ?

— Oh ! c'est une longue histoire et j'aimerais bien vous la raconter, mais Boum-Boum n'aime pas les histoires trop longues et, pour ne rien vous cacher, vous n'avez pas beaucoup de temps devant vous.

— Je ne comprends absolument rien à ce que vous dites.

— Eh bien, vous voyez, c'est grâce à ce flic qui m'a alpagué. Ça remonte déjà à un bout de temps, mais maintenant on a fait la paix et, compte tenu de ce qu'il a encore des amis chez les poulets, il y a plein d'uniformes qui ont cherché votre voiture, *capisce* ?

— Mais qu'est-ce que vous racontez ?

— Je ferais peut-être mieux de parler au grand sauvage, non ? Dites à ce tordu d'ôter son putain de cigare de sa bouche et de venir au bigophone.

— Je crois que c'est pour vous, général, dit Pinkus d'une voix hésitante en se tournant vers le Faucon. Un type vraiment bizarre qui parle un peu comme un poulet... comme j'imagine que parlerait un poulet.

— Une percée ! s'écria le Faucon en se dirigeant à grands pas vers le téléphone dont il couvrit de la main le microphone en se retournant vers les autres. Les vieux soldats, même les plus modestes, le restent à jamais. Ils se souviennent du temps glorieux, mes amis, jusqu'à la fin de leurs jours !... C'est bien toi, Petit Joseph ?

— Il faut qu'on parle, dingo. Ma mission a changé. Pour moi, vous n'êtes plus les méchants, mais il y a d'autres méchants qui sont à vos trousses.

— Pourrais-tu être un peu plus clair, Joseph ?

— Pas le temps, dingo ! Le boss veut organiser une réunion avec vous, dans un ou deux jours, mais il va être obligé de faire le mort pendant un moment et, moi, je serai votre contact.

— Comment cela « faire le mort », Joseph ?

— Je le jure sur la tombe de ma tante Angelina ! C'est la guerre des gangs à Washington et, pour l'instant, le boss a perdu... Il m'a demandé de vous dire que le mec que vous avez bien amoché à l'hôtel, mais à qui vous avez pas complètement tordu le cou, a craché tout ce qu'il savait dans une usine chimique de Virginie. Les autres savent maintenant où vous êtes, vous et vos copains. Il m'a dit aussi que les rupins vont lâcher – attendez, il faut que je lise ce que j'ai écrit – ils vont lâcher les IFS après vous...

— Les IFS ? Nom d'une arquebuse ! Tu es sûr qu'il a dit ça ?

— J'ai pas pu me tromper, parce qu'il l'a répété au moins trois fois et même que je ne savais pas ce que ça voulait dire.

— Ce sont des bêtes sauvages, Petit Joseph. Je le sais, c'est moi qui leur ai tout appris. Les Incorrigibles des Forces spéciales ! Ils sont au secret et ne pensent qu'à tuer tout le monde, sauf les cuisiniers et les infirmières !

— Eh bien maintenant, dingo, c'est après vous et votre petite troupe qu'ils en ont. Il m'a fallu exactement trente et une minutes pour vous trouver. Combien de temps faudra-t-il à ces foutus commandos à partir du moment où ils arriveront à Boston, ce qui est peut-être déjà fait ? Débarrassez le plancher et appelez-moi au service des chambres de ce palace dès que vous serez hors d'atteinte de cette bande de malades... Et ne prenez pas votre putain de limousine ! On ne voit qu'elle !

Joey le Suaire raccrocha et le Faucon se tourna vers ses troupes.

— Évacuation immédiate ! rugit-il. Les explications viendront plus tard ; nous n'avons pas une minute à perdre. Sergents, allez emprunter deux véhicules sur le parking de l'hôtel et rejoignez-nous à l'angle sud-est du bâtiment ! *Vamos !*

Hawkins braqua un regard dur sur Aaron Pinkus tandis que Desi-Un et Deux se précipitaient dans le couloir, puis il se tourna successivement vers Sam Devereaux et Jennifer Redwing.

— Vous me demandez pourquoi je lutte contre les mensonges de ceux qui détiennent le pouvoir, pourquoi je pourfends les corrupteurs et les manipulateurs, que ce soient ceux du siècle dernier ou d'aujourd'hui ? Sacré bon dieu ! Je vais vous mettre les points sur les *i* ! Un gouvernement invisible et clandestin qui se cache derrière le vrai gouvernement a lâché un groupe de psychopathes en les chargeant d'une mission dont la réussite leur assurera la liberté... Cette mission consiste à nous liquider, nous tous ! Et pourquoi, je vous prie ? Parce que nous avons agité le spectre d'un crime commis il y a plus d'un siècle contre un peuple qui s'est laissé naïvement manipuler, un crime dont la réparation coûterait des milliards de dollars aux manipulateurs !

— Allez au diable avec votre vérité essentielle ! déclara Devereaux en vidant dans l'évier le reste de son Martini-gin. Foutons le camp d'ici !

— Et la police, général ? Je suis un homme respecté à Boston. La police nous protégera.

— Commandant Pinkus, dans ce genre d'affrontement clandestin, les autorités civiles sont impuissantes. Comment croyez-vous que j'aie fait sauter tant de dépôts de la Normandie à Kai Song ?

— Je ne peux pas croire ça, déclara Jennifer Redwing en s'efforçant de garder son calme. Je refuse de le croire !

— Ah ! vous refusez de le croire, la petite Indienne ? Peut-être voulez-vous que je vous rafraîchisse la mémoire et que je vous parle des promesses des grandes compagnies à ceux de votre race qui vivaient dans les plaines du Middle West ? Les terres sur lesquelles on les envoyait devaient être bien plus riches, mais ils ne trouvaient qu'un sol aride où leur bétail mourait de faim et de froid ! Il n'y a rien de nouveau sous le soleil, ma petite dame !

— Seigneur ! s'écria Jennifer en se précipitant vers la chambre.

— Qu'est-ce que vous faites ? hurla Devereaux.

— Votre mère, imbécile !

— Ah! oui, bien sûr! fit Sam, l'air ahuri. Y aurait-il du café quelque part?
— Pas le temps, mon garçon!
— Allez donc aider mademoiselle Redwing, Sammy.
— Tiens, nous n'en sommes plus à Samuel...
— Je ne pense pas que nous ayons le choix, dit Aaron Pinkus.

Les cinq fugitifs du Ritz-Carlton se tenaient côte à côte, à l'angle sud-ouest du bâtiment, en attendant l'arrivée de Desi-Un et Deux. Ils adressèrent des sourires niais à quelques passants, faisant de leur mieux pour ne pas ressembler à un quintette de délinquants d'âge mûr. Soutenue par Jennifer Redwing, Eleanor massacrait dignement l'air et les paroles de *The Indian Love Call*.
— Tais-toi, maman! souffla Sam.
— C'est la fille que j'ai toujours voulu avoir...
— Ne t'emballe pas comme ça. Elle est peut-être meilleur avocat que moi et je suis sûr que cela ne te ferait pas plaisir.
— Je ne crois pas que tu sois vraiment un as... La moitié du temps, je ne comprends rien à ce que tu racontes.
— Tu n'es pas censée comprendre, maman. C'est le jargon de...
— Silence! ordonna le Faucon, plaqué contre l'angle du bâtiment, Pinkus à ses côtés.

Une berline Lincoln venait de s'arrêter devant l'auvent de l'entrée tandis que, simultanément, Desi-Un et Deux s'approchaient au volant des deux véhicules fauchés sur le parking.
— Personne ne bouge! lança le Faucon en observant quatre hommes en imperméable noir qui descendaient de la Lincoln, un de l'avant et trois de l'arrière. La voiture redémarra aussitôt pour aller se garer près de la grille du jardin public tandis que les quatre hommes en noir pénétraient dans l'hôtel.
— D-Un, première ligne, au centre! ordonna le Faucon à voix basse. Répétez les instructions!
— D-Un, première ligne, au centre...
— Desi! s'écria Devereaux. Oui, vous, avec vos dents bizarres et votre chemise relevée! Descendez de là et allez voir Mac!
— *Mizerloo, my Arab love who is my deseerloo...*
— Tais-toi, maman! Ce ne sont pas les paroles et, de toute façon, tu te trompes de pays!
— Ne parlez pas à mon amie Eleanor sur ce ton...
— C'est ma mère! Imaginons que je refuse de faire réparer sa Jaguar...
— Je suis sûre que je gagne beaucoup plus d'argent que vous, cher confrère. Je m'occuperai de la voiture.
— Qu'est-cé qué vous voulez, *generale*?
— Vous voyez la voiture, là-bas? Celle qui est garée devant la grille?

— Bien sour qué jé la vois. Il y a oune gringo au volant.
— Je veux qu'il soit neutralisé et le véhicule immobilisé. Avez-vous compris ?
— Cé n'est pas très dour. Il s'endort et jé rétire les bougies... Ça sé fait tous les soirs à Brooklyn. Peut-être vous préférez qu'il soit mort, *generale*, mais, franchément, moi, jé né préfère pas.
— Il n'est pas question de ça ! Tout ce que je veux, c'est transmettre un message. Ils veulent nous faire péter la tête, mon gars, et je vais leur faire comprendre qu'ils ne réussiront pas !
— C'est commé si c'était fait, *generale*. Et après ?
— Regagnez l'hôtel, montez à l'étage de la suite de M. Pinkus, mais protégez vos flancs. Quatre hommes en imperméable noir sont entrés pour nous liquider, nous tous... Quand vous arriverez, j'aurai probablement mis trois de ces salopards hors de combat, mais occupez-vous du quatrième.
— Hé ! Pourquoi il n'y a qué vous qui s'amouse ? Moi, j'en prends trois et vous prénez lé quatrième !
— J'aime bien votre état d'esprit, mon garçon.
— Et Desi-Dos, qu'est-cé qu'il fait, loui ?
— Je vais vous expliquer, répondit le Faucon en se tournant vers Pinkus. Dites-moi, commandant, disposez-vous d'un endroit que personne ne connaît, disons une sorte de cachette où vous emmenez, disons les malheureuses qui apprécient votre compagnie.
— Vous êtes fou ? Vous ne connaissez pas Shirley !
— Bon, bon, je comprends... Mais il doit bien exister un endroit isolé où vous pouvez passer un ou deux jours tranquille.
— Ma firme a fait l'acquisition d'un grand chalet, un ancien hôtel de ski, de l'autre côté de la frontière du New Hampshire. Un de nos meilleurs clients avait de grosses difficultés, à cause de la neige qui était extrêmement capricieuse...
— Parfait ! Nous vous rejoindrons là-bas.
— Mais comment pourrez-vous trouver le chalet ?
— Très simple, *comandante*, glissa Desi-Un. D-Dos, il a emprunté deux voitoures qui ont des *telefonos* dédans. Nous avons écrit les deux nouméros.

D-Un tendit un bout de papier déchiré sur lequel étaient inscrits deux numéros de téléphone.

— Vous voyez ? poursuivit-il. Mon amigo, il a lé même papier qué moi.
— Vous êtes véritablement très ingénieux. J'aimerais beaucoup que vous m'appeliez...
— Ce n'est pas l'heure de la remise des médailles, commandant ! lança le Faucon d'un ton impérieux. Notre mission est loin d'être terminée. Emmenez Sam, sa mère et la belle Indienne dans votre chalet du New Hampshire. En route ! Moi, j'ai encore du travail à faire avec mes aides de camp !

Les deux premiers impers noirs n'eurent pas le temps de comprendre ce qui leur arrivait. Afin d'interdire toute possibilité de fuite, ils se tenaient près des issues de secours. L'un après l'autre, ils furent assommés par le Faucon et dépouillés de tous leurs vêtements, caleçon compris. Le troisième tueur, qui s'avançait à pas de loup vers la suite de Pinkus, s'immobilisa en voyant arriver un ivrogne titubant dans le couloir. Le soûlard louvoya jusqu'à la hauteur du tueur, puis pivota brusquement sur lui-même et assena un coup du tranchant de la main sur la nuque de l'homme qui s'affaissa aussitôt. Comme promis, Hawkins laissa le dernier à Desi-Un. Il appartenait au chef d'insuffler de la confiance à ses troupes de soutien rapproché. De l'avis de Mac, tapi dans l'ombre de la porte derrière laquelle gisait le corps inerte et dénudé du premier tueur des IFS, ce fut une véritable leçon de patience, la marque d'un homme de terrain aux qualités exceptionnelles, d'un spécialiste chevronné des opérations clandestines. Toujours en tenue de soirée, D-Un sortit silencieusement de l'ascenseur et s'avança sur la pointe des pieds jusqu'au milieu du couloir où il s'arrêta pour se plaquer contre le mur faisant face à celui de la suite de Pinkus. Desi-Un demeura rigoureusement immobile, respirant à peine, pendant un laps de temps qui sembla durer une éternité, mais, en réalité, l'attente ne dépassa guère huit minutes. La deuxième porte sur sa gauche s'ouvrit doucement et un homme en imper noir sortit dans le couloir, un automatique à la main.

— *Iguana, José!* rugit D-Un.

Totalement pris par surprise, l'ennemi eut à peine le temps de voir son arme lui échapper de la main avant d'être mis hors de combat par un violent coup de poing en plein front.

— Prodigieux! s'exclama le général en sortant de l'ombre. Je savais que vous aviez toutes les qualités pour réussir.

— Pourquoi vous né l'avez pas fait vous-même?

— J'avais pesé le pour et le contre, mon garçon! C'est comme ça qu'on progresse.

— Mais j'aurais pou mé faire touer!

— J'avais toute confiance en vous, sergent. Vous serez une recrue de premier choix pour le stage de perfectionnement du G-2.

— Et ch'est bien, cha?

— Nous en reparlerons. Pour l'instant, nous allons mettre cette terreur à poil avant de nous replier. Nous sommes serrés de près par l'ennemi et nous devons nous concentrer sur nos prochains mouvements : rejoindre les autres dans un premier temps.

— Pas dé problème, *generale*. Avant dé révénir ici, j'ai parlé avec mon amigo au *telefono*, dans la voiture. Desi-Dos, il restera dans la voitoure pour mé dire où ils sont.

— Excellente tactique, mon garçon...

Le Faucon s'interrompit en entendant le léger grincement d'une porte suivi d'un bruit de voix. C'était un couple âgé qui sortait de sa chambre.

— Vite! souffla Mac en se baissant vers le corps étendu. Soutenez-le, comme s'il était en train de vomir.

— Il est sorti de cette chambre, *generale*. La porte, elle est encore ouverte.

— Aidez-moi!

Hawkins et son aide de camp tirèrent le corps inerte jusqu'à la porte de la chambre sous le regard stupéfait des deux clients.

— Il y a oune mariage en bas! s'écria Desi-Un. Qu'est-ce qu'on s'amouse! Vous avez envie dé vénir avec nous?

— Non... non, merci, répondit le vieux monsieur en entraînant sa femme vers l'ascenseur.

Le chalet dans les collines de Hooksett était rustique et solide, froid et humide. Le plus modeste des guides de voyage ne lui eût jamais accordé plus de deux étoiles. Mais c'était un sanctuaire et l'électricité, le chauffage et le téléphone fonctionnaient. Comme il ne se trouvait qu'à un peu plus d'une heure de voiture de Boston, la firme Aaron Pinkus Associates en avait fait un refuge apprécié de ses avocats aux prises avec des affaires épineuses. Il était en fait tellement prisé qu'Aaron avait décidé de ne pas le revendre, mais de le rénover progressivement en le rendant plus fonctionnel.

— Il faut absolument rendre ces voitures à leurs propriétaires, déclara l'avocat en se tournant vers le Faucon, assis près de lui dans un profond fauteuil de cuir, dans l'ancienne entrée de l'hôtel. La police va faire circuler leur description dans toute la région.

— Ne craignez rien, commandant. Mes aides de camp sont en train de les camoufler.

— La question n'est pas là, général. Il s'agit d'un vol qualifié dont Sam et moi — je vous rappelle que nous sommes des gens de justice — nous sommes rendus complices. J'insiste avec la plus grande fermeté.

— Ce ne sont que des détails, que diable! Bon, je vais demander à mes sergents de les ramener à Boston et de les garer dans la rue de l'hôtel. Il fait nuit maintenant et, si jamais ils se faisaient surprendre, les flics ne comprendraient pas comment ils se sont retrouvés en sous-vêtements, sur le siège arrière de leur voiture de police.

— Je vous remercie infiniment, général.

— Et cela leur permettra de faucher deux autres véhicules...

— Je vous assure que ce n'est pas indispensable! Mon cabinet a un accord avec une agence de location de voitures et Paddy, mon chauffeur, pourra venir jusqu'ici avec une automobile tandis qu'un de ses amis conduira un autre véhicule.

— Ils devront passer prendre mes aides de camp, car j'ai encore besoin d'eux.

— Bien entendu. Compte tenu du tableau que vous m'avez brossé de la situation, je me sentirais beaucoup plus rassuré si ces deux jeunes gens étaient avec nous. Tenez, poursuivit Pinkus en fouillant dans sa poche d'où il sortit un carnet, je vais écrire l'adresse de l'agence et ils pourront tous se retrouver là-bas.

— Aaron, tout est réglé! lança Devereaux d'une voix inutilement forte en pénétrant dans la salle en compagnie de Jennifer Redwing. L'épicerie de Hooksett va nous livrer des tas de provisions et Red affirme qu'elle sait faire la cuisine.

— Comment voulez-vous la caisse de gin et de bourbon? A la poêle?

— Du lubrifiant industriel, chère consœur.

— Je ne suis pas sûr que cela passe sur la note de frais, ajouta Pinkus. Quelle explication avez-vous donnée à notre présence?

— J'ai dit que nous étions toute une équipe venue bûcher sur des problèmes d'homologation de testaments.

— Pourquoi cela?

— Je pense que cela les excite, Aaron. C'est une question de crédibilité...

— Monsieur Pinkus, dit Jennifer Redwing en interrompant Sam et en le fusillant du regard pour la énième fois en douze heures. J'aimerais utiliser votre téléphone pour appeler San Francisco. Il va de soi que ce sera en PCV.

— Ma chère enfant, vous êtes en droit de refuser une carrière lucrative dans mon cabinet, mais, de grâce, ne m'embarrassez pas avec une histoire de PCV. Vous serez tranquille dans le bureau du directeur, derrière ce comptoir. Il ne valait pas grand-chose comme directeur et le bureau ne paie pas de mine, mais vous serez seule et vous pourrez parler librement.

— Merci infiniment, dit Redwing en se dirigeant vers le comptoir tandis que le Faucon se levait.

— Avez-vous vu mes sergents, Sam? demanda-t-il.

— Vous n'allez pas me croire, mais ils sont au pied de la colline, à une centaine de mètres sur la droite, et ils essaient de réparer le vieux télésiège rongé par la rouille.

— Excellente initiative, observa Aaron.

— Parfaitement stupide, répliqua Sam. Ce foutu câble n'a jamais fonctionné correctement. Un jour, je suis resté bloqué à dix mètres au-dessus du sol, pendant près d'une heure, et la jeune femme qui m'accompagnait poussait des hurlements hystériques sur le siège de devant. Elle m'a demandé de la reconduire à Boston dès que nous avons pu descendre et je n'ai même pas eu le temps de lui montrer la chambre.

— Je te soupçonne d'en avoir essayé plus d'une depuis que nous avons repris l'hypothèque.

— Ne soyez pas injuste, Aaron. C'est vous-même qui m'avez dit un jour de laisser tomber le bureau et de venir me changer les idées et me calmer ici.

— Tu étais furieux d'avoir perdu une affaire que tu aurais dû gagner, précisa Pinkus en griffonnant sur son carnet avant d'arracher le feuillet qu'il tendit au général. Parce que le juge avait été nommé par les politiciens et qu'il était trop ignorant pour suivre ton raisonnement... Mais si c'est de cette manière que tu te calmes...

— Toutes ces considérations juridiques me dépassent, déclara le Faucon. Je vais aller chercher mes aides de camp, car j'ai décidé d'aller à Boston avec eux. Petit Joseph m'a dit qu'il voulait organiser une réunion et je pense que ce serait une bonne idée de le surprendre avant le rendez-vous... C'est l'adresse de votre agence de location?

Aaron acquiesça d'un signe de tête et le Faucon commença à se diriger vers la porte.

— Je me débrouillerai pour revenir, ajouta-t-il. Je tiens à ce que vous ayez deux véhicules ici.

— Très bien, général, dit Pinkus. Dès que Mlle Redwing aura terminé, j'appellerai Paddy Lafferty et nous mettrons tout au point.

— Excellente idée, commandant.

— Je devrais me lever pour vous saluer, général Hawkins, mais je n'ai plus la force de le faire.

Jennifer referma la porte de la pièce exiguë, puis elle alla s'asseoir au bureau et saisit le combiné. Elle composa le numéro de son appartement à San Francisco et fut surprise d'entendre la voix de son frère avant la fin de la première sonnerie.

— Oui?

— C'est moi, Charlie...

— Mais qu'est-ce que tu fiches? J'essaie de te joindre depuis des heures!

— C'est une histoire absurde, incroyable, complètement démente et je ne saurais...

— Tu peux appliquer ces trois adjectifs à ce que, moi, j'ai appris! rugit son frère sans la laisser achever sa phrase. Il m'a eu, ce fumier, il m'a baisé... Il nous a tous baisés!

— Calme-toi, Charlie, dit Jennifer en sentant sa propre tension artérielle s'élever à une hauteur vertigineuse. Calme-toi et parle lentement.

— Je ne peux pas!

— Essaie, Charlie.

— Bon, d'accord...

Elle entendit distinctement son frère prendre plusieurs longues inspirations en s'efforçant de retrouver sa maîtrise de soi.

— A mon insu, commença-t-il, notre chef Nuée d'Orage a réuni le Conseil des anciens et, en présence d'un salopard d'avocat de Chicago venu s'assurer de la légalité de la chose, il s'est fait proclamer seul et unique arbitre de la tribu Wopotami pendant une période de six mois.

— Il n'a pas le droit de faire ça!

— Et pourtant il l'a fait, ma grande. Par-devant notaire et reconnu par l'autorité judiciaire.

— Il a été obligé de leur donner quelque chose en échange!

— Cela aussi, il l'a fait. Un million de dollars à diviser entre les cinq membres du Conseil et plusieurs autres millions à distribuer à l'ensemble de la tribu avant l'expiration de la période de six mois.

— C'est de la corruption!

— Tu ne m'apprends rien, tu sais.

— Nous ferons appel!

— Non seulement nous perdrons, mais nous couvrirons nos frères et nos sœurs de ridicule et de dettes écrasantes!

— Que veux-tu dire?

— Pour commencer, que fera l'oncle Face d'Aigle qui a fait l'acquisition dans un désert de l'Arizona d'un domaine communautaire pour les vieux de la tribu, où il n'y aura pas d'installations sanitaires avant au moins un siècle? Que fera la tante Nez de Biche qui a investi au nom de nos femmes dans un puits de pétrole à New York, à l'angle de la 41ᵉ Rue et de Lexington Avenue? Et le cousin Pieds d'Antilope qui est devenu actionnaire majoritaire d'une distillerie en Arabie Saoudite, un pays où non seulement on ne fabrique pas d'alcool, mais où la consommation en est interdite?

— Ils ont tous plus de quatre-vingts ans!

— Mais ils jouissent de toutes leurs facultés mentales et sont donc couverts par cette ordure d'avocat de Chicago et par le tribunal d'Omaha.

— Je ne peux pas y croire, Charlie! J'ai passé la majeure partie de l'après-midi avec Hawkins et, après des débuts difficiles, tout s'est bien passé. Il y a à peine deux heures, il était tout penaud et avait l'air sincère. Il m'a affirmé que notre idée d'association était ce qu'il y avait de mieux à faire et qu'il se rangerait à l'avis du Conseil des anciens.

— Pourquoi pas? Le Conseil des anciens, c'est lui!

16

Jennifer Redwing se rua hors du petit bureau et pénétra comme une furie dans le hall du grand chalet.

— Où est-il? demanda-t-elle d'une voix laissant présager un orage imminent et avec des yeux lançant déjà les premiers éclairs. Où est passé cet immonde salaud?

— A l'évidence, vous parlez de Sam, répondit Aaron Pinkus en se penchant dans son fauteuil de cuir pour indiquer la porte de la cuisine. Il m'a dit qu'il s'était souvenu de l'endroit où il avait dissimulé une bouteille de gin, un endroit assez haut pour que ses confrères de petite taille ne puissent l'atteindre.

— Non, je ne parle pas de ce salaud-là, mais de l'autre! Le bison stupide à la langue fourchue qui va devoir affronter le courroux des Sioux et des Comanches réunis, par le truchement d'une fille des Wopotamis!

— Notre général?

— Vous pouvez parier vos *tuchis* que c'est bien à lui que je pense!

— Vous parlez yiddish?

— Je suis avocate et je fréquente beaucoup des vôtres! Où est ce fumier?

— Eh bien, j'ai le regret, mêlé de soulagement, je l'avoue, de vous annoncer qu'il est reparti à Boston avec ses deux aides de camp. Il a parlé d'une réunion avec un certain « Petit Joseph », qui, selon toute apparence, est l'homme qui lui a téléphoné au Ritz-Carlton. Les deux voitures volées viennent de disparaître au bout de l'allée il y a quelques instants. Avec l'aide de Dieu, elles seront récupérées par leurs propriétaires sans autre complication.

— Monsieur Pinkus, avez-vous la moindre idée de ce que cet individu innommable a fait?

— Je le soupçonne d'avoir commis assez d'horreurs pour remplir une encyclopédie de belle taille. Mais je ne connais pas la dernière que vous brûlez de m'apprendre.

— Il a acheté notre tribu!

— Extraordinaire! Comment a-t-il pu faire cela?

Jennifer raconta au vieil avocat tout ce que son frère lui avait appris au téléphone.

— Puis-je vous poser une ou deux questions? demanda-t-il. Peut-être trois.

— Bien sûr, répondit Jennifer en se laissant tomber dans le fauteuil voisin de celui de Pinkus. Nous nous sommes fait baiser, ajouta-t-elle doucement, l'air découragée. Dans les grandes largeurs.

— Pas nécessairement, ma chère enfant. Parlons d'abord du Conseil des anciens. Ses membres possèdent assurément la sagesse et les qualités morales requises, mais ont-ils été légalement nommés gardiens *ad litem* de votre tribu?

— Oui, acquiesça Jennifer dans un murmure.

— Je vous demande pardon?

— C'est moi qui en ai eu l'idée, poursuivit-elle d'une voix à peine plus forte, incapable de dissimuler son embarras. Ils en tiraient une grande fierté et jamais, au grand jamais, il ne m'est venu à l'esprit qu'ils prendraient une décision d'importance sans me consulter ou, dans l'éventualité de mon décès, sans se référer à l'avis des autres membres de notre groupe.

— Je vois. Existe-t-il un codicille à cet acte, disons une référence à la disparition d'un ou de plusieurs des mandataires? Une clause concernant leurs remplaçants peut-être?

— Ils sont élus par les membres restants du Conseil.

— Y a-t-il eu certains de ces remplaçants qui auraient pu être, disons « contactés » par le général Hawkins?

— Aucun. Les membres du Conseil sont encore tous en vie. Je pense que c'est grâce à la viande de bison saignante.

— Je vois. Est-il fait mention dans le mandat *ad litem* de ce groupe d'enfants de la tribu qui prend en charge les opérations financières de votre peuple?

— Non, car cela eût été humiliant pour eux. Comme chez les Orientaux, il est de la plus haute importance pour les Indiens de ne pas perdre la face. Nous avions simplement la certitude, du moins le croyions-nous, que, si un problème se posait, l'un de nous serait averti. Pour ne rien vous cacher, je pensais que ce serait moi.

— Vous parlez d'un point de vue pratique, bien entendu.

— Bien entendu.

— Mais, sur le plan juridique, aucune disposition ne précise et n'explicite le rôle de votre groupe?

— Non... Toujours une question d'amour-propre, de dignité. Si nous avions inclus une disposition de ce genre, cela aurait signifié qu'il existe un autre conseil, au-dessus de celui des anciens, une situation que la tradition tribale ne saurait accepter. Comprenez-vous maintenant ce que je veux dire ? Cet horrible individu a barre sur mon peuple. Il peut, en son nom, dire et faire tout ce qui lui chante.

— Il vous est toujours loisible de le traîner devant les tribunaux sous les chefs de conspiration et peut-être d'escroquerie. Mais, si vous choisissiez cette solution, il vous faudrait déballer toute votre histoire, ce qui, pour des raisons évidentes, pourrait vous être extrêmement préjudiciable. Et votre frère n'a pas tort de dire que vous pourriez perdre.

— Sachez, monsieur Pinkus, que, sur les cinq membres du Conseil des anciens, trois hommes et une femme sont des octogénaires et que le dernier est âgé de soixante-dix-huit ans. Aucun d'eux n'a les compétences nécessaires pour se sortir d'un tel embrouillamini juridique, pas plus qu'ils ne les avaient il y a trente ans.

— Ils n'ont pas besoin de compétences particulières, mademoiselle Redwing. Il leur suffit d'être en mesure de comprendre la transaction, les avantages qu'elle leur procure et les inconvénients qu'elle recèle. J'imagine que c'est ce qu'ils ont fait, avec un peu trop d'enthousiasme peut-être, au point de vous mettre sur la touche.

— Et moi, j'affirme que c'est impossible !

— Allons, ma chère enfant, un million de dollars en espèces sonnantes et trébuchantes, avec la promesse d'en recevoir beaucoup plus dans un laps de temps très court ? En échange de quoi ? D'une renonciation provisoire à ce qui, comme ils ne peuvent l'ignorer, n'est au mieux qu'un titre honorifique. La tentation a dû être irrésistible... « Laissons le visage pâle se faire plaisir pendant quelques mois. Quel tort cela peut-il nous faire ? »

— Mais l'accord n'a pas été rendu public, insista Jennifer.

— Ce n'est pas indispensable. Si toutes les parties concernées devaient rendre publics les détails des transactions, c'est tout notre système économique qui s'écroulerait, vous le savez bien.

— Pas quand il s'agit d'une escroquerie, monsieur Pinkus.

— Assurément, mais comment pouvez-vous le prouver ? Si j'ai bien compris, il a promis des millions de dollars en affirmant que la chance avait tourné pour la tribu et qu'elle allait devenir plus riche qu'elle n'aurait pu le rêver. Puis il a concrétisé sa proposition avec un versement initial d'un million, sans aucune contrepartie.

— Mais ils n'ont pas compris ! Ils ne se sont pas rendu compte qu'il cherchait à les entraîner dans le procès le plus explosif jamais intenté contre le gouvernement fédéral dans l'histoire de notre pays ! S'attaquer au Commandement stratégique aérien !

— Il semble également qu'ils n'aient pas fait montre d'une grande curiosité pour découvrir de quelle manière il comptait faire leur fortune. Ils se sont contentés d'empocher le million de dollars et de le dépenser, d'une manière assez peu judicieuse, à mon avis. En outre, et j'espère que vous ne m'en tiendrez pas rigueur, mademoiselle Redwing, j'ai le sentiment que votre frère était parfaitement informé des intentions du général. En réalité, il a agi comme un complice...

— Il croyait que tout cela n'était qu'une vaste blague ! s'écria Jennifer en se penchant brusquement en avant. Une blague inoffensive destinée à rapporter beaucoup d'argent et à attirer les touristes tout en permettant aux membres de la tribu de bien rigoler.

— La Cour suprême n'est pas un lieu où l'on rigole...

— Jamais il n'a imaginé que les choses iraient jusque-là, répliqua Jennifer, sur la défensive. Et puis, il ne savait même pas qu'un million de dollars avait été versé aux membres du Conseil ni qu'ils avaient conclu un accord avec Hawkins. Il a été consterné en l'apprenant !

— L'absence de communication entre parties amies ne peut justifier une accusation d'escroquerie ou de conspiration, sauf peut-être entre les parties elles-mêmes, ce qui, par voie de conséquence, en ferait des adversaires.

— Vous insinuez que le Conseil a *volontairement* caché la vérité à mon frère.

— Je le crains. De son côté, il a fait la même chose dans une large mesure.

— Et si nous, notre groupe, nous entrons maintenant en lice...

— Ce que rien, légalement, ne vous autorise à faire, la coupa doucement Aaron.

— ... pour raconter toute l'histoire, poursuivit Jennifer, les yeux écarquillés, notre intervention sera interprétée comme une manœuvre motivée par l'égoïsme, dans le seul but de nous approprier une part du gâteau, de les dépouiller de ce qu'ils ont obtenu... Seigneur ! C'est le monde à l'envers ! C'est de la folie !

— Oui, ma chère enfant, et cette folie est digne du Faucon. Le général aurait pu devenir un merveilleux avocat d'affaires.

Soudain, au premier étage, une silhouette surgit d'une porte et s'avança jusqu'à la balustrade du balcon. C'était Eleanor Devereaux, impeccablement coiffée, le port altier, très grande dame.

— Je viens de faire un rêve affreux, déclara-t-elle d'une voix bien posée. J'ai rêvé que ce cinglé de général Custer et les sauvages qui l'ont vaincu à la bataille de Little Big Horn avaient uni leurs forces pour attaquer un congrès de l'Association du barreau américain. Tous les avocats ont été scalpés.

Vêtu d'une longue gabardine beige et coiffé d'un béret noir, l'homme de haute taille, voûté par l'âge, aurait pu être un professeur venu de l'un des nombreux campus des alentours de Boston. Le visage grave, mais l'air quelque peu dépaysé dans le cadre luxueux du hall de l'hôtel des Quatre Saisons, il ouvrait de grands yeux derrière ses grosses lunettes à monture d'écaille. Après quelques pas indécis et nonchalants dans la vaste salle, il se dirigea lentement vers les ascenseurs.

En réalité, la nonchalance du Faucon était aussi étudiée que son apparence. Des reconnaissances préalables lui avaient permis de repérer tous les recoins du hall et les sièges d'où l'on attirait le moins l'attention. Son allure n'avait plus rien à voir avec celle du géant en costume d'Indien qui, cinq heures plus tôt, avait mis hors de combat un certain Caesar Boccegallupo, de Brooklyn. Un soldat aguerri ne s'engageait pas en territoire ennemi sans avoir reconnu le terrain. Comme il n'y avait aucune mauvaise surprise à redouter, le général entra dans une cabine d'ascenseur et appuya sur le bouton de l'étage de Petit Joseph.

— Seeervice des chambres! annonça-t-il en frappant à la porte.
— Ça va, j'ai tout ce qu'il faut! répondit une voix aiguë. Ah oui! les pommes et les poires flambées! Je croyais qu'il fallait attendre un peu...

La porte s'ouvrit et Joey le Suaire demeura béant de surprise sur le seuil.

— Vous! s'écria-t-il. Qu'est-ce que vous foutez là?
— Toutes les réunions entre commandants d'unité sont précédées de rencontres préliminaires entre leurs subordonnés afin d'établir l'ordre du jour, répondit le Faucon en écartant Joey pour s'avancer dans la chambre. Comme je considère, pour des raisons purement linguistiques, que mes aides de camp ne sont pas à la hauteur de cette tâche, je les remplace.
— Dingo, vous arrivez comme un cheveu sur la soupe! J'ai assez de problèmes comme ça, sans vous avoir dans les pattes.
— A propos de soupe, j'ai cru comprendre que tu attends des pommes et des poires flambées.
— Oui, on les arrose d'alcool et on y met le feu... Vous connaissez? C'est délicieux, avec cette alliance de fruits légèrement brûlés et un arôme qui a du corps.
— Pardon?
— Ça sent bon, quoi. J'ai lu tout ça sur une carte de restaurant, à Las Vegas. Si ma mère savait que je fais brûler des poires, elle bondirait hors de sa tombe, la pauvre femme, et mon père me poursuivrait jusqu'au fin fond de Brooklyn! Qu'ils reposent en paix, mais ils ne connaissaient pas grand-chose!

Joey se signa, puis se tourna vers le général.

— Et maintenant, reprit-il d'un ton dur, assez de politesses! Qu'est-ce que vous êtes venu foutre ici?
— Je viens de te l'expliquer. Avant la réunion officielle avec ton supérieur hiérarchique, j'aimerais que le terrain soit bien déblayé. Mon rang l'exige et je le demande expressément.
— Vous pouvez bien demander et exiger tout ce que vous voulez, général Dingo, mon boss n'est pas un petit soldat! C'est toutes les huiles du gouvernement qu'il fréquente, lui... Vous voyez ce que je veux dire?
— Oui, j'en ai aussi connu quelques-unes, Joseph, et c'est pour cette raison que je veux un G-2, mille un. Sinon, pas de réunion.

— Qu'est-ce que c'est que ça ? Un numéro d'immatriculation ?

— C'est un rapport complet sur celui avec qui, pour l'instant, une réunion est prévue.

— Holà ! Sur la tombe de ma tante Angelina, je vous assure que c'est pour votre propre bien !

— C'est à moi qu'il appartiendra d'en juger.

— Moi, je peux rien vous dire sans sa permission, vous devez comprendre ça.

— Imagine que je t'arrache les ongles un par un, Petit Joseph.

— Hé ! on ne va pas remettre ça ! Avec votre grande gueule, vous êtes peut-être un vrai dur, mais certainement pas un foutu nazi... Tenez, les voilà, mes mains ! Vous voulez aussi que je fasse monter des tenailles ?

— Assez, Joseph !... Cet éclair de perspicacité de ta part ne doit jamais sortir de cette chambre.

— Si ça signifie que vous ne voulez pas les tenailles, on laisse tomber. C'est ce que j'ai dit à une douzaine de *capitanos* de l'armée de Mussolini, ce gros plat de lasagnes !

La sonnerie du téléphone retentit.

— Ce ne peut être que ton contact, Joseph. La vérité est parfois la meilleure voie à suivre. Annonce à ton supérieur que je suis là... dans ta chambre !

— Ça colle, dit le Suaire en regardant sa montre. Il doit être seul maintenant.

— Fais ce que je t'ai dit.

— Je n'ai pas vraiment le choix, hein ? Le coup des ongles, ça ne passe pas, mais un de vos battoirs sur ma gorge, c'est une autre histoire.

Petit Joey se dirigea vers le téléphone posé sur la table de chevet et décrocha.

— C'est moi, Boum-Boum, dit-il, et le grand général Dingo est à trois mètres du téléphone. Il veut te parler. Il ne sait pas qui tu es, mais, moi, je tiens à mes doigts, si tu vois ce que je veux dire, rapport à Las Vegas.

— Passe-le-moi, Joey, ordonna calmement Vincent Mangecavallo.

— A vous, lança le Suaire en tendant le combiné à Hawkins qui s'avança rapidement vers le lit.

— Commandant X à l'appareil, annonça le Faucon. Je présume que vous êtes le commandant Y.

— Vous êtes le général MacKenzie Hawkins, matricule deux-zéro-un-cinq-sept, armée des États-Unis d'Amérique, deux fois décoré de la médaille du Congrès et le plus grand enquiquineur que le Pentagone ait jamais eu à supporter. Exact ?

— Certains jugements n'ont pas nécessairement une valeur absolue... Qui êtes-vous, d'abord ?

— Un homme qui, il y a moins de vingt-quatre heures, voulait vous voir six pieds sous terre, avec les honneurs militaires, bien entendu, mais qui désire aujourd'hui à tout prix vous voir rester en vie et les deux pieds sur terre. Est-ce bien clair?

— Pas du tout, bureaucrate de mes deux! Pourquoi avoir tourné casaque?

— Parce que les *zabagliones* qui voulaient vous délivrer un passeport pour l'éternité sont en train de préparer le mien et que cette décision ne me fait pas bondir de joie.

— Les *zabagliones*?... C'est vous le tordu qui avez envoyé ce Caesar Machin-Chouette aux Quatre Saisons?

— A ma grande honte, je reconnais que c'est moi. Que puis-je dire pour ma défense?

— Rassurez-vous, ce n'est pas votre faute, mais uniquement la sienne. Il n'était pas très fort, vous savez, et, de mon côté, j'avais deux aides de camp formés à l'école de la rue.

— Comment?

— Je ne voudrais pas que vous soyez trop sévère avec vous-même. Le chef doit s'attendre à tout moment à recevoir un coup en contre, c'est ce qu'on enseigne dans une des matières à option de l'École de guerre.

— Qu'est-ce que c'est que ces salades?

— J'ai l'impression que vous n'avez pas l'étoffe d'un officier. Que dire de plus?

— Si vous n'avez rien d'autre à dire, écoutez-moi donc... J'ai beaucoup de mal à digérer le fait que certaines personnes à qui je croyais inspirer le respect veulent maintenant me voir dans la tombe que nous avions préparée à votre intention... Ils souhaitent aujourd'hui m'y voir à côté de vous et cela m'est profondément désagréable, *capisce*?

— Alors, que comptez-vous faire, monsieur Sans Nom?

— Je veux que vous restiez en vie et en bonne santé pour faire à ces beaux messieurs exactement ce qu'ils s'apprêtent à me faire. C'est-à-dire aller pleurer sur la tombe de ces fumiers!

— Je vous arrête, commandant Y. Si vous parlez de mesures radicales contre des civils, il me faudra un ordre direct du président, contresigné par le porte-parole de l'état-major interarmes et le directeur de la CIA.

— Sans blague?

— J'imagine que vous ne savez pas comment procéder dans ce genre de situation...

— Et moi, je ne veux pas de ce que vous venez de dire! le coupa Mangecavallo d'un ton impérieux. Je n'ai pas besoin de vous pour quelques exécutions toutes simples. Quand on mange des pissenlits par la racine, on a la paix. Moi, ce que je veux, c'est que ces beaux messieurs souffrent comme des damnés! Je veux les voir ruinés, brisés, finis... qu'ils deviennent des sans-abri, avec le compte en banque de Pete le Clodo!

— Qui?
— Le type qui nettoyait les pissotières dans le métro de Brooklyn... C'est le sort que je réserve à ces pourris! Je veux que les salopards nettoient les pissotières du Caire jusqu'à la fin de leurs misérables jours!
— Savez-vous, commandant Y, que lorsque j'étais un jeune capitaine combattant dans le désert contre les forces de Rommel, je me suis lié avec des officiers égyptiens...
— *Basta!* hurla Mangecavallo. Pardonnez-moi, grand général, poursuivit-il aussitôt d'une voix beaucoup plus douce, aux inflexions charmeuses. Je suis très tendu, vous comprenez.
— Ne vous laissez pas aller! répliqua le Faucon d'un ton réprobateur. Nous sommes tous passés par là, commandant, mais vous ne devez pas céder... N'oubliez pas que vos hommes ont parfois besoin de puiser en vous la force qui leur manque. Redressez-vous et tenez bon!
— Je n'oublierai jamais ces paroles, dit humblement Vinnie Boum-Boum. Mais je dois vous avertir que...
— Si c'est des Incorrigibles que vous voulez me parler, le coupa Hawkins, sachez que Petit Joseph nous a fait part de votre précédent message et que nous avons la situation en main. L'ennemi est neutralisé.
— Quoi? Ils vous ont déjà trouvés?
— Pour être tout à fait exact, commandant, nous les avons repérés les premiers et avons pris toutes les mesures qui s'imposaient. Mes troupes sont actuellement en lieu sûr et ne s'exposeront pas au feu de l'ennemi.
— Que s'est-il passé? Où sont les types des Forces spéciales?
— Les Incorrigibles, précisa Hawkins. Il ne s'agit pas des braves soldats des Forces spéciales, des hommes *normaux* que j'ai formés et qui ont tant payé de leur personne. Nous parlons de psychopathes dont nous n'avons jamais eu la possibilité de nous débarrasser.
— Mais où sont-ils?
— Eh bien, à présent, ils doivent avoir été arrêtés pour attentat à la pudeur. Sinon, il y a en ce moment au Ritz-Carlton quatre hommes nus comme des vers qui passent leur temps à monter et descendre l'escalier en s'efforçant d'échapper aux regards... Ah! j'oubliais le cinquième homme! Dans la même tenue que ses petits copains, il devrait encore être dans une Lincoln dont le moteur refuse de démarrer et dont le téléphone a été arraché et fracassé par terre.
— Bordel de merde!
— Je pense que tôt ou tard le message parviendra à Washington... Et maintenant, commandant, si nous parlions tactique? Vous connaissez à l'évidence mon programme. Quel est le vôtre?
— Le même, général. Une affreuse injustice a été commise à l'égard d'une petite tribu des premiers habitants des États-Unis d'Amérique et notre généreuse et opulente patrie se doit de réparer sa faute... Qu'est-ce que vous en dites?

— En plein dans le mille, soldat!

— Mais il y a une chose que vous ignorez, général. C'est que plusieurs magistrats de la Cour suprême ont trouvé la requête de votre avocat assez convaincante.

— Je le savais! s'écria le Faucon d'une voix triomphante. Sinon, ils n'auraient jamais fait appel à Goldfarb... que j'ai aussi un peu formé, soit dit en passant!

— Vous connaissez Hymie l'Ouragan?

— Un type très bien, fort comme un éléphant et avec le cerveau d'un surdoué universitaire.

— Mais c'est le cas!

— Qu'est-ce que je viens de dire?

— D'accord, d'accord, fit Mangecavallo d'un ton apaisant. Vous devez savoir qu'à cause de la situation du Commandement stratégique aérien et pour des raisons de sécurité nationale, la Cour ne rendra pas la requête publique avant huit jours. La veille, votre avocat et vous serez appelés à comparaître à huis clos pour un interrogatoire préliminaire afin de préparer votre exposé final.

— Je suis prêt, commandant! Cela fait presque un an que je m'y prépare! J'attends la convocation avec impatience! Ma cause est pure!

— C'est possible, mais le Pentagone, l'armée de l'Air et surtout les fournisseurs de la Défense ne le sont pas. Ils veulent votre peau, général!

— Si l'unité qu'ils ont envoyée aujourd'hui à Boston est une indication de leur compétence, je me présenterai devant la Cour en costume d'apparat des Wopotamis.

— *Mamma mia!* D'après ce que l'on m'a dit, c'étaient les plus violents, les plus sauvages, après une autre unité qui reste cloîtrée dans une sorte d'asile d'aliénés où ils aiment jouer au volley-ball en projetant les gardiens par-dessus le filet! Ceux-là, on les appelle les Quatre Affreux et ce sont les suivants qu'ils lanceront sur votre piste!

— Dans ce cas, dit le Faucon, le front barré par un pli de perplexité, et en supposant que vous ayez des troupes de soutien à votre disposition, vous pourriez peut-être nous envoyer une section en renfort. Pour ne rien vous cacher, commandant Y, je ne dispose que de deux hommes opérationnels pour défendre notre position.

— C'est bien le problème, général. Dans des circonstances normales, j'aurais pu envoyer toute une équipe d'hommes expérimentés pour assurer votre protection, mais le temps me manque. Il faut un certain temps pour mettre secrètement au point les détails d'une telle protection et le secret doit être total, sinon nous perdrons, tous autant que nous sommes!

— J'ai l'impression d'entendre parler un de ces petits trous du cul de rupins, monsieur Sans Nom.

— Je vous assure que non... Sur la tombe de ma tante Angelina...

— C'est la tante de Petit Joseph!

— Nous formons une grande famille... Bon, je peux réunir deux, peut-être trois associés très proches qui sauront rester muets comme des carpes, mais il est risqué d'en trouver d'autres. Leur absence serait remarquée, on poserait des questions et des rumeurs commenceraient à courir. « Pour qui travaille-t-il en ce moment? » ou bien « Il avait l'air en pleine forme hier, je ne comprends pas pourquoi il est à l'hôpital... » ou encore « Il paraît qu'il a tout déballé à la famille d'Hartford qui lorgne sur notre territoire... C'est pour eux qu'il travaille ». Enfin, vous voyez le genre, général? Si les hommes chargés de vous protéger étaient trop nombreux, ces questions se multiplieraient et mon nom risquerait d'être prononcé, ce qui est absolument hors de question!

— Vous êtes dans le pétrin, commandant?

— Je vous l'ai dit, c'est ma peau aussi qui est en jeu! Je suis *finito, polvere*, mes os blanchiront au soleil!

— Vous êtes souffrant, soldat...? Allons, commandant, accrochez-vous, les médecins ne savent pas tout, mon vieux.

— Les miens, si, parce qu'ils ne connaissent absolument rien à la médecine!

— A votre place, j'en consulterais d'autres...

— Je vous en prie, général! Je vous ai déjà expliqué! Certaines personnes veulent que je sois transformé en chair à pâté dans les quarante-huit heures et c'est ce qui va arriver... ou plutôt c'est ce qui semblera être arrivé. Une fois mort, je pourrai agir pour votre compte ainsi que pour le mien.

— Je ne suis pas un esprit religieux, fit pensivement le Faucon. J'ai vu trop de sang versé par tous les fanatiques qui proclament qu'ils tueront tous ceux qui ne partagent pas leurs croyances. L'histoire est remplie d'atrocités que je n'approuve pas. Nous sommes tous issus des mêmes êtres vivants qui se sont hissés hors de l'eau ou du même coup de foudre qui a provoqué la formation d'un cerveau primitif. Personne n'a le droit de prétendre détenir la vérité absolue.

— En avez-vous pour longtemps, général? Je vous rappelle que nous ne disposons pas de beaucoup de temps.

— Non, non, j'ai terminé. Mais, si vous êtes mort, commandant, je ne vois pas comment vous pourrez opérer de votre tombe. Je ne sais pas pourquoi, mais j'ai de la peine à vous imaginer en candidat à la résurrection.

— Seigneur Jésus!

— Lui l'a peut-être fait, mais pas vous.

— Je ne serai pas mort, général... Je vais simplement disparaître et faire *comme si* j'étais mort. *Capisce?*

— Pas très bien.

— Je vous ai dit que nous sommes en train de régler les détails. Il est essentiel que mes ennemis, les mêmes que les vôtres, soient persuadés que je suis rayé du scénario...

— Quel scénario?

— Celui où vous devez disparaître de la circulation, vous et tous ceux qui ont trempé dans le merdier Wopotami!

— Je suis indigné par cette remarque!

— Je vous jure que ce n'est pas ce que je voulais dire... Je parle de votre croisade en faveur d'un peuple si cruellement et injustement traité. Ça vous va, comme ça?

— C'est beaucoup mieux, commandant.

— Vous voyez, pendant qu'on me croira dans la tombe et rayé du scénario, je mettrai mes *capo supremos* au travail à Wall Street. Ils feront grimper jusqu'au ciel les actions du SAC, consécutivement à un brusque revirement du Pentagone à propos d'Omaha. C'est alors que vous arrivez devant la Cour suprême et ils explosent tous... Comme si une bombe atomique soufflait tous leurs emprunts qui reposent sur des prévisions! Et les snobinards des country clubs, incapables de faire face à leurs échéances, se retrouvent dans les pissotières du Caire! Pigé, général? Comme ça, nous avons tous les deux ce que nous voulons!

— Je sens de votre part une franche hostilité envers ces gens.

— Et vous devriez la partager, Nuée d'Orage! Ils veulent nous pousser dans la tombe, aussi bien vous que moi!... Nous coordonnerons les opérations par l'intermédiaire de Petit Joey. Restez en contact avec lui.

— Encore une chose, commandant, et je vous le dis devant Joseph. Je pense qu'il dépasse largement l'allocation journalière que vous lui attribuez. Pour le joindre, il faut attendre qu'il ne soit pas en train de téléphoner pour se faire monter à boire ou à manger et cela n'arrive pas souvent.

— Pauvre connard! rugit Joey le Suaire.

The Washington Post

LE DIRECTEUR DE LA CIA AURAIT DISPARU EN MER

Pendant dix-huit heures, les garde-côtes ont effectué de vaines recherches au large des îles de Floride. Son yacht aurait été surpris par la tempête.

Key West, 24 août. *Vincent F.A. Mangecavallo, directeur de la Central Intelligence Agency, invité à bord du Gotcha Baby, aurait péri en mer avec le propriétaire et l'équipage du navire de 10,50 mètres qui, hier à six heures, quittait le port de Key West pour une tragique partie de pêche en mer. D'après la station météorologique locale, une violente perturbation subtropicale se formait vers dix heures et demie dans les Muertos Cays et remontait brusquement vers le nord en s'écartant du littoral, mais en se dirigeant droit sur le yacht qui, depuis près de cinq heures, avait mis le cap à l'est, sur les récifs de corail de son lieu de pêche. Les recherches aériennes et maritimes reprendront à l'aube,* mais il ne subsiste guère d'espoir de retrouver des survivants. L'hypothèse la plus vraisemblable est que le yacht s'est fracassé sur les récifs et a été totalement détruit.

Dès que la nouvelle fut connue à la Maison-Blanche, le président a fait publier le communiqué suivant : « Ce cher Vincent était un grand patriote et un excellent officier de marine. Le temps lui a manqué, mais je suis sûr qu'il aurait choisi le fond des mers comme dernière demeure. Il sera chez lui au royaume des poissons. »

Au ministère de la Marine, on dément toutefois que M. Mangecavallo ait été officier de marine ou même qu'il ait servi dans les forces navales. Lorsqu'il en a été informé, le président a fait une sèche mise au point. « Mes vieux compagnons devraient mettre leurs dossiers à jour. Vinnie a servi sur le théâtre d'opérations des Caraïbes, avec des partisans grecs, à bord de vedettes de la police. Bon sang de bois, les marins ne sont plus ce qu'ils étaient ! » Il n'y a eu aucune réaction au ministère de la Marine.

The Boston Globe

CINQ ADEPTES DU NUDISME ARRÊTÉS AU RITZ-CARLTON

Quatre hommes nus découverts sur le toit. Un cinquième agresse un jogger dans un parc public. Ils revendiquent l'immunité gouvernementale. Indignation à Washington.

Boston, 24 août. *A la suite d'une étrange série de plaintes émanant de clients de l'hôtel Ritz-Carlton, qui prétendaient avoir surpris dans les couloirs de l'établissement des individus dans le plus simple appareil, la police de Boston a appréhendé quatre hommes nus et sans armes qui avaient réussi à gagner le toit du bâtiment. Les suspects ont réclamé avec insistance des vêtements sans fournir d'explication de leur état, mais en exigeant, sous le couvert de la sécurité nationale, d'être remis en liberté pour leur participation à la lutte contre les ennemis de la nation. Un cinquième homme, nu lui aussi, a été maîtrisé par un jogger, le catcheur professionnel surnommé l'Étau, qui a déclaré à la police que son agresseur avait tenté de lui arracher son survêtement. Une rapide enquête menée dans les milieux du renseignement a suscité la consternation et provoqué des démentis formels à Washington. Une source anonyme et haut placée du Département d'État a pourtant relevé des similitudes entre les suspects de Boston et une secte de Californie du Sud dont les adeptes, après s'être entièrement déshabillés, commettent des crimes en chantant « Over the Rainbow » et en brandissant de petits drapeaux américains. « Ce sont des pervers », a déclaré le haut fonctionnaire anonyme, « sinon, ils n'auraient pas ces drapeaux. Je suis persuadé qu'il s'agit des mêmes et nous ne savons même pas à qui nous avons affaire. »*

17

À la nuit tombée, un homme massif, de taille moyenne, portant des lunettes de soleil et une perruque rousse beaucoup trop grande, qui lui couvrait les oreilles, s'engagea dans une rue sombre et étroite, éclairée par des becs de gaz, à quelques centaines de mètres des jetées de Key West, Floride. La ruelle était bordée de maisons de style victorien, pressées les unes contre les autres, version modèle réduit des imposantes demeures disséminées le long de la route du littoral. Obligé de plisser les yeux à cause de l'éclairage insuffisant, l'homme regarda tous les numéros de droite, jusqu'à ce qu'il trouve celui qu'il cherchait. Identique à celles qui la flanquaient et lui faisaient face, la maison devant laquelle il s'arrêta s'en distinguait pourtant par une particularité. Alors que des lumières douces et filtrées par des abat-jour et des stores vénitiens étaient visibles aux fenêtres des deux étages des autres constructions, celle-ci n'était éclairée que par une seule lampe, de faible puissance, allumée dans une pièce du rez-de-chaussée, située à l'évidence à l'arrière de la petite maison. Cela faisait partie du code ; c'était bien le rendez-vous clandestin.

L'homme à la perruque rousse monta les trois étroites marches et s'arrêta devant la porte. Il frappa entre les panneaux de verre coloré, selon un signal convenu, afin de ne pas utiliser la sonnette. Un coup, un temps d'arrêt, quatre autres coups rapides, un arrêt et deux coups rapides pour finir. La porte s'ouvrit et Vincent Mangecavallo reconnut aussitôt le rhinocéros qui se tenait dans le petit couloir. C'était Meat, un de ses messagers occasionnels, portant comme à son habitude un complet noir et une cravate de soie blanche sur une chemise également blanche.

— Ils n'ont trouvé personne d'autre que toi dans une putain de crise comme celle-là?

— Salut, Vinnie!... C'est bien toi, au moins?... Mais oui, c'est toi. Je reconnais l'odeur d'ail et de brillantine.

— *Basta!* grommela l'ancien combattant du théâtre d'opérations des Caraïbes en le poussant pour entrer. Où est le *Consigliere*? Je veux le voir tout de suite!

— Il n'y a personne, lança un homme mince et élégant dans le chambranle d'une porte donnant sur le couloir mal éclairé. Pas de parrains, pas d'avocats de la mafia, pas de tueurs de la Cosa Nostra. Est-ce bien clair?

— Qui êtes-vous?

— Je m'étonne que vous n'ayez pas reconnu ma voix...

— Ah!... C'est vous?

— C'est moi, répondit l'élégant Smythington-Fontini, en veste blanche et foulard jaune. Nous nous sommes entretenus plusieurs centaines de fois au téléphone, mais nous ne nous étions jamais rencontrés, Vincenzo. Permettez-moi de vous serrer la main, monsieur, si vous avez lavé les vôtres récemment.

— Je dois reconnaître, Fontini, que vous ne manquez pas de cran pour un type de votre espèce, dit Mangecavallo en lui donnant la poignée de main la plus fugace depuis que George Patton s'était trouvé en présence de son premier général soviétique. Comment avez-vous choisi Meat?

— Disons qu'il était l'étoile la moins brillante de votre constellation et je suis un expert en navigation céleste.

— Ça ne répond pas à ma question.

— Alors, disons que les parrains de Palerme à Brooklyn ne veulent pas se mouiller dans cette affaire. Ils nous donnent leur bénédiction et accepteront avec gratitude les profits qui pourront leur échoir, mais, fondamentalement, nous sommes livrés à nous-mêmes. Ce sont eux qui ont choisi votre... collaborateur.

— Il y a un certain nombre de choses que je dois faire, une question d'honneur et d'amour-propre à régler, compte tenu de ce qui a été décidé contre ma personne. Je pense que c'est bien compris... de Palerme à Brooklyn.

— Parfaitement, Vincenzo, une affaire d'honneur qu'il convient de régler, mais pas comme vous l'entendez. Je répète : pas d'armes à feu, pas de tombes, pas de *consiglieri* faisant pression sur les spéculateurs de Wall Street. Il est absolument exclu d'impliquer vos relations familiales. Même si je n'ai pas les mêmes rapports avec eux, je compte fermement être informé de tous vos mouvements. N'oubliez pas, mon petit vieux, que c'est moi qui ai payé ce fichu yacht que nous avons jeté sur les récifs et l'équipage vénézuélien que nous avons discrètement rapatrié à Caracas.

— Meat, ordonna Mangecavallo en se tournant vers le collaborateur habituellement placé sous son autorité, va te préparer un sandwich.

— Avec quoi, Vinnie? Tout ce qu'il y a dans la cuisine de ce type, c'est des crackers qui s'effritent dès qu'on les touche et du fromage qui pue comme des pieds crasseux!

— Laisse-nous seuls, Meat.
— Et si je commandais une pizza...
— Pas de téléphone! ordonna l'industriel anglo-italien. Allez donc surveiller l'arrière-cour... Nous n'aimerions pas que des intrus passent par là et je me suis laissé dire que vous étiez particulièrement compétent pour éviter ce genre de chose.
— Ouais, ça on peut le dire, fit Meat, sensible à la flatterie. Mais, pour en revenir à ce fromage, je supporte pas le parmesan. Vous voyez ce que je veux dire?
— Absolument.
— Vous inquiétez pas pour vos intrus, poursuivit le *capo subordinato* en se dirigeant vers la cuisine. J'ai les yeux d'une chauve-souris; ils ne se ferment jamais.
— La chauve-souris n'a pas une très bonne vue, Meat.
— Sans char?
— Sans blague, Meat.
— Où avez-vous déniché cet oiseau-là? demanda Smythington-Fontini dès que Meat eut disparu dans la cuisine. Et pourquoi travailler avec lui?
— Il me rend souvent des services et, la plupart du temps, il n'est pas très sûr de ce qu'il fait. C'est le gorille idéal... Mais je ne suis pas venu pour parler de Meat. Comment se présente la situation?
— Comme prévu et selon le programme. Demain, dès l'aube, les gardes-côtes repêcheront des débris du yacht et quelques gilets de sauvetage, ils retrouveront différents articles personnels, y compris un étui à cigares à l'épreuve de l'eau, gravé à vos initiales. On mettra naturellement fin aux recherches et vous aurez l'insigne privilège de lire dans les nécrologies toutes ces choses merveilleuses que ceux qui vous méprisaient déclarent après votre mort.
— Vous est-il jamais venu à l'esprit que certaines de ces déclarations pouvaient être sincères? Je veux dire que, dans certains milieux, on me respecte...
— Pas dans le nôtre, mon petit vieux.
— Ça recommence avec le « mon petit vieux, » hein? Eh bien, moi, je vais vous dire une bonne chose, mon petit pote, vous avez eu beaucoup de chance d'avoir une *mamma aristocratica* avec beaucoup plus de cervelle que la tête de linotte d'Anglais qu'elle a épousée ne l'avait jamais rêvé. Sans elle, le seul club de football qui vous appartiendrait serait composé d'une bande de petits voyous crasseux jouant dans les rues de Liverpool ou je ne sais quelle putain de ville anglaise!
— Sans les appuis financiers des Smythington, jamais les Fontini n'auraient pu se lancer sur le marché international.
— Ah! c'est pour ça qu'elle a gardé le nom de Fontini, pour que les gens sachent qui paie l'addition.
— Cela ne nous mène nulle part...

— Tout ce que je veux, c'est que vous ayez une idée de la situation, Smythie! Que vous sachiez que toute votre bande de rupins va faire le grand plongeon.

— C'est bien ce que l'on m'a laissé entendre. Pour la société, ce sera une grande perte, naturellement.

— *Naturalmente, pagliaccio...* Alors, à la fin des recherches des gardes-côtes et après ma béatification, qu'est-ce qui se passe?

— Quand le moment sera venu, je pressens que l'on vous retrouvera sur l'un des îlots les plus écartés des Tortugas. Deux des Vénézuéliens vous rejoindront et jureront que c'est à votre courage et votre persévérance que vous devez tous la vie. Ils repartiront aussitôt à Caracas et disparaîtront de la circulation.

— Pas mal, pas mal du tout. Tout compte fait, vous êtes peut-être le digne fils de votre mamma.

— Sur le plan des idées et de l'imagination, on peut dire que vous avez raison, acquiesça l'industriel en souriant. Mère me disait toujours : « Le sang des Césars coulera toujours dans nos veines; si seulement nos cousins du Sud étaient plus nombreux à avoir comme moi les yeux bleus et les cheveux blonds. »

— Une vraie princesse, un modèle de tolérance... Et si nous parlions un peu de Nuée d'Orage? Comment allons-nous assurer leur protection, à lui et à sa tribu de cinglés? Morts, ils ne me serviront à rien.

— C'est là que vous intervenez. Vous êtes apparemment le seul à pouvoir entrer en contact avec eux...

— Exact, dit Mangecavallo. Ils sont tous à l'abri, personne d'autre que moi ne sait où ils se cachent et il n'est pas question que cela change.

— Si cela ne doit pas changer, il sera impossible d'assurer leur protection. Comment voulez-vous protéger un gibier introuvable?

— J'ai tout prévu. Vous me dites ce que vous avez l'intention de faire et, si cela me convient, j'appelle l'intermédiaire et nous arrangeons une rencontre. Vos intentions?

— Avant de prendre l'avion pour venir, vous m'avez dit au téléphone que le général et ses amis étaient en lieu sûr. Je suppose que, pour un plaisancier, c'est l'équivalent d'un havre, un lieu où mouille un navire pour s'abriter de la tempête, en général une crique profonde et sous le vent.

— Vous vous torturez toujours les méninges comme ça?... Ouais, j'espère que c'est bien ça et que ce cinglé de général a dit vrai, parce que, s'il s'est trompé, notre armée est vraiment lamentable. Alors, que proposez-vous?

— Pourquoi ne pas maintenir le statu quo?

— Quel statu quo?

— Les laisser en lieu sûr, répondit lentement Smythington-Fontini comme s'il énonçait une évidence à un attardé. A moins, comme vous l'avez laissé entendre, que notre armée ne soit vraiment lamentable, ce qui, chez les hauts responsables des achats du Pentagone, est tout à fait plausible. Mais, compte tenu des récentes prouesses du général, nous devons le croire sur parole s'il affirme que son abri est sûr et bien protégé du gros temps.

— Le gros temps ?

— L'expression, telle que je l'ai employée, implique qu'il n'y a rien à craindre. Ils sont dans une crique profonde et à l'abri des éléments. Pourquoi ne pas les y laisser ?

— Mais je ne sais même pas où ils sont !

— Tant mieux... Votre intermédiaire le sait-il ?

— Il pourra l'apprendre s'il a une assez bonne raison pour convaincre Nuée d'Orage de le lui révéler.

— Vous avez également dit au téléphone qu'il voulait – quelle était l'expression ? – oui, des « troupes de soutien ». Est-ce que ce serait une raison satisfaisante ?

— Un peu, mon neveu ! Il en a absolument besoin. A qui pensez-vous ?

— Pour commencer, à votre collaborateur du nom délicieux de Meat...

— Hors de question ! protesta Mangecavallo. J'ai d'autres tâches à lui confier. Vous voyez quelqu'un d'autre ?

— Nous risquons d'avoir un problème. Comme je vous l'ai dit, nos parrains d'ici et de là-bas exigent avec la plus grande fermeté qu'il soit impossible de remonter jusqu'à l'une des familles, comme on peut le redouter de la part de M. Caesar Boccegallupo. Je présume qu'il sera fait une exception pour Meat qui a le cerveau particulièrement étroit. Vous avez dit de lui, s'il m'en souvient bien, que c'est le gorille presque idéal.

— Pourquoi presque ?

— Parce que la perfection serait un vrai gorille qui comprenne l'anglais, n'est-ce pas ?

— Vous savez que vous me filez les jetons, vous. Vous êtes vraiment tordu !

— Je fais pourtant tout mon possible, répliqua l'industriel d'un air de profonde lassitude. Mais je crains vraiment que nous ne soyons pas sur la même longueur d'onde.

— Eh bien, passez sur la mienne, Smythie ! Vous parlez comme ce vieux singe du Département d'État !

— Vous ne comprenez donc pas que c'est pour cela que je suis précieux ? Je le comprends ; il est fréquentable, tout juste, mais vos solutions à vous, aussi dégradantes soient-elles, sont infiniment plus fécondes pour moi que les siennes. Même si je préfère ses daiquiris à vos whiskies-bières, je suis parfaitement capable d'en commander un à l'occasion. Pourquoi croyez-vous que les démocraties industrielles soient si sacrément tolérantes ? Il se peut que je n'aie pas envie de partager votre pain, mais je serais plus qu'heureux de vous aider à le faire cuire.

— Vous savez que j'ai l'impression d'entendre parler votre mamma? Malgré toutes les conneries que vous débitez, vous avez du cran. Alors, quel est le programme?

— Puisque les voies normales vous sont interdites, je vous suggère de recruter quelques hommes dans un réservoir de talents disponibles et confirmés. Pour être plus précis, des mercenaires.

— Qui?

— Des soldats de profession qui se louent moyennant finance. C'est le plus souvent le rebut du genre humain, mais ils ne se battent que pour l'argent et c'est la seule cause dont ils veulent entendre parler. Il s'agissait autrefois d'anciens salopards de la Wehrmacht, d'assassins en fuite ou d'ex-militaires chassés de l'armée et dont plus personne ne voulait. Je suppose que les deux dernières catégories existent toujours, mais les fascistes sont morts ou trop vieux pour porter un tambour ou souffler dans leur fichu clairon. Quoi qu'il en soit, je pense que c'est la solution la plus sage.

— Et où vais-je trouver ces gentils boy-scouts? Je veux que les troupes de soutien soient sur place le plus vite possible.

— J'ai pris la liberté de vous apporter une douzaine de CV fournis par une agence de Washington du nom de Manpower Plus Plus. Le messager que j'y ai envoyé, un de mes collaborateurs de Milan, m'a affirmé que tous les candidats étaient libres dans les vingt-quatre heures, à l'exception de deux d'entre eux qui devraient réussir à s'évader de prison demain matin au plus tard.

— J'aime bien votre style, Fontini, déclara le défunt directeur de la CIA. Où sont les CV?

— Dans la cuisine. Suivez-moi et vous demanderez à Meat de surveiller la porte d'entrée.

Dix minutes plus tard, devant les dossiers étalés sur une table en pin massif, Mangecavallo fit son choix.

— Ces trois-là, déclara-t-il d'un ton sans réplique.

— Vincenzo, vous êtes un homme exceptionnel, approuva Smythington-Fontini. J'en aurais choisi deux sur les trois, mais je dois vous préciser que ces deux-là sont en ce moment même en train de s'évader de la prison d'Attica et ils seront particulièrement reconnaissants de trouver du travail dès leur sortie. Je dois également vous dire que le troisième est un fou furieux, un néo-nazi américain dont le plus grand plaisir est de faire brûler des croix gammées dans les jardins des Nations unies.

— Je vois qu'il s'est jeté devant un bus...

— Ce n'était pas un bus, Vincenzo, mais une voiture cellulaire transportant son ami, un autre timbré qui venait de se faire arrêter parce qu'il paradait sur Broadway dans un uniforme de la Gestapo.

— Il a quand même fait tout ce qu'il pouvait pour empêcher quelque chose et c'est ce que je cherche.

— D'accord, mais on n'a pas pu établir avec certitude si son acte était volontaire ou si c'est le coup de poing d'un rabbin qui l'a projeté sur la 47e Rue.

— Je prends le risque... Quand puis-je compter sur eux pour Boston?

— Pour les deux premiers, nous serons fixés dès le début de la matinée, après l'appel des détenus, et notre nazi ronge son frein, car il vit des prestations de la Sécurité sociale, grâce à une carte volée à un usurier qu'il a jeté dans l'East River.

— Il me plaît, celui-là... pas pour ses opinions politiques, parce que je suis pas d'accord avec ces saloperies, mais je pense qu'il fera l'affaire. Tous ces tordus de fachos peuvent nous être utiles... Comme vous dites, il suffit de battre le tambour et de sonner du clairon. Et, si les deux autres réussissent à s'évader, ils seront des soutiens providentiels à notre cause, pour obtenir réparation de la terrible injustice dont a été victime une tribu de minables qui, sans ma bienveillante intervention, n'aurait aucune chance de s'en sortir. L'important est de régler tout ça au plus vite et de les expédier à Boston. Vous savez, il n'est pas impossible que les tarés de Washington ait lancé un nouvel assaut contre le général.

— J'en doute, mon petit vieux. Si ni vous ni votre intermédiaire ne savez où il se cache, comment Washington pourrait-il le découvrir?

— Je n'ai aucune confiance en vos amis rupins. Ils ne reculeront devant rien, ces dégénérés.

A une centaine de mètres du siège de la firme Aaron Pinkus Associates, dans un box à la lumière tamisée, niché tout au fond du bar d'O'Toole, le jeune et élégant banquier lança un nouvel assaut courtois contre la secrétaire d'âge mûr par l'entremise d'un troisième Martini.

— Non, vraiment, Binky, il ne faut pas! protesta la femme en gloussant et en passant nerveusement la main dans ses longs cheveux gris. Non, ce n'est pas bien...

— Qu'est-ce qui n'est pas bien? demanda la gravure de mode pour Brooks Brothers avec un accent new-yorkais prononcé. Je vous ai déjà dit ce que je ressens.

— Il y a de nombreux avocats du cabinet qui passent prendre un verre ici, après le bureau... Et puis, je ne vous connais que depuis une heure. Cela va faire jaser.

— Laissez-les jaser, mon cœur. Quelle importance? Je vous ai expliqué mon cas très clairement et avec une franchise totale. Les jeunes filles frivoles et puériles avec qui un homme comme moi devrait sortir ne m'intéressent pas. C'est tout simple. Je préfère de loin une femme plus mûre, une femme d'expérience, qui me comprendra... A votre santé!

Ils portèrent tous deux leur verre à leurs lèvres, mais une seule personne but et ce n'était pas le banquier bon chic bon genre.

— Ah ! chérie ! Juste une petite question relative au boulot... Quand, à votre avis, notre comité exécutif sera-t-il en mesure de rencontrer M. Pinkus ? Il y a des millions de dollars en jeu et nous tenons beaucoup à lui demander conseil.

— Binky, je vous l'ai déjà dit...

Embarrassée, la secrétaire se mit brusquement à loucher au milieu de sa phrase et hoqueta à quatre reprises.

— ... M. Pinkus ne m'a pas appelée de toute la journée, acheva-t-elle.

— Et vous ne savez pas où il est, mon cœur ?

— Pas sexactement... exactement, mais Paddy Lafferty, son chauffeur, m'a téléphoné pour me demander de confirmer à l'agence la location de deux véhicules.

— Vraiment ? Deux véhicules ?

— Il a parlé du chalet. C'est dans le New Hampshire, à Hooksett, juste après la frontière de l'État.

— Bof ! Tout ça n'a aucun intérêt. Juste le boulot... Voulez-vous m'excuser un instant, ma douce ? Un besoin naturel, comme on dit.

— Vous voulez que je vous accompagne ?

— Je ne pense pas que ce soit très convenable. Et pourtant, votre beauté épanouie est si excitante.

— Youpiii ! glapit la secrétaire en se jetant sur son Martini.

Le banquier se leva et se dirigea d'un pas vif vers l'entrée du bar, près de laquelle se trouvait le taxiphone. Il introduisit une pièce dans l'appareil et composa un numéro. On décrocha aussitôt.

— Oncle Bricky ?

— Qui veux-tu que ce soit ? demanda le patron du plus gros établissement de prêt de la Nouvelle-Angleterre.

— C'est Binky, ton neveu.

— J'espère que tu as gagné ta croûte, jeune homme. Tu ne vaux pas beaucoup mieux que ça.

— J'ai été très bon, oncle Bricky !

— Tes prouesses sexuelles ne m'intéressent pas. Dis-moi plutôt ce que tu as appris.

— C'est un chalet. A Hooksett, dans le New Hampshire.

Binky le banquier ne retourna pas à sa table. O'Toole appela un taxi pour la secrétaire déjà bien éméchée, paya la course jusqu'à son domicile et fit un signe de la main compatissant en direction du visage égaré, plaqué contre la vitre.

— Les fumiers, murmura-t-il entre ses dents.

— C'est Bricky, vieille branche... La planque est un chalet de ski, à Hooksett, New Hampshire, à une cinquantaine de kilomètres au nord de la frontière, sur la nationale 93. On m'a dit qu'il n'y avait que deux ou trois bâtiments de ce genre dans le coin et il ne devrait pas être trop difficile à trouver. Il y aura deux voitures dont voici les numéros d'immatriculation.

Le banquier au teint blafard donna les numéros minéralogiques et accepta les félicitations du secrétaire d'État.

— Bien joué, Bricky. Comme au bon vieux temps, hein, mon pote ?

— J'espère bien, mon vieux, parce que, si tu rates ce coup-là, tu n'as pas intérêt à te pointer à notre prochaine réunion !

— Ne t'inquiète pas, mon petit vieux. On les surnomme les Quatre Affreux et ce sont de véritables brutes ! Ils arriveront à l'aéroport Logan dans moins d'une heure... Crois-tu que Smythie pourrait revenir sur sa décision, tu sais, à propos de mon yacht, pour l'anneau d'amarrage, dans son club...

— A mon avis, cela dépendra de tes résultats. Qu'en penses-tu ?

— J'ai toute confiance en nos quatre gaillards, mon vieux. Ils sont véritablement ignobles. Ils ne font pas de quartier et n'attendent pas de pitié. Je te conseille vivement de ne pas t'approcher d'eux à moins d'un kilomètre !

— Bravo, mon petit vieux ! Tiens-moi au courant !

Il était minuit passé quand la fourgonnette noire qui descendait en roue libre, tous feux éteints, la petite route depuis la sortie de Hooksett s'arrêta devant l'entrée gravillonnée du chalet. Le conducteur au front tatoué, où les contours bleutés d'un volcan en éruption étaient visibles à la clarté de la lune, se retourna vers ses trois compagnons assis à l'arrière du véhicule.

— Cagoules, dit-il simplement.

Les trois autres plongèrent la main dans leurs havresacs noirs et en sortirent des bas noirs dont ils se couvrirent prestement la tête. Le chef les imita et les quatre hommes arrangèrent les bas de nylon pour laisser apparaître des regards menaçants dans les ouvertures ménagées au niveau des yeux.

— Armement maximum, ordonna le chef tatoué de l'unité d'assaut dont les lèvres dessinèrent un mince sourire sous le nylon tendu. Je veux des morts, rien que des morts ! Je veux voir l'horreur, je veux voir la souffrance ! Je veux voir le sang et les visages déformés ! Toutes ces bonnes choses pour lesquelles on nous a si bien formés !

— Comme toujours, commandant, murmura un malabar en sortant mécaniquement de son sac un MAC-10 automatique et cinq chargeurs de quatre-vingts cartouches, soit un total, pour les quatre hommes, de seize cents balles tirées à cadence rapide.

— Armes d'appoint ! poursuivit le commandant en constatant avec satisfaction d'un regard circulaire que son deuxième ordre avait déjà été exécuté.

Les mains plongèrent une nouvelle fois dans les havresacs et des grenades à main furent fixées aux ceinturons.

— Radios! ordonna enfin le chef.

Des talkies-walkies miniaturisés passèrent du fond des havresacs dans les poches des quatre commandos.

— En route! Sud, est, nord et ouest, dans l'ordre de nos numéros. Compris?

Toutes les têtes s'inclinèrent d'un même mouvement et les Quatre Affreux se glissèrent hors du véhicule avant de se jeter à plat ventre pour commencer à ramper, chacun dans la direction qui lui avait été assignée.

— Est-ce qué tou vois cé qué jé vois, amigo? demanda Desi-Deux à son compère qui se tenait à ses côtés sous un grand érable et scrutait le terrain en pente à la clarté d'une lune capricieuse. C'est fou, non?

— Né sois pas trop dour avec eux, comme ils disent, les gringos, répondit Desi-Un. Ils n'ont jamais sourveillé les poulets ou les chèvres pendant la nouit pour les protéger des mauvais voisins.

— Jé lé sais bien, mais pourquoi ils sont aussi stoupides? Des *cabezas* noires qui montent la colline sous la lune comme des grosses *cucarachas*, ils sont bêtes à manger dou foin!

— Comme lé *generale*, il dit, nous pouvons leur donner oune léçon, mais pas tout dé souite. Tout dé souite, nous allons faire cé qu'il nous a démandé... Et pouis la journée, elle a été *difficultoso* pour tous nos nouveaux amis très gentils et il né faut pas les réveiller. Ils ont bésoin d'oune bon sommeil, non?

— Tou as raison. Nous allons nous en occouper tout seuls. D'accord?

— C'est facile. Jé prends ces deux-là et, toi, tou prends les deux dé l'autre côté.

— D'accord, acquiesça Desi-Un tandis que les deux guetteurs s'accroupissaient dans l'ombre. Mais tou n'oublies pas, amigo, il né faut pas leur faire trop dé mal. Lé *generale*, il dit qué nous devons être civilisés avec les prisonniers dé guerre.

— Hé! mec! Nous né sommes quand même pas des broutes! Lé *generale*, il dit aussi qué nous dévons avoir dou respect pour les intentions dé Genièvre. Peut-être qué nos mauvais voisins, ils ont été malheureux quand ils étaient pétits, comme lé *generale* Mac, il dit pour nous. Jé crois qu'il faut être tout gentil avec eux.

— Hé! amigo! protesta D-Un sans élever la voix, né laisse pas tous ces prêtres qué tou aimes tant té faire croire qué tou es oune saint! Tou gardes tes idées dé gentillesse pour toi, quand les *cucarachas* à tête noire, ils séront allongés dans l'évier dé la couisine, d'accord?

— Tous sais, lé *padre* qué jé préférais, quand j'allais lé voir dans lé vieux San Juan, il mé disait : « Oune œil pour oune œil, *niño*, mais sois sour dé frapper lé premier, dans les *testiculos*. »

— Oune saint homme, amigo. Tou es prêt?

— C'est le commandant Vulcain, souffla l'homme à la cagoule noire dans sa radio en continuant de ramper par le sud vers le chalet. Tout le monde au rapport, en annonçant vos numéros.

— Deux Est au rapport, mon commandant. Aucune activité ennemie ni autre.

— Numéro Trois?

— Trois Nord, mon commandant. Une lumière est allumée au premier étage, certainement dans une chambre. Je peux l'éteindre?

— Pas encore, soldat. Mais, quand je vous en donnerai l'ordre, éliminez tous ceux qui sont à l'intérieur. Sans doute des pervers qui préfèrent garder la lumière en faisant leurs cochonneries. Tous des pervers, des sauvages! Soyez prêt à utiliser votre arme automatique et vos grenades.

— Bien, mon commandant! Je veux être le premier à leur faire péter la cervelle! C'est possible, mon commandant?

— Excellent comportement, soldat, mais attendez mes ordres. Continuez à vous rapprocher de l'objectif.

— Et moi, mon commandant? lança Deux Est. Trois Nord est un crétin! Vous vous rappelez quand les gardes l'ont surpris en train de mâcher la barrière avec ses dents?... C'est à moi de tirer le premier!

— Et, toi, tu seras ma première cible! le coupa Trois Nord. Vous n'avez pas oublié, mon commandant, qu'il s'est tapé toutes vos fraises au mess, jeudi dernier!

— Un point en votre faveur, numéro Trois. J'avais vraiment envie de ces fraises.

— Mais ce n'est pas moi, mon commandant! C'est Quatre Ouest!... Avoue, espèce de salopard!

— Alors, Quatre Ouest? demanda Vulcain. Est-ce vous qui avez volé mes fraises?

Pas de réponse.

— Répondez, Quatre Ouest! poursuivit le chef du commando. Dois-je prendre votre silence pour un aveu? Allez-vous répondre, trou du cul! C'est vous qui avez volé mes fraises?

La radio restait muette.

— Quatre Ouest, Quatre Ouest! Répondez!

Toujours le silence.

— Sa radio doit être foutue, conclut Vulcain. Putains d'acheteurs du Pentagone! Quand je pense que ces talkies-walkies reviennent à quatorze mille dollars pièce alors qu'on peut trouver le même matériel dans le commerce pour vingt-sept dollars!... Quatre Ouest, est-ce que vous m'entendez?... Bon, Trois Nord, à quelle distance êtes-vous de l'objectif?

Pas de réponse.

— Allez-vous répondre, Trois Nord!... Merde! lâcha-t-il en constatant que le silence se prolongeait. Avez-vous pensé à vérifier les piles, bande de tordus?

Toujours pas de réponse.
— Deux Est, au rapport, tout de suite!
De nouveau le silence.
— Qu'est-ce qui se passe, bordel? rugit le commandant Vulcain en oubliant les consignes de discrétion qu'il avait lui-même données. Est-ce que l'un de vous va me répondre?
Le silence fut rompu quelques instants plus tard par une voix inconnue.
— Ravi dé faire votre connaissance, dit affablement Desi-Un en sortant de l'ombre pour se dresser au-dessus de l'officier encagoulé. Vous êtes oune prisonnier dé guerre, amigo, et vous sérez traité avec équouité.
— Quoi?
Le chef du commando tendit la main vers son arme, mais il fut beaucoup trop lent. Le talon de la botte de D-Un s'écrasa sur son front, en plein milieu du volcan tatoué.
— Jé né voulais pas faire ça, monsieur lé prisonnier, mais vous auriez pou mé faire dou mal et cé n'est pas bien.

Jennifer Redwing s'éveilla en sursaut. Il s'était passé quelque chose... Elle le sentait, elle l'entendait! Bien sûr que je l'entends, songea-t-elle. De l'extérieur s'élevaient des cris étouffés et des gémissements. Des chiens blessés, des animaux pris au piège? Elle sauta de son lit et s'élança d'un pas mal assuré vers la fenêtre d'où elle découvrit une scène incroyable.

Sam Devereaux perçut des bruits lointains et tira le deuxième oreiller sur sa tête douloureuse. Pour la cinq centième fois au moins, il se jura de ne plus jamais boire un seul verre après avoir quitté le bar d'O'Toole. Mais, comme les bruits ne diminuaient pas d'intensité, il ouvrit péniblement des yeux gonflés et comprit qu'ils n'avaient rien à voir avec son état. Il se leva et se dirigea en titubant vers la fenêtre. Bon Dieu de Bon Dieu!

Aaron Pinkus rêvait de Shirley, une Shirley véritablement hors d'elle, dont les cheveux étaient enroulés autour de onze mille bigoudis rose bonbon qui le traitaient de tous les noms. Chaque bigoudi possédait sa propre bouche qui s'ouvrait et se refermait sans répit avec la rapidité d'un tir de mitrailleuse. Était-il de retour à Omaha Beach?... Nenni, il se trouvait dans sa chambre préférée du vieux chalet. Alors, pourquoi ce vacarme? Il quitta lentement le lit douillet et s'avança sur ses vieilles jambes raides jusqu'à la croisée. *Dieu d'Abraham, qu'as-Tu donc fait?*

Le sommeil d'Eleanor Devereaux fut brutalement interrompu par un tintamarre infernal. Instinctivement, elle tendit la main vers le téléphone de la table de chevet pour demander à Cora d'appeler la police afin de faire arrêter les voisins ou les auteurs de l'intolérable tapage nocturne qui troublait la tranquillité des habitants de Weston. Par malheur, il n'y avait pas de téléphone. Eleanor repoussa les couvertures, posa fermement les pieds sur le plancher en se redressant de toute sa taille d'un air de dignité offensée et se dirigea d'un pas décidé vers la fenêtre. *Seigneur! Quel spectacle étonnant!*

Quand MacKenzie Hawkins ouvrit les yeux, il avait encore dans la bouche le cigare qu'il avait mâchonné depuis le petit matin. Qu'est-ce que c'était que ce bordel? *Viêt-nam? Corée?* Des cris de porcs dans une ferme voisine? Et où étaient passés ses aides de camp? Pourquoi ne l'avaient-ils pas averti de l'attaque ennemie?... Mais non, se dit-il en sentant sous sa tête le moelleux de l'oreiller... Il n'y a pas d'oreiller au bivouac! Alors, où était-il?... Par les légions d'Hannibal, le chalet du commandant Pinkus! Il bondit de la couche confortable réservée aux civils en se détestant pour son manque de rigueur martiale et se rua vers la fenêtre en caleçon de flanelle. *Que Gengis Khān me pardonne, mais même lui n'aurait pas pensé à ça!*

Comme un groupe de piétons avides de constater les résultats affreux d'un accident de la circulation, les occupants de l'ancien hôtel descendirent précipitamment les différents escaliers donnant dans le hall. Ils y furent accueillis par Desi-Un et Deux, debout de chaque côté d'une longue table basse sur laquelle étaient disposés quatre pistolets-mitrailleurs MAC-10, vingt chargeurs, seize grenades, quatre radios miniaturisées, deux lance-flammes, quatre jumelles à infrarouges et une bombe ovoïde désassemblée, assez puissante pour faire sauter le quart de l'État du New Hampshire, de préférence le quart sud-est.

— Nous né voulions pas vous réveiller, dit Desi-Un, mais lé *generale*, il a dit qu'il faut protéger les droits des prisonniers dé guerre... Oh! nous avons essayé, mais cé sont des méchants. Regardez toutes ces armes et vous comprendrez. Et maintenant, *grande generale*, est-ce qué lé sergent Desi-Dos et moi, nous pouvons dormir *un poquito*?

— Messieurs, vous êtes promus lieutenants! Mais qu'est-ce qu'il y a dehors?

— *Señores y señoras*, vénez voir vous-mêmes, jé vous en prie, dit Desi-Deux en ouvrant la porte d'entrée. Quand nous avons vou toutes ces armes et ces machins, nous avons pensé qué cé serait pas trop mal pour les intentions dé Genièvre.

A l'extérieur, sur le câble du télésiège, à cinq mètres au-dessus du sol, quatre corps se tortillaient désespérément, la tête en bas, la bouche fermée par du ruban adhésif, les pieds entortillés dans des cordes.

— Nous les faisons descendre toutes les heures et nous leur donnons dé l'eau, expliqua Desi-Un en souriant. Commé ça, nous traitons bien nos prisonniers dé guerre.

18

— Quoi ? hurla le secrétaire d'État en étreignant le combiné.
Le cri fut si perçant que la sténodactylo décolla de sa chaise, projetant son carnet sur la tête de son patron qui le saisit distraitement de la main gauche, celle qu'il utilisait pour se taper sur le crâne dans l'espoir de mettre fin aux rotations frénétiques de son globe oculaire.
— Ils ont fait *quoi* ?... Mais comment est-ce possible ? C'est intolérable !
Le secrétaire d'État commença à écraser alternativement le carnet de sténo sur sa tempe gauche et le bord du bureau jusqu'à ce que les feuillets se détachent un à un de leur spirale et s'envolent dans la pièce.
— S'il vous plaît ! implora la sténo en courant en tous sens pour ramasser les feuillets épars. Ces notes sont top secret, monsieur !
— En tout cas, vos lolos n'ont plus rien de secret pour moi ! rugit le chef du Département d'État, l'air égaré, l'œil gauche tourbillonnant follement dans son orbite. Hé ! Hé ! Hé !... ajouta-t-il dans son monologue incohérent. Nous vivons dans un monde de cochons ! Vous avez de sacrés nichons, mais moi, je suis un sacré cochon !
La sténodactylo se redressa brusquement et, raide comme la justice, planta ses yeux dans ceux de son patron.
— Ça suffit, Warren, déclara-t-elle posément, mais avec force. Maintenant, calmez-vous.
— Warren ?... Il n'y a pas de Warren ici ! Je suis monsieur le secrétaire d'État ! Toujours monsieur le secrétaire d'État !
— Vous êtes Warren Pease et je vous prie de couvrir ce téléphone de la main, sinon je raconte tout à ma sœur qui informera Arnold Subagaloo que vous avez perdu l'esprit.
— Non, pas Arnold ! gémit Warren Pease en plaquant aussitôt la paume de la main sur le combiné. J'avais oublié, Teresa ! Je vous jure que cela m'était sorti de la tête !

— Je m'appelle Regina Trueheart. Teresa Trueheart, l'assistante de Subagaloo, est ma sœur cadette.

— Je n'ai pas la mémoire des noms, mais jamais je n'oublie une paire de... je veux dire un visage ! N'en parlez surtout pas à votre sœur !

— Dites à votre correspondant que vous le rappellerez dès que vous aurez repris vos esprits.

— Je ne peux pas ! Il appelle d'un téléphone public de la prison de Quantico !

— Demandez-lui de vous donner le numéro et d'attendre votre appel près de l'appareil.

— D'accord, Teresa... Regina... Madame la secrétaire d'État !

— Ça suffit, Warren ! Faites ce que je vous dis !

Le secrétaire d'État exécuta les instructions de Regina Trueheart, puis il se pencha sur son bureau, la tête entre ses bras et se mit à sangloter comme un enfant.

— Quelqu'un a vendu la mèche et je me suis ridiculisé ! hoqueta-t-il. Ils ont été réexpédiés à la prison dans des sacs !

— Qui ?

— Les Quatre Affreux ! C'est terrible !

— Ils sont morts ?

— Non, il y avait des trous dans la toile pour leur permettre de respirer. Mais c'est pis que la mort... Ils sont humiliés ! Nous sommes tous humiliés !

Pease leva vers la sténodactylo un visage baigné de larmes, comme pour implorer une prompte exécution.

— Oubliez tout ça, mon petit Warren. Vous avez une lourde tâche à assumer et des gens comme moi sont là pour s'assurer que vous l'accomplissez. Souvenez-vous de Fern, notre sainte patronne, notre source d'inspiration ! Elle ne permettait jamais à ses patrons de craquer et, moi, je ne le ferai pas non plus !

— C'était une secrétaire, vous, vous êtes une sténodactylo du pool de sécurité...

— Beaucoup plus que cela, Warren, oui, beaucoup plus ! répliqua Regina en lui coupant la parole. Je suis un papillon muni du dard d'une abeille. Un papillon voletant d'une mission top secret à une autre, mais je vous ai tous à l'œil et je vous aide dans l'organisation de votre travail. Telle est la mission divine de toutes les Trueheart.

— Vous ne voulez pas devenir ma secrétaire ?

— Et arracher ce poste à notre chère mère Tyrania pour l'empêcher de poursuivre sa croisade anticommuniste ? C'est une plaisanterie !

— Le Tyran est votre mère... ?

— Doucement, Warren. Pensez à Subagaloo.

— Oh ! Arnold ! Pardonnez-moi, je suis désolé... C'est une femme remarquable, intimidante.

— Revenons à notre affaire, monsieur le secrétaire d'État, dit la sténo en reprenant sa place, le dos droit, et en rassemblant les feuilles volantes sur le reste du carnet. Vous n'ignorez pas que j'ai toutes les autorisations nécessaires. En quoi puis-je vous aider?

– Il ne s'agit pas vraiment d'autorisations...

– Je vois, fit Regina Trueheart. Des sacs percés pour laisser passer l'air, des cadavres qui n'étaient pas morts...

– La garde d'honneur a failli faire massivement un arrêt du cœur. Deux hommes ont été hospitalisés, trois ont demandé leur libération anticipée pour raisons psychiatriques et quatre autres ont abandonné leur poste et franchi les grilles en hurlant comme des possédés des choses incompréhensibles sur des soldats ressuscitant pour maudire les officiers qu'ils n'avaient pas tués... Mon Dieu! Faites qu'on n'entende jamais parler de cette histoire!

– Je comprends, monsieur le secrétaire d'État, déclara la sténodactylo de première classe Trueheart en se levant. C'est très embarrassant, monsieur... Nous sommes tous passés par là... Comme nous sommes ensemble dans ce pétrin, Warren, par quoi allons-nous commencer la destruction?

– Quelle destruction? demanda Pease dont l'œil gauche allait et venait en ligne droite à la vitesse d'un rayon laser.

– Je comprends, poursuivit Regina en relevant d'un geste vif et sans la moindre trace de sensualité sa robe jusqu'à la taille. Je parle de documents à faire disparaître, bien entendu, et, comme vous pouvez le constater, je suis bien équipée pour cette mission.

– Hein?

L'œil gauche immobile, le secrétaire d'État regardait avec stupéfaction le spectacle qui lui était offert. Du genou à la cuisse, de petites poches de nylon brun clair étaient cousues sur le collant de Regina Trueheart.

– C'est... c'est incroyable, balbutia-t-il.

– Il faudra évidemment retirer toutes les attaches métalliques et, si jamais il nous fallait plus d'espace, mon soutien-gorge est muni d'une doublure zippée et le derrière de ma culotte d'une pièce rapportée de soie où pourront loger des documents plus volumineux.

– Vous ne comprenez pas, dit le secrétaire d'État en frappant violemment du menton le bord de son bureau tandis que la sténo laissait retomber sa robe. Ouille!

– Restez concentré sur le travail, Warren. Et dites-moi ce que je ne comprends pas. Les filles Trueheart sont prêtes à affronter toutes les situations.

– Il n'y a rien d'écrit! expliqua le chef du Département d'État qui se sentait gagné par la panique.

– Je vois... Pas de traces, secret absolu, communications non enregistrées. C'est bien cela?

– Comment? Vous avez travaillé pour la CIA?

— Pas moi, mais ma sœur aînée, Clytemnestra. Elle est extrêmement discrète... Notre problème consiste donc à localiser l'auteur des fuites dans la structure parallèle. Les instructions orales sont tombées dans des oreilles qui n'auraient pas dû se trouver là.

— Je ne vois pas d'autre explication, et pourtant c'est impossible! Aucun de ceux qui étaient au courant n'avait rien à gagner en trahissant le secret de l'arrivée de ces quatre fous furieux à Boston!

— Monsieur le secrétaire d'État, sans entrer dans les détails – qui, bien entendu, pourraient être révélés sous l'action du Penthotal, mais jamais devant une de ces pitoyables commissions parlementaires – êtes-vous en mesure de me donner les grandes lignes de l'opération? Pouvez-vous le faire, Warren? Si cela peut vous aider, je veux bien vous montrer une nouvelle fois les poches de mon collant.

— Ça ne peut certainement pas me faire de mal.

Regina fit ce qu'elle avait promis et l'œil flottant de Pease s'immobilisa lentement pour garder une fixité absolue.

— Eh bien, commença-t-il, des gouttes de salive luisant aux commissures de la bouche, une poignée de salauds dénués d'esprit patriotique, sous la conduite d'un fou dangereux, tentent de saboter notre première ligne de défense, c'est-à-dire nos fournisseurs et nos forces aériennes assurant une mission internationale de surveillance.

— Comment cela, Warren? demanda Regina Trueheart en se balançant lentement d'une jambe sur l'autre.

— Ouille! ouille!

— Qu'est-ce qu'il y a, Warren? Je vous ai demandé comment.

— Mais, oui, bien sûr... Les salauds prétendent donc que les terres sur lesquelles est située une base aérienne colossale et absolument vitale pour notre patrie appartiendraient à un groupe ethnique, des sauvages, en quelque sorte, à cause d'un vague traité ridicule remontant à plus d'un siècle et qui, bien évidemment, n'a jamais existé! C'est de la folie pure et simple!

— Je n'en doute pas, monsieur le secrétaire d'État, mais est-ce la vérité?

Les jambes dénudées de Regina reprirent leur balancement langoureux, cinq fois de suite, pour être précis.

— Bon Dieu de...!

— Assis!... Est-ce la vérité?

— La Cour suprême est en train d'étudier l'affaire. Le président a décidé de ne pas rendre les débats publics pendant encore cinq jours – secret défense, vous comprenez – jusqu'à ce que les salauds comparaissent pour être interrogés. Il nous reste *quatre* jours pour dénicher ces fumiers et les expédier dans les terrains de chasse de leurs ancêtres, loin de nos installations secrètes! Putains de sauvages!

— Suffit! s'écria Regina Trueheart en laissant retomber sa robe.

— Ho!... Qu'est-ce qui suffit?

— La famille Trueheart réprouve les obscénités de ce genre, monsieur le secrétaire d'État. Cela souligne les lacunes de vocabulaire et, de plus, c'est extrêmement choquant pour les oreilles des vrais croyants.
— Je vous en prie, Vergina...
— Regina !
— Je suis de tout cœur avec vous, mais vous devez comprendre que parfois cela soulage de jurer... Quand la tension est trop forte, cela vient naturellement.
— Vous ressemblez à cet horrible écrivain français, ce Anouilh qui était prêt à tout excuser.
— Anne qui ?
— Peu importe... Le petit cercle des gens informés était-il limité à quelques-uns de nos plus hauts fonctionnaires et à de très rares personnes de l'extérieur ?
— Les deux, en tout petit nombre.
— Et ces hommes, encore bien vivants, enfermés dans les sacs ? Ont-ils été recrutés clandestinement pour accomplir la mission qui a lamentablement échoué ?
— Si clandestinement qu'ils ne savaient même pas de quoi il s'agissait ! Mais il n'était pas nécessaire de le leur expliquer... Ce sont des fous dangereux !
— Restez là, Warren, ordonna Regina en posant son carnet sur le bureau et en défroissant sa robe. Je reviens tout de suite.
— Où allez-vous ?
— M'entretenir avec votre secrétaire, ma mère. Attendez-moi une minute et ne touchez pas à ce téléphone !
— Bien sûr, Verg... Pardon !
— Ho ! la paix ! Les gens comme vous, nommés à des postes de responsabilité, sont vraiment très bizarres.

Sur ces mots sibyllins, la sténodactylo sortit du bureau et referma la porte.

Warren Pease, secrétaire d'État et propriétaire d'un yacht pour lequel il cherchait désespérément un anneau d'amarrage dans un club convenable, se sentait partagé entre le désir de s'ouvrir les veines et l'envie d'appeler son ancienne société de courtage et de proposer toutes sortes de renseignements privilégiés sur les affaires du gouvernement pour être rétabli dans son statut d'associé. Mais pourquoi diable avait-il cédé aux exhortations de son vieux copain d'école qui lui avait demandé d'entrer au gouvernement ? Certes, il y avait d'appréciables avantages dans la vie sociale, mais que d'inconvénients ! Il fallait se montrer poli avec tant de gens que l'on ne pouvait supporter et tous ces dîners officiels où, non seulement on avait des nègres pour voisins, mais on devait se faire photographier avec eux ! Non, ce n'était pas tout rose tous les jours ! Les sacrifices auxquels il fallait consentir avaient de quoi épuiser la patience d'un saint... Et maintenant cette nouvelle tuile ! Des sacs contenant des morts vivants et ses vieux potes qui voulaient son scalp! La vie était devenue d'une telle absurdité! Comme il n'avait pas de lame de rasoir et n'osait pas décrocher le téléphone, il se résigna à attendre en transpirant abondamment. L'attente insupportable prit fin au bout de quelques minutes, mais, au lieu de Regina Trueheart, c'est sa mère Tyrania qui pénétra dans le bureau d'une démarche décidée.

La matrone du clan Trueheart était de l'étoffe dont sont faites les légendes. C'était une femme imposante, aux traits anguleux et aux yeux étincelants d'un bleu très pâle. Elle mesurait plus d'un mètre quatre-vingts et son corps robuste, au port d'une raideur provocante, ne trahissait pas ses cinquante-huit printemps. A l'exemple de sa mère qui, pendant la Seconde Guerre mondiale, avait envahi les services de l'administration avec des cohortes de secrétaires et d'employées de bureau, Tyrania avait une longue expérience de la bureaucratie de la capitale dont elle possédait les arcanes et connaissait les moindres recoins, toutes les folies, et les abus flagrants. Comme sa mère, elle avait élevé ses filles en les préparant à l'infrastructure byzantine de la myriade de bureaux, de services et d'agences du gouvernement. Tyrania avait la conviction profonde que la destinée des femmes de la famille était de guider les chefs ou ceux qui étaient considérés comme tels à travers les champs de mines de Washington afin qu'ils puissent donner sereinement la mesure de leurs moyens, aussi limités fussent-ils. Au plus profond d'elle-même, le chef du clan Trueheart savait que c'étaient des femmes comme elles qui tenaient en réalité les rênes du gouvernement. Le sexe faible était bien celui des hommes, si vulnérables aux tentations et prompts à commettre les pires bêtises. Un tel jugement expliquait assurément qu'il n'y ait jamais eu un seul garçon dans la famille depuis trois générations. C'était tout simplement inacceptable.

Tyrania observa le secrétaire d'État à la mine hagarde. Un long regard silencieux où la pitié se mêlait à la résignation.

— Ma fille m'a transmis tout ce que vous lui avez confié et m'a fait part du dysfonctionnement de votre libido, dit-elle de la voix calme et ferme d'une directrice d'école admonestant dans son bureau un bambin désorienté.

— Je suis confus, madame Trueheart! Sincèrement confus! J'ai eu une journée affreuse et je ne pensais pas à mal.

— Allons, Warren, vous n'allez pas vous mettre à pleurer. Je suis là pour vous aider, pas pour vous donner mauvaise conscience.

— Je vous remercie du fond du cœur, madame Trueheart!

— Seulement, pour pouvoir vous aider, il convient d'abord que je vous pose une question de la plus haute importance. Voulez-vous me répondre franchement, Warren?

— Oh! oui! Comptez sur moi!

— Parfait... Dites-moi si, dans le petit nombre de civils, les personnes n'appartenant pas au gouvernement, qui sont au courant de votre opération, certains tirent profit de cette base aérienne dont l'existence serait menacée ?

— Tous ! Absolument tous !

— Alors, il faut chercher parmi eux, Warren. C'est l'un d'entre eux qui trahit les autres.

— Comment... ? Mais pourquoi ?

— Sur le fond, je ne peux vous répondre avant de disposer de faits plus précis – droits de souscription, rachat de titres – mais, de prime abord, la réponse saute aux yeux.

— Ah bon ?

— Aucun membre du gouvernement, à l'exception de vous-même, n'aurait choisi une solution aussi tortueuse que celle qui consiste à faire appel à des hommes incarcérés dans une prison militaire à cause de leur penchant pour la violence. Les leçons du Watergate et de l'affaire de l'Iran-contra ont laissé leurs marques indélébiles, aussi répugnantes et peu patriotiques soient-elles. Disons très simplement que les mises en accusation ont été trop nombreuses.

— Mais pourquoi suis-je l'exception ?

— Vous êtes encore novice dans le métier. Vous ne sauriez comment vous y prendre pour obtenir l'approbation des conseillers du président pour ce genre d'opération clandestine. Ils détaleraient tous comme des lapins en prenant connaissance de votre proposition, sauf, peut-être, le vice-président qui n'aurait probablement rien compris.

— Vous croyez donc qu'il s'agit de l'un des... civils ?

— Je me trompe rarement, Warren... Si, cela m'est arrivé une fois, mais c'était pour mon mari. Après avoir été chassé de la maison par toutes les femmes, il s'est enfui aux Antilles et maintenant il loue son vieux rafiot dans les îles Vierges. Un être totalement méprisable.

— Vraiment ? Et pourquoi ?

— Il prétend être parfaitement heureux, ce qui, nul ne l'ignore, est tout à fait inacceptable dans notre société éminemment complexe.

— Sans blague ?

— Monsieur le secrétaire d'État, pourrions-nous nous concentrer sur le problème qui nous occupe ? Je vous suggère avec insistance de mettre vos « morts vivants » au secret, d'imputer à l'abus d'alcool toutes les rumeurs pouvant provenir de Quantico et d'appeler le 000-006, au quartier de sécurité renforcée de Fort Benning.

— Qu'est-ce que c'est que ça ?

— Demandez-moi plutôt « qui », répliqua Tyrania. On les surnomme les Six Suicidaires.

— C'est comme les Quatre Affreux ? demanda Pease avec méfiance.

— Infiniment pis. Ce sont des acteurs.

— Des acteurs ? Que voulez-vous que je fasse d'acteurs ?

— Ils sont exceptionnels, expliqua Tyrania Trueheart en se penchant vers lui et en baissant la voix. Prêts à tuer pour une bonne critique, ce qu'aucun d'eux n'a jamais eu en abondance.

— Mais pour quelle raison sont-ils entrés à Fort Benning ?
— Non-paiement de loyer.
— Quoi ?
— Ils n'ont pas eu de cachets réguliers depuis des années, mais ont simplement suivi des cours ou travaillé comme serveurs.
— Je ne comprends pas un mot de ce que vous dites.
— Mais si, Warren, c'est très simple. Ils se sont engagés ensemble pour former une troupe de répertoire et bénéficier de repas plus réguliers. Un officier du G-2 à l'imagination créatrice, voyant les perspectives que cela ouvrait, a lancé un nouveau programme d'opérations clandestines.
— Parce que c'étaient des acteurs ?
— D'après le général responsable du projet, ils étaient, et sont toujours, en excellente condition physique. Vous savez, avec tous ces films de guerre qui utilisent tellement de figurants... Et puis il est bien connu que les acteurs peuvent être très infatués de leur apparence.
— Madame Trueheart ! s'écria le secrétaire d'État. Auriez-vous l'obligeance de m'expliquer où nous mène cette conversation ?
— A une solution, Warren. Je préfère m'exprimer en termes abstraits afin de vous laisser toute possibilité de démentir, si besoin était, mais je suis sûre qu'une intelligence aussi fine et aiguisée que la vôtre n'aura aucun mal à me suivre.
— Enfin quelque chose de sensé !
— Les Six Suicidaires sont capables d'incarner absolument n'importe qui. Ils sont passés maîtres dans l'art du déguisement et de l'emploi des dialectes et peuvent s'infiltrer là où toute pénétration est impossible.
— C'est dingue ! Ils pourraient s'infiltrer jusqu'ici !
— Vous avez compris. Cela vous donne une bonne idée de la situation.
— Attendez un instant !

Pease actionna son fauteuil pivotant et considéra les drapeaux entrecroisés des États-Unis et du Département d'État, voyant entre eux en imagination un portrait de Geronimo en uniforme de général.

— J'ai trouvé ! s'écria-t-il. Pas de mises en accusation, pas de commission parlementaire... C'est parfait !
— Expliquez-vous, Warren.
— Les acteurs...
— Continuez.
— Les acteurs peuvent incarner qui ils veulent et convaincre autrui qu'ils sont quelqu'un d'autre qu'eux-mêmes...
— Bien entendu. C'est l'essence même de leur métier.
— Pas de tueurs, pas de mises en accusation, pas de commission parlementaire...

— Eh bien, je n'irais pas jusque-là sans avoir acheté au préalable quelques sénateurs, ce que notre fonds de secours nous permettrait de faire...

— J'imagine très bien la scène, la coupa Warren Pease, l'œil gauche immobile, les prunelles brillantes d'excitation, en faisant pivoter son fauteuil de manière à se retrouver face à son bureau. Ils arrivent à l'aéroport Kennedy... Des écharpes rouges, peut-être quelques barbes, des chapeaux mous... Oui, une délégation!

— Pardon?

— Une délégation suédoise! Une délégation du comité Nobel! Après s'être penché sur l'histoire militaire du xx⁰ siècle, ils sont venus trouver le général MacKenzie Hawkins pour lui décerner le prix Nobel de la paix récompensant le plus grand soldat de l'époque!

— Voulez-vous que je fasse venir un médecin, Warren?

— Absolument pas, madame Trueheart. Vous ne comprenez pas que c'est vous qui m'avez donné l'idée? Cette grande saucisse a un ego gros comme une montagne!

— De qui parlez-vous?

— De Nuée d'Orage.

— Qui?

— MacKenzie Hawkins, bien sûr! Il a reçu, deux fois, la médaille du Congrès.

— Je pense que nous pourrions adresser une prière silencieuse au Seigneur pour avoir fait de lui un bon Américain et non un de ces sales communistes!

— Foutaises! rugit le secrétaire d'État. Vous voulez dire que c'est le plus grand connard du millénaire! Il va sortir de sa cachette et accourir à toutes jambes pour recevoir sa récompense... Et en route pour la Suède, le Nord, le Grand Nord! Un avion perdu au-dessus de la Laponie, de la Sibérie ou quelque part dans la toundra...

— Il y a, quand vous parlez du Nord, un accent de vérité qui m'enchante... En quoi puis-je vous être utile, monsieur le secrétaire d'État?

— Pour commencer, trouvez-moi comment joindre l'officier responsable de ces acteurs 006, puis faites préparer mon avion pour me conduire à Fort Benning... C'est parfait!

Les deux voitures de location filaient vers le sud, en direction de Boston, sur la nationale 93. Paddy Lafferty était au volant de la première et, un kilomètre derrière, son épouse conduisait la seconde. Aaron Pinkus était assis à côté de son chauffeur tandis que Sam Devereaux, sa mère et Jennifer Redwing occupaient la banquette arrière, la juriste amérindienne entre la mère et le fils. Le second véhicule transportait le général MacKenzie Hawkins, assis à l'avant, et ses deux aides de camp qui jouaient à l'arrière avec un jeu de cartes réquisitionné dans le chalet.

— Écoute-moi bien, ma petite ! lança Erin Lafferty, une femme rondelette, aux traits fins, dans le combiné du téléphone de voiture. Je veux que le petit drôle ait son grand bol de flocons d'avoine avec du vrai lait, pas cette saleté que boit Grand-père, et pour la petite, deux tranches de pain trempées dans l'œuf et passées à la poêle... avec deux œufs, tu m'entends bien ? Bon, d'accord, je te rappelle plus tard.

— Ce sont vos enfants ? s'enquit maladroitement le Faucon tandis que Mme Lafferty replaçait le combiné.

— Vous êtes sûr que ça tourne rond, là-haut ? J'ai l'air d'une femme qui a des mioches de cet âge-là ?

— Je n'ai pu faire autrement qu'entendre votre conversation, chère madame...

— C'était ma plus jeune, Bridgey, qui s'occupe des gamins de mon cadet pendant que leurs deux propres à rien de parents sont en croisière... Une croisière, non, mais, je vous demande !

— Votre mari ne s'y est pas opposé ?

— Et comment il aurait fait ? Notre petit Dennis est devenu un de ces experts-comptables avec toute une ribambelle de lettres après son nom. C'est lui qui remplit notre déclaration d'impôts, vous savez.

— Je vois.

— Vous ne voyez pas plus que le diable pète du parfum ! N'ayez jamais d'enfants qui ont plus de cervelle que vous ! C'est une croix pour les parents !

Dès le premier bourdonnement du téléphone, Mme Lafferty décrocha.

— Qu'est-ce qu'y a encore, Bridgey ? Tu ne trouves pas le réfrigérateur ?... Ah ! c'est toi, mon Paddy que j'aime tant que j'ai parfois envie de te fourrer la tête dans un fût d'huile de vidange !

Erin Lafferty tendit le téléphone à Hawkins.

— Paddy m'a dit que M. Pinkus veut vous parler.

— Merci, madame... Commandant ?

— Non, c'est encore Paddy, mon général. Je vais vous passer le patron dans une seconde, mais je voulais juste vous dire de ne pas faire attention à ma femme. C'est une brave fille, mon général, mais elle n'est jamais allée au feu, si vous voyez ce que je veux dire.

— Je comprends, artilleur. Mais, à votre place, je ferais bien attention à ce que « le petit drôle » mange ses flocons d'avoine avec du vrai lait et que « la petite » avale son pain trempé dans deux œufs.

— Ah ! Elle a refait le coup du petit déjeuner ? Rien de tel qu'une grand-mère pour vous pourrir la vie, mon général... Je vous passe M. Pinkus.

— Général ?

— Oui, commandant. Quelles sont nos coordonnées ?

— Pardon ?... Ah ! vous voulez savoir où nous allons. Eh bien, je viens de prendre des dispositions pour notre hébergement dans la résidence d'été de mon beau-frère, à Swampscott. La maison est ravissante, elle donne sur la plage et, comme la sœur de Shirley et son mari sont en Europe, nous l'aurons pour nous seuls.

— Félicitations, commandant Pinkus. Un bivouac confortable en période de combat, c'est excellent pour le moral des troupes. Avez-vous une adresse que je puisse transmettre à Petit Joseph, car nos renforts ne sauraient tarder à arriver?

— On l'appelle le domaine Worthington, route de la Plage. Le propriétaire actuel est Sidney Birnbaum. Je ne pense pas qu'il y ait un numéro, mais le mur est peint en bleu roi, une couleur qui plaisait beaucoup à la sœur de Shirley.

— Cela me suffit, commandant Pinkus. Nos renforts appartiendront assurément à une unité d'élite et ils trouveront. Avez-vous autre chose à me dire?

— Informez simplement l'épouse de Paddy de notre destination. Si nous devions être séparés dans la circulation, elle connaît le chemin.

Le Faucon se tourna vers Erin Lafferty pour lui communiquer le renseignement.

— Le Seigneur Jésus soit loué! s'écria-t-elle. Je vais retrouver les commerçants kascher et, croyez-moi, mon général, ces gens-là savent trouver la meilleure viande et les légumes les plus frais!

— Je présume que vous êtes déjà allée là-bas.

— Si j'y suis allée? N'en parlez surtout pas au curé de ma paroisse, mais le généreux Sidney et sa chère Sarah m'ont choisie pour être la marraine, à la manière juive, bien sûr, de leur fils Joshua. Josh est comme un de mes propres enfants et nous prions, Paddy et moi, pour que ça colle entre lui et Bridgey, si vous voyez ce que je veux dire.

— Qu'en penserait le curé de votre paroisse?

— Qu'est-ce qu'il y connaît, celui-là, hein? Il est bien trop occupé à boire ses vins français et il nous assomme avec leur bouquet. Non, il ne fera jamais rien de bon.

— Les merveilles du melting-pot américain, dit le Faucon d'une voix douce. Avez-vous déjà rêvé de devenir pape? poursuivit-il en étouffant un petit rire. J'en ai connu un qui pensait comme vous.

— Qu'est-ce que vous me chantez là? Une pauvre fille d'Irlandaise comme moi!

— Les humbles hériteront de la Terre, car, sur leurs épaules, repose toute la moralité de l'humanité.

— Dites donc, vous! Vous seriez pas en train de me faire du gringue, par hasard? Parce que, si c'est ça, mon Paddy, il peut vous casser en deux!

— Jamais je n'oserais, chère madame, protesta le Faucon en regardant le profil d'Erin Lafferty. Et, je n'en doute pas, il pourrait me démolir, ajouta l'un des meilleurs spécialistes du corps à corps que l'armée eût jamais compté dans ses rangs.

— Il prend de l'âge, mon Paddy, mais il a encore tout ce qu'il faut.
— Il vous a, madame, et c'est de loin le plus important.
— Qu'est-ce que vous cherchez, hein ? Je suis une vieille dame, bon sang !
— Je suis bien plus vieux que vous, mais cela n'a rien à voir. Tout ce que je veux dire, c'est que c'est un privilège de vous connaître.
— Vous allez me faire rougir, militaire !
— Telle n'est pas mon intention, madame.

Erin Lafferty écrasa la pédale d'accélérateur et la voiture prit de la vitesse sur la petite route.

Wolfgang Hitluh, de son vrai nom Billy-Bob Bayou, suivit dans le large couloir de l'aéroport Logan les panneaux indiquant RETRAIT DES BAGAGES. L'un des trois membres grassement payés, par des voies mystérieuses, de l'unité de choc recrutée par Manpower Plus Plus devait retrouver ses deux *Kameraden* sur le parking couvert, en face de l'arrêt des taxis. Comme signe de reconnaissance, on lui avait demandé de tenir un exemplaire plié du *Wall Street Journal* dont plusieurs articles seraient entourés au feutre rouge de manière visible.

Wolfgang avait insisté, mais en pure perte, pour prendre à la place un exemplaire de *Mein Kampf* et, s'il n'avait pas eu un besoin si urgent de ce travail, il l'aurait refusé pour le principe. Le *Wall Street Journal* était un symbole reconnu des démocraties décadentes et rapaces, et il méritait d'être brûlé avec quatre-vingt-dix-neuf pour cent des journaux et de toutes les publications du pays, en commençant par *Amsterdam News* et *Ebony*, publiés à Harlem, un nid de provocateurs d'une race inférieure, tout comme Wall Street était un camp retranché conçu pour protéger la fortune des traîtres youpins... Mais, par malheur, Wolfgang avait besoin de cet argent, car les vivres lui avaient été coupés par un fonctionnaire soupçonneux – un nègre ! – de l'Agence pour l'emploi. Il avait donc laissé ses principes de côté et accepté l'avance de deux cents dollars jointe à un billet d'avion.

Tout ce qu'il savait, c'est que lui et ses deux *Kameraden* devaient protéger un groupe de sept personnes dont trois militaires. Cela faisait donc six mercenaires pour veiller sur quatre civils... Du gâteau !... Comme ce strudel qu'il avait appris à aimer pendant les deux mois de sa glorieuse période de formation dans les Alpes de Bavière, avec ses maîtres du IVe Reich. Le journal dans une main, son sac dans l'autre, Wolfgang Hitluh traversa entre les voitures les deux voies découvertes qui le séparaient du parking. Surtout ne pas se faire remarquer, se dit-il en s'avançant sous le soleil de la fin d'après-midi vers le vaste parc de stationnement. D'après ce qu'on lui avait dit à l'agence, la mission était si secrète qu'il ne devait en souffler mot à personne, pas même au Führer, si jamais il était encore vivant, ce qui était toujours possible, *natürlich* !... Une mission qui consistait à l'évidence à assurer la protection de personnages si puissants que le gouvernement ne pouvait la confier aux agents louches, non aryens, qui avaient infiltré le Service secret... Mais où étaient donc les *Kameraden*?

— C'est toi, Wolfie? demanda un Noir gigantesque en sortant de l'ombre d'un pilier de béton circulaire et en s'avançant vers lui.

— Quoi? Qu'est-ce que vous avez dit?

— Tu m'as bien entendu, mon petit. Tu as le bon journal et nous avons bien vu l'encre rouge pendant que tu traversais la route pour venir ici.

Le géant noir lui tendit la main en souriant.

— Content de faire ta connaissance, Wolfie... C'est un drôle de nom, tout de même.

— Euh! oui, je suppose...

Le néo-nazi serra la main tendue avec un mouvement de recul, comme s'il redoutait d'être infecté jusqu'à la fin de ses jours par ce simple contact.

— Ça a l'air d'un bon petit boulot peinard, mon frère.

— *Mon frère?*

— Tiens, je vais te présenter notre collègue, poursuivit le grand Noir en se retournant pour faire un petit signe de la main, et ne fais pas attention à sa dégaine. Dès qu'on s'est fait la belle, il a voulu remettre ses frusques habituelles. T'as pas idée de la manière dont parlent ces vieilles diseuses de bonne aventure et leurs moustachus de maris!

— Des diseuses de...

— Allons, Roman, sors de là! Viens donc saluer Wolfie!

Une deuxième silhouette sortit de l'ombre du pilier, un homme trapu en chemise orange bouffante, la taille ceinte d'une large ceinture bleue sur un pantalon noir ajusté. Des mèches de cheveux en croc retombaient sur son front et une boucle en or pendait à l'une de ses oreilles. *Un gitan!* se dit Wolfgang. Le fléau de la Moldavie, pire que les juifs et les nègres! *Deutschland über Alles!*

— Salut, camarade Wolfowitz! s'écria en lui tendant la main l'homme dont la boucle d'oreille et les dents d'une blancheur éclatante sous la moustache noire formaient pour Wolfgang l'antithèse parfaite de l'image du *Kamerad*. Je vois à la forme de tes yeux que tu auras une longue, très longue vie et une grande réussite financière! Mais je ne te demande rien pour cette précieuse révélation... Nous travaillons ensemble, non?

— Oh! grand Führer, ne m'abandonne pas! murmura Hitluh en serrant distraitement la main tendue.

— Qu'est-ce que tu dis, Wolfie? demanda le géant noir en plaquant une de ses grosses pattes sur l'épaule de Wolfgang.

— Rien, rien!... Vous êtes sûrs qu'il n'y a pas de confusion? C'est bien Manpower Plus Plus qui vous envoie?

— Absolument, mon frère, et, d'après ce qu'on a cru comprendre,

Roman et moi, on n'aura qu'à se baisser pour ramasser l'oseille. A propos, je m'appelle Cyrus... Cyrus M. Lui, c'est Roman Z et toi Wolfie H. Je n'ai pas à te rappeler qu'on ne demande jamais quel nom représente cette initiale... De toute façon, ça ne changerait pas grand-chose, nous avons tellement de faux noms. Hein, mon frère?

— *Jawohl!* dit Wolfgang en hochant la tête avant de blêmir brusquement. Je veux dire que vous avez entièrement raison... *Bruder.*

— Pardon?

— Mon frère, rectifia aussitôt Hitluh, l'air confus. Je veux dire... mon frère!

— Te frappe pas, Wolfie, j'avais compris. Je parle allemand, moi aussi.

— C'est vrai?

— Un peu, oui! Pourquoi crois-tu que j'étais en prison?

— Parce que vous parlez allemand...?

— En quelque sorte, mon petit gars, répondit le géant. Je suis chimiste et je travaille pour le gouvernement, tu vois. On m'a prêté au gouvernement allemand et envoyé à Stuttgart, dans une usine, pour travailler à la mise au point d'un engrais. Seulement, ce n'était pas ça.

— Pas ça, quoi?

— Pas un engrais... C'était bien une saloperie, mais pas un engrais. Plutôt un gaz, un gaz très toxique destiné au Moyen-Orient.

— *Mein Gott!* Il y avait peut-être des raisons qui...

— Pour sûr, il y en avait. Le fric et le massacre d'un tas de gens dont la vie n'a pas beaucoup d'importance aux yeux des grands pontes. Une nuit, je me suis fait surprendre par trois d'entre eux en train d'analyser la composition du gaz. Ils m'ont traité de sale nègre et braqué avec leurs pistolets... Et puis voilà.

— Voilà quoi?

— Je les ai balancés tous les trois dans les cuves, ce qui veut dire que ces trois salauds de boches n'ont pas pu se présenter devant le tribunal où j'ai plaidé la légitime défense... Dans l'intérêt des relations diplomatiques entre nos deux pays, j'ai écopé de cinq ans ici au lieu de cinquante là-bas. Comme j'avais estimé que je ne devais pas plus de trois mois, on s'est fait la belle cette nuit, Roman et moi.

— Mais enfin, on est des mercenaires, pas des chimistes!

— Un homme peut faire plusieurs choses dans sa vie, mon petit gars. Tu vois, pour obtenir mes diplômes de deux universités différentes en sept ans, il a bien fallu que je m'absente quelques mois de temps en temps. L'Angola – dans les deux camps –, Oman, Karachi, Kuala Lumpur. T'inquiète pas, Wolfie, je serai à la hauteur.

— Camarade Wolfowitz, glissa Roman en bombant le torse sous sa chemise orange et en se campant devant lui, l'homme que tu as sous les yeux joue du couteau comme personne. Contre mon couteau silencieux, il n'y a rien à faire! Tchac, tchac, je pare et je plante!

Le gitan accompagnait ses paroles de gestes d'une folle vivacité et tournoyait en faisant claquer sa ceinture et gonfler sa chemise.

— Tu peux demander à qui tu veux dans les montagnes de Croatie !

— Mais vous étiez en prison ici...

— Tout ça parce que j'ai écoulé quelques centaines de chèques volés, expliqua Roman Z d'un air désolé, les mains tendues en un geste implorant. Un immigré, il peut faire ce qu'il veut, il n'arrivera à rien dans un pays étranger qui ne le comprend pas.

— Et voilà, Wolfie, déclara Cyrus M avec fermeté, tu sais tout ce que tu as à savoir sur nous. Parle-nous un peu de toi maintenant.

— Eh ben, les gars, j'suis comme qui dirait une sorte d'enquêteur clandestin...

— Et tu es aussi un petit gars du Sud, fit Cyrus sans le laisser achever sa phrase. Un gars du Sud qui parle allemand... Drôle de mélange, non ?

— Comment le savez-vous ?

— Je crois que ton accent revient quand tu es excité, Wolfie. Pourquoi es-tu excité, petit gars ?

— Vous comprenez pas, Cyrus ! C'est que j'ai hâte de me mettre au boulot sur notre bonne affaire !

— Nous allons nous y mettre tout suite, tu peux me croire. C'est simplement qu'on aurait aimé en savoir un peu plus long sur notre collègue. Tu comprends ça, Wolfie ?... Tiens, explique-moi donc pourquoi un bon petit gars comme toi a appris l'allemand ! Est-ce que ça a fait partie de tes enquêtes clandestines ?

— Vous avez mis dans le mille ! s'écria Wolfgang, un pâle sourire plaqué sur le visage. Vous voyez, j'ai été entraîné pour infiltrer ces groupes de sales cocos à Berlin ou à Munich, dans les grandes villes allemandes... Mais devinez ce que j'ai découvert !

— Qu'est-ce que tu as découvert, mon petit gars ?

— Eh ben, j'ai découvert que notre foutu gouvernement ferme les yeux et n'en a rien à cirer !

— Tu parles de tous ces salauds de communistes qui se baladent autour de la porte de Brandebourg et le long d'Unter den Linden ?

— Ils se cachent sous les pierres, pour sûr !

— *Sie sprechen nicht sehr gut Deutsch.*

— C'est parce que j'ai pas eu le temps d'en apprendre assez pour suivre quand ça va trop vite, Cyrus, mais je vois bien ce que vous voulez dire.

— Oui, je vois aussi. Tu connais quelques phrases, des expressions toutes faites...

Le grand Noir se raidit, le bras droit tendu, et lança de but en blanc :

— *Heil Hitler !*

— *Sieg Heil !* hurla Wolfgang en réponse.

Le rugissement pavlovien fit tourner la tête aux voyageurs les plus proches, qui ouvrirent de grands yeux avant de prendre leurs jambes à leur cou.

— Tu t'es trompé de côté, Wolfie. La porte de Brandebourg est à la frontière de Berlin-Est, là où ils étaient *tous* communistes, avant la chute du Mur.

Cyrus M attira brusquement Hitluh dans l'ombre du pilier et un seul coup de poing lui suffit pour assommer le néo-nazi.

— Mais pourquoi est-ce que t'as fait ça? s'écria le gitan, l'air ahuri, en suivant son ex-compagnon de détention.

— Je reconnais ces ordures à un kilomètre, répondit le chimiste en appuyant le corps inerte de Wolgang contre le pilier et en lui arrachant son sac de voyage.

— Ouvre ça, ordonna-t-il, et renverse le contenu par terre.

Roman Z obéit sans discuter et les deux hommes virent luire dans l'ombre, comme un gros rubis, la couverture rouge sang de *Mein Kampf*.

— C'est pas bien, ça, fit le gitan en se baissant pour ramasser le livre. Et qu'est-ce qu'on va faire maintenant, Cyrus?

— Hier, dans ma cellule, j'ai entendu à la radio quelque chose qui a retenu mon attention. Tu ne me croiras peut-être pas, mais ça s'est passé ici même, à Boston.

The Boston Globe

UN NÉO-NAZI AMÉRICAIN TROUVÉ NU SUR LES MARCHES D'UN POSTE DE POLICE, UN EXEMPLAIRE DE *MEIN KAMPF* ATTACHÉ AUTOUR DE LA POITRINE

Boston, 26 août. *Un nouvel épisode grotesque vient de s'ajouter au dossier des activités criminelles liées à la nudité. Hier soir, à vingt heures dix, le corps dénudé d'un homme, la bouche et la poitrine entourées d'un large ruban adhésif sous lequel était fixé un exemplaire de l'ouvrage d'Adolf Hitler, a été déposé par deux hommes sur les marches du poste de police de Cambridge Street. Sept témoins qui se trouvaient à proximité des lieux, mais ont refusé de dévoiler leur identité, ont déclaré qu'un taxi s'était arrêté au bord du trottoir et que deux hommes, l'un vêtu de manière très voyante, l'autre de race noire et de haute taille, avaient transporté le corps au pied des marches avant de remonter dans le taxi qui s'était rapidement éloigné. La victime a été identifiée : il s'agit de Wolfgang A. Hitluh, de son véritable nom Billy-Bob Bayou, né à Serendipity Parish, Louisiane, un néo-nazi recherché et considéré comme violent. Les autorités, qui ne cachent pas leur embarras, sont extrêmement perplexes, car M. Hitluh, à l'exemple des quatre hommes dans le plus simple appareil découverts il y a deux jours sur le toit du Ritz-Carlton, exige la protection du gouvernement contre toutes poursuites exercées contre lui et affirme avoir été en ser-*

vice commandé, dans le cadre d'une opération clandestine et top secret. Après avoir nié toute participation à l'affaire, un officier du Federal Bureau of Investigation nous a fait la déclaration suivante : « Quelles que soient les circonstances, nos agents ne sont pas autorisés à enlever leurs vêtements, y compris leur cravate, dans l'exercice de leurs fonctions. » D'autre part, un porte-parole de la Central Intelligence Agency, après avoir également nié avoir connaissance des activités de M. Hitluh, a déclaré : « Il est de notoriété publique que la Charte de 1947 interdit à l'Agence d'opérer sur le territoire national. Dans les rares occasions où les autorités font appel à nos compétences, la décision est du ressort exclusif de notre directeur, en accord avec les organismes de contrôle parlementaires. Si Vincent Mangecavallo, notre défunt directeur, a pris de telles dispositions, il n'en existe aucune trace dans nos dossiers. En conséquence, toutes les demandes de renseignements devraient être dressées aux (deux mots caviardés) du Congrès.

The Boston Globe
(Page 72. Faits divers)

Le 26 août. Un taxi appartenant à M. Abdul Shirak, 3024 Center Avenue, a été « emprunté » hier, en début de soirée, pendant que son propriétaire prenait un café au Liberation Diner. Après avoir déclaré le vol à la police, M. Shirak a rappelé à vingt heures trente-cinq pour signaler que son véhicule lui avait été rendu. En réponse aux questions de la police, il a simplement déclaré qu'un homme portant une chemise de soie orange et une large ceinture bleue s'était assis à côté de lui et avait engagé la conversation. Ce n'est qu'après le départ de l'homme qu'il s'était rendu compte que les clés de son véhicule avaient disparu. M. Shirak ayant été dédommagé, l'affaire ne devrait pas avoir de suites.

— Vous allez me répondre, espèce d'Anglo-Italien à la noix! hurla Vinnie Boum-Boum, toujours affublé de sa perruque rousse, dans une cabine téléphonique de Collins Avenue, à Miami Beach. Je veux savoir ce qui s'est passé!

— Ce n'est pas moi qui ai choisi cet abruti, Vincenzo! répondit Smythington-Fontini de sa suite du Carlyle Hotel, à New York. Rappelez-vous, je vous avais mis en garde contre lui!

— On ne lui a même pas laissé la possibilité d'agir! Ces tordus peuvent être conditionnés pour baisser leur pantalon devant un trou de rat musqué, mais il s'est fait éliminer avant d'avoir eu le temps de s'accroupir!

— Rien d'étonnant quand un Noir et un gitan doivent faire équipe avec un hitlérien fanatique! J'avais soulevé le problème, il me semble!

— Il me semble aussi que vous m'aviez affirmé que toutes ces têtes brûlées n'avaient rien à cirer de tout ce qui n'était pas le fric!

— Sur ce point précis, je dois reconsidérer ma position. Mais j'ai quand même une bonne nouvelle à vous annoncer : nos deux autres lascars ont pris contact avec le général. Ils sont sur les lieux et à leur poste.

— Mais comment savez-vous ça, vous?

— Manpower Plus Plus m'a téléphoné pour m'en informer. L'agent Cyrus M les a appelés d'un endroit du nom de Swampscott et leur a dit qu'il avait la situation en main. Il a également mentionné qu'il ne tenait pas à être promu colonel par le général. Vous voilà satisfait, Vincenzo?

— Certainement pas! Avez-vous lu ce que ces pourris de la CIA ont dit sur moi? Ils ont laissé entendre que j'aurais pu prendre toutes ces dispositions sans en parler à personne! Qu'est-ce que c'est que ces salades?

— Ce n'est pas nouveau, Vincenzo. Quoi de plus simple, en cas de besoin, que de faire porter le chapeau à un mort? Et même si vous ressuscitez sur un îlot des Tortugas, une chose restera certaine : c'est vous le responsable.

— Par votre intermédiaire!

— Je suis invisible, Boum-Boum. Que les choses soient bien claires : si vous choisissez de quitter votre îlot, c'est pour moi et moi seul que vous travaillerez, *capisce*? Désormais, vous vous faites tout petit, Vincenzo!

— Je n'en crois pas mes oreilles!

— Pourquoi pas? Vous l'avez dit vous même, je suis le digne fils de ma mère... Menez à bien votre opération à Wall Street, mon ami. Moi, je vais faire un massacre et vous... Eh bien, nous déciderons cela plus tard.

— *Mamma mia!*

— Bien dit, vieille branche.

19

Dans l'immense salle de séjour de la résidence d'été des Birnbaum, qui donnait sur la plage, des baies vitrées coulissantes s'ouvraient sur une vaste terrasse en séquoia courant sur toute la longueur du bâtiment. Les premières lueurs du jour montraient un ciel couvert, et l'océan agité, bouillonnant, lançait inlassablement à l'assaut de la grève de petites vagues rageuses, contraintes de se retirer mais prêtes à reconquérir aussitôt le terrain perdu.

— Nous allons avoir une journée pourrie, dit Sam Devereaux en sortant de la cuisine, une tasse de café à la main.

— En effet, cela ne s'annonce pas trop bien, fit le malabar noir qui leur avait été présenté la veille au soir sous le nom de Cyrus M.

— Vous n'avez pas dormi? poursuivit Sam.

— Question d'habitude, maître. Je connais Roman Z, mais pas les deux Portoricains. Desi-Un et Deux... Avouez que ce sont de drôles de noms d'emprunt.

— Vous trouvez que Cyrus M, c'est mieux?

— En réalité, mon vrai prénom est Cyril et le M est l'initiale du nom de ma mère. C'est elle qui m'a appris comment on pouvait sortir d'un trou perdu, au fin fond du delta du Mississippi. Les livres étaient une des clés de la réussite, mais je peux vous assurer qu'il fallait surtout savoir souffrir.

— Avec votre physique, vous auriez pu faire du football professionnel.

— Ou du base-ball, de la boxe, ou encore de la lutte... Allons, monsieur l'avocat, c'est de la rigolade! Si on n'est pas le meilleur, on en sort complètement cassé, totalement abruti et sans espoir de réussir autre chose. Je peux vous assurer que je n'aurais pas pu devenir le meilleur, parce que je n'y croyais pas assez.

— Vous vous exprimez comme un homme instruit.

— J'ai fait des études.

— Vous ne voulez vraiment pas en dire plus ?

— Il y a une chose que vous devez bien comprendre, maître, répliqua affablement Cyrus, j'ai été engagé pour assurer votre protection, pas pour vous raconter ma vie.

— Très bien, veuillez m'excuser... Quelle est votre analyse de notre situation, puisque c'est pour cela qu'on vous paie ?

— J'ai reconnu le terrain le long de la plage, à travers les dunes et jusqu'à la limite de la route. Nous sommes encore vulnérables, mais à midi, nous ne le serons plus.

— Expliquez-vous.

— J'ai appelé l'agence, la firme qui m'emploie, pour leur demander de nous expédier six engins explosifs fonctionnant sur piles au lithium, munis d'un fil de détente et d'antennes à hauteur de la taille. Ils seront invisibles dans les hautes herbes et protégeront le côté du littoral.

— Pourriez-vous être plus clair ?

— En d'autres termes, cela signifie que tout objet mobile d'un poids supérieur à vingt-cinq kilos coupant ces rayons déclenchera une alarme audible à plus de huit kilomètres.

— Vous connaissez votre boulot, Cyrus.

— J'espère que, vous, vous connaissez le vôtre, murmura le mercenaire en levant ses jumelles pour scruter les alentours de la maison.

— Votre remarque est curieuse.

— Impertinente, vous voulez dire ? demanda Cyrus en esquissant un sourire sous les jumelles.

— En effet, on peut la qualifier ainsi, mais elle n'en est pas moins curieuse. Pourriez-vous vous expliquer ?

— Je suis probablement plus âgé que vous ne l'imaginez, monsieur D, et ma mémoire est excellente, commença Cyrus en réglant ses jumelles. Quand on nous a présentés hier soir, avec nos noms de guerre, bien entendu, poursuivit-il d'un ton détaché, et quand le général nous a donné ses instructions, mon esprit est revenu quelques années en arrière... Les articles des journaux sur l'Extrême-Orient, où j'ai passé quelque temps, retiennent en général mon attention. Votre général est bien celui qui s'est fait expulser de Chine après avoir profané à Pékin je ne sais plus quel monument national ? En réalité, je me souviens même de son nom, MacKenzie Hawkins, ce qui correspond parfaitement au pseudonyme de « commandant H ». Mais, comme vous l'appeliez tous général, le véritable grade du prétendu « commandant » ne fait aucun doute... C'est bien le même homme, ce général qui rendait tout le monde maboul à Washington en attendant son procès en Chine.

— Ne me demandez pas de reconnaître qu'il y a un seul mot de vrai dans une hypothèse aussi ridicule qu'outrageante, mais j'aimerais savoir où vous voulez en venir ?

— Eh bien, cela a un rapport avec la manière dont j'ai été recruté pour cette mission.

Cyrus fit lentement aller et venir les jumelles, sa tête et ses épaules massives se déplaçant tout d'un bloc, tel le buste d'une imposante statue animée, aux formes sculpturales.

— Cela fait déjà un certain nombre d'années que je travaille pour cette agence, reprit-il, même si c'est de moins en moins fréquent. Je les connais bien et les règles n'ont pas changé. En temps normal, on nous fait un topo rapide, mais détaillé sur la mission...

— Qu'est-ce que cela signifie précisément ? demanda l'avocat qui retrouvait toute sa vivacité d'esprit quand il était dans son élément.

— Des noms, des éléments de base, une description orale à grands traits de la nature de la mission...

— Dans quel but ? le coupa Devereaux.

— Allons, maître, protesta doucement Cyrus en baissant ses jumelles pour se tourner vers Sam. Vous voilà redevenu l'avocat qui interroge un témoin ?

— Puisque, à l'évidence, vous savez que telle est ma profession, je ne vois pas ce qui vous étonne... Au fait, comment le savez-vous ?

— Vous êtes tous les mêmes, répondit le mercenaire avec un petit rire. Même si vous n'aviez pas l'usage de la parole, vous seriez bien incapable de le cacher... Vous n'hésiteriez pas à recourir à un langage gestuel et à tous vos effets de manche !

— Vous m'avez entendu parler ?

— Oui, vous trois : le vieux bonhomme, la belle petite dont le hâle ne doit rien au soleil et vous-même. Si vous avez bonne mémoire, le général m'a ordonné hier soir de faire le tour des lieux pendant deux heures afin de contrôler toutes les voies de pénétration possibles. Vous êtes restés tous les trois après que votre mère — je pense que c'est votre mère — et le « commandant H », mais peut-être vaudrait-il mieux le surnommer *Préparation H,* soient allés se coucher. Disons qu'il m'est arrivé, en plusieurs occasions, de fréquenter les gens de robe et je sais reconnaître des avocats quand ils discutent entre eux.

— D'accord, acquiesça Devereaux. Revenons à ma première question : pourquoi fait-on un rapport détaillé à de simples gardes du corps ?

— Nous ne sommes pas de simples gardes du corps, nous sommes des mercenaires...

— Quoi ? hurla Sam.

— Des soldats qui louent leurs services, et je vous prie de ne pas crier...

— Bon Dieu !

Sous le coup de l'émotion, Sam eut un geste malencontreux et renversa son café sur son pantalon.

— Bordel ! c'est brûlant !

— Comme un bon café doit l'être.

— Vous, fermez-la ! rugit Sam en se penchant pour secouer son pantalon. Des mercenaires ?

— Vous avez bien entendu et c'est le début de la réponse à votre première question. Je vais vous expliquer : l'idée que l'on se fait traditionnellement des mercenaires est que ce sont des hommes qui acceptent n'importe quelle mission, à condition d'être bien payés. Mais ce n'est pas vrai. Je suis capable de passer d'un camp à l'autre quand la cause ne me tient pas à cœur, mais, dans le cas contraire, je refuse la mission. Je la refuse également si je ne me sens pas en confiance avec ceux qui doivent la partager avec moi. C'est pour cette raison qu'il vous manque le troisième « garde du corps » prévu.

— Il devait y en avoir un autre ?

— Comme il n'est pas là, je ne vois pas la nécessité d'en parler.

— Bon, comme vous voulez !

Devereaux se redressa en s'efforçant de rester aussi digne que possible.

— Nous en arrivons à ma seconde question, qui était... qu'est-ce que c'était, déjà ?

— Vous ne l'avez pas posée, maître, mais je vous ai mis sur la voie.

— Précisez, je vous prie.

— Pourquoi ne nous a-t-on *pas* fait un topo plus complet sur cette mission ?... En m'appuyant sur ma longue expérience, je vais essayer de vous fournir une explication plausible.

— Je vous écoute.

— On nous a simplement informés que vous étiez au nombre de sept, dont trois militaires, ce qui devrait nous faciliter la tâche. Aucun détail, pas la moindre indication sur les ennemis potentiels, pas la plus petite allusion politique – la politique au sens large, savoir la légalité ou l'illégalité d'une cause –, rien que ces quelques chiffres qui n'ont guère de signification. Qu'en pensez-vous ?

— Cela me paraît évident, répondit Sam. Toutes les particularités de votre mission, comme vous dites, doivent être tenues secrètes.

— Vous me tenez un langage de politicien, pas de mercenaire.

— Expliquez-vous.

— Nous acceptons des missions à haut risque contre une rémunération élevée, mais nous ne sommes pas tenus de nous lancer dans l'inconnu ni avec le minimum de renseignements. Nous laissons cela à des professionnels, des malades des opérations clandestines qui s'infiltrent au Cambodge ou en Tanzanie et dont la famille a bien de la chance si elle touche une pension après leur disparition. Commencez-vous à voir la différence ?

— Jusqu'à présent, ce n'est pas très difficile de vous suivre, mais je ne sais pas où vous voulez en venir.

— Je vais vous le dire. Les pages manquantes de ce scénario peuvent avoir deux explications. La première est une intervention occulte du gouvernement, c'est-à-dire que personne ne peut rien savoir, car ceux qui savent, qu'il s'agisse ou non de fonctionnaires, risquent de se retrouver à Leavenworth ou bien dans une cuve de soude caustique. La seconde hypothèse est encore moins réjouissante.

— Je vous écoute, fit Devereaux en étudiant d'un regard inquiet la face impassible de Cyrus.

— Pas le type d'opération sympathique qui permet de faire plonger un escroc en train de monter un sale coup ou de prendre sur le fait des gens indélicats qui se font graisser la patte. Non, il s'agit de quelque chose de beaucoup plus radical... Nous avons une expression pour cela : un piège définitif.

— Définitif?

— Sans rémission, si vous préférez.

— Vous voulez dire que...?

— *Dum-dum-tee-dum, dum-tee-dum-tee-dum-tee-dum,* fredonna le mercenaire.

— Quoi? s'écria Sam.

— Ne parlez pas si fort! J'essaie de vous expliquer cette seconde possibilité. On élève un mur protecteur pour masquer le véritable dessein. Une exécution.

— Seigneur!... Mais pourquoi me racontez-vous ça?

— Car il se peut que nous nous retirions, Roman Z et moi.

— Pourquoi?

— Je n'ai pas du tout aimé le troisième homme qu'on nous avait adjoint. De plus, sachant maintenant qui est le « commandant H », je pense que quelqu'un a vraiment décidé d'avoir sa peau, et probablement votre peau à tous, puisque vous êtes tous dans la même galère. Vous êtes peut-être un peu timbrés, mais, d'après ce que j'ai vu, vous ne méritez pas un tel sort, surtout la jeune femme, et je ne tiens pas à jouer un rôle là-dedans... Je vais installer les engins au lithium, si jamais ils arrivent, puis nous réfléchirons à la situation.

— Bon Dieu! C'est incroyable, Cyrus...!

— J'ai cru entendre des voix et même quelques cris, lança Jennifer Redwing en franchissant la porte de la cuisine, une tasse de thé à la main. Sam Devereaux! poursuivit-elle en s'immobilisant, les yeux fixés sur le pantalon de l'avocat. Vous avez recommencé!

Les six hommes avaient entre vingt-six et trente-cinq ans, certains étaient pourvus d'une chevelure plus abondante ou dotés d'une taille plus haute que les autres, mais trois constantes étaient présentes. Chaque visage était typé, avec des traits anguleux ou plus pleins, des yeux perçants ou froids; la physionomie avait un caractère profondément expressif et, disons-le, théâtral. Chaque corps était en parfaite condition physique, après des années d'étude de l'acrobatie, de l'escrime et de la danse (moderne et music-hall), de pratique des arts martiaux (avec un cachet de cascadeur, conformément aux règles de la Société des acteurs de cinéma), de gesticulations et de culbutes (indissociables de la comédie classique et de la farce) et d'évolutions en costume (pour les œuvres de Shakespeare et des dramaturges grecs). Enfin, les cordes vocales avaient un registre très étendu et la souplesse nécessaire à la maîtrise d'un grand nombre de dialectes (indispensable pour les spots publicitaires en voix off). Tous ces atouts étaient essentiels à la pratique de leur métier – non, leur art! – et à leurs press-books qui, avec une implacable régularité, échouaient sur les bureaux d'agents et de producteurs manquant cruellement de perspicacité. C'étaient des acteurs, la race la plus brimée, la plus incomprise – surtout en l'absence d'engagements – de toutes celles qui foulaient le sol de la planète. En un mot, des êtres uniques.

L'unité qu'ils formaient était elle aussi unique dans les annales des opérations clandestines. Elle avait été constituée à l'origine à Fort Benning, par un colonel du G-2 féru de cinéma, de télévision et de théâtre. Il n'hésitait pas à annuler des exercices de nuit qui l'auraient empêché d'aller voir un film à Pittsfield, Phoenix City ou Columbus. D'aucuns prétendaient même qu'il lui arrivait de réquisitionner un appareil militaire pour aller voir une pièce de théâtre à New York ou Atlanta. Mais sa drogue quotidienne, beaucoup plus facile d'accès, était la télévision. Le fait était confirmé par sa quatrième épouse qui, dans le courant de la procédure de divorce, avait déclaré qu'il passait fréquemment la nuit entière devant son téléviseur, regardant parfois deux ou trois films diffusés simultanément, en passant continuellement d'une chaîne à l'autre. Rien d'étonnant, dans ces conditions, à ce que son imagination se soit enflammée – certains de ses collègues allaient jusqu'à prétendre que l'incendie lui avait ravagé le cerveau – quand six acteurs, des vrais professionnels de la scène, étaient arrivés à Fort Benning.

Il avait dirigé d'un bout à l'autre toute leur préparation, impressionné par leurs qualités physiques individuelles et leur propension collective à attirer l'attention sur eux dans une foule, mais toujours d'une manière positive. Plus admirable encore était la faculté qu'avait chacun d'eux de s'adapter très naturellement à son environnement immédiat, passant en un instant du langage de la rue avec les recrues citadines au parler local des gars de la campagne.

Le colonel Ethelred Brokemichael avait été général de brigade jusqu'à ce qu'un avocat diplômé de Harvard, un petit merdeux travaillant pour l'Inspection générale, l'accuse à tort de trafic de drogue en Asie du Sud-Est! De drogue!... Lui qui était incapable de distinguer la coca du cola! Il avait simplement facilité le transport de fournitures médicales et avait versé la majeure partie de l'argent à des orphelinats, ne conservant que ce qu'il fallait pour s'offrir quelques places de théâtre. Mais, avec ces acteurs, il savait avoir trouvé le moyen d'être réintégré dans un grade amplement mérité. (Il se demandait souvent pourquoi son cousin Heseltine avait choisi de quitter l'armée. C'est lui qui avait été rétrogradé par mesure disciplinaire et non ce pleurnicheur d'Heseltine qui voulait toujours l'uniforme le plus chic, comme s'il jouait dans une opérette.) En tout cas, lui, Ethelred, tenait son idée ! Une conception profondément originale des opérations clandestines : une unité bien entraînée, composée d'acteurs professionnels capables, tels des caméléons, de changer d'apparence et de conduite en fonction du milieu dans lequel ils devaient pénétrer. D'authentiques acteurs du répertoire formant une troupe d'agents provocateurs ! Une idée de génie !

Grâce à quelques amis haut placés au Pentagone, il avait obtenu que sa petite troupe soit affectée exclusivement sous ses ordres, ne dépende que de lui pour son avancement et soit envoyée sur le terrain selon les nécessités des activités clandestines. Il avait d'abord pensé les baptiser « Unité Z », mais les acteurs s'y étaient unanimement opposés. Ils avaient refusé de prendre la dernière lettre de l'alphabet et exigé une autre appellation, car, si jamais une série télévisée devait être tournée, ils tenaient à exercer un contrôle sur la distribution, les scripts, les droits de rediffusion et les droits annexes, dans cet ordre.

Leur nom leur avait été donné à la suite de la troisième opération dans une période de neuf mois, l'infiltration d'un groupe des tristement célèbres Brigades rouges italiennes qui leur avait permis de libérer un diplomate américain retenu en otage. Pour ce faire, ils avaient fait paraître dans les journaux une annonce affirmant qu'ils étaient les meilleurs traiteurs communistes de la ville. Ils avaient été engagés par les terroristes pour organiser une soirée d'anniversaire en l'honneur de leur chef, dans leur quartier général secret. La suite, selon l'expression consacrée, avait été du gâteau. Dans le milieu des opérations clandestines, une légende venait de naître. Les Six Suicidaires devenaient une force avec laquelle il fallait compter.

D'autres opérations, à Beyrouth, dans la bande de Gaza, à Osaka, Singapour et Basking Ridge, New Jersey, n'avaient fait qu'accroître la réputation de l'unité. Non seulement ils avaient réussi à infiltrer et neutraliser certains des plus féroces criminels de la planète, trafiquants de drogue, marchands d'armes, tueurs à gages et promoteurs immobiliers, mais ils s'étaient acquittés de ces périlleuses missions sans avoir à déplorer un seul blessé.

Jamais non plus ils n'avaient tiré un seul coup de feu, jamais sorti un couteau, jamais lancé une grenade. Mais un seul homme le savait : le général de brigade Ethelred Brokemichael, rétabli dans son grade. C'était une honte ! Les Six Suicidaires, considérés comme le modèle des escadrons de la mort, n'avaient jamais liquidé un seul ennemi... C'est uniquement leur faconde qui leur avait permis de réussir pleinement chacune des missions potentiellement fatales qu'on leur avait confiées. C'était en vérité profondément humiliant !

Quand Warren Pease, le secrétaire d'État, était arrivé à Fort Benning et avait demandé à Brokemichael de le conduire en jeep jusqu'à l'endroit le plus reculé du terrain militaire de quarante mille hectares pour lui communiquer confidentiellement ses instructions secrètes, Ethelred avait enfin vu la lumière au bout du tunnel et commencé à savourer intimement sa vengeance. La conversation s'était déroulée comme suit :

— Tout est arrangé avec nos représentants en Suède, dit Pease. Ils indiqueront au comité Nobel qu'il s'agit d'une urgence nationale et que le quota de hareng importé peut être revu. Puis vos gars prendront l'avion à Washington, *pas* à Stockholm, vraisemblablement après s'être entretenus avec le président. Le maire de Boston ira les accueillir à l'aéroport, avec conférence de presse, limousines, escorte de motards et tout le tralala.

— Pourquoi Boston?

— Parce que c'est l'Athènes de l'Amérique, le plus grand foyer culturel, l'endroit idéal pour faire monter à la tribune une délégation aussi prestigieuse.

— Peut-être aussi l'endroit où se trouve Hawkins?

— C'est une possibilité, répliqua le secrétaire d'État. Mais ce qui est certain, c'est qu'il ne pourra pas refuser cette distinction.

— Tel que je le connais, le Faucon serait capable de s'évader d'un camp de prisonniers à Hanoi et de traverser le Pacifique à la nage pour la recevoir! Le Soldat du siècle, vous vous rendez compte! Le vieux Georgie Patton va faire éclater la foudre!

— Dès qu'il se présentera, vos gars le neutraliseront et direction le Nord, le Grand Nord, avec comme compagnons de voyage tous les traîtres à leur patrie qui l'ont soutenu!

— Qui peuvent être ces gens? demanda le général Brokemichael sans manifester d'intérêt particulier.

— Il y a d'abord l'avocat de Boston qui a défendu Hawkins à Pékin, un certain Samuel Devereaux...

— *Aarrgghh!* hurla l'officier supérieur avec une violence comparable à l'explosion d'un engin atomique dans le désert. Le petit merdeux de Harvard? poursuivit-il, les veines du cou tellement gonflées que le secrétaire d'État songea qu'il allait passer l'arme à gauche sur le buisson d'azalées le plus proche.

— En effet, je crois qu'il a fait ses études à Harvard.

— Il est mort, mort, mort! rugit Brokemichael en battant l'air de ses poings fermés et en frappant violemment la terre de Géorgie du bout de ses bottes de para dont l'utilité était discutable. *Il n'est plus de ce monde, je vous le promets!...* C'est ce que Brian Donlevy a dit à Château Neuf, dans *Beau Geste*.

Marlon, Dustin, Telly et le Duc occupaient les quatre fauteuils pivotants se faisant face à l'avant d'*Air Force II* tandis que Sylvester et sir Larry étaient assis à la petite table de conférences, au milieu de l'appareil. Tous étudiaient sans relâche leur texte, mais aussi les « impros » qui donneraient une impression de spontanéité dans la conversation. Tandis que l'avion gouvernemental amorçait sa descente vers Boston, six voix s'entremêlaient, qui se distinguaient par les interprétations personnelles d'un dialecte suédois transposé dans la langue anglaise. Devant chaque visage, un miroir de vingt centimètres sur vingt-cinq permettait aux Six Suicidaires de mettre en place leurs postiches : trois colliers de barbe, deux moustaches et une perruque pour sir Larry.

— Bonjour, tout le monde! s'écria un homme encore jeune aux cheveux blonds en ouvrant la porte d'une cabine située à l'arrière de l'appareil. Le pilote a dit que je pouvais venir maintenant.

La cacophonie s'apaisa lentement tandis que le vice-président des États-Unis s'avançait en souriant dans la carlingue.

— C'est très amusant, non? poursuivit-il en prenant un air intelligent.

— Qui est lui? demanda Sylvester.

— Qui est-il? rectifia aussitôt sir Larry en arrangeant sa moumoute. Qui est-il, Sly!

— Oui, naturellement, mais qu'est-ce qui se passe?

— C'est mon avion, répondit l'héritier présomptif du Bureau ovale. Génial, non?

— Prenez un siège, Pèlerin, déclara le Duc. Si vous voulez manger un morceau ou une bouteille de tord-boyaux, vous n'avez qu'à appuyer sur un de ces boutons.

— Je sais, je sais. Tous ces chics types font partie de mon équipage.

— C'est-c'est-c'est-le-le-vice-vice-vice... vous savez, bégaya Dustin en secouant la tête, non pas d'avant en arrière, mais en décrivant des cercles. Il est né précisé-précisé-précisément à-à-à onze heures vingt-deux du matin, en l'an mille neuf cent-mille neuf cent cinquante et un, exactement six-six-six ans, douze jours, sept-sept-sept heures et vingt-deux-vingt-deux minutes après la reddi-reddi-reddition des Japonais sur le Missou-Missouri.

— Dusty! s'écria Marlon en se grattant frénétiquement l'aisselle gauche avec la main droite. J'en ai assez de ce numé-numé-numéro... Tu dois comprendre d'où je viens, hein, Dusty?

— Vous et votre tram-tram-tramway!

— Allons, face d'ange, tu veux une sucette? demanda Telly en souriant au vice-président, mais avec des yeux qui, eux, ne souriaient pas. T'es sympa, petit gars, mais assieds-toi et ferme un peu ton clapet. On a du travail à faire, tu piges?

— On m'a dit que vous étiez des comédiens, poursuivit le vice-président, le visage brillant d'excitation, en se laissant tomber dans un siège, juste en face des quatre fauteuils pivotants. J'ai souvent pensé que j'aimerais être comédien. Vous savez, il y a des tas de gens qui me disent que je ressemble à cette vedette de cinéma...

— Absolument incapable de jouer la comédie! décréta sir Larry avec une froideur toute britannique. Il n'a eu que de la chance et du piston, sans parler de ce visage stupide, totalement dépourvu de caractère, auquel on ne peut croire un instant.

— Peut-être passable comme metteur en-metteur en-metteur en scène, suggéra Dustin.

— Tu es complètement dingue! rétorqua vivement Marlon. Une question de distribution! Les comédiens l'ont soutenu!

— Peut-être qu'il les avait choisis? hasarda Sylvester. C'est pas impossible.

— Écoutez-moi, Pèlerins, lança le Duc, le front plissé, les yeux errant sur les fauteuils. C'est à cause de toutes ces saletés dans les bureaux des spoliateurs de terres, des voleurs de bétail. Ce qu'ils appellent « marchés en pyramide ». Pour avoir l'étoile, il faut prendre toutes les cochonneries qui vont avec.

— Voilà qui est digne d'un vrai comédien! s'écria le vice-président.

— C'est de la merde, mon joli, et n'approche surtout pas ta frimousse trop près.

— Telly! lança sir Larry d'un ton furieux. Combien de fois t'ai-je répété que certaines personnes peuvent impunément dire des obscénités, mais pas toi? De ta part, mon très cher, c'est injurieux.

— Allons, allons, le coupa Marlon en faisant des grimaces devant son miroir. Que devrait-il dire? « Honte à toi, grand César? » J'ai bien essayé deux ou trois fois, mais ça n'a pas marché.

— C'est parce que tu ne parles pas très bien, fit Sylvester en fixant soigneusement son collier de barbe. Il faut vraiment bien articuler pour donner un sens à des mots aussi stupides.

— Ça te va bien de me dire ça, enfant du ruisseau!

— Moi, je n'abuse pas de cette bonne bière à un dollar le pot, qui n'est pourtant pas chère!

— Très bon, Sly! s'écria Marlon de sa voix normale aux accents du Middle West, en détachant bien les syllabes. Vraiment excellent!

— Belle réplique, jeune homme, approuva Telly avec les intonations d'un professeur de littérature anglaise.

— Nous pouvons tout faire, absolument tout, ajouta Dustin en lissant sa moustache.

— Eh bien, messieurs, nous avons intérêt à être très bons à l'aéroport, déclara le Duc de la voix typique d'un cadre supérieur, en s'assurant que le rouge de son nez discrètement fardé était correctement appliqué.

— Nom de nom! nous sommes sublimes! rugit sir Larry dans le parler gras des marais de Floride.

— Dieu du ciel! s'exclama Sylvester, les yeux fixés sur le vice-président, en retrouvant l'accent aux voyelles ouvertes de l'École d'art dramatique de Yale. Vous êtes bien lui!

— C'est bien lui, rectifia de nouveau sir Larry en adoptant fugitivement un accent anglais aristocratique.

— La langue vernaculaire, ayant suivi une évolution naturelle, légitime son usage, riposta Sylvester, les yeux toujours fixés sur le vice-président. Nous vous sommes reconnaissants de nous avoir permis d'utiliser votre appareil, mais pourquoi ?

— Warren Pease, le secrétaire d'État, a pensé que cela ferait forte impression à Boston et, comme je n'avais rien à faire... J'ai un emploi du temps surchargé, mais je n'avais rien à faire cette semaine, vous comprenez ? Alors, je lui ai dit « Bien sûr, pourquoi pas ? » poursuivit l'héritier présomptif en se penchant avec un sourire de connivence. C'est même moi qui ai signé les ordres de mission.

— Pardon ? demanda Telly en détachant son regard du miroir.

— Les ordres de mission pour votre opération.

— Nous savons ce que c'est, jeune homme, lança le Duc en conservant l'élocution aisée de son personnage de cadre supérieur. Mais il me semble que seul le président est habilité à signer ce document.

— C'est-à-dire qu'il était aux toilettes et, comme moi, j'étais là, j'ai dit : « Bien sûr, pourquoi pas ? »

— Des comédiens, eux aussi, déclara Telly en se retournant vers son miroir, avec, dans la voix, les sonorités tremblées du célèbre cours de théâtre de Gramercy Park, à New York, The Players. Si nous ne réussissons pas, le Congrès donnera en l'honneur de ce jeune homme un festin qu'il ne sera pas près d'oublier.

— Pour ne rien vous cacher, je m'y suis fait récemment de nouveaux amis...

— C'est lui qui sera enfilé sur la bro-bro-broche, ajouta Dustin en tournant la tête à petits mouvements saccadés. Pendant exa-exa-exactement quatre heures, vingt-vingt-vingt minutes et tren-tren-trente-deux secondes. Pour que l'arrière-train soit cuit à point.

— Oh ! oui ! Un méchoui, j'aimerais beaucoup ! Cela montre qu'ils vous ont vraiment à la bonne !

— Est-ce vous qui allez nous présenter pour la conférence de presse, à l'aéroport ? demanda Marlon, une pointe de scepticisme dans la voix, avec un accent du Middle West prononcé.

— Moi ? Non, c'est le maire de Boston qui vous accueillera à votre descente d'avion. En réalité, moi, je ne quitterai pas l'appareil avant au moins une heure et à l'insu de la presse.

— Dans ce cas, interrogea Sylvester, pourquoi descendre de l'avion ? Nous utilisons le matériel de l'Armée de l'air pour nous rendre à...

— Ne me dites rien ! le coupa vivement le vice-président en se bouchant les oreilles. Je ne suis pas censé être au courant !

— Pas censé être au courant ? répéta le Duc en haussant les sourcils. Mais c'est vous qui avez signé l'ordre de mission, monsieur.

— Oui, bien sûr, pourquoi pas? Mais qui s'amuse à lire le texte de ces inepties?

— *Le pauvre Jud est mort, à la bougie on croit qu'il dort,* chantonna Telly du fond de son fauteuil, d'une voix de baryton tout à fait acceptable.

— Je répète, répéta Sylvester, pourquoi descendre de l'avion?

— Je suis obligé. Vous comprenez, il y a un enfant de salaud qui a volé la voiture de ma femme – c'est sa voiture, pas la mienne – et il faut que j'identifie le véhicule.

— Vous nous faites marcher? lança Dustin, cette fois sans truquer sa voix. Elle est ici, à Boston?

— A ce qu'il paraît, elle était conduite par des individus peu recommandables.

— Que comptez-vous faire? demanda Marlon.

— Je vais leur botter le cul jusqu'à ce qu'ils ne sachent plus comment s'asseoir! Voilà ce que je vais faire!

Il y eut un bref silence tandis que le Duc se dressait de toute sa taille en faisant du regard le tour de ses compagnons dont l'attention demeurait fixée sur le vice-président.

— Après tout, Pèlerin, vous êtes peut-être *rancho correcto*. Et on peut même vous aider.

— Vous savez, je ne jure jamais, enfin presque jamais...

— Jure, petit, jure, répliqua Telly en sortant de la poche de sa veste un bonbon. Prends une sucette et ne te dégonfle pas. Tu viens peut-être de te faire quelques amis, qui sait? Tu pourrais avoir besoin d'eux.

— *Nous allons commencer l'approche finale vers l'aéroport Logan,* annonça la voix métallique d'un haut-parleur. *Arrivée estimée dans dix-huit minutes.*

— Nous avons encore le temps de prendre un verre, monsieur, fit Marlon d'une voix douce en étudiant le politicien. Il vous suffit d'appeler votre steward.

— Pourquoi pas?

Le vice-président des États-Unis appuya sur le bouton d'un air bravache et, quelques instants plus tard, peut-être un peu trop longs, le steward apparut, sans trop d'empressement, semblait-il.

— Qu'est-ce que vous voulez? demanda le caporal, un regard noir braqué sur le jeune politicien.

— Qu'avez-vous dit, Pèlerin? rugit le Duc en se raidissant.

— Je vous demande pardon...

— Savez-vous à qui vous parlez?

— Oui, monsieur... Bien sûr, monsieur!

— Alors, en selle et au galop!

En beaucoup moins de temps que sa première apparition ne l'aurait laissé supposer, le caporal revint avec un autre membre de l'équipage et des boissons pour tout le monde. Et tout le monde leva son verre en souriant.

C'est Dustin qui porta le toast d'une voix claire et bien timbrée.
— A votre santé, monsieur.
— J'applaudis à ce toast, déclara Telly. Et oublions notre sucette, cher ami.
— Moi aussi...!
— Et moi...!
— Je vous suis...!
— Et moi donc! conclut le Duc avec une légère inclination de tête, dans la plus pure tradition du monde des affaires.
— Bon sang de bois! Vous êtes vraiment des types très chouettes!
— Nous avons le privilège d'offrir notre amitié au vice-président des États-Unis, déclara Marlon de sa voix douce en laissant son regard errer sur les autres.
— Écoutez, je ne sais plus quoi dire. J'ai l'impression d'être l'un des vôtres.
— Vous l'êtes, Pèlerin, vous l'êtes, acquiesça le Duc en levant derechef son verre.

Avec l'aide enthousiaste d'Erin Lafferty et le concours des marmitons Desi-Un et Deux, Jennifer Redwing composa un barbecue multinational sur la terrasse de séquoia. Le foyer à armature d'acier étant divisé en quatre parties munies d'un cadran de réglage distinct, tous les goûts pouvaient être satisfaits. L'épouse de Paddy Lafferty appela le traiteur kascher de Marblehead pour faire livrer le meilleur saumon et les plus beaux poulets, puis elle commanda à la boucherie de Lynn les meilleures entrecôtes.
— Pour vous, je ne sais pas ce qu'il faut prendre! s'écria Erin Lafferty sans chercher à cacher qu'elle était en admiration devant la belle Indienne. Voulez-vous que j'essaie de trouver de la viande de bison?
— Mais, non, ma chère Erin, répondit Jenny en riant tout en continuant d'éplucher les grosses pommes de terre de l'Idaho qu'elle avait trouvées dans le cellier. Je me ferai griller quelques tranches de saumon.
— Ah! oui! Comme ces poissons que les Indiens pêchent dans les torrents?
— Je vous réponds encore non, Erin. C'est parce que je préfère des aliments moins riches en cholestérol, comme tout le monde devrait le faire.
— J'ai bien essayé avec Paddy, mais vous savez ce qu'il m'a dit?... Il m'a dit qu'il se plaindrait au Bon Dieu en personne, qu'il Lui demanderait en Le regardant dans les yeux pourquoi, s'Il ne voulait pas que Ses créatures mangent des entrecôtes pour prendre des forces, Il avait mis ces animaux sur la surface de la Terre!
— Votre mari a-t-il reçu une réponse?
— Il prétend que oui... Il y a deux ans, grâce à M. Pinkus, nous avons pu rendre visite à ce qui reste de notre famille, en Irlande. Mon

Paddy s'est assis pour embrasser la pierre de Blarney et, quand il s'est relevé, il m'a regardé et m'a dit : « J'ai reçu un message. Tu sais, pour les entrecôtes, je suis une exception et je te jure que c'est la vérité vraie ! »

— Et vous avez avalé ça?

— Allons, ma petite, répondit Erin Lafferty avec un sourire empreint de douceur à défaut d'innocence. C'est mon homme, le seul que j'aie jamais voulu avoir. Après trente-cinq ans de vie commune, je ne vais pas commencer à douter de ses visions.

— Alors, donnez-lui ses entrecôtes.

— C'est ce que je fais, Jenny, mais j'enlève tout le gras. Il faut l'entendre hurler que le boucher est un voleur ou que je ne les fais pas cuire comme il faut!

— Et alors, que faites-vous?

— Je lui ressers un petit whisky, ou bien je le papouille un peu, pour qu'il pense à autre chose qu'à son estomac.

— Vous êtes une femme remarquable, Erin.

— Arrêtez donc de dire des bêtises! protesta en riant l'épouse de Paddy tout en commençant à couper la laitue. Quand vous aurez un homme bien à vous, il y a deux choses que vous apprendrez vite. La première, c'est de le garder en bonne santé. La seconde, de ne jamais laisser ses accus à plat. Vous verrez, c'est tout ce qui compte!

— Je vous envie, Erin, dit lentement Jennifer en étudiant le visage empâté par l'âge, mais où l'on devinait encore la finesse des traits. Vous avez là quelque chose que je ne pense jamais avoir.

— Pourquoi dites-vous ça, ma petite? demanda Erin, le couteau levé.

— Je ne sais pas... Peut-être parce qu'il faut que je sois plus forte que l'homme qui voudra m'avoir comme ça... dans le mariage, je veux dire. Je ne pourrai jamais être soumise.

— Vous voulez dire être au-dessous de l'homme qui vous épousera... sans penser à mal, bien sûr?

— Oui, je pense que c'est bien de cela qu'il s'agit. Jamais je ne serai assujettie.

— Je ne suis pas bien sûre de connaître ce mot, mais je pense que ça veut dire être comme une inférieure, ou comme une rien du tout. C'est bien ça?

— Exactement.

— Eh bien, moi, je pense qu'il y a un moyen... Regardez ce que je fais avec mon Paddy, celui avec qui je compte bien finir mes jours. Je lui dis qu'il peut manger ses entrecôtes, seulement il ne sait pas que j'enlève tout le gras. Il est content, je l'entends plus râler, mais il pense plus à cette saleté de gras quand il plante les dents dans le bout d'os. Vous comprenez? Il suffit de donner un bout d'os au gorille et il oublie tout le reste.

— Voulez-vous dire que nous, les femmes, nous manipulons nos compagnons de l'autre sexe ?

— Oui, et ça s'est toujours passé comme ça... Jusqu'à ce que les féministes gâchent tout avec leurs hurlements, on a toujours fait ce qu'on a voulu. Dites-leur ce qu'ils veulent entendre, mais n'en faites qu'à votre tête !

— Admirable, fit pensivement la fille des Wopotamis.

Soudain, venant du vaste séjour, retentirent des cris de frayeur ou d'excitation, à moins que ce ne fût un mélange des deux. Jennifer lâcha sa pomme de terre qui rebondit sur le sol tandis qu'Erin, sursautant violemment, projeta le cœur de laitue sur un tube de néon qui se fracassa, répandant des débris de verre dans le saladier. Desi-Un surgit dans l'embrasure de la porte qu'il poussa avec une telle violence qu'elle heurta le mur et revint le frapper en pleine face, déplaçant sa prothèse dentaire provisoire.

— Vous deux ! s'écria-t-il. Vénez tout dé souite, vénez voir la *teledifusión* ! C'est complètement dingo, c'est comme des *vacas* avec des *testiculos* !

Les deux femmes s'élancèrent vers la porte, se ruèrent dans le séjour et demeurèrent bouche bée devant le téléviseur. Sur l'écran, elles découvrirent six hommes – collier de barbe, moustaches cirées ou visage glabre, vêtements de bonne coupe et feutre noir –, à l'évidence des visiteurs de marque, accueillis à leur descente d'avion par le maire de Boston qui semblait éprouver les pires difficultés à lire son allocution de bienvenue.

— C'est pour nous un grand honneur de vous accueillir à Boston, messieurs les délégués du comité Nobel venus de la lointaine Suède, et nous vous adressons nos remerciements les plus sincères pour avoir choisi Harvard comme siège de votre semi... séminaire sur les relations internationales et de votre quête du Soldat du siècle, à savoir le général MacKenzie Hawkins que vous pensez trouver dans notre belle région de la côte Ouest et qui, s'il écoute ou regarde ce reportage... Mais qui a écrit ce ramassis de conneries ?

— Retour dans nos studios pour vous tenir au courant des derniers développements ! claironna la voix d'un présentateur tandis que le son du reportage était coupé. Les membres de l'illustre comité Nobel viennent donc d'arriver à Boston pour prendre part au symposium sur les relations internationales qui aura lieu à Harvard. Sir Lars Olafer, leur porte-parole, a déclaré il y a quelques minutes qu'ils avaient également le dessein de trouver le général MacKenzie Hawkins, deux fois décoré de la médaille du Congrès et élu Soldat du siècle par le comité Nobel... Le cortège officiel va bientôt se mettre en route vers l'hôtel des Quatre Saisons où nos hôtes suédois seront logés pendant la durée du symposium... Je vous prie de m'excuser un instant... Nous recevons un appel du président de l'université de Harvard... *Quel symposium ? Com-*

ment voulez-vous que je le sache ? C'est vous qui l'organisez, pas moi !... Pardonnez-moi, chers téléspectateurs, un petit problème de communication avec Harvard... Nous allons maintenant reprendre le cours normal de nos programmes avec une rediffusion de l'émission qui vous est chère entre toutes : *La Main au portefeuille !*

— Nom d'une arquebuse ! rugit MacKenzie Hawkins en bondissant de son fauteuil. Vous avez entendu ? Soldat du siècle !... Je me doutais bien que cela arriverait un jour ou l'autre, mais voir cette probabilité se réaliser fait de moi le plus fier de tous les officiers qui ont jamais combattu ! Laissez-moi vous dire, jeunes gens et vous, mesdames, que je compte bien partager cet honneur avec tous ceux qui ont servi sous mes ordres, car ce sont eux les véritables héros et je veux que le monde entier le sache !

— Mon général, glissa très doucement le grand mercenaire noir. J'aimerais avoir une petite conversation avec vous.

— A quel propos, colonel ?

— Je ne suis pas colonel, pas plus que vous n'êtes le Soldat du siècle. C'est un piège.

20

Le silence qui suivit fut chargé à la fois d'électricité et d'émotion. Tous les gens dans la pièce eurent le sentiment d'être témoins de la douleur indicible de quelque grand animal fidèle, trahi par son maître et jeté en pâture à une bande de loups sanguinaires. Jennifer Redwing se dirigea rapidement vers le téléviseur et l'éteignit avant de se retourner vers le Faucon qui ne pouvait détacher son regard du visage de Cyrus.

— Je pense qu'il conviendrait de vous expliquer, colonel, dit le général avec un regard où la tristesse se mêlait à l'incrédulité. Nous venons tous deux de regarder un bulletin d'information télévisé et nous avons entendu la déclaration d'un visiteur de marque s'exprimant au nom du comité Nobel. A moins que mon ouïe ne m'ait trahi, je l'ai entendu annoncer que l'on m'avait décerné la distinction de Soldat du siècle. Comme ce reportage sera selon toute vraisemblance diffusé dans tout le monde civilisé et vu par des millions de gens, je pense qu'une falsification est absolument impensable.

— Le voilà, le piège définitif, répliqua Cyrus d'une voix douce. C'est ce que j'ai essayé d'expliquer à vos compagnons, Mlle R et M. D.

— Recommencez vos explications pour moi, colonel.

— Au risque de me répéter, je ne suis pas colonel, mon général...

— Et, moi, je ne suis *pas* le Soldat du siècle, acheva Hawkins. Je suppose que vous êtes également prêt à le répéter.

— Je ne conteste pas que cet honneur vous soit dû, général, mais jamais il ne pourrait être rendu par un organisme lié de près ou de loin au comité Nobel.

— Quoi?

— Permettez-moi de développer ma pensée afin d'éviter tout malentendu.

— Seriez-vous avocat, par hasard? glissa Aaron Pinkus.

— Non, maître, mais, entre autres activités, je suis chimiste.

— Chimiste ? répéta Hawkins, complètement interloqué. Mais, alors, savez-vous de quoi vous parlez ?

— Je n'arrive assurément pas à la cheville d'Alfred Nobel qui était également chimiste. C'est lui qui a inventé la dynamite et qui, selon l'hypothèse la plus répandue, a créé pour soulager sa conscience les différents prix Nobel qui, en aucun cas, ne peuvent être associés à la guerre. L'idée même de récompenser un Soldat du siècle serait une abomination pour le comité Nobel.

— Où voulez-vous en venir exactement, Cyrus ? demanda Jennifer.

— Il s'agit du prolongement de ce que je vous disais ce matin. C'est le piège dans lequel ils veulent attirer le général Hawkins...

— Vous connaissez mon nom ? s'écria MacKenzie.

— Oui, Mac, fit Devereaux, il connaît votre nom. Quelle importance ?

— Comment est-ce possible ?

— N'y pensez plus, général, répliqua Jennifer. Pour l'instant, c'est mon témoin et je pose les questions... Très bien, Cyrus, admettons que ce soit un piège, mais qu'y a-t-il d'autre ? D'après votre ton, je dirais que ce n'est pas tout.

— Il ne s'agit plus maintenant de quelques cinglés sans envergure qui font le complexe d'Alexandre le Grand. Cette opération est menée en solo par une ordure occupant un poste élevé au gouvernement.

— Washington ? demanda Aaron Pinkus en haussant les sourcils.

— *Quelqu'un* à Washington, précisa le mercenaire. Ce n'est pas une opération collective, les risques de fuite seraient beaucoup trop grands, mais une initiative individuelle, conçue par une personne assez influente pour mettre tout cela sur pied.

— Qu'est-ce qui vous permet de l'affirmer ? insista Pinkus.

— Le comité Nobel est absolument intègre et, pour porter atteinte à cette intégrité, même pour un temps, il faut mettre en œuvre des moyens dont seul un personnage très haut placé peut disposer. N'importe quel journaliste consciencieux peut, à tout moment, téléphoner à Stockholm pour obtenir confirmation de cette visite et je soupçonne que la confirmation a déjà été donnée.

— Bon sang ! s'écria Devereaux ! Cette fois, on ne rigole plus !

— J'ai essayé de vous le faire comprendre ce matin.

— Vous m'avez également dit qu'après avoir posé vos... machins au lithium, vous envisagiez de vous retirer avec Roman Z. Ils sont posés, Cyrus. Que comptez-vous faire ? Allez-vous nous abandonner ?

— Non, maître, j'ai changé d'avis. Nous restons.

— Pourquoi ? demanda Jennifer.

— J'imagine que vous attendez une grande explication de nature raciale. Par exemple que nous, les nègres, nous avons survécu aux agressions du Ku Klux Klan en développant une sorte de sixième sens et que nous voyons rouge lorsque le gouvernement agit de cette manière. C'est du blabla.

— Qu'est-ce qu'il parle bien ! s'écria Mme Lafferty.

— Plus tard, ma chère Erin, plus tard, fit Jennifer, toute son attention dirigée sur Cyrus. Très bien, monsieur le mercenaire, pas de blabla racial, et je sais de quoi je parle. Pourquoi restez-vous ?

— Est-ce important ?

— Pour moi, oui.

— Je comprends, dit Cyrus en souriant.

— Eh bien, moi, je ne comprends absolument rien ! rugit MacKenzie Hawkins en écrasant entre ses doigts le cigare qu'il allait se fourrer dans la bouche.

— Laissez donc ce monsieur répondre, lança Aaron Pinkus. Avec tout le respect que je vous dois, général, fermez-la !

— Un officier supérieur ne parle pas sur ce ton à un de ses pairs !

— Eh bien, parlez à mon cul ! lâcha Pinkus avant de secouer vivement la tête, comme s'il ne comprenait pas d'où cette expression lui était venue. Seigneur ! Je suis absolument confus !

— Ce n'est pas la peine, dit Devereaux. Où en étiez-vous, Cyrus ?

— Dites-moi, maître, demanda le mercenaire en plongeant les yeux dans ceux de Sam, qu'avez-vous répété aux autres de notre petite conversation matinale ?

— Tout ce que vous nous avez dit, mais seulement à Aaron. Pas un mot à Mac, à ses « aides de camp », ni à ma mère...

— Et pourquoi ne m'avez-vous rien dit ? hurla le général. J'aimerais quand même savoir de quoi vous parlez !

— Parce qu'il nous fallait en savoir un peu plus long avant de vous entendre commencer à lancer des ordres en rafales, répondit sèchement Sam. Nous avons également tenu compte de vos ennuis à Stuttgart et de leurs conséquences éventuelles, poursuivit-il en se retournant vers Cyrus. Votre « libération anticipée », si j'ose dire.

— Cela n'a pas d'importance. Si la situation est aussi grave que je le pense et si Roman et moi pouvons vous aider, j'ai dans l'idée que vous ne ferez rien contre nous.

— Vous avez ma parole, déclara Jennifer Redwing avec force.

— Je ne suis au courant de rien, ajouta Devereaux.

— Rien d'étonnant, répliqua le mercenaire. Vos questions étaient maladroites, contrairement à celles de Mlle R, qui, elles, étaient directes et pertinentes. Elle m'a bien fait comprendre que, pour ajouter foi à mon histoire, il lui fallait des explications crédibles. Je les lui ai données.

— Ce ne sont pour moi que des rumeurs irrecevables, déclara Pinkus.

— Mes questions ne sont jamais maladroites, grommela Sam.

— Il faut dire que vous aviez bien des soucis... en particulier avec votre pantalon, dit posément Jennifer. Vous affirmez que votre décision de rester n'a pas de justifications raciales, Cyrus, mais vous êtes le seul à avoir soulevé cette question. Ne protestez-vous pas avec trop de vigueur ? Vous, un Noir injustement condamné ; si la même chose devait m'arriver, à moi, une Indienne, je serais révoltée et je le resterais longtemps. J'aurais envie de me venger en m'en prenant à n'importe quel symbole de l'autorité et je ne suis pas sûre que j'aurais besoin d'une cause juste. Est-ce pour cette raison que vous restez ?

— Aussi judicieuse que soit votre analyse psychologique, elle n'est pas applicable à mon cas. Sans parler de la légitime défense que j'ai invoquée, ce n'est pas parce que je suis noir que l'on m'a jeté en prison, mais parce que je suis un excellent ingénieur chimiste. Quelques idiots ont dû s'imaginer à Stuttgart qu'un *Schwärzer* ne serait jamais capable d'analyser la composition finale de leur produit.

— Quel homme ! s'écria Mme Lafferty.

— Erin, je vous en prie !

— Le contrat final pour la commercialisation du gaz a été approuvé par le président de la commission de contrôle des armements que j'avais personnellement averti par courrier en utilisant un relais diplomatique que je n'ai jamais rencontré. Mais un fonctionnaire haut placé et qui en croquait a fait en sorte que mes soupçons ne soient jamais portés à la connaissance du reste de la commission. On m'a, pardonnez-moi le terme, blackboulé, mais cela n'a rien à voir avec la couleur de ma peau, car ce genre de renseignement ne figure pas dans les rapports analytiques.

— En quoi vos ennuis en Allemagne sont-ils liés à la conférence de presse de ce soir, à l'aéroport Logan ? demanda Pinkus.

— Ajouté à tout ce que j'ai raconté à vos confrères sur les étranges circonstances de cette mission, cela m'oblige à revenir à ce sixième sens dont j'ai nié l'existence, car il ne s'agit pas d'un problème racial, mais de corruption, de corruption gouvernementale ! Un membre de la commission de contrôle des armements a eu le bras assez long pour me faire sortir d'une prison allemande où j'aurais dû croupir cinquante ans en exerçant des pressions sur les tribunaux de Bonn et en passant un marché avec moi. Une chape de silence s'est abattue sur cette usine chimique et je devais prendre cinq ans, et n'en tirer qu'un seul, à condition de fermer ma grande gueule... Tout cela pour sauver les apparences. On ne me fera jamais croire qu'il n'y a pas eu de graissage de pattes.

— Mais vous avez accepté ce marché, observa Jennifer sans aménité. Une peine légère qui faisait bien votre affaire.

— Je n'étais pas très chaud pour rester pendant des années le seul Noir dans une prison allemande où un tas de détenus sont des fanatiques au crâne rasé qui n'attendent qu'une chose : le retour de leur cher Adolf.

— Je comprends... Pardonnez-moi. Nous aussi, nous avons acquis un sixième sens.

— Ne vous excusez surtout pas, protesta le mercenaire d'une voix douce. En prison, j'ai suivi des reportages à la télévision et, quand j'ai vu toutes les victimes de ces gaz de combat dont je connaissais la provenance, j'ai eu honte.

— Allons, colonel...

— Ça suffit, maître! Je ne suis pas colonel!

— Mais je vous approuve! poursuivit vivement Devereaux. Comment imaginer cinquante ans de détention, si vous n'aviez pas tenu cinquante minutes face aux nazis?

— C'est la justification que j'ai trouvée et c'est aussi pourquoi je me suis évadé avec Roman Z. Il faut mettre un terme à toutes ces saloperies!

— Vous croyez donc que ce qui arrive aujourd'hui au général Hawkins est une variante de ce que vous avez vécu? demanda Aaron en se penchant vers le mercenaire. Que la preuve nous en est apportée par ce bulletin d'information?

— Ce que je crois tout d'abord, c'est qu'il est impossible qu'un prix soit décerné par le comité Nobel à un « Soldat du siècle ». Deuxièmement, j'aimerais savoir pourquoi les membres de ce prétendu comité sont arrivés à Boston, l'aéroport le plus proche de l'endroit où vous avez déjà été attaqués. Cela prouve que des services de renseignements disposant de moyens modernes et puissants ont retrouvé votre trace. Troisièmement, le quatuor de psychopathes qui voulait prendre d'assaut le chalet de Hooksett était composé de dégénérés irrécupérables. A mon avis, quelqu'un dont vous ne connaîtrez jamais l'identité a soudoyé le directeur d'un établissement pénitentiaire. C'est vous-mêmes qui en êtes arrivés à cette conclusion en découvrant une marque de blanchisserie de prison à l'intérieur d'un pantalon avant d'expédier les corps dans leurs jolis sacs.

— Foutus crétins! rugit MacKenzie Hawkins. C'est un message que nous leur avons envoyé!... Et maintenant, si quelqu'un voulait bien m'expliquer de quoi nous parlons!

— Nous vous mettrons au parfum plus tard, Mac, répondit Devereaux en posant la main sur l'épaule de Cyrus. Si j'ai bien compris, il nous faut maintenant découvrir qui tire les ficelles. C'est bien cela?

— Absolument, répondit le mercenaire. L'attaque contre le chalet du New Hampshire a peut-être la même origine, mais ils emploient maintenant les grands moyens, peut-être trop grands d'ailleurs, ce qui signifierait qu'ils se sentent vulnérables.

— Pourquoi dites-vous cela? demanda Pinkus.

— Parce qu'ils ont utilisé *Air Force II*, répondit le mercenaire. Ils ont fait voyager à bord de l'appareil du vice-président des civils de nationalité étrangère. Les autorisations n'ont pu être délivrées que par trois sources: la Maison-Blanche que nous pouvons éliminer, parce qu'elle a déjà assez d'ennuis avec le blanc-bec; la CIA qu'il faut également écarter, car la moitié de la population est lasse de leurs magouilles et qu'ils ne courraient probablement pas le risque de commettre une nouvelle bavure; le Département d'État dont personne ne connaît exactement les activités, mais qui ne se gêne pas pour faire sa petite cuisine. Je penche pour l'un des deux derniers et, si nous pouvons découvrir lequel, le choix se limitera à un petit nombre d'individus. Parmi eux se trouvera notre homme.

– Le Département d'État et la CIA ont peut-être agi de concert, suggéra Pinkus.

– Impossible! Ils ne se font mutuellement aucune confiance et, si jamais ils unissaient leurs efforts, les risques de fuite seraient beaucoup trop grands.

– Imaginons que nous sachions à quoi nous en tenir, dit Sam. Que ferons-nous?

– Nous tomberons sur le paletot de tous les responsables jusqu'à ce qu'ils craquent. Il faut absolument coincer celui qui tire les ficelles, établir son identité – nom, grade, matricule –, car c'est le seul moyen d'assurer votre sécurité.

– Mais comment?

– En dévoilant toute l'affaire, Sam, répondit Jennifer. Nous vivons encore dans un État de droit et nous ne sommes pas soumis aux caprices de quelques tordus de Washington.

– En êtes-vous sûre?

– Je vous concède que c'est discutable. Comment allons-nous procéder, Cyrus?

– Le mieux serait d'envoyer dans cet hôtel quelqu'un se faisant passer pour le général, accompagné par Roman Z et moi-même. Il est tout à fait courant pour un général à la retraite, ayant obtenu les plus hautes distinctions, de se faire accompagner par deux assistants civils.

– Desi-Un et Deux vont être vexés, observa Pinkus.

– Pourquoi? Ils resteront avec le vrai Hawkins.

– Naturellement... Mes facultés commencent à décliner. Mais tout va si vite.

– De plus, poursuivit Cyrus, ces deux garçons sont précieux et il faut que quelqu'un reste ici pour vous protéger.

Il s'interrompit en remarquant le regard dur qu'Eleanor braquait sur lui du fond du canapé.

– Cette dame ne m'aime pas, murmura-t-il.

– C'est parce qu'elle ne vous connaît pas, dit Sam à voix basse. Je vous promets que lorsqu'elle vous connaîtra mieux, elle fera une généreuse donation à l'Association des étudiants noirs.

– Bien sûr, il serait dommage de devoir se passer d'un mercenaire noir... Merde, il n'y a personne ici qui puisse se faire passer pour le général! Nous allons devoir trouver autre chose.

– Un instant! lança Pinkus. Nous soutenons, ma femme et moi, les troupes de théâtre locales... Shirley aime se faire photographier avec eux, les soirs de première. Nous avons notre chouchou, un comédien assez âgé qui a joué à Broadway dans de nombreux spectacles et qui est aujourd'hui, pour ainsi dire, en semi-activité. Je suis certain de pouvoir le convaincre de nous aider, moyennant finance, bien entendu... Mais aussi à condition qu'il ne coure aucun risque.

— Je vous en donne l'assurance, monsieur, déclara Cyrus. Aucun mal ne pourra lui arriver, car Roman Z et moi resterons à ses côtés.

— Un comédien? s'écria Devereaux. C'est complètement dingue!

— A vrai dire, c'est l'impression qu'il donne assez fréquemment.

Aaron fut interrompu par la sonnerie du téléphone. Il tendit aussitôt la main vers la table basse et décrocha.

— Allô?... C'est pour toi, Sam. Je pense que c'est ta cousine Cora.

— Bon sang! s'écria Sam en faisant le tour de la table pour prendre le combiné. Je l'avais complètement oubliée!

— Pas moi! lança Eleanor. Je lui ai parlé hier soir, mais je ne lui ai pas donné le numéro de cette maison ni dit où nous étions.

— Cora! s'écria Sam. Tout va bien?... Qu'est-ce que tu viens de dire, maman, tu lui as parlé? Pourquoi ne m'as-tu rien dit?

— Tu ne m'as rien demandé. De toute façon, tout va bien à la maison. La police n'a pas arrêté d'aller et venir et j'ai cru comprendre qu'elle avait nourri toute la brigade.

— Cora? reprit Sam. Maman me dit que tout va bien à la maison.

— La douairière a encore dû vider une théière, Sam. Le téléphone a sonné toute la journée et personne n'a pu ou voulu me dire où vous êtes.

— Alors, comment l'as-tu découvert?

— Grâce à Bridgey, la fille de Paddy Lafferty. Elle m'a dit qu'Erin lui avait donné ce numéro, au cas où elle aurait des problèmes avec les enfants.

— C'est bien naturel. Alors, que se passe-t-il? Qui m'a appelé?

— Pas toi, Sammy... Tout le monde, sauf toi!

— Qui, alors?

— D'abord ce cinglé de général dont tu nous rebats les oreilles, et puis l'Indienne avec ces jambes qui incitent au viol. Je n'exagère pas en disant qu'il y a eu au moins vingt coups de téléphone pour chacun d'eux, des deux mêmes types, toutes les demi-heures, tu vois le genre?

— Quels deux types?

— Il y en a un qui n'a pas voulu me dire comment il s'appelait et l'autre a vraiment un drôle de nom. Le premier avait l'air complètement paniqué, tu sais, Sammy, comme ça t'arrive parfois. Il me hurlait dans les oreilles que sa sœur devait le rappeler de toute urgence.

— D'accord, je vais le lui dire. Et l'autre, celui qui demande le général?

— Tu vas encore croire que j'ai picolé, mais c'est pas possible, il y a trop de flics à la maison... A propos, la note de la boucherie va être drôlement salée!

— Son nom, Cora!
— Johnny Calfnose. Joli, non?
— Johnny Calfnose, répéta doucement Sam.
— Calfnose...? souffla Jennifer.
— Calfnose! rugit le Faucon. Mon chef de la sécurité a essayé de me joindre? Lâchez ce téléphone, lieutenant!
— Mon ancien client m'a appelée! lança Jennifer en heurtant violemment Hawkins qui se précipitait lui aussi vers le téléphone.
— Non! s'écria Devereaux en se retournant et en tenant le combiné à bout de bras. C'est à Mac que Calfnose voulait parler. Vous, c'est votre frère qui vous demande de le rappeler.
— Passez-moi le téléphone, mon garçon!
— Non, moi d'abord!
— Et si vous essayiez tous de vous calmer, lança Pinkus en haussant la voix. Mon beau-frère a fait installer au moins trois et peut-être quatre lignes téléphoniques... Il en faut déjà deux à la sœur de Shirley. Il y a des appareils un peu partout. Vous n'avez qu'à en prendre chacun un, en appuyant sur une touche qui ne soit pas allumée.

Il y eut un bref chahut de cour de récréation tandis que Jennifer et le Faucon couraient en tous sens, chacun de son côté, à la recherche d'un téléphone. Mac en découvrit un sur la terrasse et se rua vers une baie vitrée qu'il ouvrit en tirant de toutes ses forces, faisant longuement vibrer le verre; Jennifer vit un autre appareil sur un bureau blanc d'époque, adossé au mur du fond et se jeta sur lui. Il en résulta une étrange cacophonie qui troubla le calme du soir.

— Salut, Cora.
— Charlie, c'est moi!
— Calfnose, c'est Nuée d'Orage!
— Tu veux rire, petit frère! Dis-moi que tu me fais marcher!
— Bon Dieu! Il reste quatre jours!
— Alors, tu ne me fais pas marcher...?
— Envoie-leur mon accord et signe Nuée d'Orage, chef du peuple le plus opprimé de notre nation!
— Envoie-moi un billet d'avion pour les Samoa américaines, Charlie. Je te rejoindrai là-bas.

L'un d'un air triomphal, l'autre, la mine accablée, le Faucon et Jennifer Redwing raccrochèrent simultanément. Le général franchit la baie vitrée de l'allure martiale du chef d'une légion romaine pénétrant dans Carthage vaincue tandis que Jennifer se détournait lentement de l'élégant bureau blanc, comme un oiseau fragile ballotté par de violentes rafales.

— Que se passe-t-il, ma chère enfant? demanda avec douceur Aaron Pinkus, manifestement touché par l'attitude de Jennifer.
— La pire chose qui pouvait arriver, répondit-elle d'une voix à peine audible. Un aller simple pour l'enfer.

— Remettez-vous, Jennifer...

— Jets et limousines, puits de pétrole sur Lexington Avenue et distilleries en Arabie Saoudite.

— Seigneur !... souffla Sam. La Cour suprême.

— Dans le mille ! hurla le Faucon. Toutes les balles au centre de la cible ! La Cour suprême !

— Vous nous renvoyez en prison ? s'écria Desi-Un.

— Mais pourquoi vous nous faites ça, *generale* ? demanda Desi-Deux.

— Vous n'avez pas compris, capitaines ! Vous vous apprêtez au contraire à faire une brillante carrière chez les Rangers, les commandos d'élite !

— Allez-vous vous taire ! hurla Devereaux, tout étonné de voir qu'il parvenait à rétablir le silence. Red, voulez-vous commencer ? Que vous a dit votre frère ?

— Ce que l'homme de Cro-Magnon vient de confirmer. Charlie a appelé Johnny Calfnose pour savoir si tout allait bien dans la réserve et Johnny faisait des pieds et des mains pour trouver votre détraqué du troisième âge. Il a reçu hier un télégramme exigeant une réponse immédiate, par téléphone ou fax... Le général dégénéré, alias Nuée d'Orage, doit comparaître en personne devant la Cour pour prouver son autorité tribale et présenter ses arguments, dans cinq jours francs, à compter d'hier, quinze heures. Voilà, c'est fini... Il ne reste plus qu'à attendre le spectacle déchirant de la lente agonie d'un peuple. Les délibérations de la Cour seront publiques.

— Nous avons réussi, Sam ! La vieille équipe n'a rien perdu de ses qualités !

— Rien du tout ! hurla Devereaux. Je n'ai rien fait du tout ! Je n'ai absolument rien à voir dans cette affaire !

— Pardonnez-moi de vous contredire, mon garçon...

— Je ne suis pas votre garçon !

— Non, c'est le mien, glissa Eleanor Devereaux. Quelqu'un le veut ?

— ... vous êtes notre représentant légal devant la Cour, acheva Hawkins en baissant le ton.

— Certainement pas ! C'est vous qui êtes appelé à comparaître, pas moi !

— Malheureusement, non, maître, répliqua Jennifer d'un air funèbre. Vous avez remplacé non seulement mon frère qui n'avait pas qualité pour nous représenter, mais moi-même, selon les vœux de votre primate de général. Charlie a été très clair sur ce point et il ne cachait pas son soulagement. La convocation pour cette audience préliminaire incluait Mᵉ Samuel L. Devereaux, conseil de la tribu des Wopotamis.

— Ils ne peuvent pas faire ça !

— Non seulement ils peuvent, mais ils l'ont fait, et mon frère tient à remercier du fond du cœur ce Samuel Devereaux qu'il ne connaît pas. Il m'a dit, je le cite : « J'offrirais volontiers un verre à ce pauvre mec, mais je crains qu'il ne vive pas assez longtemps pour en avoir l'occasion. »

La voix tranquille de Cyrus M se fit entendre dans le silence qui suivit et chacun de ses mots était comme un roulement de tonnerre assourdi.

— Mon général, dit-il, si nous en revenions au Soldat du siècle.

Le sang se retira du visage du Faucon. Ses yeux, agités de petits mouvements spasmodiques, trahissaient l'intensité de son bouillonnement intérieur.

— Jésus et César! lâcha-t-il d'une voix gutturale en se laissant tomber dans le fauteuil voisin de celui de Pinkus. Nom de Dieu! que faut-il faire?

— C'est un piège, insista le grand mercenaire noir. J'en suis absolument convaincu.

— Et si vous vous trompez?

— Rien dans l'histoire du comité Nobel ne permet de l'imaginer.

— Dans l'histoire? Bon sang de bois! Rien dans l'histoire des quarante dernières années ne permettait d'imaginer la démolition du Mur de Berlin ni l'effondrement du bloc de l'Est! Les choses changent partout!

— Certaines choses ne changent pas. Le comité Nobel en est une.

— J'ai donné ma vie, j'ai consacré toute ma vie à l'armée, colonel, et je me suis fait entuber par ces trous du cul de politiciens! Savez-vous ce qu'une telle récompense représente pour moi... et pour tous ceux qui ont servi sous mes ordres tout au long de *trois* guerres?

— Un instant, général, fit Cyrus en se tournant vers Devereaux. Puis-je vous poser une question, Sam... et puis-je vous appeler Sam, puisque je pense que nous n'en sommes plus au stade du garde du corps?

— « Patron » ne me paraît en effet pas très approprié. Quelle est votre question?

— Est-ce que ce piège qui, pour moi, ne fait aucun doute, a un rapport avec cette histoire de Cour suprême qui vous fait tous hurler comme des possédés? Je comprends que vous teniez à assurer votre sécurité, mais vous avez besoin de mon aide et ma conscience professionnelle m'interdit de vous l'accorder, si je n'en sais pas un peu plus long. Le chimiste que je suis demande à ses assistants de lui fournir la composition précise d'un corps; en tant que mercenaire, je dois connaître les composants essentiels afin de pouvoir agir en conséquence.

Devereaux se tourna d'abord vers Aaron, qui inclina la tête sans hésiter, puis vers Jennifer qui prit un instant de réflexion avant d'acquiescer à son tour. Il s'avança ensuite vers le canapé où Eleanor était assise.

— Maman, dit-il, cela me ferait extrêmement plaisir si tu pouvais trouver, avec Mme Lafferty, quelque chose à faire dans la cuisine.

— Appelle Cora, veux-tu ? dit la grande dame sans esquisser un geste.

— Venez donc avec moi, ma belle dame ! s'écria Erin Lafferty. Il faut que je jette le saladier et vous pourrez nous faire un peu de thé ! Vous ne devinerez jamais ce que j'ai trouvé... Du Hennessy, VSOP !

— Je vois qu'elle a parlé à notre effrontée de cousine, dit Eleanor en se levant sans perdre une seconde. C'est vrai qu'il est largement l'heure de boire un thé. Venez, Aaron, nous allons en faire un !

— C'est Erin, madame...

— Mais oui, bien sûr, vous n'avez pas du tout le type juif. Aimez-vous la camomille ?

— Non, mais j'aime le cognac.

— Pas de doute, c'est Cora... La connaissez-vous depuis longtemps ?

— C'est-à-dire qu'elle est catholique et moi, je suis de l'autre bord, mais nous faisons partie de ce comité que nous avons formé pour essayer de rapprocher tous ces idiots qui...

— Nous en parlerons en prenant le thé, Errol, et il n'est pas impossible que j'adhère à votre comité. J'appartiens à la Haute Église anglicane, vous savez ?

— Cora n'a jamais su le dire correctement.

Bras dessus, bras dessous, les deux femmes disparurent dans la cuisine.

— Desi-Un et Deux ! lança Sam. Cessez de faire cette tête ! Tout ce que le général vous a promis se réalisera. Le pire comme le meilleur – et je sais de quoi je parle – mais, pour vous, il n'y aura que le meilleur.

— *Privado*, expliqua le Faucon. *Confidenciál, usted comprende?*

— Bien sôur, et nous allons sortir avec lé *romano gitano*. Il est complètement fou, vous savez ? Il n'arrête pas dé tourner et il a toujours lé sourire. Mais il doit être bon dans les combats de la roue et nous férons oune bonne équipe avec loui.

— N'oubliez jamais, capitaines, que vous êtes maintenant sous mon commandement. Plus de combats de rue, plus d'agressions, plus de larcins et plus d'hostilité contre les civils ! Vous n'avez donc rien appris ?

— Vous avez raison, *generale*, répondit Desi-Un, l'air penaud. Il nous arrive dé réprendre les mauvaises habitoudes sans réfléchir. Nous sommes des officiers respectables maintenant et nous dévons penser autrement. Oui, vous avez raison... Nous sortons avec lé *loco gitano*.

Desi-Un et Deux se dirigèrent vers l'entrée au sol carrelé et sortirent par la porte de devant.

— Qu'est-ce que c'est que cette histoire ? demanda Cyrus, la tête tournée vers l'entrée. J'ai compris ce que vous avez dit en espagnol, mais de quel « commandement » parlez-vous et pourquoi les appelez-vous « capitaines » ? Dans quelle armée ?

— L'armée des États-Unis, colonel... Pardon, c'est vrai que vous n'aimez pas que je vous appelle comme cela. Disons que je suis en train de les former et que la situation pourrait être pire.

— Oublions cela, général, fit le mercenaire en secouant la tête. Je n'y comprends rien et il vaut mieux que je me concentre sur le présent, sur la situation qui est la nôtre. Quelqu'un daignera-t-il m'expliquer?

Des regards furent échangés, mais c'est Jennifer Redwing, fille des Wopotamis, qui leva la main pour réclamer la parole. Elle lui fit part de tout ce qu'ils savaient sur la requête des Wopotamis adressée à la Cour suprême, puis entreprit d'un ton persuasif de lui décrire à grands traits ce qu'elle savait être le sort inéluctable de la tribu résultant de la décision de la Cour, quelle qu'elle soit.

— La seule menace de ce procès suffira à dresser violemment tout le gouvernement fédéral contre ceux de mon peuple et à faire d'eux des traîtres et des parias. Cela aboutira à l'expropriation de nos terres, à la fermeture de la réserve et à la dispersion de ceux qui y vivent. Washington n'aura pas le choix, car la protection absolue du Commandement stratégique aérien est une question vitale, sans parler des pressions exercées par l'armée des fournisseurs de la Défense et le Pentagone lui-même qui exigeront notre disparition... Sinon, ce sont des hordes de profiteurs de tout poil qui vont s'abattre sur la tribu pour corrompre tout le monde, en espérant s'approprier une grosse part du gâteau offert par la justice, aussi improbable que soit cette éventualité, ou simplement attirer l'attention sur eux, mais sans jamais perdre de vue leur intérêt. Il y aura plus de requins assoiffés de dollars que de couleurs dans un tableau de Jackson Pollock, et tout aussi agressifs... Ce n'est pas ce que je souhaite à mes frères et à mes sœurs pour qui j'ai une profonde affection. Voilà, j'ai dit ce que j'avais à dire et j'espère que vous avez bien écouté, général Mains Crochues.

— A part votre dernière remarque, dit Aaron Pinkus, enfoncé dans son fauteuil, votre exposé final était très plaisant... Comprenez bien, ma chère, que je ne porte aucun jugement sur cette remarque, mais, à mon avis, son effet sur un jury serait défavorable.

— Je n'en suis pas si sûr, commandant, objecta MacKenzie Hawkins, rigoureusement immobile, les yeux fixés sur ceux de l'Indienne. Si je m'imagine à la place d'un juré, je dois avouer que l'effet a été plutôt favorable sur moi.

— Que voulez-vous dire, Mac? demanda Devereaux dont l'expression montrait à l'évidence qu'il s'attendait à tout.

— Puis-je présenter ma défense, ma petite dame? demanda le Faucon en se levant. Pardonnez-moi, vous n'êtes aucunement « petite », mais vous êtes une dame et il n'y a rien d'irrespectueux dans le terme.

— Je vous écoute, fit Jennifer d'un ton glacial.

— Je me suis lancé dans cette entreprise il y a près de trois ans, avec quelques idées assez vagues, car je suis un soldat, pas un penseur, sauf en matière de stratégie militaire. J'entends par là que je ne suis pas un intellectuel et je ne perds pas de temps à tenter d'analyser des choses comme les mobiles, la moralité, la justification et tous les concepts de ce genre. Si je l'avais fait, j'aurais perdu au combat beaucoup plus de courageux jeunes gens que je ne l'ai fait, comme l'attestent mes états de service... Je reconnais que j'ai vu grand – il n'y a pas de petitesse en moi – mais c'est le genre de défi propre à fasciner un vieux soldat qu'on a mis sur la touche. Et puis, il fallait que ce soit amusant et que ceux qui avaient commis ou commettaient une injustice paient la note. Ce que je veux dire, en fait, c'est que mon intention n'a jamais été de nuire à « l'instrument » du châtiment, mais seulement à ceux qui seraient obligés de payer, à savoir ceux qui avaient mal agi.

— Mais vous causez du tort à cet « instrument », répliqua Jennifer en contenant sa colère, à savoir à mon peuple ! Et, cela, vous le savez fort bien !

— Permettez-moi de terminer... Quand j'ai appris ce qui était arrivé aux Wopotamis il y a plus d'un siècle, cela m'a plus ou moins évoqué ce qui m'était arrivé à moi, ou bien, d'après ce que j'ai compris, ce qui est arrivé au colonel Cyrus... Nous avons tous été sacrifiés par de gros bonnets du gouvernement qui voulaient soit continuer à s'en mettre plein les poches, soit assouvir leurs ambitions politiques, ou bien qui étaient tout simplement des menteurs, abusant de la confiance placée en eux. Peu importe que cela ait eu lieu il y a un siècle, dix ans, trois mois ou même hier. Comme l'a dit notre ami le mercenaire, il faut que cela cesse ! Nous avons le meilleur système de vie en commun que le monde ait jamais connu, mais il y a toujours quelqu'un pour essayer de le détraquer.

— Aucun d'entre nous ne prétend être un ange, Mac, dit Sam d'une voix douce.

— Bien sûr que non, mais personne ne nous a élus ou nommés à un poste de responsabilité, personne ne nous a fait prêter serment d'agir dans l'intérêt de deux cents millions d'individus qui sont autant d'inconnus. Si le colonel a vu juste, il y a quelqu'un de très haut placé qui s'efforce d'empêcher un citoyen – il ne s'agit pas de ma personne, mais d'un *citoyen* – de faire valoir ses droits constitutionnels et de comparaître devant la Cour suprême. C'est toujours la même chose !... Et si notre ami qui n'aime pas se faire appeler « colonel » se trompe, et que j'aie réellement été choisi comme Soldat du siècle, je ne pourrais accepter cette éminente distinction, si cela devait m'empêcher de découvrir s'il existe vraiment une grosse légume qui s'efforce de mettre des bâtons dans les roues du citoyen que je suis.

— C'est assez bien tourné, général, approuva Aaron du fond de son fauteuil. C'est même tout à fait remarquable pour quelqu'un qui est ignorant en droit.

— Comment cela, « ignorant », monsieur Pinkus ? protesta Jennifer, une pointe de jalousie dans la voix. C'est lui qui a rédigé la requête !

— Je préférerais dire qu'il l'a composée, ma chère. En adaptant laborieusement les termes et les expressions puisés dans les ouvrages de droit. Il s'agit d'une traduction plus que d'une création.

— Et moi, j'ai envie de dire, glissa Sam, tout problème d'ego mis à part, que c'est sans rapport avec la question qui nous intéresse. Mais je suis intrigué par un certain nombre de points que vous n'avez pas abordés, poursuivit-il en se tournant vers le Faucon. S'ils ne prouvent pas qu'un important personnage essaie de nous empêcher d'agir, je ne sais pas ce qu'il vous faut ! Puis-je vous rappeler...

— Mon garçon, le coupa Hawkins d'un ton très ferme, je sais exactement ce que vous allez dire. Vous faites allusion aux précédentes attaques.

— Précisément, Mac. Les deux hôtels, le panier à salade roulant à tombeau ouvert dans la direction de ma maison, les quatre gorilles armés jusqu'aux dents qui s'apprêtaient à donner l'assaut au chalet... Qui les a envoyés ? Une bonne fée ?

— Jamais nous ne le saurons, mon garçon, vous pouvez me croire. Vous ne savez pas comment ces choses sont mises sur pied, avec des miroirs déformants, des écrans de fumée et tant de relais qu'il faudrait plus longtemps qu'il n'en a fallu pour l'Iran-contra pour découvrir qui se cache derrière quoi et quelle est sa fonction. C'est moi, Sam, qui ai mis au point toutes ces procédures derrière les lignes ennemies, en cinquante occasions. C'est pour cela que j'ai fait ce que j'ai fait et, chaque fois, je leur ai fait parvenir le message qu'ils ne réussiraient pas !

— Je crains de ne pas très bien comprendre, fit Aaron, l'air perplexe.

— Moi non plus, murmura Jennifer, manifestement désorientée.

— Êtes-vous des avocats ou des vendeurs de chaussures ? s'écria MacKenzie d'un ton exaspéré. Quand vous prenez part à un procès où la vie de quelqu'un est en jeu et où vous avez besoin de renseignements qui existent quelque part, mais que personne ne veut vous fournir, comment vous y prenez-vous pour les obtenir ?

— Je mène un contre-interrogatoire vigoureux, répondit Pinkus.

— En insistant fortement sur les risques du faux témoignage, ajouta Jennifer.

— Je présume que votre méthode a du bon, mais nous ne sommes pas dans un prétoire. Il y a une autre manière de...

— En provoquant une réaction, l'interrompit Devereaux, une lueur amusée dans le regard. En faisant une déclaration outrancière, ou une série de déclarations, provoquant une réponse hostile qui apporte la confirmation souhaitée.

— Sam ! Sam ! J'ai toujours dit que c'était vous le meilleur ! Souvenez-vous de Londres, de Belgrave Square, quand je vous ai expliqué comment vous y prendre avec ce traître répugnant...

— Pas un mot sur votre passé commun, général ! lança Pinkus d'un ton impérieux. Nous ne voulons rien savoir !

— Et c'est sans rapport avec la question, ajouta Jennifer, sur la défensive.

— Je vois, fit Sam avec un sourire hypocrite à l'Aphrodite au teint de bronze. Vous ne supportez pas que je propose quelque chose à quoi vous n'avez pas pensé!

— Objection!

— Quand ces deux grands enfants auront fini de se chamailler, dit Pinkus, aurez-vous l'obligeance de nous éclairer sur votre stratégie, général?

— Si le colonel a vu juste, commandant, l'explication se trouve ici même, sur une piste de l'aéroport Logan... L'avion du vice-président! Il faut découvrir qui a envoyé l'appareil! A moins, bien entendu, que je n'aie réellement été nommé Soldat du siècle. Dans ce cas, c'est comme si nous étions à bord d'une péniche de débarquement sans moteur et sans protection, dérivant vers une plage fortement défendue.

— Je n'essaie même pas de vous suivre, mais...

Aaron s'interrompit brusquement et tourna la tête dans toutes les directions jusqu'à ce qu'il découvre ce qu'il cherchait : le mercenaire noir, emplissant de sa masse un fauteuil ancien près de l'élégant bureau blanc, qui les regardait bouche bée, les yeux arrondis comme des soucoupes.

— Ah! vous êtes là, colonel.

— Pardon?

— Avez-vous écouté?

Cyrus hocha sa grosse tête et répondit lentement, en articulant soigneusement.

— Oui, monsieur Pinkus, j'ai tout écouté et je viens d'entendre l'histoire la plus extraordinaire depuis qu'une poignée de rigolos ont prétendu que la fusion nucléaire pouvait être effectuée dans l'eau glacée pour trois *cents* le litre... Vous êtes tous cinglés, fous à lier, bons à enfermer!... Y a-t-il un mot de vrai dans tout cela?

— Tout est vrai, Cyrus, répondit Devereaux.

— Mais dans quel merdier me suis-je fourré? rugit le géant noir... Pardonnez mon langage, mademoiselle Redwing. J'essaie de poser clairement cette équation et ce n'est pas facile.

— Vous n'avez pas à vous excuser, Cyrus, et vous pouvez m'appeler Jenny. Je ne suis jamais très à l'aise quand on m'appelle « mademoiselle ».

Le mercenaire s'extirpa du fauteuil qu'il regarda d'un air soupçonneux pour s'assurer qu'il ne l'avait pas cassé.

— Si c'est vrai..., commença-t-il en s'avançant vers le trio de juristes et l'énergumène choisi comme « Soldat du siècle » dont l'expression exaltée le mettait à l'évidence extrêmement mal à l'aise. Si c'est vrai, répéta-t-il, je ne pense pas que nous ayons d'autre solution que de mettre à l'épreuve ce comité Nobel. Appelez votre comédien, monsieur Pinkus. Nous allons monter sur les planches.

21

Une trêve s'était établie dans la résidence de vacances de Swampscott, Massachusetts, prélude des combats à venir. Sous la conduite impartiale d'Aaron Pinkus, un document fut dressé entre le général MacKenzie Hawkins, alias Nuée d'Orage, chef en exercice des Wopotamis, et Aurore Jennifer Redwing, porte-parole ad hoc de la susdite tribu indienne, stipulant que tous les pouvoirs de représentation en justice étaient transférés sur la personne de Mlle Redwing, sous réserve de signatures et d'authentification. Samuel Lansing Devereaux, avocat à titre temporaire, consentait à renoncer à ses fonctions après avoir comparu devant la Cour suprême des États-Unis, conjointement avec Mlle Redwing, conseil permanent de la tribu, si une telle comparution était requise.

— Je ne suis pas sûre d'approuver la fin, déclara Jennifer.

— Moi, cela ne me plaît pas du tout! lança Sam.

— Dans ce cas, je ne signe pas, décréta le Faucon. Changer d'avocat à la dernière minute pourrait créer des difficultés et retarder les choses. J'ai investi dans cette entreprise trop de sang, de sueur, d'argent et d'énergie pour accepter un tel risque. En outre, mademoiselle Redwing, je vous ai donné carte blanche pour toutes les négociations... Que voulez-vous de plus?

— Ce que je veux de plus?... Pas de comparution, pas de requête, pas de Cour suprême.

— Allons, ma chère, glissa Aaron Pinkus d'un ton apaisant. Il est trop tard pour faire machine arrière. Non seulement l'affaire est sur le rôle de la Cour, mais vous pourriez gaspiller une occasion unique pour votre peuple. Si vous prenez personnellement les choses en main, votre aller simple pour l'enfer sera certainement accompagné d'un billet de retour.

— Bien sûr, reconnut Jennifer. S'il peut y avoir un examen sérieux de l'affaire, un accord conclu rapidement avec le Bureau des Affaires indiennes et deux ou trois millions de dollars à titre de dédommagement, la vie reprendra son cours normal et il n'y aura pas de vagues. Nous pourrons construire quatre ou cinq écoles sur la réserve et recruter quelques bons enseignants...

— Pas question que je signe! rugit le Faucon.

— Pourquoi, général? Cela ne suffit pas pour vous payer?

— Me payer? Qui a parlé de me payer quoi que ce soit? Je n'ai pas besoin d'argent... Nous en avons beaucoup plus en Suisse, Sam et moi, que nous ne pourrons jamais en dépenser!

— Mac, taisez-vous!

— De l'argent acquis d'une manière parfaitement légale, poursuivit le Faucon, versé par d'ignobles individus qui, je vous le garantis, ne feront jamais rien pour le récupérer.

— Assez, général! s'écria Pinkus en se dressant péniblement. Je ne veux plus la moindre référence, orale ou écrite, à des événements du passé dont nous ignorons tout!

— Comme vous voulez, commandant, mais je tiens à ce que ma position soit bien claire. Je n'ai pas consacré trois années de ma vie à cette affaire pour accepter une poignée de dollars que le premier fournisseur venu du SAC nous filerait comme argent de poche.

— Nous? lança Jennifer. Je croyais que vous ne vouliez rien.

— Il ne s'agit pas de moi, mais d'une question de principe.

— Pouvez-vous répéter cela? demanda Jennifer Redwing d'un ton sarcastique. Vous êtes sûr de ne pas confondre avec le principal et les intérêts?

— Vous savez très bien ce que je veux dire, ma petite dame. Ce que vous voulez, c'est brader la tribu... *ma* tribu, est-il besoin de vous le rappeler.

— Quelle est donc votre position, Mac? demanda Devereaux, sachant qu'il était inutile d'essayer de faire changer le Faucon d'avis... en principe.

— Nous commencerons à cinq cents millions, un chiffre rond et sympathique, une bagatelle pour le Pentagone, et même une bonne affaire.

— Cinq cents... souffla Jennifer dont le teint cuivré fut encore assombri par le sang qui lui montait au visage. Vous êtes complètement malade!

— On peut toujours réduire la puissance de feu de son artillerie, mais il est impossible de l'augmenter, si on n'a rien gardé en réserve... Cinq cents millions ou je ne signe pas! Nous pourrions peut-être le mettre par écrit, commandant, comme une sorte de note additionnelle.

— Je ne pense pas que ce soit souhaitable, général, objecta Pinkus en lançant un regard furtif en direction de Sam. Si jamais quelqu'un en prenait connaissance, cela pourrait être interprété comme une condition sine qua non confinant à la collusion.

— Dans ce cas, j'exige un document à part, dit MacKenzie, l'air renfrogné. Je ne la laisserai pas trahir la confiance de mon peuple et l'abandonner aux mauvais esprits.

— *Votre* peuple!... Seigneur! dites-moi que ce n'est pas vrai!... l'abandonner aux mauvais esprits... Et merde!

— Voilà un langage que nous, les anciens, nous réprouvons vivement de la part de nos squaws!

— Je ne suis pas une... Oh! à quoi bon?... Cinq cents millions... Non, je ne veux même pas imaginer ça! Nous allons être ruinés, anéantis, expropriés de nos terres qui seront rachetées pour une bouchée de pain. Il y aura une levée de boucliers des contribuables, des éditoriaux qui nous accuseront d'être des sauvages incultes doublés de voleurs...

— Mademoiselle Redwing, la coupa Aaron d'un ton grave qui, joint à l'emploi de son patronyme, incita Jennifer à lancer un regard interrogateur au célèbre avocat.

— Oui... monsieur Pinkus?

— Je vais préparer un document établissant de la manière la plus claire que vous vous engagez à faire tout votre possible pour entamer les négociations – si négociations il y a et à la date fixée – dans les conditions souhaitées par le chef Nuée d'Orage, alias le général MacKenzie Hawkins. Acceptez-vous cette lourde responsabilité?

Jennifer s'apprêtait à lancer un « Bon Dieu! oui! » mais une lueur dans la prunelle de Pinkus l'arrêta.

— Très bien, monsieur, plus de langage scabreux. Je sais m'incliner devant plus procédurier que moi. J'accepte de signer les deux documents.

— C'est bien mieux comme ça, ma petite dame, approuva le Faucon en levant la jambe droite et en frottant une allumette sur son pantalon pour allumer un cigare dépenaillé. Vous savez, mademoiselle Red, la responsabilité du commandement ne s'arrête pas à une première victoire. Il faut sans cesse aller de l'avant et veiller au bien-être des fidèles soldats qui nous suivent.

— C'est très encourageant, général, répondit Jennifer avec un sourire angélique.

— Je vous trouve touchants, tous les deux, dit Sam. Surtout vous, Pocahontas.

Du bureau de son beau-frère, Aaron Pinkus appela donc sa secrétaire à qui il demanda de se faire conduire à Swampscott par Paddy Lafferty et d'apporter le sceau du cabinet. Dès son arrivée, la secrétaire grisonnante, aux yeux rougis et aux paupières gonflées, sans doute les symptômes de la grippe, commença à taper les deux documents. Après la signature solennelle, Aaron raccompagna courtoisement jusqu'à la porte d'entrée la secrétaire qui, à l'évidence, n'était pas du tout dans son assiette et la remercia d'avoir accepté de se déplacer malgré son état.

— Connaissez-vous quelqu'un du nom de Bricky, monsieur Pinkus? demanda-t-elle. Il a demandé à vous voir.

— Bricky?... Quel est son nom de famille?
— Je ne suis pas sûre d'avoir bien compris... J'ai l'impression qu'il a changé plusieurs fois.
— Vous ne vous sentez vraiment pas bien, n'est-ce pas? Je tiens absolument à ce que vous preniez plusieurs jours de repos et je vais demander à mon médecin de passer vous voir. Qu'Abraham me pardonne, je vous surcharge de travail!
— C'était un jeune homme très séduisant. Cheveux bruns luisants, impeccablement vêtu...
— Attention, regardez où vous posez le pied!
— Il voulait absolument savoir où vous étiez...
— Doucement... Il reste encore deux marches. Paddy, êtes-vous par là?
— Ici, monsieur Pinkus! répondit le chauffeur en sortant de l'ombre de l'allée circulaire et en s'élançant au pas de course vers le perron. Vous savez, monsieur, j'ai l'impression qu'elle est un peu à côté de ses pompes.
— C'est la grippe, Paddy.
— Si vous le dites, monsieur.
Lafferty fit passer le bras gauche de la secrétaire autour de ses épaules et l'aida à rejoindre la voiture.
— *Bricky, c'est lui que j'aime, que j'aime, que j'aime...!*
Les paroles de la chanson s'atténuèrent lentement, étouffées par les grands pins bordant l'allée.
— *... et pour moi il est le seul, oui le seul...!*
Soulagé, Aaron se retourna vers la porte et se disposait à rentrer quand il s'immobilisa brusquement, la tête penchée, le front barré par un pli de perplexité. *Bricky?... Binky?...* Binghamton Aldershot, connu à Cape Cod sous le diminutif de Binky. Ce qui se faisait de mieux à Boston en matière de finance internationale, un banquier qui vivait retranché derrière les grilles de fer de sa banque de Beacon Hill... N'avait-il pas un neveu au diminutif très voisin? Un coureur de jupons encore assez jeune, que les Aldershot entretenaient chichement, ne fût-ce que pour empêcher l'idiot de jeter le discrédit sur la famille... Non, c'était impossible! Sa secrétaire, qu'il connaissait depuis quinze ans, était une femme d'âge mûr, une ancienne novice ayant renoncé à prononcer des vœux définitifs et opté pour la vie mondaine, mais qui était restée profondément croyante. C'était ridicule, une simple coïncidence. Pinkus ouvrit la porte et pénétra dans l'entrée au moment où le téléphone sonnait.
— Du calme, Cyrus! hurla Sam Devereaux dans l'appareil. N'oubliez pas que c'est un comédien... Essayez de garder votre sang-froid! Contentez-vous de l'amener ici... Quoi? Il exige un contrat stipulant qu'il est la tête d'affiche... Avec qui? Comment?... Son nom en gros caractères, au-dessus et de la même taille que le titre! Nom de Dieu!...

Et pour le cachet, a-t-il aussi des exigences ? Rien, juste cette histoire de premier rôle ? Faites donc ce qu'il demande et amenez-le en vitesse !... Un « filage », pas de renvoi pendant les répétitions sans compensation ?... Qu'est-ce que ça veut dire ?... Moi non plus, je n'en sais rien ! Bon, mettez tout ça dans le contrat !

Une heure et vingt-deux miutes plus tard, la porte d'entrée s'ouvrit et le gitan en chemise orange, le long foulard bleu flottant autour de la taille, traversa l'entrée en tournoyant avec la grâce d'un danseur de ballet et s'arrêta sur le seuil de l'immense salle de séjour où les trois juristes et le général étaient assis en demi-cercle. Toutes les têtes se tournèrent vers Roman Z quand il prit la parole.

— Belle, si belle dame et vous, messieurs d'apparence... disons acceptable, permettez-moi de vous présenter le colonel Cyrus, un homme solide comme un arbre des rivages méditerranéens, qui a quelque chose à vous annoncer.

— *Assez parlé de lui, butor !* souffla dans la pénombre de l'entrée une voix véhémente.

La silhouette massive et gauche du mercenaire noir s'encadra dans le chambranle.

— Chers amis, bonsoir, commença Cyrus, aussi intimidé qu'un homme si sûr de soi pouvait l'être. J'aimerais vous présenter un artiste qui a joué dans un grand nombre des spectacles de Broadway de notre époque, un talent aux multiples fessées...

— *Facettes, abruti !*

— Un comédien d'une rare profondeur et d'une étonnante perversité...

— *Di... diversité, sombre crétin !*

— Et merde ! Je fais ce que je peux !

— *Une présentation trop longue et maladroite fait rater une entrée. Dégagez le passage !*

Un homme grand et sec descendit les quelques marches donnant accès au séjour avec une grâce et une énergie étonnantes pour quelqu'un de son âge. Avec sa longue crinière grise, ses traits anguleux et ses yeux étincelants, son entrée en scène eut un effet électrique sur le petit groupe assis devant lui comme elle l'avait fait pour d'innombrables salles combles tout au long de sa carrière. Son regard se posa sur Aaron Pinkus et il s'avança vers l'avocat qu'il salua d'une courte inclination du buste.

— Vous m'avez mandé, sire, et je suis à vos ordres. Votre serviteur et votre dévoué chevalier errant, monseigneur !

— Mon cher Henry, s'écria Aaron en se levant pour serrer la main du comédien. Vous étiez absolument merveilleux ! Cela m'a rappelé le soir où vous avez fait ce one man show pendant la réception de Shirley, avec des extraits de *The Student Prince*, s'il m'en souvient bien.

— Ma mémoire n'est pas très bonne quand il s'agit de spectacles mineurs... Pardonnez-moi, mon cher ami, je voulais dire hors de Broadway... Mais je crois me souvenir que c'était il y a à peu près six ans et demi, le douze mars, à quatorze heures, si je ne me trompe. J'en ai gardé de vagues souvenirs, car il ne me semble pas avoir été très en voix, ce jour-là.

— Mais, si, je vous assure, vous étiez admirable. Permettez-moi de vous présenter mes amis...

— Mon do dièse n'était pas très bon, poursuivit le comédien, mais il faut dire que le pianiste était exécrable.... Que disiez-vous, Aaron?

— Mes amis... J'aimerais vous présenter mes amis.

— J'en serais ravi, surtout cette adorable créature.

Henry, en incorrigible vieux beau, saisit délicatement la main gauche de Jennifer et la porta à ses lèvres dont il l'effleura tout en plongeant les yeux dans ceux de la belle Indienne.

— Le simple contact de votre peau me rend immortel, ma douce Helena... N'avez-vous jamais été tentée par une carrière théâtrale?

— Non, mais j'ai un peu travaillé comme mannequin, répondit Jennifer Redwing, prise de court, mais savourant modestement l'instant.

— C'est un premier pas, ma chère enfant, un pas dans la bonne direction. Peut-être pourrions-nous déjeuner ensemble un jour prochain. Je donne des leçons particulières et, dans certaines circonstances, je peux le faire à titre gracieux.

— Mais, bon sang, elle est avocate! s'écria Sam sans très bien s'expliquer sa virulence.

— C'est grand dommage, en vérité, observa le comédien en relâchant lentement sa pression sur la main de Jennifer. Comme le dit le barde, dans *Henry VI* : « Nous commencerons par tuer tous les avocats... » Pas vous, Aaron, cela va sans dire, car vous avez l'âme d'un artiste.

— Oui, bien sûr, Henry. Permettez-moi donc de faire ces présentations. La comédienne... pardon *l'avocate* est Mlle Jennifer Redwing.

— *Enchanté, mademoiselle...*

— Avant de vous laisser recommencer à lui écrabouiller la main, sachez que je m'appelle Sam Devereaux et que je suis également avocat.

— Shakespeare était un esprit pénétrant...

— Et ce monsieur en costume d'Indien est le général MacKenzie Hawkins...

— Ah! c'est vous! s'exclama l'acteur en se jetant sur la main du Faucon qu'il secoua vigoureusement. J'ai vu le film que l'on a fait sur vous... Mais comment avez-vous pu tolérer cela? Vous n'avez donc pas eu droit de regard sur le scénario et la distribution? L'abruti qui interprétait votre rôle aurait dû mettre du rouge à lèvres!

— Je crois qu'il en avait, dit prudemment le général, assez impressionné par le nouvel arrivant.

— Écoutez-moi, tous, lança Pinkus. Je vous présente Henry Irving Sutton. Oui, Sutton Place, en Angleterre, est sa demeure ancestrale et il est fréquemment présenté dans la presse sous le nom de sir Henry Irving S, pour le distinguer de sir Henry Irving, le grand acteur élisabéthain auquel on le compare souvent. Un artiste de grand talent...

— Qui en est juge? demanda Sam avec humeur.

— Les petits esprits font les grands sceptiques, répliqua Henry Irving Sutton en considérant Devereaux d'un air pensif.

— Qui a dit cela? Félix le Chat?

— Non, c'est un auteur dramatique français du nom d'Anouilh. Je doute que vous ayez entendu parler de lui.

— Bien sûr que si! « Il n'y a plus rien d'autre à faire qu'à hurler!... » Hein? Qu'est-ce que vous dites de ça?

— *Antigone*, mais votre traduction est inexacte. Mon général, poursuivit Sutton en se tournant vers Hawkins, voulez-vous m'accorder une faveur... Je vous le demande en ma qualité d'ex-sous-lieutenant sur le théâtre des opérations d'Afrique, où je vous ai souvent entendu parler et pester la moitié du temps contre Montgomery.

— Vous y étiez?

— J'appartenais à une unité combattante du renseignement, attachée à l'OSS-Tobrouk.

— Vous étiez les meilleurs! Vous avez possédé les bouffeurs de choucroute dans les grandes largeurs! Ils ne savaient même pas où se trouvaient nos chars dans le Sahara!

— Nous étions pour la plupart des comédiens qui parlaient un peu allemand. En réalité, on a fait trop grand cas de nous... Il était si facile de se faire passer pour des soldats mourant de soif et lâchant des renseignements erronés avant d'entrer dans le coma. L'enfance de l'art, vraiment.

— Mais vous portiez l'uniforme ennemi et vous auriez pu être fusillés!

— Peut-être, mais les occasions sont si rares de jouer un si beau rôle.

— Ça alors! je n'en reviens pas! Demandez-moi tout ce que vous voulez, soldat, je le ferai!

— Encore un qui va se faire avoir, marmonna Devereaux. Il me fait toujours ce coup-là.

— J'aimerais simplement vous entendre parler, mon général, si possible réciter quelque chose que nous connaissons tous deux, quelques vers burlesques, un poème ou encore les paroles d'une chanson, ce que vous voulez. Vous pouvez parler normalement ou bien crier, si cela vous chante, mais restez naturel.

— Voyons, voyons... fit le Faucon, le front plissé par la réflexion. J'ai toujours eu un faible pour une vieille marche militaire, vous savez celle qui dit : « Nous irons par monts et par vaux, dans la poussière, sac au dos... »

— Ne chantez pas, mon général, prononcez simplement les paroles, ordonna le comédien.

Il commença à parler tout doucement en reproduisant les expressions du vieux guerrier qui déclamait martialement les couplets de « Roulent, roulent les caissons ». D'un seul coup, comme dans un rondeau où deux voix fusionnent fugitivement avant que l'une s'éteigne, Henry Irving Sutton fut seul à parler, les inflexions et la cadence de la voix, les gestes et les jeux de physionomie presque impossibles à différencier de ceux du Faucon.

— Nom d'un petit bonhomme! s'écria le général, stupéfait et déconcerté d'entendre en quelque sorte sa propre voix lui répondre.

— Remarquable, Henry!

— Pas mal du tout, si je puis me permettre.

— Vous êtes un comédien extraordinaire, monsieur Sutton!

— Non, ma chère enfant, protesta modestement sir Henry Irving S. Ce n'est pas de la comédie, juste une imitation à la portée de n'importe quel comique de second ordre. Vous vous laissez prendre aux gestes et aux expressions autant qu'aux intonations de la voix... J'explique tout cela en détail dans mes cours particuliers. Alors, ce déjeuner?

— Mais pourquoi n'est-ce pas vous qu'on a choisi pour jouer mon rôle dans ce foutu film?

— A cause de mon agent, mon général, vous ne pouvez pas savoir ce que c'est... Imaginez un officier de grande valeur placé sous les ordres de quelqu'un d'infiniment moins compétent et à qui ce supérieur refuse de prouver sa vail second ordre. Vous vous laissez prendre aux gestes et aux expressions autant qu'aux intonations de la voix... J'explique tout cela en détail dans mes cours particuliers. Alors, ce déjeuner?

— Mais pourquoi n'est-ce pas vous qu'on a choisi pour jouer mon rôle dans ce foutu film?

— A cause de mon agent, mon général, vous ne pouvez pas savoir ce que c'est... Imaginez un officier de grande valeur placé sous les ordres de quelqu'un d'infiniment moins compétent et à qui ce supérieur refuse de prouver sa vaillance au combat, car il craint que cela ne porte un coup trop rude à son unité. Il s'agissait en l'occurrence de revenus réguliers procurés par une série à l'eau de rose.

— Je ferais passer ce salaud par les armes!

— J'ai essayé, mais, par bonheur, cela n'a pas marché... A quand ce déjeuner, mademoiselle Redwing?

— Je pense qu'il conviendrait maintenant d'en venir à notre affaire, déclara Pinkus d'un ton ferme en invitant tout le monde à prendre un siège.

Sam s'élança vers le canapé pour se glisser entre Jennifer et Sutton.

— Vous avez raison, Aaron, acquiesça le comédien en foudroyant l'intrus du regard. Je souhaitais seulement apaiser un petit esprit dont la place est apparemment aux Petites Antilles, si vous suivez la double métaphore.

— Elle est on ne peut plus apparente, Kermit la Grenouille, répliqua Devereaux.
— Sam !
— Pardon, Jenny, je sais que j'en fais trop. Mais ce n'est pas pareil au tribunal.
— Passons aux choses sérieuses, reprit Pinkus en s'adressant à Cyrus qui se tenait délibérément aussi loin que possible de Henry Irving S, le trajet en voiture de Boston à Swampscott ayant mis sa patience à rude épreuve et sa santé mentale en péril. Votre collègue va-t-il se joindre à nous ?
— Je lui dirai tout ce qu'il doit savoir, répondit Cyrus à voix basse. J'aimerais que les choses soient aussi simples que possible, car, pour ne rien vous cacher, la combinaison de Roman Z et de votre nouvelle recrue ne me paraît pas des plus stables. Je m'en occupe.
— Vous avez une belle voix grave, jeune homme, lança sir Henry, manifestement agacé de n'avoir pu entendre ce que Cyrus avait dit à l'avocat. Avez-vous déjà chanté « Ole Man River » ?
— Lâchez-moi donc, dit le mercenaire.
— Non, je parle très sérieusement. Une reprise de *Showboat*...
— Mon cher Henry, nous pourrons en parler plus tard, le coupa Pinkus, les deux mains levées pour l'arrêter. Le temps presse.
— Mais, bien sûr, mon cher, le rideau doit se lever.
— Dès que possible, ajouta Cyrus. Dès ce soir, de préférence.
— Que proposez-vous ? demanda Jennifer.
— Je vais prendre contact avec ce prétendu comité Nobel en me faisant passer pour l'assistant civil du général, répondit le mercenaire. J'ai des habits tout à fait présentables dans ma valise, mais il faut trouver quelque chose pour Roman.
— Mon beau-frère a une pleine armoire de vêtements et il a à peu près la même taille que votre collègue... Malgré son âge, il fait encore des haltères, vous savez. De plus, Mme Lafferty est une excellente couturière.
— Dans ce cas, c'est réglé, fit Cyrus sans dissimuler son impatience. Il reste à peaufiner notre stratégie pour prendre contact avec le comité.
— C'est déjà fait, déclara MacKenzie Hawkins en allumant un nouveau cigare à moitié déchiqueté.
— *Quoi ?*
— *Comment ?*
— *Quand ?*
Le Faucon riposta aux feux croisés de questions par un haussement de ses sourcils touffus tandis qu'un rond de fumée s'élevait mollement au-dessus de sa tête.
— Je vous en prie, général ! insista Cyrus. C'est important ! Qu'avez-vous fait ?

— Vous, les avocats et les chimistes, vous vous croyez plus malins que les autres, mais vous avez la mémoire bien courte.
— S'il vous plaît, Mac!...
— Surtout vous, Sam, car c'est vous qui avez trouvé la solution... Certes, j'y avais pensé avant vous, mais j'étais fier de votre analyse à distance.
— Mais qu'est-ce que vous racontez?
— Petit Joseph! Il est encore là-bas!
— Qui?... Où ça?
— A l'hôtel des Quatre Saisons. Je l'ai eu au téléphone il y a une demi-heure et il a la situation en main.
— Quelle situation? On ne peut pas faire confiance à ce petit salopard, c'est vous-même qui l'avez dit, Mac!
— Maintenant, si, affirma théâtralement le Faucon. Il dépasse outrageusement son indemnité journalière, ce qui est la marque d'un esprit indépendant, et il ne cesse de me provoquer. Voilà un homme en qui l'on peut avoir confiance.
— Votre logique m'échappe, soupira Pinkus.
— Il est fou, murmura Jennifer en considérant le général avec des yeux ronds.
— Je n'en suis pas si sûr, objecta Cyrus. Un sous-fifre hostile vous donne une bonne idée de votre position. Vous ne risquez pas de vous faire trucider, parce qu'il n'a pas menti.
— Vous aussi, vous êtes fou, lança Devereaux.
— Je ne pense pas. Il y a une maxime qui remonte aux guerres des cosaques et qui dit : « Embrasse la botte avant de prendre ton sabre pour trancher la jambe qui la porte. »
— Très joli, j'aime beaucoup! s'écria le comédien. Parfait pour une chute de second acte!
— Peut-être suis-je atteinte de la même folie, reprit la fille des Wopotamis, mais je crois que j'ai compris.
— Je l'espère, chère consœur, observa Devereaux d'un ton sarcastique. Pour exprimer très clairement les choses : il convient de ne pas attirer les soupçons sur soi avant de commettre un crime.
— On ne la ramène pas quand on pisse dans son pantalon, marmonna Jennifer. Je vois ce que vous voulez dire, Cyrus, mais comment allons-nous procéder?
— La question est de savoir ce que le général a déjà fait.
— Elle est recevable, dit le Faucon. Compte tenu de votre expérience, je pense que vous approuverez les dispositions que j'ai prises... J'ai donné l'ordre à Petit Joseph qui, malgré son âge avancé, a l'âme d'un éclaireur-né d'étudier la situation de tous les points du champ de bataille. Il va localiser leur bivouac, la position des troupes de soutien, s'il y en a, estimer leur puissance de feu, repérer les issues, en cas de nécessité, et déterminer le meilleur camouflage à utiliser pour atteindre la cible.

— Quelle cible ?

— Du calme, Henry, je suis sûr que le général en rajoute ! glissa Pinkus en lançant un regard réprobateur au Faucon avant de tourner la tête vers le mercenaire. Vous m'aviez promis qu'il n'y aurait pas de violences, Cyrus, que toutes les garanties de sécurité seraient prises !

— N'ayez aucune crainte, monsieur Pinkus. Le général a simplement employé des termes militaires pour parler des chambres occupées par les membres de ce comité bidon et de la tenue la plus appropriée...

— Mon cher Aaron, vous vous êtes mépris sur le sens de mes paroles, déclara le comédien en se levant et en présentant son bon profil aux regards, la mâchoire serrée, les yeux étincelants. J'accepte avec joie cette mission, cette tâche glorieuse, quel qu'en soit l'objet... Vous rappelez-vous, mon général, quand nous avons opéré la jonction avec les Anglais pour prendre la route d'El-Alamein ?

— Si je m'en rappelle, *commandant* Sutton !... Oui, je viens de faire de vous un officier supérieur... Prérogative du chef !

— J'accepte ce grade, mon général.

Sir Henry se tourna vers lui et salua tandis que le Faucon se levait pour lui rendre son salut.

— Amenez-moi ces salauds ! Nous ouvrirons encore une brèche dans leurs lignes et les murs seront couverts des photos de nos morts, de tous ces bons artistes de la scène et de l'écran ! Nous ne craignons personne... Ça fouette le sang, mon général !

— Oui, soldat, vous étiez les meilleurs dans le Sahara ! Quel cran !

— Il ne s'agit pas de cran, mais de la synthèse réussie de la technique classique et de ce qu'il y a de meilleur chez Stanislavski. Foin de cette méthode absurde enseignée par des gourous de cinquième ordre, qui prescrit de se fourrer les doigts dans le nez plutôt que de se moucher.

— En tout cas, commandant, vous avez survécu. Vous souvenez-vous de l'attaque de Benghazi, quand la brigade...

— Ils sont complètement cinglés, murmura Sam à l'oreille de Jennifer. Ils sont en train de pagayer au cœur d'un typhon, dans un canoë qui prend l'eau.

— Contrôlez-vous, Sam ! Ce sont deux hommes... disons, hors du commun et je trouve cela réconfortant.

— Qu'entendez-vous par là ?

— Dans notre monde standardisé de lavettes, il est agréable de savoir qu'il y a encore des hommes capables d'aller à la chasse au tigre mangeur d'hommes.

— Inepties puériles, antédiluviennes !

— Oui, je sais, fit Red en souriant. Mais n'est-ce pas plaisant de voir que cela existe encore ?

— Et vous vous prétendez libérée...

— Je le suis, mais je ne pense pas l'avoir dit. C'est cela qui serait antédiluvien... Pas ces deux vieux messieurs qui recréent un monde qu'ils ont connu. Ce monde a existé et je leur suis reconnaissante de ce qu'ils ont fait pour le rendre meilleur.

— Vous voilà transformée en vraie mère Teresa !

— Pourquoi pas ? A part la Cour suprême, j'ai obtenu gain de cause sur toute la ligne. En réalité, j'ai trop gagné, ce qui veut dire que je suis reconnue.

— Avec « jeux de miroirs et écrans de fumée », comme l'a dit notre général. « Faire tout son possible » reste un euphémisme pour : « D'accord, j'essaie, mais, si ça ne marche pas, je me retire. Et vite. »

— Si jamais vous répétez cela, maître, vous découvrirez à quel point je suis libérée, déclara Jennifer d'une voix douce et sans cesser de sourire. Il ne vous restera plus rien pour tacher votre pantalon... Je pense que nous devrions interrompre l'évocation de ces souvenirs d'anciens combattants.

— Mac ! hurla Devereaux avec une telle force que les deux vétérans de la campagne d'Afrique tournèrent vers lui un regard ahuri, comme s'ils voyaient un ver hideux et tout noir sortir d'un plat de spaghetti à la sauce tomate. Comment pouvez-vous être sûr que Petit Joseph fera ce que vous avez dit ? Vous l'avez décrit comme un être servile et, même s'il ne vous trucide pas, il ne changera pas. Imaginez qu'il ait fait semblant d'accepter tout ce que vous vouliez de lui.

— Impossible, Sam. Vous ne le savez pas, mais je me suis entretenu avec son supérieur hiérarchique, un homme *très* supérieur, l'égal du commandant Pinkus et de moi-même, avec peut-être un peu plus d'influence en haut lieu.

— Et alors ?

— Alors, ce personnage très important a de fortes raisons personnelles pour souhaiter la réussite de notre mission, ce qui ne se produira pas si nous ne sommes pas bien vivants pour nous présenter devant la Cour suprême, dans quatre-vingt-sept heures, décompte en cours.

— Comment cela ? demanda Aaron, l'air perplexe.

— Le compte à rebours est commencé, commandant. Il reste un peu moins de quatre-vingt-sept heures avant l'objectif zéro.

— Est-ce la même chose que ce que vous appelez la cible ? insista l'avocat.

— Le croirez-vous, commandant Sutton ? Ce type était à Omaha Beach !

— Sans doute comme simple soldat, mon général...

— En effet, et c'est un fusil que je portais, pas un manuel de décodage.

— La cible, mon cher Aaron, est l'objectif immédiat, expliqua le comédien, alors que l'objectif zéro est l'objectif final. Par exemple, pendant la marche sur El-Alamein, il nous a d'abord fallu prendre Tobrouk avant d'atteindre l'objectif zéro. En fait, ces termes sont mentionnés dans les *Chroniques* de Froissart, dont Shakespeare s'est inspiré pour ses *Histoires*, ainsi que Holinshed...

— D'accord, d'accord! s'écria Devereaux d'un ton exaspéré. Qu'est-ce que toutes ces histoires ont à voir avec un minable du nom de Petit Joseph et l'hôtel des Quatre Saisons? Je répète ma question, Mac : qu'est-ce qui vous permet de croire qu'il fera ce que vous lui avez demandé de faire? Il vous a déjà menti, non?

— A l'évidence, les circonstances étaient différentes, répondit Jennifer sans laisser au Faucon le temps d'ouvrir la bouche. Je présume qu'il est redevable à ce supérieur hiérarchique dont vous avez parlé.

— Dans le mille, mademoiselle Red! De son obéissance dépend la vie de Joseph.

— Eh bien, si c'est le cas...

— C'est le cas, Sam, confirma le Faucon. Vous devriez savoir que, dans ce domaine, je ne commets jamais d'erreur. Dois-je vous remettre en mémoire un parcours de golf à Long Island, un élevage de poulets, près de Berlin ou bien ce cheikh, à Tizi Ouzou, qui voulait acheter ma troisième femme contre deux chameaux et un petit palais?

— Suffit, général! lança Pinkus d'une voix ferme. A moi de vous rappeler qu'il n'est pas question de revenir sur certains événements du passé. Veuillez vous asseoir, Henry et vous, et poursuivons notre discussion!

— Bien sûr, commandant, dit le Faucon tandis que les deux vétérans d'El-Alamein s'asseyaient docilement. Nous ne pouvons pas faire grand-chose avant d'avoir reçu le rapport de Petit Joey.

— Comment va-t-il faire? demanda Devereaux. Va-t-il utiliser un pigeon voyageur pour porter un message codé de sa fenêtre d'hôtel directement jusqu'à Tizi Ouzou?

— Non, mon garçon, il va se servir du téléphone.

A cet instant précis, comme dans un scénario bien rodé, le téléphone sonna.

— Je prends, dit le Faucon en se levant pour se diriger rapidement vers le bureau blanc. Camp de base de Tipi Fumant, annonça-t-il, l'écouteur collé contre l'oreille.

— Salut, dingo, répondit la voix excitée de Petit Joey. Vous n'avez pas la moindre idée du merdier dans lequel vous avez mis les pieds! Sur la tombe de ma tante Angelina, je vous jure qu'il y a pas un cordonnier, y compris mon oncle Guido, qui pourrait nettoyer ça!

— Calme-toi, Joseph et parle plus clairement. Contente-toi de me faire ton rapport de reconnaissance, tes observations techniques sur le terrain.

— Qu'est-ce que c'est que ce charabia?

— Je m'étonne que tu aies oublié ce vocabulaire depuis la campagne d'Italie.

— J'étais un moins que rien. Si vous me disiez plutôt de quoi vous parlez?

— Les observations techniques que tu as faites à l'hôtel.

— Pas étonnant que les contribuables soient saignés à blanc avec des dingos comme vous! On comprend jamais rien à ce que vous dites... Vous filez les jetons à tout le monde, voilà ce que vous faites!

— Qu'as-tu découvert, Joseph?

— Pour commencer, si ces zigotos-là sont suédois, moi, j'ai jamais mangé de boulettes de viande norvégiennes... Et pourtant, ça m'est arrivé deux ou trois fois, avec cette *bomberinna* toute blonde avec qui je sortais il y a bien deux cents ans, qui en faisait juste assez pour prouver qu'il y avait pas que celles des Italiens qui étaient géniales.

— Ton histoire est terminée, Joseph? Qu'est-ce que tu as appris?

— Bon, d'accord... Ils ont pris trois suites, avec deux chambres chacune et, en distribuant des petits pourboires aux femmes de chambre et aux serveurs, j'ai aussi appris qu'ils parlent américain, enfin, anglais. Ils sont complètement cinglés, des vrais tarés. Ils se promènent en se regardant dans un miroir et ils parlent tout seuls, comme s'ils avaient quelqu'un d'autre en face d'eux.

— As-tu vu une unité de soutien, des armes?

— Que dalle! J'ai regardé dans tous les escaliers et même dans les chambres voisines, avec un Latino du nom de Raul qui m'a demandé deux cents billets pour jeter un coup d'œil sur le registre... Rien, pas un client qui a un rapport avec eux, de près ou de loin. La seule possibilité, c'était un type avec un nom à coucher dehors, Brickford Aldershotty, mais il n'était là que pour une seule nuit.

— Les issues?

— La sortie est indiquée devant les portes qui donnent sur l'escalier... Qu'est-ce que vous voulez que je vous dise, moi?

— D'après toi, la route est dégagée?

— Quelle route?

— Celle de la cible, Joseph, de l'hôtel!

— Vous pouvez envoyer quelqu'un, ce sera aussi facile que d'entrer dans une église de Palerme, le dimanche de Pâques.

— Y a-t-il autre chose?

— Ouais, il faut que je vous donne les numéros des chambres. Encore une chose, ajouta Joey quand il eut terminé. Les gars que vous allez envoyer, il vaudrait mieux qu'ils aient du muscle, si vous voyez ce que je veux dire.

— Pas très bien, Joseph.

— Eh ben, c'est Beulah qui me l'a dit, une femme de chambre qu'a pas les yeux dans sa poche... Il paraît que ces zigotos, ils cassent des bouteilles et ils s'allongent au-dessus des morceaux de verre tranchants pour faire des pompes, jusqu'à deux cents, elle m'a dit. Complètement givrés, les mecs!

22

« Meat » D'Ambrosia franchit la porte à tambour de l'immeuble Axel-Burlap, dans Wall Street, Manhattan. Puis il prit l'ascenseur jusqu'au quatre-vingt-dix-huitième étage, passa dans un autre tourniquet et tendit sa carte à la réceptionniste, une Anglaise sculpturale.

Salvatore D'Ambrosia, Consultant, disait la carte imprimée par son cousin sur une presse de Rikers Island.

— J'aimerais être reçu par un certain Ivan Salamander, dit Salvatore.

— Vous avez rendez-vous, monsieur?

— Ça n'a pas d'importance, ma poule, appelez-le.

— Je regrette, monsieur D'Ambrosia, mais il n'est pas possible d'appeler le président d'Axel-Burlap sans l'en avoir averti au préalable et encore moins d'être reçu en personne sans avoir dûment pris rendez-vous.

— Je vous conseille de le faire, ma mignonne, si vous voulez pas que je casse votre joli bureau.

— Pardon?

— Assez discuté, appelez! *Capisce?*

M. D'Ambrosia fut immédiatement introduit dans le Saint des Saints, le bureau lambrissé de noyer d'Ivan Salamander, président de la troisième maison de courtage de Wall Street.

— Qu'est-ce que c'est... qu'est-ce que c'est? glapit Salamander, sec comme un coup de trique, en essuyant la sueur qui perlait en permanence sur son front, au-dessus des grosses lunettes. Vous êtes vraiment obligé de filer la trouille à cette fichue réceptionniste tellement distinguée qu'elle m'a coûté le billet d'avion, un vison Blackglama et un salaire dont ma femme ne doit jamais découvrir le montant?

— Nous devons parler, monsieur Salamander, ou plutôt vous devez m'écouter. Et puis, votre secrétaire particulière, elle avait pas l'air trop perturbée.

— Bien sûr, bien sûr... c'est moi qui lui ai dit de rester de glace! hurla Ivan le Terrible, comme on le surnommait à Wall Street. Vous me prenez pour un idiot?... Eh bien, non, je ne suis pas idiot, monsieur Muscle, et je préférerais de loin écouter ce que vous avez à me dire au fond d'une de vos cantines à spaghetti de Brooklyn!

— Mes associés et moi-même, on n'apprécie pas beaucoup non plus l'odeur de votre salami et de votre poisson, dans vos boutiques qui empestent toute la rue.

— Nos différences de goût en matière culinaire étant établies, qu'avez-vous à me dire qui justifie que je perde un temps précieux avec un soldat des rues? Allez, j'écoute!

— Ce que j'ai à vous dire, ça vient du grand patron en personne et, s'il y a un magnétophone dans ce bureau, il vous tranchera la gorge. *Capisce?*

— Je vous donne ma parole, oui, ma parole, qu'il n'y a rien! Je ne suis pas complètement fou! Alors, qu'est-ce qu'il a à me dire?

— Achetez de la Défense, surtout l'Aéronautique et les... Attendez une seconde, il faut que je lise, dit D'Ambrosia en sortant de sa poche un bout de papier. Ah! voilà! Aéronautique et toutes les pièces détachées... C'est ça que je me rappelais pas.

— Mais c'est de la folie! La Défense est dans le trente-sixième dessous, tous les budgets sont à la baisse!

— Attendez la suite. Et je vous répète que, s'il y a une bande qui tourne, vous finirez sur un croc de boucherie.

— Mais pas du tout, vous êtes fou!

— Les choses ont vachement changé, déclara Meat.

Il se pencha de nouveau sur ses instructions, formant silencieusement les mots avec les lèvres.

— Bon, voilà... Des événements alarmants se sont produits, reprit-il d'une voix aussi terne que ses yeux, répétant, semblait-il, comme un perroquet ce qu'il venait de lire... dont il convient de ne pas trop parler, à cause de la panique qui pourrait se suivre...

— Peut-être *s'ensuivre,* non?

— C'est comme vous voulez.

— Poursuivez.

— Il y a eu des tas d'interférences dans les transmissions substa... substratosphariques des satellites militaires qui donnent à penser que des engins à haute attitude... bousillent tous les mécanismes.

— A haute altitude? Du type U-2? Les Russes sont revenus sur leurs promesses?

— Les engins hostiles en question n'ont pu être formellement identifiés..., poursuivit Meat en ânonnant après avoir déplié entièrement son papier. Mais, comme les incendies... non, les incidents ont augmenté en nombre et en férocité et que le Kram... le Kremlin a secrètement confirmé des événements similaires...

Salvatore D'Ambrosia, alias Meat, replia sa feuille de papier et acheva tout seul.

— Toute notre fichue planète, et en particulier les États-Unis d'Amérique, est en état d'alerte secrète. Ce sont peut-être les Chinetoques, les Arabes ou même les youpins qui déclenchent tout ça...

— Vous êtes fou à lier !

— A moins que..., poursuivit Salvatore D'Ambrosia en baissant la voix avant de se signer, réussissant presque à faire correctement le signe de la croix sur son large poitrail. A moins que ce soit quelque chose qui vient de là-haut...

Meat leva au plafond un regard implorant.

— Comment ? couina Salamander d'un ton incrédule. Sacrés ritals ! C'est bien le bobard le plus dur à avaler que j'aie jamais entendu ! C'est vraiment... Hé ! attendez un peu !... C'est une idée géniale, positivement géniale ! Aussi brillante que celle des obligations pourries ! Si nous avons un nouvel et puissant ennemi, il nous faudra armer toute la planète pour lui résister ! Des ovnis !

— Alors, vous avez compris l'idée du grand chef ?

— Si je la comprends ? Je la trouve merveilleuse ! Au fait, j'y pense... Quel grand chef ? Il nourrit les poissons, non ?

C'était le moment pour lequel Meat avait été préparé, qu'on lui avait fait tellement répéter que, même complètement imbibé de chianti, il eût joué son rôle à la perfection. Il plongea la main dans une autre poche et en sortit une petite enveloppe bordée de noir, ayant la taille et l'aspect d'un faire-part de décès. Il la tendit au courtier pétrifié en articulant lentement dix mots si profondément gravés dans son esprit qu'il s'en souviendrait probablement encore sur son lit de mort.

— Un seul mot à quiconque et c'est fini pour vous.

Son regard inquiet passant du visage de Salvatore à l'enveloppe de sinistre augure, Ivan le Terrible prit sur son bureau un coupe-papier de cuivre, glissa la pointe sous un angle du rabat, coupa le papier et sortit le message de l'enveloppe. Son regard se porta aussitôt au bas de la page pour se fixer sur le paraphe si familier. Il étouffa un petit cri, releva brusquement la tête et fixa sur Salvatore D'Ambrosia des yeux écarquillés.

— Mais c'est impossible, souffla-t-il.

— Attention ! fit Meat d'une voix aussi basse que celle de Salamander, en passant lentement l'index sur sa gorge. Pas un mot à quiconque, sinon... Lisez !

Transi de peur, les mains agitées de tremblements, Ivan commença la lecture du message. *Suivez les instructions qui vous ont été transmises oralement par le courrier. Ne vous avisez surtout pas de ne pas les respecter. Nous sommes plongés dans une opération noire, confidentielle, top secret... Tout vous sera expliqué en temps voulu. Brûlez maintenant ce message et l'enveloppe qui le contenait devant le cour-*

rier, sinon c'est lui qui sera obligé, à contrecœur, de vous brûler la cervelle. *Je reviendrai. V. M.* (presque illisible).

— Avez-vous une allumette? demanda doucement le courtier médusé. J'ai arrêté de fumer, pour ma santé, vous comprenez. Ce serait trop bête de se faire brûler la cervelle, parce qu'on ne fume pas.

— Bien sûr, dit Meat en lançant une pochette d'allumettes sur le bureau. Quand le papier sera brûlé, il vous restera encore une chose à faire avant que je parte.

— Allez-y. Quand je reçois des messages de l'au-delà, je ne discute pas.

— Décrochez votre téléphone et achetez cinquante mille actions Petrotoxic Amalgamated.

— *Quoi?* s'écria Ivan le Terrible, le front inondé de sueur tandis que ses yeux agrandis de terreur suivaient la main droite de D'Ambrosia qui plongeait sous sa veste. Mais, oui, reprit-il, bien sûr! Pourquoi pas? Disons soixante-quinze mille, c'est comme vous voulez!

Meat le Courrier fit cinq autres visites de politesse similaires, avec des résultats similaires, à quelques hurlements et glapissements près. On n'avait pas vu une telle frénésie d'achats depuis que l'indice Dow Jones avait franchi le cap des deux mille points et continuait à grimper. La conséquence la plus naturelle fut que, dans les bureaux directoriaux de tout le pays, la carotte fit avancer les ânes. Diversification effrénée et constitution de stocks, les ordres d'achats étaient donnés par milliards. Les boursiers perspicaces et les gros investisseurs flairaient quelque chose de vraiment juteux et ils tenaient à être aux premières loges pour profiter de ce fantastique mouvement de bascule.

Achetez ces firmes de composants électroniques à n'importe quel prix!

Prenez le contrôle de tous les sous-traitants de pièces détachées en Géorgie et foutez-moi la paix avec vos chiffres!

Nous sommes en position de force, imbécile! Je veux la majorité des parts chez McDonnell Douglas, Boeing et Rolls-Royce Aeroengines, et, pour l'amour du ciel, continuez à acheter jusqu'à ce que vous ayez réussi!

Achetez la Californie!

Ainsi, à partir d'une hausse fictive, enveloppée d'un mystère que n'eût pas renié Petit Joey, pas plus qu'Houdini ou Raspoutine, des milliards de dollars de dettes étaient accumulés par les ennemis de Vincent Francis Mangecavallo, confortablement installé sous un parasol, à Miami Beach, un Monte Cristo dans la bouche, un téléphone cellulaire et un poste émetteur-récepteur à portée de la main, un margarita devant lui et un large sourire aux lèvres. « Laissez-vous donc porter par la grande vague, bande de snobinards de mes deux, dit-il à mi-voix en prenant son verre et en rajustant de l'autre main sa perruque rousse. Attendez un peu que la mer se retire, comme avec ce Moïse qui commandait aux flots... Qu'il repose en paix! Vous allez vous retrouver sur le sable, bande de pourris! Avant de placer un contrat sur moi, vous auriez mieux fait de lire les petits caractères! Les pissotières du Caire, voilà ce qui vous attend! »

Sir Henry Irving Sutton était assis, raide de colère, sur la chaise de la cuisine tandis qu'Erin Lafferty s'attaquait à petits coups de ciseaux à sa glorieuse crinière grise.

— Contentez-vous de les rafraîchir, femme de rien, sinon vous passerez le reste de votre misérable existence dans une arrière-cuisine!

— Vous me faites pas peur, espèce de vieux barbon! répliqua Erin. Je vous ai vu dans cette série télévisée de l'après-midi, *Pour un jour, pour toujours,* pendant... pendant au moins dix ans. Je vous connais par cœur, vous savez!

— Je vous demande pardon?

— Vous étiez toujours en train de brailler et de hurler après ces pauvres gamins, jusqu'à ce qu'ils deviennent fous. Et après, vous alliez vous enfermer dans cette grande bibliothèque pour pleurer toutes les larmes de votre corps en gémissant qu'ils avaient la vie trop facile et qu'il fallait les élever à la dure, pour les préparer aux grands malheurs qui les attendaient... Jésus, Marie, Joseph! c'était parole d'évangile! On peut dire qu'ils en ont bavé, les pauvres! Vous en avez versé des larmes, pour sûr, vous les avez regrettées, toutes les méchancetés que vous leur disiez!... Parce qu'au fond, vous êtes un tendre, Grand-père Weatherall!

— Ce n'était qu'un rôle, madame Lafferty.

— Appelez ça comme vous voulez, monsieur Sutton, mais, si vous voulez tout savoir, c'est uniquement pour vous qu'on regardait cette émission idiote, les filles et moi. On avait toutes le béguin pour vous!...

— J'ai toujours su que cette petite ordure m'avait entubé avec son contrat! grommela le vieux comédien.

— Pardon, monsieur Sutton?

— Non, rien, ma chère, rien. Coupez, n'hésitez pas! Vous êtes à l'évidence une femme de goût!

La porte de la cuisine s'ouvrit brusquement et la silhouette massive de Cyrus s'encadra dans le chambranle.

— C'est bientôt à nous, général! lança-t-il, les yeux brillants d'excitation.

— Très bien, jeune homme! Où est mon uniforme? J'ai toujours eu une allure folle en habit militaire.

— Pas d'uniforme, c'est absolument hors de question.

— Mais pourquoi?

— D'abord, parce que le général n'est plus général, sur la requête du Pentagone et d'à peu près tous les autres lieux de décision de Washington, y compris la Maison-Blanche. Ensuite, parce que cela attirerait inutilement l'attention sur nous.

— Il est assez malaisé d'entrer dans la peau de son personnage sans le costume idoine, un uniforme, par exemple. Au fait, en ma qualité de général, je n'ai pas d'ordres à recevoir de vous.

— Si vous voulez jouer à ce petit jeu, monsieur le comédien, sachez que vous *interprétez* le rôle de général. On vous a élevé au grade de *commandant* et on m'a donné celui de *colonel*. Vous devez vous incliner, sir Henry.

— Ces fichus civils, avec leur impertinence...

— Mais où vous croyez-vous ? Encore dans le désert, pendant la guerre ?

— Non, monsieur, mais je suis un artiste ! Les autres sont des civils... des chimistes !

— Décidément, Hawkins et vous, vous avez beaucoup plus en commun que la seule bataille d'El-Alamein. Mais je dois reconnaître que la plupart des généraux que j'ai connus étaient également des acteurs... Allez, en route ! On nous attend à vingt-deux zéro zéro.

— Qu'est-ce que c'est que ça ?

— Vingt-deux heures, commandant, ou général, si vous préférez... C'est ce que disent les militaires pour dix heures du soir.

— Je n'ai jamais rien compris à ces satanés chiffres.

Les trois suites occupées par les membres du comité Nobel étaient contiguës et l'appartement du milieu avait été choisi comme lieu du rendez-vous avec le général MacKenzie Hawkins, Soldat du siècle. Aux termes de l'accord négocié par l'aide de camp du général, Cyrus Marshall, colonel en retraite de l'armée des États-Unis, la réunion serait privée, sans couverture médiatique ni communiqué de presse. Le colonel avait en effet expliqué que le grand soldat, même s'il considérait cette récompense comme un honneur immense, s'était retiré du monde pour écrire ses mémoires, un volume intitulé *La Paix par le sang*, et qu'il était désireux de connaître avec précision les contraintes liées à l'attribution de la récompense avant de décider s'il acceptait ou non. Le porte-parole du comité, un certain Lars Olafer, avait accueilli la proposition de rencontre secrète avec un tel enthousiasme que le colonel Cyrus avait ajouté du gaz à l'arsenal déjà fourni qui se trouvait sur sa personne et celle de Roman Z. Il y avait un piège à retourner dans la meilleure tradition des rats des opérations clandestines et Cyrus savait exactement ce qu'il fallait faire. Appâter les rongeurs, les mettre hors de combat, puis les ranimer après leur avoir lié pieds et pattes et les soumettre à un interrogatoire psychologiquement pénible, mais sans brutalités. En brandissant par exemple des pics à glace devant leurs yeux.

— J'aurais beaucoup plus de gueule en uniforme ! maugréa Sutton dans le couloir de l'hôtel. C'était parfait pour *La Millionnaire* de George Bernard Shaw, poursuivit-il en montrant le costume rayé, récupéré dans son appartement de Boston, mais pas pour cette mission !

— Mais si, vous avez de la gueule, lança Roman Z en pinçant la joue de Sutton qui eut un mouvement de recul. Mais peut-être qu'une fleur à la boutonnière vous donnerait un petit quelque chose en plus.

— Arrête, Roman, ordonna posément Cyrus. Il est très bien comme ça... Êtes-vous prêt, général ?

— N'oubliez pas que je suis un professionnel, jeune homme. L'adrénaline monte à mesure que le moment de vérité approche. Et maintenant, place à la magie !... Frappez à la porte, précédez-moi, comme il convient, et je ferai mon entrée.

— Faites bien attention, l'avertit le mercenaire en s'arrêtant devant la porte. Vous êtes un grand comédien, je vous l'accorde, mais ne vous laissez pas emporter et ne leur flanquez pas la trouille de leur vie. Nous devons en apprendre aussi long que possible avant de repartir.

— Vous voilà devenu metteur en scène, colonel ?... Permettez-moi de rappeler à un esprit dénué de système de référence qu'il existe au théâtre la règle des trois *t* : le talent, le (bon) ton, la ténacité et que la deuxième catégorie renferme la totalité de l'avis aux acteurs d'Hamlet. Je me souviens d'un soir, à Poughkeepsie...

— Vous me donnerez cette leçon une autre fois, monsieur Sutton. Pour l'instant, tenons-nous-en à la magie, d'accord ?

Cyrus frappa à petits coups à la porte de la suite en se dressant de toute sa taille et en se raidissant. La porte fut ouverte par un homme aux cheveux de neige et à la courte barbe poivre et sel, un pince-nez perché au bout de son appendice nasal.

— Je me présente, colonel Marshall. Je suis le premier aide de camp du général MacKenzie Hawkins.

— *Velkommen,* colonel, répondit le faux délégué du prétendu comité, dont l'accent scandinave extrêmement pâteux fit tiquer Cyrus qui avait pas mal bourlingué. Z'est afec un grand plaisir que nous rengontrons le grand guénéral.

Le délégué s'inclina avec obséquiosité et s'effaça pour laisser entrer le Soldat du siècle. Le général franchit la porte et s'avança dans la pièce tel un Colosse de Rhodes animé tandis que, dans son sillage, Roman Z pressait nerveusement le pas pour ne pas se laisser distancer.

— C'est un grand, un profond honneur, messieurs, commença le comédien d'une voix impérieuse et gutturale, étonnamment semblable à celle du vrai Hawkins. Non seulement c'est un honneur, mais une grande leçon d'humilité de voir que votre choix s'est porté sur l'humble acteur que je suis dans les conflits titanesques de notre temps. Je n'ai fait que mon devoir et le vieux soldat blanchi sous le harnois que je suis dira simplement que nous couvrons les murs de nos morts héroïques, ces braves combattants dont le souvenir a survécu et nous ouvre la voie de la victoire !

Un grand vacarme se fit brusquement, un mélange de voix aux accents divers mais qui n'avaient plus rien à voir avec la Suède.

— Seigneur! c'est lui!

— Mais oui, Bon Dieu! c'est bien lui!

— Je n'en crois pas mes yeux! Je le croyais mort depuis des lustres!

— Pas sur scène! Il n'est jamais mort sur les planches... Il a toujours été magnifique!

— Le meilleur acteur de répertoire de notre époque! Le Walter Abel des deux dernières décennies! Le panache personnifié!

— Qu'est-ce qui vous prend? s'écria le colonel Cyrus.

Bien que doté d'un bel organe, il était incapable de rivaliser avec les voix amples et puissantes des acteurs du commando d'Ethelred Brokemichael.

— Quelqu'un pourrait-il m'expliquer? poursuivit-il en hurlant pour essayer de couvrir le tapage des Six Suicidaires qui se pressaient autour du pseudo-général, lui secouaient vigoureusement les mains et lui tapaient sur l'épaule. L'un d'eux, dans un mouvement irrépressible d'enthousiasme, se pencha même pour embrasser la bague du Players Club que portait Sutton. Va-t-on enfin m'expliquer ce qui se passe ici!

— Permettez-moi d'essayer! lança Dustin en s'écartant du groupe, le regard encore ébloui. Vous avez à l'évidence été recruté tardivement pour cette opération et on ne vous a pas tout dit. Sachez donc que cet homme n'est pas Hawkins, mais un des plus grands artistes du théâtre de notre temps! Nous l'avons tous admiré quand nous étions plus jeunes; nous avons analysé son jeu, nous l'avons suivi chez Joe Allen — un bar où les acteur aiment à se retrouver — pour le bombarder de questions et essayer d'assimiler ce qu'il pouvait nous transmettre.

— Transmettre quoi? Qu'est-ce que vous racontez?

— Cet homme est Henry Irving Sutton! *Le* Sutton, sir Henry...

— Oui, je sais, fit Cyrus d'une voix plus douce, dans laquelle perçait la conscience d'une défaite irrémédiable. Ainsi nommé d'après sir Henry Irving, un comédien anglais mort au début du siècle... Mais attendez un peu! s'écria brusquement le mercenaire. Qui êtes-vous donc?

— Vous n'obtiendrez de nous qu'un nom, un grade et un matricule, répondit Marlon qui avait entendu la question de Cyrus au milieu du brouhaha et se détournait à regret de Sutton qui continuait de recevoir avec une humilité digne d'éloges les accolades et les marques d'adulation de ses pairs. Je vous le dis avec tristesse, colonel, car j'ai eu un jour un petit rôle dans un film dont la vedette était Sidney Poitier, un acteur merveilleux, lui aussi.

— Qu'est-ce que c'est que cette histoire de nom, grade et...

— Rien d'autre que ce que je viens de dire, colonel. Conformément aux termes de la convention de Genève, nous ne sommes tenus de donner que notre nom, grade et matricule.

— Vous êtes des soldats?

— Une unité d'élite, répondit Dustin en lançant un coup d'œil dans la direction de son héros entouré de son petit groupe d'admirateurs écoutant bouche bée l'évocation de triomphes anciens. Nous acceptons les risques du combat sans uniforme, mais jusqu'à présent, nous n'avons pas eu à en pâtir.

— Quel combat?

— Activités clandestines particulièrement sensibles, opérations grises et noires, sans référence à une race particulière, bien entendu.

— Je sais ce que sont des opérations « noires », mais j'ignore toujours qui vous êtes!

— Je viens de vous le dire. Une unité militaire spécialisée dans les activités clandestines, des missions entourées du plus grand secret.

— Et cette connerie de comité Nobel est l'une de ces opérations?

— Entre nous, répondit Dustin sur le ton de la confidence, en se penchant vers Cyrus, vous avez de la chance d'être tombé sur nous, sinon, c'est votre retraite qui aurait pu vous filer sous le nez. Cet homme n'est pas le général Hawkins! Vous vous êtes fait avoir, colonel, oui, vous vous êtes fait entuber.

— Moi...? demanda Cyrus avec le regard fixe d'un catatonique.

— Oui, vous, colonel, tout comme M. Sutton... sir Henry. Jamais il n'aurait accepté de ternir sa réputation en se compromettant dans une vaste conspiration visant à paralyser la première ligne de défense de notre pays. Jamais!

— La première ligne de défense... Une conspiration...?

— Ce sont les seules indications qu'on nous ait fournies, colonel.

— Bon, ça commence à bien faire! s'écria brusquement Cyrus, comme s'il sortait d'une transe. Qui êtes-vous exactement et d'où venez-vous?

— De Fort Benning, où nous sommes sous les ordres du général de brigade Ethelred Brokemichael. Nos identités individuelles importent peu et n'ont pas à être dévoilées pour le moment. Je me contenterai de dire qu'on nous surnomme les Six Suicidaires.

— Les Six...! Bon Dieu! L'unité d'élite antiterroriste la plus efficace qui ait jamais opéré!

— Oui, c'est ce qu'on dit.

— Mais vous êtes... vous êtes...

— En effet, nous sommes des acteurs.

— Des acteurs? rugit Cyrus avec une telle véhémence qu'Henry Irving Sutton et son petit groupe d'admirateurs firent silence et tournèrent des yeux ronds vers le mercenaire. Vous êtes... vous êtes *tous* des acteurs?

— Peut-être la meilleure troupe qu'il m'ait été donné de rencontrer depuis des années, colonel. Ils jouent leur rôle à la perfection. Remarquez le soin apporté à leur tenue, la coupe européenne adéquate, les couleurs discrètes convenant à des universitaires. Observez la minutie du travail sur les barbes postiches, ces filets argentés, rien de trop, juste de quoi se vieillir de quelques années. Et leur maintien, colonel. Cet affaissement très léger des épaules, cette concavité à peine visible du thorax qui ne nous ont pas échappé à notre entrée. Et puis le pince-nez, les lunettes à monture d'écaille qui sont la marque d'hommes à la profession sédentaire et aux yeux fatigués... Oui, colonel, ce sont des acteurs, des acteurs de talent.

— Rien ne lui échappe !
— Quel sens de l'observation !
— Jusqu'au plus infime détail !
— Le sens du détail, messieurs, telle est notre arme secrète ! proclama Sutton. Ne l'oubliez jamais !

Un concert d'approbations salua la déclaration du vieux routier des planches qui attendit quelques instants avant de lever les mains pour réclamer le silence.

— Mais je suis bien conscient de ne rien vous apprendre, reprit-il. Je n'oublie pas que vous avez réussi à mystifier plusieurs millions de personnes à l'aéroport... Je vous félicite, bergers de Thespis ! Et maintenant, je souhaite mieux vous connaître. Comment vous appelez-vous ?

— Eh bien, commença Lars Olafer, le porte-parole du petit groupe, en indiquant de la tête les deux mercenaires, si certaines personnes n'étaient pas dans cette pièce, c'est avec une grande joie que nous vous donnerions nos vrais noms, mais nous avons reçu l'ordre de nous en tenir à nos sobriquets, ce qui, en ce qui me concerne, est fort embarrassant.

— Pourquoi donc ?
— Pour ne rien vous cacher, c'est à cause d'un titre immérité, qui vous est dû à vous, mais certes pas à moi... On me surnomme « sir Larry », car mon véritable prénom est Laurence.

— Avec un *u* ?
— Oui, oui...
— Croyez-moi, il est bien mérité. Quand Larry – sir Laurence Olivier – et Viv étaient ensemble, nous avons vidé plus d'une chope tous les trois et j'avoue que vous avez une certaine ressemblance avec ce grand comédien un peu trop maigre, mais absolument délicieux. Je jouais le « Premier Chevalier », dans son *Becket*, avec Anthony Quinn.

— Que je meurre sur-le-champ...
— Vous étiez sublime !
— Magnifique !
— Extraordinaire !
— Passable, si vous voulez bien.
— Et si on arrêtait les conneries, maintenant, si vous voulez bien ! hurla Cyrus, les veines du cou dangereusement gonflées.
— On m'appelle le Duc.
— Moi, c'est Sylvester...
— Marlon...
— Et moi, Dustin... j'ai-j'ai-j'ai... rai-rai-raison ?

— Mon surnom, c'est Telly, petit général. Une sucette ?

— Vous êtes tous admirables !

— Et tout ce cirque est ridicule ! lança Cyrus en agrippant Dustin et Sylvester par le revers de leur veste. Allez-vous m'écouter, bande de tordus ?

— Doucement, mon bon ami noir, fit doucement Roman Z en tapotant le large dos de son ex-compagnon de cellule. C'est très mauvais pour ta tension.

— Il s'agit bien de ma tension ! Je devrais passer tous ces emmerdeurs par les armes !

— Allons, Pèlerin, protesta le Duc, voilà qui est franchement primitif. Voyez-vous, monsieur, nous ne croyons pas à la violence. Ce n'est en réalité qu'un état de l'esprit.

— Comment ? s'écria le mercenaire.

— Un état de l'esprit, répéta le Duc. Ce que Freud appelait l'extension délirante de l'imagination... Nous l'utilisons beaucoup dans les cours de comédie, en y joignant des improvisations, cela va sans dire.

— Cela va sans dire, soupira Cyrus en lâchant ses otages dociles. J'abandonne, reprit-il à mi-voix en se laissant tomber dans le fauteuil le plus proche tandis que Roman s'empressait de lui masser les épaules. Oui, j'abandonne ! répéta-t-il d'une voix plus forte en scrutant la bande de cinglés qui se tenait devant lui. C'est vous, les Six Suicidaires ? L'unité antiterroriste d'élite en l'honneur de laquelle on a composé des chansons ? Non, tout ça ne rime à rien !

— D'un certain point de vue, vous n'avez pas tort, colonel, dit Sylvester de sa voix normale, façonnée par l'École d'art dramatique de Yale. Nous n'avons jamais eu besoin de tirer un seul coup de feu ni d'infliger à quiconque une blessure plus grave qu'une entorse du poignet ou une côte cassée... Ce n'est pas notre style. C'est tellement plus facile pour tout le monde, vous comprenez ? Nous accomplissons nos missions en nous glissant dans la peau de nos personnages. Certes, il nous arrive fréquemment d'intimider nos cibles, mais nous réussissons aussi de temps en temps à nous faire un ou deux amis.

— Vous êtes des évadés d'un asile psychiatrique, répliqua Cyrus avec résignation, à moins que vous ne soyez venus d'une autre planète.

— Vous êtes trop dur avec nous, colonel, protesta Telly de sa voix cultivée. Si toutes les armées de la planète étaient composées d'acteurs, on pourrait présenter les guerres comme des productions civilisées au lieu de ces massacres barbares. Des récompenses individuelles et collectives seraient attribuées... Le meilleur discours, la mimique le plus féroce, le mouvement de foule le mieux ordonné...

— Sans compter, ajouta Marlon, qu'il y aurait aussi des récompenses pour les costumes et les décors, les accessoires les plus créatifs, les armes par exemple, pour les meilleurs extérieurs aussi...

— Pour l'intrigue et les rebondissements les plus haletants, poursuivit le Duc. Je suppose que l'on peut assimiler cela à la tactique militaire.

— N'oublions surtout pas la mise en scène! s'écria sir Larry.

— Ni la chorégraphie, ajouta Sylvester. Le chorégraphe, dans ces conditions, serait un complément fondamental du metteur en scène.

— Merveilleux, absolument merveilleux! s'exclama Henry Irving Sutton. On peut envisager la création d'une académie internationale des arts du théâtre pour juger les forces terrestres, aériennes et maritimes. On ferait évidemment appel à des consultants militaires pour assurer un semblant d'authenticité, mais leur opinion demeurerait secondaire, le jugement premier étant fondé sur la créativité, la conviction, la peinture des caractères, la passion... des valeurs artistiques!

— Bien vu, Pèlerin!

— Hé! Stella! Il a raison!

— Vous-vous-vous avez tout-tout-tout dit!

— Bravo, mon joli! Une sucette?

— Ouais, ouais, pas besoin d'obusiers pour faire sauter les yeux bridés!

— *Quoi?*

— Mais, si, il a raison. Plus d'exécutions, vous comprenez, plus de tortures!

— *Ouaaahhh!* hurla Cyrus à pleine gorge, suivant, semblait-il, le conseil d'Anouilh. J'en ai marre! J'en ai par-dessus la tête!... Vous, là, sir Henry de mes deux! Vous connaissez pourtant l'armée... J'ai entendu ce cinglé d'Hawkins dire que vous vous étiez conduit en héros en Afrique du Nord! Qu'est devenu le soldat que vous avez été?

— Fondamentalement, colonel, tous les soldats sont des acteurs. Nous sommes terrifiés, mais nous nous efforçons de n'en rien laisser paraître. Nous savons qu'à tout moment notre précieuse vie peut nous être retirée, mais nous faisons comme s'il n'en était rien, pour la raison irrationnelle que l'objectif immédiat est d'une suprême importance, même si, au plus profond de nous-mêmes, nous n'ignorons pas qu'il ne s'agit en réalité que d'un point sur une carte. Le problème des soldats au combat est qu'ils doivent se comporter comme des acteurs, sans avoir reçu la moindre formation... Si tous les fantassins transis de froid, trempés jusqu'aux os et couverts de boue comprenaient les règles, ils feraient ce que Telly vient de dire. Ils prendraient un air aussi féroce que possible et videraient leurs chargeurs bien au-dessus de la tête des jeunes gens d'en face, qu'ils ne connaissent pas, mais avec qui, en d'autres lieux et autres circonstances, ils auraient pu aller prendre un verre au bar du coin.

— Vous dites des conneries! Que deviennent les valeurs et les convictions? J'ai combattu dans différents camps, mais jamais contre ce en quoi je croyais!

— Dans ce cas, colonel, vous avez un sens moral très élevé et je vous en félicite. Mais n'oubliez pas que vous combattez également pour le mobile le plus contestable qui soit. L'argent.

— Et eux, toute cette bande de tordus, pour quoi se battent-ils ?

— Je n'en ai pas la moindre idée, mais je doute fort que ce soit pour des raisons mercantiles. Si j'ai bien compris, ils assouvissent leurs ambitions théâtrales, d'une manière peu orthodoxe, certes, mais avec une indiscutable réussite.

— Ça, je le reconnais volontiers, soupira Cyrus. As-tu tout ce qu'il faut ? poursuivit-il en se tournant vers Roman Z.

— Tout et tout le monde, mon ami à la patience admirable.

— Parfait, dit le grand mercenaire en se retournant vers les acteurs et en tendant le doigt vers Dustin. Approchez-vous, Dusty.

Le tout petit comédien lança à ses compagnons un regard interrogateur.

— N'ayez pas peur, je veux simplement vous parler en tête à tête. Croyez-vous que mon ami et moi voulons nous faire les Six Suicidaires au grand complet ?

— A votre place, Pèlerin, je ne songerais même pas à « me le faire », lui tout seul. Vous ne tirez pas dans la même catégorie de poids, mais il est ceinture noire de karaté, dixième dan, et on ne fait pas mieux.

— Allons, le Duc, tu sais bien que je n'en viendrai jamais à ces extrémités, à moins que nous ne soyons vraiment dans de sales draps. Et surtout pas contre un homme aussi charmant que le colonel. Il est déboussolé, c'est tout, et je me mets à sa place... Ne vous inquiétez pas, colonel, je ne vous ferai aucun mal. Que désirez-vous ?

Dustin s'éloigna avec Cyrus jusqu'au fond de la pièce. La tête baissée, le cou tordu, le mercenaire considérait d'un regard incrédule le petit acteur. Les deux hommes s'avancèrent jusqu'à une fenêtre d'où l'on découvrait toutes les lumières de la ville.

— Vous aviez probablement raison tout à l'heure, commença Cyrus d'une voix douce, quand vous avez dit que je risquais de perdre ma retraite. Il est vrai que j'ai été engagé pour cette mission il y a peu de temps, à peine quelques jours, en fait, et je n'avais aucune raison de penser que cet homme n'était pas Hawkins. D'après ce que j'ai vu à la télévision, il ressemble au général et il s'exprime exactement comme lui... Je vous remercie de m'avoir ouvert les yeux, Dustin.

— Je vous en prie, colonel. Je suis sûr que vous auriez fait la même chose pour moi, si nous étions dans la situation inverse... Si, par exemple, quelqu'un se faisant passer pour Harry Belafonte, vous, en tant que Noir, saviez que ce n'était pas vrai.

— Comment...? Ah! oui, je comprends! Bien sûr, Dusty, je l'aurais fait. Mais, juste afin d'avoir une idée un peu plus claire de la sale histoire dans laquelle nous sommes – officiellement, vous voyez, puisque nous sommes dans le même camp – je voudrais vous demander quelle était précisément votre mission.

— Eh bien, elle est confidentielle et sa nature ne doit pas être divulguée, mais, comme vous êtes colonel, je vais vous dire ce que je sais, c'est-à-dire pas grand-chose. Nous avons pour instructions d'entrer en contact avec le général Hawkins, de l'enlever, lui et ceux qui l'accompagnent, et de conduire tout le monde à la base aérienne de Westover, une base du SAC, dans le Massachusetts.

— Vous ne repartez pas prendre votre avion à l'aéroport?

— Non, c'était juste pour la conférence de presse... Vous savez, au fond, le vice-président n'est pas un mauvais bougre, même si je ne pense pas qu'il soit capable un jour de jouer la comédie...

— Il était dans votre avion?

— Bien sûr, mais il n'avait pas le droit d'en descendre tout de suite.

— Alors, pourquoi vous a-t-il accompagnés?

— Il s'est fait voler une de ses voitures et le véhicule a été retrouvé par hasard à Boston...

— D'accord, d'accord... Cela n'a rien à voir avec notre affaire. Vous enlevez donc le général et ceux qui l'accompagnent, vous vous rendez à Westover et après, que faites-vous?

— Nous attendons d'autres instructions, colonel, mais, comme on nous a demandé d'emporter des pulls et des caleçons longs dans notre paquetage, cela donne à penser que nous irons dans un pays froid.

— La Suède, murmura le mercenaire.

— Ce fut notre première idée, mais Sylvester qui a fait une tournée internationale avec *Annie* dans les pays scandinaves – il était extraordinaire, à ce qu'il paraît, du moins à ce qu'il prétend –, Sylvester nous a donc dit qu'en été les conditions climatiques n'étaient pas très différentes des nôtres.

— C'est exact.

— Nous avons donc pensé que notre destination était encore plus au nord...

— Au pays des fjords et de la banquise, acheva Cyrus.

— Je ne saurais le dire... Nous devrions recevoir de nouvelles instructions en temps voulu.

— Par exemple abandonner dans la glace des corps qui seraient découverts dans mille ans.

— Je n'en ai pas la moindre idée, colonel.

— Je l'espère bien... Et, à part ce général Broke... Brokehethel...

— Brokemichael, colonel. Le général de brigade Ethelred Brokemichael.

— Bien, je m'en souviendrai. A part lui, vous ne connaissez aucun des responsables de cette mission?

— Ce n'est pas de notre ressort, colonel.

— Ça, je m'en doute.

— Pardon...?

— Roman! ordonna brusquement Cyrus, on lève le camp!

Il se dirigea d'un pas vif vers la porte de la suite et le gitan le rattrapa aussitôt, tandis qu'un déclic bruyant se faisait entendre dans son dos.

— N'essayez pas de nous suivre, ce serait inutile ; nous sommes aussi compétents dans l'exercice de notre profession que vous l'êtes sur la scène. Quant à vous, monsieur Sutton, même si je ne suis pas un fin connaisseur en matière théâtrale, je pense que vous êtes véritablement un comédien de grand talent et vous pouvez rester ici et parler boutique avec vos amis, aussi longtemps qu'il vous plaira... Je dois encore vous informer que nous avons utilisé ce soir un vieux truc de notre profession. Peut-être vous êtes-vous demandé pourquoi mon collègue n'arrêtait pas de se tortiller en tous sens pour vous observer. Je vais vous donner la réponse : l'œillet rouge qu'il porte à la boutonnière contient un appareil photo miniaturisé, à obturation rapide, et nous disposons d'une douzaine de clichés de chacun de vos visages. De plus, j'ai sous ma veste un magnétophone réglé à la puissance maximale et tout ce qui s'est dit dans cette pièce a été enregistré.

— Attendez un peu ! s'écria sir Henry.

— Qu'est-ce qu'il y a encore ? répondit Cyrus en plongeant la main sous sa veste pour en sortir un gros 357 Magnum à la gueule menaçante tandis que la main de Roman Z jaillissait de derrière son dos, prolongée par un couteau à cran d'arrêt long de trente centimètres.

— Mon cachet ! expliqua Sutton. Demandez à Aaron de faire porter le chèque chez moi... Vous pourrez ajouter quelques centaines de dollars, car j'ai décidé d'inviter mes nouveaux amis dans le meilleur restaurant de Boston.

— Sir Henry ! dit Sylvester en posant la main sur la manche du grand homme. Avez-vous vraiment renoncé à la scène ?

— Disons qu'il s'agit d'une sorte de semi-retraite, mon cher. Il m'arrive de loin en loin d'accepter un petit rôle dans les troupes locales, histoire de ne pas perdre la main. Le hasard a voulu qu'un de mes fils — je ne sais plus de quel mariage — vive à Boston où il a fait fortune dans l'immobilier et il a insisté pour m'offrir un appartement parmi les centaines qu'il a mis en vente. Juste retour des choses, me direz-vous. Du temps de ma splendeur, je lui ai payé de longues études à l'université. C'est un garçon adorable, mais le pauvre n'a aucun talent de comédien ! Une grosse déception pour moi.

— Que diriez-vous de l'armée ? Vous pourriez devenir notre metteur en scène ! On vous nommerait probablement d'emblée général !

— Souvenez-vous, jeune homme, de ce qu'a dit Napoléon : « Qu'on me donne assez de médailles et je gagnerai toutes les guerres. » Mais pour l'acteur, la réussite se juge à la taille des lettres de son nom sur l'affiche, jusqu'à ce qu'il soit en caractères aussi gros que celui du titre de la pièce. Comme vous travaillez dans la clandestinité, l'armée ne pourra jamais vous apporter cela.

– Et merde! murmura Cyrus en se tournant vers Roman Z. Fichons le camp d'ici!

Les deux mercenaires sortirent de la suite, mais nul ne remarqua leur départ.

23

— Tout est là! s'écria Jennifer en écoutant la bande tout en regardant les agrandissements des photos étalés sur la table basse, dans le séjour de la maison de Swampscott. C'est bien une conspiration, une conspiration foireuse, mais qui n'a pu être mise en œuvre qu'au plus haut niveau du gouvernement!

— C'est en effet indiscutable, acquiesça Pinkus du fond de son fauteuil, mais dans quelle direction devons-nous chercher? Le secret dont est entourée toute l'opération brouille toutes les pistes.

— Si nous commencions par ce Brokemichael? suggéra Devereaux. C'est le salaud que j'ai coincé dans le Triangle d'or...

— En confondant son prénom et celui de son cousin, observa Jennifer. Imbécile!

— Écoutez, ce n'est pas tous les jours qu'on rencontre des prénoms comme Ethelred et Heseltine. Ils sont tous deux si bizarres qu'il est difficile de ne *pas* se tromper.

— Pas pour un juriste perspicace...

— Cela vous va bien de dire ça, Pocahontas, vous qui êtes incapable de faire la différence entre un contre-interrogatoire rigoureux et de la provocation outrancière!

— Allez-vous arrêter, tous les deux? lança Pinkus d'un ton exaspéré.

— Je voulais simplement dire que c'est peut-être à moi qu'il en veut, expliqua Sam. S'il a découvert mon nom dans le dossier du Faucon, ses narines ont dû se transformer en lance-flammes!

— Puisque tu as été officiellement nommé représentant de la tribu des Wopotamis, c'est tout à fait possible, acquiesça Pinkus avant de réfléchir quelques instants, la tête légèrement penchée sur le côté. D'autre part, reprit-il, ce Brokemichael n'a pas pu donner seul l'ordre à son unité pour le moins originale de passer à l'action et il n'aurait assurément pu disposer de l'appareil du vice-président...

— Ce qui signifie qu'il a lui-même agi sur l'ordre de quelqu'un ayant à la fois l'autorité requise et la possibilité d'utiliser cet avion, acheva Jennifer.

— Exactement, ma chère, et ce n'est pas cela qui nous donnera la solution de l'énigme. Même s'il le pouvait, Brokemichael ne révélera jamais l'identité de son supérieur et, pour paraphraser le général Hawkins, la chaîne de commandement deviendra si compliquée qu'elle en sera indéchiffrable. Du moins pendant le laps de temps qui nous est imparti, à savoir un peu plus de quatre-vingts heures.

— Nous avons toutes les preuves nécessaires, déclara Devereaux. Les photographies, la bande dans laquelle l'opération est décrite dans ses grandes lignes par deux de ses acteurs, des responsables, si vous préférez. Pourquoi ne pas mettre l'affaire sur la place publique ?

— La tension brouille ton jugement, Sam, objecta Pinkus d'une voix douce. On opposera un démenti formel à tout ce qui a trait à cette opération. Comme l'a dit notre ami Cyrus qui est parti sur la plage avec Roman Z en emportant une bouteille de vodka, « C'est un monde de dingues ». Ils refusent de reconnaître la réalité des choses, ils dénient leur responsabilité... Des gens qui vivent dans l'irrationnel, la folie. *Des acteurs.*

— Attendez un peu, Aaron... Ils ne pourront pas nier l'utilisation *d'Air Force II*, ce serait un peu trop gros.

— Très juste, approuva Jennifer. Il est évident que, pour cet appareil, les autorisations doivent venir de très haut.

— Merci, princesse.

— Je sais m'incliner devant un argument de poids.

— Quelle entrée en matière !

— Ha ! Taisez-vous !

— J'ai avancé que ton jugement était brouillé, fit Pinkus, mais que dire du mien ? Tu viens de mettre en lumière un point de la plus haute importance...

— Absolument pas ! lança la voix gutturale de MacKenzie Hawkins.

La porte entrebâillée de la cuisine s'ouvrit toute grande et le Faucon, vêtu d'un tee-shirt et d'un caleçon de camouflage vert et noir sortit de la pièce obscure.

— Excusez ma tenue, petite demoiselle... Redbird.

— Non, Redwing.

— Mille pardons... Mais quand j'entends des voix au bivouac, à trois heures du matin, mon instinct me pousse à aller voir le plus vite possible de quoi il s'agit et non à m'habiller pour une soirée dansante au club des officiers.

— Vous dansez, Mac ?

— Demandez donc aux filles, mon garçon. C'est moi qui leur ai tout appris, de la mazurka à la valse viennoise, la vraie. Les soldats, voyez-vous, ont toujours fait d'excellents danseurs. Ils doivent avancer sans perdre de temps leurs pions auprès des dames, car les permissions sont de courte durée.

— Je vous en prie, Sam, revenons maintenant à l'assertion du général, dit Aaron sans quitter le Faucon des yeux. En quoi les propos tenus par mon excellent collaborateur sur l'avion du vice-président sont-ils erronés ? Il s'agit quand même du second appareil mis à la disposition de notre gouvernement.

— *Air Force II* peut être utilisé par une douzaine d'agences et de ministères dans un but de relations publiques. Sans chercher à savoir de qui il s'agit, l'entourage du vice-président saute sur la moindre occasion de faire sortir de l'ombre le deuxième personnage de l'État. Tout leur est bon pour attirer l'attention sur le bonhomme ou sur l'appareil mis gracieusement à sa disposition... Tenez, Sam, vous vous souvenez de mon voyage retour, après mon procès, de Pékin à la base de Travis, via les Philippines, quand j'ai été obligé de faire ce discours honteux sur les « vieux soldats fatigués » ? Il m'a fallu mentionner dans cette foutue conférence de presse que je vouerais au vice-président une reconnaissance éternelle pour m'avoir envoyé son avion personnel.

— Oui, Mac, je m'en souviens.

— Savez-vous où était le vice-président, Sam ?

— Pas la moindre idée.

— Il était avec une de mes ex-épouses, complètement imbibé de bourbon et incapable d'arriver à ses fins.

— Mais comment le savez-vous ?

— Comme j'avais flairé des manœuvres louches en Chine, j'ai voulu en avoir le cœur net et savoir jusqu'où il fallait remonter à Washington. J'ai donc chargé une des filles de voir si elle pouvait le découvrir.

— Elle a découvert quelque chose ? demanda Pinkus, l'air perplexe.

— Et comment ! Le beau parleur s'est retrouvé à plat ventre, le pantalon sur les chevilles, et il a demandé à Ginny qui j'étais ! C'est là que j'ai compris à quel point le fumier qui m'en voulait était haut placé... C'est là que j'ai pris la décision de commencer une nouvelle vie et que je vous ai engagé, Sam.

— Je préfère parler d'autre chose... Alors, comme ça, Ginny a séduit le vice-président ?

— Vous n'avez pas écouté, mon garçon. Cette fille a du goût et l'autre emplâtre n'a pas été à la hauteur.

— Foin de réminiscences ! lança Pinkus en secouant la tête comme pour chasser des images inacceptables. Que voulez-vous dire exactement, général ?

— Je veux dire, commandant, que nous allons répondre à l'offensive ennemie par une parade-riposte. Ce sera assez délicat, mais nous réussirons.

— Exprimez-vous intelligiblement, Mac.

— Allons, mon garçon ! Cela a marché de la Normandie aux Mariannes, de Pinchon au Mékong... quand ces connards de l'arrière ne foutaient pas tout en l'air en ouvrant leur grande gueule.

— Intelligiblement, Mac...

— La *désinformation*, Sam. A l'intérieur de la sacro-sainte chaîne de commandement.

— Nous en parlions justement il y a quelques instants, glissa Pinkus.

— Je sais, dit le Faucon. J'écoute votre conversation depuis vingt minutes. Je me suis juste absenté un moment pour aller porter une autre bouteille de vodka au colonel Cyrus qui est toujours sur la plage... Ces acteurs lui en ont vraiment fait voir de toutes les couleurs.

— Parlez-nous plutôt de cette désinformation, général, insista Pinkus.

— Je n'ai pas encore réglé tous les détails, mais la voie à suivre est aussi nette qu'une trace d'huile sur la neige fraîche... Brokey le Méchant.

— Qui ?

— Pardon ?

— Je crois savoir de qui il parle, dit Jennifer. Le général Brokemichael. Pas Heseltine, celui des Affaires indiennes, mais l'autre, celui qui dirige la bande de comédiens de Fort Benning. Ethelred.

— La petite dame a raison. Jamais Ethelred Brokemichael n'aurait dû sortir de West Point, jamais il n'aurait dû entrer dans l'armée. Mais c'était dans la famille, vous comprenez, les fils de deux frères, militaires de carrière tous les deux. Le plus étonnant, c'est qu'Ethelred était un esprit plus imaginatif qu'Heseltine, mais il avait une grosse faiblesse. Il avait vu trop de films dans lesquels les généraux vivaient comme des rois et il a essayé de faire la même chose avec sa solde d'officier général, qui n'a jamais permis à personne de se faire bâtir un palais.

— Alors, je ne m'étais pas trompé ! s'écria Devereaux. Il faisait bien du trafic dans le Triangle d'or !

— Bien sûr, Sam, mais ce n'était pas le cerveau d'une organisation criminelle. Il se contentait de servir plus ou moins volontairement d'intermédiaire. Comme dans un film, on lui rendait hommage... Des tas de gens qu'il ne comprenait pas, mais à qui il accordait de menues faveurs.

— Il s'en est mis plein les poches, Mac.

— Pas tant que cela et, en tout cas, beaucoup moins que ce que vous avez affirmé dans votre rapport. Si l'armée avait pu le prouver, il se serait retrouvé en très mauvaise posture. Mais il en a versé une grande partie aux orphelinats et aux camps de réfugiés ; c'était dans son dossier et c'est ce qui l'a sauvé. Il y en a d'autres qui ont fait de pires saloperies.

— Cela ne suffit pas pour le disculper, dit Pinkus.

— Sans doute, mais, comme le dit Sam, nous ne sommes pas des anges.

Le Faucon s'interrompit et s'avança vers une des fenêtres donnant sur la plage.

— De toute façon, reprit-il, c'est du passé et je connais Brokey le Méchant. Il ne me porte pas vraiment dans son cœur, car je connaissais beaucoup mieux Heseltine et les deux cousins ne peuvent pas se sentir, mais nous nous parlons un peu... Et, croyez-moi, nous allons parler, et il me dira qui tire les ficelles dans toute cette histoire. Sinon, le Méchant se retrouvera cloué au pilori et il pourra dire adieu à sa troisième étoile.

— Vous semblez oublier une ou deux petites choses, général, objecta Aaron. Pour commencer, dès que l'échec des Six Suicidaires sera connu, il ne fait guère de doute que Brokemichael sera mis hors circuit, pour la simple raison qu'il serait susceptible de dévoiler l'identité de ce personnage haut placé qui a fait usage de l'appareil du vice-président.

— Personne ne sera au courant de leur échec, commandant, rétorqua Hawkins en se retournant vers Pinkus. Du moins pas avant vingt-quatre heures et je suis sûr que vous pourrez me trouver un jet privé pour m'emmener à Fort Benning, demain à la première heure.

— Vingt-quatre heures! s'exclama Jennifer. Comment pouvez-vous garantir un tel délai? Ces acteurs sont peut-être un peu farfelus, mais ce sont quand même des professionnels des opérations clandestines.

— Permettez-moi de vous expliquer, mademoiselle Redwing. Mes aides de camp, Desi-Un et Deux, sont en contact radio permanent avec moi... Je sais donc que sir Henry Sutton et les Six Suicidaires, pleins d'alcool et d'entrain, font en ce moment même la fermeture d'un restaurant de Darmouth Street, Chez Joseph. Mes hommes les conduiront non pas aux Quatre Saisons, mais au chalet de M. Pinkus où ils passeront la journée à se remettre. Quand ils commenceront à recouvrer leurs esprits, Desi-Deux, qui n'est pas seulement un mécanicien hors pair, mais également, à ce qu'il paraît, un excellent cuisinier, leur servira un plat accompagné d'une sauce au basilic et à la tomate, assaisonnée de tequila, de gin, de brandy, d'alcool de grain pharmaceutique et d'un sédatif liquide d'une puissance indéterminée qui nous fournira la garantie réclamée par Mlle Redwing. Il nous sera donc loisible de gagner plus de vingt-quatre heures... Près d'une semaine, si besoin est.

— Allons, général, objecta la fille des Wopotamis, même sous l'empire de l'alccol et de la drogue, des militaires entraînés et endurcis conserveront assez de lucidité pour se précipiter sur un téléphone.

— Le téléphone ne fonctionnera pas... La ligne sera coupée, à cause de la foudre tombée sur un pylône pendant l'orage.

— Quel orage? demanda Aaron.

— Celui qui aura éclaté après qu'ils se seront écroulés comme des masses.

— Et dès qu'ils se réveilleront, ils sauteront dans la limousine et ficheront le camp en quatrième vitesse, insista Devereaux.

— La direction à crémaillère aura été rendue inutilisable par la conduite en terrain accidenté.

— Ils penseront avoir été victimes d'un enlèvement et prendront les mesures appropriées ! lança Pinkus. Des mesures physiques !

— Il y a toujours un risque, mais je n'y crois pas. Desi-Un leur expliquera que vous, commandant, avez estimé qu'il serait plus sage de laisser tout le groupe se remettre des festivités de la veille dans votre résidence de montagne, évitant ainsi un scandale à l'hôtel.

— A propos de l'hôtel, Mac, dit Sam d'une voix inquiète. Brokemichael prendra certainement contact avec son unité pour suivre ses progrès.

— Petit Joseph est posté dans la suite du milieu et il est chargé de prendre les communications.

— Et qu'est-ce qu'il dira? insista Devereaux. « Bonjour, je suis le Septième Suicidaire et tous les copains sont en train de se bourrer la gueule au bar de Chez Joseph. »

— Mais, non, Sam, il expliquera qu'il n'a été recruté que pour prendre des messages et que ses employeurs temporaires sont sortis pour leurs affaires. C'est tout.

— Il semble que vous ayez pensé à tout, reconnut Aaron avec un hochement de tête approbateur. Je vous félicite.

— C'est une seconde nature chez moi, commandant. De telles mesures de contre-offensive ne sont qu'un jeu d'enfant.

— Non, non, Mac, vous avez oublié quelque chose! lança Devereaux avec le sourire de triomphe d'un avocat retors. Aujourd'hui, toutes les limousines sont équipées d'un téléphone de voiture.

— Bien vu, mon garçon, mais Desi-Un y a également pensé, il y a quelques heures...

— Ne me dites pas qu'il va briser l'antenne! Ce serait un peu trop gros, non?

— Ce n'est pas la peine. Hooksett n'est pas à portée d'un relais; la construction n'en est pas encore achevée. Desi-Deux l'a découvert à ses dépens : il a dit qu'il lui avait fallu rouler pendant vingt minutes sur la route nationale avant de pouvoir joindre D-Un qui était à Boston. C'était avant-hier et il voulait lui expliquer exactement où se trouvait le chalet.

— Avez-vous d'autres objections, maître? demanda Jennifer.

— Quelque chose de terrible se prépare, répondit Sam d'une voix aiguë et étranglée. Il se passe toujours quelque chose de terrible quand il a pensé à tout.

Le jet Rockwell survola les Appalaches et se prépara à entamer sa descente sur la région de Fort Benning, plus précisément un aérodrome privé, à vingt kilomètres au nord de la base militaire. L'appareil transportait un seul passager, le Faucon, vêtu de son complet gris passe-partout, portant ses lunettes à monture métallique, sa brosse grise cachée par la perruque rousse parfaitement mise en place par Erin Lafferty. Il était resté pendu au téléphone de quatre heures à cinq heures trente, pour mettre au point sa tactique. Son premier appel avait été pour Heseltine Brokemichael, transporté de joie à l'idée de « posséder jusqu'à l'os » son cousin abhorré. Dix-sept coups de téléphone plus tard, toutes les autorisations d'accès à la base étaient obtenues pour un journaliste préparant un roman et désireux d'enquêter sur les restrictions budgétaires provoquées par la fin de la perestroïka. Dès huit heures, le brigadier général Ethelred Brokemichael, officiellement chargé des relations publiques de la base, fut informé par le service compétent du Pentagone de l'arrivée de ce journaliste *très* influent et reçut l'ordre de l'accompagner pendant sa visite du complexe militaire. Pour Brokey le Méchant, il s'agissait d'une obligation de routine qui lui permettait d'exercer son talent très limité de comédien dont il était naturellement le seul à ne pas percevoir les limites. A dix heures, Ethelred Brokemichael raccrocha le récepteur du téléphone de son bureau après avoir donné l'ordre à sa secrétaire d'introduire l'écrivain. Le général était prêt pour le numéro de relations publiques qu'il avait eu si souvent et avec tant de succès l'occasion de faire.

Mais il fut assurément pris de court à la vue du vieux bonhomme à lunettes, légèrement voûté, à la tignasse rousse, qui s'avançait timidement dans son bureau en remerciant obséquieusement le sergent qui lui avait ouvert la porte. Il y avait quelque chose de vaguement familier dans la haute silhouette, une espèce d'aura qui contredisait l'image de politesse inquiète du visiteur. Il y avait même des sortes de roulements étouffés et lointains de tonnerre que Brokey était seul à percevoir mais dont la réalité ne faisait aucun doute. *Qu'est-ce qu'il y avait donc de si bizarre chez ce drôle de type qui semblait sortir tout droit du film* Les Grandes Espérances *– l'histoire de ce comptable grand et gauche, écrasé par la société, qui s'efforce de réconforter la vieille dame – à moins qu'il ne confonde avec le rôle du grand type qu'il avait vu jouer dans* Nicholas Nickleby.

— C'est vraiment très aimable à vous, mon général, d'avoir accepté de consacrer un peu de votre temps si précieux à mes modestes recherches, commença doucement le journaliste d'une voix quelque peu éraillée.

— Cela fait partie de mon travail, répondit Brokemichael en décochant au visiteur un sourire que n'eût point désavoué Kirk Douglas. Nous sommes le bras armé de la nation et nous tenons à ce que tout le monde comprenne parfaitement notre rôle dans la défense de notre pays et pour la paix dans le monde... Mais prenez donc un siège.

— Voilà une belle et émouvante déclaration, fit le grand rouquin en s'asseyant devant le bureau avant de prendre un stylo à bille et un bloc sur lequel il griffonna quelques mots. Me permettez-vous de vous citer? Si vous préférez, je peux l'attribuer à une « source autorisée ».

— Absolument pas... Je veux dire que vous pouvez citer mon nom.

C'était donc cela le journaliste si influent pour qui tout le bureau des relations publiques du Pentagone se mettait en quatre? C'est à ce vieil excentrique à la voix rouillée, tremblant devant un uniforme, qu'ils faisaient des ronds de jambe? La matinée allait être de tout repos.

— Nous autres, militaires, n'avons pas pour habitude de nous retrancher derrière des sources anonymes, monsieur... Monsieur...?

— Harrison, mon général. Lex Harrison.

— Rex Harrison...?

— Non, Alexander Harrison. Mes parents m'avaient surnommé Lex il y a très longtemps et mes articles ont toujours été publiés sous ce nom.

— Oui, je vois... Mais cela m'a donné un choc, vous comprenez... Rex Harrison!

— Je comprends d'autant mieux que cette similarité amusait toujours beaucoup M. Harrison. Il m'a même demandé un jour de changer de place avec moi, d'écrire un article tandis que je le remplaçais dans le rôle d'« Henry Higgins ». Un décès vraiment prématuré... C'était un homme si charmant.

— Vous avez connu Rex Harrison?

— Par des amis communs...

— Des amis communs?

— Vous savez, mon général, pour un écrivain ou un acteur, New York et Los Angeles sont de petites villes... Mais mon éditeur ne s'intéresse pas à mes compagnons de bar du Polo Lounge.

— Le Polo Lounge...?

— Un bar très en vogue chez les gens riches et célèbres de LA et chez tous ceux qui aimeraient l'être... Mais revenons à mon éditeur. Il s'intéresse en revanche à l'armée et à la manière dont elle réagit aux économies qui lui sont imposées. Pouvons-nous commencer l'entretien?

— Bien sûr... Oui, oui, bien sûr. Je répondrai à toutes vos questions, mais il se trouve que j'ai toujours eu une véritable passion pour la scène et l'écran... et même le petit écran.

— Mes amis du monde des lettres et du spectacle placeraient la télévision en tête, voyez-vous. Ce qu'ils appellent « les besognes alimentaires ». On ne peut pas vivre du théâtre et les films sont trop rares et trop espacés.

— Oui, j'ai déjà entendu cela dans la bouche de... Peu importe leurs noms. Mais, vous, c'est différent, vous êtes de la partie.

— Je ne trahis aucun secret, vous pouvez me croire, reprit le journaliste. Même Greg, Mitch et Michael l'avouent sans se faire prier...

— Bon Dieu!... Naturellement!

349

Pas étonnant que le Pentagone estime que ce vieux journaliste à la voix cassée a le bras long. Cela fait des années qu'il traîne ses guêtres à Los Angeles et il est à tu et à toi avec toutes ces célébrités que l'armée essaie d'amadouer pour les faire tourner dans ses messages télévisés. Rex Harrison, Greg, Mitch, Michael... Il connaît tout le monde!

— Il m'arrive assez souvent de me rendre à LA, monsieur Harrison. Nous pourrions nous y retrouver un jour... au Polo Lounge.

— Pourquoi pas? J'y passe la moitié de mon temps et l'autre à New York, mais, soyons francs, c'est à Los Angeles que ça bouge. Quand vous irez, vous n'aurez qu'à dire à Gus, le barman du Polo, que vous me cherchez. Je passe toujours le voir, que je sois descendu au Beverly Hills ou non. C'est comme ça que les gens savent que je suis arrivé... Des gens comme Paul... je parle de Newman, bien sûr, et Joanne, les Peck, Mitchum, Caine, et puis les jeunes... les deux Tom – Selleck et Cruise –, Meryl et Bruce... les gens à connaître.

— Comment...?

— Je veux dire ceux qui comptent pour moi, hommes ou femmes, ceux avec qui je me sens bien.

— J'aimerais tellement les rencontrer! s'écria Brokemichael, les yeux arrondis comme deux énormes soucoupes. Je peux organiser mon emploi du temps comme je veux!

— Holà! mon général. Holà!... fit le vieux journaliste de sa voix rauque. Ils ont suffisamment roulé leur bosse pour ne plus vouloir sortir du sérail et fréquenter des amateurs.

— Que voulez-vous dire?

— Ce n'est pas parce qu'on s'intéresse au théâtre ou au cinéma qu'on est accepté dans leur petite communauté, vous comprenez. Tout le monde meurt d'envie de les rencontrer et, même s'ils savent que ça fait partie du boulot, ils tracent des limites.

— Qu'est-ce que ça veut dire?

— En un mot, mon général, vous n'êtes pas un pro, mais un simple admirateur et ceux-là, ils peuvent en ramasser à la pelle, à tous les coins de rue. Les pros ne fréquentent pas les admirateurs, ils les tolèrent... Pouvons-nous en revenir à notre sujet, s'il vous plaît?

— Oui, bien sûr... marmonna Brokemichael en s'efforçant de contenir sa frustration. Mais je pense – que dis-je, je sais! – que vous sous-estimez la profondeur de mes rapports avec les arts du spectacle!

— Votre mère faisait partie d'une troupe de patronage ou bien est-ce votre père qui a joué dans une pièce, au lycée?

— Ni l'un ni l'autre! Ma mère a toujours eu envie de devenir actrice, mais comme ses parents lui avaient dit que cela la conduirait tout droit en enfer, elle s'est contentée de faire des imitations. Quant à mon père, il était colonel... Vous voyez, je suis monté plus haut que lui!... Mais je tiens de ma mère cette fibre théâtrale... Je suis absolument transporté par une bonne pièce ou un bon film, même à la télévision. J'éprouve une impression électrique quand un spectacle me touche, m'émeut vraiment. Je ris, je hurle, je pleure, je suis tous les personnages du film ou de la pièce à la fois. C'est comme une autre vie !

— Réaction typique d'amateur, je le crains, bougonna le vieux journaliste se penchant sur ses notes.

— C'est vraiment ce que vous pensez ? protesta Brokemichael d'une voix étranglée, fêlée par l'émotion. Alors, laissez-moi vous dire quelque chose... Voulez-vous poser votre stylo, ne plus prendre de notes... Que tout ce que nous dirons soit officieux, confidentiel ?

— Pourquoi pas ? Je suis juste venu pour avoir une vue d'ensemble de la situation...

— Parlons bas ! ordonna Brokey dans un murmure, en se dressant brusquement derrière son bureau, puis en se baissant aussitôt avant de se couler vers la porte, l'oreille tendue, comme s'il jouait un rôle dans *L'Opéra de quat'sous*, de Brecht. Je dirige une compagnie de répertoire unique, la meilleure dans les annales de l'histoire militaire ! Je les ai formés, je les ai guidés, je les ai élevés au faîte de leur talent et ils sont considérés aujourd'hui comme une unité antiterroriste d'élite qui réussit là où tout le monde échoue ! C'est ce que vous appelez de l'amateurisme ?

— Allons, mon général, ce ne sont que des soldats qui ont été entraînés pour...

— Pas du tout ! lança Brokemichael avec véhémence, d'une voix toujours basse, mais sifflante. Ce sont des acteurs, de vrais acteurs professionnels ! Quand ils se sont engagés, tous ensemble, j'ai tout de suite compris le parti que je pourrais tirer de la situation. Qui est mieux à même de s'infiltrer à travers les lignes ennemies et de les désorganiser que des hommes habitués à se faire passer pour quelqu'un d'autre ? Imaginez un groupe d'acteurs habitués à travailler ensemble, une troupe de répertoire dont les membres se complètent pour donner l'illusion de la spontanéité, du naturel, de la réalité... Des opérations clandestines, monsieur Harrison, voilà ce qu'ils font ! Ils ont trouvé leur voie et c'est grâce à moi !

La réaction du journaliste fut celle d'un vieux schnoque obligé de reconnaître à contrecœur la validité d'un argument auquel il ne s'attendait pas.

— Ça alors !... bougonna-t-il. C'est une drôle d'idée, mon général, mais je dois dire qu'elle est assez géniale.

— Nous voilà loin de l'amateurisme, n'est-ce pas ? Aujourd'hui, tout le monde les réclame à cor et à cri et, en ce moment même, ils sont en mission, pour le compte de l'un des hommes les plus puissants de notre pays.

— Vraiment ? fit Harrison avec un haussement de sourcils interrogateur tout en esquissant un sourire cynique. Comme ils ne sont pas sur la base, vous ne pourrez pas me les présenter... et comme vous me faites cette révélation à titre officieux, je ne peux rien écrire sur eux.

— Grand Dieu! C'est strictement confidentiel! Pas un mot à quiconque!

— Dans ce cas, mon général, en tant que journaliste, je ne dispose que d'une seule source : vous-même. Pas un rédacteur en chef digne de ce nom ne ferait publier une telle nouvelle sans confirmation par une autre source et mes amis du Polo Lounge s'esclafferaient devant leurs œufs en meurette en se disant que cette histoire ferait un scénario du tonnerre... à condition qu'elle soit vraie, bien entendu.

— Elle est vraie!

— Qui peut me le confirmer?

— Eh bien, euh!... Je ne peux rien vous dire.

— Dommage. S'il y avait la plus petite trace de vérité là-dedans, vous pourriez probablement tirer plusieurs centaines de milliers de dollars d'un synopsis. Et, avec ce qu'ils appellent un « traitement pour l'écran » et qui n'est rien d'autre qu'un bête résumé de texte comme nous en faisions au lycée, vous pourriez arriver à un demi-million. Vous deviendriez la coqueluche d'Hollywood.

— Mais c'est vrai! Je vous en donne ma parole! Croyez-moi!

— Même si je vous croyais, mon histoire ne vaudrait pas un San Pellegrino rondelle au Polo Lounge. Pour faire circuler ce genre de récit, il faut être crédible... Et maintenant, mon général, je pense qu'il est temps de reprendre le cours de notre interview.

— Non! Je suis trop près de mes rêves!... Paul et Joanne, Greg, Mitch, Michael... Tous les gens à connaître...

— C'est certain...

— Vous *devez* me croire, Harrison!

— Comment pourrais-je vous croire, grommela le vieux journaliste. Je ne peux même pas écrire un seul mot, puisque vous ne parlez qu'à titre officieux.

— Écoutez bien ce que je vais vous dire! s'écria Brokey, l'œil hagard, le visage ruisselant de sueur. Dans moins de vingt-quatre heures, ma troupe d'acteurs de répertoire spécialisés dans la lutte anti-terroriste aura capturé l'un des ennemis les plus dangereux de l'histoire de notre patrie!

— Voilà une révélation explosive, mon général. Êtes-vous en mesure de l'étayer?

— Existe-t-il un état intermédiaire entre officieux et officiel?

— Eh bien, il y a ce que nous appelons la divulgation confidentielle a posteriori, ce qui signifie que rien ne peut être publié avant que l'événement se soit effectivement produit et seulement « dans le contexte ».

— C'est-à-dire?

— Aucun nom n'est mentionné ni cité comme source.

— Ça me va!

— C'est ce qu'on va voir! marmonna le journaliste entre ses dents.

— Pardon?

— Rien. Je vous écoute, mon général.

— Ils sont à Boston, Massachusetts, déclara Brokemichael d'un ton monocorde au débit rapide, en remuant à peine les lèvres.

— J'en suis ravi.

— Avez-vous lu les journaux ou regardé la télévision ces jours-ci ? poursuivit Brokemichael sur le même ton confidentiel.

— Un peu. Il est difficile d'y échapper.

— Avez-vous lu ou vu quelque chose sur le comité Nobel qui est arrivé à Boston à bord de l'avion du vice-président ?

— Oui, cela m'évoque quelque chose, répondit le journaliste, le front plissé par la réflexion. Il était question d'une conférence à Harvard et d'une vague récompense pour un général... Soldat de la décennie ou quelque chose dans le genre. J'ai vu un reportage à la télé.

— C'était classe, non ?

— Il me semble qu'un comité représentant la fondation Nobel doit avoir une certaine tenue.

— Ce que vous avez vu sur votre petit écran était donc un groupe constitué d'érudits et d'historiens militaires ?

— Naturellement. Je ne vois pas pourquoi la fondation Nobel s'embarrasserait de minables. Mais quel est le rapport avec votre troupe de répertoire, votre unité de choc ?

— Ce sont eux !

— Qui ? Quoi ?

— Ce comité Nobel ! Ce sont mes hommes, mes acteurs !

— Je vous promets que cela restera strictement entre nous, mon général, mais j'aimerais juste savoir si vous avez commencé à biberonner dès ce matin. Regardez-moi bien... Vous n'avez pas affaire à un blanc-bec qui rêve de devenir un grand nom du journalisme... Comme mes amis du Polo Lounge, j'ai roulé ma bosse et, moi aussi, j'avais parfois une bouteille dans la poche...

— Je vous jure que c'est la vérité ! fulmina le général, sans trop oser élever la voix, mais avec une telle intensité que les veines de son cou se gonflèrent dangereusement. Et sachez que je ne bois jamais une goutte d'alcool avant l'ouverture du Club des officiers, à midi ! Ce prétendu comité Nobel est en réalité composé de mes acteurs, de mon unité clandestine !

— Souhaitez-vous remettre cette interview à un autre jour ?

— Je vais vous le prouver !

Le chef des Six Suicidaires se précipita vers un classeur et ouvrit violemment un tiroir d'où il sortit plusieurs chemises cartonnées. Puis il revint à son bureau sur lequel il les jeta en vrac avant de commencer à en ouvrir quelques-unes et à éparpiller les photographies qu'elles contenaient.

— Les voilà ! Nous conservons des clichés de tous leurs maquillages afin de ne pas les reproduire lors des opérations suivantes, pour le cas où ils auraient été l'objet d'une surveillance photographique... Tenez, regardez! Voilà les derniers clichés, ceux qui montrent les accessoires au stade expérimental. Voyez les cheveux et les colliers postiches, les lunettes et même les faux sourcils. Voilà les hommes que vous avez vus à la télévision pendant la conférence de presse qui s'est tenue à l'aéroport Logan. Regardez bien!

— Je n'en crois pas mes yeux, murmura le journaliste de sa voix rauque en se levant pour étudier de plus près les agrandissements de format 20 x 25, sur papier brillant. Je crois bien que vous avez dit vrai.

— Bien sûr! Ce sont les Six Suicidaires, ma création!

— Mais que font-ils à Boston?

— C'est top secret, ultra-confidentiel.

— Eh bien, mon général, je regrette d'avoir à vous dire cela, mais tout ce que vous m'avez montré se résume à des possibilités visuelles sans lien entre elles, qui n'ont aucune valeur sans une explication. N'oubliez pas que rien ne sera divulgué dans l'immédiat et que vous pouvez parler sans crainte.

— Mon nom ne sera pas cité... sauf à vos amis du Polo Lounge que j'aimerais tellement rencontrer?

— Vous avez ma parole de journaliste, affirma l'homme qui se faisait appeler Harrison.

— Eh bien, voilà... Le général dont vous avez parlé, cet ex-général ignominieusement chassé de l'armée est un traître à sa patrie. Je ne vais pas entrer dans les détails, mais sachez que, s'il mène son plan à bien, notre pays risque de perdre ses deux premières lignes de défense aérienne qui sont d'une importance vitale.

— Vous parlez bien de ce Soldat de la décennie...

— Non, Soldat du siècle, rectifia Brokemichael, mais ce n'est qu'un canular, un leurre destiné à l'attirer dans nos filets pour s'emparer de lui. Et c'est ce que mes hommes, mes acteurs, sont en train de faire en ce moment même!

— Je suis désolé de l'apprendre, mon général. Sincèrement désolé!

— Pourquoi? Ce type est un dément.

— Pardon?

— Il est fou à lier, bon à interner...

— Dans ce cas, pourquoi a-t-il tant d'importance?

— Parce qu'avec l'aide d'un avocat criminel de Harvard – pas un avocat *au* criminel, non, un vrai criminel, et je suis bien placé pour le savoir – il a engagé contre notre gouvernement une scandaleuse action en justice qui risque de nous coûter – je pense surtout au Pentagone – des millions de dollars, beaucoup plus que ce que nous pourrions arracher au Congrès en un siècle!

— Quelle action?

— J'ignore les détails. On ne m'a dit que l'essentiel et, croyez-moi, c'est vraiment le *Rocky Horror Picture Show*... A propos, avez-vous vu ce film?

— Non, je regrette, bougonna le journaliste dont l'hostilité était devenue patente, sauf pour Brokey le Méchant. Qui est donc ce général ? poursuivit-il d'une voix sourde.

— Un salopard du nom de Hawkins, un incorrigible provocateur.

— Le nom me dit quelque chose. N'aurait-il pas reçu deux fois la médaille du Congrès ?

— Cela ne l'empêche pas d'être complètement maboul ! Quatre-vingts pour cent de ces décorations sont décernées à titre posthume. Je me demande pourquoi il ne s'est jamais fait tuer... Il y a peut-être un papier intéressant à faire là-dessus.

Le journaliste dont les yeux lançaient maintenant des éclairs étouffa un rugissement qu'il maquilla en quinte de toux.

— Mais comment se fait-il, reprit-il en retrouvant un semblant de calme, qu'*Air Force II* ait été mis à la disposition de ces imposteurs ?

— C'était pour la conférence de presse. Cet appareil ne passe pas inaperçu.

— Certes, mais c'est le genre de véhicule qui ne se loue pas dans une agence Hertz. Il est inaccessible.

— Pas pour tout le monde...

— C'est vrai, vous avez mentionné un gros ponte... « Un des hommes les plus puissants du pays », s'il m'en souvient bien.

— Très haut placé, tout près du sommet. Mais secret absolu...

— Voilà le genre de renseignement confidentiel qui ferait impression sur mes amis d'Hollywood. Ils pourraient sans doute organiser pour vous un voyage sur la côte Ouest, avec quelques conférences... Dans la plus grande discrétion, cela va sans dire.

— Des conférences ?

— Ils voient loin, mon général, cela fait partie du métier. Un film commence par une grande idée et il faut compter deux ans pour la réalisation. Songez que les plus grandes vedettes de l'écran seraient à vos pieds... Vous auriez l'occasion de toutes les rencontrer pour préparer le casting.

— Les rencontrer, toutes les vedettes... ?

— Bien sûr, mais je présume que c'est hors de question, puisque vous ne pouvez, malgré mes garanties, me dévoiler l'identité de ce gros ponte. Dans quelque temps, le premier imbécile venu pourra le faire et ne s'en privera pas. Si vous voulez frapper fort, c'est maintenant ; quand tout sera fini, vous ne serez plus rien... Tant pis, mon général, revenons à nos moutons. Les coupes effectuées dans le budget de la défense ont des conséquences directes sur le personnel, ce qui, à terme, aura des répercussions sur le moral des troupes...

— Attendez, attendez !

La face apoplectique, Brokey commença à marcher de long en large dans le bureau sans quitter des yeux les photographies de l'unité qu'il avait créée.

— Comme vous le dites, quand la lumière sera faite sur cette histoire, et elle le sera un jour, je ne serai plus personne et le premier imbécile venu pourra s'attribuer le mérite de ce que j'ai fait. Sûr qu'on ne s'en privera pas! On fera un film pour lequel je ne serai même pas consulté; je n'aurai plus qu'à allonger dix dollars pour payer ma place de cinéma et regarder ce qu'on aura fait de mon chef-d'œuvre. Bon Dieu! C'est trop con!

— C'est la vie, comme dit la chanson, répondit le journaliste, le stylo à la main, prêt à prendre des notes. A propos, je sais qu'en ce moment Francis Albert cherche un bon rôle... Il pourrait interpréter le vôtre.

— Francis Albert...

— Je veux dire Frank... Sinatra, bien sûr.

— Non! rugit le général de brigade. C'est moi qui ai tout fait et à ma manière!

— Comment cela?

— Très bien, je vais tout vous dire, soupira Brokemichael, le visage couvert de sueur. Plus tard, quand tout sera fini, il me remerciera sans doute et m'obtiendra peut-être une troisième étoile. Même si ça ne marche pas, à lui de payer les dix dollars pour regarder ce film, *mon* film!

— Je ne vous suis pas très bien, mon général.

— Le secrétaire d'État! souffla Brokey le Méchant. C'est pour son compte que mes Six Suicidaires sont en mission à Boston. Il est venu ici hier, incognito! Personne ne savait qui il était, même son badge avait été maquillé!

— Victoire! s'écria le Faucon en bondissant de son siège pour se dresser de toute sa taille en arrachant sa perruque. Je t'ai bien eu, Deucey! poursuivit-il d'un ton triomphant en défaisant son col et sa cravate tout en enlevant ses lunettes de l'autre main. Comment vas-tu, mon vieux frère d'armes? Comment vas-tu, immonde salaud?

Ethelred Brokemichael demeura sans voix, pétrifié, paralysé par l'émotion. La bouche grande ouverte, le visage déformé, il ne parvint qu'à émettre une suite de grognements rauques accompagnés de petits couinements aigus.

— Aarrgghh... Aarrghh!

— Est-ce une manière de saluer un vieux compagnon, même s'il est bon à enfermer et si c'est un inadapté qui n'aurait jamais dû recevoir ses deux médailles du Congrès?

— Aaahhh!... Aaahhh!

— Ah! j'oubliais! C'est aussi un traître, un incorrigible provocateur et ces médailles cachent peut-être quelque chose de louche, qu'il a peut-être dirigé son arme contre lui...

— Naahh... Naahh!

— Est-ce que ça veut dire que tu ne croyais pas que ça pourrait marcher, minable?

— Arrête, Mac, je t'en prie !... gémit Brokemichael en retrouvant juste assez de force pour protester. Tu ne peux pas savoir tout ce que j'ai vécu... Un divorce avec une salope qui me saigne à blanc, la lutte permanente avec Washington pour obtenir des fonds, mon unité à mettre dans les meilleures conditions. Je ne sais pas si tu te rends compte, mais il fallait que je rassemble de force un public pour leurs fichues lectures de pièces, avec des recrues qui ne comprenaient pas un traître mot et fumaient de drôles de cigarettes pour patienter jusqu'à la fin de la corvée... Sois magnanime, Mac, j'essaie simplement de survivre ! Qu'aurais-tu fait à ma place ? Tu aurais envoyé le secrétaire d'État sur les roses ?

— Probablement.

— On voit bien que tu n'as jamais versé un centime de pension alimentaire !

— Bien sûr que non. J'ai appris aux filles à se débrouiller toutes seules et je dois avouer qu'elles ont réussi. Quand je suis dans la panade, il y en a toujours une pour me dépanner.

— Je ne comprendrai jamais. Jamais !

— C'est très simple. Je me suis vraiment intéressé à elles, à elles toutes, et je les ai aidées à devenir meilleures. Toi, tu n'as jamais été capable de faire ça.

— Écoute, Mac, ce bigleux de Pease avait des arguments vraiment convaincants contre toi. Et, quand il m'a appris que le petit merdeux de Devereaux était dans le coup, ça m'a rendu dingue, vraiment dingue.

— C'est bien dommage, Deucey, parce que c'est justement sur les instances de ce « petit merdeux » de Devereaux que je suis ici... pour t'aider à sortir du plus affreux pétrin dans lequel tu te sois jamais fourré.

— Quoi ?

— A ton tour de te montrer magnanime, Brokey. Devereaux a compris que les charges portées contre toi étaient exagérées et il aimerait se faire pardonner cette erreur de jeunesse. Crois-tu que je serais venu me jeter dans la gueule du loup s'il ne me l'avait pas demandé avec insistance ?

— Qu'est-ce que c'est que cette histoire ?

— Tu es victime d'un coup monté, Brokey. C'est Sam Devereaux qui a éventé la mèche et il m'a littéralement ordonné de venir te prévenir.

— Comment ? Qu'est-ce que... ?

— Il y a en effet un petit litige avec le gouvernement – il y a toujours un procès en cours avec le gouvernement – mais celui-ci est extrêmement embarrassant pour Warren Pease, un politicien très attaché à son image. Pour écarter le danger, il vous engage, toi et ton unité de choc, pour faire le sale boulot en te faisant croire qu'il s'agit d'une crise très grave, mettant en péril la sécurité nationale. Mais, dès que ce sera fait, il niera tout ! L'action en justice étant abandonnée faute de demandeurs, il y aura nécessairement quelqu'un pour protester et pour remonter la piste jusqu'à tes Six Suicidaires... et jusqu'à toi ! Un officier général contre lequel ont déjà été portées de graves accusations dans le Triangle d'or. Tu es fini, Brokey !

— Bordel de merde ! Je ferais peut-être mieux de les rappeler !

— A ta place, je classerais également dans tes dossiers une note officielle, datée d'hier, dans laquelle tu indiquerais qu'après réflexion tu as décidé de rappeler tes hommes, considérant que cette mission excédait les pouvoirs dévolus à l'armée par la constitution. En cas d'enquête parlementaire, que ce soit la tête de Pease qui saute, pas la tienne !

— Bon Dieu ! Je vais le faire tout de suite !... Dis-moi, Mac, comment se fait-il que tu connaisses si bien Los Angeles... Hollywood, le Polo Lounge et tous les gens dont tu m'as parlé ?

— Tu oublies, mon vieux, qu'on a fait un film sur moi. J'y ai passé dix semaines au titre de consultant, dix semaines de folie, à cause de ces trous du cul du Pentagone qui croyaient que cela ferait grimper les quotas d'engagements.

— Mais tout le monde sait qu'ils sont tombés en chute libre. Il faut dire que c'était le pire navet que j'aie jamais vu et pourtant j'en ai vu ! C'était vraiment nul et, même si je ne te porte pas dans mon cœur, j'ai eu mal pour toi.

— Moi aussi, je l'ai trouvé épouvantable, mais j'ai eu certaines compensations que seule cette ville peut offrir... Bats le rappel de tes troupes, Deucey. Ne te laisse pas conduire à ta perte.

— Bien sûr, je vais le faire ! Mais il faut que je trouve un moyen.

— Décroche ton téléphone et donne-leur l'ordre de regagner la base ! C'est tout ce que tu as à faire.

— Ce n'est pas aussi facile ! Je ne peux pas transgresser comme ça un ordre du secrétaire d'État... Peut-être devrais-je me faire porter pâle...

— Tu cherches des faux-fuyants, Ducey ?

— Bon Dieu ! Il faut que je réfléchisse !

— Tiens, voilà qui t'aidera peut-être à prendre ta décision.

Le Faucon déboutonna sa veste et en écarta les pans, découvrant un magnétophone fixé autour de sa poitrine.

— C'est un colonel à qui j'ai récemment fait prendre du galon qui m'a suggéré de venir avec un « mouchard »... Tout ce qui s'est dit dans ce bureau a été enregistré.

— Mac, tu es une ordure !

— Allons, Brokey, nous savons tous les deux à quoi nous en tenir et, moi aussi, il faut bien que je survive... Tu connais cette citation : « Si ce n'est pas le diable qui te prend, ce seront les grands fonds » ?

— Jamais entendu ça.

— Moi non plus, mais cela me semble convenir à la situation. Qu'est-ce que tu en penses ?

24

En se dirigeant vers la salle de gymnastique de l'appartement de Miami Beach au sol dallé de marbre blanc, Vincent Mangecavallo ne put réprimer une nouvelle grimace devant le rose uniforme de l'ameublement. Tout était rose, des sièges aux canapés, en passant par les tapis et jusqu'au lustre suspendu au plafond du séjour, un drôle d'appareil composé de plusieurs centaines de coquillages roses, qui donnait l'impression de devoir s'effondrer sur la tête du premier qui passerait dessous. Vinnie ne connaissait rien à la décoration, mais tout ce que ce mariage exclusif de rose et de blanc lui disait, c'est que le célèbre décorateur engagé par son cousin Ruggio devait être à voile et à vapeur.

Ruggio lui avait pourtant expliqué l'avant-veille au téléphone que ce n'était pas du rose.

— Il faut pas dire que c'est rose, Vin. On appelle ça couleur *pêche*.

— Pourquoi?

— Parce que le rose, c'est pas cher, mais, si tu dis que c'est *pêche*, ça vaut tout de suite la peau des fesses. Moi, je vois pas la différence et, pour ne rien te cacher, je crois pas que Rose la voie non plus. Mais ça la rend heureuse, tu comprends?

— De la manière dont tu vis, *Cugino*, ta femme devrait toujours être heureuse. Mais, à part ça, je te remercie sincèrement de m'avoir prêté l'appartement.

— Tu peux y rester aussi longtemps que tu voudras, Vin. Nous, on ne pourra pas descendre avant au moins un mois et, d'ici là, tu seras de retour parmi les vivants. Il y a d'abord une affaire urgente à régler avec la famille d'El Paso... Au fait, tu as vu la salle de gym que je me suis fait construire, avec bain de vapeur et tout...

— C'est précisément où je vais aller après ce coup de téléphone. D'ailleurs, je suis en peignoir rose, en tissu éponge, assez court, si tu vois ce que je veux dire.

— C'est pour les filles. J'en ai des bleus, plus longs, dans la salle de gym.
— Qu'est-ce qui se passe avec les gars d'El Paso, Ruge?
— Ils veulent mettre la main sur tout le marché de la sellerie et ça englobe non seulement les centres d'équitation de New York et de Pennsylvanie, mais toutes les chasses à courre pour snobinards de l'ouest du New Jersey et de la Nouvelle-Angleterre.
— Je veux pas me mêler de ce qui ne me regarde pas, Ruge, mais les chevaux, c'est quand même un truc de l'Ouest, non? Et les selles, c'est pour les cow-boys, hein? Qu'est-ce que tu en dis?
— J'en dis que c'est des conneries. La plus grande partie de cette sellerie, elle est fabriquée à Brooklyn et dans le Bronx. Dès qu'on leur lâche un peu la bride, à ces péquenots, ils partent au galop et ça, on ne peut pas le tolérer.
— Je vois bien ce que tu veux dire. Sur la tombe de ma mère, Ruge, je ne veux pas me mêler de tes affaires...
— Ta mère n'est pas morte, Vinnie. Elle est à Fort Lauderdale.
— Ce n'est qu'une expression toute faite...
— A propos, Vinnie! Tu ne devineras jamais ce que je fais demain!... Je vais à ton service funèbre! Qu'est-ce que tu dis de ça?
— Tu vas faire mon oraison funèbre?
— Non, je suis un rien du tout, moi, mais le cardinal dira quelques mots. Tu te rends compte, Vinnie, un cardinal?
— Je ne le connais pas.
— Ta mère lui a téléphoné. Elle a beaucoup pleuré et, comme elle a fait un don généreux pour ses œuvres, il a accepté de parler.
— Elle sera encore plus généreuse en apprenant que je suis ressuscité... Merci encore pour la piaule, Ruge.

Mangecavallo s'arrêta sous le lustre rose en se remémorant toute la conversation téléphonique avec son cousin. Comme l'avant-veille, il se rendait dans la salle de gymnastique avec l'intention bien arrêtée de ne pas s'approcher du bain de vapeur flambant neuf, comme si un simple contact pouvait suffire à attraper une chaude-pisse. Cette conversation, que le décor de tantouze lui avait remise en mémoire, rappela à Vincent qu'il était temps de donner un autre coup de téléphone. Cette perspective ne le faisait pas bondir de joie, mais il n'y avait pas à y couper et ce qu'il apprendrait ferait peut-être de lui un homme aussi heureux que s'il faisait sauter la banque d'un casino de Las Vegas. Mais il y avait un os. Seul un tout petit nombre de gens savaient qu'il était sain et sauf, et continuait à tirer les ficelles dans l'ombre. Il s'agissait naturellement des connards de Wall Street à qui Meat avait rendu visite et qui avaient le choix entre avoir la bouche fermée par du ciment ou passer le reste de leur vie derrière les barreaux, sans profiter du magot qu'ils comptaient amasser dans la juteuse opération en cours. Et bien sûr de Ruggio. Vincent avait été obligé de mettre son cousin au parfum, car il avait absolument besoin d'une planque discrète et sûre en attendant que Smythington-Fontini vienne le chercher pour le transporter sur l'îlot des Tortugas où devait avoir lieu son « sauvetage » miraculeux.

Le nom d'Abul Khaki ne figurait pas sur cette liste. Il n'avait aucune raison de s'y trouver, mais Vincent ne pouvait faire autrement que de l'y ajouter. Dans le monde de la haute finance internationale, Abul était un personnage tout aussi tortueux qu'Ivan Salamander. Ce qui le rendait encore plus dangereux, ou prospère, selon le point de vue où on se plaçait, c'est qu'il n'était pas citoyen américain et qu'il contrôlait tout un tas de holdings basés à l'étranger – aux Bahamas ou aux Caïmans –, la fortune la plus colossale des Caraïbes depuis l'époque où les pirates enterraient dans les îles leurs coffres bourrés d'or. En tant que ressortissant de l'une de ces principautés arabes que Washington courtisait en sous-main, Abul Khaki bénéficiait en outre de protections de l'intérieur lorsque le gouvernement engageait des négociations secrètes avec des individus politiquement impopulaires. Des individus qui étaient par exemple en mesure de troquer quelques milliers de missiles contre trois prisonniers et une prostituée de Damas. Abul Khaki jouissait d'une immunité absolue.

Ayant été informé des discrètes références dont Khaki pouvait se targuer, Mangecavallo avait établi avec l'Arabe des relations mutuellement profitables. Abul avait de gros intérêts dans les compagnies maritimes et ses tankers, qui ne transportaient pas toujours que des produits pétroliers, relâchaient dans les ports du monde entier. Après quelques problèmes toujours embarrassants avec les autorités locales, Vinnie fit savoir à Abul que ses amis et lui-même n'étaient pas dépourvus de précieuses relations sur les quais.

— De New York à La Nouvelle-Orléans et entre ces deux villes, ils sont sous notre contrôle, monsieur Cocky.

— Non, Khaki, monsieur Mangecuvulo.

— Non, Mangecavallo.

— Je suis sûr que nous ne tarderons pas à bien connaître nos patronymes.

C'est en effet ce qui arriva et, de fil en aiguille, Abul en vint à rendre certains services d'ordre financier à son ami Vincent. Quand les parrains de la région de New York et ceux de Palerme suggérèrent avec la plus grande fermeté à Mangecavallo de postuler la direction de la CIA, Vinnie s'adressa à Khaki.

— J'ai un problème, Abul. Les parrains voient grand et c'est une bonne chose, mais ils ne s'embarrassent pas des détails et c'est beaucoup moins bien.

— Quel est donc le problème de mon cher ami qui a la vivacité du faucon du désert... En vérité, je confesse n'être jamais allé dans le désert où, à ce qu'il paraît, la chaleur est accablante.

— Le problème est bien là, mon cher... la chaleur. J'ai placé pas mal d'argent dans tous les coins du pays, sur des comptes discrets et sous des noms différents. Quand j'aurai obtenu ce poste à Washington, et je vais l'obtenir, il ne me sera pas possible de faire le tour des vingt-deux États pour ramasser la monnaie, d'autant moins que je préférerais que la majeure partie ne voie pas le jour.

— C'est une nécessité absolue.

— Absolument.

— Avez-vous vos relevés de comptes?

— Tous, répondit Vinnie avec un sourire mauvais. Exactement trois cent quatre-vingt-sept.

— Ah!... Le regard du dromadaire est plus profond que ne le laissent supposer les gargouillements de ses différents estomacs.

— Euh... oui, on peut dire ça.

— Avez-vous confiance en moi, Vincent?

— Évidemment... Bien obligé. Comme vous êtes obligé de me faire confiance, *capisce*?

— Assurément. Le chien du bédouin frétille triomphalement de la queue pour fêter sa survie... Avez-vous déjà rencontré un bédouin? Peu importe, mais permettez-moi quand même de vous dire qu'ils ont un flair extraordinaire sur les places financières.

— Alors, mes comptes?

— Clôturez-les tous et apportez-moi l'argent. J'emploie un homme de grand talent, un véritable artiste capable de contrefaire n'importe quelle signature, y compris celle d'un mort, pour notre plus grand profit mutuel. Faites-moi pleine et entière confiance, Vincent, je gérerai votre portefeuille en personne, sous l'égide de l'un des plus respectables cabinets juridiques de Manhattan.

— Le tout?

— Ne soyez pas ridicule. Seulement une somme proportionnée à la fortune d'un importateur prospère. C'est avec le reste que vous gagnerez véritablement de l'argent et je puis vous assurer qu'il n'y aura aucune trace écrite.

C'est ainsi qu'Abul Khaki était devenu le gestionnaire du patrimoine de Mangecavallo, avec un portefeuille se montant à quatre millions de dollars et un investissement cinq fois plus élevé dans différentes sociétés basées à l'étranger. Mais ce n'était ni cette amitié intéressée ni la nature du service rendu qui poussait Vincent à téléphoner à Abul. La raison en était très simple : Khaki avait une connaissance plus approfondie des grands marchés financiers que n'importe quelle autre relation de Mangecavallo, une connaissance acquise en grande partie par des voies illégales, le reste grâce à un sens aigu des affaires. Et Abul Khaki resterait muet comme la tombe sur sa résurrection. C'était une certitude, car sa survie en dépendait, comme celle du chien du bédouin.

— Ça alors! je n'en crois pas mes oreilles! s'écria Abul en entendant la voix de Vincent qui avait utilisé un de leurs noms de code pour le joindre à Monte-Carlo.

— Vous pouvez le croire, Abul. Je vous exliquerai plus tard...

— Mais, non, vous n'avez pas compris! J'ai fait expédier hier des couronnes funéraires pour votre service mortuaire! Il y en avait pour dix mille dollars! De ma part et de celle du gouvernement israélien, par l'entremise de mes bureaux à New York!

— Pourquoi avez-vous fait ça?

— Disons que j'ai fait quelques affaires avec le Likoud et que je pensais qu'en associant mon nom au leur, nous pourrions continuer dans cette voie.

— Ça ne peut pas faire de mal, approuva Mangecavallo. Moi-même, j'ai toujours eu de bons rapports avec le Mossad.

— Le contraire m'aurait étonné, cher ami revenu d'entre les morts! J'en suis tout retourné et mon corps tremble de partout... Je sens que je vais perdre au baccara, des centaines de milliers de dollars!

— Alors, ne jouez pas.

— Avec à ma table trois Grecs avec qui je suis en affaires?... Êtes-vous devenu fou, Vincent? Mais que faites-vous? Que s'est-il passé? Les tourbillons de sable du désert obscurcissent ma vue!

— Vous n'êtes jamais allé dans le désert, Abul.

— J'ai vu des photographies... C'est terrifiant, autant que votre voix qui me parvient je ne sais d'où... J'espère que ce n'est pas du royaume des morts.

— J'ai dit que je vous expliquerais plus tard... après mon sauvetage.

— Votre sauvetage...? Mon cher Vincent, je ne veux pas entendre un mot de plus. Je vous le demande avec la plus grande fermeté.

— Eh bien, faites comme si ce n'était pas moi, mais juste un investisseur un peu curieux. Comment va la Bourse américaine?

— Comment elle va? Elle est en train de sombrer doucement dans la folie. Ce ne sont que manœuvres et négociations dans les coulisses – fusions, rachats, prises de contrôle. La folie qui recommence!

— Que disent les oracles?

— Rien. Ils ne parlent pas, même à moi. En comparaison de Wall Street, le monde d'Alice, celui qu'elle a trouvé de l'autre côté du miroir, est un lieu éminemment logique. Plus rien n'a de sens, même pour moi, au risque de me répéter.

— Et les industries qui travaillent pour la Défense?

— Comme vous dites, vous les Italiens, elles sont *pazzo*! Au lieu de s'essouffler dans l'attente de reconversions de grande envergure, elles flambent et atteignent des cours records. Les Soviétiques furieux, mais très inquiets, m'ont appelé pour me demander ce qu'il fallait en penser, mais je n'ai rien pu leur répondre. Mes contacts à la Maison-Blanche m'ont informé que le président avait tenu une douzaine d'audio-conférences avec le Kremlin et assuré ses différents interlocuteurs que la situation devait résulter de l'ouverture des marchés de l'Est *plus* les reconversions, car le budget du Pentagone reste en forte diminution... Vous pouvez me croire, Vincent, ils sont tous *pazzo*!

— Pas du tout, Abul. C'est absolument parfait... Je vous rappellerai, il faut que j'aille prendre mon bain de vapeur.

Warren Pease était hors de lui, en proie aux affres d'une anxiété sans nom. L'œil gauche du secrétaire d'État allait et venait frénétiquement, tel un faisceau laser essayant vainement de se fixer sur une cible insaisissable.

— Qu'est-ce que ça veut dire, vous ne pouvez pas trouver le général Ethelred Brokemichael? hurla-t-il au téléphone. Il est sous mes ordres – non, oubliez ça! – il est sous les ordres du président des États-Unis qui attend avec impatience son rapport au numéro ultra-confidentiel que je vous ai déjà donné au moins dix fois! Combien de temps, à votre avis, le président doit-il attendre l'appel d'un petit général de brigade?

— Nous faisons tout notre possible, monsieur, répondit la voix terrifiée et épuisée de son correspondant de Fort Benning. Nous n'y pouvons rien, s'il est introuvable.

— Avez-vous envoyé des équipes à sa recherche?

— Dans tous les cinémas et les restaurants de Cuthbert à Columbus et jusqu'à Hot Springs. Nous avons consulté son agenda, vérifié ses appels vers l'extérieur...

— Et alors?

— Pas vraiment de résultats, mais il y a quand même quelque chose d'insolite. Le général Brokemichael a demandé vingt-sept fois le numéro d'un hôtel de Boston dans un laps de temps de deux heures et demie. Nous avons naturellement téléphoné à cet établissement pour savoir si le général avait laissé des messages...

— Vous n'avez pas dit qui vous étiez, j'espère!

— Non, simplement qu'il s'agissait d'une affaire officielle, pour le compte du gouvernement, mais sans entrer dans les détails.

— Et alors?

— Ils se sont contentés de rire – quatre fois – en entendant le nom du général et nous ont assuré qu'il n'était pas là et que ce nom leur était inconnu... si jamais ce n'était pas une blague.

— Continuez à chercher!

Pease écrasa le combiné sur sa console, se leva et commença à aller et venir comme un fauve en cage dans son bureau du Département d'État. Qu'est-ce que cet abruti de Brokemichael avait bien pu faire et où était-il passé? De quel droit se permettait-il de disparaître dans la nature, sans répondre aux appels du secrétaire d'État?... Et s'il était mort? Non, cela ne résoudrait rien et ne ferait même que compliquer les choses... Mais, en admettant qu'il lui soit arrivé quelque chose, il n'existait aucun lien entre lui et cet officier excentrique qui avait créé l'implacable machine baptisée les Six Suicidaires. Quand Warren s'était rendu à la base militaire, il était évidemment muni de toutes les autorisations nécessaires, mais les papiers n'étaient pas à son nom et il avait pris soin de mettre une courte perruque rousse pour dissimuler sa calvitie naissante. Les registres d'entrée et de sortie de Fort Benning indiquaient seulement qu'un petit comptable du Pentagone, sans traits distinctifs, était venu présenter ses respects au général... La perruque rousse était vraiment une idée de génie, car les caricaturistes ne manquaient pas d'insister sur son front dégarni. Mais où était donc passé ce crétin de général ?

Son monologue intérieur fut interrompu par la sonnerie du téléphone. Warren Pease se rua vers son bureau et vit que trois lignes étaient en service, et qu'une quatrième touche s'allumait. Il enfonça celle du bureau de sa secrétaire en espérant entendre les mots tant attendus : « Un appel de Fort Benning, monsieur. » Mais ses espoirs furent anéantis quand, au bout de trente interminables secondes, la garce lui annonça d'un ton détaché :

— Il y a trois, non, quatre appels pour vous, monsieur, et tout ce que je puis en dire, c'est qu'ils sont de nature personnelle, puisque aucun de vos correspondants n'a daigné me donner le motif de son appel et que tous les noms que l'on m'a fournis me sont inconnus.

— Quels noms ?

— Bricky, Froggie, Moose et...

— Ça va, ça va..., la coupa Warren Pease, à la fois étonné et furieux.

C'étaient donc toutes ses relations mondaines — pas seulement mondaines ! — du country club de Fawning Hill. Or, ils ne devaient *jamais* l'appeler à son bureau, sous aucun prétexte ! Certes, ils n'avaient pas révélé leur véritable identité et s'étaient contentés de leurs surnoms, mais qu'avait-il bien pu arriver pour qu'ils l'appellent tous en même temps ?

— Je vais les prendre l'un après l'autre, Regina, dit-il en se frappant la tempe pour remettre en place son œil gauche.

— Ce n'est pas Regina, monsieur le secrétaire d'État. Je suis sa sœur cadette, Andromeda Trueheart, la benjamine de la famille.

— Vous êtes nouvelle ?

— J'ai pris mon poste hier, monsieur. Nous avons pensé que vous aviez besoin en ce moment d'être soutenu de la manière la plus efficace qui soit et Mme Trueheart mère est en vacances au Liban.

— Vraiment ? fit distraitement Pease tandis que des porte-jarretelles se trémoussaient à un rythme endiablé devant ses yeux hagards. Vous êtes la benjamine de...

— Vos appels, monsieur.

— Ah! oui! Je vais commencer par le premier. C'était « Bricky », je crois ?

— Parfaitement, monsieur. Je vais mettre les autres en attente.

— Bricky ! Qu'est-ce qui te prend de m'appeler ici ?

— Peasie, tu es un vieux renard ! lança d'emblée le banquier de la Nouvelle-Angleterre d'une voix charmeuse. Je vais faire de toi le héros de notre prochaine réunion d'anciens élèves !

— Je croyais que tu m'avais dit que je ne pourrais pas y assister.
— Oublie cela, c'est le passé. Je ne soupçonnais pas ce que ton esprit incroyablement fécond était capable de produire! Tu fais honneur à toute notre confrérie, vieux forban!... Je ne veux pas te retenir plus longtemps, je sais que tu as beaucoup à faire. Mais, si jamais tu as besoin d'un emprunt – pas de plafond, bien entendu –, tu n'auras qu'à décrocher ton téléphone. A très bientôt, on déjeune ensemble quand tu veux... et c'est moi qui t'invite!

— Froggie! Veux-tu m'expliquer ce qui se passe? Je viens de parler à Bricky et...
— Ce n'est quand même pas à moi de te l'apprendre, à toi, la réincarnation de Midas, et surtout pas sur cette ligne, répondit le cynique aux cheveux blonds de Fawning Hill. Nous en avons discuté et je tiens à t'annoncer de vive voix que Daphné et moi, nous t'invitons avec ta chère épouse au Bal des debs de Fairfax, le mois prochain. Inutile de te préciser que tu seras l'invité d'honneur.
— C'est vrai?
— Bien sûr. Il faut savoir se serrer les coudes entre nous, pas vrai?
— C'est vraiment très aimable...
— Aimable? C'est plutôt à moi de te remercier, mon petit vieux. Tu es tout simplement merveilleux! On se rappelle, hein!

— Moose, voudrais-tu m'expliquer...
— Nom de Dieu! Toi, la vedette, tu peux venir jouer à mon club quand tu veux! s'écria le président de Petrotoxix Amalgamated. Oublie tout ce que je t'ai dit... Ce sera un privilège de faire dix-huit trous avec toi!
— Je ne comprends vraiment pas...
— Bien sûr que si, tu comprends! Et moi, je comprends bien pourquoi tu ne peux pas parler. Laisse-moi simplement te dire, mon vieux pote, que tu es le bienvenu quand tu veux. Bon, il faut que j'y aille. Je viens de me nommer à la tête de mon conseil d'administration, mais si le poste te tente, tu n'as qu'à le dire!

— Doozie, je viens de parler avec Bricky, Froggie et Moose, et je dois avouer que je tombe des nues.
— Je comprends, vieille branche. Il y a quelqu'un dans ton bureau, c'est ça? Dis-moi juste « oui » et je vais parler à mots couverts.
— Je te réponds « non » et tu peux parler tout à fait librement.
— Ton téléphone n'est pas sur écoute?
— C'est absolument exclu. Le bureau est « balayé » tous les matins et des écrans de plomb sont disposés à l'extérieur afin d'empêcher toute surveillance électronique à distance.
— Parfait, mon petit vieux. Je vois que tu as vraiment les choses en main.

— En réalité, ce sont des mesures de sécurité standard... Doozie, dis-moi ce qui se passe.

— Tu me mets à l'épreuve, la vedette ?

Le secrétaire d'État se tut. Comme rien d'autre ne semblait marcher, il pouvait toujours faire une tentative dans cette direction.

— Peut-être, Doozie. Peut-être que je veux m'assurer que vous avez tous bien compris.

— Je vais te dire le fond de ma pensée, *monsieur* le secrétaire d'État. Tu es le plus grand esprit créateur de nous tous depuis que nous avons écrasé les syndicats dans les années 20. Et tu as réussi par la seule force de ton imagination, sans tirer un seul coup de feu contre un de ces foutus socialistes ou un parlementaire de gauche !

— Je suis désolé d'insister, Doozie, poursuivit Warren Pease d'une voix hésitante tandis que la sueur perlait sur son front dégarni. Peux-tu me dire précisément ce que j'ai fait ?

— Les *ovnis* ! s'écria Doozie. Comme l'a dit, sous le sceau du secret, bien entendu, ce juif absolument infréquentable de Wall Street, c'est maintenant toute la planète que nous allons devoir armer ! Ton idée est géniale, positivement géniale !

— Les ovnis ? Mais qu'est-ce que tu racontes ?

— La classe, mon pote, vraiment géniale !

— Les ovnis... ? Dieu du ciel !

Le jet Rockwell transportant le Faucon se posa sur l'aéroport de Manchester, New Hampshire, à une quinzaine de kilomètres au sud de Hooksett. La décision d'éviter Boston pour se rendre directement à Manchester avait été prise par Sam Devereaux, arguant du fait que Mac avait déjà été repéré une fois à Logan par quelqu'un chargé de la surveillance de l'aéroport et que cela pouvait se reproduire. Pourquoi courir un risque inutile ? D'autre part, les choses commençaient à se précipiter et, s'il était possible de réduire d'une ou deux heures le trajet en voiture, autant le faire. La tâche incombant à Mac consistait à mettre définitivement hors de combat les Six Suicidaires qui, d'après Desi-Un, étaient en fort piteux état, grâce aux talents culinaires de Desi-Deux. La suite ne dépendrait que de la force de persuasion du Faucon.

Paddy Lafferty, la poitrine bombée de fierté respectueuse, attendait le général au volant de la limousine de Pinkus et, miracle des miracles, il eut pour la seconde fois l'insigne privilège d'avoir le grand homme à ses côtés.

— Dites-moi, artilleur, demanda le Faucon tandis que la limousine prenait à vive allure la direction de Hooksett, que savez-vous sur les comédiens ? Je parle des vrais comédiens.

— A part sir Henry, mon général, je n'y connais pas grand-chose.

— Je le considère comme un cas particulier : il a déjà une carrière derrière lui. Je pense aux autres, à ceux qui n'en sont pas encore là.

— D'après tout ce que j'ai lu dans les journaux et les revues que Mme Pinkus laisse dans la voiture, ils attendent qu'on les découvre pour avoir, eux aussi, l'occasion de faire une carrière. C'est peut-être pas très malin, mais c'est mon avis.

— Au contraire, Paddy, c'est la réponse que je cherchais.

— Pour quoi faire, mon général?

— Pour faire changer d'avis certaines personnes, sans leur laisser la possibilité de trop réfléchir.

Huit minutes plus tard, par ce bel après-midi d'été, le Faucon arrivait au chalet de ski. Desi-Deux avait servi un brunch très tardif dont les résultats sautaient aux yeux. Les six membres de l'unité antiterroriste d'élite étaient réduits à l'état de zombies. Vautrés dans les sièges du hall, le regard fixe, abîmés dans quelque profonde contemplation, ils évoquaient irrésistiblement des poissons morts sur un quai de New Bedford. Le contraste était d'autant plus saisissant avec un sir Henry Irving Sutton pétulant, qui, à l'évidence, en avait vu d'autres et s'agitait comme un corbeau croassant au milieu d'une scène de gueule de bois collective.

— Réveillez-vous, messieurs! s'écria sir Henry en faisant le tour de la salle, tapotant de-ci de-là un visage ou secouant doucement une épaule. Notre général couvert de décorations de la campagne d'Afrique du Nord est venu nous parler!

— Bien dit, commandant, approuva le Faucon. Je ne vous retiendrai pas longtemps, messieurs, juste le temps de vous mettre au parfum.

— Au parfum?

— Je ne sens rien.

— Tu t'es mis du parfum, Marlon?

— Je ne sais même pas de quoi il parle.

— Qui est cet homme?

— Donne-lui donc une sucette, mon chou.

Les uns après les autres, les regards égarés de six poissons intrépides convergèrent sur Hawkins qui s'avança vers l'escalier et monta deux marches pour s'adresser aux Six Suicidaires.

— Messieurs, commença-t-il d'une voix de stentor, car, outre vos qualités exceptionnelles de comédiens et de soldats, vous êtes dignes de ce titre, je m'appelle Hawkins. MacKenzie Hawkins, général à la retraite, l'homme que vous aviez pour mission de trouver et de capturer.

— Mon Dieu! Est-ce possible?

— Il ressemble aux photos...

— Qui se charge de lui...?

— N'y pensons plus.

— Mes jambes refusent de m'obéir, Pèlerin.

— Pas un geste, soldats! s'écria le Faucon. Même si, d'après ce que je peux voir, cet ordre n'est pas véritablement nécessaire. Je dois vous informer que je reviens de Fort Benning où je me suis entretenu avec un vieil ami, un compagnon d'armes de longue date, le général Ethelred Brokemichael, votre commandant. Il vous adresse ses félicitations pour votre réussite ainsi que de nouvelles et concises instructions... Cette mission est annulée, abrogée, à mettre au panier.

— Holà! Pèlerin! protesta le Duc en se tapant inutilement sur les genoux. Qui a décrété cela?

— Le général Brokemichael.

— Pourquoi ne nous appelle-pelle-t-il pas lui-lui-lui-même?

— Vous devez être Dusty...

— Certainement pas, connard! répondit Sly d'un ton menaçant. Au lieu de faire cette piètre imitation de Rosencrantz au château d'Elseneur, expliquez-nous plutôt pourquoi, pour quelle raison nous devrions vous croire. Hein? Pourquoi n'appelle-t-il pas lui-même?

— Il ou plutôt nous avons essayé à plusieurs reprises de vous joindre de Fort Benning. Mais les lignes téléphoniques ne fonctionnent plus ici.

— Et pourquoi donc?

— A cause de l'orage.

— Quel orage, mon cher ami? Je n'ai pas souvenance de bourrasques de pluie ni d'éclairs sur la lande.

— Sir Larry...?

— Ne me racontez pas d'histoires, ni à moi ni à Stella, nous avons bien assez de problèmes!

— Marlon...?

— L'important, Pèlerin, est de savoir pourquoi nous devrions vous croire. C'est un jeu dangereux dont les Indiens raffolent. Quand les tambours de guerre se taisent, on se croit sauf. Mais c'est alors que les sauvages sanguinaires attaquent et qu'il faut bien se battre pour sa vie.

— Il va falloir revoir ça, le Duc. J'ai rencontré le vrai quand on a tourné ce film sur ma vie et je peux vous assurer qu'il n'y avait aucune hostilité en lui.

— Vous avez connu *le Duc*...?

— Silence! aboya le Faucon.

L'ordre lancé d'une voix rude fit sursauter les Six Suicidaires... ou tout au moins les surprit suffisamment pour qu'ils se tournent vers le Faucon avec toute l'attention dont ils étaient capables.

— Non seulement le général Brokemichael et moi-même avons conclu une trêve honorable, mais nous en sommes arrivés à une conclusion très claire. En un mot, messieurs, nous nous sommes tous deux laissé abuser par des politiciens corrompus qui se sont servis de vos talents pour assouvir leurs ambitions égoïstes. Comme vous le savez, il n'y a jamais la moindre trace écrite des opérations clandestines que l'on vous charge de mener à bien et vos objectifs vous sont fixés oralement. Conformément à cette ligne de conduite, j'ai été autorisé par mon vieux compagnon Brokey le Méchant – un sobriquet affectueux – à vous annoncer de vive voix que cette mission est annulée. D'autre part, en raison de vos magnifiques états de service pendant les cinq années passées sous son commandement, il a pris des dispositions pour votre transfert à l'hôtel Waldorf-Astoria de New York.

— Qu'est-ce qu'il y a là-bas ? demanda Marlon en articulant parfaitement.

— Pourquoi ? interrogea Dusty sans bégayer.

— Voilà une idée on ne peut plus plaisante, ajouta sir Larry.

— C'est très simple, expliqua le Faucon. Votre période d'engagement s'achève dans six mois et, compte tenu des signalés services que vous avez rendus à l'armée ainsi que de la diminution de la tension internationale, le général Brokemichael a pris rendez-vous en votre nom à tous avec les responsables de plusieurs grands studios qui viendront spécialement de Los Angeles et souhaitent ardemment adapter votre histoire à l'écran.

— Et moi ? s'écria sir Henry, l'air égaré.

— J'ai cru comprendre que l'on pensait à vous pour le rôle du général Brokemichael.

— Je préfère ça !

— J'en reste sans voix, Pèlerins, dit le Duc.

— C'est tout ce que nous avons toujours espéré, déclara Marlon avec une diction irréprochable. Tout ce dont nous avons toujours rêvé.

— C'est sensationnel !

— Renversant !

— Nous jouerons notre propre rôle !

— Et nous resterons ensemble !

— Vive Hollywood !

Comme une troupe de lions blessés enfin délivrés des pluies torrentielles dans le veldt d'Afrique du Sud, les Six Suicidaires se mirent péniblement debout et s'avancèrent en titubant pour former un cercle très approximatif. Comme des marionnettes flageolantes et désarticulées, ils entreprirent de danser en se heurtant avec de grands rires et des cris de douleur, inventant dans le hall de l'ancien hôtel une *hora* mâtinée de tarantelle, nourrie, pour faire bon poids, de réminiscences de danses de mineurs ivres autour d'un feu de camp. Des cris de triomphe allant crescendo emplirent la salle tandis que Desi-Un se dirigeait vers l'escalier pour aller parler au Faucon.

— Vous êtes vraiment oune grand homme, *generale* ! Regardez comme ils sont heureux... Vous leur avez fait tellement dé plaisir !

— Eh bien, D-Un, je vais vous dire quelque chose, répondit Hawkins en sortant un cigare mutilé de sa poche. Moi-même, je ne me sens pas si heureux que ça. J'ai un peu le sentiment d'être un rat d'égout, mais en beaucoup plus sale.

Pour la première fois depuis leur rencontre dans les toilettes de l'aéroport Logan, Desi-Un considéra le Faucon d'un regard réprobateur. Un regard long et dur.

Warren Pease dévala en pyjama l'escalier de sa maison de Fairfax à la décoration discutable. Il se précipita dans le salon à la clarté diffuse de la lumière du couloir, rata dans la pénombre la porte de son bureau et s'écrasa contre le mur. Complètement affolé, il revint en arrière et se rua vers la lumière clignotante du téléphone. Il enfonça frénétiquement trois touches avant de trouver la bonne, tâtonna à la recherche de la lampe de bureau, réussit enfin à l'allumer et se laissa tomber dans le fauteuil.

— Où étiez-vous passé? beugla-t-il, hors d'haleine. Il est quatre heures du matin et personne n'a été fichu de vous joindre de toute la journée et toute la nuit! Chaque heure nous rapproche de la catastrophe et vous, vous disparaissez! J'exige des explications.

— Tout a commencé par des troubles gastriques, monsieur.

— Quoi? glapit Warren Pease.

— Des flatuosités, monsieur le secrétaire d'État. Des gaz, si vous préférez.

— Ça alors! Je n'en crois pas mes oreilles! Notre pays est au bord du désastre et vous avez des gaz!

— C'est quelque chose qu'on ne contrôle pas...

— Où étiez-vous passé? Qu'est devenue votre fichue unité d'élite? Et qu'est-ce qui se passe, bordel?

— Eh bien, monsieur, la réponse à votre première question est directement liée aux deux autres.

— Qu'est-ce que vous dites...?

— Eh bien, voyez-vous, monsieur, cette acidité gastrique – les gaz – a été provoquée par mon incapacité à joindre mon unité, à Boston. Je me suis donc lancé incognito à leur recherche.

— Où êtes-vous allé... incognito?

— A Boston, naturellement. J'ai réussi à embarquer à Macon sur un appareil militaire de reconnaissance et je suis arrivé là-bas vers quinze heures... hier, à quinze heures, donc. Je me suis rendu directement à l'hôtel, un très bel établissement, soit dit en passant.

— J'en suis ravi. Et alors?

— Eh bien, il va sans dire qu'il m'a fallu être très prudent, car nous ne voulions pas courir le risque qu'un lien pût être établi avec des services officiels... Je présume que vous êtes d'accord.

— C'est ce que me crient tous les nerfs de mon pauvre corps! hurla le secrétaire d'État. Vous n'avez tout de même pas gardé votre uniforme?

— Je vous en prie, monsieur, j'ai dit incognito... J'étais habillé en civil et, pour le cas où je serais tombé sur d'anciens officiers des approvisionnements du Pentagone travaillant dans le secteur, j'ai eu une idée merveilleuse. J'ai fouillé dans les accessoires de mon unité et déniché une perruque qui m'allait à ravir. Un peu trop rousse à mon goût peut-être, mais avec quelques cheveux gris du meilleur effet...

— Ça va, j'ai compris! rugit Pease. Qu'avez-vous découvert?

— Un petit bonhomme assez curieux dans une des chambres... Je connaissais les numéros, bien entendu. J'ai aussitôt reconnu sa voix, car je l'avais déjà eu plusieurs fois au téléphone en appelant de Fort Benning. C'est un vieux bonhomme inoffensif que mes gars ont engagé pour prendre les messages, ce qui est une excellente idée. Il n'a pas grand-chose dans le ciboulot, mais c'est plutôt un avantage. Il se contente de prendre les messages.

— Bon Dieu! Allez-vous me dire ce qu'il vous a appris!

— Il m'a simplement répété ce qu'il m'avait dit d'innombrables fois au téléphone. Ses employeurs temporaires avaient été appelés à l'extérieur pour affaires. Il ne savait rien d'autre.

— C'est tout? Ils se sont évanouis dans la nature?

— Je ne puis que supposer qu'ils se rapprochent de leur cible, monsieur le secrétaire d'État. Comme je l'ai déjà expliqué, les paramètres d'une mission sont très flottants, car une grande partie de la réussite dépend de réactions instantanées sur lesquelles ils se sont entraînés à travailler.

— Jargon de barbouzes! hurla Pease.

— Non, monsieur, c'est ce que l'on appelle l'improvisation, mais on dit plus souvent « impro ».

— En réalité, vous êtes en train de me dire que vous ne savez absolument pas ce qui se passe! Les communications sont coupées, c'est bien ça?

— Il arrive fréquemment que l'on ne puisse se fier au réseau téléphonique, qu'il soit civil ou militaire.

— Qui l'a inventée, celle-là? La Panthère Rose? Pourquoi ne m'avez-vous jamais rappelé?

— Sur l'appareil de reconnaissance qui m'a emmené à Boston, monsieur? Vous désirez que les volants conservent votre numéro dans la mémoire de leurs ordinateurs?

— Jamais!

— Et, après être arrivé à Boston, je ne pouvais pas savoir que vous aviez appelé...

— Vous n'avez donc pas téléphoné à votre bureau pour savoir si on avait reçu des nouvelles de cette unité fantôme?

— Nous opérons dans la discrétion la plus totale et ils ne connaissent que deux numéros. L'un aboutit à un poste de Fort Benning, placé dans ma salle de bains, mais qui active un signal lumineux sous mon bureau; l'autre est relié à mon appartement, plus précisément dans ma penderie, où un appel déclenche la mise en marche d'un enregistrement de *There's No Business Like Show Business*. Il va sans dire que je suis en mesure d'interroger les deux répondeurs à distance, mais il n'y avait aucun message.

— Il y a de quoi s'ouvrir les veines, soupira le secrétaire d'État. En d'autres termes, avec toutes ces installations sophistiquées de merde, personne ne peut jamais joindre personne quand il y a une urgence !

— L'éloignement, monsieur, est la meilleure garantie de discrétion... C'est une réplique de *Trente-deux, rue Madeleine*, je ne sais pas si vous avez vu ce film, avec Cagney et Abel. Merveilleux...

— Je ne suis pas là pour parler cinéma, soldat ! Ce que je veux, c'est être informé que votre troupe de gorilles a capturé Hawkins et l'a conduit à la base du SAC de Westover ! C'est la seule chose que je veuille entendre, car, si je ne l'entends pas très bientôt, ce sera probablement la fin pour nous tous ! Il suffit pour cela que deux de ces fondus de magistrats se rangent dans le camp des gauchistes indécrottables dont nous ne serons jamais débarrassés !

— Nous tous, monsieur le secrétaire d'État, ou seulement certains d'entre nous ? Je pense à un général qui a déjà été rétrogradé une fois et à l'unité aux résultats exceptionnels qu'il a mise sur pied.

— Comment... ? Vous n'allez pas la ramener avec moi, soldat !

— Eh bien, monsieur le secrétaire d'État, si je puis vous poser la question d'un point de vue strictement militaire, pourquoi les activités de Mac Hawkins, quelle que soit leur nature, vous effraient-elles à ce point ? Le monde change, l'hostilité n'a plus cours entre les grandes puissances et, contre celles de moindre importance, il est toujours possible de s'unir pour les balayer, comme nous l'avons fait avec l'Irak. Partout, dans les deux camps, l'heure est à la réduction des budgets, du personnel comme du matériel... Tenez, j'ai reçu hier matin la visite d'un célèbre journaliste venu spécialement à Fort Benning pour m'interviewer. Il est en train de préparer un article sur les réactions des militaires aux économies qui nous sont imposées depuis la fin de la perestroïka.

— Pe-pe-perestroïka ? bafouilla le secrétaire d'État en s'affaissant sur son bureau, le front couvert de sueur et l'œil gauche en folie. Regardez donc les choses en face, soldat ! Si nous parlions d'une menace infiniment plus dangereuse, la plus grande qu'il soit possible d'imaginer ?

— La Chine, la Libye, *Israël* ?

— Mais non, abruti ! Les êtres surnaturels... Qui sait jusqu'où ils iront ?

— Je ne comprends rien.

— Les... les... *ovnis* !

25

Jennifer Redwing sortit en courant des vagues qui venaient lécher le sable de la plage, devant la maison de Swampscott. Elle ajusta son maillot de bain, choisi parmi ceux qu'elle avait trouvés dans les cabines des invités, et remonta la grève jusqu'à l'escalier de la terrasse pour prendre la serviette qu'elle avait pliée sur la rampe de bois. Elle s'essuya vigoureusement, rejeta ses cheveux en arrière et commença de se masser le cuir chevelu. Quand elle rouvrit les yeux, elle découvrit Sam Devereaux, confortablement installé dans un fauteuil de la terrasse et qui lui souriait.

— Vous êtes une excellente nageuse, dit-il.

— Nous avons appris quand nous étions poursuivis par les colons, expliqua Jenny en riant. Nous traversions les rapides à la nage en les regardant se noyer.

— Je n'en crois rien, vous savez.

— C'est probablement vrai, vous savez.

Elle gravit les quelques marches et s'avança sur la terrasse en se drapant dans la serviette.

— Comme c'est gentil, dit-elle en regardant la table ronde en plexiglass. Une cafetière et trois tasses.

— Des chopes. Je ne peux pas boire le café dans une tasse.

— C'est drôle, moi non plus, dit Jenny en s'asseyant. Je suppose que c'est pour cela que j'ai dit tasses; les deux mots sont interchangeables. Je dois bien en avoir une douzaine chez moi et elles sont presque toutes dépareillées.

— Je dois bien en avoir deux douzaines et il n'y en a que quatre du même service que je tiens de ma mère. C'est un genre de cristal vert et je ne m'en sers jamais.

— C'est ce qu'on appelle le verre d'Irlande et cela vaut affreusement cher. J'en ai deux et je ne m'en sers jamais non plus.

Ils éclatèrent tous deux de rire et leurs regards se croisèrent. Le contact ne dura qu'un instant, mais quelque chose passa entre eux.

— C'est incroyable, reprit Sam. Il y a presque une minute entière que nous parlons et aucun de nous n'a encore lancé une pique. Cela m'oblige à vous servir une tasse, pardon, une chope de café.

— Merci. Je le prends noir.

— Cela fait mon affaire. J'ai oublié d'apporter de la crème, du lait et cette poudre blanche dont je me méfie, car je ne veux pas finir ma vie en prison.

— Pour qui est la troisième chope? demanda l'Aphrodite indienne en prenant celle que lui tendait Sam.

— Pour Aaron. Ma mère est dans sa chambre; elle est tombée amoureuse de Roman qui a promis de lui préparer un petit déjeuner gitan et de le lui monter. Quant à Cyrus, il est dans la cuisine. Il ne veut pas le reconnaître, mais il a la gueule de bois.

— Ne pensez-vous pas qu'il devrait surveiller Roman?

— On voit bien que vous ne connaissez pas ma mère.

— Je la connais peut-être mieux que vous. C'est ce qui explique ma question.

Ils échangèrent un nouveau regard et leur rire fut plus bruyant, plus chaleureux.

— Vous êtes une Indienne qui dit des horreurs et je devrais reprendre votre café.

— Pas question. Je pense sincèrement que c'est l'un des meilleurs que j'aie jamais bus.

— C'est ça, enfoncez-vous un peu plus... Ce café est l'œuvre de Roman Z. Il va sans dire qu'il a passé les dunes au peigne fin et ramassé des oursins gluants qu'il a mélangés à la mouture. Mais, si vous vous mettez à hurler, je prends un rasoir et je vous rase la barbe.

— Oh! Sam! pouffa Jennifer en reposant sa chope. Vous pouvez être très amusant, même si vous êtes l'un des hommes les plus exaspérants que j'aie jamais connus.

— Exaspérant? Moi? Certainement pas...! Mais cela signifie-t-il dans le langage des tipis que nous concluons une trêve?

— Pourquoi pas? Je me disais hier soir, avant de m'endormir, qu'il nous reste deux hautes montagnes à gravir et que ce n'est pas en nous tirant sans arrêt dans les pattes que nous les franchirons. Il est évident que nous allons maintenant essuyer le feu de l'ennemi, sur le plan juridique et sans doute autrement, ce qui n'est pas très bon pour ma tension.

— Alors, pourquoi ne me laissez-vous pas prendre les choses en main, comme dirait le Faucon? Je ne ferai rien contre vous pendant l'audition.

— Je le sais, mais qu'est-ce qui vous fait croire que vous êtes mieux à même que moi de maîtriser l'« autrement »? Si vous me répondez que c'est parce que vous êtes un homme, nous recommencerons à nous tirer dans les pattes.

— Sans vouloir envenimer les choses, je suppose qu'il s'agit d'une réaction naturelle, mais ce n'est pas le plus important. Ce qui compte, c'est que je connais Mac Hawkins, que je sais de quelle manière il réagit quand la situation est tendue. Je peux même prédire ce qu'il fera. Je vais vous confier quelque chose : Mac est certainement l'homme que je préfère avoir de mon côté quand cela commence à sentir le roussi.

— Ce que vous voulez dire, c'est que vous travaillez bien en tandem, que vous formez une équipe.

— Même si ce n'est pas moi qui menais la barque, nous l'avons déjà fait. Le nombre de fois où je l'ai traité de salaud à l'esprit tordu ferait exploser la mémoire d'un ordinateur, mais quand les choses se gâtent, se gâtent vraiment, je remercie la lune et les étoiles pour son esprit tordu. J'en arrive même à sentir à quel moment il va sortir un nouveau tour invraisemblable de son sac. Je le sens et je ne résiste pas.

— Dans ce cas, Sam, il faudra m'apprendre à faire comme vous.

Devereaux se tut, le regard fixé sur sa chope. Puis il leva les yeux vers Jennifer.

— J'espère que vous ne m'en voudrez pas si je vous dis que ce pourrait être imprudent... et même un handicap.

— Ce qui signifie que je risquerais de nuire à votre vieille complicité.

— Pour parler très franchement, c'est possible.

— Dans ce cas, il vous faudra supporter mon incompétence.

— Ne recommençons pas à nous envoyer des piques.

— Je vous en prie, Sam ! Je comprends ce que vous faites et je vous sais gré de la noblesse de votre attitude. En vérité, c'est tentant, car je suis lucide et je me vois très mal en commando. Mais c'est de mon peuple qu'il s'agit et je ne peux pas rester à l'arrière-plan. Ils doivent savoir que je suis là, comme je l'ai toujours été. Pour m'écouter, il faut qu'ils me respectent et, qu'on le veuille ou non, ils ne me respecteront pas si je me défile pendant qu'un autre défend les intérêts de la tribu.

— Je comprends votre position. Elle ne m'enchante pas, mais je la comprends.

Ils entendirent une porte s'ouvrir et se refermer, puis un bruit de pas dans le salon. Quelques instants plus tard, Aaron Pinkus s'avança sur la terrasse, son corps frêle flottant dans un grand short blanc et une chemisette bleue, une casquette de golf jaune sur la tête. Il plissa les yeux pour se protéger du soleil et se dirigea vers la table.

— Bonjour, généreux employeur, dit Devereaux.

— Bonjour, Jennifer et Sam, répondit Aaron en s'asseyant. Merci, ma chère, ajouta-t-il à l'intention de Jennifer qui commençait à lui servir un café. J'avais bien entendu des voix sur la terrasse, mais comme je ne percevais ni cris ni invectives, je n'aurais jamais pensé que c'était vous deux.

— Nous avons conclu une trêve, expliqua Sam. J'ai perdu.

— On dirait que les chose s'améliorent, glissa l'éminent juriste en prenant une gorgée de café. Ah! il est excellent!
— A base de méduses et d'algues bien vaseuses.
— Pardon?
— Ne vous occupez pas de ce qu'il dit, monsieur Pinkus. C'est Roman Z qui a fait le café et Sam est jaloux.
— Pourquoi serais-je jaloux? A cause de Roman et de ma mère? Non, ce n'est pas mon genre.
— Roman Z et Eleanor? lança Pinkus, les yeux écarquillés sous la visière de la casquette jaune. Je ferais peut-être mieux de rentrer, puis de ressortir... Tout cela me paraît assez incohérent.
— C'étaient juste des propos en l'air, des stupidités sans conséquence.
— J'ignore s'il s'agit de propos en l'air, mais ils étaient assurément stupides... Presque autant que la gymnastique mentale à laquelle s'astreint notre ami, le général Hawkins, que je viens d'avoir au téléphone.
— Que se passe-t-il? demanda vivement Devereaux. Quelle est la situation au chalet?
— Eh bien, il semble qu'il ait été décidé de transporter le « bivouac » de ceux qui occupaient le chalet à trois suites du Waldorf-Astoria, à New York.
— Hein?
— C'est exactement la réaction que j'ai eue, Sam.
— Cela signifie qu'il a réglé le problème, déclara Jennifer d'un air satisfait.
— Et qu'il en a plusieurs autres sur les bras, je présume, ajouta Pinkus en tournant la tête vers Devereaux. Il te demande de bien vouloir ouvrir au Waldorf un crédit d'un montant de cent mille dollars et de ne pas t'inquiéter. Comme c'est son problème, il fera transférer des fonds de Berne à Genève, ce dont je ne veux absolument rien savoir... Es-tu en mesure de le faire, est-il en mesure de le faire...? Peu importe, je ne veux rien savoir!
— En fait, il s'agit d'un simple transfert informatique, un retrait bancaire à faire porter au crédit d'un créancier désigné...
— Je sais comment il faut procéder, la question n'est pas là!... De toute façon, je ne veux rien savoir!
— Voilà donc le premier problème, dit Jennifer. Quels sont les autres?
— Je ne sais pas exactement, mais il m'a demandé si je connaissais des producteurs de cinéma.
— Pourquoi?
— Pas la moindre idée. Je lui ai dit que j'avais rencontré un jour un jeune homme à la synagogue — en réalité, il s'en faisait expulser — dont j'ai appris par la suite qu'il avait produit plusieurs films X, mais qu'à

part ce type je ne connaissais personne dans l'industrie du cinéma. Hawkins m'a dit de ne pas m'en faire et qu'il allait s'adresser à quelqu'un d'autre.

— Je le soupçonne d'être en train d'élaborer une de ces stratégies tordues dont il a le secret.

— La prémonition de Devereaux, observa Jennifer.

— La prophétie de Devereaux, rectifia Sam. Y a-t-il autre chose, Aaron?

— Quelque chose d'encore plus bizarre. Il voulait savoir si nous avions un client ayant des problèmes oculaires, plus particulièrement un œil gauche flottant et, de préférence, quelqu'un ayant un besoin urgent d'argent frais.

— Vous appelez cela bizarre? fit Jennifer. Moi, je dirais complètement dingue!

— Il ne faut jamais sous-estimer un esprit tordu, déclara Devereaux. Je ne vois pas de client correspondant à cette description, mais, s'il y en avait un, cela nous permettrait peut-être de savoir quel tour Mac va nous sortir de son havresac... Trêve de futilités! Qu'allons-nous faire maintenant? En avez-vous parlé avec le Faucon?

— Succinctement, répondit Pinkus. Il reste deux journées et demie avant l'heure de l'audition. Il vous faudra, à Jennifer, au général et à toi, descendre d'un ou de plusieurs véhicules, grimper les marches du bâtiment de la Cour suprême, vous présenter après avoir traversé le hall devant les greffiers d'audience et franchir le contrôle de sécurité avant d'être admis devant le président de la Cour.

— Holà! lança Sam. J'ai l'impression d'entendre Mac parler!

— Très juste, reconnut Pinkus. Je crois que ce sont ses paroles exactes, à très peu de chose près, une ou deux... ou trois expressions vulgaires. Il m'a dit qu'il envisageait la situation sous l'angle d'une opération insurrectionnelle à trois, derrière les lignes ennemies.

— Voilà qui est réconfortant, observa Jennifer en déglutissant. Et qu'attend-il? Une interdiction contre-insurrectionnelle, quand on nous fera sauter la cervelle?

— Non, il a écarté l'hypothèse de la violence ouverte qui irait à l'encontre du but cherché, si l'ennemi se faisait prendre.

— Il n'y a pas de petit bénéfice, soupira Jennifer Redwing.

— Mais il n'a pas écarté l'hypothèse d'une interdiction, comme vous l'avez dit. Il pense que la stratégie de l'ennemi consistera à interdire soit à lui-même, soit à Sam ou encore aux deux de se présenter devant le président de la Cour, ce qui entraînera la nullité de la procédure. Le demandeur et son défenseur doivent en effet comparaître ensemble.

— Et moi?

— Votre présence, ma chère, est un choix personnel, en tant que partie intéressée, mais n'est pas requise sur le plan judiciaire. Mais vous savez fort bien que les accords signés et notariés conclus avec le général et Sam vous engagent au regard de la loi. En l'espèce, c'est la partie intéressée qui contrôle l'affaire pour le demandeur... Une situation fortuite qui se présente parfois.

— Un peu comme dans le procès d'une bande organisée où certains spectateurs rôdent autour des tables des prévenus, glissa Devereaux à l'intention de Jennifer avant de se retourner vers Pinkus. Pourquoi ne pas rester ici jusqu'à après-demain midi, reprit-il. Il nous suffirait de louer un avion jusqu'à Washington, puis de prendre deux taxis tout à fait ordinaires pour nous rendre à la Cour suprême. Je ne vois pas ce qui nous en empêcherait. Une seule personne sait où nous sommes : l'homme qui a engagé Cyrus et Roman pour renforcer notre protection, celui à qui Mac a parlé au téléphone. Et Cyrus a fini par se rallier à l'opinion du Faucon. Quelle que soit son identité, cet homme tient absolument à ce que nous restions en vie, au moins jusqu'à l'audition.

— Mais Cyrus aimerait bien savoir pourquoi, dit Jennifer. Il ne vous en a pas parlé?

— Mac le lui a expliqué en ma présence. Ce « commandant Y » a un compte à régler avec ceux qui veulent s'opposer à l'audition, c'est-à-dire nous empêcher de nous présenter devant la Cour.

— Il semblerait, ma chère enfant, que notre bienfaiteur anonyme ait été un allié sûr de ceux qui s'opposent à nous jusqu'au jour où il a découvert qu'ils avaient d'autres projets pour lui. Une manière de sacrifice politique, si ce n'est un véritable sacrifice humain, ce qui, d'après notre général, n'a rien d'exceptionnel à Washington.

— Mais, monsieur Pinkus, objecta Jennifer, les yeux et le front plissés, moitié à cause du soleil, moitié d'une idée qui la tracassait, il manque quelque chose, quelque chose d'essentiel, à mon avis. Vous allez peut-être me trouver un peu parano quand il est question du chef Nuée d'Orage, ce qui serait compréhensible, mais tout ce que Hawkins nous a dit hier soir, c'est qu'il avait la situation en main. Qu'est-ce que cela signifie exactement?... D'accord, il a réussi à dissuader ces comédiens-commandos de nous précipiter dans un ravin – c'est toujours un ravin, une falaise ou bien un bordel – mais *comment*? Que s'est-il passé à Fort Benning? Nous étions tous tellement soulagés d'apprendre que nous pouvions dormir tranquillement que nous ne lui avons rien demandé.

— Ce n'est pas tout à fait exact, Jennifer, dit Aaron. Nous nous étions déjà mis d'accord avant ce matin, Hawkins et moi, pour ne mentionner aucun détail au téléphone. Il m'avait fait remarquer qu'on avait déjà lancé une attaque contre nous à Hooksett et que la mise sur écoute serait une simple opération de routine.

— Je croyais que la ligne du chalet était coupée, fit Devereaux.

— C'est ce que l'on a raconté, mais, en réalité, il n'en était rien. Hawkins ne pouvait pas parler librement hier soir, contrairement à ce matin.

— L'écoute était interrompue? Comment a-t-il pu le savoir?

— Aucune importance. Il a appelé ce matin d'un téléphone public, au Sophie's Diner, sur la nationale 93. Il a même vanté les saucisses fumées du petit déjeuner.

— Ne nous égarons pas, monsieur Pinkus, dit Jennifer. Que vous a dit Hawkins à propos de Fort Benning?

— Il est resté d'une discrétion exaspérante, ma chère, mais j'en ai appris assez pour m'interroger sur l'usage que font de la loi ceux qui sont censés en être les gardiens... A la réflexion, je me demande bien pourquoi je m'étonne encore.

— Vous n'y allez pas de main morte, Aaron.

— Ce que le général m'a appris a une portée considérable, jeune homme. Pour paraphraser notre héros couvert de décorations, les actions hostiles entreprises contre nous – plus généralement contre le droit de porter une injustice à la connaissance du public – trouvent leur origine dans le bureau de l'un des plus hauts personnages de l'État qui a brouillé les pistes de telle manière qu'il est impossible de remonter jusqu'à lui. Il ne pourra être confronté avec des témoins, car il n'y a aucun témoin.

— Et merde! éructa Devereaux.

— Mais, enfin, s'écria Jennifer, avec tout ce qui s'est passé, on doit bien pouvoir trouver quelque chose! Attendez un peu... Le gangster de Brooklyn, ce Caesar au nom italien que le général a assommé dans le hall de l'hôtel, il a bien été emprisonné?

— Ce qui a permis de remonter jusqu'à l'ex-directeur de la Central Intelligence Agency, disparu très récemment, expliqua Pinkus.

— Qui s'en étonnera? glissa Sam.

— Et les hommes nus du Ritz...?

— Désavoués par tous les services de Washington, y compris le zoo municipal. En conséquence, ils ont été mis en liberté sous caution, une caution versée par quelqu'un prétendant appartenir à une secte nudiste de Californie et qui a disparu dans la nature.

— Merde! soupira Jenny d'une voix où le découragement l'emportait sur la colère. Jamais nous n'aurions dû laisser Hawkins expédier je ne sais où les quatre cinglés armés jusqu'aux dents qui voulaient attaquer le chalet. Nous les tenions. Agression à main armée, effraction de domicile avec violence, masques, armes de poing, grenades... et même un tatouage sur le front. Nous avons été stupides de le laisser nous imposer son point de vue.

— Ma chère enfant, ils ne savaient absolument rien. Nous les avons longuement interrogés, mais en pure perte. Nous n'avons obtenu que des réponses incohérentes. C'était un groupe de psychopathes programmés par des malades et, pas plus que les nudistes, personne n'aurait reconnu les avoir envoyés. En les remettant à la police, nous aurions en outre révélé notre cachette... Plus ennuyeux encore, et croyez bien que je regrette de le mentionner, le chalet étant au nom de ma firme, les médias se seraient intéressés de très près à l'affaire.

— De plus, ajouta Devereaux, je n'ai pas l'habitude de lancer des fleurs à Mac, mais je dois reconnaître qu'il a vu juste. En les renvoyant à l'expéditeur, il a créé des conditions propices à l'envoi immédiat de ces tordus de Six Suicidaires à Boston.

— Ce qui lui a permis de remonter jusqu'au général Ethelred Brokemichael, acheva Aaron en s'efforçant de mettre autant de malice que possible dans son sourire.

— Que voulez-vous dire, monsieur Pinkus? Vous avez affirmé hier que Brokemichael serait hors d'atteinte, qu'on l'enverrait en poste dans un lieu ne figurant sur aucune carte. Vous avez dit que Washington ne pouvait permettre que l'on découvre l'identité du haut personnage ayant demandé à utiliser l'appareil du vice-président. Je m'en souviens parfaitement, car j'étais tout à fait d'accord avec vous.

— Et nous avions tous deux raison, Jennifer, mais il nous manquait l'esprit tordu du général, comme dirait Sam. Ce grand tacticien avait fixé autour de sa poitrine un magnétophone à commande vocale et tout son entretien avec le général Brokemichael a été enregistré. Le Pentagone ne pourra pas envoyer « Brokey le Méchant » assez loin pour le mettre hors d'atteinte... Je tiens toutefois à préciser que le général Hawkins ne cache pas que c'est le colonel Cyrus, notre mercenaire-chimiste, qui lui en a donné l'idée.

— Je présume que le nom de cet homme occupant une haute fonction politique se trouve sur la bande, lança Sam, le visage éclairé par un espoir intense qu'il s'efforçait de maîtriser.

— Sans l'ombre d'un doute. Il y est même précisé qu'il a pénétré dans la base en faisant en sorte de ne pas être reconnu.

— Qui est-ce? insista Devereaux.

— Je crains que notre général ne refuse pour l'instant de révéler son identité.

— Il n'a pas le droit de faire ça! s'écria Jennifer Redwing. Nous sommes tous dans la même galère! Nous devons le savoir!

— Il a seulement dit que, si Sam l'apprenait, il prendrait le mors aux dents, « ... il monterait sur ses grands chevaux et se lancerait personnellement à l'assaut... » au détriment de la stratégie de Hawkins. Je peux témoigner, pour avoir vécu de près les flambées d'indignation professionnelles de Sam, que cette image des grands chevaux est assez fidèle à la réalité.

— Jamais je ne prends le mors aux dents, protesta Devereaux.

— Puis-je te rappeler un certain nombre de critiques violentes que tu as adressées aux tribunaux?

— Elles étaient entièrement justifiées!

— Je n'ai jamais dit le contraire. Si elles ne l'avaient pas été, tu travaillerais dans un autre cabinet. Je dois reconnaître, à ta décharge, que tu as poussé à la retraite au moins quatre juges du district de Boston.

— Vous voyez bien !

— Le général aussi voit fort bien. Il m'a affirmé que tu étais déjà monté un jour sur tes grands chevaux, en l'occurrence un pilote soudoyé et un hélicoptère volé, pour te rendre d'un coin perdu de Suisse à Rome et qu'il ne tenait pas à ce que cela se reproduise.

— J'étais obligé !

— Pourquoi, Sam ? demanda Jennifer avec curiosité. Pourquoi étiez-vous obligé de le faire ?

— Parce que je faisais fausse route sur le plan de la morale, de l'éthique ! Parce que j'agissais contre toutes les lois qui font de l'homme un être civilisé !

— Arrêtez, je vous en prie ! C'est vrai que vous me faites de l'effet ! Parlons d'autre chose !

— Pardon !

— Parlons d'autre chose !... Ainsi, monsieur Pinkus, le grand sachem bidon ne veut pas nous mettre au courant. Qu'allons-nous faire maintenant ?

— Attendre. Il va faire faire une copie de la bande et Paddy Lafferty nous l'apportera ce soir. Puis, si nous n'avons pas de nouvelles du général d'ici vingt-quatre heures, il m'incombera d'user de l'influence que je possède pour joindre le président des États-Unis et lui faire écouter cette bande au téléphone.

— Les grands moyens, souffla Sam.

— Le grand jeu, acquiesça Jennifer.

Ils furent un peu tassés pendant le trajet de Hooksett à New York — les Six Suicidaires se faisant face à l'arrière de la limousine d'Aaron Pinkus tandis que le Faucon était assis à l'avant avec Paddy Lafferty — mais Hawkins ne perdit pas son temps. Un court arrêt dans un centre commercial de Lowell, Massachusetts, lui permit de faire l'acquisition de deux magnétophones supplémentaires ainsi que d'une boîte de cassettes de soixante minutes, largement de quoi tenir jusqu'à New York. Mac acheta également l'équipement lui permettant de transcrire le matériel enregistré d'une cassette sur une autre placée dans le second appareil et de reproduire l'intégralité des conversations.

— Attendez, je vais vous montrer comment ça marche, lui proposa le vendeur de Radio Shack. Vous allez voir, c'est très simple.

— Jeune homme, répondit le Faucon qui était très pressé, je reliais les émetteurs préhistoriques entre les cavernes bien avant que vous ayez vu votre première radio.

De retour dans la limousine, Hawkins pressa le bouton d'enregistrement du premier de ses magnétophones et se retourna vers les hommes de Brokemichael.

— Messieurs, commença-t-il, comme je vais servir d'officier de liaison entre vous-même et les producteurs que vous devez rencontrer, votre commandant, mon ami Brokey, suggère que vous me fassiez le récit complet de vos expériences aussi bien individuelles qu'en qualité de membres de l'extraordinaire unité que vous formez. Tous ces renseignements me seront extrêmement utiles par la suite, pendant mes discussions avec les gros pontes des studios... Et ne vous laissez pas troubler par la présence de M. Lafferty, le sergent artilleur Lafferty, un ancien compagnon d'armes.

— Maintenant je peux mourir, l'âme sanctifiée ! murmura Paddy d'une voix étouffée.

— Qu'avez-vous dit, sergent ?

— Rien, mon général. Je vais conduire comme vous nous l'avez enseigné dans la traversée de Roubaix. C'est-à-dire à toute allure...

Tandis que la limousine filait vers New York, commença un récit ininterrompu de quatre heures, tout l'historique de l'unité baptisée les Six Suicidaires. Ininterrompu sauf lorsque les membres de l'unité susmentionnée s'interrompaient mutuellement, avec fougue et véhémence. Quand ils atteignirent Bruckner Boulevard, en roulant en direction de l'East Side de Manhattan, Hawkins leva brusquement la main gauche en arrêtant l'enregistrement de la droite.

— Cela suffira, messieurs, déclara-t-il, les oreilles bourdonnantes des exclamations mélodramatiques qui s'étaient succédé à l'arrière du véhicule. J'ai appris tout ce que je voulais savoir et je joins mes remerciements à ceux de votre commandant.

— Grand Dieu ! s'écria sir Larry. J'avais oublié ! Nos vêtements, ceux qui étaient dans les bagages que vos deux jeunes aides de camp ont pris à l'hôtel, hier soir ! Il faut absolument les repasser ! Il ne serait absolument pas convenable d'être vus au Waldorf dans des vêtements froissés. Et encore moins chez Sardi !

— Très juste.

C'était un écueil auquel le Faucon n'avait pas pensé. Il n'était absolument pas question que les six comédiens-commandos aillent se balader où que ce soit. Surtout pleins d'entrain comme ils l'étaient, persuadés d'être à la veille d'une grande réussite professionnelle. Horrifié, le Faucon s'était remémoré son séjour à Hollywood. Il suffisait à tout acteur, surtout lorsqu'il était sans engagement, d'entrevoir la plus infime possibilité d'obtenir un rôle convoité pour mettre en branle tout son réseau personnel de relations. Et comment le leur reprocher ? Le talent méconnu a besoin d'emmagasiner toute la confiance possible, mais ce n'était assurément pas le moment de laisser les Six Suicidaires renouer avec leur vie antérieure. Aller chez Sardi ? Cette institution du monde du théâtre ?

— Voici ce que nous allons faire, reprit le Faucon. Dès que nous serons dans nos chambres, nous enverrons tous ces vêtements à la blanchisserie de l'hôtel.

— Combien de temps cela prendra-t-il ? demanda le Duc au nom de la petite troupe.

— Peu importe, répondit Hawkins. Vous n'en aurez pas besoin ce soir, ni peut-être même pendant la journée de demain.

— Quoi? s'écria Marlon.

— Vous plaisantez! ajouta Sylvester.

— Je n'ai pas vu le quartier des théâtres depuis des années! gémit Dustin.

— Et M. Sardi est un ami personnel, protesta Telly. Un ex-marine, d'ailleurs...

— Désolé, messieurs, reprit le Faucon. Je crains de n'avoir pas été assez clair à propos de notre nouveau bivouac. Je pensais que vous comprendriez tout seuls.

— Qu'y a-t-il à comprendre? demanda Sly d'un ton cassant. J'ai l'impression d'avoir affaire à un agent.

— Les entretiens que vous devez avoir exigent... le secret le plus absolu. Votre excellent commandant, le général Brokemichael, vous recommandera assurément à ces gens de Hollywood, mais n'oubliez pas que vous faites encore partie de l'armée et que tout pourrait s'écrouler si des rumeurs devaient se répandre. Tous vos projets partiraient à vau-l'eau. En conséquence, vous êtes consignés au quartier jusqu'à nouvel ordre.

— Nous allons l'appeler, avança Marlon.

— Hors de question!... Toutes les communications sont classées secret absolu!

— C'est réservé aux cas d'urgence, protesta Dustin. Interception de fréquence.

— C'est bien ce dont je parle. Les salauds de politiciens qui ont essayé de nous dresser les uns contre les autres sont décidés à bousiller votre film et à briser votre carrière. Ils veulent tirer la couverture à eux!

— Les charognes! s'écria le Duc. Je ne nie pas qu'un certain nombre d'entre eux soient des acteurs, mais leur jeu manque cruellement de profondeur!

— Il n'y a aucune vigueur, aucune force dans leurs motivations.

— Tout est téléphoné, il n'y a pas la moindre étincelle de spontanéité, déclara théâtralement Marlon.

— Il faut leur reconnaître une certaine technique, glissa sir Larry. Mais c'est très artificiel, répétitif, mécanique.

— Absolument, confirma Telly. Formules à l'emporte-pièce, expressions toutes faites, trémolos grotesques et froncements de sourcils quand ils oublient leur texte. Mais quand le public se réveillera-t-il?

— Disons qu'ils essaient de jouer, mais ce ne sont pas des acteurs! lança le Duc. Jamais je n'accepterai qu'ils nous ôtent le pain de la bouche!... Nous resterons en consigne, mon général et nous sommes à vos ordres!

Impeccable avec son complet gris, ses lunettes et sa perruque rousse, les épaules légèrement tombantes, se faisant aussi discret que possible, MacKenzie Hawkins traversa le hall bondé du Waldorf en cherchant des yeux un téléphone public. Il était un peu plus de treize heures et les acteurs-soldats avaient pris leurs quartiers dans les trois suites du douzième étage. Débarrassés de la spécialité culinaire délétère de Desi-Deux, requinqués par une nourriture abondante et reconstituante, après un peu d'exercice et une bonne nuit de sommeil que nulle araignée grimpant aux murs n'avait troublée, les membres de l'unité antiterroriste avaient retrouvé toute leur vitalité et leur exubérance.

Le général avait reçu des soldats l'assurance qu'ils avaient apporté leur tenue de combat, un élément essentiel, et qu'ils resteraient dans leurs chambres sans toucher au téléphone, même s'ils en mouraient d'envie. Pendant qu'ils s'installaient, le Faucon avait sorti le magnétophone contenant la cassette de sa conversation à Fort Benning avec Brokey le Méchant pour en faire une copie qu'il avait remise à Paddy Lafferty en le chargeant de la rapporter à Swampscott. Il lui restait maintenant à lancer une triple offensive et à donner trois coups de téléphone d'un poste public. Le premier à Petit Joseph qui attendait toujours à l'hôtel ; le deuxième à un amiral en retraite, un bêcheur qui s'était vendu au Département d'État et avait toujours une dette envers Mac qui lui avait sauvé la mise en Corée lorsqu'il se trouvait à bord d'un cuirassé, dans la baie de Weonsan ; le troisième et dernier à l'un des êtres qui lui étaient le plus chers, la première de ses quatre délicieuses épouses, Giny, qui vivait à Beverly Hills. Il fit le zéro, glissa sa carte de crédit dans l'appareil et composa le premier numéro d'appel.

— Petit Joseph, c'est le général.

— Alors, dingo, il vous en a fallu du temps ! Le boss veut vous parler, mais pas dans la maison du bord de mer, car il ne sait pas si la ligne des juifs est sûre.

— Ça colle parfaitement avec ma stratégie, Petit Joseph. Moi aussi, je veux lui parler, ajouta-t-il en regardant le numéro de l'appareil. Es-tu en mesure de le joindre ?

— Ouais. Il passe toutes les demi-heures devant une cabine de Collins Avenue, à Miami Beach. Son prochain passage est prévu dans dix minutes.

— Je peux l'appeler directement ?

— Pas question, dingo. C'est lui qui appelle, pas le contraire. C'est la consigne.

— D'accord. Dis-lui d'appeler ce numéro à New York, mais qu'il me laisse vingt minutes. Je serai là.

Mac donna le numéro du téléphone public du Waldorf et raccrocha. Puis il fouilla dans la poche de sa veste d'où il sortit un carnet qu'il feuilleta avant de trouver ce qu'il cherchait. Il recommença l'opération avec sa carte de crédit et composa son deuxième numéro.

— Salut, Angus. Comment va le taureau des pampas de Corée du

Nord, celui qui a bien failli faire sauter tous nos émetteurs radio enterrés sur la plage de Weonsan?

— Qui est à l'appareil? demanda la voix rude, légèrement brouillée par trois Martini, de l'ex-amiral.

— Tu as droit à une seule réponse, Frank. Veux-tu que l'on revoie les coordonnées sur ta carte?

— Le *Faucon*! C'est toi?

— Qui veux-tu que ce soit, marin?

— Tu sais fort bien que j'avais reçu des renseignements erronés...

— Ou que tu t'es trompé dans les chiffres... Des chiffres que tu étais le seul à connaître, Frank.

— Arrête ton cinéma! Comment voulais-tu que je sache où vous étiez? A quelques kilomètres près, qui le savait, qui s'en souciait?

— Moi, Frank, moi et tous mes gars. Nous étions loin derrière les lignes.

— Tout ça, c'est le passé! Je suis à la retraite aujourd'hui!

— Mais tu es encore consultant pour le Département d'État, Frank. Un expert très écouté pour les affaires militaires en Extrême-Orient. Avec toutes les réceptions, les à-côtés, les avions privés et les vacances au soleil dont vous gratifient les fournisseurs.

— Tout ça, je l'ai mérité!

— Tu dirais ça d'un type qui se trompe de plage... seulement de quelques kilomètres! C'est digne d'un expert, à ton avis?

— Fous-moi la paix, Mac! A quoi bon déterrer ces vieilles histoires? Dis donc, j'ai vu à la télévision que les Suédois voulaient te décerner une grosse distinction... Alors, qu'est-ce que tu me veux, merde? Moi, il ne me reste que quelques petits plaisirs et je cultive mon jardin... avec mon arthrite! Alors, dis-moi ce que tu veux!

— On t'écoute encore au Département d'État?

— Bien sûr. Je leur fournis toutes les informations dont je dispose.

— En voici quelques autres que tu vas leur fournir, Frank, si tu ne veux pas que le Soldat du siècle vende la mèche sur une des plus grosses bourdes militaires qui aient eu lieu en Corée.

Le Faucon énuméra ses exigences, puis il passa au troisième appel, à destination de Beverly Hills, qui commença fort mal.

— Pourrais-je parler à Mme Greenberg, je vous prie?

— Il n'y a pas de Mme Greenberg à cette adresse, monsieur, répondit une voix froide et masculine à l'accent britannique.

— Excusez-moi, j'ai dû me tromper de numéro...

— Non, vous vous êtes seulement trompé de nom, monsieur. M. Greenberg n'habite plus ici depuis un an. Mais vous aimeriez peut-être parler à lady Cavendish.

— C'est Ginny?

— Lady Cavendish, monsieur. Puis-je vous demander de la part de qui?

— Le Faucon suffira.

— Le Faucon? Comme le répugnant prédateur?

— Très répugnant et très dangereux prédateur. Et maintenant, voulez-vous dire à lady Caviar ou je ne sais quoi que je suis en ligne!

— Je vais le lui dire, monsieur, mais je ne garantis rien.

Le silence vibrant de la ligne muette fut rompu par la voix forte et excitée de la première femme de Mac.

— Mon chou!... Comment vas-tu?

— J'allais mieux avant de parler à ce zigoto qui devrait se faire opérer des végétations. Qui est ce type?

— Ah! lui! Il est venu avec Chauncey. C'est le majordome de la famille depuis des années.

— Chauncey?... Cavendish?

— Lord Cavendish, mon chou. Très grosse fortune et tout le monde est impatient de le rencontrer. Il est sur toutes les listes.

— Quelles listes?

— D'invitation, mon chou, tu sais bien...

— Qu'est devenu Manny?

— Il commençait à s'ennuyer avec une vieille, alors je lui ai rendu sa liberté contre une grosse somme.

— Holà! Ginny! Tu n'es pas vieille!

— Pour Manny, toute fille de plus de seize ans est une vioque... Mais parlons plutôt de toi, mon Faucon bien-aimé. Je suis si fière de toi... Le Soldat du siècle! Nous sommes toutes très fières!

— Attendez un peu avant de fêter ça avec vos petits copains... Imaginez que ce ne soit qu'une entourloupe.

— Quoi? Jamais tu ne me feras croire ça... Ni à moi ni aux autres!

— Écoute, Ginny, la coupa MacKenzie, je n'ai pas le temps de t'expliquer. Les trous du cul de Washington sont encore après moi et j'ai besoin d'un coup de main.

— Je vais réunir les filles cet après-midi. Dis-moi ce que nous pouvons faire pour t'aider et à qui... Tu sais, je ne pourrai pas joindre Annie; elle est repartie dans une de ses colonies de lépreux. Madge, elle, est sur la côte Est, à New York ou dans le Connecticut, quelque part dans ce coin-là, mais je m'arrangerai pour organiser une réunion-téléphone avec Lillian et elle.

— En fait, Ginny, c'est toi que j'appelais, car je pense que tu es celle qui peut m'aider.

— Moi, Mac? Ta galanterie me fait très plaisir, mais c'est quand même moi la plus âgée. Même si cela me fait mal, je dois reconnaître que Midgey et Lil correspondent probablement beaucoup mieux à ce qu'il te faut. Ce sont encore deux beaux brins de filles. Bien sûr, elles n'arrivent pas à la cheville d'Annie dans ce domaine, mais je crains que les robes qu'elle a choisi de porter ne fassent fuir à toutes jambes les mâles les plus résolus.

— Tu es une femme merveilleuse, Ginny, mais il ne s'agit pas de cela... As-tu encore des rapports avec Manny ?

— Uniquement par l'intermédiaire de nos avocats. Il veut récupérer une partie des toiles que nous avons achetées ensemble, mais plutôt me couper la main que de laisser ce petit salopard lubrique toucher à la peinture du cadre le plus moche !

— Merde ! C'est râpé pour le coup de main que j'espérais !

— Explique-toi, Mac. Que te faut-il exactement ?

— Il me faut un des scénaristes qu'il emploie au studio pour me rédiger quelque chose.

— On va faire un autre film sur toi ?

— Pas question ! Jamais !

— Je suis soulagée de l'apprendre. Alors, pourquoi as-tu besoin d'un scénariste ?

— J'ai un sujet absolument incroyable et tout à fait authentique que je veux faire miroiter aux pontes d'Hollywood. Mais il faut que ce soit bien présenté et je dois faire très vite. Disons que je dispose de vingt-quatre heures.

— Vingt-quatre heures !

— Réduit à la taille d'un synopsis, cela ne devrait pas dépasser cinq à dix pages, mais crois-moi, Ginny, ce seront cinq à dix pages de dynamite ! Tout est déjà enregistré et Manny doit connaître quelqu'un capable de me faire ça...

— Toi aussi, tu connais quelqu'un, mon chou ! As-tu pensé à Madge ?

— Qui ?

— Ta numéro trois, *mon général*.

— Midgey ? Qu'est-ce qu'elle a ?

— Tu ne lis donc pas les gazettes du showbiz ?

— Comment ?

— Le *Hollywood Reporter* et *Daily Variety*, les bibles du pays des oranges pressées.

— Moi, tu sais, tout ce qui est bible... Où veux-tu en venir ?

— Madge est devenue un des écrivains en vogue de Los Angeles ! Tellement en vogue qu'elle peut se permettre d'aller écrire sur la côte Est ! Son dernier scénario, *Vers mutants pour lesbiennes homicides,* a fait un tabac !

— Ça alors ! Je savais que Midgey avait des aptitudes littéraires, mais...

— N'emploie pas le mot « littéraire », lança lady Cavendish. Par ici, c'est une condamnation !... Je vais te donner son numéro de téléphone, mais laisse-moi cinq minutes pour l'appeler d'abord et lui dire d'attendre ton coup de fil. Ça va lui faire tellement plaisir !

— Ginny, je suis à New York en ce moment.

— Quelle chance elle a ! Elle est dans le 203 !

— Qu'est-ce que c'est que ça ?
— L'indicatif de zone pour Greenwich, pas celui d'Angleterre. Appelle-la dans cinq minutes, mon chou. Et quand toute cette histoire sera terminée, je tiens absolument à ce que tu viennes faire la connaissance de Chauncey. Je crois que cela lui ferait infiniment plaisir, car c'est un de tes fervents admirateurs. Il était dans le cinquième grenadiers... à moins que ce ne soit le quinzième ou le cinquantième, je ne m'en souviens jamais.
— Les grenadiers étaient au nombre des meilleurs, Ginny ! Tu n'as pas perdu au change et tu peux parier ce que tu veux que je passerai vous voir tous les deux !

Dans le hall du Waldorf, MacKenzie Hawkins voyait la vie sous des couleurs plus gaies quand il raccrocha après avoir gravé avec la pointe de son canif le numéro de sa troisième épouse sur la tablette de marbre du téléphone public. Il était si content de la tournure prise par les événements qu'il sortit un cigare de la poche de sa veste et commença de le mâchonner jusqu'à ce que le jus commence à lui chatouiller les papilles, puis il l'alluma à l'aide d'une allumette frottée contre la tablette. Une matrone en robe imprimée aux tons criards qui se tenait sur sa gauche, devant un téléphone mural, se mit à tousser violemment. Elle lança des regards noirs au Faucon entre deux quintes et finit par s'adresser à lui d'un air dégoûté.

— Comment un monsieur bien comme il faut peut-il avoir un vice aussi écœurant ?
— Pas plus écœurant que les vôtres, madame. Sachez que la direction vous demande instamment de mettre un terme aux allées et venues de ces jeunes haltérophiles.
— Seigneur Dieu !... Qui vous a raconté... ?

Le sang se retira du visage de la grosse dame bien comme il faut qui s'enfuit sans demander son reste tandis que le téléphone de Mac se mettait à sonner.

— Commandant Y ? demanda posément le Faucon.
— Général, le moment est venu de nous rencontrer.
— Parfait, commandant. Mais comment allons-nous faire, puisque vous êtes encore mort ?
— J'ai un déguisement si réussi que ma propre mère — qu'elle repose en paix ! — ne me reconnaîtrait pas.
— Je suis navré pour cette perte. C'est toujours très dur de perdre sa mère.
— Eh bien, euh !... Elle est à Fort Lauderdale... Bon, j'ai beaucoup à faire et nous allons devoir nous dépêcher. Ce que j'aimerais surtout savoir, c'est comment vous comptez vous rendre à cette audition. Avez-vous un plan ?
— Il est en train de se mettre en place, commandant, et c'est pour cette raison que je voulais vous voir. Je dois avouer que je suis très impressionné par le détachement envoyé en renfort.

— Quel détachement ?
— Les mercenaires.
— Qui ?
— Les deux hommes que vous avez engagés pour assurer notre protection.
— Ah ! oui ! Vous savez, j'ai tellement de choses en tête. Désolé pour le nazi... J'étais persuadé qu'il se raserait avec de la fiente de pigeon si on lui donnait l'ordre de le faire.
— Le nazi ? Quel nazi ?
— Ah ! j'avais oublié ! Il a disparu. Parlez-moi de votre plan.
— Pour commencer, je vous demande l'autorisation d'y inclure le détachement.
— Incluez tout ce que vous voulez... Quel détachement ?
— Les gardes du corps, commandant.
— Ah ! oui ! Désolé pour le boche. Écoutez, il faut que je me dépêche et, comme votre plan n'a pas l'air bien solide, je me sentirais beaucoup plus rassuré si je vous voyais en personne, vous et votre tordu d'avocat, si vous voyez ce que je veux dire.
— Sam ? Vous avez entendu parler de Sam Devereaux ?
— Pas avec cette prononciation, mais j'ai cru comprendre que lorsque les grands manitous de la Défense ont appris que ce Deveroxx était votre fichu avocat, ils ont eu des envies de meurtre... du genre lui fourrer une grenade entre les hémorroïdes. A ce qu'il paraît, il a accusé à tort un gros ponte de l'armée, au Cambodge, quand il travaillait pour l'Inspection générale.
— L'affaire est réglée, commandant. L'erreur a été rectifiée.
— Ça, c'est vous qui le dites. En tout cas, on n'est pas au courant à l'état-major interarmes et il y a deux ou trois de ces gars de West Point qui rêvent de lyncher le petit salopard. Son nom est juste à côté du vôtre, tout en haut de la liste noire.
— Je n'avais pas envisagé cette complication, fit sèchement le Faucon. Mais cette hostilité n'a pas de raison d'être, absolument aucune.
— Des clous, comme dirait Petit Joey ! rugit Vinnie Boum-Boum. Vous oubliez peut-être le but de votre machination : le SAC... Et cela n'a rien à voir avec un sac de patates !
— Oui, commandant, je comprends bien, mais une solution non violente est encore possible. Peu vraisemblable, mais possible et cela vaut la peine d'essayer.
— Je vais vous dire le fond de ma pensée, reprit Mangecavallo avec véhémence. Je veux vous voir, vous et votre cinglé de juriste, à Washington dès ce soir. Nous y allons en avion chacun de notre côté et je vous mets à l'abri en attendant de vous faire conduire à la Cour suprême en voiture blindée. Avez-vous une meilleure idée ?
— Vous avez à l'évidence une expérience très limitée des opérations clandestines de cette nature, commandant Y. Il est très simple d'ouvrir

une brèche dans les lignes ennemies, mais, ce qui compte, c'est la manière dont on s'infiltre derrière. Il faut calculer chacun des mouvements qui mènent à l'objectif.

— Vous ne pouvez pas parler anglais comme tout le monde, non ?
— Il faudra franchir chacun des obstacles dressés devant le président de la Cour. Il existe un moyen... peut-être.
— Peut-être ? Comme si nous avions le temps de nous occuper des « peut-être » !
— Peut-être avons-nous le temps. Et je suis d'accord pour vous rencontrer ce soir à Washington, mais c'est moi qui fixe le lieu du rendez-vous... Le Lincoln Memorial, deux cents pas vers l'avant et deux cents pas sur la droite. A vingt heures précises. Pigé, commandant ?
— Pigé quoi ? De la merde, oui !
— Je n'ai pas de temps à perdre avec des civils irascibles, déclara MacKenzie. Moi aussi, j'ai beaucoup à faire. Je compte sur vous !

— Brokey, c'est Mac, dit le Faucon en reprenant sa carte de crédit quand les accords de *There's No Business Like Show Business* furent interrompus par la voix de Brokemichael.
— Bon Dieu ! Mac ! Tu ne peux pas imaginer dans quel pétrin je suis ! Le secrétaire d'État veut ma peau maintenant !
— Fais-moi confiance, Brokey, et c'est peut-être toi qui auras la sienne. Maintenant, écoute-moi bien et fais exactement ce que je vais te dire. Tu vas prendre un avion pour Washington et...

— Frank, c'est le Faucon. As-tu fais ce que je t'ai demandé ? As-tu parlé à ce pourri de bigleux ou bien est-ce que plus personne ne t'écoute là-bas ?
— Je l'ai fait, espèce de fumier ! Je l'ai fait et il veut m'arracher mes galons et faire sauter tous mes à-côtés ! Je suis fini ! Tu as signé mon arrêt de mort !
— *Au contraire*, amiral. Tu auras peut-être une promotion. Il connaît l'heure et le lieu ?
— Il m'a ordonné de foutre le camp et de ne plus jamais l'appeler !
— Parfait. Il y sera.

MacKenzie Hawkins s'écarta du téléphone, ralluma son cigare et tourna la tête dans la direction du bar en plein air, de l'autre côté du hall. Il avait une furieuse envie de rejoindre ce sanctuaire discret d'amours si lointaines, du temps où, jeune officier, il était toujours épris d'une femme, temporairement, mais sincèrement. Mais il savait qu'il n'avait pas le temps de s'autoriser cette faiblesse... Et pourtant, il aurait bien aimé y retrouver... *Madge*, sa troisième femme, aussi belle, aussi importante pour lui que les autres. Il les avait toutes aimées, non seulement pour ce qu'elles étaient, mais pour ce qu'elles pouvaient devenir.

Un jour, au Nord Viet-nâm, près de la piste Hô Chi Minh, il avait été contraint de se réfugier dans une grotte en compagnie d'un lieutenant bardé de diplômes et, pour tuer les heures interminables, ils avaient échangé à voix basse l'histoire de leur vie. Il ne leur restait plus alors qu'à attendre d'être découverts et mourir.

— Vous savez de quoi vous souffrez, colonel?

— Non, mon garçon, mais tu vas me le dire.

— D'un complexe de Galatée. Vous voulez transformer toutes les belles images de pierre en objets de réalité et de connaissance.

— Où as-tu pêché ces conneries?

— En cours de psychologie, à l'université du Michigan, mon colonel.

Et alors, qu'y avait-il de mal à cela, que l'image soit de pierre ou de chair? Mais Madge, comme les autres, poursuivait un rêve : devenir écrivain. Mac avait tiqué dans son for intérieur sur les coups d'essai de Madge, mais il fallait reconnaître qu'elle avait le don de piquer la curiosité du lecteur avec des personnages extravagants et des histoires rocambolesques... Et elle connaissait maintenant son heure de gloire. Ce n'était pas vraiment du Tolstoï, mais elle avait trouvé une place avec *Vers mutants pour lesbiennes homicides* et, aussi difficile à tenir que fût cette place, Mac était sûr que son ex-femme ne perdrait pas le sens de l'humour. MacKenzie se retourna vers le téléphone, glissa sa carte de crédit dans la fente et composa son numéro. Au bout du fil, la sonnerie s'interrompit, on décrocha et des cris d'horreur, des hurlements de terreur retentirent dans l'écouteur.

— Au secours! hurla une voix de femme. A l'aide! Les vers sortent du plancher et grouillent sur les murs! Il y en a des milliers! C'est à moi qu'ils en veulent! Ils vont attaquer!

Puis ce fut le silence, un silence qui faisait craindre le pire.

— Tiens bon, Midgey, j'arrive! Donne-moi ton adresse!

— Allons, Mac, fit brusquement une voix très calme. Ce n'est qu'une bande enregistrée pour la promotion.

— Quoi?

— Tu sais bien, une bande-annonce diffusée à la radio et à la télévision. Les gosses adorent ça et leurs parents voudraient me voir déportée au bout du monde.

— Comment savais-tu que c'était moi?

— Ginny m'a appelée il y a quelques minutes et ce numéro n'est connu que de nous quatre et de mon agent qui ne me téléphone que lorsqu'il y a un problème. Cela ne te fera peut-être pas plaisir, mais il n'y en a jamais! Tout ce qui m'arrive, c'est grâce à toi, Mac, et je ne saurai jamais comment te remercier.

— Alors, Ginny ne t'a rien dit?

— Ah! l'adaptation pour l'écran, le projet de dix pages, si, elle m'en a parlé. J'ai prévenu les coursiers qui n'attendent plus que ton adresse.

Il te suffira de remettre les bandes au chauffeur et tu auras quelque chose demain matin. C'est vraiment le moins que je puisse faire pour toi !

— Tu es une fille épatante, Midgey, et je suis très touché.

— « Une fille épatante » !... Ça te ressemble bien, Mac ! Mais je vais te dire ce que je pense : toi, tu es le type le plus épatant que nous ayons jamais connu toutes les quatre... même s'il m'arrive de penser que tu es allé un peu trop loin avec Annie.

— Mais je n'ai rien fait...

— Je sais. Nous restons en contact avec elle et nous lui avons toutes promis de ne rien dire. Seigneur ! qui aurait pu imaginer une chose pareille ?

— Elle est heureuse, Madge.

— Je sais, Mac. C'est la marque de ton génie.

— Je ne suis pas un génie... sauf peut-être dans le domaine militaire, dans certaines situations.

— N'essaie pas de faire avaler ça à quatre filles qui ne savaient pas quoi faire de leur vie avant de te rencontrer.

— Je suis au Waldorf, fit le Faucon d'un ton plus dur en essuyant une larme perlant à sa paupière et dont la présence lui était insupportable. Dis à ton coursier d'aller directement dans la suite 12 A. Au cas où on l'en empêcherait, ou si on lui pose des questions, elle est au nom de Devereaux.

— Sam Devereaux ? Ce jeune homme absolument délicieux ?

— Tu restes dans ta zone 203, Midgey, ordonna le Faucon. Il a terriblement vieilli et il a maintenant une femme et quatre enfants.

— Le salaud ! s'écria la troisième ex-épouse de MacKenzie Hawkins ! C'est une tragédie !

26

Toute la journée, le désœuvrement fut tel à Swampscott que les trois avocats téléphonèrent sans cesse à leur bureau, dans l'espoir que quelqu'un ferait appel à leurs talents. Par malheur, l'été battant son plein, nul ne semblait désirer autre chose que des bribes de renseignements relatifs à des questions totalement insignifiantes. Le désœuvrement, accentué par le sentiment frustrant d'être tenus dans l'ignorance de ce que faisait le Faucon, finit par engendrer une certaine irascibilité, plus particulièrement entre Sam et Jennifer qui remâchait l'insanité de leur situation.

— Pourquoi êtes-vous donc entrés dans ma vie, vous et votre général?

— Dites donc, ce n'est pas moi qui suis entré dans votre vie, que je sache! Ne serait-ce pas plutôt vous qui avez pris un taxi pour vous rendre chez moi?

— Je n'avais pas le choix.

— Bien sûr... Le chauffeur a sorti un pistolet et vous a dit : « Voilà notre destination, ma petite dame! »

— Il fallait que je trouve Hawkins.

— Si j'ai bonne mémoire, et c'est le cas, votre frère Charlie l'a trouvé le premier, mais, au lieu de lui dire qu'il était trop vieux pour jouer dans le bac à sable de la tribu, il lui a proposé de faire un beau château.

— C'est une allégation injuste! Charlie s'est fait avoir par Hawkins!

— Eh bien, en tant qu'avocat, il ne lui restera plus qu'à attendre les ambulances transportant les victimes d'accidents, sinon il n'aura jamais un seul client.

— Je ne vous écoute plus... Vous êtes trop sectaire.

— Pour des apologistes simples d'esprit, ça c'est sûr, je le suis!

— Bon, je vais nager...

— Vous ne devriez pas.

— Et pourquoi ? Il n'y a pas assez de requins affamés dans ces eaux, à votre goût ?

— S'il y en a, nous pouvons dire adieu à Aaron et à ma mère ainsi qu'à Cyrus et Roman.

— Ils sont tous en train de se baigner ?

— Ma mère et Aaron voulaient y aller, mais nos deux mercenaires n'ont pas voulu qu'ils le fassent seuls.

— C'est trop gentil...

— Je ne crois pas qu'ils seraient payés s'il y avait des noyés.

— Mais pourquoi ne devrais-je pas aller les rejoindre ?

— Parce qu'Aaron Pinkus, mon employeur vénéré, m'a dit que vous devriez lire et relire la requête de Mac jusqu'à ce que vous soyez capable d'en citer des extraits. La Cour pourrait vous le demander en votre qualité d'*amicus curiae*.

— Je l'ai lue et relue, et je suis en mesure de faire toutes les citations nécessaires.

— Alors, qu'en pensez-vous ?

— Remarquable... Aussi pénible que ce soit d'en convenir, c'est remarquable !

— Exactement ma première réaction. Il n'aurait jamais dû pouvoir le faire... A propos, est-ce bien vrai ?

— C'est tout à fait possible. Notre jeunesse a été bercée par des légendes transmises de génération en génération, probablement enjolivées et déformées au fil du temps, dans lesquelles on retrouve de troublantes analogies. Même d'une manière symbolique.

— Qu'entendez-vous par là ?

— Je pense à certaines fables anthropomorphiques du monde animal. Le cruel loup albinos obligeant les chèvres au pelage sombre à aller paître dans un défilé entre deux montagnes, d'où elles ne peuvent s'échapper qu'en traversant les flammes d'un incendie qui se déclare en haut de la montagne et ravage les pâturages, les affamant symboliquement.

— Cela vous fait penser à la banque d'Omaha détruite par le feu ? demanda Devereaux.

— Peut-être... Qui sait ?

— Si nous allions piquer une tête tous les deux ?

— J'espère que vous ne m'en voulez pas de m'être emportée...

— Une éruption de loin en loin permet au volcan de refroidir. C'est un vieux proverbe indien... Navajo, si je ne me trompe.

— Avocat à la langue fourchue n'a pas de cervelle sous son scalp, répliqua Jennifer Redwing en étouffant un petit rire. Navajos vivent dans plaines, pas montagnes, et n'ont pas volcans sur territoire.

— Vous n'avez jamais vu un guerrier Navajo perdre son sang-froid parce que sa squaw a offert un ruban turquoise au frimeur du tipi voisin ?

— Vous êtes incorrigible! Venez donc chercher des maillots de bain.

— Permettez-moi de vous accompagner jusqu'à la cabine. Ce n'est pas la casbah, mais nous nous en contenterons.

— Tiens, je vais vous apprendre un vrai proverbe indien. *Wanchogagog manchogagog*. Littéralement : « Vous pêchez de votre côté, je pêche de mon côté et personne ne pêche au milieu. » Comme il y a deux cabines, cela peut se traduire ici par une pour les filles et une pour les garçons.

— Abscons, presque victorien et pas drôle du tout.

La porte de la cuisine s'ouvrit pour laisser le passage à Desi-Un et Deux, manifestement très pressés.

— Où il est passé, lé grand Noir Cyrus? demanda Desi-Un. Nous dévons partir tout dé souite.

— Partir où? Pour quoi faire?

— A Boston, señor Sam. Nous avons reçou les ordres dou *generale*!

— Vous avez parlé au général? s'écria Jennifer. Je n'ai pas entendu la sonnerie du téléphone.

— Lé *telefono*, il né sonne pas ici, expliqua D-Un. Nous appelons l'hôtel toutes les heures pour parler avec José Pocito. Il nous dit cé qué nous avons à faire.

— Qu'allez-vous faire à Boston? insista Devereaux.

— Chercher cé comédien *loco*, lé commandant Souton, pour lé condouire à l'aéroport. Le grand *generale*, il loui a parlé et lé comédien, il nous attend.

— Que se passe-t-il exactement? demanda Jennifer.

— Je me demande s'il ne vaut pas mieux rester dans l'incertitude, fit prudemment l'avocat.

— Nous dévons nous dépêcher, reprit D-Un. Lé commandant Souton, il dit qu'il doit s'arrêter dans oune grand magasin pour acheter lé costoume *correcto*... Où il est, lé colonel Cyrus?

— Sur la plage, répondit Jennifer, l'air perplexe.

— Tou vas chercher la voitoure, D-Dos, ordonna Desi-Un. Jé vais prévenir lé colonel et nous té rétrouvons dans le garage. Pronto!

— *Si, amigo!*

Les deux hommes s'éloignèrent au pas de course, l'un traversant la terrasse pour descendre sur la plage, l'autre disparaissant dans l'entrée pour aller dans le garage.

— Vous souvenez-vous de ce que nous avons dit sur la « prophétie de Devereaux »? demanda Sam en se retournant vers Jennifer.

— Pourquoi nous tient-il dans l'ignorance de ses projets?

— Cela fait partie intégrante de sa stratégie tortueuse.

— Pardon?

— Il ne dit rien jusqu'à ce qu'il soit allé assez loin pour que le processus soit devenu irréversible. Pour qu'il soit impossible de faire machine arrière.

— Merveilleux ! s'exclama Jennifer. Et s'il se trompe du tout au tout ?

— Il est persuadé que ce n'est pas possible.

— Et vous ?

— Si l'on fait abstraction de son hypothèse de départ, qui est *toujours* fausse, son pourcentage de réussite est assez élevé.

— Ce n'est pas suffisant !

— En fait, il est extrêmement élevé.

— Expliquez-moi pourquoi je ne me sens pas plus rassurée.

— Parce qu'il nous conduit au bord du précipice. Un jour, il fera le pas de trop et nous basculerons tous dans le vide.

— Il va demander à M. Sutton de se faire passer pour lui, n'est-ce pas ?

— Probablement. Il l'a vu en action.

— Je me demande bien où.

— Ne vous posez pas ce genre de question. Ce sera beaucoup plus facile.

En pantalon et veste de daim ornés de perles multicolores, Johnny Calfnose regardait avec désespoir les trombes d'eau qui s'abattaient derrière le guichet du wigwam d'accueil des Wopotamis, un vaste abri de toile aux couleurs criardes, en forme de chariot de pionnier, au centre duquel s'élevaient les quatre pans d'un tipi indien. C'est le chef Nuée d'Orage qui en avait eu l'idée et, quand les charpentiers qu'il avait fait venir d'Omaha avaient commencé les travaux, les habitants de la réserve n'avaient pu dissimuler leur stupéfaction.

— Qu'est-ce que ce cinglé a encore inventé ? demanda Face d'Aigle à Johnny Calfnose, au nom du conseil des anciens. Qu'est-ce que c'est que ce machin ?

— Il dit que cela représente les deux images les plus couramment associées à la conquête de l'Ouest. Le chariot des pionniers et le tipi symbolique d'où sortaient les sauvages pour aller les massacrer.

— Tout ça, c'est du pipeau. Dis-lui donc qu'il nous faudrait plutôt louer une pelleteuse et une faucheuse mécanique, que nous avons besoin d'un minimum de dix mustangs et de main-d'œuvre, au moins une douzaine d'ouvriers.

— Pour quoi faire ?

— Il nous a demandé de déblayer la prairie du nord pour présenter un spectacle montrant une attaque d'Indiens.

— Avec des mustangs ?

— Oui, les chevaux, pas les voitures... Mais si nous devons galoper autour des chariots disposés en cercle, il faudra d'abord apprendre aux jeunes gens à monter à cheval. Ce serait évidemment plus facile avec des voitures – au moins nous savons conduire –, mais il est resté intraitable pour les chevaux et les quelques bêtes que nous avons ne seraient même pas capables de galoper d'un bout à l'autre de la prairie.

— Ça, je comprends, mais pourquoi la main-d'œuvre?

— Peut-être sommes-nous des sauvages, Johnny, mais n'oublie pas que l'on nous a surnommés « les nobles sauvages » et nous laissons à d'autres les basses besognes.

Cette conversation avait eu lieu quelques mois avant cet après-midi désolant, sous une pluie battante, sans un seul touriste au milieu des montagnes de souvenirs fabriqués à Taiwan. Johnny Calfnose se leva et traversa l'entrée étroite aux parois tapissées de cuir pour gagner son logement confortable. Il alluma le téléviseur, passa en revue les chaînes câblées pour trouver du base-ball et s'installa dans son fauteuil design pour regarder les deux rencontres au programme. Mais il fut sauvagement interrompu par la sonnerie d'un téléphone... du téléphone *rouge*. Nuée d'Orage!

— Je suis là, chef! s'écria Johnny en saisissant l'appareil posé sur la table marquetée signée Adolfo.

— Plan A-Un. Exécution!

— Vous plaisantez?... Je suis sûr que vous voulez me faire marcher!

— Un officier général ne « plaisante » pas au moment de donner l'assaut. Code Vert émeraude! J'ai averti l'aéroport et les transports en commun d'Omaha et de Washington. Tout est prêt. Comme vous partirez à l'aube, tu peux commencer à faire circuler la nouvelle. Tous les paquetages devront être bouclés et vérifiés à vingt-deux heures et le débit de boissons est interdit à tout le contingent de Washington. C'est un ordre formel, soldat. Pas de Peaux-Rouges aux yeux rouges dans ma brigade! Notre marche sera victorieuse!

— Vous êtes sûr de ne pas vouloir vous donner une ou deux semaines de réflexion?

— Vous avez vos instructions, sergent Calfnose. Une prompte exécution est de la plus haute importance!

— C'est bien ce qui me tracasse, grand chef!

Le soleil s'était déjà couché et les flots de lumière des projecteurs baignaient l'imposante statue de Lincoln autour de laquelle, dans un silence quasi religieux, les touristes magnétisés tournaient pour admirer le monument sous différents angles. Aucun d'eux ne prêtait attention au comportement d'un homme à l'allure bizarre et aux mouvements furtifs, qui semblait beaucoup plus intéressé par l'herbe sur laquelle il marchait à pas comptés. Partant des marches du monument, il s'éloignait en ligne droite, injuriant entre ses dents les touristes qu'il heurtait, n'hésitant pas à viser le ventre ou l'appareil photo d'un gêneur tout en remettant en place la perruque rousse qui ne cessait de lui glisser sur les oreilles et dans le cou.

Vincent Mangecavallo n'était pas né pour rien à Brooklyn et il n'avait pas passé toute sa jeunesse dans le *Mondo Italiano* sans avoir retenu deux ou trois choses. Il savait ainsi qu'il était préférable d'arriver à un rendez-vous bien avant l'heure convenue, car une mauvaise surprise était toujours possible. Le problème de Vinnie Boum-Boum était cette histoire de « pas ». Et d'abord, qu'est-ce que c'était qu'un pas ? Trente centimètres, un mètre, encore plus, ou bien une longueur intermédiaire ? Il en avait entendu des histoires du bon vieux temps, en Sicile, quand les duels se réglaient à la lupara, le tromblon de chasse à canon scié. Les deux ennemis s'éloignaient l'un de l'autre, à grands ou petits pas, comptés par un arbitre, parfois rythmés par un tambour, ce dont personne ne se souciait vraiment, car le vainqueur était toujours celui qui trichait. Mais là, il était en Amérique ! Un « pas » devrait avoir une définition beaucoup plus précise, pour préserver la régularité et l'honnêteté de la chose.

Et puis, comment faire pour tenir le compte de ses pas quand on marche la nuit, au milieu de la foule ? En arrivant, disons à soixante-trois, il bousculait un groupe de badauds, sa perruque lui glissait sur le front et l'aveuglait et, quand il se remettait en route, il ne savait plus où il en était ! Il ne lui restait plus qu'à repartir au pied des marches et à tout recommencer ! Merde de merde ! A la sixième tentative, il finit par arriver devant un gros arbre portant sur le tronc une plaque de cuivre qui indiquait par quel président il avait été planté et en quelle année, ce dont tout le monde se battait l'œil. Mais il y avait autour de ce même tronc un banc circulaire beaucoup plus intéressant. Il pouvait s'y asseoir en faisant en sorte que son visage reste caché à ce cinglé de général avec qui il devait échanger des renseignements.

Vincent décida naturellement de s'éloigner de l'arbre et d'aller se tapir dans l'ombre d'un autre... à combien de « pas », il s'en moquait. Mais il savait ce qu'il fallait guetter : un grand type qui n'était plus de première jeunesse et qui traînerait autour de l'arbre à la plaque de cuivre. Peut-être avec des plumes sur la tête.

Sanglé dans son uniforme, le général Ethelred Brokemichael suivait avec un étonnement croissant le manège de la silhouette obèse qui tournait furtivement autour du lieu de rendez-vous. Il n'avait jamais beaucoup aimé MacKenzie Hawkins ; en réalité, il avait toujours conçu une franche inimitié pour le complice de longue date de ce salaud d'Heseltine, mais avait toujours respecté les qualités du vieux brave. Mais, pour l'instant, il se posait des questions sur toutes ces années d'admiration silencieuse. Il venait d'assister à un exercice ridicule pour un spécialiste des rendez-vous clandestins. Absolument grotesque ! Hawkins avait à l'évidence emprunté ou acheté une veste de grande taille, l'avait rembourrée et, pour masquer sa haute stature, marchait à moitié courbé comme un grand singe au milieu de la foule. Il allait et venait comme un gorille fouillant le sous-bois pour y cueillir des baies ! Ce spectacle avait de quoi écœurer le créateur des Six Suicidaires ! Et Brokey le Méchant ne pouvait se méprendre, car il avait reconnu la stupide perruque rousse du Faucon qui, avec la chaleur et l'humidité nocturnes, ne cessait de lui tomber sur les yeux. MacKenzie Hawkins n'avait jamais dû entendre parler des adhésifs liquides, couramment utilisés dans le monde du théâtre. C'était le parfait néophyte !

La perruque de Brokey, également rousse par une pure coïncidence, mais *légèrement* rousse, plutôt auburn, était fixée par un adhésif Max Factor couleur chair, invisible à la naissance des cheveux, surtout avec une lumière voilée. Je vais lui montrer ce qu'est un professionnel, se dit Brokemichael en décidant de surprendre le Faucon qui avait trouvé un poste de guet sous la ramure d'un grand érable du Japon, à une dizaine de mètres du lieu du rendez-vous. Brokey était aux anges. Le Faucon l'avait ridiculisé à Fort Benning, il tenait sa vengeance !

Il amorça un large mouvement tournant en longeant le bord de la foule, à la clarté déjà affaiblie des projecteurs braqués sur le monument. Quand il croisait un autre uniforme, un bras se levait instantanément pour lui adresser un salut machinal. En s'approchant de l'érable par le flanc est, toujours accompagné par les saluts respectueux, Brokey s'interrogea encore une fois sur ce qui avait poussé le Faucon à insister pour qu'il vienne en uniforme à un rendez-vous censé être aussi discret que possible. Il lui avait posé la question à plusieurs reprises, mais avait dû se contenter de la même réponse.

— Fais simplement ce que je te demande et porte toutes les médailles que tu as jamais reçues ou frappées toi-même ! N'oublie surtout pas que tout ce que nous avons dit à Fort Benning a été enregistré et que c'est moi qui ai la bande !

Brokey atteignit l'érable, se tourna lentement pour s'adosser au tronc et commença à faire le tour de l'arbre à petits pas jusqu'à ce qu'il arrive juste derrière l'ex-général – décidément un amateur ! – qui l'avait couvert de ridicule et ne quittait pas du regard le lieu du rendez-vous. Mais le plus stupide était bien qu'au lieu de se tenir droit pour avoir une bonne vue, cet abruti gardait les genoux pliés et le cou rentré dans les épaules, comme s'il en avait besoin dans l'ombre du feuillage. Quel travail d'amateur !

— Vous attendez quelqu'un ? demanda doucement Brokey.

— Bordel de merde ! s'écria l'homme déguisé en civil en tournant la tête avec une telle vivacité que sa perruque rousse pivota de quatre-vingt-dix degrés sur la gauche. C'est vous ?... Oui, bien sûr que c'est vous, avec toutes vos breloques !

— Tu peux te redresser, Mac.

— Comment ça, me redresser ?
— Personne ne peut nous voir, Bon Dieu ! Je distingue à peine mes pieds, mais je reconnais ta perruque ridicule. Il me semble qu'elle est à l'envers !
— Si vous croyez, militaire, que la vôtre est mieux ! ricana le civil en arrangeant sa moumoute. J'ai connu plus d'un vieux parrain qui portait les mêmes cochonneries, avec cet adhésif Max Factor qui fait disparaître les rides du haut du front ! Ça se voit, mais, évidemment, personne ne dit jamais rien !
— Pourquoi dis-tu que « ça se voit » ? Qu'est-ce que tu peux bien voir ici, il fait presque noir ?
— Vous n'avez donc pas remarqué, pauvre zozo, que la lumière se reflète sur la bande adhésive ?
— Ça suffit, Mac ! Maintenant, redresse-toi pour que nous puissions parler !
— Vous mesurez cinq centimètres de plus que moi, et alors, que voulez-vous que j'y fasse ? Que j'aille m'acheter des chaussures à talon haut ou bien des échasses ? Qu'est-ce qui vous prend, mon vieux ?
— Vous voulez dire que... ?
Brokey le Méchant se pencha vers le civil, le cou tendu.
— Vous n'êtes pas Hawkins !
— Hé ! vous ! s'écria à son tour Mangecavallo. Vous n'êtes pas Hawkins ! J'ai des photos de lui !
— Qui êtes-vous ?
— Mais qui êtes-vous, Bon Dieu ?
— J'ai rendez-vous ici avec le Faucon ! lança Brokemichael.
— Moi aussi !
— Vous portez une perruque rousse...
— Pas vous, peut-être ?
— Il en avait une à Fort Benning !
— J'ai acheté la mienne à Miami Beach...
— J'ai trouvé la mienne dans la malle des costumes de mon unité.
— Vous devez aimer la couleur pêche, vous aussi hein ?
— Qu'est-ce vous racontez ?
— Et vous, qu'est-ce que vous racontez ?
— Attendez ! s'écria Brokemichael dont le regard exaspéré s'était reporté sur l'arbre à la plaque de cuivre. Regardez là-bas ! Voyez-vous ce que je vois ?
— Vous parlez de ce grand échalas de prêtre qui flaire le sol comme un doberman pris d'une envie subite ?
— Précisément.
— Eh bien quoi ? Il a peut-être envie de s'asseoir sur le banc... Il y a des sièges qui font le tour de ce putain d'arbre.
— Je sais ! fit Brokemichael en plissant les yeux dans l'ombre. Regardez bien, poursuivit-il tandis que l'ecclésiastique entrait dans la zone éclairée par les projecteurs. Dites-moi ce que vous voyez.

— Un costume noir, un col blanc et des cheveux roux... Qu'est-ce que ça prouve ?

— Tous des amateurs, soupira le créateur des Six Suicidaires. Ce ne sont pas de vrais cheveux, mais une perruque, et aussi mal fichue que la vôtre. Trop longue sur la nuque et trop large aux tempes... C'est curieux, j'ai l'impression de l'avoir déjà vu quelque part.

— Pourquoi parlez-vous de temple ? Qu'est-ce que la religion vient faire là-dedans ?

— Je ne parle pas de religion, mais de sa perruque ! Elle n'est pas bien fixée.

— C'est une obsession chez vous ! Voilà bien ma chance ! Il faut que je tombe sur une tante en uniforme pour le rendez-vous le plus important de ma vie ! Remarquez, moi, je m'en fiche, je n'ai pas de problèmes, mais le moment est vraiment mal choisi pour faire la preuve de ma tolérance !

— Ces perruques ont peut-être valeur de symbole...

— Symbole de quoi, Bon Dieu ? Nous allons prendre part à une manifestation ?

— Vous ne comprenez donc pas ? Il nous a tous fait porter une perruque rousse !

— Il ne m'a rien fait faire du tout. Je vous ai déjà dit que j'ai acheté la mienne à Miami Beach, dans une boutique de curiosités...

— Et, moi, j'ai trouvé la mienne dans les costumes de mon unité...

— Drôle d'unité...

— Mais il portait une perruque rousse quand il est venu me voir... Bon sang ! Motivation subliminale orientée vers l'impro !

— Qu'est-ce que c'est que ce charabia ?

— A-t-il jamais employé devant vous le mot « rouge »... plusieurs fois, je veux dire ?

— Peut-être, je n'ai pas remarqué... Mais toute cette affaire concerne les Indiens, les Peaux-Rouges, si vous préférez. Oui, peut-être a-t-il parlé de « Peaux-Rouges ». Mais je ne l'ai jamais vu, je lui ai seulement parlé au téléphone.

— C'est ça ! Il s'est servi de sa voix comme une force de motivation subconsciente ! Stanislavski a beaucoup écrit là-dessus.

— C'est un coco ?

— Non ! Stanislavski, un dieu du théâtre !

— Ah ! Un Polonais ! Bon, il faut savoir faire la part des choses.

— Quelle affaire ? demanda brusquement Brokey en tournant vivement la tête vers l'inconnu. De quelle « affaire » parlez-vous ?

— De quoi voulez-vous que je parle ? De la requête de cette tribu qui a atterri dans les bureaux de la Cour suprême. En attendant, qu'est-ce qu'on fait ?

— Je pense qu'il serait souhaitable d'avoir une petite conversation avec ce prêtre rouquin.

— Excellente idée. Allons-y.

— Pas tout de suite! lança derrière eux une voix forte et râpeuse. Je suis content que vous ayez pu venir, messieurs, poursuivit le Faucon en faisant le tour du tronc du gros érable, quelques taches de lumière jouant sur sa perruque rousse soigneusement coiffée. Ça me fait plaisir de te revoir, Brokey... Et, vous, monsieur, je présume que vous êtes le commandant Y. Je suis absolument ravi de faire votre connaissance.

Autant que sa peur le lui permettait, Warren Pease était content de lui et même admiratif. En voyant devant l'hôtel Hay-Adams un prêtre s'engueuler vertement avec un chauffeur de taxi sur le prix de la course, une inspiration lui était venue. Il irait au rendez-vous déguisé en homme d'Église! S'il n'aimait pas ce qu'il voyait ou entendait, il se retirerait sans dommage. Personne ne rudoyait un ecclésiastique en public... Cela ne se faisait pas et, plus important encore, cela ne pouvait qu'attirer l'attention.

Par ailleurs, il serait beaucoup trop dangereux de ne pas aller à ce rendez-vous malgré ce qu'il avait dit à cet amiral horripilant qui n'arrêtait pas de lui faire parvenir des notes de frais pour des voyages qu'il ne faisait jamais, des repas avec des gens qu'il ne voyait jamais pour des affaires du Département d'État qui n'avaient aucune réalité. Pease l'avait admonesté au téléphone, non pour mettre le holà à ces pratiques, mais pour découvrir ce qu'il savait exactement... et comment il l'avait appris. Les réponses à ces deux interrogations avaient été fragmentaires, embrouillées et assez alarmantes pour l'inciter à annuler ses engagements de la soirée et à se procurer un rabat. Il avait mis son complet noir réservé aux cérémonies funèbres et la perruque rousse complétait le déguisement.

Mêlé à la foule qui se pressait autour du Lincoln Memorial, il entendait encore les paroles de l'amiral résonner dans ses oreilles.

— Monsieur le secrétaire d'État, un vieux compagnon d'armes m'a demandé de vous transmettre un message qui pourrait permettre de résoudre votre problème le plus urgent, qu'il a personnellement qualifié de crise.

— Qu'est-ce que vous me chantez là? Le Département d'État a des dizaines de crises à résoudre quotidiennement et, comme mon temps est le plus précieux de Washington, je vous prierai d'être plus explicite.

— C'est malheureusement impossible, monsieur. Mon vieux compagnon d'armes m'a clairement fait comprendre que l'affaire n'était pas, mais alors pas du tout de ma compétence.

— Cela ne m'apprend rien de nouveau. Soyez plus clair, marin!

— Il m'a seulement dit que cette affaire avait un rapport avec un groupe d'Américains originels et des installations militaires, mais je ne sais pas de quoi il parlait.

— Bon Dieu! Que vous a-t-il dit d'autre?

— Il tenait à rester aussi discret que possible, mais il a ajouté qu'il y avait une solution qui serait un fartage idéal pour vos skis.

— Pour mes *quoi* ?
— Vos skis... Très sincèrement, monsieur, je ne connais rien aux sports d'hiver, mais d'un point de vue militaire, je présume que cette référence codée signifie que vous pourrez atteindre beaucoup plus rapidement votre objectif en acceptant de le rencontrer dès que possible. Tel est le sens du message.
— Comment s'appelle-t-il, amiral ?
— En vous le révélant, je m'engagerais dans une affaire qui ne me concerne pas. Je suis un intermédiaire, monsieur le secrétaire d'État, et rien d'autre. Il avait le choix entre une douzaine d'autres officiers à la retraite et je regrette qu'il se soit porté sur moi.
— Et si, moi, je choisissais de mettre en doute la réalité de la plupart de vos notes de frais et le bien-fondé de ces voyages coûteux que vous faites sur nos appareils diplomatiques ?
— Je ne fais que vous transmettre un message, monsieur ! Je n'y suis pour rien !
— Pour rien, hein ? C'est ce que vous prétendez, mais pourquoi devrais-je vous croire ? Peut-être trempez-vous dans cette infâme conspiration ?
— Quelle conspiration ?
— Cela vous plairait, hein ? Rien ne vous ferait plus plaisir que de m'entendre vous raconter par le menu toute cette affaire sordide. Pour écrire un livre, comme tous ces fonctionnaires dévoués et altruistes, injustement inculpés pour n'avoir rien fait de pire que les autres.
— Je ne comprends absolument rien à ce que vous dites !
— Son nom, marin ! Son nom !
— Pour que *vous* puissiez écrire un livre dans lequel le mien serait cité ? Pas question !
— Puisque vous m'avez déjà fait perdre beaucoup trop de temps, autant me donner le reste de votre foutu message. Où et quand ce monstre qui tient à rester anonyme s'imagine-t-il que je vais le voir ? Parfait, reprit-il quand l'amiral lui eut répondu, j'ai déjà oublié ce que vous m'avez dit ! Et maintenant, marin, foutez-moi la paix. Je vous interdis de me rappeler, sinon pour m'informer que vous mettez un terme à votre contrat de consultant !
— Je vous en prie, monsieur le secrétaire d'État, je ne cherche pas les ennuis. Je vous en donne ma parole !... Écoutez, je vais parler à l'ami du président, Subagaloo, et il vous dira que...
— A Arnold ? Non, surtout ne parlez pas à Arnold ! En aucun cas ne parlez à Arnold ! Il vous mettra sur une liste, il vous couchera sur une liste !... Une horrible, une terrible liste, une liste intolérable !
— Vous sentez-vous bien, monsieur le secrétaire d'État ?
— Mais, oui, je vais bien. Tout ira très bien, mais n'appelez surtout pas Arnold Subagaloo. Il vous mettra sur sa liste, sa liste noire, sa liste des gens à abattre !... Terminé, marin, comme vous dites, vous les militaires bornés !

Bien, j'ai remis à sa place cette sangsue répugnante, songea Warren Pease en adressant un sourire mielleux à une vieille dame au visage peinturluré qui le couvait du regard tandis qu'il s'avançait vers l'érable. Le rendez-vous ne pouvait avoir été fixé que devant cet arbre. Le choix n'était vraiment pas très heureux et Warren Pease se demanda pourquoi MacKenzie Hawkins, alias Nuée d'Orage, chef des infâmes Wopotamis, avait fait ça. L'éclairage était faible, peut-être une bonne chose; il y avait des tas de gens à une trentaine de mètres, ce qui, tout bien considéré, n'était pas mal non plus, car ils offraient une bonne protection... Mais c'est dans son propre intérêt que ce malade de Hawkins prenait toutes ces précautions, pas pour le bénéfice du secrétaire d'État. Il devait s'imaginer que le gouvernement aurait truffé les alentours d'hommes sûrs dans l'espoir de le capturer, précisément le genre de démonstration de force qu'ils voulaient éviter à tout prix. Cela ferait très mauvais effet si les médias découvraient qu'ils avaient organisé une souricière pour appréhender un double titulaire de la médaille du Congrès. Dans la pénombre du branchage, Warren Pease plissa les yeux pour regarder sa montre : il avait près d'une demi-heure d'avance. Très bien... Parfait. Il allait s'écarter un peu et trouver un poste de guet. Il fit le tour du tronc et s'arrêta en découvrant avec agacement que la petite vieille aux joues peinturlurées l'attendait.

— Bénissez-moi, mon père, car j'ai péché, dit-elle d'une voix aiguë et chevrotante en se plantant devant lui pour lui barrer le passage.

— Eh bien, euh... *vox populi* et tout ce qui s'ensuit. Nous ne sommes pas tous parfaits, mais c'est la vie...

— J'aimerais me confesser, mon père. Je dois me confesser!

— C'est une intention tout à fait louable, mais je ne pense pas que l'endroit soit bien choisi. De plus, je suis très pressé.

— Il est écrit dans la Bible qu'aux yeux du Seigneur, un désert peut devenir la maison de Dieu, si un pécheur le désire ardemment.

— Arrêtez vos foutaises, je vous ai dit que j'étais pressé!

— Et, moi, je vous dis de reculer derrière cet arbre!

— Très bien, je vous absous de tout ce que vous êtes capable de faire... Qu'est-ce que vous venez de dire?

— Tu m'as bien entendu, face d'ange! souffla la vieille harpie d'une voix plus grave et plus dure en sortant des plis de sa robe un rasoir à main qu'elle ouvrit d'un coup de poignet. Repars derrière cet arbre, sinon tu n'auras plus jamais de questions à te poser sur ton vœu de chasteté!

— Bon Dieu!... Mais vous n'êtes pas une femme! Vous êtes un homme!

— La chose est discutable, mais ce qui compte, c'est que je suis un as du rasoir. J'adore faire des boutonnières... Allez, recule!

— Non, je vous en prie, ne me faites pas de mal!... Non, pas de boutonnières!

Tremblant comme une feuille, le secrétaire d'État recula dans l'ombre de l'érable.

— Vous ne devriez pas faire ça, reprit-il. Vous savez que c'est un péché très, très grave d'agresser un prêtre !

— Ça fait un quart d'heure que je t'ai repéré, face d'ange, siffla l'individu au sexe indéterminé, les lèvres écarlates gercées et les paupières lourdement fardées formant un masque répugnant dans la pénombre. Avec ton paillasson sur la tête, tu fais honte à tous les déviants de ce pays !

— Qu'est-ce que... ?

— Comment oses-tu te balader comme ça ? Tu cherches des petits garçons, ordure ? Et tu t'es déguisé en prêtre ! Tu me donnes envie de dégueuler !

— Écoutez, madame... ou monsieur, je ne sais plus, moi...

— Qu'est-ce que tu viens de dire, face de rat ? Tu m'insultes maintenant ?

— Je vous jure que non ! s'écria Pease, l'œil gauche en orbite. Tout ce que j'essaie de vous dire, c'est que vous ne comprenez pas...

— Je comprends très bien, va ! Les pourris dans ton genre ont toujours plein de blé sur eux, pour le cas où quelqu'un ferait du ramdam. Aboule la monnaie, sale pervers !

— Quoi, c'est de l'argent que vous voulez ? Prenez tout ce que j'ai !

Le secrétaire d'État plongea la main dans sa poche et en sortit une liasse de billets pliés.

— Voilà, prenez tout !

— Prendre quoi ? C'est l'aumône que tu me fais ? Je vais être obligé de t'ouvrir les poches avant de commencer à te taillader !

Le monstre androgyne poussa Pease derrière le tronc.

— Si j'entends un seul mot, tu retrouveras tes lèvres par terre, espèce de petit salaud !

— Je vous en prie ! gémit le secrétaire d'État d'une voix implorante. Vous ne savez pas qui je suis...

— Nous, nous le savons ! lança dans l'ombre une voix grave et rêche. A toi, Brokey... Vous aussi, commandant Y, repoussez cet assaut ! Allez-y !

Comme un seul homme, le vieil officier général et le *capo supremo* corpulent passèrent à l'attaque, le premier arrachant le rasoir de la main qui le tenait, le second refermant les bras sur les jambes enfouies dans une ample jupe à fleurs.

— C'est une putain ! hurla Mangecavallo.

— Mon œil ! rugit Brokemichael en arrachant la perruque grise de l'agresseur au visage ridé sous le fard.

Vinnie Boum-Boum comprit aussitôt son erreur et entreprit de bourrer de coups de poing le répugnant personnage qui s'affaissa sur le sol.

— Espèce de pourriture de *mozzerell*! gronda-t-il.
— Laissez-le partir, commandant! ordonna le Faucon.
— Pourquoi? demanda Brokey. La place de ce salopard est derrière les barreaux!
— Avec les deux jambes cassées! ajouta le directeur de la CIA, présumé disparu en mer.
— Allons, messieurs. Qui d'entre nous portera plainte contre lui?
— Comment...?

Brokemichael fit un pas en arrière tandis que Mangecavallo redressait brusquement la tête, le nez à moitié recouvert par sa perruque de guingois.

— Il y a du vrai dans ce qu'il dit, commandant Y, vous qui tenez à garder l'anonymat.
— Oui, en fait, il a certainement raison, acquiesça Mangecavallo en balançant un dernier coup de genou dans la cage thoracique de l'agresseur. Prends tes cliques et tes claques et barre-toi, pauvre larve!
— Hé! les gars! s'écria l'agresseur qui se releva avec un sourire éclatant en ramassant sa moumoute. Vous voulez venir chez moi? On va se faire une sacré java!
— Taille-toi!
— Bon, bon, je m'en vais.

Dans un grand bruissement de tissu, l'homme s'élança sur la pelouse et se fondit dans la foule.

— Oh! mon Dieu! Mon Dieu!... fit d'une voix tremblotante Warren Pease, étendu aux pieds de Hawkins, face contre terre, les bras repliés sur la nuque pour se protéger la tête. Merci! Merci mille fois! J'aurais pu me faire tuer!
— Vous devriez vous retourner pour voir si vous voulez vraiment vivre, dit le Faucon d'une voix douce en sortant un petit magnétophone de sa poche.
— Quoi?... Qu'est-ce que vous dites?

Warren Pease se souleva lentement et pivota péniblement pour prendre appui sur les fesses afin de se mettre sur son séant. La première chose qu'il vit sur sa droite fut l'uniforme, puis il leva les yeux jusqu'au visage de l'officier et poussa un cri de surprise.

— Brokemichael! Qu'est-ce que vous fichez là?

A cet instant, MacKenzie mit son magnétophone en marche et la voix de Brokemichael retentit sous le feuillage. *Le secrétaire d'État. C'est pour son compte que mes Six Suicidaires sont en mission à Boston... Ce bigleux de Pease porte des accusations très graves contre toi!*

— Mais ces accusations ne sont pas fondées, n'est-ce pas, monsieur le secrétaire d'État? demanda le général Brokemichael dès que le Faucon arrêta l'appareil. Il s'agissait donc de sacrifier un vieux soldat disculpé de la faute qu'on lui avait imputée à tort, mais qui n'a jamais totalement réussi à se débarrasser de cette suspicion et de son unité de courageux jeunes gens. Nous n'étions pas plus irremplaçables pour vous que Mac qui, même s'il n'est pas mon ami le plus cher, ne mérite assurément pas d'être largué au cœur de la banquise.

— Qu'est-ce que vous racontez?

— Excusez-moi, j'aurais dû faire les présentations. Voici l'ex-général MacKenzie Hawkins, deux fois décoré de la médaille du Congrès, l'homme que vous avez d'abord tenté de... disons « neutraliser », avant de charger mon unité de l'enlever et de le conduire dans un lieu indéterminé, mais à l'évidence quelque part au nord, dans le Grand Nord.

— Je ne peux pas dire que je sois ravi de faire votre connaissance, monsieur le secrétaire d'État, dit le Faucon. Vous ne m'en voudrez pas de ne pas vous serrer la main.

— Mais c'est de la démence, de la pure démence! Des questions vitales sont en jeu! C'est notre couverture aérienne, le dernier rempart de la nation qui sont mis en péril!

— Et le seul moyen de les protéger consiste à se débarrasser de ceux qui protestent, poursuivit implacablement MacKenzie. Vous ne pouvez rien dire, vous vous contentez de supprimer les gêneurs. Et pourtant vous savez que leur cause est juste.

— Vous déformez tout! Il y a d'autres problèmes, des intérêts économiques, de colossales pertes financières... Seigneur! Mon bateau, le Metropolitan Club, notre association d'anciens élèves! Tout ce qui me revient, cette vie pour laquelle je suis fait! Ha! vous ne pouvez pas comprendre!

— Moi, je comprends que vous êtes un rat puant, lança Vincent Mangecavallo en s'avançant dans la pénombre. Je comprends que vous utilisez certaines personnes, mais que vous n'avez rien à leur offrir en échange!

— Qui êtes-vous? Je vous ai déjà vu, je connais votre voix, mais je n'arrive pas... je n'arrive pas...

— Peut-être que ma propre mère, qu'elle repose en paix à Fort Lauderdale, ne me reconnaîtrait pas non plus, tellement mon déguisement est parfait.

Vinnie arracha sa perruque rousse et s'accroupit devant le secrétaire d'État.

— Alors, *fazool*, comment va? Peut-être que vos petits copains chichiteux n'ont pas fait sauter le bon bateau, hein, qu'est-ce que vous en dites?

— *Mangecavallo!* Non, c'est impossible!... Je suis allé à vos obsèques! Vous êtes mort... Vous avez disparu en mer! Non, ce n'est pas vrai!

— Peut-être que ce n'est pas vrai, peut-être est-ce un mauvais rêve nourri par la pourriture de votre âme noire! Peut-être que je viens de quitter les bras de Morphine...

— Morphée, commandant Y. *Morphée*.

— Oui, c'est de lui que je parle... Comme les morts qui traversent ce fleuve et viennent hanter les trous du cul comme vous qui se croient si *superiore* et s'imaginent que tout ce qui sort de leurs intestins est de la glace à la vanille! Eh oui, *fazool*, je reviens du royaume des poissons et les requins m'ont accompagné. Eux, au moins, ils m'ont témoigné le respect que vous n'avez jamais eu pour moi.

— Aagghh!

Le cri perçant déchira la nuit jusqu'à la foule rassemblée dans la lumière des projecteurs. Le secrétaire d'État se mit brusquement à se tortiller comme un reptile pris au piège, puis il se releva d'un bond et s'enfuit à toutes jambes en poussant des hurlements hystériques.

— Il faut rattraper cette ordure! rugit Mangecavallo en se redressant avec une fâcheuse lenteur due à son embonpoint. Il va vendre la mèche!

— Laissez-le faire! s'écria le Faucon en arrêtant le directeur de la CIA. C'est un homme fini.

— Qu'est-ce que vous racontez? Il m'a vu!

— Aucune importance. Personne ne le croira.

— Mac, ce que tu dis ne tient pas debout, glissa Brokemichael. Sais-tu à qui tu parles?

— Bien sûr et ce que je dis est tout à fait logique... Alors, c'est vous le rital qui dirigeait l'Agence?

— Oui et c'est une longue histoire. Je n'aime pas les histoires trop longues; je me laisse toujours entraîner. Et merde!

— L'émotivité et le goût du mélodrame sont une des qualités marquantes de votre race, signore. Prenez l'exemple des grands opéras. Personne d'autre que vous n'aurait pu les composer. *Capisce italiano?*

— Bien sûr.

— *Lo capisce inoltre.*

— Vous m'en voyez ravi, mais l'autre tordu va tout foutre en l'air!

— Mais non, signore Mangecavallo... Brokey, est-ce que tu te souviens de Frank Heffelfinger?

— « Finger Frank »? Et comment que je me souviens de lui! Il a pris sous le feu de ses canons les plages que nous tenions à Weonsan. Évidemment, personne n'a rien dit et personne ne dira rien maintenant qu'il est le conseiller du président auprès du ministère de la Marine.

— Eh bien, j'ai parlé à Frank et c'est grâce à lui si Pease est venu.

— Et alors?

— Il attend près de son téléphone pour donner un autre coup de fil. A un copain à lui, le président.

— Pour lui dire quoi?

— Pour lui parler de la santé mentale de Warren Pease, à la suite d'une conversation téléphonique très bizarre qu'il a eue aujourd'hui avec le secrétaire d'État. Après y avoir réfléchi toute la journée, il a décidé de faire part de ses inquiétudes à son ami à la Maison-Blanche... Venez, il faut trouver une cabine. Et sans perdre de temps, parce que je dois reprendre un avion pour New York.

— Holà, militaire! s'écria Mangecavallo. Si nous parlions un peu de nous et de la manière dont vous allez vous rendre à cette audition?

— J'ai les choses en main, commandant Y. Vous serez avec les Wopotamis. Il faudra naturellement prendre vos mesures, mais il n'y en a pas pour longtemps. Les squaws sont d'excellentes couturières... presque aussi bonnes que Mme Lafferty.

— Des squaws? Il y a des Indiennes d'origine irlandaise? Ce type est complètement *pazzo*!

— Ayez confiance, monsieur le directeur. Les voies du Faucon sont toujours mystérieuses.

— En route, messieurs! ordonna Hawkins. Au pas de gymnastique! Il y a une cabine en bordure du parking!

Les trois hommes en perruque rousse s'élancèrent aussi vite que leurs capacités physiques le leur permettaient. Les seuls mots prononcés le furent par Vinnie Boum-Boum, le souffle court, qui ne cessait de répéter :

— On se débrouillera, on se débrouillera! Ce type est fou à lier!

The Washington Post

LE SECRÉTAIRE D'ÉTAT HOSPITALISÉ DANS LE SERVICE
DE PSYCHIATRIE DE L'HÔPITAL WALTER REED

Le secrétaire d'État, M. Warren Pease, en costume de prêtre, a été appréhendé hier soir dans la foule de touristes du Lincoln Memorial, en pleine crise de démence. D'après les déclarations de la police, confirmées par plusieurs témoins, M. Pease hurlait à tue-tête qu'un spectre qu'il ne pouvait ou ne voulait identifier était revenu d'entre les morts pour hanter son « âme rongée par la pourriture ». Il affirmait également qu'un « hermaphrodite peinturluré » avait menacé de lui trancher la gorge en l'accusant d'être un pervers, ce qu'il niait farouchement en répétant qu'il lui pardonnait ses péchés.

Malgré des recherches approfondies, il n'apparaît nulle part que le secrétaire d'État ait été ordonné prêtre à un moment ou à un autre de sa vie, ce qui le prive du droit de donner l'absolution.

Un communiqué de la Maison-Blanche contribue toutefois à jeter de la lumière sur ces incroyables événements. Maurice Fitzpeddler, le chef du service de presse, a déclaré que le pays éprouvait une profonde sympathie pour l'homme politique surmené et accablé par les devoirs de sa charge ainsi que pour sa famille. Pressé de questions, M. Fitzpeddler a fini par reconnaître que Warren Pease était divorcé et n'avait pas de famille. En outre, le président a fait savoir, par la voix de M. Fitzpeddler, qu'il avait reçu la veille un appel téléphonique attirant son attention sur la santé mentale du secrétaire d'État, soumis aux dures exigences de sa fonction. Il a demandé que le pays tout entier prie pour un prompt rétablissement de M. Pease.

Il convient également de remarquer qu'Arnold Subagaloo, le porte-parole de la Maison-Blanche, a assisté à la conférence de presse, le sourire aux lèvres. Interrogé par des confrères sur les raisons de ce sourire, M. Subagaloo s'est contenté en réponse d'un geste obscène.

27

Il était un peu plus de minuit quand MacKenzie Hawkins pénétra dans le hall du Waldorf-Astoria. Il se dirigea droit sur la réception pour prendre les messages destinés à la suite 12 A – pas de nom, juste le numéro de la chambre. Il y en avait deux.

Appeler Beverly Hills
Voir la Cité des Vers

En raison du décalage horaire, il était trois heures de moins en Californie. Le Faucon décida d'appeler d'abord Madge, à Greenwich, Connecticut, et il retraversa le hall pour trouver un taxiphone.

— Midgey? Pardonne-moi d'appeler si tard, mais je viens juste de rentrer.

— Pas de problème, Mac chéri. Je mets la dernière main au script. J'aurai fini dans une heure et je te le ferai porter tout de suite. Tu l'auras à deux heures trente. Tu sais, Mac, c'est absolument génial! Ça va faire un tabac au box-office!

— Allons, Midge, ne prends pas les tics de langage d'Hollywood. Ça devient difficile de te suivre.

— Excuse-moi, Mac chéri, tu as raison. C'est simplement que, là-bas, tout le monde parle comme ça quand on s'enthousiasme pour un projet. Plus il y a de battage, plus l'impact est fort.

— N'écoute que toi-même. Tu as trop de classe pour t'abaisser à ça.

— Avec mon histoire de vers?

— C'est un produit que tu as fabriqué.

— Bien sûr et ça a marché.

— Mais je suis content que tu trouves que ce truc sur les Six Suicidaires offre d'intéressantes possibilités... Très sincèrement, c'est aussi mon avis.

— Mac chéri, c'est un sujet en or!... *Gelt*, comme on dirait là-bas!

Des comédiens qui se baladent d'un bout à l'autre de la planète et qui forment en réalité une unité antiterroriste ! Et ce sont des faits réels !

— Crois-tu que cela pourrait intéresser un ou deux producteurs de Los Angeles ?

— Intéresser ? lança-t-elle d'un ton incrédule. Tu n'as donc pas encore téléphoné à Ginny ?

— Non. Comme il est encore assez tôt là-bas, j'ai préféré t'appeler d'abord.

— Moi, je l'ai appelée en fin d'après-midi, après avoir écouté les bandes, et nous avons eu une longue conversation. Tu vas avoir une drôle de surprise, Mac ! Elle branche tout le monde depuis le début de l'après-midi.

— Elle branche tout le monde ? Décidément, Midgey, tu t'exprimes d'une drôle de manière et je ne suis pas sûr que ça me plaise. Ça fait vulgaire.

— Mais non, Mac, je t'assure que tout le monde emploie cette expression. Elle est dans le vent, c'est tout.

— Je préfère ça...

— Maintenant, écoute-moi bien, Mac, poursuivit Midge sans le laisser finir sa phrase. Je sais que tu as tendance à nous surprotéger et nous ne t'en aimons que plus pour cela, mais il faut que tu me promettes quelque chose.

— J'écoute.

— Je te demande de ne pas abîmer le portrait de Manny Greenberg. Tu n'es pas obligé de faire affaire avec lui, mais ne lui casse pas la gueule.

— Là, tu deviens vraiment vulgaire...

— Il faut que je te laisse, Mac. Je suis presque à la fin et mon ordinateur commence à fumer. Appelle Ginny, Mac. Je t'embrasse tendrement, comme toujours.

— Ici, la résidence de lord et lady Cavendish, annonça la voix du majordome. De la part de qui, je vous prie ?

— Guy Burgess, j'appelle de Moscou.

— Je le prends, fit vivement Ginny sur un autre poste. Ne vous inquiétez pas, Basil, c'est un vieux blagueur.

— Oui, madame, articula le majordome de sa voix au timbre désespérément monocorde avant de raccrocher.

— Mac, mon chou, j'attends ton coup de fil depuis des heures ! J'ai des nouvelles extraordinaires !

— A la condition, si j'ai bien compris ce que Madge m'a dit, de ne pas provoquer Manny en combat singulier.

— Ah ! lui !... Non, il vaudrait mieux ne pas faire ça. Il peut être très utile pour des enchères, mais pas s'il est à l'hôpital. En commençant justement par Manny, j'ai manqué à un de mes principes qui est de ne jamais parler à un ex-mari pendant que nos avocats respectifs sont en pourparlers. Et cela a marché!

— Qu'est-ce qui a marché? Et qu'est-ce que c'est que cette histoire d'enchères?

— Midge m'a dit que non seulement l'idée était sensationnelle, mais que ce projet ferait date dans l'histoire du box-office. D'après elle, il y a tout, tous les ingrédients d'un succès phénoménal! Des acteurs — six beaux mâles — qui bourlinguent d'un bout à l'autre de la planète pour aller libérer des otages ou capturer des terroristes et tout est vrai de A à Z! J'ai juste donné à Manny un avant-goût de la chose, après avoir obtenu son accord pour disposer des tableaux, naturellement... Et, quand je lui ai dit que Chauncey allait joindre des gens du cinéma à Londres, je l'ai entendu hurler à sa secrétaire de préparer l'avion du studio.

— Pas si vite, Ginny, je t'en prie! Tu ne cesses de sauter d'un sujet à l'autre et je n'arrive pas à te suivre... Explique-moi ce que va faire Manny et aussi ce qu'a fait ce « Chauncey ». Qui est-ce, d'abord?

— C'est mon mari, Mac!

— Ah! oui! Ça me revient! Le grenadier! De bien beaux régiments, à propos! Des troupes d'élite... Alors, qu'est-ce qu'il a fait?

— Comme je te l'ai dit, il t'admire beaucoup et, quand Madge a appelé et a commencé à expliquer ce qu'il y avait sur tes bandes, j'ai demandé à Chauncey d'écouter sur un autre poste. Tu comprends, avec son goût pour tout ce qui touche à l'armée...

— Qu'en pense-t-il?

— Il a dit que cela lui rappelait le quatrième ou le quarantième royal commandos dont les membres, recrutés à l'Old Vic Theatre n'avaient eu qu'une réussite limitée, parce qu'ils ne cessaient de « rompre le silence ». Il aimerait en parler avec toi et comparer vos notes.

— Nom d'une arquebuse! Passe-le-moi tout de suite, Ginny!

— Non, Mac, nous n'avons pas le temps et, de toute façon, il n'est pas là. Il est parti à l'arsenal de Santa Barbara pour jouer au polo avec les membres de la colonie britannique.

— Vas-tu me dire ce qu'il a fait!

— Tu dois être très fatigué, Mac, et avoir besoin de te faire masser les épaules. Je te l'ai déjà dit!... Il a estimé que ce que Midgey est en train de mettre en forme pour toi possède toutes les qualités pour faire un malheur et il a aussitôt téléphoné à quelques amis à Londres pour les mettre au courant.

— Et alors?

— Ils prennent le premier Concorde et, avec le décalage horaire, ils seront là avant d'avoir décollé de Londres.

— Là où?

— A New York. Pour te voir.

— Demain... ou plutôt aujourd'hui ?
— Pour toi, oui.
— Et Greenberg ?
— Demain matin... ce matin, pour toi. Autre chose : comme je ne me suis pas cachée pour Manny et les amis de Chauncey – ici, tout le monde se renseigne sur tout, y compris sur les listes de passagers des compagnies aériennes et sur les plans de vol des avions privés des studios – j'en ai profité pour appeler quelques autres huiles qui tiennent à avoir mon mari à leur table et je leur ai distillé quelques renseignements de première main. Tu vas avoir une journée chargée, mon chou.
— Par les légions de César, tu as raison, c'est merveilleux ! Tu vois, Gin-Gin, je savais que je pouvais compter sur vous toutes, mais je pensais que ce serait un peu plus tard, disons en début de semaine prochaine... En tout cas, pas de vendredi à lundi, parce que je serai pris par autre chose...
— Mac ! C'est toi-même qui as parlé de vingt-quatre heures !
— Oui, j'ai certainement dit ça, mais c'était pour me débarrasser de la rédaction du synopsis et pour pouvoir le remettre à ces pontes de Beverly Hills qui l'auraient lu pendant le week-end. Comme ça, tout aurait été lancé dès lundi ou mardi.
— Dis donc, toi, j'aimerais bien comprendre ce que mon ex-mari adoré et l'ami le plus cher que j'aie jamais eu essaie de me dire...
— Écoute, Gin-Gin...
— Cesse de m'appeler Gin-Gin, veux-tu ? C'est quand tu as rencontré Lilian dans son gymnase minable et que tu as décidé qu'elle avait plus besoin de ton aide que moi que tu as commencé à m'appeler comme ça. Et puis Lil m'a raconté qu'après avoir rencontré Midgey dans cette soirée coke où tu te demandais où était le Coca-Cola, tu avais commencé à l'appeler Lilly-Lilly... Quel est ton problème, Mac ? Tu sais bien que nous t'aimons toutes. Pourquoi demain matin ne te convient-il pas ? Si tu as une nouvelle femme en vue, nous serons compréhensives et nous la prendrons sous notre aile le moment venu.
— Il ne s'agit pas du tout de ça, Ginny. Mais c'est extrêmement important... pour un tas de gens, des gens défavorisés.
— Tu te bats encore contre des moulins à vent, n'est-ce pas, mon très cher ami ? demanda doucement la nouvelle lady Cavendish. J'annule tout, si tu préfères. C'est encore possible, mais tu peux aussi le faire en refusant de répondre au téléphone ou de recevoir tes visiteurs. Les vautours ne disposent que d'un numéro de chambre – suite 12 A –, ils n'ont pas de nom et ne connaissent pas ton identité.
— Non, non, je me débrouillerai... nous nous débrouillerons.
— Qui, nous ?
— Tous les gars sont avec moi. Je pensais les laisser ici en attendant que mon autre problème soit réglé.
— Les Six Suicidaires ? s'écria Ginny. Ils sont au Waldorf ?

– Tous les six, ma belle.
– Ce sont vraiment des bourreaux des cœurs?
– Oui, on peut dire ça, avec des physiques très différents les uns des autres. Mais ce qui compte pour le moment, c'est qu'ils attendent quelque chose de moi.
– Alors, sois à la hauteur, Mac. Tu n'as jamais laissé tomber aucune d'entre nous.
– Une seule peut-être...
– Annie?... Tu plaisantes? Elle m'a appelée la semaine dernière. Il y avait tellement de friture sur son radiotéléphone que j'entendais très mal, mais j'ai réussi à comprendre qu'elle est parvenue à évacuer une douzaine d'enfants très malades d'une petite île du Pacifique pour les faire soigner à Brisbane. Elle est parfaitement heureuse. N'est-ce pas la seule chose qui compte, se sentir en paix avec soi-même? C'est ce que tu nous as enseigné!
– Dis-moi, Ginny, lui arrive-t-il encore de prononcer le nom de Sam Devereaux?
– *Sam...?*
– Tu m'as bien entendu.
– Eh bien, oui, elle parle de lui, mais je ne pense pas que tu aies envie de savoir ce qu'elle dit. Laissons le temps faire son œuvre.
– Si, je tiens à le savoir. Sam est mon ami.
– Toujours?
– Du fait des circonstances, oui.
– D'accord... Elle dit que, dans son souvenir, il est le seul homme avec qui elle ait jamais couché, car c'était... et, là, je la cite, « une communion d'amour ». Elle prétend avoir oublié tous les autres.
– Crois-tu qu'elle reviendra un jour?
– Non, Mac. Elle a trouvé ce que tu voulais qu'elle trouve... que nous trouvions, toutes autant que nous sommes. Arriver à se sentir bien dans sa peau, comme tu nous le disais. Tu t'en souviens?
– Psychologie de merde! s'écria Hawkins en essuyant furtivement une larme. Je n'ai rien d'un sauveur des âmes, bordel! Je suis juste bon à reconnaître qui j'aime et qui je n'aime pas! Ne t'avise pas de me mettre sur un piédestal!
– Comme tu voudras, Mac. De toute façon, tu le renverserais.
– Qu'est-ce que je renverserais?
– Le piédestal. Alors, que faisons-nous pour demain matin... pardon, ce matin pour toi?
– Je m'arrangerai.
– Sois courtois avec les vautours, Mac. Courtois, mais réservé; ils ne supportent pas ça.
– Que veux-tu dire?
– Plus tu seras gentil avec eux, plus ils se feront du mouron. Et plus ils se feront du mouron, plus tu seras en position de force.

— Un peu comme affronter les services secrets ennemis à Istanbul, hein ?
— C'est Hollywood, Mac.

Dès le début de la matinée – les premières lueurs du jour, pour être précis – le téléphone de la suite 12 A commença à sonner. Hawkins, couché sur le dos à même la moquette du séjour, ne fut pas pris au dépourvu. Il avait reçu le synopsis de Madge à deux heures trois et l'avait lu d'une traite. A trois heures, ayant relu et assimilé les dix-huit pages bourrées d'action rédigées par sa troisième épouse, il avait pris le téléphone du bureau, l'avait posé par terre, près de sa tête, et s'était accordé quelques heures de sommeil. Le repos était une arme précieuse à la veille du combat, aussi décisive qu'une puissance de feu supérieure. Mais il devait reconnaître que Midgey avait fait un boulot fantastique – un récit véritablement explosif, chaque page bourrée de dynamite, avec de l'action à gogo et des personnages brossés à grands traits vigoureux. Le précieux sommeil fut écourté d'une demi-heure, pendant laquelle le Faucon joua avec l'idée de devenir producteur de cinéma.

Pas question ! Omaha et les Wopotamis me prendront tout mon temps. Ne te disperse pas, soldat !

Soudain, la sonnerie agressive retentit près de son oreille.
— Oui ? fit Mac en décrochant.
— Andrew Ogilvie à l'appareil, mon général.
— Quoi ?
— Oui, j'ai bien dit « mon général ». Je crains que mon vieux compagnon d'armes des grenadiers n'ait pas su tenir sa langue. Magnifiques états de services, mon vieux. Je suis très, très admiratif.
— Et il est très, très tôt, glissa le Faucon. Vous avez vraiment servi dans les grenadiers ?
— Je n'étais qu'un blanc-bec à l'époque. Cavvy aussi.
— Qui est Cavvy ?
— Lord Cavendish, bien sûr. Lui aussi s'est battu avec vaillance. Dans la boue jusqu'aux genoux, face aux mortiers ennemis, sans jamais se prévaloir de son titre.
— Oui, très beau, tout ça, mais il est vraiment très tôt, trop tôt pour battre le rappel de mes troupes. Prenez donc une bonne tasse de thé et venez me voir dans une heure. N'ayez aucune crainte, vous êtes le premier sur ma liste.

A peine avait-il raccroché, plusieurs coups rapides furent frappés à la porte. Mac se leva d'un bond et s'avança en caleçon.
— Oui ?
— C'est bien lui ! lança une voix dans le couloir. Voilà un grognement que je reconnaîtrais entre tous !
— Greenberg ?
— Bien sûr, mon gros lapin, qui veux-tu que ce soit ? Ma ravissante

et adorable ex-épouse qui m'a chassé sans aucune raison du domicile conjugal en me traitant comme un paquet de linge sale – ça ne fait rien, elle est merveilleuse – m'a fait un petit topo et j'ai tout de suite su que c'était toi! Laisse-moi donc entrer, mon vieux. Je suis sûr qu'on va pouvoir faire des affaires!

— Tu es le deuxième sur la liste, Manny.

— Ne me dis pas qu'il y a déjà des tocards qui sont venus te voir! Écoute-moi bien, mon vieux, j'ai tout le studio derrière moi et ils sont décidés à mettre le paquet! Pourquoi perds-tu ton temps à discuter avec des médiocres?

— Pour la simple raison qu'ils possèdent toute l'Angleterre.

— Foutaises! Ils ne font que des films idiots où tout le monde parle tout le temps et où personne ne comprend rien, parce qu'ils ont toujours la bouche pleine de carpe farcie!

— Ce n'est pas l'avis de tout le monde.

— De qui? Pour chacun de leurs foutus James Bond, ils ont cinquante Ghandi qui ne leur permettent jamais de récupérer leur mise! Et surtout, ne les crois pas s'ils te disent le contraire!

— Ce n'est pas l'avis de tout le monde.

— Et qui vas-tu croire? Ceux de la perfide Albion ou un Américain bon teint?

— Reviens dans trois heures, Manny, mais appelle de la réception.

— Donne-moi ma chance, Mac! Tout le studio a les yeux sur moi!

— Je te la donne, espèce de crapaud lubrique! Tu te feras peut-être racoler dans le hall par une gagneuse de seize ans pas trop difficile.

— C'est une odieuse calomnie! Je vais lui intenter un procès en diffamation!

— Va-t'en maintenant, Manny. Sinon, ce n'est pas la peine de revenir.

— Bon, d'accord!

La sonnerie du téléphone retentit derechef et Hawkins alla aussitôt répondre, même s'il eût préféré attendre un peu pour s'assurer que Manny était bien parti.

— Allô? dit-il en se baissant pour décrocher.

— La suite 12 A?

— J'écoute.

— C'est Arthur Scrimshaw, directeur de l'exploitation des productions Holly Rock, le rocher d'Hollywood, dont le chiffre d'affaires vous ferait tourner la tête, si j'étais libre de le révéler. Nous totalisons en outre seize nominations aux Oscars pour les... Hhhmmm... dernières années.

— Et combien d'Oscars avez-vous obtenus, monsieur Scrimshaw?

— Il s'en est fallu d'un cheveu... Cela a failli réussir à chaque fois. A propos, j'ai réussi à vous faire une petite place dans mon emploi du temps affreusement surchargé. Que diriez-vous d'un petit déjeuner d'affaires?

— Revenez dans quatre heures...

— Je vous demande pardon ! Je ne me suis peut-être pas fait clairement comprendre...

— Tout est parfaitement clair, aussi bien votre position que la mienne. Vous êtes le troisième sur la liste, ce qui veut dire quatre heures, en comptant celle nécessaire à mes hommes pour se préparer.

— Vous êtes sûr de vouloir traiter de la sorte le directeur de l'exploitation des productions Holly Rock ?

— Je n'ai pas le choix, mon cher. Le programme est déjà établi.

— Eh bien, euh... dans ce cas, et puisque vous occupez une suite, auriez-vous d'aventure un lit disponible ?

— Un lit ?

— C'est à cause de ces fichus comptables, vous comprenez. Je devrais tous les virer... Ils vont me chercher des poux dans la tête chaque fois que je fais une réservation spontanée et jamais je n'arrive à fermer l'œil pendant le voyage en car depuis Los Angeles. Croyez-moi, je suis épuisé !

— Adressez-vous à l'Armée du salut. Il y a une mission à Bowery et ils ne demandent qu'un minimum de dix *cents*... Rendez-vous dans quatre heures !

Le Faucon écrasa le combiné sur son support et alla reposer l'appareil sur le bureau. Il venait à peine de faire demi-tour pour gagner la chambre que la sonnerie se fit de nouveau entendre.

— Qu'est-ce que c'est encore, bordel de merde ? rugit-il.

— Les studios Emerald Cathedral, répondit une voix mélodieuse, avec un accent du Sud à couper au couteau. Un patriote de nos amis, un bon croyant, nous a parlé d'un grand film patriotique que vous avez l'intention de faire, un film inspiré de faits réels ! Je tiens à vous dire que nous n'avons rien à voir avec les youpins et les nègres qui font la pluie et le beau temps dans l'industrie du cinéma ! Nous sommes des chrétiens purs et durs, de bons Américains attachés à leur patrie qui croient dur comme fer que la force prime le droit et qui sont désireux de raconter l'histoire de vrais Américains agissant au nom de Dieu. Nous avons tout l'argent nécessaire... plusieurs millions de dollars, pour être précis. Nos émissions télévisées dominicales et tous nos vendeurs de voitures d'occasion qui sont des ministres du culte nous rapportent autant que des mines d'uranium.

— Soyez à minuit au Lincoln Memorial, à Washington, ordonna Hawkins d'une voix douce. Vous porterez une cagoule blanche afin que je puisse vous reconnaître.

— Cela ne risque pas d'attirer l'attention ?

— Vous avez les foies ? Seriez-vous de ces libéraux antimilitaristes et antipatriotiques ?

— Certainement pas ! Nous préférons agir que faire des discours !... Nous sommes des fidèles de Jesse !

— Si c'est celui auquel je pense, prenez un avion pour être à Washington cette nuit. A cent vingt mètres devant la statue et cent quatre-vingts mètres sur la droite, vous trouverez le bâtiment de la garde d'honneur. Les hommes qui seront à l'intérieur vous diront ce qu'il faut faire.

— Alors, marché conclu?

— Il y a de quoi tomber à la renverse, vous verrez! N'oubliez surtout pas les cagoules! Indispensables!

MacKenzie raccrocha, se dirigea vers la première chambre et frappa à la porte.

— Je sonne le réveil, soldats! Vous avez une heure pour vous préparer! Tenue de combat et arme au ceinturon! Passez votre commande au service des chambres.

— Nous l'avons fait hier soir, mon général, lança la voix de Sly de l'intérieur de la chambre. Le petit déjeuner sera servi dans vingt minutes.

— Vous voulez dire que vous êtes déjà levés?

— Bien sûr, mon général, répondit Marlon. Nous sommes déjà sortis faire un footing de cinq kilomètres.

— Mais vous n'avez pas de porte qui donne sur le couloir.

— Exact, mon général, reconnut Sylvester.

— Je ne vous ai pas entendus et j'ai l'ouïe extraordinairement fine!

— Nous pouvons être très silencieux, mon général, précisa Marlon. Et vous deviez être très fatigué. Vous n'avez même pas remué dans votre sommeil... Nous allons tous prendre le petit déjeuner ensemble.

— Merde alors! bougonna Hawkins.

A son grand déplaisir, le téléphone sonna une nouvelle fois. Furieux, mais résigné, il repartit vers le bureau et décrocha.

— Allô?

— Ah! Le plaisir est infini d'entendre votre bel organe, fit une voix susurrante qui ne pouvait qu'être celle d'un Oriental. Votre indigne serviteur est transporté de joie à l'idée de faire votre connaissance.

— Oui, oui, je suis ravi aussi. Mais à qui ai-je l'honneur?

— Yakataki Motoboto, mais mes bons amis d'Hollywood m'appellent « Moto ».

— Je comprends. Revenez dans cinq heures et faites-vous annoncer du hall de l'hôtel.

— Je vois, vous aimez certainement plaisanter, mais il faut peut-être revoir ces conditions, car il se trouve que nous possédons cet hôtel et le hall avec.

— Qu'est-ce que vous racontez, le Motard?

— Nous possédons également trois des plus grands studios d'Hollywood, très estimé client. Je vous suggère donc de me recevoir le premier, sinon, à notre profond regret, nous serions dans l'obligation de vous expulser sur-le-champ.

— Impossible, Gros Cube. Nous avons à notre compte un crédit de cent mille dollars. Jusqu'à ce qu'il soit épuisé, vous ne pourrez rien faire contre nous. C'est la loi, Banzai, la loi de ce pays.

— Vous mettez la patience de votre humble serviteur à rude épreuve. Je représente la Toyhondahai Enterprises, USA. Division de l'Industrie cinématographique.

— Tant mieux pour vous. Moi, je représente six guerriers à côté de qui vos samouraïs sont de la crotte de bique... Cinq heures, le Bridé, sinon j'appelle mes potes à la diète de Tokyo et ils supprimeront pour faits de corruption vos frais de représentation non imposables!

— Aiyee!

— Mais, si vous revenez tranquillement dans cinq heures, on n'en parle plus.

Le Faucon raccrocha et se dirigea vers le canapé où se trouvait son paquetage. Il était l'heure de s'habiller. De mettre le complet gris, pas le costume d'Indien.

Dix-neuf minutes et trente-deux secondes plus tard, les Six Suicidaires étaient impeccablement alignés au garde-à-vous, six costauds à la carrure imposante, en tenue de camouflage, la taille mince serrée dans un ceinturon supportant l'étui de leur colt 45. Terminées les manifestations théâtrales de leurs personnages du moment; finis les poses alanguies, les torses bombés et autres imitations vocales. Ils n'étaient plus que visage de marbre, langage concis et précis, allure martiale de soldats relativement jeunes, mais déjà expérimentés, aux traits volontaires, au regard clair et fixe où se lisait un mélange de détermination et de pénétration. Les Six Suicidaires subissaient une inspection de leur commandant par intérim.

— Très bien, les gars, c'est parfait! lança le Faucon avec un regard approbateur. N'oubliez pas que c'est cette image que vous devez donner quand ils poseront pour la première fois les yeux sur vous. Durs mais élégants, aguerris mais humains, au-dessus du commun des mortels mais simples. Nom d'une arquebuse! J'aime quand des soldats ont cette allure! Nous avons besoin de héros, bordel! Il nous faut des braves qui entreront au pas cadencé dans la bouche de la mort, dans les mâchoires de l'enfer...

— Non, mon général, c'est l'inverse.
— Ça revient au même, Bon Dieu!
— Pas vraiment.
— Ce qu'il veut, c'est William Holden dans les dernières scènes du *Pont de la rivière Kwaï*.
— Ou John Ireland dans *OK Corral*.
— Ou encore Burton et le grand Clint dans *Eagles Dare*.
— Ou Eroll Flynn dans tout ce que vous voulez!
— N'oubliez pas Sean Connery dans *Les Incorruptibles*.
— Hé! les gars! Pourquoi pas sir Henry Sutton dans le rôle du chevalier, dans *Thomas Becket*?

— Absolument!

— A propos, mon général, où est sir Henry? Nous, nous sommes tous là, mais où est-il passé? Nous le considérons maintenant comme un des nôtres, surtout pour ce qui touche à notre film.

— On lui a confié une autre mission, soldats. Une mission de la plus haute importance. Il vous rejoindra plus tard... Et maintenant, revenons à l'engagement pour lequel nous nous préparons.

— Pouvons-nous nous mettre au repos, mon général?

— Oui, oui, bien sûr, mais ne perdez pas cette, cette...

— Cette image collective, mon général? suggéra doucement Telly.

— Oui, c'est ce que je cherchais... Sans doute...

— Et vous êtes dans le vrai, ajouta Sly. Vous comprenez, au fond, nous sommes comme des exécutants formant un ensemble musical. Il y a une grande part d'improvisation avec une interaction globale, si l'on veut.

— Oui, bien sûr, si l'on veut... Et maintenant, écoutez-moi bien. Les envoyés des studios d'Hollywood et les Anglais que vous allez rencontrer ne savent pas à quoi s'attendre, mais, quand ils découvriront six bourreaux des cœurs en uniforme, pour reprendre l'expression d'une amie très chère qui connaît leur mentalité, ils entendront tinter le tiroir-caisse. D'autant plus que vous êtes des héros authentiques, ce qui change tout. Ce n'est pas vous qui aurez à vous vendre, mais eux. Ce ne sera pas à eux de choisir, mais à vous. Ils voudront peut-être acheter, mais vous pourrez refuser de vendre. Vous pouvez vous permettre d'être exigeants.

— N'est-ce pas une position dangereuse? interrogea le Duc. Ce sont les producteurs qui tiennent les cordons de la bourse, pas les acteurs, surtout des acteurs tels que nous qui n'ont jamais déchaîné l'enthousiasme à Broadway, et je ne parle pas d'Hollywood.

— Messieurs, répliqua le Faucon d'une voix ferme, oubliez ce que vous avez été jusqu'alors et la célébrité qui vous a échappé. A compter de cet instant, vos personnages et vos exploits déchaîneront l'enthousiasme du monde entier. Et c'est cela que les pontes des studios vont voir : l'argent qui coule à flots. Vous n'êtes pas seulement des comédiens professionnels, mais des soldats, des commandos qui multiplient les travestissements pour accomplir leurs missions!

— Vous savez, fit Dustin avec un petit haussement d'épaules, c'est à la portée de n'importe quel acteur ayant des connaissances poussées en matière de technique du théâtre...

— Ne dites surtout pas ça! s'écria MacKenzie.

— Je suis désolé, mon général, mais je pense que c'est vrai.

— Eh bien, gardez le secret, mon gars, insista le Faucon. Nous sommes là pour voir les choses de haut. Faites en sorte que cela reste élevé!

— Qu'est-ce que ça signifie? demanda Sly.

— N'entrez pas dans les détails, répondit MacKenzie. Ils ne pourraient fixer leur attention assez longtemps.

Il se dirigea rapidement vers le bureau pour prendre les feuillets retenus par un trombone et se tourna vers les six membres de l'unité.

— Voici ce qu'on appelle un synopsis, un « traitement pour l'écran » et il n'en existe qu'un seul exemplaire, dans un souci de sécurité. Il s'agit d'un résumé explosif de vos activités au long des dernières années et, croyez-moi, c'est une véritable bombe. Chaque fois que l'un des vautours arrivera, je lui donnerai le texte en précisant qu'il dispose de quinze minutes pour le lire et qu'il pourra ensuite poser toutes les questions qu'il veut, sachant que les réponses ne devront pas porter atteinte à la sûreté de l'État. Je vous demanderai de prendre place dans ces fauteuils que j'ai disposés en demi-cercle et de conserver cette image de...

— Une image collective de force silencieuse additionnée d'intelligence et de sensibilité, suggéra Telly.

— C'est précisément ce que je voulais dire. Et il serait peut-être utile que deux d'entre vous portent la main à l'étui de leur 45 quand je prononcerai les mots « sûreté de l'État ».

— Toi, Sly, et toi, Marlon, ordonna le Duc.

— Pigé.

— Pigé.

— Et maintenant, le clou du spectacle, poursuivit vivement le Faucon. Au début, vous répondrez aux questions d'une voix normale, puis, quand je vous en donnerai le signal d'un signe de la tête, vous passerez aux personnages – les acteurs – que vous avez imités pour Cyrus et pour moi.

— Nous pouvons en faire beaucoup d'autres, affirma Dustin.

— Ceux-là me conviennent parfaitement, répliqua Hawkins. Ils étaient bigrement convaincants.

— Dans quel but? demanda Marlon d'un air sceptique.

— Je croyais que cela vous sauterait aux yeux. Vous leur prouverez ainsi que vous êtes de véritables professionnels de talent et que vous avez accompli tous vos exploits parce que vous êtes de vrais acteurs.

— Cela ne peut nous nuire, Pèlerins, déclara le Duc. Les pontes du cinéma qui nous ont écoutés ne sont pas si nombreux que cela, que diable!

— Confiance, soldats! Ils seront tous à vos pieds!

Le Faucon fut interrompu par la sonnerie du téléphone et il décrocha aussitôt.

— A table, messieurs, ordonna-t-il aux Six Suicidaires qui se ruèrent sur le petit déjeuner. Allô! Qui est à l'appareil?

— Le douzième fils du cheikh de Tizi Ouzou, par sa vingt-deuxième épouse, répondit une voix douce. Trente mille chameaux sont à vous, si nos discussions portent leurs fruits, mais, si elles demeurent stériles, ce sont cent mille chiens d'Occidentaux qui peuvent perdre la vie.

— Allez vous faire foutre ! Venez dans six heures ou bien allez enterrer vos roubignoles dans le désert !

Sept heures plus tard, le vaisseau du Faucon avait achevé victorieusement sa première incursion dans les eaux tumultueuses de l'industrie cinématographique. Dans son sillage bouillonnant, luttant pour ne pas sombrer, se succédèrent un ancien grenadier de l'armée britannique, du nom d'Ogilvie, qui fulminait contre l'ingratitude des moricauds des colonies ; Emmanuel Greenberg dont les lamentations touchèrent toute l'assistance, à l'exception de MacKenzie Hawkins ; un responsable épuisé des productions Holly Rock, du nom de Scrimshaw, qui finit par avouer qu'il accepterait à titre temporaire un lit pour lequel il n'aurait rien à débourser ; un certain Motoboto qui répétait en roulant des yeux furibonds que la création de camps de prisonniers à Hollywood n'avait rien d'invraisemblable ; et enfin Mustacha Hafaiyabeaka, un cheikh hargneux en robe du désert, qui ne cessa de faire d'odieuses comparaisons entre les excréments de chameau et le dollar américain. Quoi qu'il en soit, chacun d'eux espérait au fond de lui-même être choisi pour assurer la production de l'œuvre cinématographique la plus spectaculaire de ces dernières années et chacun, muet de saisissement à la vue des six comédiens-commandos, accepta sans réserve de leur confier leur propre rôle dans le film retraçant leurs exploits. Seul Greenberg eut une suggestion à présenter. « Que diriez-vous d'un peu de fesse, les gars ? Juste quelques nanas, pour que tout le monde soit content, vous voyez ? » Les Six Suicidaires acquiescèrent avec enthousiasme, en particulier Marlon, Sly et Dustin. « De l'or à trente-six carats ! » souffla Manny avec un enthousiasme décuplé.

Tout le monde laissa sa carte, mais le Faucon fut très clair : aucune décision ne serait prise avant le début de la semaine suivante. Quand le dernier des solliciteurs, à savoir le douzième fils teigneux du cheikh de Tizi Ouzou, fut sorti, MacKenzie se tourna vers son unité d'élite pour rendre son jugement.

— Messieurs, vous avez été parfaits ! Ils étaient hypnotisés, vous les avez mis à genoux !... C'est dans la poche, les gars !

— Je reconnais que nous avons été assez bons, mais je ne sais pas très bien ce qui est dans la poche, hasarda Telly l'érudit.

— Auriez-vous perdu votre gilet pare-balles ? s'étonna MacKenzie. Vous n'avez donc pas entendu ce qu'ils ont dit. Ce projet leur tient tellement à cœur qu'ils en bavaient !

— Nous n'avons vu personne présenter un contrat, ajouta Marlon.

— Nous ne voulons pas de contrats ! Pas dans l'immédiat !

— A quand fixez-vous la fin de l'« immédiat », mon général ? demanda sir Larry. Comprenez-nous, c'est une situation que nous avons déjà vécue. Il y a toujours beaucoup de palabres, mais très peu de papiers. Les écrits restent, vous comprenez, alors que les paroles s'envolent.

— Si je ne me trompe, messieurs, les négociations dépendent des négociateurs. Nous sommes la partie créative; ils ne font que marchander.

— Qui négocie pour notre compte, Pèlerin, en admettant que quelqu'un veuille vraiment de nous?

— Bonne question, le Duc. Je pense que je vais donner un coup de fil.

— Je paierai la communication, proposa Sly.

Mais le téléphone de la suite devança le Faucon qui se dirigea à grands pas vers le bureau.

— Oui? Qu'est-ce que c'est?

— Mon chéri! Je mourais d'impatience! Comment cela se passe-t-il?

— Ah! Ginny, c'est toi! Tout va bien, mais, comme les gars étaient en train de me l'expliquer, il pourrait y avoir un problème.

— Manny?... Tu ne l'as pas tué, j'espère! Réponds-moi, Mac!

— Mais non! En fait, je crois que les gars se sont laissé prendre à son jeu.

— Il vous a fait le coup des larmes, hein?

— Exactement.

— Il le fait très bien, ce vieux salaud!... Alors, ce problème?

— Eh bien, les gars m'ont tous dit que c'est extraordinaire d'avoir plu à ces vautours, même s'ils ont fait semblant, mais ils aimeraient bien savoir quand nous aurons quelque chose par écrit...

— Ne te fais pas de souci, Mac. L'agence William Morris s'occupera de tout, au plus haut niveau. Robbins et Martin, les patrons, y veilleront en personne.

— Robbins et Martin? On dirait le nom d'une boutique de vêtements pour hommes, quelque chose de très classe.

— Ce n'est pas la classe qui leur manque, mon chou, et j'aimerais bien avoir leur QI. De plus, ils parlent un anglais facile à comprendre, pas ce jargon de merde d'Hollywood. Du coup, ils embrouillent tout le monde... et par ici la monnaie! Ils se mettront au travail dès que je leur donnerai le feu vert.

— Disons en début de semaine prochaine. D'accord, Ginny?

— Quand tu voudras. J'aimerais seulement savoir où je pourrai te joindre et qui tu as vu, à part Manny.

— Tiens, j'ai leurs cartes devant moi.

Le Faucon prit le petit paquet de cartes posé sur le bureau et en lut les en-têtes à son ex-épouse.

— Il n'y avait pas aussi des cinglés de Géorgie ou de Floride? Aucune compagnie sérieuse du Sud n'accepte de traiter avec eux, mais la religion leur rapporte une fortune et ils pourraient pousser les enchères.

— J'ai dans l'idée qu'ils risquent d'avoir quelques ennuis ce soir, à Washington.

— Explique-toi.
— Laisse tomber, Ginny.
— Je connais ce ton-là... Très bien, je n'insiste pas. Et maintenant, parlons de toi... Où seras-tu ?
— Appelle la réserve des Wopotamis, près d'Omaha, et demande Johnny Calfnose. Il saura où me joindre. Voici son numéro personnel... Tu as bien compris ?
— Bien sûr, mais qui est ce Calfnose et qu'est-ce qu'un Wopotami ?
— Un membre d'un peuple opprimé.
— Toujours les moulins à vent, Mac ?
— On fait ce qu'on peut, ma petite dame.
— Contre qui, cette fois, mon chou ?
— Les mauvais protecteurs de la république et leur attitude très répréhensible.
— Ah ! Les trous du cul de Washington, comme tu dis !
— Et leurs ancêtres, Ginny, en remontant plus d'un siècle dans le temps.
— Savoureux... Mais comment as-tu réussi à entraîner Sam dans cette aventure ?
— C'est un homme bourré de principes — beaucoup plus mûr qu'il ne l'était, déjà père de sept enfants — mais qui sait distinguer le bien du mal.
— C'était bien le sens de ma question ! Comment es-tu parvenu à enrôler une seconde fois à tes côtés ce garçon délicieux pour qui tu incarnes dans ta seule personne les quarante voleurs d'Ali Baba ?
— Eh bien, je te l'ai dit, il a changé, l'âge a adouci les aspérités de son caractère. Cela doit être lié à son air hagard et à l'arthrite qui l'a déjà voûté... Je suppose qu'avec neuf enfants, il est difficile d'y échapper.
— Neuf ? Je croyais que tu avais dit sept !
— Je dois tout mélanger, à la fois les chiffres et les noms... Mais il se trompe aussi. Je dois toutefois reconnaître qu'il est devenu beaucoup plus tolérant.
— Je suis soulagée de savoir qu'il s'est remis du départ d'Annie !... Mais, dis-moi, tu as parlé de sept enfants, ou neuf, peu importe. Comment sa femme a-t-elle fait ? Elle les a pondus par deux ou par trois ?
— Euh... Nous n'avons pas vraiment...

MacKenzie fut sauvé in extremis par une suite de déclics sur la ligne et la voix excitée de l'opératrice qui interrompit la communication.

— Suite 12 A, vous avez un appel très urgent ! Veuillez achever rapidement votre conversation pour que je puisse vous passer votre correspondant !
— Au revoir, Ginny. Nous nous rappellerons.

MacKenzie raccrocha violemment et garda la main sur le combiné. Trois secondes plus tard, avant même que la première sonnerie soit terminée, il avait porté l'écouteur à son oreille.

— Suite 12 A! Qui est à l'appareil?
— Jennifer Redwing, espèce de monstre de Neandertal! rugit la juriste. Je suis à Swampscott! Sam a écouté la bande de Brokemichael hier soir et Cyrus, Roman, plus vos deux Desi ont eu toutes les peines du monde à le maîtriser! Pour le calmer, il a fallu que Cyrus lui verse une demi-bouteille de whisky dans la gorge...
— Il reviendra à la raison quand il aura dessoûlé, dit le Faucon. C'est ce qu'il fait en général.
— Très aimable à vous de dire cela, mais nous ne saurons jamais si c'est vrai!
— Pourquoi?
— Parce qu'il a disparu!
— C'est impossible! Avec mes deux aides de camp, Roman Z et le colonel dans la maison?
— Ce petit salaud est très sournois. Il avait fermé sa porte à clé et tout le monde croyait qu'il était en train de cuver son whisky. Mais, il y a cinq minutes, Roman Z qui patrouillait sur la plage a vu un hors-bord s'approcher du rivage et une silhouette bondir des dunes, se jeter dans la mer et monter à bord!
— C'était Sam?
— Des jumelles ne sauraient mentir et Roman Z doit avoir une vue très perçante, sinon son casier serait beaucoup plus chargé.
— Bon Dieu! Il a recommencé! Il me refait le coup de la Suisse!
— Vous parlez de cette histoire où Sam a essayé de vous empêcher de...
— Et il a bien failli réussir! rugit MacKenzie en explorant fébrilement ses poches de sa main libre, à la recherche d'un de ses cigares mutilés. Il a dû trouver un téléphone dans la maison et appeler quelqu'un.
— Cela tombe sous le sens, mais qui?
— Comment voulez-vous que je le sache? Je ne l'ai pas vu pendant des années... Mais que peut-il faire?
— Hier soir, il a vitupéré contre les manipulateurs haut placés, les corrupteurs qui trahissent leur patrie et qu'il faut démasquer. Il répétait que c'est ce qu'il allait faire...
— Oui, il aime bien se lancer dans ce genre de laïus. Et il y croit, vous savez.
— Pas vous, général? Je croyais vous avoir entendu tenir à peu près le même discours au Ritz-Carlton.
— Si, moi aussi, j'y crois. Mais il faut attendre le moment propice pour agir selon ces principes et ni le temps ni le lieu ne sont bien choisis... Réfléchissons à ce qu'il peut faire. Imaginons qu'un avocat aux yeux injectés de sang et aux vêtements trempés fasse irruption dans les bureaux d'un journal, comme il en avait émis l'idée, pour déballer son histoire. Il leur sera impossible d'en obtenir confirmation et ils préviendront un hôpital psychiatrique.

— Je pense que j'ai oublié de vous signaler quelque chose, glissa Jennifer.
— J'écoute!
— Il a emporté la bande de Brokemichael.
— Sherman à Atlanta! Vous vous fichez de moi, la squaw!
— De tout mon cœur de squaw, j'aimerais pouvoir le faire! Mais nous n'arrivons pas à mettre la main sur cette bande!
— Par les pistolets sacrés de Patton! Il serait capable de tout faire rater! Il faut absolument l'empêcher d'agir!
— Mais comment?
— Appelez les quotidiens de Boston, les stations de radio et les chaînes de télévision locales. Prévenez-les qu'un dangereux individu s'est échappé du plus grand établissement psychiatrique du Massachusetts.
— Cela ne servira pas à grand-chose quand ils écouteront la bande. Ils commenceront par en faire des copies, puis ils compareront la voix enregistrée avec celle de votre ami le général, soit sur des bandes d'actualités, soit en lui téléphonant.
— Je vais appeler Brokemichael pour lui dire de ne pas répondre au téléphone.
— Le téléphone...? murmura pensivement Jennifer. J'ai trouvé! La compagnie du téléphone doit avoir un relevé informatisé de tous les numéros d'appel; c'est une procédure normale de facturation! Je suis sûre que M. Pinkus peut faire intervenir sur-le-champ la police.
— Pour quoi faire?
— Pour découvrir quel numéro Sam a appelé de chez les Birnbaum! Depuis votre coup de fil très matinal, personne n'a téléphoné d'ici!
— Si, une seule personne : Samuel Devereaux.

Grâce aux relations privilégiées qu'Aaron Pinkus entretenait avec les autorités, l'idée de Jennifer fut promptement exploitée.
— Maître Pinkus? Ici, le lieutenant Cafferty, de la police de Boston. Nous avons le renseignement demandé.
— Merci infiniment, lieutenant. Si la situation n'avait pas un caractère d'urgence, je ne me serais jamais permis d'abuser de votre temps et de votre gentillesse.
— Il n'y pas de problème, maître. Je n'oublie pas qu'on nous sert au dîner annuel de la police le « corned-beef aux choux Pinkus ».
— Une très modeste contribution en regard des services que vous rendez dans notre belle ville.
— Vous savez que vous pouvez faire appel à nous quand vous voulez... Voici ce que la compagnie du téléphone nous a communiqué. Pendant les douze dernières heures, il n'y a eu que quatre appels de l'adresse de Swampscott. Le dernier, qui remonte à six minutes, était à destination de New York.

— Oui, nous sommes au courant, lieutenant. Les trois autres, je vous prie ?

— Il y en a eu deux pour votre domicile, maître. Le premier hier soir et l'autre ce matin, à...

— C'est vrai, j'avais oublié ! J'ai appelé Shirley... mon épouse.

— J'ai déjà eu l'honneur de lui être présenté, maître. C'est une grande dame. Si grande, si gracieuse...

— Grande ? Non, en fait, elle serait plutôt petite. C'est sa coiffure qui la grandit, mais peu importe. Et le quatrième appel ?

— Il a été fait à sept heures douze, du numéro sur liste rouge, à destination de la résidence de Geoffrey Frazier...

— *Frazier* ? répéta Pinkus sans pouvoir masquer son étonnement. Extraordinaire !...

— Un emmerdeur de premier ordre, monsieur Pinkus, si vous me pardonnez ce langage.

— Je suis sûr que celui qu'emploie son grand-père est encore plus vert, lieutenant.

— En effet, maître, j'en ai été témoin ! Chaque fois que nous mettons le jeune homme au trou, le vieux nous demande s'il ne serait pas possible de le garder quelques jours de plus.

— Je vous remercie vivement, lieutenant. Vous m'avez rendu un grand service.

— A votre disposition, maître.

Aaron raccrocha et se tourna vers Jennifer d'un air perplexe.

— Au moins, dit-il, nous savons comment Sam a trouvé la bande. Il a téléphoné du bureau de Sidney, la pièce dans laquelle nous l'avons écoutée hier soir, en utilisant sa ligne privée.

— Mais ce n'est pas ça qui vous perturbe, je le vois bien. C'est plutôt ce Frazier, n'est-ce pas ?

— En effet... C'est l'un des hommes les plus charmants, j'ai envie de dire adorables, qu'il m'ait été donné de rencontrer. Un homme d'une gentillesse sans limite dont les parents ont péri dans un accident d'avion. Son père était ivre aux commandes de son hydravion quand il a essayé de poser l'appareil sur la Grande Corniche, à Monte-Carlo. Geoffrey a fait ses études avec Sam, à Andover.

— C'est pour cette raison qu'il l'a appelé.

— J'en doute. Sam n'est pas du genre à haïr les gens, même MacKenzie Hawkins, comme vous avez pu le constater, mais sa réprobation peut être extrêmement vive.

— Sous quelle forme... Et pourquoi ce Frazier ?

— Parce que Geoffrey abuse de ses privilèges et qu'il jette l'argent par les fenêtres. C'est un alcoolique invétéré dont l'unique but dans la vie est la recherche des plaisirs et la fuite devant tout ce qui peut être déplaisant... Sam n'a absolument rien à faire de lui.

— Et pourtant, c'est lui qu'il a appelé et qu'il a retrouvé sur la plage.

— Le général a raison, déclara brusquement Aaron en tendant la main vers le téléphone. Il faut l'empêcher d'agir !
— Comment ?
— Si seulement nous savions où il est allé avec ce hors-bord, cela nous ferait un point de départ.
— Mais il peut être n'importe où !
— Pas vraiment, objecta Pinkus. Les choses ont changé le long du littoral. Les gardes-côtes et la Protection civile sont en alerte permanente non seulement pour surveiller les imprudents, mais pour traquer ceux qui transportent des substances illégales acheminées par des bateaux restant en haute mer. On demande aux propriétaires de maisons donnant sur la plage de signaler les allées et venues louches dont ils pourraient être témoins.
— Peut-être quelqu'un les a-t-il déjà appelés, suggéra Jennifer. Le hors-bord s'est arrêté tout près de la côte.
— Certes, mais Sam a nagé jusqu'à l'embarcation et personne n'en est descendu.
— Nous allons donc retrouver le syndrome bien connu du « pourquoi me mêler de ça ? », conclut Jennifer.
— Exactement.
— Nous pouvons quand même appeler les gardes-côtes, non ?
— Je le ferais dans l'instant, si je savais de quel type de canot automobile il s'agit, si j'avais une idée de sa taille, sa forme, sa couleur ou son mouillage. Mais attendez, quelque chose vient de me revenir à l'esprit, poursuivit l'avocat en composant un numéro de téléphone. Ou plutôt je viens de me souvenir de quelqu'un.

L'un des joyaux discrets de Boston est une zone isolée, au sommet de Beacon Hill, appelée Louisburg Square. C'est un groupe d'élégants hôtels particuliers bâtis dans les années 1840 autour d'un petit parc parfaitement entretenu, gardé au nord par une statue de Christophe Colomb, au sud par un monument dédié à Aristide le Juste. L'endroit n'est pas isolé géographiquement, car il faut bien distribuer le courrier et ramasser les ordures, et les domestiques doivent se rendre sur leur lieu de travail sans avoir à laisser leurs pauvres véhicules au milieu des Rolls, des Porsche et autres modèles de fabrication américaine qui retiennent pour un temps la curiosité des nantis de Louisburg Square. D'un point de vue démographique, il y souffle un vent à peine perceptible de démocratisation, car l'argent des vieilles, très vieilles familles cohabite avec des fortunes de fraîche date. On y trouve ainsi de riches héritiers, des agents de change, des juristes de haut vol et des médecins, en particulier un médecin qui est l'un des plus grands romanciers américains et que le corps médical aimerait voir dans le coma. Mais il est trop bon dans ses deux activités professionnelles.

Le téléphone sonna dans l'un de ces hôtels particuliers, décoré avec un goût exquis. C'était la demeure de la plus ancienne des riches familles de Boston, celle de R. Cookson Frazier. Au moment où la sonnerie retentit, le vieux monsieur alerte, en short rouge taché de sueur, venait de faire adroitement entrer un ballon dans le panier du petit terrain de basket qu'il s'était fait construire au dernier étage. Les chaussures crissant sur le plancher, il se tourna vers le bruit importun. Son hésitation prit fin à la troisième sonnerie, quand il se rappela que sa gouvernante était partie faire le marché. S'essuyant soigneusement le front sous ses cheveux de neige, il s'avança vers le téléphone mural et décrocha.

— Oui, fit-il, le souffle court.
— Monsieur Frazier?
— Lui-même.
— Aaron Pinkus à l'appareil, monsieur Frazier. Nous nous sommes déjà rencontrés plusieurs fois, la dernière au bal de charité du musée Fogg, s'il m'en souvient bien.
— En effet, Aaron. Mais pourquoi me donnez-vous du « monsieur Frazier ». Vous n'êtes guère plus jeune que moi et, si ma propre mémoire ne me fait pas défaut, nous étions tombés d'accord qu'avec un peu d'exercice, vous ne feriez pas votre âge.
— Très juste, Cookson, très juste. Mais le temps semble toujours nous filer entre les doigts.
— Assurément, mais vous serez certainement l'homme le plus riche du cimetière.
— C'est une ambition à laquelle j'ai renoncé depuis longtemps.
— Je sais, je sais. Si je vous taquine, asticote, c'est uniquement parce que je suis en train de suer comme un porc... Une image pas très heureuse, car, à ce qu'il paraît, les porcs ne suent pas. Dites-moi plutôt ce que je puis faire pour vous.
— C'est au sujet de votre petit-fils. Je crains...
— Vous *craignez*? le coupa aussitôt Frazier. Moi, je suis déjà terrifié! Qu'a-t-il encore fait?

Pinkus entreprit de raconter son histoire, mais, huit secondes plus tard, dès qu'il prononça le mot hors-bord, le vieux Frazier poussa un rugissement de triomphe.

— Ça y est! Cette fois, je le tiens!
— Je vous demande pardon, Cookson?
— Je peux le faire enfermer!
— Comment...?
— Il lui est interdit par décision de justice d'utiliser ce canot, de même que sa voiture, sa moto et sa motoneige. Sa conduite sur terre, sur mer et sur neige a été jugée trop dangereuse!
— Vous l'enverriez en prison?
— En prison? Pas du tout! Simplement dans un de ces établissements où l'on pourra le remettre dans la bonne voie. Mes avocats ont déjà tout prévu... S'il se fait prendre en infraction et, s'il n'y a ni préju-

dice ni demande de réparation d'une autre partie, la cour m'autorisera à prendre une mesure d'internement.

— Vous voulez le faire enfermer dans une maison de santé ?

— Je préférerais utiliser un autre terme, disons un « centre de réhabilitation ».

— Pour que vous en arriviez à une telle extrémité, il a dû vraiment vous peiner.

— Assurément, mais peut-être pas de la manière que vous imaginez. Je connais bien mon petit-fils et j'ai pour lui une profonde affection... Et puis, c'est le dernier descendant de la lignée des Frazier, que diable !

— Je comprends, Cookson.

— Je ne pense pas. Quels que soient ses défauts, c'est *nous*, notre famille, qui avons fait de lui ce qu'il est. Comme j'avais fait avec mon propre fils. Mais, comme je vous l'ai dit, Aaron, je le connais et, sous cet extérieur de charmeur écervelé, il y a une véritable intelligence ! Il y a un autre homme sous le masque de l'enfant gâté... Je le sens, j'en ai la conviction profonde !

— C'est un jeune homme fort agréable, je ne vous contredirai pas.

— Mais vous ne me croyez pas ?

— Je ne le connais pas assez bien, Cookson.

— Les journalistes, eux, n'ont pas ces scrupules. Chaque fois qu'il se met dans un mauvais pas, les épithètes leur viennent aisément sous la plume. « Encore une nuit au poste pour le fils de famille » ou bien « le play-boy de Boston est la honte de notre ville ». Jamais l'inspiration ne leur manque.

— Mais les événements qu'ils relatent ont bien lieu...

— Bien sûr qu'ils ont lieu ! C'est pourquoi ce que vous venez de m'apprendre est le plus beau cadeau qu'on puisse me faire ! Je suis maintenant en mesure d'avoir la haute main sur ce délinquant attardé !

— Comment ? Son hors-bord est quelque part en mer et nous ne savons absolument pas où il va.

— Vous m'avez dit qu'il s'est arrêté devant la plage de Swampscott il y a une vingtaine de minutes...

— A peine.

— Il lui faudra quarante à quarante-cinq minutes pour regagner la marina...

— Imaginons qu'il ne soit pas reparti vers la marina. Imaginons qu'il se soit éloigné dans l'autre direction.

— Au nord de Swampscott, le seul dépôt de carburant où les bateaux de l'extérieur peuvent se ravitailler se trouve à Gloucester et ces « cigarettes » engloutissent le carburant à la vitesse de six Arabes buvant dans une théière avec des pailles. Gloucester est environ à une demi-heure de son point de départ.

— Vous savez tout ça ?

— Bien sûr que je sais tout ça. J'ai occupé la charge de commandant de la Protection civile de Boston pendant cinq mandats consécutifs. Mais nous perdons du temps, Aaron! Il faut que j'appelle mes anciens compagnons de la Protection civile et les gardes-côtes. Ils le trouveront, soyez sans crainte.

— Encore une chose, Cookson. A bord de cette embarcation se trouve un de mes collaborateurs, un certain Samuel Devereaux, et il est vital qu'il reste sous la surveillance des autorités en attendant mon arrivée.

— Une sale histoire, hein?

— Non, il n'y a rien de sale, juste un peu trop d'impétuosité. Je vous expliquerai plus tard.

— Vous avez dit Devereaux? Serait-ce un parent de Lansing Devereaux?

— C'est son fils.

— Lansing était un type très bien. Il est mort beaucoup trop tôt pour un homme de sa qualité. Je dois reconnaître qu'il m'a donné la possibilité de réaliser quelques investissements particulièrement lucratifs.

— Puis-je vous poser une question, Cookson?... Après sa mort, avez-vous pris contact avec sa veuve?

— Comment aurais-je pu faire autrement? C'était lui le cerveau de ces affaires; moi, je n'étais qu'un petit investisseur. J'ai donc fait transférer mes bénéfices sur un des comptes de sa veuve. Au risque de me répéter, qui aurait agi autrement?

— Un grand nombre de gens, semble-t-il.

— Foutus vampires!... Il faut que je vous quitte pour passer mes coups de fil, Aaron. Maintenant que nous nous connaissons un peu mieux, que diriez-vous d'un dîner, un de ces soirs?

— Rien ne me ferait plus plaisir.

— Avec Shelly, votre charmante épouse... si grande et si gracieuse.

— Elle s'appelle Shirley et elle n'est pas vraiment grande... Mais c'est une autre histoire.

28

Le ciel prit d'un coup une couleur plombée et les nuages sombres s'amoncelèrent au-dessus de l'océan houleux, au large de la côte du Massachusetts. Sam Devereaux s'agrippait à la rambarde métallique du hors-bord en se demandant quelle idée saugrenue il avait eue d'appeler Geoff Frazier, un type qu'il détestait au plus haut point... Non, « détestait » était probablement trop fort. Quand on connaissait « Frazie les Frasques », comme on le surnommait parfois affectueusement, il était impossible de le détester, car il avait un cœur d'or, aussi généreux que la pension qui lui était versée mensuellement et qu'il aurait offerte sans hésiter à un ami dans la détresse. Ce qui dérangeait véritablement Sam, c'étaient les manœuvres délirantes de Frazier qui lançait intentionnellement l'embarcation effilée comme une cigarette et munie de deux puissants moteurs dans les vagues monstrueuses.

— Pas moyen de faire autrement ! cria le capitaine, un large sourire aux lèvres, la casquette galonnée sur l'oreille. Ces engins sont tellement minces qu'ils risquent de se retourner si on ne plonge pas le nez dans les vagues.

— Tu veux dire qu'on peut se noyer ?

— En fait, je n'en sais rien... Jamais eu l'occasion de le vérifier !

A cet instant, un paquet de mer s'abattit sur le pare-brise, douchant les deux hommes.

— Il n'y a rien de plus vivifiant, tu ne trouves pas ?

— Geoffrey, tu n'aurais pas bu, par hasard ?

— Juste un petit peu, mon vieux, hurla Frazier, mais ce n'est vraiment pas gênant ! La bibine donne du courage quand la brise fraîchit. Cela permet à l'homme de dominer plus facilement les forces de la nature, si tu vois ce que je veux dire !... Tu m'entends, Devvy ?

— Malheureusement, oui, Frazie !

— Ne t'inquiète pas ! Un coup de tabac peut arriver en très peu de temps, mais cela cesse aussi vite !

— Au bout de combien de temps ?

— Pas plus d'une heure, lança Frazier avec un sourire rayonnant. Notre seul problème va être de trouver un bassin en attendant que ce soit fini.

— Un bassin ?

— On ne peut pas continuer comme ça ; il faut trouver un petit coin tranquille.

— Je ne comprends pas...

— Une crique abritée du vent et des vagues, et il y en a très peu le long de la côte.

— Tu n'as qu'à aborder à une plage !

— Il y a des tas d'écueils et des jetées, Devvy, et ces petits bolides ne sont pas très faciles à maîtriser par gros temps.

— Dirige-toi vers la côte, Bon Dieu ! Regarde, là, juste devant nous, il y a une longue plage, sans un rocher en vue ! J'ai des choses importantes à faire, moi !

— Tu sais, mon vieux, les rochers et les écueils ne sont pas les seuls obstacles, hurla Frazier. Des bateaux comme celui-ci échoués sur une plage privée ne sont jamais accueillis avec le sourire et, si tu regardes bien, il n'y a que des propriétés privées à perte de vue !

— C'est pourtant ce que tu as fait il y a une demi-heure, à Swampscott !

— Oui, mais là-bas, des gens comme moi ont acheté des terrains donnant sur la plage qu'ils n'utilisent jamais, pour que les voisins ne nous entendent pas et ne polluent pas notre eau. Et puis, tout le monde connaît la maison des Birnbaum et il suffit d'avoir lu la chronique mondaine pour savoir qu'ils sont à Londres. C'était un risque à courir, Devvy, mais je ne le referai pas ici, pas avec ce temps et mes conneries passées !

— Quelles conneries ?

— Des infractions sans gravité au code de la route, si tu veux. Rien de grave, mais le monde est rempli de gens mesquins, tu comprends ?

— Non, je ne comprends rien ! hurla Sam, trempé jusqu'aux os par deux paquets d'eau s'abattant simultanément sur lui par bâbord et tribord.

— Je parle de ces idiots de la Protection civile que mon grand-père commandait... Une bande de sournois qui me détestent parce que mon bateau est plus rapide que tous les leurs !

— Mais qu'est-ce que tu racontes, Frazier ?

Une violente embardée du hors-bord qui donna l'impression de décoller avant de retomber lourdement sur l'eau en plongeant le nez dans une énorme vague fit lâcher prise à Devereaux. Il s'écrasa sur le pont et sa main se referma frénétiquement sur la poignée d'une armoire de rangement qui s'ouvrit brusquement.

— Au secours ! hurla-t-il, la tête à moitié engagée dans l'armoire. Je suis coincé !

— Je ne t'entends pas, Devvy, mais ne t'inquiète pas, mon vieux ! Je vois les balises rouges de Gloucester, juste devant nous !

— Balises... Mmfftt... mmfftt !

— Articule, Devvy ! Avec le vent, je ne t'entends pas ! Sois sympa et ouvre-moi une bouteille de Dom Pérignon ! Tu trouveras une glacière dans l'armoire de l'arrière... Fais-la juste rouler sur le pont, comme avec les filles de Holyoke, tu te rappelles ? La force centrifuge ne fait perdre que la moitié du précieux liquide ! C'est la chose la plus importante que j'ai retenue de nos cours de physique à Andover !

— Mmfftt... Ouille !... gémit Sam en sortant la tête de l'armoire, un cordage blanc enroulé autour du crâne. Tu as envie de boire du champagne alors que nous sommes au beau milieu d'un ouragan ! Tu es complètement cinglé, Frazie, bon à enfermer !

— Calme-toi, mon vieux, ce n'est qu'un coup de vent un peu fort.

Le sourire aux lèvres, le skipper à la casquette inclinée sur l'oreille droite se retourna et baissa les yeux vers le pont sur lequel était étendu son passager enturbanné.

— Je vois que tu n'as pas oublié d'emporter ta couronne d'épine ! lança-t-il dans un grand éclat de rire.

— Je n'irai pas te chercher une bouteille de champagne et j'exige que tu me déposes immédiatement sur la terre ferme, sinon, en ma qualité d'avocat, je m'occuperai personnellement de ton cas pour incompétence en haute mer !

— A deux cents mètres du rivage ?

— Tu sais très bien de quoi je parle !

Au moment où Sam se mettait à genoux, une énorme vague s'écrasa sur ses épaules, le projetant derechef sur le pont.

— Frazier ! hurla-t-il en s'agrippant à la rambarde métallique surmontant le plat-bord. Tu ne te soucies donc jamais que de ta personne ?

— Tu sais, mon vieux, ça représente déjà beaucoup, mais ce n'est pas vrai. Je me soucie des vieux amis qui me considèrent encore comme un ami. Je me soucie de toi, parce que tu as fait appel à moi quand tu étais dans le besoin.

— Je ne peux pas le nier, reconnut Sam en décidant d'aller ouvrir la glacière et en songeant brusquement que Frazier avait peut-être besoin du champagne pour « dominer plus facilement les forces de la nature ».

— Holà ! s'écria le capitaine de la mission de sauvetage de Swampscott. Nous avons un problème, Devvy !

— Quel problème ?

— Un de ces fouineurs de la Protection civile a dû nous repérer !

— Qu'est-ce que tu dis ?

— Nous avons une vedette des gardes-côtes aux fesses ! Regarde derrière nous !

— Bordel de merde ! marmonna Sam.

Il découvrit en se retournant la proue blanche et élancée d'une vedette des gardes-côtes aux flancs barrés de bandes rouges qui filait sur les flots quelques centaines de mètres derrière eux. Puis il perçut les hurlements d'une sirène mêlés aux sifflements féroces du vent.

— Tu crois qu'ils vont essayer de nous arraisonner ? cria-t-il à pleins poumons.

— Voyons les choses comme elles sont, mon vieux : ce n'est pas une visite de politesse !

— Mais il ne faut pas qu'ils m'arrêtent ! hurla Devereaux en débouchant une bouteille qu'il fit glisser sur le pont trempé. Je dois entrer en contact avec les autorités... la police, le FBI, le *Boston Globe*, n'importe qui ! Je dois dénoncer les agissements de l'un des hommes les plus puissants de Washington qui a fait quelque chose de très grave ! Il le faut absolument ! Si les gardes-côtes ou n'importe quel employé du gouvernement met la main sur la preuve que je transporte, ils m'empêcheront d'agir !

— C'est un peu gros, ton histoire, mon vieux ! cria Frazier de toutes ses forces pour couvrir les hurlements du vent, le visage fouetté par les embruns. Mais j'ai une question à te poser, poursuivit-il en ramassant la bouteille. Tu ne transportes pas de pilules ni de paquets de poudre blanche, rien de ce genre ?

— Certainement pas !

— Pardonne-moi d'insister, Devvy, mais il faut que j'en sois sûr ! Tu comprends ?

— Tu peux me croire, Frazie ! cria Devereaux en s'époumonant contre le vent. Je te parle d'un homme qui peut infléchir la politique de la nation, un homme qui, après le président, est considéré comme le plus influent de notre gouvernement ! Cet homme est un menteur, un escroc et il a recruté des tueurs à gages ! J'ai tout cela dans ma poche !

— Une confession ?

— Non, une bande qui confirme l'existence d'une conspiration !

— Tu ne crois pas que c'est difficile à avaler ?

— Dépose-moi quelque part sur la côte, Frazie !

— Très bien, mon vieux, mais je te conseille de t'accrocher !

Pendant les minutes qui suivirent, un laps de temps dont Sam Devereaux, complètement hystérique, ne se souviendrait jamais avec précision, il eut l'impression de plonger, de tournoyer éperdument, de tomber en chute libre et de s'enfoncer dans les cercles successifs de l'Enfer de Dante. Frazie s'était mué en capitaine Achab forcené qui, au lieu d'essayer de tuer la baleine blanche, s'efforçait d'échapper à la bouche gigantesque. Un capitaine au sourire satanique portant à intervalles réguliers la bouteille de champagne à ses lèvres, poussant les moteurs à fond, manœuvrant son embarcation avec une habileté consommée pour la lancer dans les vagues furieuses qui l'assaillaient de tous côtés ou les éviter à la dernière seconde.

Derrière eux, la vedette, moins manœuvrable, était à l'évidence pilotée par un officier des gardes-côtes fou de rage dont les ordres indignés, hurlés dans un porte-voix, se mêlaient aux mugissements de la sirène.

— *Coupez les moteurs et mettez le cap au nord-ouest, vers la bouée sept! Je répète, espèce de cinglé, dirigez-vous vers la bouée sept et pas de conneries!*

— On ne pouvait rêver mieux! rugit le capitaine Frazier à son passager pétrifié. C'est un type bien!

— Qu'est-ce que tu racontes? hurla Sam. Ils vont monter à bord avec des sabres d'abordage, des couteaux et des fusils, et ils vont nous mettre aux fers!

— Pour ce qui me concerne, cela ne fait aucun doute, mon vieux, mais tu pourras leur échapper, si tu fais ce que je te dis.

Sans réduire la puissance de ses deux moteurs, Frazier changea de cap et fila vers le nord-ouest.

— Maintenant, écoute-moi bien, Devvy! Je ne suis pas venu dans ces parages depuis un bout de temps, mais la « bouée sept » m'a rappelé quelque chose. Elle est mouillée à environ cent cinquante mètres sur la gauche d'un amas rocheux émergé, un groupe de rochers à fleur d'eau qui coupent le vent, où les plaisanciers se plaignent souvent d'être encalminés.

— Des rochers à fleur d'eau? Encalminés?... Mais, Bon Dieu, Frazie, je me bats pour garder ma santé mentale, pour préserver l'intégrité de ma patrie!

— Une seconde, mon vieux! répliqua le capitaine en tapant la bouteille de champagne sur le dessus de son tableau de bord. Tu as cassé le bouchon et il bouche le goulot!... Voilà, ça va mieux, reprit-il un instant plus tard en portant la bouteille à ses lèvres. Alors, que disais-tu?

— Tu es vraiment impossible!

— Il me semble avoir déjà entendu ça...

Frazier ne put achever sa phrase, car une embardée à tribord fit gicler une gerbe d'eau qui le frappa en plein visage.

— Merde! éructa-t-il. Le mélange d'eau de mer et de champe est vraiment dégueulasse!

— Frazie...!

— Bon, écoute-moi bien, Devvy!... Quand nous atteindrons la bouée sept, je mettrai le moteur au ralenti. Ce sera le signal pour que tu te prépares à abandonner le navire, si j'ose dire.

— Tu me proposes de me jeter par-dessus bord pour que les fascistes qui nous poursuivent n'aient plus qu'à me repêcher?

— J'ai dit te « préparer », pas exécuter la...

— Tu aurais pu t'exprimer autrement!

— Quand je ralentirai, tu te mettras à tribord en t'accroupissant derrière le plat-bord. Puis je remettrai les gaz en décrivant un grand arc de cercle vers bâbord, ce qui t'amènera à une quarantaine de mètres du rivage. C'est à ce moment-là que tu sauteras par-dessus bord, protégé par l'eau et les embruns... Et, moi, je continuerai à servir de gibier à nos commandos de marine !

— Bon Dieu, Frazie ! Tu ferais ça pour moi ?

— Tu m'as demandé de te donner un coup de main, non ?

— Bien sûr, mais c'est parce que je savais que tu avais un bateau très rapide et... et je me suis dit que...

— Que Frazie le Cinglé, tel que tu le connaissais, était certainement celui qu'il te fallait.

— Je suis désolé, Geoff... Je ne sais vraiment pas quoi dire.

— Ne t'inquiète donc pas, mon vieux ! On rigole, non ?

— Tu pourrais te mettre dans un sale pétrin, Geoff, et je t'avoue franchement que cela ne m'était pas venu à l'esprit.

— Bien sûr que non ! Tu es l'être le plus exaspérant d'honnêteté que j'aie jamais connu ! Accroche-toi, Devvy, on arrive !

La « cigarette » s'engagea dans le chenal où était mouillée la bouée sept et ralentit brusquement dès qu'elle atteignit les eaux plus calmes. La vedette des gardes-côtes se rapprochait et n'était plus qu'à trente mètres.

— *Écoutez-moi bien,* reprit à cet instant la voix surexcitée amplifiée par le haut-parleur. *Vous avez été identifiés ! Vous, le pilote, vous êtes Geoffrey Frazier, votre passager s'appelle Samuel Devereaux et vous êtes tous deux en état d'arrestation ! Coupez votre moteur ! Trois hommes de mon équipage vont monter à bord de votre canot et le conduiront jusqu'à la côte !*

— Geoff ! s'écria Samuel, à plat ventre sur le pont. Je te promets que je n'avais pas prévu ça !

— Ferme-la, mon vieux ! Laissons-leur quelques secondes, le temps de mettre leur dinghy à l'eau, et je mettrai les gaz en direction de la plage. Dès que j'estimerai que nous ne pouvons pas nous en approcher plus, je te ferai signe et tu rouleras par-dessus le plat-bord. Tu as compris ?

— J'ai compris et je ne l'oublierai jamais ! Tu peux compter sur moi pour assurer ta défense, avec tous les moyens du cabinet Aaron Pinkus Associates !

— Ta prévenance me touche, Devvy... Allez, c'est parti !

Sur ces mots, il mit les gaz et le puissant hors-bord reprit si brusquement de la vitesse que son étrave décolla avec la grâce d'une aigrette prenant son essor. Le rugissement des moteurs couvrit tous les autres bruits pendant que le bolide sortait en trombe de la zone abritée pour repartir à l'assaut de l'océan houleux. Comme il l'avait annoncé, Frazier lui fit décrire une large courbe, projetant en l'air un rideau liquide sur tribord, une véritable muraille d'écume et d'eau de mer, assez dense pour masquer tout ce qui se passait derrière et devant, en l'occurrence la chute d'un corps dans l'eau, après avoir roulé par-dessus le plat-bord.

Résolu, mais terriblement angoissé, Sam Devereaux n'avait guère trouvé de courage à puiser dans les dernières paroles du skipper, accompagnées d'un petit signe de la main.

— A toi de jouer, mon vieux ! Je sais que tu peux réussir ! Je n'ai pas oublié que tu faisais partie de l'équipe de natation de l'école !

— Non, Frazie ! C'était le tennis ! Je n'ai pas été pris dans l'équipe de natation !

— Excuse-moi... A l'eau !

Souffleté par les vagues, Sam garda la tête à demi immergée quand la vedette des gardes-côtes lancée à la poursuite de son ancien condisciple passa juste sur sa gauche, accompagnée par les vociférations du haut-parleur. *Vous pouvez fuir, vous ne nous échapperez pas, petit saligaud ! Cette fois, nous vous tenons... Refus d'obtempérer, consommation de boisson alcoolisée, conduite imprudente mettant en danger la vie de votre passager qui est aussi en état d'arrestation ! Oh ! je vais vous en mettre plein la gueule !*

Ballotté par la houle, la bouche grande ouverte pour aspirer de l'air, Devereaux perçut soudain le son d'un haut-parleur beaucoup plus puissant... venant du hors-bord de Frazier. ... *qui est aussi en état d'arrestation... votre passager s'appelle Samuel Devereaux et vous êtes tous deux en état d'arrestation.* En état d'arrestation ? Lui ? Il avait vaguement perçu ces mots en s'accrochant pour ne pas glisser sur le pont, mais ils n'avaient pas pénétré dans son esprit en proie à de violentes turbulences. En état d'arrestation ! Et ils connaissaient son nom ! *Seigneur, je suis un fugitif !* Il était recherché ; un mandat avait probablement été lancé contre lui ! Cela signifiait nécessairement qu'Aaron, Jennifer, Cyrus, Roman et les deux Desi avaient été arrêtés... qu'on les avait fait parler, qu'ils avaient été forcés de tout avouer ! Quant à Mac, il serait sans doute exécuté !... Et Jenny, son nouvel amour, on allait lui faire du mal, elle subirait peut-être des choses affreuses. Les politiciens aux abois ne reculeraient devant rien !

Eh bien, ils n'avaient pas compté avec Samuel Lansing Devereaux, avocat d'envergure, vengeur des iniquités, fléau des corrupteurs de tout poil ! Et il avait reçu les leçons d'un maître, assurément malavisé, aux méthodes antédiluviennes, mais malgré tout un maître ! Un maître ès mensonges, arnaques et supercheries, toutes ces bonnes choses qui lui avaient valu d'être élu Soldat du siècle ! Sam était résolu à employer les moyens les plus tortueux, les ruses les plus viles que lui avaient enseignés le Faucon pour répandre la vérité et faire libérer ses compagnons. Non seulement les faire libérer, mais sauver sa patrie des griffes des odieux manipulateurs. Non seulement les faire libérer et sauver sa patrie, mais faire entrer définitivement dans sa vie la superbe Jennifer Redwing ! Il parviendrait à ses fins grâce à une bande magnétique parfaitement protégée par un sac en plastique étanche trouvé dans la cuisine des Birnbaum et enfoui dans sa poche la plus profonde. Toussant et recrachant l'eau de mer qu'il avalait, Sam luttait de toutes ses forces contre le courant et les vagues pour se rapprocher de la plage. Il allait devoir faire appel à toute son imagination et, comme Mac le lui avait fréquemment montré, être prêt à inventer en un instant la première histoire qui lui viendrait à l'esprit pour étayer des faits inexacts. Du genre : « Qu'est-ce que je suis heureux de retrouver le plancher des vaches ! Mon bateau a chaviré ! »

— Ohé ! Par ici, monsieur ! cria l'adolescente sortie en courant de la maison pour venir l'attendre sur la grève. Je parie que vous êtes content de retrouver le plancher des vaches. Je suppose que le coup de vent a fait chavirer votre bateau.
— Euh... Eh bien, oui... La mer est assez agitée.
— Avec un bon quillard, ça ne pose pas de problème. Et avec un bateau à moteur, il suffit d'atteindre la bouée sept, sans se prendre pour un héros.
— Mademoiselle, je ne prends jamais de ces substances !
— Comment ?
— Je ne me drogue pas, si vous préférez.
— Ah !... Je n'ai pas parlé de prendre de l'héro, mais de se prendre pour un héros ! C'était à propos de bateaux à moteur, vous savez, le carburant, les fuites d'huile, toutes ces saloperies qui polluent la mer !
— Mais oui, bien sûr ! Je crois que mon bain forcé m'a un peu brouillé les idées !
Sam se releva et tâta la poche de son pantalon pour s'assurer que la bande était toujours là.
— Je suis extrêmement pressé, voyez-vous, poursuivit-il aussitôt.
— Vous m'en direz tant ! lança la jeune fille. Vous voulez appeler votre port d'attache, la station des gardes-côtes ou plutôt votre compagnie d'assurances... Le téléphone de la maison est à votre disposition.
— Ne faites-vous pas trop facilement confiance aux gens ? demanda Devereaux, poussé par la déformation professionnelle. Après tout, je ne suis pour vous qu'un inconnu jeté sur votre plage privée.
— Et mon grand frère est champion de lutte de la Nouvelle-Angleterre. Le voilà !
Sam leva les yeux vers la maison et il vit dans l'escalier donnant sur la plage un malabar aux cheveux ras, un beau gosse aux bras musclés, démesurément longs, qui descendaient jusqu'aux genoux.
— Un beau poulet, comme on dit.
— C'est sûr ! Toutes les filles sont folles de lui, mais elles ne savent pas tout !
— Qu'y a-t-il d'autre à savoir ? demanda Sam en éprouvant le sentiment accablant que quelque terrible secret de famille était sur le point d'être divulgué. Certains d'entre nous sont différents, mais nous sommes tous les enfants de Dieu. Il faut savoir être tolérant.

— Pourquoi? Il veut devenir avocat, c'est tout! Complètement ringard, non?

— Complètement, marmonna Sam en regardant approcher le champion de lutte. Excusez-moi de vous déranger. Mon quilleur... *quillard* n'était pas très bon et j'ai chaviré.

— Sans doute un empannage trop brusque, fit le jeune homme en souriant. Ce devait être votre premier bateau, non?

— A quoi voyez-vous ça?

— Cela saute aux yeux. Pantalon, chemise Oxford, chaussettes noires et un mocassin de cuir brun... Je me demande bien comment vous l'avez gardé.

Devereaux baissa les yeux et regarda ses pieds. Le lutteur avait raison : il ne lui restait qu'une seule chaussure.

— C'est complètement idiot de ma part, dit-il. J'aurais dû mettre des tennis.

— Plutôt des chaussures de bateau, rectifia l'adolescente.

— Naturellement... Et vous avez raison, c'était bien mon premier bateau.

— A voiles? demanda le jeune homme.

— Oui, à voiles... Il y en avait deux, une grande et une petite sur l'avant.

— Ouille! s'écria la jeune fille. Sûr que c'était son premier!

— Sois un peu plus tolérante, fillette! Tout le monde doit apprendre à naviguer. Aurais-tu oublié que je suis allé te chercher à la nage jusqu'à la bouée trois, avec ton premier Comet?

— Gros tas de muscles! Tu m'avais promis...

— Du calme... Suivez-moi, monsieur. Vous pourrez vous sécher à la maison et utiliser le téléphone.

— En fait, je suis terriblement pressé. Pour ne rien vous cacher, je dois entrer en contact avec les autorités pour une affaire extrêmement urgente et le téléphone ne suffira pas. Il faut que j'y sois en personne.

— Vous ne seriez pas un *passeur*, par hasard? demanda sèchement le jeune homme. En tout cas, vous n'êtes pas un marin!

— Non, je ne suis pas un passeur. Je suis simplement un homme qui détient des renseignements qu'il doit communiquer au plus vite.

— Avez-vous une pièce d'identité?

— Est-ce vraiment nécessaire? Je vous paierai, si vous me conduisez où je dois aller.

— J'insiste pour voir une pièce d'identité. Je prépare l'école de droit de Tufts et cela fait partie de la procédure normale. Qui êtes-vous?

— D'accord, d'accord!

Sam défit le bouton de sa poche arrière gauche et parvint à en extraire son portefeuille gonflé par l'eau de mer. Il était peu probable que l'avis de recherche ait été rendu public; les ordures de Washington n'auraient certainement pas voulu en courir le risque.

— Voici mon permis de conduire, dit-il en tirant difficilement la carte plastifiée de son étui pour la tendre au lutteur.

— *Devereaux*! s'écria le jeune homme. Vous êtes Samuel Devereaux!

— La nouvelle a donc été diffusée, fit Sam en retenant son souffle tout en s'efforçant désespérément d'inventer une histoire, à la manière du Faucon. Il faut absolument que je vous explique ma propre version et je vous demande de m'écouter attentivement.

— Je ne suis au courant de rien, maître, mais je vous écouterai avec le plus grand intérêt! Vous êtes celui qui a réussi à chasser ces juges pourris et les jeunes comme moi, qui entrent dans la carrière juridique, ont pour vous une profonde admiration. C'est vous qui avez porté contre ces salopards les accusations qui leur ont valu d'être inculpés.

— Euh... je dois avouer que je ne pouvais plus les supporter...

— Garde la maison! lança avec un grand sourire le futur avocat à sa jeune sœur. Quand les parents reviendront, dis-leur que j'ai raccompagné un futur magistrat de la Cour suprême!

— Je pense que le mieux serait le FBI, suggéra vivement Sam. Savez-vous où se trouve leur antenne locale?

— Ils ont un bureau au cap Ann. On le voit souvent dans les journaux... La drogue, vous comprenez.

— Combien de temps nous faut-il pour y arriver?

— Dix minutes, un quart d'heure. Pas plus.

— En route!

— Vous êtes sûr de ne pas vouloir entrer et mettre des vêtements secs? Mon père est un grand maigre, un peu comme vous.

— Je n'ai pas le temps. Ce qui est en jeu est d'une importance capitale. Croyez-moi, je n'exagère pas!

— En voiture! La jeep est garée devant la maison.

— Complètement ringard, soupira l'adolescente en les regardant s'éloigner.

— Atchoum!

— A vos souhaits, répondit poliment Tadeusz Mikulski, agent spécial du FBI, sans se départir de son attitude renfrognée.

En étudiant l'individu bizarre assis devant son bureau, manifestement très agité, qui avait perdu une chaussure et dont l'eau dégoulinant des vêtements trempés formait des flaques sur le sol, l'agent Mikulski songea qu'il était à huit mois, quatre jours et six heures de la retraite, même s'il n'était pas du genre à compter.

— Très bien, monsieur Deveroox, reprit-il en baissant les yeux vers les diverses pièces d'identité, toutes trempées, que le sujet avait sorties de son portefeuille et étalées devant lui. Nous allons tout reprendre depuis le commencement.

— Devereaux, rectifia Sam.

— Écoutez, monsieur Devereaux, je parle l'anglais, le polonais, le russe, le lituanien, le tchèque et même le finnois, en raison de l'influence de l'estonien sur cette langue, mais je n'ai jamais réussi à maîtriser le français. Peut-être s'agit-il d'une aversion bien naturelle; je me souviens d'avoir passé une semaine à Paris avec mon épouse qui, en quelques jours, y a dépensé la majeure partie de mon traitement annuel... Maintenant que vous savez le pourquoi de mon erreur, pouvons-nous reprendre depuis le commencement?

— Vous voulez dire que vous ne connaissez pas mon nom?

— C'est une lacune que je déplore, mais, de votre côté, avez-vous entendu parler de Casimir III, dit le Grand, roi de Pologne, au XIVe siècle?

— Et comment! s'écria Sam. C'était l'un des plus brillants souverains-diplomates de son temps! Sa sœur occupait le trône de Hongrie et c'est grâce à elle et à son entourage qu'il acquit les connaissances juridiques nécessaires pour unifier la Pologne. Ses traités avec la Silésie et la Poméranie sont des modèles de modération.

— D'accord, d'accord!... Disons que j'ai peut-être entendu votre nom ou que je l'ai lu dans les journaux.

— Ce n'est pas ce que je vous demandais, agent Mikulski, rétorqua Devereaux en se penchant sur le bureau où coulèrent quelques gouttes d'eau de sa chemise. Ce qui m'intéresse, c'est l'avis de recherche, ajouta-t-il dans un souffle.

— L'émission télévisée?

— Non, celui qui me concerne!... Je suppose que ces salopards de Washington l'ont fait diffuser, car mes amis ont été arrêtés et probablement torturés pour leur faire avouer ce qu'ils savaient sur le bateau de Frazie! Mais il arrive un moment où un subordonné doit tirer la leçon du sempiternel « je n'ai fait que suivre les ordres ». Vous ne pouvez pas me coffrer sans avoir entendu ce que j'ai à vous raconter et écouté la bande qui confirme ce que je vous ai déjà dit!

— Vous ne m'avez absolument rien dit. Jusqu'à présent, tout ce que vous avez fait, c'est inonder le sol de mon bureau et me demander s'il y avait des micros.

— C'est parce que le gouvernement dans le gouvernement formé par ces conspirateurs est l'incarnation du diable! Ils ne reculent devant rien! Imaginez qu'ils ont volé la moitié du Nebraska!

— Du Nebraska?

— Il y a plus d'un siècle!

— Plus d'un siècle... Sans blague?

— C'est une tragédie et un scandale, Mikulski! Nous en avons la preuve et ils feront tout ce qui est en leur pouvoir pour nous empêcher de comparaître demain *personae delectae*, devant la Cour suprême!

— Oui, je vois, fit l'agent du FBI en enfonçant une touche de la console du téléphone. Assistance psychiatrique, ajouta-t-il tranquillement dans l'interphone.

— Non! hurla Sam en sortant vivement de sa poche le sac en plastique contenant la bande. Écoutez ça, je vous en prie!

L'agent Mikulski prit le sac en plastique trempé, laissant l'eau de mer dégouliner sur son sous-main, et en sortit la bande qu'il glissa dans le magnétophone. Il appuya sur une touche et il y eut un brusque crépitement de parasites, aussitôt suivi par une gerbe d'eau qui gicla sur le visage des deux hommes tandis que la bande magnétique, jaillissant de l'appareil, projetait des fragments noirs dans toute la pièce. L'enregistrement était perdu.

— C'est impossible! hurla Devereaux. J'ai soigneusement juxtaposé les lignes bleue et jaune pour faire du vert avant de fermer cette saleté de poche! Publicité de merde!

— Ce sont peut-être vos yeux qui vous ont trahi, suggéra Mikulski. Mais, au fond, je suis d'accord avec vous; je n'ai jamais réussi à congeler une saucisse fumée avec ces saloperies.

— Tout était sur cette bande... tout! Le général, le secrétaire d'État, le récit de la conspiration!

— Pour voler le Nebraska?

— Mais non, c'est du passé! Cela remonte à cent douze ans! Des agents du gouvernement fédéral ont incendié la banque où étaient conservés les traités signés avec les Wopotamis.

— Je peux vous assurer que je ne suis pas dans le coup. Mes ancêtres ramassaient encore les bouses de vache du côté de Poznan...

— Un autre général, le mien, a tout reconstitué d'après les documents des archives... des dossiers manquants qu'il savait pouvoir y trouver...

— Dans les archives?

— Celles du Bureau des Affaires indiennes, bien entendu.

— Bien entendu...

— S'il a réussi à le faire, c'est grâce à un *troisième* général qui porte le même nom que celui qui a été sournoisement recruté par le secrétaire d'État. Il a quitté l'armée à la suite d'une confusion de patronymes avec son cousin contre lequel j'avais porté des accusations de trafic de drogue...

— Puisque nous abordons ce sujet, glissa Mikulski, quelle est la marque de vos cigarettes?

— J'essaie justement d'arrêter de fumer et vous devriez en faire autant... Pour en revenir à mon histoire, c'était une énorme gaffe et l'autre général a donc été nommé à la tête des Affaires indiennes, ce dont *mon* général, qui est un de ses amis, a profité pour fouiller dans les archives secrètes, à la suite de quoi il a rédigé la requête qui s'appuie sur ces documents. En fait, c'est extrêmement simple.

— Fondamentalement, acquiesça Mikulski d'une voix sans timbre, les yeux écarquillés fixés sur le visage de Sam, en hochant lentement la tête tandis que sa main se rapprochait lentement de la console du téléphone.

— Comprenez-moi bien, reprit Sam. La tribu des Wopotamis pourrait posséder aujourd'hui la ville d'Omaha et tous les alentours.
— Bien sûr... Omaha.
— Le SAC, agent Mikulski! Le Commandement stratégique aérien! D'après la loi, il s'agit d'un bien-fonds usurpé, réclamé par ses propriétaires légitimes, lesquels peuvent exercer leur droit de propriété sur toute exploitation sise sur le bien susmentionné. C'est une règle de base.
— De base... Oui, vraiment.
— Mais certains membres corrompus du gouvernement refusent de négocier et comptent supprimer l'ensemble du problème en supprimant les demandeurs devant la Cour suprême qui a reconnu le bien-fondé de la requête des Wopotamis et pourrait se prononcer en leur faveur.
— Elle pourrait faire ça...?
— C'est tout à fait possible. Peu plausible, mais possible. Les salopards de Washington ont engagé un certain Goldfarb et lancé contre nous les Quatre Affreux et les Six Suicidaires!
— Un certain Goldfarb, dites-vous...? murmura Mikulski, comme hypnotisé, en fermant fugitivement les yeux. Les Quatre Affreux et les Suicidaires... Je ne sais plus combien ils sont.
— Nous avons renvoyé les Quatre Affreux à leur base dans des sacs en plastique.
— Vous les avez tués?
— Non, après les avoir drogués, Desi Arnaz-Deux y avait fait des trous pour leur permettre de respirer.
— Desi Arnaz-Deux...?
L'agent spécial Mikulski ne put achever sa phrase. Il s'avouait vaincu.
— Il doit maintenant, ou il devrait être parfaitement clair pour vous qu'il nous faut agir de la manière la plus expéditive pour confondre le secrétaire d'État et ses complices, résolus à attenter par la violence aux droits fondamentaux de la tribu des Wopotamis!
Le silence tomba dans le bureau.
Un silence interminable.
— Permettez-moi de vous dire quelque chose, monsieur Devereaux, articula enfin l'agent du FBI d'une voix douce, en rassemblant ses dernières forces. Ce qui est parfaitement clair pour moi, c'est que vous êtes si profondément perturbé que je ne suis pas en mesure de vous aider. Trois possibilités s'offrent à nous. Un, j'appelle l'hôpital de Gloucester pour demander une consultation de psychiatrie. Deux, je téléphone à nos amis de la police pour leur demander de vous boucler jusqu'à ce que les effets de ce que vous avez pris se soient dissipés. Trois, j'oublie que vous êtes entré dans mon bureau avec une seule chaussure, que vous avez inondé le plancher, et je vous laisse repartir avec la conviction que

votre imagination est assez exubérante pour vous permettre de trouver des amis qui pourront vous aider.

— Vous ne me croyez donc pas! rugit Sam.

— Par quoi voulez-vous commencer? Par Desi Arnaz-Deux et ce type du nom de Goldfarb? Par des sac en plastique percés de trous pour assurer la circulation de l'air ou bien par des généraux qui ne resteraient pas deux minutes au Pentagone avant qu'on leur passe une camisole de force?

— Tout ce que je vous ai dit est la pure vérité!

— Je ne doute pas que ce le soit pour vous et je vous souhaite bien du plaisir. Mais, si vous le désirez, je peux aussi vous appeler un taxi. Vous avez assez d'argent dans votre portefeuille pour aller jusqu'à Rhode Island et trouver un autre bureau du FBI.

— Agent Mikulski, c'est un grave manquement à votre devoir!

— Ma femme dit la même chose pour les factures. Que voulez-vous, je suis un raté.

— Vous n'êtes qu'un bureaucrate frileux qui redoute de s'élever contre ceux qui n'hésitent pas à piétiner les lois de notre pays et les droits constitutionnels!

— Écoutez, vous avez dans votre camp Desi Arnaz, ce Goldfarb et trois généraux. Pourquoi avez-vous besoin de moi?

— Votre attitude est scandaleuse!

— Si vous voulez... Et maintenant, à moins que vous n'ayez l'intention de passer la serpillière et d'essuyer mon bureau, je vous prierai de foutre le camp d'ici! J'ai du travail à faire. Les élèves de l'école primaire de cap Ann manifestent devant l'hôtel de ville pour réclamer le droit de vote.

— Très, très drôle!

— Je trouve ça très mignon.

— Pas moi! Je vous remercie de votre proposition, mais j'ai déjà un chauffeur. C'est le champion de lutte de la Nouvelle-Angleterre!

— Si vous avez des billets à vendre, je veux bien vous en acheter un, à condition que vous ayez l'obligeance de sortir de mon bureau, dit l'agent du FBI en rassemblant les affaires de Devereaux et en les lui tendant.

— Je m'en souviendrai, Mikulski! répliqua Sam en se dressant avec toute la dignité que lui permettaient ses vêtements trempés et son unique chaussure. En ma qualité d'avocat à la cour, je compte déposer une plainte auprès du ministère de la Justice. Ce manquement à vos devoirs est intolérable.

— Surtout ne vous gênez pas, mais ne commettez pas d'erreur sur mon nom. Ne refaites pas la même gaffe qu'avec vos deux généraux. Il y a pas mal de Mikulski par ici.

— Vous croyez que j'ai le cerveau dérangé, hein?

— C'est aux médecins qu'il appartient d'en juger, pas à moi, mais je ne vous cache pas que je suis enclin à le penser.

— Eh bien, vous allez voir ce que vous allez voir ! lança Sam le Vengeur en clopinant vers la porte et en glissant à deux reprises sur le sol mouillé. Vous aurez de mes nouvelles ! ajouta-t-il en claquant la porte.

L'agent spécial Mikulski eut malheureusement des nouvelles de Sam exactement trois minutes et vingt et une secondes après avoir entendu le claquement de la porte. Il avalait sa quatrième gorgée de Maalox quand la ligne des appels prioritaires s'alluma sur sa console téléphonique. Il enfonça la touche et saisit le combiné.

— Mikulski, FBI.

— Salut, Teddy, c'est Gerard, annonça le commandant de la station des gardes-côtes pour le 10ᵉ district du Massachusetts.

— Que puis-je faire pour toi, marin ?

— Je ne sais pas pourquoi, mais j'ai dans l'idée que tu pourrais peut-être me rencarder sur l'affaire Frazier-Devereaux.

— Comment... ? murmura l'agent spécial d'une voix à peine audible. Tu as dit *Devereaux* ?

— Oui, on a mis la main sur ce cinglé de Frazier et sa bouteille de champe, mais Devereaux a disparu et Frazier n'a rien voulu nous dire. Il s'est contenté de nous regarder avec un sourire niais et d'appeler son avocat.

— Pourquoi parles-tu au passé ? Il n'est plus chez vous ?

— C'est complètement dingue, Teddy. Nous avons dû le relâcher et je ne comprends pas pourquoi. Je me demande bien pourquoi il y a eu cette alerte idiote. On a failli faire cramer un moteur, on a laissé trois hommes en plan dans un dinghy, bousillé cinq corps-morts qu'il va falloir rembourser et tout ça pour quoi ? Devereaux a disparu et on ne sait même pas pour quelle raison il était recherché. Je me suis dit comme ça que vous, les fédéraux, vous étiez peut-être au courant.

— Nous n'avons même pas été informés de l'alerte, répondit Mikulski d'un ton affligé. Veux-tu me raconter ?

Le commandant Gerard lui fit le récit des événements et, quand il eut terminé, l'agent du FBI, livide, tendit la main vers son flacon de Maalox.

— Ce salopard de Devereaux vient de sortir de mon bureau, il y a à peine quelques minutes. Ce type est fou à lier !... Mais qu'est-ce que j'ai fait, Bon Dieu ?

— Si l'alerte ne vous a pas été notifiée, tu n'as rien à te reprocher, Teddy. Nous avons transmis notre rapport par télex et il n'y avait rien d'autre à faire... Attends, on vient de me faire passer un message. Un nommé Cafferty, de la police de Boston, demande à me parler sur une autre ligne. Tu le connais ?

— Jamais entendu ce nom.

— Mais, j'y pense ! C'est la police de Boston qui a lancé cette fichue alerte ! Je vais passer à ce connard un savon qu'il ne sera pas près d'oublier ! Salut, Teddy, on se rappelle !

— Huit mois, quatre jours, cinq heures et demie, murmura Mikulski en ouvrant le tiroir du haut de son bureau où se trouvait le calendrier sur lequel il rayait les jours le séparant de la retraite.

29

La jeep conduite par le champion de lutte de la Nouvelle-Angleterre s'engagea dans l'allée de la résidence d'été des Birnbaum.

— Nous y sommes, monsieur Devereaux. J'avais déjà vu cette maison de la mer, mais jamais de l'autre côté. Sacrée baraque !

— Je vous aurais volontiers invité à entrer, Boomer, mais il risque d'y avoir des propos assez vifs et la discussion doit rester confidentielle.

— Vous m'étonnez ! D'abord, vous échouez sur notre plage, puis vous allez voir le FBI et maintenant vous voilà ici !... Mais ne craignez rien, il n'y a pas de sous-entendus ! Je vais repartir en vitesse et, à toute personne autre que les représentants de l'autorité qui me poserait des questions, je déclarerai ne jamais vous avoir vu.

— Voilà qui est bien dit !... Et maintenant, j'insiste pour vous dédommager.

— Pas question, monsieur Devereaux, ce fut un honneur pour moi ! J'espère que vous ne m'en voudrez pas, mais j'ai pris la liberté de vous laisser mes coordonnées, pour le cas où, disons dans deux ans, vous songeriez à moi pour un poste d'assistant juridique... Mais pas de traitement de faveur ! Je n'en voudrais pas !

— Je vous crois, Boomer, fit Devereaux en prenant le bout de papier sous le regard limpide et grave de l'étudiant en droit. Mais, si je veux vous en faire bénéficier, vous ne pourrez pas m'en empêcher.

— Pardonnez-moi d'insister, mais il faut que je sois à la hauteur. C'est comme pour la lutte, chacun tire dans sa catégorie de poids.

— Disons, si vous préférez, que vous n'aurez pas à nous solliciter, mais que nous penserons à vous... Merci, Boomer.

— Bonne chance, maître !

Devereaux descendit de la jeep qui fit le tour de l'allée circulaire, franchit la grille et disparut. Sam considéra l'imposante façade de brique de la résidence d'été des Birnbaum, prit une longue inspiration et suivit clopin-clopant le sentier dallé menant à la porte d'entrée. Tout serait tellement plus simple si j'avais mes deux chaussures, songea-t-il en appuyant sur la sonnette.

— Ça alors, je n'en crois pas mes yeux ! lança d'une voix de stentor le géant noir en ouvrant la porte. Je ne sais pas si je dois vous embrasser ou vous assommer, Sam, mais entrez vite !

Devereaux s'avança dans l'entrée d'un air penaud. Avec ses vêtements trempés, ses cheveux emmêlés et son pied déchaussé, il sentait tous les regards converger sur lui. Ces regards étaient au nombre de trois : Cyrus, Aaron Pinkus et l'amour éternel de sa vie, Jennifer Redwing, debout au fond de la pièce, qui fixait sur lui des yeux où il n'aurait su dire s'il y lisait de la colère ou quelque chose de plus tendre.

— Sammy, nous sommes au courant de tout ! s'écria Aaron, qui ne criait jamais ou presque, en bondissant du canapé pour s'élancer vers Devereaux qu'il prit par les deux bras et contre la joue de qui il posa sa tête chenue. Abraham soit loué, tu es vivant !

— Cela n'a pas été si terrible, protesta Sam. Frazie est peut-être complètement cinglé, mais il sait conduire un hors-bord et puis, après, je suis tombé sur un jeune homme très bien, un champion de lutte...

— Nous savons par quelles épreuves tu es passé, Sammy, poursuivit Pinkus. Quelle fougue ! Quel courage ! Tout cela pour rester en accord avec tes principes !

— C'était stupide, Devereaux, glissa Cyrus, mais je reconnais que vous avez du cran.

— Où est ma mère ? demanda le Vengeur en évitant le regard de Jenny.

— Elle est rentrée à Weston avec Erin, répondit Aaron. Il semble que ta cousine Cora ait eu certaines difficultés avec des théières.

— Desi-Un et Deux patrouillent sur la plage avec Roman Z, ajouta le mercenaire noir.

— Ils ont laissé passer la jeep de Boomer... la voiture dans laquelle je suis arrivé, observa Sam d'un ton chargé de réprobation.

— Ce n'est pas tout à fait vrai, répliqua Cyrus. Pourquoi croyez-vous que j'attendais à la porte ? Desi-Un m'avait signalé par radio que le *gringo loco* était de retour.

— Il sait toujours choisir ses expressions, soupira Sam en tournant lentement la tête vers Jenny. Salut, fit-il avec circonspection.

La scène qui suivit évoqua une pavane projetée au ralenti. Tandis qu'Aaron Pinkus et Cyrus M s'écartaient d'un mouvement gracieux de la trajectoire des deux corps lancés l'un vers l'autre, Jennifer s'élança sur le sol moquetté tandis que Sam, en galant homme, mais d'un pas mal assuré, descendait les marches de marbre donnant dans le living-room pour s'avancer à sa rencontre. Il s'immobilisa au pied des marches tandis qu'elle se jetait dans ses bras. Ils s'étreignirent furieusement et leurs lèvres se joignirent avec ravissement en un baiser fervent.

— Sam ! s'écria-t-elle en le serrant de toutes ses forces. Oh ! Sam,

Sam, Sam ! Tout a recommencé comme en Suisse, n'est-ce pas ? Mac m'a tout dit !... Tu as agi ainsi parce que tu avais le sentiment qu'il fallait le faire ! C'était une attitude conforme à la loi et à la morale ! Sauter d'un bateau en pleine mer et parcourir des kilomètres à la nage au beau milieu d'une tempête pour réparer une injustice ! Oh ! comme je t'aime !

— Il n'y avait pas tant de kilomètres que ça... Peut-être quatre ou cinq...

— Mais tu l'as fait ! Je suis si fière de toi !

— Ce n'était rien.

— C'était tout !

— Et pourtant j'ai échoué. La bande était gorgée d'eau...

— L'important est que tu ne te sois pas noyé, mon chéri !

Des parasites crépitèrent brusquement dans la radio de Cyrus et une voix rauque, à l'accent hispanique, leur parvint.

— Hé ! colonel ! Il y a ouné grosse limousine qui s'approche à toute alloure dé la maison ! Vous voulez qué jé la fasse sauter ?

— Pas tout de suite, Desi ! ordonna le mercenaire. Tu couvres la porte et toi, Roman, tu te diriges vers la voiture ! Les armes en position de tir !

Quelques instants plus tard, une voix à l'accent d'Europe centrale se fit entendre.

— Ce n'est qu'un vieux monsieur aux cheveux tout blancs, annonça Roman Z. Il s'avance vers la porte et son chauffeur a allumé la radio de la voiture. Une musique de merde.

— Soyez prêts à intervenir, ordonna Cyrus en sortant son revolver de son étui. Si je suis obligé de tirer, convergez sur la cible !

— Qu'est ce qué c'est, la cible ?

— Pas de problème. Le vieux monsieur ne garde pas la main dans sa poche et il n'est pas armé.

— Terminé... Restez sur vos gardes !

— Quels gardes ?

— Terminé !

— Comment...?

Dès que le bruit de la sonnette retentit, Cyrus fit signe aux trois autres de s'écarter de toute ligne de tir possible. Il ouvrit la porte d'un coup sec, l'arme au poing et se trouva nez à nez avec un grand et mince vieillard.

— Je présume que vous êtes le majordome, hasarda R. Cookson Frazier d'une voix anxieuse, mais sans se départir de sa courtoisie innée. Je dois voir votre employeur sur-le-champ, pour une affaire extrêmement urgente.

— Cookson ! s'écria Aaron Pinkus en jaillissant de derrière le rideau d'une des fenêtres donnant sur la plage. Que faites-vous là ?

— C'est incroyable, Aaron, absolument incroyable ! déclara Frazier en dévalant les marches de marbre, une feuille de papier serrée dans la main, les bras levés en un geste d'incompréhension totale. Nous nous sommes fait avoir, vous comme moi et tout le monde à Boston ! Dans les grandes largeurs !

— Exprimez-vous plus clairement, Cookson !

— Regardez !

Deux corps enlacés venaient d'apparaître, sortant brusquement de l'ombre de l'angle droit de la pièce.

— Qui sont ces gens ? hurla Frazier.

— Le jeune homme qui n'a qu'une seule chaussure et des vêtements en piteux état s'appelle Samuel Devereaux...

— Ah ! c'est donc vous le fils de Lansing ! Votre père était un homme bien, vous savez. Dommage qu'il nous ait quittés si tôt.

— Et voici notre amie Jennifer Redwing... Jennifer, je vous présente Cookson Frazier.

— Vous avez un teint merveilleux, mademoiselle. Les Antilles, sans doute ? J'ai une maison aux Barbades... si je ne me trompe. Vous devriez y aller avec le fils de Lansing et prendre un peu de bon temps... Moi, cela fait bien longtemps que je n'y ai pas mis les pieds.

— Qu'y a-t-il donc d'incroyable, Cookson ?

— Comme je vous l'ai dit... Lisez ça ! répondit le vieux monsieur en tendant à Pinkus la feuille qu'il tenait à la main. J'ai reçu ça à la maison par mon fax dont la ligne ne peut être interceptée, si l'on doit en croire Washington. Mais, dites-moi, Aaron, je peux faire confiance à tout le monde, ici ?

— Je me porte garant d'eux, Cookson. Qu'y a-t-il sur cette feuille ?

— Lisez ! Moi, je n'en suis pas encore revenu !

Aaron prit la mince feuille, la parcourut du regard et, l'air hébété, se laissa lentement tomber dans le fauteuil le plus proche.

— Cela dépasse l'entendement, souffla-t-il.

— Qu'est-ce qu'il y a d'écrit ? demanda Devereaux, le bras passé autour des épaules de Jennifer dans une attitude protectrice.

— Écoute bien, je te lis le texte : « Ce communiqué dont la teneur est top secret doit être détruit après une lecture attentive et sa diffusion est restreinte aux niveaux les plus élevés de la force publique. Geoffrey C. Frazier, nom de code Rumdum, est un agent clandestin au service du gouvernement fédéral, ayant accompli avec éclat des missions qui lui ont valu de nombreuses décorations. Il vous est en conséquence instamment demandé d'agir avec le maximum de doigté pour préserver la couverture, la crédibilité et la sécurité de l'agent Frazier. » Le texte est signé par le directeur de l'Agence pour la répression du trafic de stupéfiants. Je n'en reviens pas !

— Mon petit-fils est une barbouze ! s'écria Cookson Frazier en se jetant dans le fauteuil voisin de celui de Pinkus. Mais que vais-je bien pouvoir faire ?

— Pour commencer, je pense que vous devriez être très fier de lui et profondément soulagé. C'est vous-même qui avez dit qu'il y avait un autre homme chez votre petit-fils et vous aviez vu juste. Au lieu d'un panier percé, c'est un professionnel hautement considéré et couvert de médailles.

— Bien sûr, mon vieux, mais pour poursuivre cette brillante carrière sans se faire éliminer, il n'aura pas d'autres moyens que de continuer à jeter l'opprobre sur le nom de la famille !

— Je n'avais pas pensé à ça, reconnut Pinkus, la mine perplexe. Mais la vérité finira inévitablement par se faire jour et les Frazier de Boston seront couverts de louanges.

— Si ce jour doit arriver, Aaron, le dernier héritier des Frazier sera contraint de se réfugier en Tasmanie ou de fuir jusqu'à la Terre de Feu sous un nom d'emprunt. Ce sera un homme marqué !

— J'avoue que je n'avais pas pensé à cela non plus.

— Il est toujours possible d'acquérir une protection, monsieur Frazier, glissa Cyrus en descendant les marches. Une protection très complète.

— Excusez-moi, Cookson, je ne vous ai pas présentés... Voici le colonel Cyrus, un expert en matière de sécurité.

— Toutes mes excuses, colonel ! s'écria Frazier. Ce que je vous ai dit à la porte était stupide. Je suis vraiment navré.

— Il n'y a pas de mal. Dans un milieu comme celui-ci, une telle erreur est compréhensible. De plus, je ne suis pas un vrai colonel.

— Je vous demande pardon...

— Ce qu'il veut dire, s'écria vivement Sam, les yeux rivés sur ceux du mercenaire, c'est qu'il est un militaire en retraite. Il n'est plus dans l'armée, dans aucune armée, vous voyez ?

— Oui, je vois, répondit Frazier en se retournant vers Cyrus qui ouvrait de grands yeux. A l'évidence, vos connaissances en matière de sécurité vous ont été très utiles. Aaron n'engage que les meilleurs dans leur spécialité... A propos, vous allez sans doute trouver que c'est un problème mineur, mais, pour protéger ma maison, j'ai fait installer un système d'alarme que je ne parviens pas à faire fonctionner correctement. Il n'arrête pas de se déclencher.

— Soit les relais ne sont pas propres, soit ils se chevauchent dans le circuit électrique, lança Cyrus d'un air détaché en considérant Devereaux avec perplexité. Appelez le service après-vente et demandez-leur de vérifier les relais.

— Vraiment ? Comme ça ?

— C'est un problème courant dans les modèles de protection individuelle, reprit le mercenaire en essayant de déchiffrer l'expression de Sam qui hochait rapidement la tête. Même une coupure momentanée peut bousiller ces fichus circuits.

— Je suis sûr que le colonel serait heureux d'y jeter un coup d'œil, n'est-ce pas colonel ? fit Devereaux dont la tête montait et descendait comme un marteau-piqueur dans le dos de Frazier.

— Quand les problèmes de sécurité de M. Pinkus seront définitivement réglés... ce sera avec plaisir, répondit d'une voix hésitante le soldat de fortune, totalement désorienté. Peut-être dans le courant de la semaine prochaine, ajouta-t-il sans conviction.

— Je vous en remercie! lança Frazier en frappant de la main l'accoudoir de son fauteuil avant de revenir à son dilemme. Quand je pense à mon petit-fils! Cette histoire est vraiment incroyable!

— L'image qui me vient à l'esprit, dit Sam, est celle de Frazie le Cinglé, la casquette de guingois, en train de me faire un clin d'œil tout en buvant au goulot une bouteille de champagne qui devait être remplie d'eau de Seltz. Mais je dois ajouter que je n'ai jamais vu personne conduire un hord-bord comme lui, même au cinéma.

Comme si le mot cinéma à lui seul avait le pouvoir d'évocation suffisant, le téléphone sonna. Cyrus, qui se tenait près de la table blanche, décrocha aussitôt.

— Allô? fit-il d'une voix douce.

— Ça roule, soldat! lança MacKenzie Hawkins qui appelait de New York. Nous avons annulé le plan A – trop risqué maintenant – pour passer au plan B, comme nous l'avons envisagé il y a une heure. Des nouvelles du lieutenant Devereaux?

— Il est là, général, répondit Cyrus en baissant la voix et en plaçant la main devant l'appareil tandis que les autres discutaient avec animation des divertissements aquatiques de Sam avec l'agent secret Geoffrey Frazier. Il est arrivé il y a quelques minutes, dans un état pitoyable. Voulez-vous lui parler?

— Certainement pas! Je sais parfaitement dans quel état d'esprit il est; j'appelle cela la phase du refus vertueux. Avez-vous fait une évaluation des dégâts?

— D'après ce que nous savons, il n'y en a pas. Personne ne l'a cru et il semble que la bande ait été détruite.

— Qu'Hannibal soit loué! Je savais qu'il reviendrait; il est incapable de réussir ce genre de chose... Si je comprends bien, vous n'avez pas encore discuté des deux plans avec lui?

— Je n'en ai encore discuté avec personne, faute de temps. M. Pinkus est resté pendu au téléphone avec la police de Boston depuis que les gardes-côtes ont signalé par radio qu'ils avaient repéré le bateau sur lequel se trouvait Sam.

— Quel bateau? Pourquoi les gardes-côtes?

— Nous avons cru comprendre qu'il y a eu une poursuite infernale, ce que confirme l'aspect de votre lieutenant qui est trempé comme une soupe et a perdu une chaussure.

— Il me refait le coup de la Suisse!

— C'est également ce que nous avons cru comprendre, du moins sa petite amie. Elle le couve comme s'il était un poilu revenu du front avec une seule jambe... Sans doute à cause de la chaussure manquante.

— Parfait! Essayez de la convaincre quand vous expliquerez notre plan, colonel. Elle saura le convaincre à son tour, si vous lui faites partager vos vues. Je sais comment ce garçon réagit quand il s'est entiché d'une femme... Toutes mes épouses m'ont dit la même chose.
— Je ne ne vous suis pas très bien, général.
— Peu importe. Ce que vous devez garder en mémoire, c'est que nos ennemis sont aux abois et que leur seul moyen de nous neutraliser est de nous empêcher de pénétrer dans le bâtiment de la Cour suprême. C'est à ce moment-là que Sam pourra monter à la tribune, qu'il pourra dire ce qu'il a à dire, démasquer ceux qu'il veut confondre et hurler aussi fort qu'il le désire. Mais seulement à ce moment-là, colonel. Avant cela, on ne le laisserait même pas ouvrir la bouche. Les salauds de Washington protègent leur territoire et n'hésiteraient pas à le réduire au silence, si jamais il s'avisait de faire des vagues.
— Comme je puis personnellement garantir une telle réaction de Washington, approuva Cyrus, il ne me sera pas très difficile d'être convaincant. Mais pourquoi êtes-vous passé au plan B? Je croyais que nous étions tombés d'accord sur le A, qui était tout à fait réalisable.
— Je ne sais pas qui est le contact, mais mon informateur, celui dont je vous ai parlé...
— Le gros bonnet du gouvernement que tout le monde croit mort, précisa le mercenaire en lui coupant la parole.
— C'est bien lui et permettez-moi de vous dire qu'il ne leur fera pas de cadeau. A ce propos, il m'a fait comprendre de la manière la plus claire qu'ils voulaient en finir avec nous... oui, colonel, nous liquider. Définitivement!
— Bon Dieu! Vous croyez qu'ils iraient jusque-là?
— Ils n'ont pas le choix, soldat. Grâce à des fusions et des rachats massifs, ils possèdent à eux tous soixante-dix pour cent des industries travaillant pour la Défense et ont tellement de milliards de dollars de dettes qu'il leur faudrait une Troisième Guerre mondiale pour se libérer, à condition qu'elle dure assez longtemps, ce qui est fort improbable.
— Comment imaginez-vous leur stratégie, général?
— Je n'ai pas à l'imaginer, je la connais! Ils ont recruté le rebut du genre humain pour nous empêcher d'arriver à nos fins : tueurs à gages, gros bras des organisations syndicales, probablement des mercenaires payés à prix d'or.
— Nous vivons en économie libérale, répliqua Cyrus en réduisant sa voix à un murmure lorsqu'il surprit les regards furtifs que lui lançaient Aaron, Jenny et Sam. Et c'est justement d'économie qu'il s'agit... Je ne vais pas pouvoir parler beaucoup plus longtemps. Votre informateur prétendument mort vous a-t-il révélé quand tous ces gens peu recommandables seront en place et comment ils passeront à l'action?
— Il y en aura partout! Dans la foule, parmi les gardes de la Cour, certainement à l'intérieur du bâtiment!

— Ce ne sera pas du gâteau, général.
— La mise en œuvre du plan B nous procurera la diversion indispensable. Cette perspective n'enchante personne, surtout pas les Wopotamis, mais tout est en place. Tout le monde est prêt à faire ce qu'il faudra.
— Et comment ce tordu de Sutton prend-il tout cela ? poursuivit Cyrus. Je ne peux pas dire que j'aie beaucoup d'affection pour lui, mais il faut reconnaître que c'est un comédien de talent.
— Que voulez-vous que je vous dise ? Il répète qu'il va jouer le plus beau rôle de sa carrière !
— J'espère qu'il aura le temps de lire les critiques... Terminé, général. A demain matin.
— J'oubliais les deux Desi et Roman Z ! lança le général. Avec mon histoire des Six Suicidaires, je ne leur ai même pas fait une petite place dans le scénario.
— Si vous vous imaginez que je les laisse sur la touche, vous êtes tout juste bon à nettoyer les latrines, général.
— J'aime beaucoup votre réponse, colonel.
— Terminé, dit Cyrus en raccrochant.

Encore bouleversé par ce qu'il avait appris, Cookson Frazier regagna Louisburg Square dans sa limousine tandis que, chez les Birnbaum, six personnes abasourdies écoutaient Cyrus, debout près de la table blanche. Jennifer Redwing était assise sur le canapé, entre Aaron Pinkus et Sam Devereaux. Les deux Desi se tenaient derrière eux, encadrant leur nouvel ami, Roman Z. Toutes les bouches étaient béantes et les six paires d'yeux fixaient le grand mercenaire.
— Tel est le plan que nous suivrons, déclara le Noir à l'imposante stature. En ma qualité d'officier de liaison du général, je dois préciser que, si l'un d'entre vous souhaite se retirer, il peut le faire. Ma longue expérience des opérations d'infiltration me permet de vous affirmer qu'il est difficile de faire beaucoup mieux. Ce n'est pas grâce à la presse que le général Hawkins est devenu un personnage légendaire de son vivant. Il sait parfaitement ce qu'il fait et il le fait très bien. Croyez-moi, je pèse mes mots.
— Comme lé dirait Mme Erin, il parle roudement bien pour oune nègre. Qu'est-ce qué tou en dis, Desi-Un ?
— Tais-toi, Desi-Deux.
— Jé té rémercie dé ta réponse.
— Tou comprends cé qué jé veux dire ?
— *La ferme !*
— Si je puis me permettre, glissa Aaron Pinkus en se penchant légèrement en avant, cette mascarade extrêmement compliquée, aussi ingénieuse soit-elle, me donne l'impression d'être... euh, trop compliquée, trop théâtrale, en quelque sorte.

— Pour répondre à votre question en termes généraux, monsieur Pinkus, une mise en scène très élaborée constitue la meilleure des diversions.

— Nous comprenons parfaitement, Cyrus, dit Jennifer dont la main gauche serrait la main droite de Sam. Mais, comme le dit M. Pinkus, est-ce vraiment indispensable ? L'idée de Sam – prendre un taxi à notre descente d'avion pour nous rendre à la Cour, surtout pas de limousine pour ne pas attirer l'attention – me paraît préférable.

— En temps normal, oui, mais, étant donné les circonstances, cela ne suffira pas. Vous avez des ennemis puissants et habiles. Ils sont très habiles, ceux que votre ami Sam veut chasser du gouvernement, au péril de sa vie, comme nous l'avons vu aujourd'hui.

— Il a été merveilleux ! s'écria Jennifer en plaquant les lèvres contre la joue de Devereaux. Couvrir à la nage des kilomètres dans une mer démontée...

— Ce n'était rien, fit modestement Sam. Six ou sept, peut-être huit... Si j'ai bien compris, Cyrus, vous affirmez que cette « diversion », comme vous dites, est nécessaire, car nos ennemis si habiles vont essayer de nous neutraliser avant que nous ayons pu pénétrer dans le bâtiment de la Cour suprême. C'est bien cela ?

— En gros, oui.

— En gros ? Il y a donc autre chose ?

— Des corollaires, répondit succinctement le mercenaire.

— Je ne veux même pas essayer de comprendre, reprit Sam, mais, si nous avons de bonnes raisons de croire que notre vie est menacée, nous pouvons requérir la protection de la police. Avec celle que vous nous apporterez, si vous continuez à nous soutenir, que pouvons-nous redouter ?

— Une ou deux choses dont je n'ai pas parlé.

— Comment ?

— Écoutez, c'est vous, les avocats, pas moi ! Washington n'est pas Boston, où les largesses de M. Pinkus font bon effet dans la police. Quand on sollicite dans la capitale la protection d'agents en uniforme, il vaut mieux que la demande soit fondée. Ils n'arrivent même pas à résoudre leurs propres problèmes.

— Pour que cette demande soit fondée, ajouta Jenny, il faudrait naturellement citer des noms aux postes les plus élevés du gouvernement et, même si nous disposions d'une copie de la bande, nous n'oserions pas la présenter comme preuve.

— Pourquoi pas ? éructa Sam. J'en ai par-dessus la tête de temporiser ! De hauts fonctionnaires ont trahi la confiance dont ils étaient investis, des lois ont été transgressées... Alors, pourquoi pas ?

— Les pattes du chat ont été créées dans un but précis, Sam, glissa Pinkus.

— Merci de votre aide ! Mon patron est un grand prophète du Penjab! Daignerez-vous descendre de vos sommets de l'Himalaya pour vous expliquer, Aaron?

— Tu es fâché, mon chéri...

— Penses-tu!... C'est peut-être quinze kilomètres que j'ai faits à la nage et peut-être que cette tempête était un véritable ouragan. Avec un vent de force quatre-vingt-dix-neuf, si ça existe!

— Ce que j'essaie de te faire comprendre, reprit Pinkus d'une voix calme en fixant sur Sam un regard étincelant, c'est que l'approche silencieuse d'un félin est souvent plus efficace qu'un grand remue-ménage.

— Je vais l'exprimer d'une autre manière, ajouta Cyrus. Pas un seul poste de police de la capitale – que nous présentions une bande ou non – ne s'attaquera à quelqu'un d'aussi puissant que le secrétaire d'État.

— Je croyais qu'il était dans un asile d'aliénés!

— C'est une raison supplémentaire pour que son ministère s'efforce de conserver un équilibre, expliqua le soldat de fortune. Croyez-moi, je sais de quoi je parle.

— C'est le règne de la corruption! rugit Sam.

— Elle n'est le fait que de quelques individus, objecta Jennifer. La grande majorité sont des bureaucrates surmenés, sous-payés et consciencieux. Des fonctionnaires qui font de leur mieux pour résoudre les problèmes de leur myriade de services, provoqués par des politiciens avides de suffrages. Ce n'est pas toujours facile, mon chéri.

Sam détacha sa main de celle de Jennifer et la porta à son front en se renversant dans le canapé.

— Très bien, dit-il d'un ton las. Je dois être complètement bouché. Les gens font des choses infâmes et tout le monde ferme les yeux. Plus personne n'est responsable de ses actes!

— Ce n'est pas vrai, Sam, protesta Aaron. Je te connais, ce n'est pas ainsi que tu t'y prendrais devant un tribunal. Tu commencerais par couvrir toutes les portes de sortie avant de présenter tes arguments à un jury ou de répondre à la partie adverse. C'est pour cela que tu es le meilleur avocat de mon cabinet... quand tu as toute ta tête.

— D'accord, d'accord! Nous sommes des clowns en train de faire leur numéro devant des banquettes vides... Quels sont ces autres points dont vous n'avez pas parlé, Cyrus?

— Gilet pare-balles et casque d'acier sous votre coiffure, répondit le mercenaire comme s'il énumérait les ingrédients entrant dans la composition d'un gâteau au chocolat.

— Quoi?

— Vous avez bien entendu. Les choses deviennent sérieuses, cher maître. Il y aura demain après-midi plus de millions de dollars en jeu – je dis bien des millions – que vous ne pourriez l'imaginer dans vos fantasmes les plus fous!

— *Caramba!* hurla Desi-Deux. Qu'est-cé qu'il parle bien!

— La ferme! Nous pouvons nous faire touer!

— Jé m'en fiche! Il a raison!

— Jé souis dé ton avis, et après? Nous sommes *loco*!

— C'est dans les tarots des romanis, mes amis! s'écria Roman Z en commençant à tourner sur lui-même, les mouvements de sa longue ceinture bleue et les plis de sa chemise blousante dissimulant le poignard qui jaillit dans sa main. La lame des romanis tranchera la gorge de ceux qui s'opposeront à notre cause sacrée!

— Écoutez-moi, Cyrus! rugit Devereaux. Étant donné les circonstances, je ne laisserai ni Jenny ni Aaron s'exposer au danger.

— Tu n'as pas à parler en mon nom! s'écria l'Aphrodite au teint de bronze.

— Oublierais-tu, jeune homme, que j'étais à Omaha Beach? lança Pinkus en se levant d'un bond. Je n'y ai peut-être pas joué un grand rôle, mais j'ai gardé l'éclat d'obus qui témoigne de ma présence! C'était une cause sacrée et l'on peut établir un parallèle avec celle d'aujourd'hui. Quand des hommes privent de leurs droits d'autres hommes en faisant usage de la force, cela aboutit inéluctablement à la tyrannie. Et c'est quelque chose que je ne puis tolérer pour notre patrie!

— Atchoum!... Aaatttchoum!

30

5 h 45. Dès que les premières lueurs du jour commencèrent à nimber de teintes rousses les toits de Washington les silencieux couloirs de marbre de la Cour suprême s'animèrent tandis que les équipes de femmes de ménage poussaient leur chariot d'une porte à l'autre. Les plateaux superposés contenaient des boîtes de savon, des serviettes propres, des rouleaux de papier et, devant chaque chariot, était accroché un sac en plastique destiné à recevoir le rebut de la veille.

Mais, dans le magnifique édifice consacré aux lois de Dieu et de la nation, un chariot différait de tous les autres. La femme d'un certain âge, aux cheveux grisonnants, qui le poussait, se différenciait profondément de toutes ses collègues disséminées dans le bâtiment. En l'observant de plus près, on pouvait se rendre compte que ses cheveux étaient impeccablement coiffés, qu'un fard à paupières bleu mettait discrètement ses yeux en valeur et que, par distraction, elle portait au poignet un bracelet de diamants et d'émeraudes dont le prix représentait plusieurs fois le salaire annuel de ses collègues. Sur la poche de son uniforme était fixé un insigne en plastique portant l'inscription : *Intérimaire. Laissez-passer.*

Ce qui différenciait son chariot des autres, c'était le sac en plastique accroché à l'avant. Il était plein avant même qu'elle arrive devant la porte du premier bureau du secteur qu'on lui avait assigné. Elle passa en marmonnant devant la porte, sans daigner entrer.

— *Escremento!* Vincenzo, tu es *pazzo*! L'enfant chéri de ma très chère sœur devrait être dans une *instituzione*! Dire que je pourrais acheter toutes les statues de ce bâtiment!... Mais pourquoi est-ce que je fais ça? Parce que grâce à mon neveu bien-aimé, mon propre à rien de mari n'a pas besoin de travailler!... Ah! Le voilà, ce placard! *Bene!* Je laisse tout ici, je rentre à la maison, je regarde un peu la télé et je vais faire du lèche-vitrines avec les filles! *Molto bene!*

8 h 15. Quatre automobiles de couleur discrète s'arrêtèrent dans First Street, près du carrefour de Capitol Street. Trois hommes en complet sombre, le front plissé, le regard fixé droit devant eux, descendirent de chaque véhicule. C'étaient des hommes de main venus exécuter un contrat, pour qui l'échec était synonyme de retour aux tâches les plus ingrates de l'activité syndicale : un sort pire que la mort. Douze spécialistes dévoués qui n'avaient pas la moindre idée de ce à quoi leurs efforts étaient consacrés et savaient seulement que les deux hommes dont on leur avait fourni les photos ne devaient pas pénétrer dans le bâtiment de la Cour suprême. Pas de problème! On n'avait jamais retrouvé Jimmy Hoffa.

9 h 12. Deux véhicules munis de plaques gouvernementales déposèrent huit hommes devant la Cour suprême et repartirent aussitôt. Conformément aux instructions du ministre de la Justice, les agents du FBI devaient procéder à l'arrestation de deux individus recherchés pour des crimes contre l'État. Chacun d'eux avait une photographie d'un homme perdu de réputation, l'ex-général MacKenzie Hawkins, et de son complice, un avocat marron du nom de Samuel Lansing Devereaux, encore recherché pour des activités antipatriotiques pendant les derniers jours du conflit vietnamien. Il n'y avait pas prescription pour ses crimes. Il avait porté atteinte à la réputation de ses supérieurs tout en tirant profit de leur disgrâce. Les agents fédéraux détestaient les types de ce genre... Comment pouvait-on agir ainsi?

10 h 22. Une camionnette bleu nuit se gara dans Capitol Street, au bord du trottoir longeant la façade latérale de la Cour suprême. Les portières arrière s'ouvrirent et sept commandos des Rangers en tenue de camouflage vert et noir bondirent du véhicule, leurs armes cachées au fond des poches afin de ne pas trop attirer l'attention sur eux. Leur mission secrète avait été définie – oralement, pas par écrit – par le ministre de la Défense en personne. « Messieurs, tout ce que je puis vous dire, c'est que deux ordures se disposent à paralyser la première ligne des forces aériennes de notre pays. Il faut à tout prix les en empêcher. Pour reprendre les paroles de ce grand soldat : " Fais-les monter, Scotty. " Il faut les faire monter haut, très haut, jusqu'à ce qu'ils disparaissent de notre vue. » Les commandos détestaient les ordures de ce genre! Les volants faisaient toujours les gros titres et ils rentraient tranquillement manger un steak à la maison tandis qu'*eux* continuaient à patauger dans la boue! Foutus aviateurs, ils allaient les faire sauter jusqu'au ciel! On allait voir ce qu'on allait voir!

12 h 03. Les poings sur les hanches, MacKenzie Hawkins étudiait la silhouette d'Henry Irving Sutton avec des hochements de tête approbateurs.

— Bon sang ! s'exclama-t-il. Tout le monde s'y laisserait prendre !

— Ce n'était pas très difficile, mon général, répondit Sutton en enlevant la casquette galonnée d'or qui recouvrait des cheveux gris en brosse. L'uniforme me va parfaitement et la collection de rubans est impressionnante. Le reste n'est qu'une affaire d'intonations, ce qui ne présente aucune difficulté. Mes commentaires en voix off pour des publicités, y compris pour vanter une voiture pourrie, m'ont permis de payer les études de l'un de mes enfants, mais je ne sais plus lequel.

— J'insiste encore pour que vous portiez un casque...

— Ne soyez pas ridicule. Cela gâcherait mon effet et irait à l'encontre du but recherché. Mon rôle est d'amener certains hommes à se découvrir, pas de les faire fuir. Le port d'un casque évoquerait un conflit imminent, ce qui suggère certaines mesures de défense et de protection telles que la présence discrète de gardes armés. Nous devons nous en tenir à un objectif clair et précis, mon général. En jetant la confusion dans les esprits, on risque de perdre son public.

— Il y a autre chose que vous risquez de perdre... Je veux dire que vous pourriez, vous aussi, devenir une cible...

— Non, je ne pense pas, répliqua le vieux comédien avec un pétillement malicieux dans le regard, devant l'embarras du Faucon. Pas avec les arguments dont vous disposez. En comparaison des sables de l'Afrique du Nord, c'est presque un jeu d'enfant. Dans tous les cas, c'est un risque mineur pour lequel je suis largement dédommagé... A propos, comment cela se passe-t-il pour nos guerriers suicidaires de l'école de Stanislavski ?

— Il y a eu un changement de programme...

— Vraiment ? le coupa sir Henry d'un ton soupçonneux.

— Tout le monde y gagnera, s'empressa de préciser le Faucon en reconnaissant l'expression proche de la panique qui se peignait sur le visage du comédien, un vieux routier de ce métier où « Bravo, mon chou, tu étais merveilleux ! » signifie bien souvent « Ce mec est nul, trouvez-moi quelqu'un de plus classe ! ». Ils arriveront à Los Angeles à seize heures. Ma femme, je veux dire mon ex-épouse... enfin, l'une de mes ex, la première, pour être précis, tenait à ce qu'ils soient près d'elle pour les abriter sous son aile.

— C'est une attention délicate, fit le comédien en caressant les deux étoiles du col de l'uniforme. Mais je vais aller droit au but et vous demander s'il y a quelque chose de changé en ce qui concerne mon rôle dans le film.

— Certainement pas. Les gars veulent que ce soit vous et ils obtiendront tout ce qu'ils veulent.

— En êtes-vous certain ? Ils ne sont pas reconnus par le milieu.

— Peu importe, ils n'ont pas besoin de ça. Ils ont la haute main sur un film qui va faire un malheur, qui doit être le plus grand succès du box-office dans l'histoire d'Hollywood. De toute façon, tout est maintenant entre les mains de l'agence William Morris et...

— Vous avez dit William Morris ?
— Ce n'est pas le nom exact ?
— Bien sûr que si ! Je crois qu'une de mes filles travaille dans leur service juridique... Elle a dû décrocher ce poste parce qu'elle est ma fille. Son prénom ne me revient pas et pourtant je la vois tous les ans, à Noël.
— L'affaire a été confiée à deux hommes du nom de Robbins et Martin. Ma femme, je veux dire mon ex, affirme qu'ils sont les meilleurs dans leur profession.
— Assurément. J'ai déjà vu leurs noms dans la presse spécialisée. Je crois que ma fille — Becky ou bien Betty, je ne sais plus —, je crois donc qu'elle a été fiancée à Robbins, à moins que ce ne soit Martin. Oui, ils doivent vraiment être très forts, car c'est une fille brillante... Antoinette, voilà, j'ai trouvé ! Elle m'offre toujours un pull beaucoup trop grand, mais il faut dire que, sur scène, je donne toujours l'impression d'être plus grand que je ne le suis en réalité. C'est ce qu'on appelle la présence, vous voyez ?
— Oui, je crois que j'ai compris ça... Robbins a donc pris toutes les dispositions utiles et il accompagne les gars en Californie. En première classe, d'après ce que m'a dit ma Ginny.
— Naturellement. On n'envoie pas six diamants d'une si belle eau comme un vulgaire colis postal et sans les faire accompagner. Je m'étonne même qu'ils n'aient pas pris un jet privé.
— Mon ex m'a expliqué pourquoi. Elle m'a dit que les studios et les agents payent des gens uniquement pour surveiller les appareils des sociétés et, si quelque chose leur paraît louche, ils soudoient les pilotes. Elle m'a raconté qu'un Lear avait disparu en Alaska il y a trois semaines et qu'on l'a retrouvé hier, deux heures après qu'un studio concurrent eut signé un contrat avec un certain Warner Batty.
La sonnette de la porte fit sursauter les deux hommes.
— Qui cela peut-il être ? souffla le Faucon. Henry, avez-vous dit à quelqu'un...
— Absolument personne ! répondit le vieux comédien sans hausser la voix, mais très énergiquement. J'ai respecté le script à la lettre, en suivant les indications scéniques sans y changer une virgule ! J'ai pris la chambre en me faisant passer, comme convenu, pour un représentant en tuyaux métalliques d'Akron, avec costume de tergal et posture avachie... un personnage très réussi, si je puis me permettre.
— Qui cela peut-il être ? répéta Hawkins.
— Laissez-moi faire, mon général.
Sutton s'avança vers la porte de la démarche titubante d'un ivrogne en dénouant sa cravate et en déboutonnant le haut de sa veste.
— Cachez-vous dans la penderie, MacKenzie, fit-il à voix basse avant de lancer d'une voix sonore et pâteuse : Ouais ! Qu'est-ce que c'est ? C'est une petite fête privée et, ma nana et moi, on veut pas être dérangés !

— Hé, dingo! répliqua une voix bourrue dans le couloir. Vous n'allez pas recommencer votre petit jeu, comme à Boston, hein! Laissez-moi entrer!

Sir Henry retourna vivement la tête. La porte de la penderie s'ouvrit aussitôt et le visage ahuri du Faucon apparut.

— Bon Dieu! C'est Petit Joseph!... Allez donc lui ouvrir!

— Alors? demanda Joey les mains croisées dans le dos, en se redressant de tout son mètre soixante. Si la tête que je vois dans la penderie est celle de votre nana, vous allez avoir de gros ennuis avec les militaires!

— Qui est ce nabot qui parle la langue des nabots? demanda Sutton avec indignation, en foudroyant l'intrus du regard.

— Vous étiez facile à repérer, dingo numéro deux. Quand je vous ai vu avec le grand dingo à l'angle de First Street et de la Dixième, avec votre épaule droite qui remontait et votre main gauche qui tremblait comme celle d'un alcoolo, j'ai su que vous étiez le contact. On ne me la fait pas, à moi!

— Voyez-vous quelque chose à redire à une technique qui m'a valu l'approbation des critiques de par tout le pays?

— Qui c'est, cette face de rat? demanda Petit Joey à MacKenzie Hawkins qui sortait de la penderie. Vous croyez pas qu'il faudrait peut-être nous mettre au parfum, Boum-Boum et moi?

— Mais qu'est-ce que tu fiches ici, Joseph? lança le Faucon dont la perplexité commençait à se muer en colère sourde.

— Du calme, dingo. N'oubliez pas que Vinnie prend soin de vos intérêts et n'oubliez pas non plus que ce n'est pas pour rien qu'on m'appelle le Suaire. Je peux aller n'importe où et me déplacer comme je veux, personne ne me remarque. Tenez, vous n'avez pas remarqué que je vous filais le train ce matin, quand vous êtes arrivé à l'aéroport sur un vol en provenance de New York.

— Et après?

— J'ai encore une ou deux choses à vous dire. Boum-Boum voudrait savoir s'il doit faire appel à une équipe de gros bras de Toronto.

— Il n'en est pas question!

— C'est bien ce qu'il s'est dit; plus le temps... Ensuite, il veut vous dire que sa tante Angelina a fait ce que vous lui avez demandé, parce que Rocco, son mari, est un propre à rien et qu'elle adore son neveu Vincenzo. Vous trouverez ce qu'il vous faut dans le deuxième placard de droite, dans le couloir principal.

— Parfait!

— Non, tout ne va pas si bien que ça. Boum-Boum a sa fierté, vous savez, et il trouve que vos potes les Peaux-Rouges ne sont pas très sympas. Il a dit qu'ils le traitent comme un chien et que les plumes qu'ils lui ont mises autour de la tête ne tiennent pas!

12 h 18. Le directeur de l'hôtel Embassy Row, sur Massachusetts Avenue, ne s'attendait pas à un tel comportement de la part de l'un de ses clients préférés, à savoir Me Aaron Pinkus, avocat à Boston. Il était entendu, chaque fois que le célèbre juriste venait à Washington, que son séjour était confidentiel, comme pour tous les clients qui formulaient la même demande. Mais, ce jour-là, M. Pinkus avait poussé le désir de discrétion à son point extrême. Il avait insisté pour que ses amis et lui utilisent l'entrée des fournisseurs et gagnent leurs deux suites contiguës par l'ascenseur de service. En outre, l'avocat avait exigé que seul le directeur soit informé de leur présence dans l'établissement, demandant que des noms fictifs soient inscrits sur le registre et, au cas où on le demanderait au téléphone, que l'on réponde qu'il n'y avait pas d'Aaron Pinkus sur le registre, ce qui était naturellement le cas. En revanche, si un correspondant demandait uniquement le numéro d'une des deux suites, il conviendrait de lui passer la communication.

Cela ne ressemblait pas à Pinkus de donner des instructions aussi contraignantes, mais le directeur croyait en connaître la raison. Washington était devenu un véritable panier de crabes et, à l'évidence, un juriste de sa notoriété avait dû être appelé à témoigner devant une commission parlementaire sur des points de droit compliqués relatifs à un projet de loi portant sur des intérêts particuliers. Pinkus avait dû se faire accompagner d'une escouade d'avocats de son cabinet, qui allaient l'assister pendant les auditions.

En conséquence, le directeur tomba littéralement des nues quand, pendant une inspection de routine de la réception, il vit s'approcher un homme en chemise de soie orange, la taille ceinte d'une longue écharpe bleue, un anneau en or à l'oreille gauche, qui demanda où se trouvait le « droog-store ».

— Etes-vous un client de l'hôtel, monsieur? demanda le réceptionniste d'un air soupçonneux.

— Qu'est-ce que vous croyez? fit Roman Z en montrant la clé de sa chambre.

Du coin de l'œil, le directeur regarda le numéro : c'était celui de l'une des suites de M. Pinkus.

— C'est là-bas, monsieur, dit le réceptionniste humilié en tendant le bras vers le fond du hall.

— Très bien, très bien! J'ai besoin d'eau de Cologne!

Quelques secondes plus tard, deux hommes au teint basané, portant un uniforme inconnu du directeur, sans doute le produit de quelque révolution latino-américaine, arrivèrent au pas de course devant la réception.

— Où est-ce qu'il est parti? demanda le plus grand des deux, à qui il manquait plusieurs dents.

— Qui? demanda le réceptionniste en reculant prudemment d'un pas.

— Le *gitano* qui a oune boucle d'oreille en or! répondit le second Hispanique. C'est loui qui a la clé dé la chambre, mais mon amigo, il s'est trompé dé bouton dans l'ascenseur. Nous sommes montés et loui, il est descendou!

— Deux ascenseurs?

— Pour la *securidad*, si vous voyez cé qué jé veux dire.

— La sécurité?

— C'est ça, gringo, confirma l'homme édenté en étudiant attentivement l'employé en queue de pie. Vous avez des beaux habits, comme moi, l'autre jour, poursuivit-il. Si vous les rapportez lé matin, vous payez moins cher pour la location. Jé l'ai lou sour oune écriteau.

— Ce n'est pas un habit de location, monsieur.

— Vous l'avez acheté? *Madre de Dios!* C'est oune bonne place qué vous avez ici!

— Je ne me plains pas, monsieur, fit l'employé ahuri en lançant un coup d'œil vers le directeur encore plus stupéfait. Votre ami est allé au drugstore, monsieur. C'est là-bas, juste en face.

— *Gracias, amigo.* Et né perdez pas cette très bonne place bien payée!

— Je vous remercie, monsieur, marmonna le réceptionniste tandis que Desi-Un et Deux s'élançaient à la recherche de Roman Z. Qui sont ces gens? demanda-t-il en se tournant vers le directeur. Leur clé était celle de l'une de nos belles suites.

— Des témoins, répondit le directeur effaré en s'accrochant à ce fragile espoir. Bien sûr, il ne peut s'agir que de témoins. Probablement une audition sur les attardés.

— Je vous demande pardon?

— Peu importe, ils seront partis après-demain.

Pendant ce temps, dans la suite réservée par Aaron Pinkus pour Jennifer, Sam et lui-même, le vieux juriste expliquait pourquoi il avait choisi cet établissement.

— Il est en général possible de repousser la curiosité en l'affrontant et en la décourageant, surtout lorsqu'on a affaire à un établissement qui tire profit de votre clientèle. Si j'avais eu les mêmes exigences dans un hôtel où je ne suis pas connu, les rumeurs n'auraient pas tardé à se répandre.

— Et vous n'êtes pas inconnu dans cette ville, ajouta Devereaux. Pouvez-vous faire confiance au directeur?

— En toutes circonstances, oui. C'est un honnête homme. Mais, comme nul n'est à l'abri d'un instant de faiblesse et que les déterreurs de scandales de cette ville sont d'insatiables charognards, je lui ai bien fait comprendre qu'il était le seul à être informé de notre présence. Je m'en suis voulu de le faire, car ce n'était pas vraiment indispensable.

— Il vaut mieux avoir des regrets et préserver notre sécurité, monsieur Pinkus, déclara Jennifer Redwing en s'avançant vers une fenêtre donnant sur la rue. Nous sommes si près de... je ne sais pas de quoi, mais cela m'effraie. Dans les jours qui viennent mon peuple deviendra aux yeux de tous un groupe de patriotes ou des parias. Pour l'instant, je parierais plutôt sur les parias.

— Jenny, commença Pinkus, une pointe de tristesse dans la voix. Je ne voulais pas vous alarmer, mais, réflexion faite, je pense que vous ne me le pardonneriez jamais si je ne vous le disais pas maintenant.

— Si vous ne me disiez pas quoi?

Jennifer se détourna de la fenêtre et son regard se posa successivement sur le vieil avocat, puis sur Sam qui secoua la tête pour lui faire comprendre qu'il ignorait ce que son employeur voulait dire.

— J'ai parlé ce matin avec un de mes vieux amis, un confrère de mes débuts, qui siège aujourd'hui à la Cour.

— Aaron! s'exclama Devereaux. Vous n'avez pas parlé de ce qui doit avoir lieu cet après-midi, n'est-ce pas?

— Bien sûr que non. Ce n'était qu'un coup de fil de politesse. Je lui ai seulement dit que je me trouvais à Washington pour affaires et que nous pourrions peut-être dîner ensemble.

— Dieu soit loué! s'écria Jennifer.

— C'est lui qui m'a parlé de ce qui est prévu pour cet après-midi, poursuivit posément Pinkus.

— Quoi?

— Comment?

— Comprenez-moi bien, il n'est pas entré dans les détails et, s'il m'en a parlé, c'est relativement à ce dîner... Il m'a confié qu'il était possible qu'il ne soit pas en mesure de me retrouver ce soir, car il risquait de s'être réfugié sous bonne garde dans les caves de la Cour suprême.

— Comment?

— J'ai eu la même réaction que toi, Sam.

— Et alors?

— Il m'a expliqué que cette journée serait l'une des plus bizarres dans les annales de la Cour. Les magistrats doivent entendre en séance spéciale des demandeurs à propos d'une affaire qui les divise profondément. Aucun d'eux ne sait en faveur de qui les autres se prononceront, mais ils sont résolus à assumer leur responsabilité première qui est de rendre publique une action lourde de conséquences intentée contre le gouvernement. Ils le feront aussitôt après la fin de l'audition.

— Comment? s'écria Jennifer? Aujourd'hui?

— Au début, l'affaire n'avait pas été mise au rôle pour des raisons relatives à la sécurité nationale et compte tenu des risques de représailles contre les demandeurs... les Wopotamis, je présume. Puis il semble que le gouvernement ait exigé que le secret sur l'affaire soit prolongé.

— Excellente idée! s'écria Jennifer.

— Une idée soutenue par le président Reebock, poursuivit Aaron, qui, bien que fort intelligent, n'inspire guère la sympathie. Inexplicablement et contrairement à son inclination naturelle, le juge Reebock s'est rallié à la position de la Maison-Blanche. Quand les autres magistrats l'ont appris, la majorité d'entre eux, y compris mon vieil ami, se sont purement et simplement rebellés. Ils ont affirmé d'une même voix et malgré leurs divergences idéologiques que la constitution ne donnait aucunement le droit à l'exécutif d'apporter des restrictions au fonctionnement du pouvoir judiciaire... Vous voyez que parfois tout se réduit à une question d'ego. En l'absence de garde-fous, c'est l'ego qui rétablit l'équilibre.

— N'oubliez pas, monsieur Pinkus, que ceux de mon peuple vont défiler dans les rues et se rassembler sur les marches de la Cour. Ils vont se faire massacrer!

— Pas si le général joue ses cartes comme il faut, ma chère enfant.

— S'il y avait une seule carte à éviter, c'est celle qu'il choisirait! répliqua Jennifer d'un ton véhément. Ce type est haïssable! Il n'y a personne au monde qu'il ne soit capable d'offenser!

— Mais c'est toi qui as les cartes en main, glissa Devereaux. Légalement, il ne peut rien faire sans ton accord. Il est lié par le contrat que vous avez signé.

— Est-ce que cela l'a jamais empêché d'aller au bout de ses idées? D'après ce que je sais de ton dinosaure, il foule aux pieds toutes les lois internationales de bienséance, il bafoue son propre gouvernement, l'état-major interarmes et l'Église catholique, il fait litière de la morale universelle et te traite avec le plus grand mépris, Sam, toi qu'il prétend aimer comme un fils! Ce n'est pas toi, mais bien lui qui montera à la tribune pour dénoncer l'injustice et, pour établir le bien-fondé de ce qu'il avance, il n'hésitera pas à foutre en l'air tout le système et à faire des Wopotamis la plus grande menace pour notre pays depuis les accords de Munich, en 38! Il deviendra une véritable bombe qu'il faudra désamorcer avant qu'une centaine d'autres minorités s'imaginent comprendre comment elles se sont fait, elles aussi, entuber par un gouvernement qui vit des subsides d'intérêts privés!... Nous pourrons remédier aux abus avec du temps et de la patience, mais pas question de le faire à sa manière qui est synonyme de chaos!

— Elle n'a pas tort, Aaron.

— Une belle envolée, ma chère, mais vous oubliez une loi fondamentale de la nature.

— Je serais curieuse de la connaître, monsieur Pinkus!

A cet instant, la porte de la suite s'ouvrit violemment et alla heurter le mur tandis que la haute silhouette de Cyrus s'encadrait dans le chambranle. Il paraissait furieux, mais c'était un Cyrus très différent, avec son costume rayé d'un coût exorbitant, ses chaussures Bally et une cravate de soie.

— Ces salopards sont partis! hurla-t-il. Vous ne les avez pas vus?

— Vous parlez de Roman et de nos deux Desi? demanda Sam en retenant son souffle. Ils ont déserté?

— Mais non! Ils sont seulement comme des gosses à Disneyland, qui ont besoin de tout explorer. Ils reviendront, mais ils ont enfreint les ordres!

— Que voulez-vous dire exactement, colonel? demanda Pinkus.

— Eh bien... Euh, je suis allé aux toilettes en leur demandant de ne pas bouger, mais, quand je suis revenu, ils n'étaient plus là!

— Vous venez de dire qu'ils reviendront, objecta Devereaux. Je ne vois pas où est le problème.

— Vous voulez que ces deux singes se baladent dans le hall de l'hôtel?

— En fait, gloussa Pinkus, cela changerait agréablement et mettrait un peu de vie dans cette armée de diplomates si raides qu'ils donnent l'impression d'avoir le ventre ballonné... Pardonnez-moi, ma chère enfant.

— Vous n'avez pas à vous excuser, monsieur Pinkus, dit Jennifer sans quitter des yeux le grand mercenaire. Je dois avouer, Cyrus, poursuivit-elle, que vous avez l'air très... Je ne sais pas quel mot employer. Très distingué!

— C'est le tissu, Jennifer. Je n'ai pas porté un complet comme celui-ci depuis que quarante-six parents de Géorgie ont réuni de quoi m'en acheter un au Peachtree Center, le jour où j'ai obtenu mon doctorat. Je n'avais jamais eu les moyens de m'en payer un avant et encore moins après! Je suis content qu'il vous plaise. Il me plaît également et je dois remercier M. Pinkus dont les tailleurs sont prêts à passer à travers le chas de leur aiguille dès qu'il fait mine d'éternuer.

— Ce n'est pas vrai, mon ami, protesta Aaron. Ils comprennent simplement ce qu'est une urgence... Tu ne trouves pas notre colonel splendide, Sam?

— Impressionnant, reconnut Devereaux à contrecœur.

— Le Colosse de Rhodes habillé pour une réunion du conseil d'administration d'IBM, fit Jennifer avec un hochement de tête admiratif.

— Il conviendrait peut-être dans ce cas, déclara Pinkus, que je vous présente notre nouvel associé qui assistera à l'audition de cet après-midi. Puis-je vous présenter le juge Cornelius Oldsmobile qui vous accompagnera en qualité d'*amicus curiae*, grâce à mon vieil ami qui siège à la Cour. Il n'a pas le droit de parler et doit se contenter d'observer, mais il prendra place à côté du général Hawkins qui le prend logiquement pour un militaire chargé d'assurer notre sécurité. A la fin de l'audition, si jamais notre général décidait d'ajouter quelques commentaires enflammés, le juge m'a assuré qu'il existait un certain nombre de moyens de l'en empêcher, y compris une crise du métabolisme qui, pour quelqu'un de l'âge du général, justifierait son départ immédiat.

— Quel vieux renard vous faites, Aaron! s'écria Sam en bondissant sur ses pieds.

— Le simple fait d'envisager cette solution m'a beaucoup peiné, mais il faut bien considérer l'autre solution, comme l'a laissé entendre la ravissante Jennifer.

— Seigneur! s'écria Jenny. Comme j'aimerais que vous ayez trente ans de moins! Disons même vingt!

— Moi aussi, ma belle enfant, mais je vous demande de ne jamais vous en ouvrir à Shirley.

— Moi, je le ferai peut-être, dit Devereaux, si Pocahontas ne se conduit pas comme il faut. Tu sais, ce sont peut-être dix ou vingt kilomètres que j'ai faits à la nage, mais je suis trop modeste pour en parler.

Arnold Subagaloo se tortilla pour glisser son ample postérieur dans le fauteuil de son bureau, dont les bras comprimaient son corps, lui permettant de s'adonner dans de bonnes conditions à son passe-temps préféré. Quand il levait le bras pour lancer une fléchette, son ventre piriforme était maintenu dans un espace restreint, ce qui assurait un tir plus précis, le déplacement latéral du bas du corps étant réduit au minimum. Le secrétaire général de la Maison-Blanche était ingénieur de formation, avec un QI de 185, et il savait tout ce qu'il fallait savoir dans tous les domaines, à l'exception de la realpolitik et des régimes alimentaires.

Il avait appuyé sur le bouton commandant le déplacement du rideau rouge qui couvrait le mur, dévoilant un gigantesque montage de photographies qui s'étirait d'un angle à l'autre et montrait les visages agrandis de cent six hommes et femmes... ses ennemis. Des libéraux des deux partis, des hurluberlus écologistes à tout jamais incapables de comprendre un compte de profits et pertes, des féministes s'efforçant sans relâche de battre en brèche la supériorité masculine d'essence divine et surtout, surtout ces parlementaires qui avaient le front de lui dire qu'il n'était pas le président! Peut-être était-ce vrai, mais qui, à leur avis, pensait pour le président? Qui y consacrait chaque heure, chaque minute de sa vie!

Au moment où Subagaloo lançait la première fléchette, la sonnerie de son téléphone privé fit dévier le petit missile pointu qui traversa une fenêtre ouverte sur la gauche. Le hurlement d'un jardinier-paysagiste travaillant dans la roseraie s'éleva aussitôt.

— Cet enfoiré recommence ses conneries! Moi, je laisse tout tomber!

Arnold décida de ne pas donner suite à l'incident tout en regrettant de ne pas avoir atteint l'homme entre les deux yeux... Sans doute un syndicaliste socialo-communiste qui espérait toucher une indemnité de licenciement de quinze jours pour ses vingt ans d'ancienneté! Mais Subagaloo était incapable de s'extirper de son fauteuil dont les bras s'étaient refermés autour de hanches enrobées de mauvaise graisse.

Faisant contre mauvaise fortune bon cœur, c'est le siège collé au postérieur qu'il se dirigea vers le téléphone dont la sonnerie insistante se poursuivait.

— Qui est à l'appareil? rugit Subagaloo. Et comment avez-vous obtenu ce numéro?

— Du calme, Arnold, c'est Reebock et nous sommes dans le même camp sur ce coup-là.

— Ah! monsieur le président de la Cour suprême! Est-ce pour me coller un nouveau problème sur les bras que vous m'appelez?

— Non. Je viens de résoudre le plus gros.

— Les Wopotamis?

— Ils peuvent bien crever de faim dans leur réserve, je m'en tamponne. Mais j'ai fait hier soir à la maison un petit barbecue auquel j'avais invité tous les membres de la Cour. Comme j'ai la meilleure cave de Washington, tout le monde était complètement bourré, sauf notre chère consœur, mais elle ne compte pas. Nous avons eu autour de la piscine une conversation très intellectuelle. Très érudite, très professionnelle.

— Au fait!

— Je vous garantis six voix contre trois. *Contre* les sauvages! Deux de nos frères flottaient dans l'indécision, mais ils ont vu la lumière quand nos jeunes et jolies serveuses se sont jetées dans la piscine, dans le plus simple appareil. Nos deux âmes sensibles ont prétendu qu'on les avait poussées dans la piscine, mais les photographies de la scène sont loin de le confirmer. Je leur ai clairement fait comprendre que les journaux feraient leurs choux gras d'un comportement aussi peu digne de leur haute fonction.

— Reebock, vous êtes génial! Pas tout à fait à mon niveau, bien sûr, mais je reconnais que ce n'est pas mal du tout!... Cela doit rester entre nous, bien entendu.

— Nous parlons le même langage, Subagaloo. Notre tâche consiste à tenir à l'écart tous les déviants antipatriotes. Ils sont dangereux, tous, jusqu'au dernier! Imaginez ce que serait notre société sans l'impôt sur le revenu et les lois sur les droits civiques!

— Le paradis, Reebock, le paradis!... N'oubliez pas que cette conversation n'a jamais eu lieu.

— Pourquoi croyez-vous que je vous ai appelé à ce numéro?

— Comment l'avez-vous eu?

— J'ai une taupe à la Maison-Blanche.

— Qui?

— Allons, Arnold, vous n'avez pas le droit de me poser la question.

— Vous avez raison. Moi aussi, j'ai une taupe à la Cour.

— *Stare decisis*, mon cher ami.

— Vous m'en direz tant, fit le secrétaire général de la Maison-Blanche.

12 h 37. L'énorme autocar Trailblaze, loué et payé par un client inconnu de la compagnie, s'arrêta devant l'imposante entrée de la Cour suprême. Le chauffeur s'affaissa sur le volant démesuré et donna libre cours à ses larmes, soulagé de savoir que ses passagers allaient disparaître. Pendant le trajet, il avait protesté, crié et fini par hurler d'une voix affolée qu'il était interdit d'allumer un feu et de faire la cuisine à l'intérieur du véhicule.

— On ne fait pas la cuisine, mon gars, avait répliqué une voix ferme derrière lui. On mélange les couleurs et, pour ça, il faut faire fondre la cire.

— Quoi?

— Regarde donc!

Un visage peinturluré, grotesque, était brusquement apparu devant lui. L'autocar avait fait une embardée sur l'autoroute de Virginie, zigzaguant entre les voitures, jusqu'à ce que le chauffeur réussisse à maîtriser le lourd véhicule.

Cet épisode n'avait été que le premier d'une suite d'événements expliquant, entre autres, les hurlements du propriétaire du motel Last Ditch, dans les faubourgs d'Arlington, derrière une montagne de sacs de toile.

— Je préférerais faire sauter la baraque plutôt que de les revoir chez moi! Bordel de merde! Des danses de guerre autour d'un feu de camp, au beau milieu de mon parking! Tous mes autres clients ont fait leurs valises et se sont enfuis ventre à terre sans me laisser un centime!

— T'as rien compris, mon gars! C'étaient des supplications. Tu sais bien, comme les chants pour appeler la pluie, obtenir la délivrance ou même avoir des femmes.

— Foutez le camp! Déguerpissez!

Les sacs une fois chargés, un certain nombre arrimés par nécessité sur le toit du véhicule, la série d'événements intolérables s'était poursuivie dans la fumée et la puanteur des pastels à la cire fondus.

— Tu vois, mon gars, quand tu les mélanges avec de la paraffine et que tu appliques ça sur la peau, ça coule lentement sur le visage avec la chaleur du corps. Et ça flanque une trouille bleue aux visages pâles... Tu vois?

Le chauffeur avait vu les traînées de couleur vive s'étirant lentement sur le visage de ce malade de Calfnose. L'autocar avait failli percuter l'arrière d'une limousine portant une plaque diplomatique et le fanion de la Tanzanie, mais il avait seulement enfoncé le pare-chocs avant qu'un brusque coup de volant lui permette de dépasser la limousine, arrachant au passage un rétroviseur extérieur tandis que des yeux écarquillés dans des visages d'un noir d'ébène se levaient vers les fenêtres du car derrière lesquelles s'agglutinaient des faces peinturlurées.

Puis avaient commencé les battements cadencés, lents et graves d'une douzaine de tambours. Boum-boum, boum-boum, boum-boum ! Hai-ya, hai-ya, hai-ya ! *Boum-boum, boum-boum, boum-boum !* La tête du chauffeur allait et venait au-dessus du volant en marquant le rythme de plus en plus frénétique. Puis, d'un coup, la musique et les chants avaient cessé, comme si quelqu'un avait imposé le silence.

— Je crois que nous avons fait erreur ! lança le terroriste du nom de Calfnose. Je pense que c'était la célébration de la nuit de noces !

— C'est quand même autre chose que le *Boléro* de Ravel ! rétorqua une voix masculine venant de l'arrière du car.

— De toute façon, personne ne fera la différence, ajouta une autre voix, celle d'une femme cette fois.

— Peut-être, reprit Calfnose, mais Nuée d'Orage a dit que les Affaires indiennes pourraient envoyer un ou deux experts, car personne ne nous attend là-bas ou ne saura ce que nous sommes venus faire.

— Si ce sont des Mohawks, ils vont se foutre de notre gueule, fit une voix chevrotante, à l'évidence celle d'un ancien. Les vieilles légendes affirment qu'ils nous viraient de nos wigwams quand il neigeait !

— Bon, à tout hasard, nous pouvons répéter l'air qui salue le lever du jour.

— C'est lequel, Johnny ? demanda une autre femme.

— Celui qui ressemble à une tarentelle...

— Seulement quand il est joué *vivace*, Johnny, précisa un brave au visage peint des premiers rangs. Quand il est exécuté *adagio*, on dirait plutôt un chant funèbre de Sibelius.

— Les filles, mettez-vous dans l'allée et répétez votre numéro. N'oubliez pas que Nuée d'Orage vous a demandé de montrer vos jambes pour la télé, mais pas trop haut ! Nous devons donner une image irréprochable !

— Et merde ! soupirèrent quelques voix masculines.

— Vous êtes prêtes ?... C'est parti !

Les tambours et les chants avaient repris, accompagnés des battements de pied des Indiennes dans l'allée tandis que le chauffeur s'efforçait de concentrer son attention sur la circulation de plus en plus dense du District de Columbia. Mais le malheur voulut qu'un réchaud sur lequel bouillait un pot de peinture rouge vif se renverse, enflammant la robe ornée de perles d'une danseuse. Plusieurs braves furent prompts à bondir sur elle pour éteindre les flammes.

— Otez vos sales pattes de là ! hurla la jeune femme outragée.

Le chauffeur ayant fugitivement tourné la tête, le car fit une nouvelle embardée dans Independance Avenue et heurta une bouche d'incendie, arrachant la partie supérieure et faisant gicler une gerbe d'eau qui aspergea piétons et voitures. Le règlement de la compagnie exigeait en pareil cas que le chauffeur arrête immédiatement son véhicule, appelle le siège et attende l'arrivée de la police. Le chauffeur décida que ce règlement ne pouvait en aucun cas s'appliquer à un véhicule rempli de sauvages arborant des peintures de guerre. Il n'était plus qu'à quelques centaines de mètres de sa destination et, dès l'instant où les barbares en vêtements de peau emperlés seraient descendus en emportant leurs bagages et leurs pancartes, il regagnerait dare-dare le dépôt, rédigerait sa lettre de démission, passerait chez lui et prendrait avec sa femme le premier avion en partance pour l'autre hémisphère. Par bonheur, leur fils unique était avocat! Le petit morveux n'aurait qu'à se débrouiller, il devait bien ça à celui qui lui avait payé ses études!... Après trente-six années passées au volant, à trimbaler tous les tordus du pays, un homme devait savoir quand il atteignait le point de rupture. Cela lui rappelait la guerre, quand les boches leur en faisaient voir de toutes les couleurs et que le grand général Hawkins avait pris le commandement de la division.

— Soldats, il faut un jour ou l'autre choisir entre baisser les bras et redresser la tête! Soldats, je vous dis en avant! Je vous dis à l'attaque!

Et ils étaient passés à l'attaque. Le grand homme était dans le vrai, mais aujourd'hui, il n'y avait plus rien à attaquer, plus d'ennemis en armes avides de tuer! Rien que des armées de cinglés qui envahissaient son bahut et cherchaient à le rendre fou! Trente-six ans! Une bonne vie, bien remplie... en dehors de son car. Mais maintenant, à ce moment crucial de son existence, il ne restait plus rien à attaquer. Il était temps de baisser les bras... Il se demanda ce que le grand général Hawkins aurait dit. Il avait sa petite idée.

« Si l'ennemi n'en vaut pas la peine, trouvez-en un autre. »

Il n'en valait pas la peine.

Le dernier à descendre fut le terroriste nommé Calfnose. Des traînées de couleurs criardes dégoulinant sur son visage formaient un masque grotesque.

— Tiens, mec, dit le sauvage en lui tendant une petite pièce d'un métal et d'une valeur indéterminés. Le chef Nuée d'Orage m'a demandé de remettre ça à celui qui nous aurait conduits au « tournant de notre destin ». Je n'ai pas la moindre idée de ce qu'il voulait dire, mais c'est pour toi.

Calfnose sauta sur le trottoir avec sa pancarte en carton cloué sur une branche d'arbre.

... un tournant de notre destin. Plus rien ne sera pareil après l'action que nous allons entreprendre. A l'attaque! Telles avaient été les paroles du général McKenzie Hawkins, en France, quarante ans auparavant.

Le chauffeur étouffa un cri de surprise en regardant la pièce posée dans le creux de sa main. C'était une réplique de l'insigne de sa division! Un signe du ciel? Peu probable, car sa femme et lui s'étaient depuis longtemps éloignés de l'Église. Il consacrait son dimanche matin à regarder les émissions où les politiciens le mettaient dans des rages folles que sa femme apaisait à l'aide d'un pichet de bloody mary, avec une pointe de tabasco. Ça, c'était une femme!... Mais cet insigne! Et les paroles du meilleur officier qu'il ait jamais connu! Il ferait mieux de filer sans perdre de temps, il se passait des choses bizarres!

Il remit le moteur en marche, écrasa la pédale d'accélérateur et vit dans le rétroviseur une bande de sauvages peinturlurés s'élancer à la poursuite du car.

— Allez vous faire foutre! s'écria-t-il. Pour moi, c'est terminé! Je passe prendre ma femme et cap à l'ouest! Là où l'ouest devient l'est! Pourquoi pas jusqu'aux Samoa?

Le chauffeur avait oublié une seule chose : les trente-sept sacs attachés sur le toit de son véhicule.

31

13 h 06. La sonnette de la porte retentit. Aaron et Sam se glissèrent dans une des chambres de la suite tandis que Jennifer s'avançait vers la porte pour aller ouvrir.

— Qu'est-ce que c'est ? demanda-t-elle en se retournant pour s'assurer que les autres avaient eu le temps de se cacher.

— Ouvrez, s'il vous plaît, mam'zelle Janey, répondit une voix qui ne pouvait être que celle de Roman Z. C'est drôlement lourd, ce truc !

Jennifer ouvrit la porte et découvrit le gitan devant les deux Desi, le front couvert de sueur, qui tenaient une énorme malle-cabine.

— Seigneur ! s'écria-t-elle. Pourquoi n'avez-vous pas demandé au chasseur de faire monter cette malle ?

— Mon meilleur ami qui est devenu un « colonel » brutal au cerveau un peu dérangé nous a dit qu'il fallait la monter nous-mêmes. Il a aussi dit que, si jamais elle s'ouvrait, je serais obligé de trancher la gorge de tous ceux qui verraient ce qu'elle contient... Venez, mes deux autres meilleurs amis, ajouta Roman en pénétrant dans la suite. Entrez vite avec moi !

— Je ne crois pas Cyrus capable de donner un tel ordre, protesta Jennifer tandis que les deux Desi, franchissant la porte avec difficulté, posaient enfin le coffre gigantesque. Vous auriez au moins pu demander un diable.

— Qu'est-ce qué c'est, oune diable ? demanda Desi-Deux en s'épongeant le front.

— Un petit chariot à deux roues qui permet de transporter des bagages pesants.

— Tou as dit qu'il né fallait pas les outiliser ! rugit Desi-Un en se tournant vers le gitan.

— C'est parce que le colonel, il était en train de discuter avec les cinglés du camion et il m'a dit : « Monte ça et en vitesse ! » Il a pas dit : « Monte ça avec ce chariot et en vitesse ! » Mon très cher ami, c'est un malin ; on ne sait jamais si ces appareils, ce ne sont pas des pièges. Tu as déjà essayé de sortir avec un chariot d'un supermarché, sans payer ? L'alarme, elle se met à hurler, s'pas, mam'zelle Jenny ?

— Euh... En effet, il y a sur les produits des codes-barres qui sont démagnétisés en passant aux caisses...

— Vous voyez ! Mon très cher ami nous a sauvé la vie !

— Vous serez largement récompensés pour votre peine, lança Aaron Pinkus en sortant de la chambre, Sam sur ses talons. Qui va l'ouvrir ? ajouta-t-il en baissant les yeux vers la malle.

— Il n'y a pas de clé, répondit Roman. Juste des petits numéros sur les serrures.

— J'ai ces numéros, annonça un Cyrus très élégant en entrant à son tour avant de refermer aussitôt la porte. Je crains toutefois d'avoir été obligé de signer un nouveau bon de livraison pour mon agence.

— Vous leur avez donné mon nom ?

— Certainement pas, mais le fournisseur risque de se retourner contre vous, si cette affaire fait fiasco.

— Je m'en occupe ! s'écria Sam. Utilisation de prisonniers évadés et de mercenaires en fuite pour faire leur sale boulot. Ah ! ah ! C'est l'enfance de l'art !

— Mais, mon chéri, nous faisons la même chose, objecta Jennifer.

— Ah, bon ?

— Allez-vous ouvrir cette malle, bon sang de bonsoir ! Je sens le souffle de Shirley qui se rapproche et ce n'est pas une sensation agréable. Il faut dire que je ne l'ai pas appelée depuis hier matin.

— Donnez-moi donc son numéro, suggéra Roman en faisant tournoyer sa longue ceinture bleue autour de son bras droit. Il y a toutes sortes de femmes, mais très peu résistent à mon charme... N'est-ce pas, mes très chers amis ?

— Shirley vous ferait arrêter, rétorqua Pinkus. Je ne pense pas qu'elle soit sensible à votre élégance.

— Et voilà ! dit Cyrus qui avait ouvert les serrures et soulevait le couvercle de la malle.

— Seigneur ! s'écria Jennifer Redwing. Tout ce métal !

— Je vous l'avais dit, Jenny, fit Cyrus en regardant la profusion de plastrons en acier et de calottes de métal alignés sur des crochets devant des piles de vêtements bizarres. Cette fois, c'est du sérieux.

13 h 32. Le contenu de l'énorme malle distribué, les préparatifs de camouflage commencèrent. Conformément aux directives du Faucon, développées et précisées par son officier de liaison, Cyrus, le premier objectif consistait à tromper la vigilance des éclaireurs ennemis aux aguets dans la foule massée devant la Cour suprême et à se glisser dans le hall de l'édifice. Pour Sam, Aaron, le Faucon et probablement Jenny, le deuxième but était de passer le contrôle des services de sécurité sans avoir à dévoiler leur identité. MacKenzie était persuadé que leur signalement avait été transmis aux gardes. Une certitude pour Devereaux et lui-même, une probabilité pour Aaron, l'employeur de Sam, une possibilité pour Jennifer. D'une part, elle avait déjà témoigné devant la Cour; d'autre part, des recherches consciencieuses révéleraient qu'elle appartenait à la tribu des Wopotamis. Le cas de Jennifer Redwing était certes tiré par les cheveux, mais que dire des milliards de dollars des ennemis cupides de « feu » Vincent Mangecavallo ?

L'objectif suivant consisterait pour les trois hommes de même que pour Jennifer à trouver des toilettes avant d'être admis dans la salle d'audience. D'après les plans détaillés du bâtiment que s'étaient mystérieusement procurés des « parents » de Vinnie Boum-Boum, des lieux d'aisance étaient placés à chaque extrémité du couloir de marbre du premier étage desservant ces augustes salles, ce que la tante Angelina avait été en mesure de confirmer. La nécessité de ces toilettes était liée au premier objectif : tromper la vigilance des gardes et pénétrer dans le bâtiment. Mais c'est le contenu de la malle qui fit pousser un hurlement à Jenny dans la chambre où elle s'était retirée.

— Sam ! s'écria-t-elle. Non, ce n'est pas possible !
— Que se passe-t-il ? demanda Devereaux en sortant de l'autre chambre d'une allure pataude, empêtré dans un volumineux costume à carreaux au pantalon bouffant, qui donnait l'impression d'ajouter trente kilos à sa silhouette élancée.

Mais sa coiffure était encore plus bizarre. Il avait le crâne couvert d'une perruque brune aux longues boucles de faux cheveux roulés en spirale, sous une sorte de canotier. Il poussa la porte de Jennifer et s'avança dans la chambre.

— Que puis-je faire pour toi ?
— *Haaa !*
— Ce n'est pas une réponse.
— Qu'est-ce que c'est que ce déguisement ?
— D'après le permis de conduire et la carte d'électeur qui étaient avec ces vêtements, je m'appelle Alby-Joe Scrubb et je dirige un élevage de poulets dans un bled quelconque... Et toi, qui es-tu ?
— Une girl sur le retour ! répondit Jenny en se tortillant pour agrafer le plastron sur sa poitrine généreuse. Voilà ! Je l'ai eu !... Et maintenant ce chemisier vert pistache qui n'exciterait même pas un gorille en rut !
— Moi, je trouve cela assez excitant, souffla Sam.
— Évidemment, tu es juste au-dessous du gorille dans l'échelle des êtres et tu réagis encore plus rapidement !
— Je croyais qu'on avait fait la paix ! Sans rire, qui es-tu censée être ?
— Une femme de mœurs légères dont les formes avantageuses sous ce corset pare-balles devraient détourner l'attention des cerbères à l'entrée.

— Le Faucon pense à tout.

— Jusqu'aux pulsions libidinales, approuva la belle Indienne en enfilant le corsage vert qu'elle fit blouser au-dessus de sa mini-jupe jaune.

Elle se pencha légèrement en avant pour évaluer d'un coup d'œil le volume de ses seins sous le corsage vague.

— Je ne peux pas faire mieux, conclut-elle avec un soupir.

— Je peux t'aider, si tu veux...

— Bas les pattes, obsédé !... Et maintenant, voici le moment le plus pénible. Le « casque », comme dirait un footballeur de mes amis.

— C'est donc ça qui avait changé, fit Devereaux. Tes cheveux sont bizarres, comme s'ils étaient retenus par des épingles.

— C'est la vengeance de l'homme de Neandertal.

Jenny prit sur le lit une grosse boîte carrée d'où elle sortit une perruque blond platine disposée sur un casque d'acier.

— Ce bibi est si lourd que j'aurai la nuque raide pendant des mois... si je vis jusque-là.

— J'ai le même, fit Sam en regardant Jennifer coiffer la pesante perruque. Ça va quand on secoue la tête de droite à gauche, mais, de haut en bas, on risque de se casser le nez.

— Mon personnage n'est pas du genre à secouer la tête.

— Je vois ce que tu veux dire, fit Sam. Mac aurait difficilement pu trouver une vengeance plus raffinée.

— Si, il va avertir la police des mœurs et je me ferai arrêter pour racolage.

— Sam ! cria Aaron Pinkus dans le salon. J'ai besoin de toi !

— Décidément, je suis très demandé, soupira Devereaux.

Il sortit de la chambre, Jenny sur ses talons. Le spectacle qui s'offrit à leurs yeux était invraisemblable, autant que ce qu'ils auraient découvert en se regardant dans un miroir. Le célèbre avocat à la silhouette frêle et distinguée n'était plus là ; à sa place, en redingote noire, coiffé d'un chapeau noir à fond plat, le visage encadré par deux longues tresses, se tenait un rabbin hassidim.

— Vous voulez vous confesser ? demanda Sam. Si ce rite est en usage chez vous...

— Je ne te trouve pas drôle du tout, répliqua Aaron en faisant quelques pas mal assurés dans sa direction.

Sentant qu'il allait perdre l'équilibre, il lança la main vers une lampe de bureau qui bascula et se brisa en tombant.

— J'ai l'impression que tout mon corps est pris dans un corset de fer ! s'écria-t-il, incapable de contenir sa fureur.

— C'est pour votre protection, monsieur Pinkus, dit Jennifer en s'élançant vers le vieux juriste pour le prendre par le bras. Cyrus a insisté sur le fait que vous devez vous protéger.

— Cette protection causera ma mort, ma chère enfant. A Omaha

Beach, j'ai failli me noyer dans un mètre d'eau, à cause du sac de vingt kilos que je portais sur le dos. Ces sous-vêtements de métal sont beaucoup plus lourds et, moi, je suis infiniment plus vieux.

— La seule véritable difficulté pour vous sera la montée des marches de la Cour. Comme nous serons obligés de nous séparer, je demanderai à Johnny Calfnose de trouver quelqu'un pour vous aider.

— Calfnose? Ce nom me dit quelque chose.

— C'est le représentant de Mac auprès de la tribu, expliqua Sam.

— Ah! oui! C'est lui qui a appelé chez Sidney, quand Jennifer et notre général hurlaient à qui mieux mieux.

— Johnny et MacKenzie Hawkins font la paire. L'un ne m'a toujours pas remboursé l'argent de sa caution et l'autre risque de briser mon âme ainsi que ma carrière... Ne vous inquiétez pas, Johnny trouvera quelqu'un pour vous aider, sinon, je le fais inculper de détournement de fonds prélevés sur l'argent versé par Nuée d'Orage pour s'assurer les bonnes grâces du Conseil des anciens.

— Il a fait ça? demanda Devereaux.

— Je n'en sais rien, mais je n'en serais pas étonnée.

Des coups rapides furent frappés à la porte. Sam alla ouvrir. C'était Cyrus, massif et élégant.

— Donnez-vous la peine d'entrer, colonel, même si je dois avouer que vous m'évoquez plus un Brummel de couleur qu'un militaire.

— Bien vu, Sam, et, pour vous ouvrir des horizons nouveaux, permettez-moi de vous présenter deux de mes amis ou, plus exactement, des amis du juge Oldsmobile.

Cyrus entra et fit signe à Desi-Un et Deux de le suivre. Mais ce n'étaient pas les Desi Arnaz que les autres connaissaient. D-Un, les dents retapées, portait un complet gris de coupe classique et une chemise bleue faisant ressortir la blancheur de son col. D-Deux, son coreligionnaire d'une autre confession, était en costume noir de prêtre, une croix en or sur le rabat.

— Je vous présente le révérend Elmer Pristin, ministre de l'Église épiscopale, et monseigneur Hector Alizongo, venu spécialement de son diocèse des Rocheuses.

— Abraham me soutienne! s'écria Pinkus en se laissant tomber dans un fauteuil, avec un bruit de ferraille.

— Seigneur! souffla la blonde platinée.

— *Il* vous entend, déclara D-Deux en se signant.

Corrigeant son erreur, il entreprit de bénir l'assistance... en faisant le signe de la croix à l'envers.

— Tou es oune *blasfemor*, marmonna son compère.

— Et, toi, tou es *loco*! Jé donne ma bénédiction à oune idiot de *protestante*!

— Ça va, les gars, glissa Devereaux, nous avons compris qui vous êtes... Daigneriez-vous nous expliquer, Cyrus?

— Permettez-moi d'abord de vous demander si vous avez tout ce qu'il vous faut. Il y avait une liste pour chacun de vous.

Les trois avocats acquiescèrent d'un signe de tête, l'air dubitatif.

— Parfait, poursuivit le mercenaire. Pas de problème avec le matériel de camouflage?

— De quoi parlez-vous? interrogea Pinkus du fond de son fauteuil.

— De vos déguisements. Nous voulons que vous vous sentiez aussi à l'aise que possible. Alors, des problèmes?

— Pour être tout à fait franc, colonel, répondit Pinkus, il conviendrait peut-être de louer une grue pour me transporter.

— Ce n'est pas grave, Cyrus, glissa Jennifer. Je demanderai à un membre de notre tribu d'aider M. Pinkus.

— Je regrette, Jenny, mais toute communication avec les Wopotamis est interdite. De toute façon, ce ne sera pas nécessaire.

— Attendez un peu, intervint Devereaux. Mon employeur vénéré arrive à peine à mettre un pied devant l'autre avec cet attirail médiéval.

— Il sera encadré et soutenu tout le long du chemin par nos deux hommes d'Église.

— Les deux Desi? fit Jennifer.

— Précisément. C'est une idée d'Hawkins et elle est géniale... Le révérend Pristin et monseigneur Alizongo se joignent au grand rabbin Rabinowitz pour protester auprès de la Cour suprême contre certaines décisions récentes qu'ils tiennent pour antichrétiennes et antisémites. On ne peut pas tenir ce genre de discours sans y ajouter anti-Noirs, mais il va de soi que cela réduirait la couverture des stations de télévision.

— Il faut reconnaître, fit Sam, que cela n'arrive pas tous les jours. A propos, où est Roman Z?

— Je préfère ne pas y penser, répondit Cyrus.

— Il n'a pas déserté, quand même?

— Pas du tout. Il y a un vieux proverbe gitan, « emprunté » aux Chinois, qui dit que celui qui sauve la vie d'autrui peut passer le reste de son existence aux crochets de cette personne.

— Je ne suis pas sûr qu'il ait bien compris, objecta Pinkus. A mon avis, c'est le contraire.

— Bien sûr, fit le mercenaire, mais les gitans ont retourné le proverbe et il ne va pas chercher plus loin.

— Alors, où est-il? insista Jennifer.

— Je lui ai donné de l'argent pour louer une caméra vidéo. Je le soupçonne d'être en train d'en voler une en racontant à une vendeuse sans méfiance qu'il aimerait mesurer l'indice de réfraction à la lumière du jour. Il se peut que je me trompe, mais j'en doute. Roman déteste acheter quoi que ce soit; il pense sincèrement que c'est immoral.

— Il devrait se lancer dans la politique, dit Sam.

— Pourquoi acheter cette caméra? demanda Jennifer.

— C'est mon idée. Je pense qu'il est souhaitable de disposer d'un enregistrement sur cassette de la manifestation des Wopotamis, aussi complet que possible, montrant d'éventuelles tentatives de la part d'individus déterminés pour s'interposer ou interdire à des citoyens de notre pays la liberté de réunion et l'exercice de leur droit de pétition.

— Je le savais, dit Pinkus d'une voix faible. Il est mercenaire et chimiste, mais c'est aussi un homme de loi.

— Je regrette de vous décevoir, monsieur, répliqua Cyrus. Disons simplement qu'au cours de ma jeunesse tumultueuse, il m'a fallu apprendre certains droits constitutionnels.

— Attendez un peu, fit Sam d'une voix calme où perçait une pointe de scepticisme. Oublions le *We Shall Overcome* et poussons votre idée jusqu'au bout. Une vidéocassette non montée, sur laquelle figurent la date et une horloge donnant l'heure à la seconde, est en général admise par un tribunal comme preuve irréfutable.

— Un certain nombre de parlementaires et de politiciens ne vous contrediraient pas, acquiesça le mercenaire en ébauchant un sourire. Je pense à ceux qui doivent se satisfaire du menu d'un pénitentier et d'une gamelle.

— Et si nous disposons d'une cassette montrant le comportement illégal et de nature violente d'« individus déterminés » pendant la marche de protestation des Wopotamis...

— De plus, l'interrompit Jennifer en regardant Devereaux qui lui laissa galamment la parole, si ces louches individus étaient identifiés et s'il était prouvé qu'ils sont à la solde de l'une des agences gouvernementales, nous aurions un avantage considérable sur le plan judiciaire.

— Il ne faut pas seulement chercher du côté du gouvernement, ajouta Cyrus. Il y aura dans la foule des tas d'hommes de main payés pour vous neutraliser. Leurs employeurs sont criblés de dettes et, rien qu'en pensant à vous, ils voient rouge.

— Entrave avec violence à l'action de la justice, conclut Sam. Devant la perspective de dix ans de détention, ces malfrats craqueront.

— Permettez-moi, colonel, de vous féliciter! lança Pinkus en essayant de s'extirper de son fauteuil dans un grand cliquetis de métal. Même si les choses ne se passent pas comme nous l'espérons, nous aurons une solide ligne de repli.

— A bon chat bon rat, monsieur Pinkus, si je puis me permettre.

— Bien dit! Peu importe que vous soyez avocat ou non, mais que diriez-vous d'un poste dans mon cabinet, disons en qualité de stratège dans notre service criminel?

— Je suis flatté par votre proposition, monsieur, mais je pense que vous devriez en parler avec votre ami, Cookson Frazier. Il semble qu'il possède une propriété aux Antilles, deux autres en France, un appartement à Londres et quelques chalets pour le ski, dans l'Utah et le Colorado, il ne sait plus très bien. On est entré par effraction dans chacune de ces habitations et il souhaite me confier leur protection.

— C'est une aubaine! Vous serez grassement payé! Il va sans dire que vous acceptez?

— Non, je ne pense pas. Si c'était possible, j'aimerais retrouver un poste dans un laboratoire. Je suis ingénieur chimiste et c'est ce métier qui me passionne vraiment.

— On aura tout entendu, soupira Devereaux en secouant la tête, ce qui mit en péril l'équilibre de son canotier.

Il fut interrompu par des coups précipités frappés à la porte.

— Ne bougez pas, fit calmement Cyrus tandis que les autres manifestaient leur surprise. C'est Roman. Il est persuadé que chacune de ses entrées doit être soigneusement réglée, surtout quand il a la police à ses trousses.

Le mercenaire ouvrit la porte. La silhouette qui se tenait dans le couloir était bien celle de Roman Z. Au lieu d'une seule caméra vidéo, le gitan en tenait deux dans chaque main et portait une grosse sacoche de nylon en bandoulière. Sa chemise de soie orange, sa longue ceinture bleue, son pantalon noir et sa boucle d'oreille en or avaient disparu. Il avait l'allure d'un technicien de télévision, de ceux que l'on voit s'affairer autour des cars de régie, sur les lieux d'un accident ou d'un incendie, avec un jean propre mais usagé et un tee-shirt blanc portant en grosses lettres :

WFOG-TV
PRESSE

— La mission est accomplie, mon très cher ami... et colonel, annonça Roman en achevant lentement sa phrase tandis que son regard étonné faisait le tour du salon. Y a-t-il aussi un ours savant?

— S'il y en a un, c'est toi, répondit Cyrus. Je vois que tu as fait des provisions... Pourquoi as-tu quatre caméscopes?

— Il y en a un qui peut se casser, répondit le gitan avec un grand sourire, on ne sait jamais. J'ai aussi plein de cassettes, ajouta-t-il en montrant sa sacoche.

— Où est le reçu?

— Le quoi?

— Le papier qui indique la somme à payer et le montant de l'acompte versé au magasin.

— Ils n'en veulent pas. Ils sont contents de coopérer.

— Qu'est-ce que vous nous chantez là, Roman? demanda Jenny.

— J'ai mis ça sur leur compte, mam'zelle Janey... Si c'est bien vous, avec cette belle robe.

— Quel compte? demanda Devereaux.

— De ces gens-là! répondit avec fierté le gitan en montrant l'inscription sur son tee-shirt. J'étais très pressé et ils ont compris.

— Impossible! s'écria Cyrus.

— Je leur écrirai une lettre un de ces jours. Je leur dirai que je suis désolé.

— Colonel, je vous en prie, lança Pinkus en s'extirpant de son fauteuil avec l'aide de Jenny. Nous n'avons pas le temps de faire un audit. Quelle est la prochaine étape ?

— C'est simple, répondit Cyrus.

Il se trompait.

14 h 16. Boum-boum, boum-boum, boum-boum ! Boum-boum, boum-boum, boum-boum !... Hai-ya, hai-ya, hai-ya ! Battements de tambour accompagnés de chants cadencés, pancartes brandies, foule ébahie, atmosphère de folie devant les marches de la Cour suprême. Les touristes étaient furieux, surtout les femmes, à cause des danseuses indiennes, étonnamment séduisantes, dont les jupes volaient haut.

— Jebediah ! Nous ne passerons pas !

— C'est vrai.

— Mais que fait donc la police ?

— C'est vrai.

— Olaf, ces sauvages ne nous laisseront pas approcher !

— C'est vrai.

— Cela devrait être interdit !

— C'est vrai.

— Stavros ! Jamais on ne verrait cela devant le temple d'Athéna !

— C'est vrai.

— Cesse de regarder ces filles !

— Ce n'est pas vrai... Oh ! excuse-moi, Olympia.

Derrière l'angle de Capitol Street deux hommes de haute taille étaient tapis dans le renfoncement d'un mur. L'un resplendissait dans l'uniforme de cérémonie d'un général de l'armée américaine, l'autre était vêtu des haillons d'un vagabond. Ce dernier sortit de la cachette, lança un coup d'œil à l'angle du bâtiment et repartit vers le général.

— Les choses sont en bonne voie, Henry, annonça MacKenzie Hawkins. Ça commence à chauffer.

— Les médias sont-ils arrivés ? demanda Henry Sutton. J'espère que vous avez bien compris : je ne ferai pas mon entrée avant que les caméras soient en train de tourner.

— Il y a deux stations de radio. J'ai vu les journalistes avec des micros.

— Cela ne suffit pas, mon cher. J'ai bien précisé les *caméras*.

— Bon, d'accord !

Le Faucon repartit au pas de course, observa ce qui se passait et regagna sa cachette.

— Une équipe de télévision vient d'arriver !

— Quelle station ? Est-ce une chaîne nationale ?

— Comment voulez-vous que je le sache ?

— Renseignez-vous, mon général ! J'ai ma réputation !

— Bordel de Dieu !

— Il n'est pas nécessaire de blasphémer, MacKenzie. Allez regarder!

— Vous êtes impossible, Henry!

— J'espère bien. C'est le seul moyen d'arriver à quelque chose dans ce fichu métier. Faites vite. Je sens monter en moi l'envie de jouer; la stimulation que l'on éprouve en entendant la salle se remplir.

— Vous n'avez jamais le trac?

— Sachez, mon cher ami, que je n'ai jamais eu l'angoisse de la scène. Le feu qui couve en moi me fait brûler les planches.

— Merde!

Le Faucon s'éloigna derechef, mais, cette fois, il ne revint pas tout de suite et attendit de voir ce qu'il espérait. Quatre taxis s'arrêtèrent à quelques instants d'intervalle de l'autre côté de First Street. Du premier descendirent trois religieux : un prêtre, un pasteur et un vieux rabbin soutenu par les deux ecclésiastiques; du deuxième la Marilyn des trottoirs, roulant des hanches avec une certaine gaucherie... mais personne ne regardait. La troisième voiture déposa une caricature de péquenaud venu du fin fond du Missouri, engoncé dans un costume à carreaux et coiffé d'un canotier. Le quatrième taxi compensa la banalité des clients précédents. Un géant noir, aux formes sculpturales, vêtu avec une élégance raffinée, déplia sur le trottoir sa haute carcasse dont la masse sembla rapetisser la voiture.

Comme convenu, Jennifer, Sam et Cyrus s'éloignèrent dans des directions différentes, sans échanger de signe de reconnaissance ni traverser la rue vers la Cour suprême. Les trois religieux restèrent au bord du trottoir en discutant avec animation; le rabbin penchait le cou en avant tandis que les deux autres manifestaient leur approbation ou leur désaccord avec force mouvements de tête. Le Faucon plongea la main dans une poche de ses guenilles et en sortit un walkie-talkie.

— Calfnose, à toi! Calfnose, à toi! (Il n'était pas nécessaire d'utiliser un nom de code.)

— Pas la peine de hurler! J'ai ce machin dans l'oreille!

— Notre contingent vient d'arriver...

— Il y a aussi tout ce que Washington compte d'obsédés sexuels, la moitié de la population... L'autre moitié ne rêve que de scalper les jeunes filles de la tribu!

— Dis-leur de continuer comme ça.

— Jusqu'où? Jusqu'au porte-jarretelles?

— Je ne parle pas de ça! Dis-leur de continuer les danses et de battre les tambours encore plus fort. J'ai besoin de dix minutes.

— C'est comme si c'était fait, Nuée d'Orage!

Le Faucon repartit au pas de course vers le renfoncement où l'attendait le comédien.

— Encore dix minutes, Henry, et vous pourrez faire votre entrée.

— Si longtemps que ça?

— J'ai deux ou trois choses à faire. Dès mon retour, nous irons tous les deux.
— Qu'avez-vous à faire?
— Éliminer quelques-uns de nos ennemis.
— Quoi?
— Ne craignez rien... Ils sont jeunes et inexpérimentés.

Sur ces mots, MacKenzie s'éloigna dans son costume de loqueteux.

L'un après l'autre, quatre des Rangers en tenue de camouflage, sentant qu'on leur tapait sur l'épaule, se retournèrent et découvrirent un vieux clodo. Les commandos furent traînés sans connaissance et allongés au bord d'un trottoir, le visage copieusement aspergé de Southern Comfort.

Mais l'anxiété de sir Henry ne fit que croître à mesure que les « dix minutes » promises devenaient douze, puis vingt et enfin près d'une demi-heure. Le Faucon avait repéré cinq agents fédéraux en complet-veston, au visage buté, et six individus dont le front bas et plissé par un effort intense de concentration évoquait irrésistiblement les « gorilles dans la brume ». Il les neutralisa comme les autres. « Amateurs! » marmonna le Faucon quand le dernier fut écarté. « Je me demande bien qui est leur commandant. » En tout cas, ces gars-là soignaient leurs relations publiques. Un type en tee-shirt, équipé d'une caméra vidéo, agissant à l'évidence sur ordre, filmait les contremanifestants sur toutes les coutures. Facile! songea Mac. Mais, chaque fois, qu'il s'approchait, l'énergumène à la caméra esquivait l'attaque en pirouettant avec la grâce d'un danseur et disparaissait dans la foule.

Et elle était de plus en plus dense, comme Mac put le constater en allant rejoindre le vieux comédien. Sir Henry Irving Sutton n'était plus là! Où diable était-il passé?... Il le vit quelques mètres plus loin, à l'angle du bâtiment, observant la mêlée qui s'était formée au pied des marches de la Cour suprême. Des bagarres avaient éclaté autour de la quarantaine d'Indiens qui continuaient de brandir leurs pancartes et de danser en martelant le sol au son des tambours, mais les violentes altercations ne semblaient avoir aucun rapport avec les Wopotamis.

— Bon sang! soupira Hawkins en posant la main sur l'épaule de Sutton. Je ne suis plus aussi jeune qu'avant.
— Moi non plus, répliqua le comédien. Et alors?
— Il y a quelques années, pas un seul de ces salopards ne se serait relevé! A moins qu'ils n'aient été beaucoup plus nombreux que je ne l'ai cru!
— De qui parlez-vous?
— De tous ces ringards qui sont en train de se taper sur la gueule au milieu des touristes.

De fait, les fédéraux en complet-veston se jetaient sur les Rangers qui les balançaient par-dessus leur épaule tandis que les hommes de main des syndicats, persuadés de n'avoir le choix qu'entre vaincre et retourner à la chaîne, se jetaient dans la mêlée, armés de coups-de-poing américains et de casse-tête. Une véritable émeute avait éclaté. Des touristes furieux, bousculés et piétinés, criaient à pleins poumons; les combattants, désorientés par l'absence d'uniformes, incapables d'identifier leurs ennemis, tapaient sur tout ce qui bougeait et l'abruti à la caméra vidéo hurlait des « *Glorioso!* » en faisant des bonds de cabri.

— A vous de jouer, Bouton d'or! lança Hawkins en approchant le walkie-talkie de ses lèvres.

— Bien reçu, Jonquille, répondit la voix du colonel Cyrus. Mais il y a un problème.

— Quel problème?

— Le trio de la foi est prêt, mais nous avons perdu la poule et le bouseux.

— Que s'est-il passé?

— Pocahontas est sortie de ses gonds en voyant une touriste grecque lancer une poignée de pétards dans les pieds des danseuses. Elle s'est lancée à la poursuite de la mégère et Sam a essayé de la rattraper!

— Allez les chercher, Bon Dieu!

— Vous voulez vraiment que le juge Oldsmobile se lance dans cette cohue et soit obligé de cabosser quelques crânes?

— Nous n'avons plus beaucoup de temps! Il est presque trois heures moins le quart et nous devons encore entrer dans le bâtiment et nous changer pour nous présenter devant les juges à quinze heures!

— Nous disposerons sans doute d'un petit délai, objecta Cyrus. Les magistrats auront certainement été informés de la pagaille qui règne ici.

— Une pagaille causée par les Wopotamis, Bouton d'or! Indispensable, certes, mais qui ne jouera pas en notre faveur.

— Attendez! Voilà notre péquenaud qui ramène Pocahontas... à la force du poignet, pour ne rien vous cacher.

— Heureusement que ce garçon est de temps en temps à la hauteur des circonstances!... Faites le bilan de la situation et en route!

— Comptez sur moi. Quand notre général fera-t-il son apparition?

— Dès que j'aurai vu le paysan et la princesse traverser la rue, séparément. Et assurez-vous qu'elle passe la première!... Où sont nos trois saints hommes? Je ne les vois pas.

— Pas étonnant. Ils sont de ce côté-ci de la rue, pris dans la mêlée. Je croyais que les gens auraient plus de respect pour l'habit religieux. Desi-Un et Deux ont déjà estourbi une douzaine de furieux et je jure que j'ai déjà vu D-Un escamoter cinq montres.

— Il ne manquait plus que ça, un prêtre pickpocket!

— Il faudra vous y faire, Jonquille... Ah! voilà nos deux avocats! On dirait des personnages du guignol!

— Il faut les bousculer! C'est un ordre, colonel!

— Écoutez, vous avez de la chance que je sois plus intelligent que vous, sinon je pourrais me vexer.

— Hein?
— Peu importe... Vous avez raison de suivre votre instinct. Terminé.

Le Faucon remit le walkie-talkie dans la poche de sa veste en lambeaux et se tourna vers Sutton.

— Plus que deux minutes, Henry. Etes-vous prêt?
— Si je suis prêt? demanda le comédien d'une voix vibrante de colère contenue. Imbécile! Comment voulez-vous que je tienne l'assistance dans ce tohu-bohu?
— Vous m'avez dit il y a à peine deux heures que ce n'était pas une vraie représentation.
— C'était une analyse objective, pas une interprétation subjective. Il n'y a pas de petits rôles, il n'y a que de mauvais comédiens.
— Comment?
— Vous êtes totalement dépourvu de sensibilité artistique, MacKenzie.
— Vraiment?
— La ravissante Jennifer traverse la rue... Mais il faut virer la costumière sur-le-champ! On dirait une courtisane!
— C'est l'effet recherché... Et voilà Sam.
— Où?
— Le type en costume à carreaux...
— Avec ce chapeau ridicule?
— Ça le change, hein?
— Il a l'air complètement abruti!
— C'est ce que nous voulons. Qui pourrait reconnaître un brillant avocat...
— Seigneur! s'écria le vieux comédien. Avez-vous vu cela?
— Quoi?
— Le pasteur... là-bas, en costume gris, celui qui monte les marches avec un prêtre et un vieux rabbin, si je ne me trompe.
— Oui... Alors, que s'est-il passé?
— Je viens de voir le pasteur – je vous jure que je ne mens pas – je viens de le voir assommer un homme et lui voler sa montre! La lui arracher en une fraction de seconde!
— Enfer et damnation! Je viens de dire au colonel que nous n'avons que faire d'un ministre qui dépouille ses ouailles.
— Vous êtes au courant?... Oui, bien sûr! Le vieux monsieur en costume de rabbin, c'est Aaron! Et les deux autres sont vos amis argentins ou mexicains!
— Portoricains, mais peu importe. Ils sont en haut des marches, ils vont entrer!... A vous de jouer, général!

La radio crachota dans la poche du Faucon. Il la sortit et entendit la voix de Cyrus.

— Je traverse la rue. Souhaitez-moi bonne chance.

— C'est parti, colonel !... Calfnose, tu m'entends ?
— Je suis là, ce n'est pas la peine de hurler ! Qu'y a-t-il ?
— Fais cesser le folklore indien et demande à tes troupes de chanter « La Bannière étoilée ».
— Je préfère notre hymne.
— Tout de suite, Johnny ! Le général entre en scène !
— C'est comme si c'était fait, visage pâle !
— A vous, Henry ! Et ne ratez pas votre entrée !
— Je ne rate jamais mon entrée, sombre crétin ! lança le comédien qui inspira longuement, se redressa de toute sa taille et s'avança d'une allure martiale vers la cohue grouillante et les Wopotamis qui entonnaient l'hymne national.

Le spectacle était impressionnant. Les voix des descendants des premiers habitants de l'Amérique s'élevant vers les cieux et la vue des quarante visages peinturlurés sur lesquels coulaient des larmes produisirent sur la foule une vive impression. Les farouches commandos, engagés dans une lutte sans merci avec les hommes de main des syndicats se contentèrent de tenir à bout de bras leurs adversaires qui lâchèrent coups-de-poing et matraques. Tous les regards, nombre d'entre eux embués par les larmes, étaient fixés sur les silhouettes pathétiques chantant à pleine voix leur attachement au pays dont ils avaient été dépouillés.

— Voici venu le temps du mécontentement ! lança sir Henry Irving Sutton d'une voix de stentor en bondissant sur la quatrième marche et en se retournant pour s'adresser à la foule. Les chiens peuvent aboyer contre nous, notre vision est bonne. Nous avons été victimes d'une injustice et nous sommes ici pour la réparer. Être ou ne pas être, voilà la question...

— Il est capable de continuer comme cela pendant une heure, murmura Hawkins dans sa radio. Que tout le monde me donne sa position ! Chacun à son tour !

— Nous sommes dans lé grand hall dé pierre, *generale*, mais vous né comprenez pas...

— Je suis avec la princesse et le paysan, annonça Cyrus, mais il y a quelque chose qui n'était pas prévu !

— De quoi parlez-vous, tous les deux ?

— Un petit détail auquel vous n'aviez pas pensé, expliqua le mercenaire. Il y a des détecteurs de métal ici et, si Jenny, Sam ou M. Pinkus passent devant, ils vont déclencher l'alarme dans tout le bâtiment et la moitié de la ville.

— Bon Dieu ! Où va notre pauvre pays ?

— Je suppose que je devrais dire qu'il faut remonter aux causes premières ou quelque chose de ce genre. Quoi qu'il en soit, nous sommes coincés.

— Pas encore, Bouton d'or ! rugit le Faucon. Calfnose, est-ce que tu m'entends ?

— Bien sûr, Nuée d'Orage, et, nous aussi, nous avons un problème. Nous en avons tous par-dessus la tête de votre ami Vinnie. Ce type est insupportable.

— Qu'est-ce qu'il a fait? Il n'est avec vous que depuis ce matin! Il n'a pas eu le temps de faire grand-chose.

— Il se plaint à tout propos, voilà ce qu'il fait! Et puis son ami est arrivé, le petit bonhomme qui parle comme un poulet, et, avant d'avoir eu le temps de dire Geronimo, il y avait des parties de dés en cours dans tout le motel et ce Joey Machin-Chouette passait d'une chambre à l'autre pour jouer avec des dés qui, je dois le dire, m'ont paru bizarres. Il a ramassé la monnaie et un certain nombre de nos braves se sont fait nettoyer.

— Nous n'avons pas le temps de nous occuper de ça!

— Prenez-le, Nuée d'Orage, pendant que votre général qui, il faut le reconnaître, vous ressemble beaucoup, attire l'attention sur lui avec ses hurlements. Les jeunes gens de la tribu sont fous furieux, ils veulent que ces deux tordus disparaissent après leur avoir rendu leur argent!

— Ils toucheront cinquante fois ce qu'ils ont perdu, je t'en donne ma parole!

— Bordel de merde! Voyez-vous ce que je vois?

— Je suis à l'angle du bâtiment et il y a trop de mouvement...

— Il y a un groupe de types dans une drôle de tenue noir et vert qui sont en train d'enfoncer nos rangs... Mais ce n'est pas tout! En voilà d'autres! Des footballeurs professionnels ou bien des gorilles en tenue de ville... Ils se joignent au premier groupe. C'est au général qu'ils en veulent!

— Déclenchez le plan B! Priorité absolue! Faites-le sortir de là! Il ne faut pas qu'ils lui fassent du mal!... Commencez les chants et les danses, vite!

— Et les deux tordus, Vinnie et le poulet?

— Vous n'avez qu'à vous asseoir sur eux!

— C'est ce que nous avons fait dans le car. Le petit bonhomme a mordu les fesses de Face d'Aigle!

— Exécution! Je me dirige vers vous!

Le colonel Tom Deerfoot, peut-être un des plus brillants officiers de l'armée de l'air et assurément un sérieux candidat à l'état-major interarmes, se promenait dans les rues de Washington pour montrer la capitale à son neveu et à sa nièce. Au moment où ils quittaient Constitution Avenue pour se diriger vers la Cour suprême, les oreilles de Deerfoot enregistrèrent différents sons familiers, emmagasinés au plus profond de sa mémoire : des chants remontant à une quarantaine d'années, à son enfance dans le nord de l'État de New York, près de la frontière canadienne. Tom Deerfoot était un Mohawk de pure race; les rythmes et les paroles qu'il percevait ne différaient que légèrement de ce qu'il avait connu dans sa tribu.

— Regarde, oncle Tommy! s'écria le neveu, un gamin de seize ans. Il y a une émeute là-bas!

— Nous ferions peut-être mieux de rentrer à l'hôtel, suggéra sa sœur, de deux ans sa cadette.

— Mais non, fit leur oncle, vous ne risquez rien. Attendez-moi ici, je reviens tout de suite. Il se passe en effet quelque chose de bizarre.

Deerfoot était un excellent coureur et il lui fallut moins de trente secondes pour atteindre les premiers rangs de la foule qui se pressait dans le plus grand désordre au pied des marches de la Cour. Le spectacle était renversant. Des Indiens, avec leurs peintures de guerre, dansaient en martelant le sol et en hurlant à tue-tête des slogans dont la nature était difficile à déterminer.

Les souvenirs affluèrent à son esprit, des bribes de légendes transmises de génération en génération par les anciens de sa tribu. La langue était similaire, mais légèrement différente, la cadence des danseurs pas tout à fait authentique. Seigneur, c'étaient les Wopotamis des vieilles légendes indiennes! Ils avaient la réputation de voler tout ce qui passait à portée de leurs mains, alors pourquoi pas la langue d'une autre tribu? C'est aussi d'eux que l'on disait qu'ils ne sortaient jamais de leurs tipis quand il neigeait! Le colonel Deerfoot se plia en deux en se tenant le ventre pour ne pas s'écrouler et se tordre de rire sur le trottoir. Le chant de protestation aux intonations frénétiques, accompagné des mouvements suggestifs des danseuses, était la « Célébration de la nuit de noces ».

Décidément, ces Wopotamis étaient incapables de faire les choses correctement!

— Calfnose, écoute-moi bien et exécution immédiate! ordonna le Faucon à voix basse en se frayant un passage au milieu des danseurs, vers l'entrée de la Cour.

— Qu'est-ce qu'il y a, encore? Nous avons réussi à mettre à l'abri votre général qui hurlait qu'il n'était « pas fini ». Petit Joey a raison; c'est un dingo!

— Petit Joey?... Un dingo?

— Euh... nous avons passé un marché. Il nous rend la moitié de l'argent et je prends vingt pour cent de sa part pour mon arbitrage.

— Johnny, la situation est critique!

— Mais non! Les deux tordus sont dans un bar, au bout de la rue. Je dois vous dire que la perruque rousse de Vinnie n'est vraiment pas bonne pour notre image. Salement voyante, si vous voyez ce que je veux dire.

— Bon sang de bois! Tu parles comme lui!

— En fait, ce n'est pas un mauvais bougre, quand on le connaît un peu. Saviez-vous que les Peaux-Rouges sont très respectés à Las Vegas? Le Nevada était un grand territoire indien.

— Occupe-toi plutôt de ce qui se passe ici! Plan B, priorité Deux... Assaut pacifique de la Cour!

— Vous êtes complètement cinglé! On va tirer sur nous!

— Pas si vous tombez tous à genoux en poussant des lamentations quand vous serez à l'intérieur. Un bon Américain ne tire pas sur un homme à genoux.

— Qui vous a dit ça?

— C'est écrit dans la Constitution. On ne tire pas sur un homme à genoux, parce qu'il est en prière et qu'il mourra en état de grâce alors que le meurtrier sera châtié par Dieu.

— Sans blague!

— Sans blague. Allez-y!

Le Faucon fourra la radio dans la poche déchirée de sa veste tandis que, dans le grand hall de la Cour suprême, Cyrus restait avec Aaron, Jenny, Sam et les deux Desi à une certaine distance des détecteurs de métal.

— Écoutez-moi bien, dit le mercenaire. Quand les Wopotamis feront irruption dans le hall, D-Un et D-Deux soulèveront les cordons. Vous trois, vous vous glisserez dessous et vous monterez au premier étage. Prenez l'escalier ou l'ascenseur, comme vous voulez, et allez jusqu'au deuxième placard sur votre droite. Vous y trouverez vos autres vêtements dans un sac en plastique. Vous vous changerez dans les toilettes et vous vous retrouverez devant la salle, à l'extrémité ouest du couloir. Je vous attendrai là-bas.

— Et Mac? demanda Devereaux.

— Tel que je connais le bonhomme, et je commence à le connaître, il sera là-haut avant vous, à temps pour commencer la distribution. Je regrette que ce type n'ait pas participé à certaines des campagnes que j'ai faites. Je suis assez bon, mais je ne lui arrive pas à la cheville... Quel esprit tortueux!

— C'est un compliment, Cyrus? demanda Pinkus.

— Et comment! Je le suivrais jusqu'en enfer et je suis sûr que j'en reviendrais sain et sauf!

— Il n'a pas nagé trente kilomètres en pleine tempête...

— Oh! je t'en prie, Sam!... Attention, les voilà!

— Que le grand Abraham me protège! souffla Aaron Pinkus en voyant une horde de Wopotamis aux peintures de guerre mêlées à des traces de larmes pénétrer dans le hall et tomber aussitôt à genoux. Chantant à l'unisson, le visage levé au plafond, ils imploraient leurs dieux de les délivrer. (Pour les initiés, mais il n'y en avait pas, c'était encore la « Célébration de la nuit de noces ».)

Une douzaine de gardes sortirent leur arme de leur étui et les braquèrent sur la tête des manifestants. Pas un coup de feu ne fut tiré. Il était donc gravé dans la Constitution, ou du moins dans l'esprit des gardes de la Cour suprême, que l'on ne tirait pas sur des gens en train de prier. Mais des alarmes retentirent, pas celles des détecteurs, d'autres, à l'intérieur de l'édifice. En quelques secondes, d'autres gardes, des employés et des membres du personnel de maintenance affluèrent dans le grand hall. Une confusion totale régnait.

— Maintenant! souffla Cyrus.

Les deux Desi soulevèrent les épais cordons de velours. Mettant à profit la confusion dans laquelle étaient plongés le service d'ordre et les employés de la Cour, Aaron, Jenny et Sam se glissèrent dessous.

Au milieu de ce tohu-bohu, MacKenzie Hawkins franchit les détecteurs de métal, inclina la tête en signe de remerciement sans s'adresser à personne en particulier et s'élança vers l'escalier.

Il y avait un problème. Naturellement. Angelina, la tante de Vinnie Boum-Boum, avait confondu le deuxième placard sur la droite avec le local technique de la climatisation et, pendant plusieurs précieuses minutes, ils ne purent mettre la main sur le sac en plastique noir contenant leurs effets. Il y eut soudain une explosion étouffée à laquelle nul ne prêta véritablement attention.

— Je l'ai! s'écria Sam, poussant, dans son excitation, un levier commandant le fonctionnement de la climatisation. Tout s'est arrêté, ajouta-t-il, étonné par le silence soudain.

— Quelle importance? lança Jennifer en soutenant Pinkus tandis que le Faucon débouchait au pas de course dans le couloir et se débarrassait de sa veste de clodo.

— Vous voilà! rugit-il. L'escalier était fermé par une grille!

— Comment êtes-vous passé? demanda Devereaux en sortant du sac les affaires de Jenny.

— J'ai toujours sur moi un peu de plastic... On ne sait jamais.

— J'avais bien cru entendre une sorte de détonation, fit Pinkus qui avait du mal à tenir sur ses jambes.

— C'était ça, confirma le Faucon. En route!

— Où sont les toilettes pour femmes? demanda Jennifer.

— Au bout du couloir, répondit MacKenzie.

— Et celles des hommes? fit Sam.

— Beaucoup plus près. Une des portes sur la gauche.

Ils s'élancèrent dans le couloir, mais Jenny s'arrêta brusquement.

— Sam! cria-t-elle en se retournant. Est-ce que je peux me changer avec toi? C'est beaucoup trop loin, je n'aurai jamais le temps! Il ne nous reste que trois minutes et cette porte est à des kilomètres!

— J'attends ça depuis si longtemps!

La blonde platinée et casquée revint en courant vers Alby-Joe Scrubb et ils s'engouffrèrent tous deux dans les toilettes, derrière Pinkus et Hawkins. Jenny s'enferma dans les W-C tandis que les hommes se débarrassaient de leur perruque et de leur déguisement excentrique sous lesquels ils portaient une tenue plus appropriée.

Pas le Faucon. Du fond du grand sac noir où il était soigneusement plié, il sortit l'imposant costume de cérémonie de Nuée d'Orage, chef des Wopotamis, avec la plus longue, la plus extravagante des coiffures de plumes depuis que les Okeechobees avaient accueilli Ponce de Leon sur une plage de Floride qui deviendrait Miami Beach. Hawkins retira rapidement son pantalon dépenaillé et sa chemise crasseuse qu'il remplaça par la culotte de peau et la veste en peau de bison ornée de perles. Puis, sous le regard ahuri des deux avocats, il disposa soigneusement sur sa tête le gigantesque couvre-chef dont les plumes descendaient jusqu'au sol carrelé.

Une minute plus tard, Jennifer apparut, en tailleur noir habillé, l'image de l'avocate flegmatique et heureuse en affaires, qui n'éprouvait aucune appréhension à l'idée d'affronter cette Cour suprême où les hommes avaient une majorité écrasante. Mais elle ne put retenir un mouvement de terreur en découvrant la haute silhouette de MacKenzie Hawkins au chef emplumé.

— Aahh !

— C'est précisément ce que j'éprouve, dit Devereaux.

— Mon général, glissa doucement Pinkus d'un ton implorant. Ce n'est pas un bal costumé ; cette procédure est l'une des plus solennelles et des plus vénérables de notre système judiciaire et votre costume, aussi magnifique soit-il, n'est pas véritablement approprié à l'occasion.

— Quelle occasion, commandant ?

— Il s'agit seulement de l'avenir de la tribu des Wopotamis et d'une partie essentielle du système de défense de notre pays.

— J'accepte la première partie de votre réponse. Ne parlons pas du reste. Mais je n'ai rien d'autre à me mettre, à moins que vous ne préfériez que je me présente déguisé en clochard, ce qui, somme toute, ne serait pas une mauvaise idée.

— Nous préférons les plumes, général, fit vivement Jenny.

— Ma veste cradingue doit encore se trouver dans le couloir, poursuivit Hawkins à mi-voix. Personne ne l'a ramassée, puisque tout le monde est en bas... A la réflexion, un crève-la-faim en haillons, membre de ce peuple opprimé, les mains serrées sur son estomac vide...

— Non, Mac ! s'écria Sam. On vous traînerait dehors pour vous emmener à l'épouillage !

— Je suppose que c'est une éventualité, fit le Faucon, la mine perplexe. Quel univers impitoyable !

— Trente-cinq secondes, annonça Jennifer. Nous devrions y aller.

— Je ne pense pas qu'une ou deux minutes de retard aient une grande importance, objecta Aaron. N'oublions pas qu'il y a une véritable insurrection en bas, le peuple a pris d'assaut les barricades.

— Ils n'ont rien pris d'assaut, ils prient. Ce n'est pas la même chose.

— Il a raison, Aaron, dit Devereaux, et cela ne joue pas en notre faveur. Dès que les gardes se seront rendu compte qu'il s'agit d'une manifestation essentiellement pacifique, l'alerte sera levée et tout le monde regagnera son poste... Vous avez déjà participé à ces auditions, je crois.

— En trois ou quatre occasions, répondit Pinkus. On commence par établir l'identité du demandeur, celle de son représentant légal et des *amicus curiae*, s'il y en a. Puis l'on présente ses arguments.

— Qui est devant la porte de la salle d'audience, commandant ?
— Un planton et un huissier, général.
— Et voilà ! rugit le Faucon. L'un des deux, ou même les deux, aura une liste de nos noms. Il suffira d'un appel radio pour qu'une douzaine d'autres jaillissent de partout et nous emmènent ! Jamais on ne nous laissera entrer !

— Vous ne parlez pas sérieusement, protesta Jennifer. Nous sommes dans la Cour suprême... Il est impossible de soudoyer des gardes et des huissiers.

— Vous voulez mettre en balance des milliards de dollars de dettes, la panique au Pentagone, au Département d'État, au ministère de la Justice, plusieurs dizaines de sangsues au Congrès, tout cela contre quelques milliers de dollars distribués dans ces augustes couloirs ?

— Mac n'a pas tort, déclara Sam.
— La chair est faible, fit observer Pinkus.
— En route, il n'y a pas de temps à perdre ! conclut Jennifer.

Ils se dirigèrent aussi rapidement que le leur permettait le souci de leur dignité vers la gigantesque porte sculptée de la salle d'audience. A leur profond soulagement, ils découvrirent la silhouette massive de Cyrus devant la porte ; à leur grand étonnement, ils virent aussi les deux Desi, dans leurs vêtements sacerdotaux, agenouillés de chaque côté du mercenaire.

— Colonel, que font mes aides de camp ici ?
— Général, que signifie cet accoutrement ?
— C'est le costume tribal de ma fonction. Mais vous n'avez pas répondu à ma question !
— C'est une idée de Desi-Un. Il m'a dit qu'ils vous avaient fidèlement suivis jusqu'ici et que, même s'ils ne savaient pas très bien de quoi il était question, ils pensaient que vous pourriez avoir besoin d'une protection supplémentaire. Il leur a été facile de monter en profitant de la confusion... On dirait une révolte dans un asile d'aliénés.
— C'est très gentil, susurra Jennifer.
— C'est complètement idiot ! éructa Sam. Ils vont se faire repérer, arrêter et interroger ! Notre entrée illégale dans le bâtiment fera les gros titres des journaux !
— Vous né comprénez pas, protesta D-Un en relevant la tête mais en gardant les mains jointes dans l'attitude de la prière. *Numero uno*, nous né disons jamais rien. *Numero dos*, nous sommes des *misioneros* qui convertissent les pauvres barbares à la religion dou Christ. On

n'arrête pas des *padres*! Et ceux qui essaient, ils né marchéront plous pendant oune mois et personne d'autre qué vous, il n'entrera.

— Nom d'un petit bonhomme! marmonna le Faucon en tournant vers ses deux aides de camp un regard où se lisait une affection sincère. Je vous ai formés comme il faut. Dans les opérations clandestines, il convient d'avoir des hommes en couverture. Ils sont en général les premiers exposés au feu de l'ennemi. Nous hésitons à leur assigner cette mission, car nous connaissons les risques, mais vous, vous n'avez pas hésité à vous porter volontaires. Messieurs, je vous félicite.

— Très joli, *generale*, dit Desi-Deux, mais vous n'êtes pas oune pétite bonhomme. Je peux arranger ça tout seul, sans mon amigo. Jé souis *catolico*, vous voyez... Loui, c'est oune *protestante*, ça né compte pas.

En entendant un martèlement de pas se répercuter dans le couloir, toutes les têtes se tournèrent d'un même mouvement inquiet. L'inquiétude se dissipa dès qu'ils reconnurent Roman Z, une caméra vidéo dans chaque main, la sacoche en nylon qu'il portait en bandoulière lui battant les hanches. Il s'arrêta en arrivant à leur hauteur, son tee-shirt WFOG trempé de sueur.

— Mes très chers amis bien-aimés! fit le gitan hors d'haleine. Vous ne croirez jamais comme j'étais magnifique! J'ai des images de tout le monde, y compris de ces trois hommes que mon couteau a fait parler. Ils m'ont raconté qu'ils étaient envoyés par le ministre de la Justice, et aussi par celui de la « Défanse », oui, je crois que c'est ça. Et il y a encore un grand footballeur; lui, c'est le représentant du club de Fanny Hill. Drôle de club! Nous avons mieux que ça en Croatie!

— Génial! s'écria Sam. Mais comment avez-vous réussi à arriver jusqu'ici?

— Facile! En bas, dans le grand hall tout en marbre, ils sont tous en train de danser et de chanter, de rire et de pleurer, comme mes ancêtres gitans. Il y a des hommes avec de drôles d'habits et de la peinture sur la figure qui font circuler des bouteilles de jus de fruits et tout le monde est si heureux et si triste à la fois que ça m'a rappelé nos campements dans les montagnes. C'est *glorioso*!

— Seigneur! s'exclama Jennifer. Les alambics pour le yaw-yaw!

— Que dites-vous, ma chère?

— Les alambics, monsieur Pinkus. Ils servent à distiller l'eau-de-vie la plus forte qui ait jamais été inventée par l'homme, civilisé ou non. Les Mohawks affirment en être à l'origine, mais nous l'avons améliorée et rendue vingt fois plus puissante. La consommation en est rigoureusement interdite dans la réserve, mais si quelqu'un a trouvé les alambics et s'en est servi, ce ne peut être que ce salopard de Johnny Calfnose!

— Je dois dire, à sa décharge, qu'il a parfaitement calculé son coup, fit Devereaux.

— C'est donc ainsi, demanda le Faucon, que vous avez... ou plutôt que *nous* avons escroqué les colons blancs?

497

— La question n'est pas là, général.
— Non, mais elle est intéressante.
— Allons-y, déclara Cyrus d'une voix impérieuse. Ce genre d'eau-de-vie a deux effets particuliers : d'une part, elle apporte l'oubli, d'autre part, elle provoque la reconnaissance brusque de responsabilités passées, ce qui déclenche des réactions de panique dont nous n'avons nul besoin. J'ouvre la porte.
Il l'ouvrit et s'effaça pour laisser passer le Faucon.
— A vous l'honneur, mon général.
— Je vous remercie, colonel.
MacKenzie Hawkins pénétra dans la vaste salle revêtue de lambris d'acajou, ses plumes volant derrière sa tête, son escorte marchant dignement à sa suite. Soudain les sons tonitruants, assourdissants d'un chant de guerre indien avec accompagnement de tambours emplirent l'enceinte sacrée. Sur l'estrade semi-circulaire, les juges au visage austère eurent une réaction de panique. Comme un seul homme, leur consœur comprise, les magistrats plongèrent sous la table. Ils réapparurent l'un après l'autre, les yeux écarquillés, la mine terrifiée, mais soulagés de constater qu'aucun acte de violence n'avait été commis. Bouche bée, l'air hagard, sans se rasseoir, ils considéraient le monstre emplumé qui s'était avancé au pied de l'estrade.
— Qu'avez-vous fait, Bon Dieu? murmura Sam dans le dos du Faucon.
— Un petit truc que j'ai appris à Hollywood, répondit MacKenzie à mi-voix. Rien de tel qu'une bande son pour faire monter la tension. J'ai dans ma poche un magnétophone à triple volume et haute impédance.
— Coupez-le, bordel!
— Dès que ces faces de citrouille tremblotantes auront reconnu que Nuée d'Orage, chef des Wopotamis, est en leur présence et qu'ils lui témoigneront le respect dû à sa position.
Lentement, un par un, les membres de la Cour suprême se redressèrent, mais en restant à genoux, pendant que le volume de la musique diminuait. Quand elle eut cessé, les magistrats abasourdis échangèrent des regards interrogateurs avant de reprendre leur siège.
— Écoutez-moi, sages anciens de la justice de cette nation! lança Nuée d'Orage d'une voix de tonnerre qui se répercuta dans la salle. Votre peuple a pris part à une conspiration visant à nous dépouiller traîtreusement de nos droits de propriété sur nos prairies, nos montagnes et nos cours d'eau, qui nous fournissent de quoi assurer notre subsistance. Vous nous avez parqués dans des ghettos de forêts arides et de terres infertiles où ne poussent que les mauvaises herbes. Ce pays n'était-il pas le nôtre? Un pays où mille tribus cohabitaient, dans la paix comme dans la guerre. Ces guerres que vous avez menées contre nous, puis contre les Espagnols, les Français et les Anglais, et enfin entre vous! N'avons-nous pas d'autres privilèges que ceux que vous avez assujettis, puis libérés

pour les intégrer à votre culture ? Les Noirs de ce pays ont connu deux cents ans de servitude ; votre joug pèse sur nous depuis cinq siècles. Allez-vous aujourd'hui permettre que cela continue ?

— Pas moi, lança vivement un des magistrats.

— Moi non plus, approuva un de ses confrères.

— Certainement pas, déclara un troisième en secouant vigoureusement la tête, les bajoues tremblantes.

— J'ai lu dix fois cette requête et, chaque fois, elle m'a arraché des larmes, affirma leur consœur.

— Vous n'êtes pas censée faire ça ! fit le président en la foudroyant du regard et en coupant précipitamment les micros afin que les membres de la Cour puissent se consulter discrètement.

— Mac est merveilleux, murmura Jenny à l'oreille de Sam. Il a tout dit en quelques phrases.

— Il n'a pas fait cinquante-cinq kilomètres à la nage dans une mer démontée !

— Notre général est fort éloquent, souffla Pinkus. Il connaît son sujet sur le bout du doigt.

— Je n'ai pas trop apprécié sa comparaison avec les Noirs, dit Cyrus, également à voix basse. Ses frères et ses sœurs n'ont pas été enchaînés et vendus, mais je reconnais que son discours allait dans le bon sens.

— Non, Cyrus, nous n'avons pas été enchaînés et vendus, glissa Jennifer. Ils se sont contentés de nous massacrer et de nous exiler dans des endroits où nous mourrions de faim.

— D'accord, Jenny. Je n'insiste pas.

— Eh bien, euh... commença un des juges de droite quand les micros furent rebranchés. Étant donné que maître Pinkus, le respectable avocat de Boston, vous accompagne, nous considérons que votre identité est établie, mais êtes-vous conscient de la portée de votre demande ?

— Nous ne voulons que ce qui nous appartient. Tout le reste est négociable et toute autre proposition serait inacceptable.

— Ce n'était pas absolument évident dans votre requête, chef Nuée d'Orage, déclara le juge noir avec un regard de désapprobation, en prenant une feuille de papier. Votre représentant légal est maître Samuel Devereaux, est-ce exact ?

— C'est exact et je suis là, votre honneur, répondit Sam en s'avançant à la hauteur du Faucon.

— Une requête magnifique, jeune homme.

— Je vous remercie, mais, en toute franchise...

— Pour laquelle vous recevrez probablement six balles dans la tête, poursuivit le magistrat comme si Sam n'avait pas ouvert la bouche. Mais je dois avouer que j'y ai décelé d'un bout à l'autre des traces sous-jacentes de vitriol, comme si vous étiez plus guidé par un souci de vengeance que par un esprit de justice.

— A la réflexion, j'ai surtout été choqué par l'injustice.

— Vous n'êtes pas payé pour être choqué, maître, lança un des magistrats sur la gauche. Vous êtes payé pour présenter la vérité de votre pétition. Or, vous avez fait de surprenantes insinuations, sans que les nombreux défunts que vous mettez en cause soient en mesure de se défendre.

— Elles reposent sur les documents découverts ayant valeur de preuve. Il s'agit, certes, d'insinuations, ou, si l'on préfère, d'hypothèses. Aucune d'elles, toutefois, n'est dénuée de fondement historique.

— Etes-vous historien de profession, maître ? s'enquit un autre magistrat.

— Non, monsieur. Je suis un avocat capable de déterminer la recevabilité des preuves comme, je n'en doute pas, vous l'êtes aussi.

— C'est fort aimable à vous de reconnaître cette aptitude à notre confrère.

— Je ne voulais offenser personne.

— Pour reprendre vos propres termes, vous êtes susceptible d'être choqué, fit la seule femme de la Cour. Il nous faut donc supposer que vous pouvez être amené à offenser quelqu'un.

— Quand j'ai la conviction que c'est justifié, madame.

— C'est bien ce que je voulais dire quand j'ai parlé de vitriol dans votre requête. J'ai eu le sentiment que vous ne cherchiez rien moins que d'obtenir la reddition infamante du gouvernement, une capitulation sans condition entraînant une charge insupportable pour le contribuable, une obligation à laquelle notre patrie serait tout à fait incapable de faire face.

— Si la Cour me permet de l'interrompre, lança le chef des Wopotamis, je voudrais seulement dire que mon jeune et brillant conseil a la réputation d'éprouver une vertueuse indignation quand il est persuadé qu'une cause est juste...

— Quoi ? murmura Sam en enfonçant son coude dans les côtes d'Hawkins. Comment osez-vous...

— Il ose aller jusqu'au bout de ses convictions, mais lequel d'entre nous condamnera le parfait honnête homme qui croit profondément à la justice pour les opprimés ? Vous, monsieur, qui avez déclaré qu'il n'était pas payé pour être choqué, vous n'êtes qu'à moitié dans le vrai, car il n'est pas payé du tout et n'attend aucune récompense pour ses convictions passionnées... Et quelles sont ces convictions qui le poussent à agir pour notre compte ? Permettez-moi de tenter de vous l'expliquer. Mais, mieux que toutes mes explications, il conviendrait que chacun de vous se rende dans quelques-unes des réserves où vivent ceux de notre peuple. Vous pourrez voir par vous-mêmes ce que l'homme blanc a fait aux fiers Indiens du passé. Vous constaterez notre dénuement, les conditions de vie sordides qui sont les nôtres et... et notre impuissance. Vous vous demanderez si vous pourriez vivre ainsi sans être choqués. Cette terre était la nôtre et, quand vous nous l'avez volée, nous avons cru qu'une nation unie, plus forte, était en voie de formation et que nous pourrions y tenir notre place. Mais il n'en a pas été ainsi. Vous nous avez chassés, parqués à l'écart, consignés dans des réserves isolées, sans nous permettre de profiter des bienfaits de votre progrès. C'est de l'histoire, madame et messieurs les juges, et nul ne peut la contester. En conséquence, si notre représentant en justice a laissé percer dans sa requête une certaine colère, des « traces de vitriol », comme vous dites, il aura sa place dans les annales de la justice comme le Clarence Darrow de notre époque. Je m'exprime au nom des Wopotamis persécutés et je dis que nous avons pour lui de la vénération.

— La vénération, grand chef, n'a rien à faire dans l'enceinte de ce tribunal, répliqua le magistrat noir, le visage dur. On peut vénérer son dieu, un taureau, une icône ou le dernier gourou à la mode, mais cela n'a aucune influence sur la Cour. Tout ce que nous vénérons, c'est la loi. Nous statuons sur des pièces probantes, non sur des hypothèses, aussi convaincantes soient-elles, puisées dans des documents à l'authenticité douteuse, remontant à plus d'un siècle.

— Vous permettez! s'écria Sam. J'ai lu cette requête et...

— Vous l'avez lue, maître? le coupa la femme magistrat. Je croyais, comme mes confrères, que vous l'aviez rédigée.

— Euh... c'est une autre histoire, mais permettez-moi de vous dire ceci : je suis un excellent avocat, j'ai examiné minutieusement cette requête et les documents historiques sur lesquels elle est fondée sont absolument irréfutables! En outre, si la Cour choisit de ne pas juger ces preuves recevables pour des considérations pragmatiques, vous êtes... vous êtes...

— Nous sommes quoi, maître? demanda un magistrat assis sur la gauche.

— Merde, je vais vous le dire... Vous êtes des lâches!

— Je t'aime, Sam, murmura Jennifer.

Le brouhaha de stupéfaction s'élevant de l'estrade fut brusquement interrompu par la voix de stentor du chef Nuée d'Orage, alias MacKenzie Lochinvar Hawkins.

— S'il vous plaît, grands juges avisés de la patrie dont nous avons été dépouillés, puis-je avoir la parole?

— Qu'avez-vous à dire, termite emplumé? glapit le président Reebock.

— Vous venez d'être témoins de la réaction outragée d'un honnête homme, un avocat de talent prêt à sacrifier une brillante carrière, parce qu'il a découvert la *vérité* dans des documents si bien cachés qu'ils ne devaient jamais voir la lumière du jour. Ce sont des hommes de cette trempe, intransigeants, qui ont fait la grandeur de ce pays, car ils ont regardé la vérité en face et ont compris sa majesté. La vérité, bonne ou mauvaise, devait être acceptée dans toute sa gloire et avec tous les sacrifices qu'elle exigeait, une lumière brillante conduisant une jeune nation vers sa propre majesté, sa propre gloire! Tout ce qu'il demande, tout ce que nous demandons, tout ce que les nations indiennes demandent, c'est de faire partie de ce grand pays qui était autrefois le nôtre. Est-ce donc si difficile pour vous?

— Il existe de graves considérations nationales, répondit le magistrat noir, le visage plus détendu. Des coûts extraordinairement élevés, des charges fiscales qu'il sera peut-être impossible de supporter. Je ne suis assurément pas le premier à le dire, mais nous vivons dans un monde injuste.

— Dans ce cas, négociez! s'écria Nuée d'Orage. L'aigle ne s'abat pas sur le moineau blessé. Non, comme l'a dit notre jeune avocat, l'aigle puissant s'élève dans le ciel, une merveille à regarder, mais, beaucoup plus important, un symbole permanent de la liberté toute-puissante.

— J'ai dit ça, moi?...

— La ferme!... Oui, madame et messieurs les juges, il vous appartient de laisser au moineau blessé un petit espoir dans l'ombre du grand aigle. Ne nous repoussez pas cette fois encore, car il ne reste plus d'endroit pour nous accueillir. Accordez-nous le respect dont nous avons si longtemps été privés, donnez-nous l'espoir dont nous avons besoin pour survivre. Sans lui, nous mourrons et votre œuvre de destruction sera complète. Est-ce donc ce que vous voulez voir sur vos mains? Ne trouvez-vous pas qu'elles ont assez de sang?

Silence dans la salle. Un silence général rompu par une toute petite voix.

— Pas mal du tout, Mac, murmura Sam en tordant le coin gauche de sa bouche.

— Magnifique, chuchota derrière lui une autre voix, celle de Jennifer.

— Attendez un peu, fillette, répondit le Faucon à voix basse et en tournant la tête. Voici le moment crucial, comme lorsque mon vieux pote, le général McAuliffe, a arrêté les boches pendant la bataille des Ardennes.

— Que voulez-vous dire? demanda Aaron Pinkus.

— Ouvrez bien vos oreilles, souffla Cyrus. Maintenant, le général va enfoncer le clou, bien leur mettre ces conneries dans la tête.

— Ce ne sont pas des conneries! protesta Jennifer. C'est la vérité!

— Pour eux, ce sont inévitablement des conneries véridiques, Jenny, parce qu'ils sont coincés, pris entre deux feux.

Les micros furent de nouveau coupés pour permettre aux magistrats de discuter entre eux. Enfin, le juge émacié de la Nouvelle-Angleterre prit la parole.

— Votre discours était émouvant, chef Nuée d'Orage, commença-t-il d'une voix lente, mais des accusations de ce genre pourraient être portées par de nombreuses minorités. L'histoire n'est pas tendre avec elles et croyez que, pour ma part, je le déplore. Comme l'a dit l'un de nos présidents : « La vie n'est pas juste », mais elle doit continuer pour le profit de la majorité, non des minorités souffrantes. Nous souhaitons tous du fond du cœur pouvoir changer cet état de choses, mais c'est hors de notre portée. Schopenhauer a parlé de la « brutalité de l'histoire ». Une expression que j'exècre, mais dont je reconnais la réalité. Vous risquez d'ouvrir les vannes d'une écluse dont les eaux pourraient provoquer la noyade d'un nombre infiniment plus élevé de gens qu'il n'y a de demandeurs.

— Où voulez-vous en venir?

— Compte tenu de tout ce qui est en jeu, quelle serait votre réaction si la Cour, dans sa grande sagesse, se prononçait contre vous?

— C'est très simple, répondit le chef Nuée d'Orage. Nous déclarerions la guerre aux États-Unis d'Amérique, sachant que nous aurions le soutien de tous nos frères indiens d'un bout à l'autre du pays. Des milliers d'hommes blancs périraient. Nous perdrions probablement la guerre, mais, vous aussi, vous auriez beaucoup à perdre.

— Bon Dieu de Bon Dieu! lança le président Reebock d'une voix nasillarde. J'ai une maison au Nouveau-Mexique...

— Au pays des Apaches belliqueux? demanda le Faucon d'un air candide.

— A quatre kilomètres de la réserve, répondit le magistrat d'une voix étranglée.

— Les Apaches sont nos frères de sang. Que le Grand Esprit vous accorde une mort rapide et relativement douce!

— Et à Palm Beach? demanda un autre membre de la Cour, le front plissé.

— Les Séminoles sont nos cousins. Ils font bouillir le sang de l'homme blanc pour le débarrasser de ses impuretés... pendant que le sang est encore dans le corps, bien entendu. Cela attendrit la chair.

— Aspen?... demanda une autre voix hésitante. Quelle tribu est là-bas?

— Les impétueux Cherokees. Ce sont des cousins encore plus proches, pour des raisons géographiques. Mais nous avons manifesté à maintes reprises notre réprobation du châtiment barbare qu'ils infligent à leurs ennemis. Pensez donc, ils les attachent et les font allonger face contre terre au-dessus d'une fourmilière. Des fourmis tueuses, cela va de soi.

— Berk! s'écria Jennifer.

— Et le lac... le lac George? demanda un magistrat à la face livide et déformée par l'appréhension. J'ai une jolie résidence d'été au bord du lac.

— Au nord de l'État de New York? Est-ce la peine de poser la question? poursuivit le Faucon en baissant la voix, comme pour accroître la terreur inexprimée du magistrat. Les terrains de chasse et les terres consacrées des Mohawks?

— C'est à peu près ça... j'imagine.

— Notre tribu est de souche Mohawk, mais je confesse qu'il nous a fallu fuir vers l'ouest, loin de nos frères de sang.

— Pour quelle raison ?

— Le guerrier Mohawk est peut-être le plus féroce et le plus audacieux de tous... enfin, je suis sûr que vous comprenez.

— Que je comprends quoi ?

— Quand on les provoque, ils s'approchent à la faveur de la nuit et mettent le feu aux tipis de leurs ennemis et détruisent tous leurs biens. C'est une politique de la terre brûlée que nous trouvons trop cruelle. Je dois ajouter que les Mohawks nous considèrent encore comme faisant partie de leur nation ; on ne se libère pas si facilement des liens du sang. Il ne fait aucun doute que nous trouverons en eux des alliés fidèles.

— Je pense qu'il convient de poursuivre les délibérations, lança d'un ton impérieux le président de la Cour.

Les micros furent débranchés et les membres de l'auguste assemblée se mirent à discuter à voix basse et avec animation.

— Mac ! siffla Jennifer Redwing. Rien de ce que vous avez dit n'est vrai ! Les Apaches descendent des Athabascans et n'ont rien à voir avec nous ! Jamais les Cherokees n'attacheraient quelqu'un au-dessus d'une fourmilière, c'est ridicule ! Quant aux Séminoles, c'est probablement la plus pacifique de toutes les tribus !... Les Mohawks aiment jouer aux dés parce que cela leur rapporte de l'argent, mais ils n'ont jamais attaqué personne, du moins pas les premiers ! En outre, jamais ils ne brûleraient la terre, car cela la rend impropre à la culture !

— Calmez-vous, fille des Wopotamis, dit le Faucon, écrasant Jennifer de sa haute taille, la tête surmontée de sa coiffure de plumes. Les stupides visages pâles n'en savent rien.

— Vous souillez toutes les nations indiennes !

— Comment les Blancs nous ont-ils traités pendant toutes ces années ?

— *Nous* ?

Les micros furent rebranchés et les grésillements des haut-parleurs furent couverts par la voix nasillarde du président.

— La Cour demande que soit porté au procès-verbal qu'elle recommandera au gouvernement des États-Unis d'engager des négociations immédiates avec la nation des Wopotamis afin de trouver une solution raisonnable pour réparer des méfaits commis dans le passé. La Cour soutient sans discussion la requête des demandeurs. La séance est levée !

Puis, sans se rendre compte que le micro fonctionnait toujours, le président Reebock ajouta :

— Il faut que quelqu'un appelle la Maison-Blanche et dise à Subagaloo qu'il peut aller se faire voir. Cet abruti nous a fichus dans la merde jusqu'au cou, comme d'habitude ! Je suppose que c'est aussi lui qui a fait couper la climatisation ! La sueur me coule dans le dos jusqu'à la raie des fesses !... Pardon, ma chère.

La nouvelle du triomphe des Wopotamis se répandit comme une traînée de poudre et gagna le hall et le grand escalier de la Cour suprême. Le chef Nuée d'Orage, en costume d'apparat, suivit le couloir de marbre donnant sur le hall d'entrée, s'attendant à trouver sur son passage l'adulation de son peuple en liesse. De fait, les festivités battaient leur plein, mais leur raison d'être semblait échapper à la plupart des participants. Le hall gigantesque était bourré de danseurs des deux sexes et de tous âges, qui tournoyaient et se tortillaient sur des rythmes allant de la valse au hard rock, au son d'enregistrements accélérés de chants indiens traditionnels crachés par les haut-parleurs. Les gardes de la Cour et des membres de la police municipale se joignaient à la fête. Le grand hall était devenu la scène d'un carnaval effréné.

— Seigneur ! s'exclama Jennifer Redwing en sortant de l'ascenseur, Sam et Aaron à ses côtés.

— C'est l'occasion de faire la fête, dit Aaron. Votre peuple est en droit de laisser éclater sa joie !

— Mon peuple ? Mais il n'y a personne de mon peuple !

— Que veux-tu dire ? demanda Sam.

— Regarde ! Vois-tu un seul Wopotami, un seul visage peint, une seule Indienne en train de danser ou de chanter ?

— Non, mais je vois des tas de Wopotamis par terre.

— Moi aussi, mais je ne comprends pas ce qu'ils font.

— On dirait qu'ils passent d'un groupe à l'autre pour encourager... Oh ! Ils transportent des...

— Des tasses en plastique et des bouteilles... C'est bien ce que Roman nous a dit. Ils distribuent le jus de yaw-yaw.

— Légère rectification, fit Sam. Ils le vendent.

— Ce Calfnose, je vais le tuer !

— J'ai une autre idée, Jennifer, glissa Pinkus en gloussant. Faites-le donc plutôt siéger dans votre commission des finances.

ÉPILOGUE

The New York Daily News

LA TRIBU VICTORIEUSE

Washington, DC. Vendredi. *Une décision stupéfiante de la Cour suprême a confirmé la légitimité de l'action intentée par les Wopotamis du Nebraska contre le gouvernement des États-Unis. D'après la décision unanime de la Cour, un territoire de plusieurs centaines de kilomètres carrés appartient de plein droit aux Wopotamis, conformément au traité ratifié en 1878 par le XIVe Congrès. Ce territoire inclut le quartier général du Commandement stratégique aérien. Le Sénat et la Chambre des représentants ont été convoqués en session extraordinaire et les représentants de plusieurs milliers de cabinets juridiques ont fait part de leur intérêt pour les négociations à venir.*

Hollywood Variety

Beverly Hills. Mercredi. *MM. Robbins et Martin, directeurs de l'agence William Morris, ont annoncé la signature d'un contrat entre leurs clients, dont on sait seulement qu'il s'agit de six comédiens de talent formant depuis cinq ans pour le compte du gouvernement une unité antiterroriste, et les studios Consolidated-Colossal du producteur Emmanuel Greenberg, pour un film de cent millions de dollars dans lequel les clients encore anonymes interpréteront leur propre rôle. Pendant la conférence de presse qui s'est tenue chez Mervin Robbins, Henry Irving Sutton, le célèbre comédien classique, a déclaré avoir été si bouleversé par le scénario qu'il acceptait de sortir de sa semi-retraite pour interpréter un des rôles principaux. Manny Greenberg partageait apparemment son émotion, car nous l'avons vu essuyer des larmes à plusieurs reprises et il avait la gorge trop serrée pour parler. Certains affirmaient qu'il s'agissait d'une réaction de fierté, mais d'aucuns pré-*

tendaient que c'était à cause des négociations. Son ex-épouse, devenue lady Cavendish, très souriante, était présente dans la salle.

The New York Times
LE DIRECTEUR DE LA CIA RETROUVÉ SAIN ET SAUF AUX TORTUGAS

Miami. Jeudi. *L'équipage d'un yacht de croisière, le* Contessa, *appartenant à M. Smythington-Fontini, l'industriel cosmopolite, vit de la fumée s'élevant d'un feu allumé sur la plage d'un îlot inhabité des Tortugas. Quand le yacht jeta l'ancre près du rivage, les passagers et l'équipage entendirent des appels au secours en anglais et en espagnol. Ils virent trois hommes se jeter à l'eau et nager jusqu'à leur navire. Une fois les trois hommes à bord, ils découvrirent que l'un d'eux était Francis A. Mangecavallo, le directeur de la Central Intelligence Agency, que tout le monde croyait perdu en mer depuis la semaine dernière, après le naufrage présumé du* Gotcha Baby. *Plusieurs objets personnels appartenant au directeur de la CIA avaient été retrouvés parmi les débris du yacht.*

D'après le témoignage de ses compagnons d'infortune, si les trois hommes ont survécu, c'est grâce à la conduite héroïque de M. Mangecavallo. Les deux marins argentins qui ont déjà regagné leur pays, où leur famille les attendait avec impatience, se seraient agrippés aux jambes du directeur de la CIA qui les aurait tirés vers la côte en nageant dans des eaux infestées de requins. En apprenant la nouvelle, le président aurait déclaré : « Je savais bien qu'un vieux loup de mer comme lui s'en sortirait. » Du côté du ministère de la Marine, aucun commentaire officiel autre que cette déclaration lapidaire : « C'est une bonne chose. »

A Brooklyn, Rocco Sabatini, lisant le récit du sauvetage devant son bol de café, lança à sa femme : « Ils racontent n'importe quoi, ces journalistes ! Boum-Boum n'a jamais su nager ! »

The Wall Street Journal
UNE VAGUE DE FAILLITES FRAPPE LE MONDE DE LA FINANCE

New York. Vendredi. *Tous les avocats d'affaires du pays arpentent les couloirs des plus grandes compagnies, passent de bureaux directoriaux en réunions de conseil d'administration et s'efforcent de recoller les morceaux de dizaines de colosses aux pieds d'argile de l'industrie. De l'avis général, l'entreprise est vouée à l'échec, car l'énorme accroissement des dettes contractées lors de la récente vague de rachats et les acquisitions massives sur les marchés financiers ont laissé exsangues quantité de nos géants industriels, aussi* bien les sociétés que les particuliers qui, dans un certain nombre de cas, ont brusquement mis la clé sous la porte. La présence du président de l'une de ces grandes compagnies a ainsi été signalée au départ des vols internationaux de l'aéroport Kennedy où on l'aurait entendu répéter d'une voix hystérique cette phrase sibylline : « N'importe où, mais pas au Caire. Jamais je ne nettoierai les toilettes ! »

Stars and Stripes
Le journal de l'Armée américaine

DEUX TRANSFUGES CUBAINS NOMMÉS OFFICIERS

Fort Benning. Samedi. *Grande première pour l'armée ! Deux ex-officiers de la machine militaire de Castro, experts en sabotage, spécialistes des opérations clandestines, du renseignement, de l'espionnage et du contre-espionnage, ont été intégrés dans les cadres de l'armée, avec le grade de lieutenant, a annoncé le général Ethelred Brokemichael, chef du service des Informations et des Affaires publiques de la base.*

Desi Romero et son cousin, Desi Gonzalez, qui ont déserté pour ne plus connaître « la situation insupportable de leur patrie », seront placés à la tête d'une unité des Forces spéciales constituée à Fort Benning, après avoir reçu une formation linguistique accélérée et des soins dentaires.

L'armée américaine accueille à bras ouverts ces hommes de courage et d'expérience qui ont risqué leur vie pour conquérir liberté et honneur. « Leurs exploits donnent matière à un grand film et nous allons étudier attentivement cette possibilité », a déclaré le général Brokemichael.

L'été touchait à sa fin, le farniente s'achevait, prélude aux jeux plus stimulants de l'automne. Le vent du nord se faisait plus frais au petit matin, comme pour rappeler aux habitants du Nebraska qu'il deviendrait bientôt froid, puis qu'il transpercerait la peau. Un autre prélude, à la neige cette fois. Mais ces pensées étaient loin de préoccuper les membres de la nation Wopotami. Tandis que les négociations avec le gouvernement des États-Unis se poursuivaient, Washington avait jugé bon d'envoyer dans la réserve deux cent douze maisons préfabriquées, dotées de tout le confort, destinées à remplacer les wigwams et les constructions délabrées utilisées jusqu'alors pour les assemblées tribales et pour protéger les plus démunis des rigueurs de l'hiver. Ce que Washington ignorait, c'est que plusieurs centaines de huttes en excellent état avaient été détruites au bulldozer quelques semaines auparavant et que les rares tipis et wigwams étaient précédemment groupés autour de l'entrée réservée aux touristes. MacKenzie Hawkins, en militaire chevronné, n'était pas homme à négliger les subtilités et les incompatibilités du terrain. Cela faisait partie de la stratégie et jamais une bataille n'avait été gagnée sans un plan préétabli.

— Je n'en reviens toujours pas, dit Jennifer qui, main dans la main avec Sam, suivait un des sentiers de la réserve, bordée sur la droite par une prairie parsemée d'extravagantes maisons surmontées d'une antenne parabolique. Tout se passe exactement comme Mac l'avait prévu.

— Alors, les négociations sont en bonne voie.

— C'est incroyable! Il nous suffit de hausser les sourcils quand quelque chose ne paraît pas clair pour qu'ils fassent aussitôt machine arrière et nous présentent une nouvelle proposition. J'ai été obligée à plusieurs reprises d'expliquer aux représentants du gouvernement que l'aspect financier nous donnait toute satisfaction et que je demandais seulement des précisions sur un point juridique. A un moment, je commençais juste à me lever quand un avocat du Trésor m'a lancé : « Si cette proposition ne vous convient pas, nous la retirons! »

— C'est une situation confortable.

— Je voulais seulement m'excuser pour aller aux toilettes.

— Oublie ma remarque... Mais pourquoi es-tu si conciliante?

— Enfin, Sam, ce qu'ils nous ont proposé dépasse de si loin mes rêves les plus fous qu'il serait criminel de chicaner.

— Dans ce cas, pourquoi négocier? Que cherches-tu?

— Pour commencer, l'engagement formel de respecter un calendrier pour nos besoins immédiats : logements et enseignement de bonne qualité, revêtement des voies existantes, un village, un vrai, avec des fonds pour ouvrir des magasins et des boutiques, afin que l'on puisse gagner décemment et légalement sa vie ici. Et peut-être quelques gâteries, disons deux piscines publiques et le défrichement de la montagne de Face d'Aigle pour y construire des remontées mécaniques et un restaurant. Ce dernier pourrait évidemment figurer au nombre de nos affaires... C'est une idée de Charlie; il adore le ski.

— Comment va-t-il?

— Mon chéri, je l'ai langé quand il était tout petit et je me sens parfois presque incestueuse.

— Hein?

— Il te ressemble tellement! Il a l'esprit vif, il est astucieux et... oui, il est drôle...

— Je suis un représentant en justice tout ce qu'il y a de sérieux, fit Sam en souriant.

— Tu es cinglé et lui aussi. Vous avez heureusement une grande perspicacité, une mémoire agaçante et le don de réduire les choses complexes à leur simplicité essentielle.

— Je ne sais pas de quoi tu parles.

— Lui non plus, mais vous avez ce don tous les deux. Sais-tu qu'il a déniché une faille minuscule, inimaginable dans les annales de la jurisprudence, baptisée *non nomen amicus curiae*, quand Hawkins a déposé sa requête? Qui en a jamais entendu parler et surtout qui s'en souvient?

— Moi ! 1827, Jackson contre Buckley, l'un avait volé des porcs à l'autre...

— Tais-toi ! fit Jenny en lui lâchant la main qu'elle reprit aussitôt.

— Que fera Charlie quand cette affaire sera terminée ?

— Je vais faire de lui l'avocat officiel de la tribu, avec une activité à temps partiel en hiver pour lui permettre de diriger la station de ski.

— C'est très limité, tu ne trouves pas ?

— Peut-être, je n'en suis pas sûre. Il faudra quelqu'un sur place pour s'assurer que Washington respecte la totalité de ses engagements en matière de reconstruction. Quand on se lance dans des travaux à une telle échelle, il vaut mieux avoir un avocat qui obéit au doigt et à l'œil. As-tu déjà vu dans une maison des travaux supplémentaires achevés dans les délais ? J'ajoute que j'ai introduit des clauses pénales sévères pour tout ce qui a trait à la construction.

— Charlie a du pain sur la planche. Qu'as-tu obtenu d'autre de Washington ? En dehors de la satisfaction de ces « besoins immédiats » ?

— C'est très simple. L'engagement irrévocable, avec des garanties irréversibles du ministère des Finances, de verser à la tribu deux millions de dollars par an, somme indexée sur l'indice du coût de la vie, pendant les vingt années à venir.

— C'est une misère, Jenny !

— Mais non, mon chéri. Si nous ne nous en sommes pas sortis au bout de vingt ans, jamais nous n'y parviendrons. Nous ne demandons pas à vivre comme des assistés, nous voulons seulement qu'on nous donne la possibilité de nous faire une petite place au soleil. Tels que je connais mes Wopotamis, nous allons dépouiller les visages pâles jusqu'au dernier sou. Et, connaissant ma tribu comme je la connais, je parie que, dans vingt ans, le président aura un surnom du genre « Coucher de Soleil » ou « Rayon de Lune ». Ce n'est pas pour rien que nous avons perfectionné la distillation du yaw-yaw !

— Et maintenant ? demanda Devereaux.

— Et maintenant quoi ?

— Je parle de nous.

— Es-tu vraiment obligé d'aborder ce sujet ?

— Tu ne crois pas qu'il est temps de le faire ?

— Bien sûr, mais j'ai peur.

— Je te protégerai.

— De qui ? De toi ?

— Si besoin est. En fait, c'est très simple et, comme tu me l'as fait remarquer tout à l'heure, nous avons, Charlie et moi, la faculté de réduire les problèmes complexes à des questions simples, intelligibles.

— Qu'est-ce que tu racontes, Sam ?

— Je dis qu'on peut réduire une situation compliquée à quelque chose de très simple.

— Puis-je te demander à quoi tu fais allusion ?

— Je refuse de passer le reste de ma vie sans toi et j'ai dans l'idée que tu éprouves la même chose.

— Admettons qu'il y ait une parcelle, je dis bien une parcelle de vérité là-dedans et même un peu plus que cela, comment serait-ce possible ? Je vis à San Francisco, toi à Boston. Ce n'est pas possible !

— Avec tes références, Aaron t'engagera sans discuter, avec un salaire mirobolant.

— Avec ton passé, tu seras promu associé avant moi dans le cabinet Springtree, Basl et Karpas, de San Francisco !

— Tu sais très bien que je ne pourrai jamais me séparer d'Aaron alors que toi, tu as déjà quitté un cabinet, à Omaha. Tu vois que nous avons réduit le problème à une simple alternative, en supposant que nous ouvrirons l'un comme l'autre le robinet du gaz s'il nous est impossible de rester ensemble.

— Je n'irais pas jusque-là.

— Moi, si. Tu ne t'en sens pas capable ?

— Je refuse de répondre à une question qui pourrait me compromettre.

— Il y a pourtant une solution.

— Je t'écoute.

— Mac m'a offert un médaillon de la division dans laquelle il a servi pendant la guerre, celle de la bataille des Ardennes, et je ne m'en sépare jamais. C'est comme un porte-bonheur.

Sam fouilla dans sa poche et en sortit une grosse médaille en alliage léger gravée à l'effigie de MacKenzie Hawkins.

— Je vais la lancer en l'air et la laisser retomber sur le chemin, expliqua-t-il. Je choisis face, tu prends pile. Si c'est pile, tu repars à San Francisco et nous passerons le reste de nos jours à souffrir comme des damnés. Si c'est face, tu viens à Boston avec moi.

— D'accord.

La médaille tournoya en l'air avant de retomber sur la terre du sentier. Jennifer se pencha pour regarder.

— Seigneur ! C'est face !

Elle s'apprêtait à ramasser la médaille quand la main de Sam se referma sur son poignet.

— Non, Jenny ! Il ne faut pas se pencher comme ça !

— Pourquoi ?

— C'est très mauvais pour ton sacro-iliaque ! fit Devereaux en l'aidant à se redresser après avoir saisi la médaille.

— Sam ! Qu'est-ce que c'est que cette histoire ?

— Le premier devoir d'un mari est de protéger sa femme.

— De *quoi* ?

— Des méchants sacro-iliaques, répondit Sam en triturant la médaille avant de la lancer au loin, dans la prairie. Et voilà, ajouta-t-il en prenant Jenny dans ses bras, je n'ai plus besoin de porte-bonheur. Je t'ai, toi, et je ne désire plus rien d'autre.

— A moins que tu ne t'en sois débarrassé, parce que tu ne voulais pas que je voie l'autre côté, murmura Jennifer à son oreille en lui mordillant le lobe. Le Faucon m'en a offert une à Hooksett; son visage est sur les deux côtés. Si tu avais choisi pile, je te tuais sur place.

— Tu n'es qu'une dévergondée, murmura Sam en lui embrassant légèrement les lèvres. Il n'y a pas un champ à l'écart où nous pourrions nous promener?

— Pas maintenant, obsédé! Mac nous attend.

— Il est sorti de ma vie; c'est terminé!

— Je l'espère sincèrement, mon chéri, mais comme je suis réaliste, je me demande pour combien de temps.

Ils atteignirent le coude du sentier où s'élevait l'énorme tipi multicolore, orné de plusieurs couches de peaux d'animaux en imitation qui battaient depuis le faîte de la tente jusqu'aux pieux plantés à une certaine distance les uns des autres. De la fumée s'échappait par l'ouverture.

— Il est là, dit Devereaux. Faisons des adieux brefs et simples, du genre : « Content de vous avoir connu, j'espère ne jamais vous revoir. »

— Tu es dur, Sam. Regarde ce qu'il a fait pour mon peuple.

— Ce n'est qu'un jeu pour lui, Jenny. Tu ne l'as pas encore compris?

— Alors, c'est à un bon jeu qu'il joue. Comprends-tu, toi?

— Je ne sais pas... Je ne sais jamais à quoi m'en tenir avec lui.

— Ce n'est pas grave, dit Jennifer. Le voilà! Regarde-le!

Sam ouvrit des yeux comme des soucoupes. Le général MacKenzie Lochinvar Hawkins, alias Nuée d'Orage, chef des Wopotamis, n'avait plus la moindre ressemblance avec aucun de ces deux personnages. Il n'y avait plus trace de la raideur du militaire et encore moins de la majesté de l'Amérindien. La dignité associée avec juste raison à ces deux images s'était enfuie. La noblesse du port avait fait place à la gaucherie, l'éclat à la superficialité, ce qui, d'une certaine manière, semblait plus vrai, plus convaincant. Sa brosse grise était partiellement couverte par un béret jaune. Sous son nez assez fort s'étirait une fine moustache teinte en noir. Un large foulard pourpre offrait un contraste saisissant avec la chemise de soie rose s'accordant avec le pantalon serré, d'un rouge vif, dont les revers tombaient sur des mocassins blancs de chez Gucci. La valise qu'il tenait à la main portait naturellement la griffe Louis Vuitton.

— Mac! s'écria Sam. En quoi êtes-vous déguisé, cette fois?

— Ah! vous voilà, vous deux! fit le Faucon sans répondre à la question. Je m'étais résigné à partir sans vous avoir fait mes adieux. Je suis terriblement à la bourre.

— « Terriblement à la bourre »? répéta Jennifer, l'air perplexe.

— Mac, *qui* êtes-vous?

— Mackintosh Quartermain, répondit le Faucon d'un air penaud. Un vétéran des grenadiers écossais. C'est une idée de Gin-Gin.

Cet ouvrage a été réalisé par la
SOCIÉTÉ NOUVELLE FIRMIN-DIDOT
Mesnil-sur-l'Estrée
pour le compte des Éditions Robert Laffont
en avril 1993

Imprimé en France
Dépôt légal : avril 1993
N° d'édition : 34652 – N° d'impression : 23215

— Comment ?

— Je vais à Hollywood, marmonna Hawkins. Je suis coproducteur et conseiller technique sur le long métrage de Greenberg.

— Le « long métrage »... ?

— C'est juste pour mettre un frein aux délires financiers de Manny... et peut-être pour deux ou trois autres bricoles, si l'occasion se présente. C'est la pagaille à Hollywood, vous savez. Il y a des places à prendre pour des innovateurs aux idées claires... Bon, ça m'a fait super plaisir de vous voir, les tourtereaux, mais je suis à la bourre. J'ai rendez-vous à l'aéroport avec mon nouvel aide de camp, je devrais dire mon assistant, le colonel Roman Zabritski, un ancien du service cinématographique de l'Armée rouge. Nous prenons un avion à destination de la côte Ouest.

— Roman Z ? souffla Jennifer, l'air éberluée.

— A propos, demanda Sam, qu'est devenu Cyrus ?

— Il est en France, quelque part dans le Midi. Il surveille un des châteaux de Frazier qui a été mis à sac.

— Je croyais qu'il voulait retrouver un poste dans un laboratoire.

— Oh ! avec son passé de taulard et tout... De toute façon, le vieux Cookson achète une usine chimique... C'est vraiment sympa d'être passé me dire au revoir, mais, maintenant il faut que je file. Fais-moi la bise, ma jolie, et, si jamais l'envie te prend de faire un bout d'essai, tu n'as qu'à me passer un coup de fil.

Jennifer Redwing, pétrifiée, se laissa embrasser sur les deux joues.

— Et, toi, petit lieutenant, reprit le Faucon en passant le bras autour des épaules de Sam, tu es toujours le meilleur avocat de la planète... après le commandant Pinkus et la petite dame qui est pendue à ton bras.

— Mac ! s'écria Sam. Vous n'allez pas recommencer ! Il ne va plus rien rester de Los Angeles !

— Mais non, fiston, ce n'est pas vrai. Pas vrai du tout. Nous allons faire revivre l'époque glorieuse !

Le Faucon se pencha pour prendre sa valise, ce qui lui permit de refouler les larmes qu'il sentait poindre.

— *Ciao*, les enfants ! fit-il en tournant vivement la tête.

Il s'éloigna sur le sentier de la démarche résolue de l'homme investi d'une mission.

— Pourquoi ai-je dans l'idée qu'un jour, quelque part à Boston, en décrochant le téléphone, j'entendrai la voix de Mackintosh Quartermain ? fit Devereaux en prenant Jennifer par la taille.

Côte à côte, au bord du sentier, ils regardèrent s'éloigner la silhouette du Faucon.

— Parce que c'est inévitable, mon chéri, et que nous serions déçus si cela ne se produisait pas.